暮鼓晨钟

少年康熙

凌力——著

北京出版集团
北京十月文艺出版社

第一章

一

康熙二年。

春到得早，正月就河开雪化柳吐芽。京师的路面像翻了粥锅，处处泥泞。不料暖过几天，又下雪了，扯棉飘絮也似的，漫天飞舞，密密麻麻，把天地间的一切都包笼进那张巨大的白幔之中。拱卫着紫禁金阙的八旗内城，一时人踪稀疏，九衢寂然。

从黎明到正午，蓬松的积雪将近半尺厚。大雪天不得不出门的行人可就遭了殃。

鼓楼东街，一辆五马高车和一辆二马轿车，相撞后一起陷入泥潭！这一撞很凶猛，不但双双不能动弹，连车身都撞得变了形，车门车窗打不开，车中人成了笼中囚徒。

车中人竟都是女子！二马轿车内哭声高一阵低一阵，一直没有停止；五马高车内却传出骄横的脆生生的斥骂：

"该死的奴才！你们倒使劲儿给我推呀！……再推不出来，拿你们一个个都杖死！……"

这南来北往的通衢要道堵塞一个时辰了，前前后后被阻的车马排成长龙，都在叫骂催促。管事模样的大汉，头上腾腾地冒着热气，一边使皮帽子抹汗，一边声嘶力竭地吼叫着十几名跟班：

"再推再推！这可是大路，不能闹着玩儿！快！赶马！都上手推！一，二，三！"

十几个人拼命呼喝着号子，鞭梢甩得"噼啪"响，二十只马蹄一气乱蹬，那车只是不动。管事急得跳脚乱骂，众人累得倚着大车喘气。

“噔噔噔噔！……”飞雪织成的帷幔那边，传来沉重的喝道锣。众人细细一数，竟是十三棒锣，来了一位柄政辅国极品老大人！管事变色，众人惊慌，忙不迭地退到路边回避。

喝道锣越来越响，两匹高头大马载着击锣的骑尉从茫茫雪帘中钻出来。后面，一对对手执旗枪、金黄棍的仪仗骑尉络绎不绝。横在路中的这两辆马车把仪仗卫队挤缩道侧，使后队的中心——一柄杏黄伞停住了。

伞下，大人骑着黑马，铁塔一般威严，貂帽低低地压着浓眉，一领风雪大氅更衬出他英姿挺拔。他抬手拿马鞭一指马车，鹰眼略略闪动，问道：

“嗯?”

只这一声，护卫们如老鹰抓小鸡，把管事拎到大人马前。管事一头跪在雪水泥泞中，禀告时倒不失几分大家气派：实在不是有意挡路，惊老大人的驾。

“哪一旗的?”听管事一口地道的满洲话，大人开口问。

“回老大人，孔公主府下。”

“哦?……那边一辆呢?”

二马轿车的车夫赶紧跪下：“回老大人，正白旗八答牛录下……”哆哆嗦嗦，后半截已说不真切了。

大人催马向前，对马车打量一眼，竟翻身下马，随从们只得跟着离鞍。

大人皱着浓眉，点手招来仪仗旗卫，从他们手中取来八根金黄棍，每四根合在一起，试了试软硬，头也不回地问：

“车上有人?”

“回老大人，公主现在车中!”

“回老大人，车里是家主爷的小格格玛尔赛……”

“呼”的一阵劲风，大人脱去大氅，紧紧袖口，浑身一舒展，骨骼关节“喀啦喀啦”山响，使他惬意地眯了眯眼睛。众人被这气势镇住，大气也不敢出了。

看准车底两后轮间的车轴，他把金黄棍分两组深深插进两车轴下的泥水中，不容反对地喝道：

"听我号令，车夫赶马，其余人走开！"

车夫诚惶诚恐，赶忙勒紧缰绳，举鞭静候。

众人远远站在大雪中，怀着说不清的敬畏，仿佛望着一尊天神。

"赶马！"一声令下，车夫的呵斥与鞭声齐响，所有套绳尽都拉得又直又紧，七匹马扬鬃跑蹄，打着响鼻喘着粗气，奋力向前挣。大人双肩各扛着四根金黄棍，撬那深陷泥中的后轮。

棍子向着地面弯过去，弯过去，弯成新月，弯成满弓，弯成半圆，令人担心它们即刻就要折断……

只见大人猛一挺身，大喝："起！"恰似半空雷震，那看不见的浓缩的力，以举鼎拔山之势骤然爆发，八根胳膊粗细的金黄棍"咔吧"一声齐齐折断，同一瞬间，两辆马车的后部一下子从泥里掀出来，"轰隆隆"一片巨响，七匹马向前猛冲，眨眼间箭一般飞出十几丈，泥水四溅纷飞，"噼里啪啦"乱响！

旁观的人们，连大人的护卫在内，都忘了礼仪、忘了敬畏，不顾身份地哄然喝彩！

管事抢上来叩头道谢。

大人面不改色，口不喘息，大手一挥，制止管事絮叨，对他正眼也不瞧，只管松了袖口，弹弹身上的泥点子，听任随从为他披上风雪大氅，便要反身上马。

五马高车的门"哗啦"打开，身裹绫缎貂裘披风、满头珠翠、华贵耀眼的公主跳下车，气急败坏地冲到二马轿车跟前，一脚踢开车门，揪出车中女子，"啪啪"扇了两个耳光，嘴里骂着：

"贱婢！该死的奴才！赔我的如意！"

女孩儿不过十六七岁，又惊又怕又怒："你！你怎么动手打人？"

公主府的从人赶忙拥过去，管事力图转移视线，息事宁人："禀公主，多亏这位大人解咱的危难！"

公主转脸，看到一部浓密的络腮胡子装点修饰的刚劲突出的长方下巴、有棱有角轮廓鲜明的面庞和一双威严沉着光闪闪的鹰眼，略怔了怔，微微点头道：

“哦，是鳌拜大臣！”

“鳌拜请公主安。”他浅浅打了一千，“不知她怎的冒犯了公主？”

“我选的一支上好如意，要进宫进献皇额娘，被这贱婢的车一撞，摔碎了！”

女孩儿不服地扬起头：“是公主你撞了我！我们车走得好好的，公主的车从后面赶上来硬要超过，直把我们撞进泥坑，你那车才……”

公主双眉高高一挑：“大胆，竟敢回嘴！……”

女孩儿扭开脸，低声嘟囔：“又不是正经主子，明明的蛮子根儿，神气个啥……”

公主粉面刷地通红，怒喝道：“你说什么？!”

几乎与公主同时，鳌拜也大声斥责那个叫玛尔赛的姑娘：“你给我住嘴！”可是谁敢说他随斥责送过去的锐利目光中不是带着赞赏呢？

不等公主再说下去，道边忽然蹿来一个人影，高呼着：“辅政大人！冤枉啊！……”

可这尖厉刺耳的声音还没落地，就有一团沉重的东西飞过半空，砰然落地，摔进泥潭，溅起一片污泥。众人定睛看时，一名儒生已在泥潭中挣扎，满身满头污秽，不成模样了。想必是他冲到大人跟前，护卫防他行刺，一脚踢开的。

儒生不管不顾地跪在泥中，可怜巴巴地喘着气，大声哀告：“老大人老大人！晚生天大冤屈，求老大人做主！……”

一名护卫粗声喝道：“辅政大人不理民辞，有冤情往地方有司上告！”

这样的插曲，想必惯经，鳌拜仿佛没有看见，自管继续解决方才的纠纷，向公主一揖：

“公主尊贵体面，向来不与下人奴才计较。”

公主瞅他一眼，略一沉吟，粉面上随即泛上薄薄笑意，“鳌大臣能得先皇恩信，遗诏辅政，果然有见识！”

“不敢当。”鳌拜依然容色严肃，“公主出行，理应仪卫开道。”

“我要是也带许多仪卫，今儿这路可就更挤不开了！”公主说罢一笑，登车而去。

鳌拜目送公主一行走远，也不再理睬那辆二马轿车，自顾回身上马，满意地注视着缓缓流动起来的长队车马。

喝道锣又“噹噹”响起，杏黄伞、圆金青扇护从着鳌大人走了，走进飞雪的帘栊。

儒生突然拿出生死成败在此一举的勇气，尖声大叫，盖过了震耳的锣鸣：

“江南蛮子蓄谋反叛，连辅政大人都不管，还有谁来管哪！……”

杏黄伞微微一荡，再次停住。鳌拜下颏一点，儒生便被架到他马前，双膝跪倒。大人对滚成泥猴一样的告状者略扫一眼，皱眉道：“说！”

“禀老大人！晚生嘉兴吴之荣，状告湖州庄廷𫓹、南浔朱佑明及海宁查继佐、仁和陆健等十八江南名士，他们私刻《明史》，诋毁本朝，实属大逆不道！……”

这位吴之荣满语说得极好，滔滔不绝，咬牙切齿，叫人难以相信他也是汉人文士。

辅政大人浓眉越皱越紧，几乎连接在一处，眼睛也渐渐收拢，仿佛闭上了。又一句简单问话：

“凭据？”

吴之荣肩膀一耸，背上那方方正正的小包袱拱了起来。护卫解下，取出里面用层层油纸细心包裹的一函书，双手奉上。鳌拜看也不看，只示意收存，仍旧半合着眼听儒生慷慨陈词，颇像一只打瞌睡的兀鹰。

“……这就是庄廷𫓹撰写，查继佐、陆健等人列名参校的私刻《明史》。所有指斥本朝之逆词，晚生都一一标明。去年晚生曾以此书状告于杭州将军及浙江巡抚台前，不料封疆大吏贪赃受贿，使晚生一片忠义之心付于流水！晚生见列名参校者皆江南名士前朝豪贵，料想其中必有结党谋反情事，是以不惧艰辛，千里迢迢赶来京师，抱书击登闻鼓以进，却又石沉大海。万般无奈，方拦马告状……”

鳌拜浓眉一耸，鹰眼倏开，闪过一道强烈的光芒，混合着愤怒和兴奋，神情颇似跃跃欲起搏击猎物的猛虎。他的声音越加低沉浑厚：

“带回去，细审！”

辅政大臣受理《明史》案的消息，比旋风还快，立即在朝中传遍，激起一片狂欢！

自顺治皇帝去世以来，满洲亲贵大臣已经好几次尝到这种箭上弦刀出鞘、只待出手必见大胜的狂喜了：

康熙即位后的第一批革除新政、恢复旧制的敕令，使他们多少人高兴得落泪，不啻拨开云雾见青天；

江南哭庙案①、奏销案②、通海案③等十宗大案下来，杀一小批、整肃一大批，狠狠煞住南蛮子的气焰，一平他们胸中长期积蓄的委屈和怨愤；

如今又来了个《明史》案，那些桀骜不驯的蛮子文士，还敢不夹住尾巴，老老实实地听喝吗？

喜气到处弥漫。鳌拜上朝时，一重重宫门侍卫高喊“伊里！”向辅臣致敬，声音都格外响亮，站立得格外挺直，一双双年轻的眼睛里，满是爱戴和仰慕，就像当年他在保和殿战胜喀尔喀蒙古大力士之后一样。鳌拜不动声色，昂然而过。他越是对这些年轻人的崇敬完全不理睬、不在乎，他们越是爱慕他钦佩他。他的经验如此。

鳌拜抬脚跨上辅臣值房的石阶，头顶上滚来一串爽朗的笑声：“哈哈哈哈！鳌兄，了不起！又网住一条大鱼！”

不用问，这是苏克萨哈。他竟然领了遏必隆亲自到门前迎接，不仅礼重情厚，也足见他实在很高兴，那张漂亮的、肤色滋润的脸膛儿布满了笑，如春风拂面，暖意融融。相比之下，黄黑面孔的遏必隆逊

---

① 哭庙案：吴县生员金圣叹、倪用宾等因顺治之丧聚哭于文庙，从者千人，递揭帖告知县贪酷。兴大狱拿问，广为株连，斩十八人。

② 奏销案：以拖欠钱粮为名，将江南绅衿士子一万三千余人黜革问罪，枷责鞭笞。

③ 通海案：追究顺治十六年响应郑成功攻金陵的江南士民，广为罗织，牵连无穷，凌迟二十八人、斩八十九人、绞四人。

色多了。

鳌拜心里未尝不得意，但他这个人生性严肃，难得一笑，此刻说出的话，仍带着点儿怒气："可恨松魁，身为杭州将军，竟把这样的逆案轻轻放过，就为那么几个子儿！"

三人说着进了值房。首辅索尼还没有到，话题自然就是《明史》案。

庄廷𨱔的《明史》，基本上照抄朱国桢的《明史》，但补写了崇祯一朝，据实记载了满洲的崛起及其入关的屠戮。所以鳌拜说明案情后，生气地说：

"骂我们祖宗的书不烧，骂我们祖宗的人不杀，我们还有脸活在世上？"

"该杀！该烧！得叫他们知道厉害！先皇帝对他们实在是宽大无边了，就连响应郑成功攻金陵的叛臣叛民都不肯问罪……"苏克萨哈义愤形于色地说着，忽然眼珠略略一转，降低了声调，"太皇太后会不会有异议？"

"绝不会！"鳌拜直率地一口接过来，"自皇上登基，太皇太后从没驳过咱们的面子。如今天下太平，八旗兴旺，她还不高兴？老人家的心思全搁在拜佛和皇上身上。你说是不是，遏大臣？"

鳌拜性情直爽，最令人称道。辅臣议事，总是有什么说什么，而且敢说敢做。他也颇以这一点自诩，不时拉出谦恭少言的遏必隆做反衬。

果然，遏必隆想了想，说："也是。老太后对佛事很虔诚呢。"

苏克萨哈瞟了遏必隆一眼："二位，别那么放心。前儿个咱们议的那几个人几件事，忘了？……"

头一个，魏裔介，左都御史。

顺治十八年八月初八，辅臣令户部照明末练饷的数目，向全国各省加派征银六百余万两，限三个月解送进京，理由是修建孝陵及滇闽用兵。

谁知八月十三，这个魏裔介就上奏折反对，竟然说什么"兵饷正赋如果足用,加派钱粮即应停止，为百姓即所以为国家，乃培根本而长治久安之要也……”

辅臣本当不理睬，只是他这一套太冠冕堂皇，废除明末练饷，原是大清入关后的第一德政。就此一笔勾销，许多满洲亲贵大臣也觉不妥。又有内三院汉大学士李蔚等人反复劝解，婉言曲喻，不由得辅臣不踌躇。

太皇太后竟也知道了这份奏疏，虽然对加派一事只字不提，却不住称赞此疏忠心体国、有识有胆。四辅臣不好坚持，只得于八月十八下谕，除顺治十八年已加派外，康熙元年停止。

第二个，龚鼎孳。

此人是托了辅臣之力才得以复起的。大约想继钱谦益为文坛领袖，对汉人士子，但凡有几分文才，他便推重引荐，资助贫乏，得了个“汲引英贤如不及”的美誉。

奏销案遍及天下，两江绅衿无人得免，朝廷还要追迫穷治之际，此人隐然以文士救星自居，上了一道特疏，请宽奏销。文章写得漂亮，竟使太皇太后当着四辅臣琅琅背诵，称道不已。

辅臣原意要在天下各省都“奏销”一番的，终究不好驳太皇太后的面子，好在气焰最嚣张的江南士绅已然沮丧，奏销的事也就渐渐松了。

第三个，孙廷铨。

此人以首发倡议，尊庄太后为太皇太后，又率九卿上书请举行即位大礼而获两宫好感，竟不时与辅臣龃龉。议大行皇帝谥号那次最为激烈，他竟说“大行皇帝龙兴中土，混一六合，功业同于开创，应谥为高皇帝”。

辅臣手持大行皇帝的“罪己诏”，坚持谥为章皇帝。孙廷铨之议自然作罢。只是此人长期供职户部，是顺治朝奖励开荒的功臣。田赋总是要征的，荒也还得要开，纵然他不肯低头顺脑，也不能拿他怎么样，听之任之而已。

几个不驯服的汉臣何足道！

然而，今年初，首辅索尼顺应太皇太后的巧妙示意，魏裔介竟升古称“天官”的六部之首——吏部尚书！所留的左都御史缺竟补了龚鼎孳！最令苏克萨哈愤慨的，是孙廷铨这个倔巴头，竟拜内秘书院大学士！

苏克萨哈眨巴着眼，看看两位同僚，不无疑虑地说："拿这些归拢了细想去，老太后的心意咱们未必都揣摩透了，不然，这算什么意思？遏大臣，你说呢？"

遏必隆面露忧色："也是。老这么暗示借喻的，还真摸不清太皇太后的心思呢！"

"我不信！"鳌拜瞧着遏必隆说，"什么心思？妇人心性免不了爱听奉承。孙廷铨上尊号，买得老太太高兴罢了！再说，拣几个顺心听话的汉臣给点儿甜头，也是该的。"

见鳌拜理直气壮，果是有底，遏必隆频频点头，口称"也是也是"，拿眼睛去看苏克萨哈。只见他敛起笑容，正色道：

"鳌兄不可大意。套一句蛮子文绉绉的话，叫作大风起于青蘋之末。小事引出大乱子，不是没有先例！"

苏克萨哈的侄女嫁给鳌拜的侄子，二人是姻亲，每当话说到紧要处，苏克萨哈就称一声"兄"。

鳌拜眯了眯眼睛，仿佛觑定那虚幻中的"青蘋之末"，说："我料定这三员汉官背后有人，不干老太后的事。"

苏克萨哈柔润的鼻翼轻轻翕动，机敏的目光直射他这位亲家的刚毅面孔："你是说，汤？"

"对！就是那个比南蛮子还蛮的洋鬼！去年他做七十大寿，在京的汉大臣居然全都跑去奉承讨好，尊他什么'圣人'，真见鬼！最卖劲的又是这三个！……"鳌拜黧黑的双颧泛出一片恼怒的红潮，牙齿"咯咯"响。大约意识到不合宰辅良相的应有风范，他到底敛回高扬的浓眉，换了一种较比平稳的声调：

"汤若望终究是老太后的义父，咱们不好就动他，可那三个跟咱别着劲儿的家伙，还不该训诫？阿琐木！赫仑！"

两个当值的笔帖式连忙进屋，躬身听命。

"传魏裔介、龚鼎孳立刻来见！"

笔帖式飞跑而去。

苏克萨哈笑不唧儿的故作惊讶："鳌兄，你这是……"

鳌拜正色道："刚才你头句话不就夸我网住一条大鱼吗？一个大好由头！"

吏部汉尚书魏裔介、左都御史龚鼎孳，一进门槛就双膝跪倒请命。鳌拜沉着脸，一字一句地斥责：

"南人写《明史》，辱骂我满洲祖先，罪该万剐！吴之荣击登闻鼓告御状，都察院为什么不受理？浙江省府州县多少吏员在其中营私舞弊，吏部为什么不查不问？"

苏克萨哈鼻子里哼出冷笑："二位请回去查查看，参与此事的文人，在哭庙案、奏销案、通海案中是否挂名？"

遏必隆点点头："也是，真该查清楚，有前科一起算账！"

苏克萨哈忽然笑着对遏必隆挤挤眼："遏大臣，我送一个雅号给你——'遏也是'如何？"说罢哈哈地笑起来。遏必隆毫无愠色，随和地一起笑了。

鳌拜不满地瞅了两位同僚一眼，正要说句很冲的话，忽见苏克萨哈朝自己递眼色，努嘴指向跪着的二汉臣，没事人似的问："听说前儿个你又去西山狩猎了？射着虎了吗？"

"三虎二熊。怎么着，再送你一双熊掌？"鳌拜尚未摸着头脑，照实回答，目光送出疑问。

苏克萨哈拱拱手笑道："承赐承赐，有一双尽够受用，果然肥美无比，不愧山珍之首！"他接着兴致勃勃地说起熊掌的烧炙火候、作料等等。恍然而悟的鳌拜、遏必隆也跟着大谈猎虎猎鹿、好马劲弓，越说越热闹，把两员汉大臣晾在一边，似乎忘却了。

大清入关之初，规矩是汉官谒满官必跪，满官不叫起不得起。顺治帝亲政后作了变通，汉官谒满官跪行一礼后便自行起身。而今又恢复了早先的礼节，魏裔介和龚鼎孳只得长跪不动。吏部尚书倒还泰然自若，仿佛宠辱不惊；左都御史年纪大了几岁，不免有些摇晃。

"安王爷驾到！"

门外笔帖式大声禀告，打断了三位辅臣的说笑，正待出门相迎，安亲王岳乐已大步走进值房。他一眼看见跪在门边的两名汉大臣，心里就明白了一大半，于是昂然在上位坐定，受辅臣跪拜——任何臣下见王爷，必得跪拜，王爷不叫起，就不能起。

岳乐面色阴郁，满腹心事，一向明亮的眼睛，变得暗淡。他依次打量跪着的五个人，好半天，才用平缓的声音说："魏天官，龚总宪，起去。"

两名汉大臣站起身，对安亲王再拜而退，脸上毫无表情。岳乐目送他俩出了门，才从袖中取出一纸：

"三位起吧。看看这个——午门外宫墙上贴着的。"

苏克萨哈接住，是一张揭帖，笔迹秀逸洒脱，纵横满纸的墨点颇似泪滴，写了一首五言绝句：

> 少小休勤学，文章误了身。
> 辽东千万里，尽是读书人！

苏克萨哈把揭帖递给同僚。遏必隆连连摇头，鳌拜干脆不高兴地说："咱从来不认得蛮子书！"

岳乐黑眉一耸，盯了鳌拜一眼。苏克萨哈赶忙打圆场，朝遏必隆和鳌拜解释："这像是从汉家小孩儿开蒙的劝学诗演化来的。那劝学诗说：少小须勤学，文章可立身。满朝朱紫贵，尽是读书人。如若这么一改……"

岳乐面容平静，声音却很压抑："这分明是在抨击朝廷屡兴大狱，压制士人，动辄杀头流徙，有意讥刺。"

鳌拜皱皱浓眉："也不算什么大事。令巡捕追查，杀上几个就老实了。"

岳乐的眼睛闪电般一亮，又很快收敛了光芒，只轻蔑地注视着鳌拜，仿佛在看一头执拗的蠢驴。半晌，他慢慢地说："这几年朝廷文治不见精彩，诸辅臣作何感想？"

苏克萨哈知礼地赔着笑脸，遏必隆全然不知所措，鳌拜则紧闭着大嘴紧皱着眉头，谁也没有搭腔的意思。

岳乐冷冷地继续说："先皇帝称道过金圣叹的才学，哭庙案起，把金圣叹杀了；先皇帝钦点状元徐元文、探花叶方蔼，奏销案起，徐元文降銮仪卫小吏，叶方蔼又因欠一文钱而革去功名；如今又要起《明史》案，其中查继佐、陆健等人是先皇帝屡请未起的贤士，是不是又要借机除掉？”

辅臣们又来一个半晌不答。鳌拜忍不住，庄容正色，拱手低头答道：“先皇遗诏说得明白，拿‘渐习汉俗、偏用文臣、委任汉官’为罪过的。”

红晕猛然泛上岳乐的面颊，他不觉提高了声调：“你们动辄说什么率祖制复旧章，以副先帝遗意，其实，把先皇帝费尽心血始见成效的文治大业，毁坏殆尽了！”

苏克萨哈赶紧躬身请了一安：“王爷息怒，奴才们怎敢冲撞王爷！只是，王爷莫怪奴才直言，我四人受先皇遗诏辅政之时，诸王贝勒都曾在大行皇帝灵前立过誓，绝不干预掣肘的！”

岳乐面色一寒，不由得咬紧了牙关，一时无话答对。

苏克萨哈一直讨好地笑着，眼角笑纹如扇褶似的牵动着额头和面颊，说话的声调涂了蜜似的甜，蜜里却包着蜇人的刺：

“王爷不愧我满洲文学世家，要不是汉习濡染太深……”

这笑脸这声调是这样可恶，一直隐忍着、力图表现出冷静大度的岳乐突然控制不住，勃然大怒，猛地起身，两步就逼到苏克萨哈面前，一伸手，连朝珠揪住他胸口的外褂，对着那张不怀好意的笑脸，“啪！啪！”左右开弓，重重扇了两耳光，随后放手一推，大步冲出了辅臣值房。

三位辅臣惊怒交加，相视愕然。自辅政以来，从未发生过这种事！

遏必隆帮着收捡被揪断的朝珠。苏克萨哈一屁股坐在炕沿上，不住冷笑，正遇上鳌拜投过来的阴沉沉的目光，他红肿的面颊抽搐起来，弄得漂亮的相貌走了形，恨恨地说：

“不能这么就完！”

二

春寒料峭。

东方云层间，太阳半隐半现，惨白的光芒没有一丝暖气。慈宁宫南花园前几天初吐芽的小草叶苞，都瑟缩着，仿佛被寒冷逼得又收敛了起来。

太皇太后扶着两个小宫女从吉云楼出来，缓步走向临溪亭。她神态依然雍容端庄，表情还是那么和蔼温厚。但谁都能看到，她瘦了，红润从双颊消失了，显得比实际的五十岁苍老了。谁都会在心里暗自嗟叹：若是旁人也如她那般遭遇，怕是活不下去的。

自顺治十七年秋天起，不幸就固执地缠住了她。她最喜爱的干女儿兼儿媳董鄂贵妃病故，揭开了灾难的序幕。五个月后，儿子顺治帝去世，犹如摘去了她的心肝。跟着，接二连三，恪妃去世，康惠淑妃去世，皇四女皇六女双双夭亡，皇六子皇八子病病歪歪，总在生死界上徘徊……

皇家的灾星不退，刚入康熙二年，皇帝的生母、晋徽号为慈和皇太后的康妃又去世了！太皇太后已经欲哭无泪，心被悲哀折磨得近于麻木。

慈和皇太后的二十七天大丧刚刚过去，宫里头由于心力交瘁而呈现出一派精疲力尽的冷清。沉郁和悲凉始终像两条绳索捆绑着太皇太后的心，不得解脱。此时她更加理解，当年她的儿子为什么转向佛法禅宗。她，不也走到这条路上来了？

神圣的佛龛、庄严的佛像、洁净美丽的五供、寿国香台上飘来的袅袅香烟，这一切组成了宁谧、神秘的纯美境界，不是最能令人忘却烦恼、完全入静？吉云楼四面墙上千万个小佛龛、千万个小佛爷，慈眉善眼地望着她，不是在给她最真诚的抚慰？每当她走出佛堂，总像刚刚沐浴一般，清爽恬静，心头一片空明，觉得又有力气挣扎下去了。这样，每天礼佛诵经，已成她生活中不可缺少的部分，也许将成为伴随她直至终年的习惯。

苏麻喇姑赶到临溪亭时，太皇太后正俯身在汉白玉雕栏边观看池中游鱼。天气太冷，鱼儿毫不活跃，懒懒地在池底滑过，尾巴都不肯多动。

苏麻喇姑递上手炉，又为太皇太后披上氅衣，轻声说："老佛爷，说是礼部已经议得，康主子谥孝康皇后，跟端敬皇后一同附葬先皇帝孝陵。"

自康熙登基，庄太后被尊为太皇太后，人们便都改了称呼，叫老佛爷。康主子指的是当今皇帝玄烨的生母康妃；端敬皇后，就是当年宠冠后宫的董鄂贵妃。

太皇太后似在专心观鱼，没有搭腔，好半天，才轻声一叹，说："他们三个，活着的时候，恩恩怨怨、爱爱恨恨，闹得天翻地覆；如今到了那边，又在一处，总该心平气和了。"

"是。"苏麻喇姑低声答道，"人家都说，过了生死间的那座桥，爱憎心、贪欲心就都没有了。"

太皇太后感慨地点点头，直起身缓缓问道："皇帝和月格格还在书房吗？叫看妈领出来遛遛，散散心。"

生母去世，玄烨异常悲恸，哭得死去活来。尽管康妃生前难得跟儿子亲热，也不能亲自抚养，但母子天性骨肉情深，二十七天大丧过来，玄烨瘦得下巴都尖了。玄烨的悲哀就是冰月的悲哀，小姑娘陪着哥哥哭，陪着哥哥不吃饭，陪着哥哥守灵，也弄得痴痴呆呆，小脸儿上仿佛只剩一双大眼睛了。两个孩子就像得过一场大病，现在都很虚弱。

苏麻喇姑看着老太后的脸色，小心地说："月格格昨儿晚上叫头晕，犯咳嗽，今儿早起没精神，皇上守着她，哪儿也不肯去……"

太皇太后摇摇头，又是一声长叹："唉，这两个小冤家，累死人！"说着，她慢慢沿着雕栏南行。临溪亭南矗立着十多株被称为帝王树的银杏，都是两人合抱不来的参天古木，茂密的枝杈集结如篷，其间透出点点新绿，那些刚刚萌生的新芽，在暗棕色的古树背景上格外鲜明耀眼。老太后静静望着初春的叶苞，若有所思。

苏麻喇姑熟练地搀着女主人，又小声嘟囔开了："这两年，辅政办的哭庙、奏销、通海十多起大案，闹得沸沸扬扬，近日又来了个

《明史》案……”她从侧边瞧瞧老太后。老太后面无表情，只轻轻地、几乎不能觉察地叹了口气，并没有答话的意思。

“听说，昨儿个安王爷为这事儿跟辅臣们闹了一场，还动手打了苏大臣……辅臣们都气坏了！”

“甭说了！”太皇太后皱了皱依然细黑的双眉，“我没心肠管他。只咱们这个小皇帝我都顾不过来，还理那些烦死人的事！要按我本心，早死过两回了！不为这两个幼年登基的小祖宗①，谁耐烦硬着头皮活到今天……”

忽然，一阵高亢、悠长的“嘎嘎”鹤唳，打断了老太后含泪的独白。仰望高天，一列洁白的仙鹤飞掠而过。它们首尾相接，队形齐整，连翅膀的扇动都那么一致，雪白的羽毛闪着光，飞远之后，更像横在天际的一串珍珠。

天上鹤阵方过，地下也响起“嘎嘎”鹤鸣。那是南花园喂养的丹顶鹤在回应它们自由自在的亲戚们的呼唤。它们受了激励，鸣叫着，展开巨大的双翼，优美地回旋着，半飞半舞，随着一首听不见的乐曲，仿佛轻柔的云雾，极力想要飞上高空，飞向远方……

“老佛爷，看这两只！”苏麻喇姑伸手指点。

一大一小两只鹤从银杏树下直舞到临溪亭畔，与水中鹤影相映，丹顶白羽黑尾，比图画还要醒目。大鹤有半人多高，或是最老寿的一只，伸展双翅宽达四五尺，昂着长颈，向天高鸣，竭力弹跳，试图起飞。它的瘦长腿在地面点了又点，缓缓兜着圈子，终于失望地慢慢收回翅膀，单腿独立，静静与水中倒影相对了。那只小鹤非常活泼，连蹦带跳，拼命扇动翅膀，想要模仿长辈舞一舞、飞一飞。可一个踉跄，几乎摔跤，它惊慌地收拢双翅，“咯咯”地叫着，赶忙依偎到大鹤身旁。

太皇太后微微点点头，低声自语道：“老鹤已经飞不动了，小鹤还不能飞！……”

---

① 两个幼年登基的小祖宗：顺治即帝位时六岁，康熙即帝位时七岁，均由孝庄皇太后抚育教养。

苏麻喇姑默然。沉静中，三两鹤鸣更显清越，又不免带着些凄凉。

慈宁宫总管太监禀告四位辅臣求见，太皇太后才从绵长的沉思中警觉过来，皱皱眉头叹口气，无可奈何地吩咐：“引到这儿来吧！”

临溪亭南设了宝座，四辅臣跪谒太皇太后。老太后素来敬重辅臣，照例赐给坐垫。首辅索尼方坐下，又起身跪倒，以他特有的谦恭禀奏道：

“臣等受先皇遗诏辅佐政务，耿耿忠心惟天可表，三载辛劳自问无过，不知因何触怒亲贵，呵责斥骂又施拳脚。求太皇太后明鉴，不然，臣等无颜立朝。”

索尼生就一副忠厚的相貌和诚实的眼睛，但并不使人产生忠厚无用之类的联想。由于出身满洲学识最渊博的家族，他带有一般满官不具备的儒雅气度。近年老态渐至，须发尽灰，倒给他增添了几分威严，颇得朝野人士好感。

太皇太后淡淡一笑：“索尼忠直，朝野尽知。辅臣摄政三载，不但无过，而且有功。少有不服者，在所难免，不必放在心上。”

苏克萨哈跪到索尼一侧，详细禀告昨天辅臣值房内发生的事。太皇太后神态从容，眼睛里却不免透露出怠倦和厌烦。苏克萨哈禀罢，她已双目微合，仿佛睡着了。

“求太皇太后示下。”索尼小心地提醒一句。

老太后睁开眼，了无表情，只想尽早结束这不愉快的谈话：“好了，二位起吧。辅臣奉先帝遗诏辅佐幼主，原不许诸王亲贵掣肘。辅臣尽管经意综理政务，安王等人干政，自有皇家家法裁夺……”

一语未了，北边靴声杂乱，还带着“橐橐”跑步声，冲来黑压压的一群人，把园中悠闲散步的仙鹤惊得“嘎嘎”乱叫，扑着翅膀逃躲。跑在最前面的，竟是身穿金黄小龙袍、头戴红绒结便帽的小皇帝玄烨！

人们惊讶不已。刚站起身的索尼和苏克萨哈又同着遏必隆、鳌拜双膝跪倒，嘴里念着：“奴才给皇上请安！”

可是小皇帝就像没有看见四位大臣，他满头是汗，惊慌失措地直冲到祖母跟前，只管尖声叫着：

“老祖宗！月妹妹不好了！”

太皇太后一惊：“什么？”

玄烨急得脸通红，一把拽住祖母的袖子，硬拉她起身，上气不接下气的只是嚷：

“老祖宗快去，你快去救救她呀！……”

太皇太后顿时心慌意乱，竟站不起来，只提高嗓音问：“看妈呢？奶妈呢？今儿谁在冰月屋里当值？”

一个跑得气喘吁吁的保姆连忙跪倒：“禀老佛爷，昨儿半夜那工夫月格格就浑身滚烫，传了太医来瞧，吃了一剂药，天亮那会子原本好些了，没承想这会子又烧上来了……”

玄烨几乎哭出来，大声抢白：“你啰唆个什么劲儿！讨厌！……老祖宗，快走！快走！”他用力扯着太皇太后，小小的身体都斜向地面了。老太后随着孙子移步的当儿，不由得仰脸望了望：天哪，你降给皇室的灾祸还没到头吗？……

走下临溪亭石桥，太皇太后略定定神，发现辅臣还毕恭毕敬地跪在那边，便拽拽玄烨的手：“看你，还不快叫起！”

玄烨魂不守舍地回头草草看了一眼，远远喊了两声：“起去起去！”重又抓牢祖母的手，“走！快走哇！”

慈宁宫寝殿侧，冰月住的三间屋子，里里外外挤满了人，连门前石阶上也站满了宫女太监，却静悄悄的连一声咳嗽、一口大气也听不到。小皇上那带着哭腔的呼喊便清晰地直达户扇：

“月妹妹，你快醒醒儿，老祖宗来了！你倒睁睁眼啊！……”

冰月烧得满脸赤红，嘴角起泡，小脑袋耷拉向枕头一侧，无知无觉的样子更叫人心疼。

“冰月，好孩子，你醒醒吧！……”老祖母温柔慈爱地抚弄着小孙女乌黑的柔发。

浓密的眼睫毛一动不动，就像贴在这张通红小脸上的两瓣黑色月牙儿。难道这双美丽的大眼睛再也不睁开？难道这清亮亮的眸子再也不能活灵灵地闪动？围在床边的太皇太后、皇太后和皇上，还有各宫主位们，都被笼罩在一团悲雾之中，有人在轻轻啜泣。

冰月的细长眉毛成年人似的痛苦地蹙了又蹙，睫毛扭动着扭动着，唇边竟牵出一丝天真的温存的笑，慢慢睁开了眼。奇怪的是，目光秋水般澄清宁静，完全不像七八岁孩子的神情，眸子黑宝石般晶莹，凝视着太皇太后，静静地、带点悲哀地说：

“老祖宗……冰月不在这儿待了……”

像剜去心头肉，太皇太后一阵痛心，声音也哽咽了：“好孩子，你说哪儿的话……”

冰月目光略转，看到玄烨，殷红的小嘴伤心地撇了撇：“三哥哥……小红马荷包没绣好，我得走了……你别生气啊！”

玄烨捏着冰月滚烫的小手，眼泪哗地落下来。

“冰月，不要瞎说，惹老祖宗难受……”岳乐站在床头轻声责备。他是应急召刚刚赶到宫里来的，心里有如兽爪在抓挠。难道召他进宫竟是为他心爱的小女儿送终？

“阿玛，冰月不瞎说。”黑亮亮的目光落在岳乐脸上，“皇额娘叫冰月了，还有皇阿玛，笑眯眯的，招手，好多好多花儿呀……红的、黄的、粉的，真好看……”冰月往枕上一仰，眼睛又合上了，卷卷额发撒满鬓角，盖住眼睛，呼吸愈加粗重急促了。太医赶忙跪上来诊脉。

太皇太后问：“怎么样？”

“回老佛爷，格格这是邪热入肺，脉象凶险，惟退得高热方有救……”

玄烨忙道：“你快开药方、快给她退热呀！”

太医叩头道：“回万岁爷，格格金玉之质，用药须格外谨慎，学生不敢冒昧从事，须得……”

“放屁！”玄烨大怒，瞪着眼珠子，戳手指定太医跺脚大骂，“你是干什么吃的？白拿朝廷俸禄吗？饭桶！立马给我开方子！要是治不好月妹妹，我要你们这帮饭桶太医的脑袋！”

完全是乳声童音的小儿斥骂，却吓得太医“砰砰”叩头、浑身哆嗦，汗水顺着面颊往下淌。玄烨抓起几上的纸笔远远往太医头上一扔，吼着：

“写！给我立刻写！”

太皇太后用责备的目光向玄烨示意。玄烨全没看见，骂过太医，回身就奔冰月榻前。

冰月手脚忽然一哆嗦，嘴里含含糊糊地嘟哝：“热呀！……火烧身上来了！……”说着就抽搐起来。赤红的面色转青，脖颈紧张地挺着，半睁半闭的眼睛看看翻白了。众人一片惊慌，哭的、喊的、叫的、揉搓的，一个个失了主意。几个看妈冲上去掐人中捏手脚，乱作一团。

玄烨突然从乱哄哄的人堆里蹿出去，一边跑一边脱龙袍。太皇太后一眼瞧见，忙命看妈跟着。不一会儿就听看妈在门外大呼小叫：

“哎呀万岁爷，这是干什么？不能脱呀！”

“万岁爷冻着可怎么得了！”

老太后不放心，正要出去瞧瞧，玄烨一路嚷着跑回来：“闪开！都闪开！”

众人吃了一惊，只见皇上只穿件贴身的月白绸衬褂，冻得腮帮泛青、嘴唇哆嗦，自管飞跑到冰月床边，一把掀开锦被，双手用力抱起烧得浑身滚烫的月妹妹，紧紧贴在自己凉冰冰的身上，还特意把冰冷的脸蛋贴紧那热得如着了火似的小脸，——他是从春寒中取了凉，回来为月妹妹退高热！

众人明白过来，望着两个小人儿，全都愣住了。

被高热折磨得奄奄一息的小冰月，骤然遇冷，神奇地停止痉挛，可怕的抽搐缓解了。玄烨感到妹妹像角弓一样紧绷绷的身体渐渐放松、渐渐柔软，非常高兴。冰月的高热吸尽了他身上的凉意，他开始觉得热了，便吃力地把冰月放回床上，转身又往外跑。看妈一把拽住：

“万岁爷，不能啦！保重龙体要紧！……”

“你少管！”玄烨甩脱她的手，头也不回地冲出去。待他一身冰凉地跑回来再抱冰月时，惊异地看到，除了太皇太后、皇太后和太妃以外，所有的人都跪下了，冰月床前五颜六色，密密麻麻一片。

“皇上天恩厚德，奴才纵然肝脑涂地也难报答……”安亲王频频叩头，语调呜咽。

“皇上是天下之主万民之父，千万保重……”苏麻喇姑也在不住请求。

“求皇上着袍!”

“求万岁爷添衣!”

四面都是忠诚的面孔、深受感动的求告。玄烨对这场面很觉意外，疑惑地看着祖母。老太后温厚地笑了，说：

“皇帝虽然年幼，却具佛心，笃于亲情友于弟妹，是仁爱之君，谁不感泣？只是，退热去病，还有太医和看妈们经管，皇帝可以放心了。”

果然，几名看妈已经端来了凉水和冰块，退热效果显见比自己这一时冒出来的笨法子强。玄烨也就顺从地放开冰月，任听她们摆布昏昏沉沉的小格格。

太皇太后嘱咐几句，心事重重地出了中堂。皇太后、皇上和安亲王陪着出来。老太后轻声说：“皇帝和皇太后去吧。”

玄烨仰脸看着祖母和伯父，赶紧拉了太后又回冰月屋里去了。仿佛感到什么，进门前他又偷偷回头看了看。

沉默片刻，太皇太后直截了当地问：“你打了苏克萨哈？”

岳乐就地跪倒：“奴才一时按捺不住……辅臣屡兴大狱，压制汉人士子，奴才深恐逼出大事，于朝廷不利，不过才训诫几句，他却出言不逊，有意冒犯……”

太皇太后伫立不动，没有表情的脸仿佛佛龛里呆板的神像。静了好一阵儿，说出的话也带着无法形容的冷气：“朝廷的事辅臣该管。汉人原本气傲，惯得太厉害，也不成!”

岳乐心头“咯噔”一跳，鼓足勇气提醒道：“老佛爷，得人心者得天下啊!”

太皇太后脸颊掠过隐隐抽搐，声音更轻了，仿佛在问自己：“得汉人心还是得满人心？以目下情势而言，孰轻孰重？”

岳乐随口接答："满汉一体，国家才能太平昌盛……"

"满汉一体，谈何容易！"太皇太后摇头，叹息一声，"为政必须刚柔相济。先皇帝过柔，理应以刚补正。"

岳乐吃了一惊：这么说来，近年兴的几桩大狱，是太皇太后默许的了？他心里阵阵发寒。

太皇太后复又显出倦怠和苍老，眼角耷拉下来，声调也欠了底气，但说出的话仍很逼人："岳乐，辅臣奉先帝遗诏摄政，诸王亲贵不得干预。"

岳乐怔了怔，不禁抬头看了这位婶母一眼。这位婶母用更微弱低悄的嗓音，说出一句更令人心悸的话：

"难道忘了多尔衮[①]？……"

岳乐匍匐着再不敢出声，背上凉飕飕地沁出一层冷汗。他静候下文，而因半晌无动静而抬头看时，她已经走了。

太皇太后回到寝宫，倚着炕上的靠枕喝茶，视而不见地盯着八仙桌上一盘金黄色的佛手出神。后来她放下茶盏吩咐："叫小福子。"

玄烨的乳母领班孙氏，在宫里的名字叫小福，立即应召而来，跪在老太后脚前，恭听着平稳慈和的问话：

"小福子，这些日子皇帝晚间睡得可香？"

"回老佛爷，睡得香，吃饭不香。圣母皇太后大行，皇上心里太苦。"孙氏回话意思明白，态度得体。

太皇太后点点头，又问："近日没有给他沐浴吗？"

"回老佛爷，大丧之后，刚浴过身。"

"哦。你看他……长成了吗？"

"回老佛爷，还同小时差不多，没大变。"

"嗯……你去吧。"

天色完全黑下来，太皇太后还坐在那里，也没叫上灯。她心里还在翻腾。辅臣和安王的官司、政务国事此刻都已撇开，她只想着那个

① 多尔衮：顺治初，皇帝年幼，多尔衮以叔王摄政。顺治帝亲政后，定多尔衮谋逆罪，夺谥削爵，并彻底清除其党。

叫人无法捉摸的小皇帝。方才他搂抱冰月看来是孩子气，并非情窦初开，教人略略松了口气。但这孩子好像比他父亲更古怪。他身上仿佛附着好几个人：这一个聪明好学，那一个顽劣异常；一忽儿诚笃仁爱，一忽儿却又骄横十足蛮不讲理……这位嗣天子，日后能够受天命负大任吗？

为同一原因心神不安的，还有一位——安亲王岳乐。老太后的话再明白不过，他已决意辞政。决心一下，许多烦恼顿时消失，大有从泥潭拔脚而出的轻松之感。但心头总是牵牵挂挂放不下，因为今天见到的皇上，和他心目中的神童三阿哥全然不是一个人，怪僻得叫人害怕！想想他跺脚骂人时暴戾的眼神、搂抱冰月时不顾一切的呆气，岳乐很担心：将来他能是一位有道仁君吗？

五天以后，岳乐再次应召入宫。

走近冰月住所，一片盈盈笑语，和着杨柳春风阵阵飘来耳边，他悬着的心放下了。

果然，裹得严严实实的冰月已靠坐在堂屋南炕毡垫上了，小脸苍白，两颊消瘦，眼睛显得越发大越发黑，看上去弱不禁风，精神倒还好。玄烨挨着冰月坐在炕桌边给她剥瓜子。太皇太后、皇太后和几位常来的福晋，都按各自身份，坐在太师椅、扶手椅、瓷墩、方凳上，说笑得正有劲，岳乐到来也没打断她们的兴致。见了家常礼，看了女儿的气色病情，岳乐也坐在一旁听她们闲谈。

那位能说会道的老福晋在继续刚才的话题：一件被宗人府经历司错判的盗案。听着听着，玄烨发议论了：

“这主事的真笨！哪儿用得着费这么大周折！”

太皇太后瞅他一眼：“小小年纪，别说大话。”

玄烨不服：“老祖宗等着瞧，日后我要是断案子，绝不这么糊涂！但凡用心思多想想多瞧瞧，那明察秋毫也不难！”

太皇太后笑笑：“叫你说的！……好吧，我来考考你。”

“考我？”玄烨兴奋得蹦起来，跑到祖母跟前摇晃她的胳膊，“老祖宗，快出题呀！”

老祖母略想了想："岳乐，你先把皇帝领出去。"

伯侄两人一出堂屋，那沉重的镂花红门就轻轻地闭上了，里面只透出几声轻笑，一句话也听不清。玄烨笑着对岳乐扮了个鬼脸。

门开了，人人脸上带笑，用好奇或诡秘的目光望着玄烨。他坦然受之，自信地扬着脑袋："老祖宗，快讲吧，什么案子？"

太皇太后指指茶几上的几个鸡蛋壳："给冰月煮的两个茶叶蛋，叫这屋里的丫头偷吃了。你来断一断，谁偷吃的？……冰月，不许给哥哥递信儿！"

屋里十几个丫头，玄烨不厌其烦地一个个问过去："鸡蛋是你吃的吗？"谁想这些丫头们一个个全点头，或含笑或羞怯或害怕，都承认自己是偷吃鸡蛋的小贼。

问过一遍，玄烨立在屋当间不响了。老太后笑起来，到底还是个孩子，略出点花样就发蒙。众人也笑了：趾高气扬的小皇上还是叫太皇太后给考住了。

玄烨眼睛一亮，闪出两朵活泼泼的光彩，吩咐受审者："听着！你们每人端一盏水，挨个儿到我这儿来，瞧我给你们断案！……看妈，拿个瓷盆搁我眼跟前！"

丫头看妈们忙起来，主子们看得更有兴趣了。头一名宫女跪到小皇上跟前，他得意扬扬地说："漱口！吐到盆里！"

大人们"哗"地笑开了，笑声中洋溢着赞叹：好个聪明孩子！今年还不到十周岁呢！

太皇太后身边的小宫女云妞儿漱口水一吐，玄烨就指定了她："是你！瞧这些鸡蛋黄！"

"小贼"审出来了，福晋们向太皇太后、皇太后跪贺，颂词说了一大篓。两宫也十分高兴，吩咐晚膳给玄烨加几品克食，以示奖励。连小冰月也笑眯眯地说："三哥哥，小红马香荷包我明天就给你绣好！"

众人又说笑一会儿，冰月看看倦上来，倚着玄烨，一副小女孩儿娇弱不胜的样儿，不住打哈欠。太皇太后说："咱们走吧，冰月该歇歇了。岳乐，你再坐坐。"

“老祖宗，我也再坐坐。”玄烨接口说。

“好吧，只别烦你月妹妹，让她多睡会子。你也早些回书房，别误了念书。”

“书都带来了，跟月妹妹一块儿念。”

“好，好。”老太后笑着说着，扶了云妞儿起身。皇太后和福晋们簇拥着一起走了，屋里顿时清静了许多。

“阿玛，”冰月竭力睁大困倦的眼睛，“你也跟三哥哥一样，坐炕边来说话给我听啊……”

岳乐顺从地坐到炕沿上，自然远出一尺多，他不敢与皇上比肩。冰月背倚着缎靠枕，小手无力地搭在织福字明黄锦绣扶手上，好一位雍容高贵的小公主！半睁半闭的眼睛看一眼哥哥又看一眼阿玛，听他们说不到五句话，就甜甜地睡着了。

伯父和侄儿于是说起别的，怕吵醒冰月，小声细气，如说悄悄话：

“王伯，你真抽了苏克萨哈俩嘴巴？”玄烨一脸兴奋。

“皇上也知道了？”岳乐惊讶地看看玄烨。

“用哪只手抽的？这只吧？”玄烨一把捉住伯父的右手，“嘿，多么大，多么有劲！准把他那臭脸抽肿了！”

毫不掩饰的痛快，令岳乐心头一动：“皇上不喜欢他？”

玄烨就势蹭到伯父身边，凑上去咬耳朵：“我最恨他啦！笑面狐狸，一肚子的坏水儿！……他不让我淘气，我偏淘！他越想管我，我越不让他管！”

“皇上你……为什么呢？他是奉遗诏辅佐皇上你的呀！”

“谁稀罕！我父皇龙兴中土，混一六合，功业同于开创，是明君英主，他竟领头不给谥‘高’字！他处处露脸出头，贬低我父皇，违逆我父皇生前的治国之道！别当我是小孩儿不懂事。我是嗣天子，是我父皇的儿子！”

听着这不似九岁孩子的话由清脆的九岁孩子的嗓音侃侃吐出，岳乐心中一热，眼睛湿润了。无论是出于小男孩儿对父亲的崇拜爱慕，还是出于未亲政的幼年皇帝的自尊，他这番话终究廓清了岳乐胸臆间的那团迷雾：他依然是那个小神童三阿哥！岳乐一阵轻松，不由得伸出臂膀，把小侄儿紧紧搂了一下，但立刻意识到自己失礼，连忙放开，小声叮嘱：

“这些话，可别再跟人讲了，传出去……”

“我知道，”玄烨严肃得像个成年人，“老祖宗跟前都没敢这么说。只跟她说，我们俩从不互相瞒着。”他指指睡着的冰月。

刹那间，一个念头从岳乐心上闪过：只要冰月在宫里，他岳乐的荣宠就不会衰败！对此，他是喜还是悲？是深感侥幸还是颇觉惆怅？……他辨不清其中滋味，只感慨地把目光再次投向自己的小女儿。

冰月雪白的小脸安详又美丽，像一尊小仙女的玉雕。岳乐心底有什么在轻轻蠕动，因为他在这张秀丽的小脸上，隐约看到了另一张面容。许多日子以来，那双同样美丽的眼睛已被纷繁的朝政推挤到极远的角落去了，此时，它越来越清晰地浮现出来，令他唇边泛出柔和的微笑。

三

数亩方塘，清澈见底。水面波平如镜，倒映着仲春时节迷迷蒙蒙的天空云影，也倒映着环塘一带盛开的桃花。一团团一簇簇，如云似霞，把绿水染得通红。

桃花深处，飞起一缕悠扬的笛声，随着缓缓春风，贴着静静水面，忽而轻柔忽而嘹亮，向四处飘散。

一个华丽动听的煞尾，笛音陡然收住。重重花树中，回声似的扬起无拘无束的开怀大笑。安亲王岳乐不戴帽不着靴，一领蓝衫，左手高擎金杯，右手拉着江南老名士吕之悦，五分醉意，十分洒脱：

“对桃花，听笛曲，饮醴泉。笑翁，你我可算是桃花源中一双神仙啰！哈哈哈哈！……我这亭匾还算贴切吧？”

吕之悦抬头一望，小小的茅顶六角亭檐上悬着一块黄杨木匾，镌了“武陵春色”四个大字，不点金不着色，潇洒的笔势、辞意，与茅亭、桃花很是谐调，不觉捻须赞道：

“好！妙！寻得桃源好避秦，桃红又是一年春……”

“避秦？”岳乐略一回味，仰天大笑，顺手把金杯朝身后一扔，大叫，“吟得好，解得透，个中滋味妙不可言，知我者笑翁也！”

岳乐真有些醉了。花下红毡、毡上盛筵美酒、侍酒的秀曼小鬟、筵前歌舞的妙龄女郎，忽远忽近，编织成一幅难以分辨的彩缎，花簇锦团芳香袭人，激得他越加兴奋，王爷的威重眼看保持不住了，伸手一点：

“过来！你！”

被点的穿月白色锦袍的侍女，苗条动人，方才歌舞间打了几个出色的莽式，已领下王爷的赏赐。此刻王爷这不寻常的召唤，使她脸色顿变，又不得不强笑着近前跪倒。

“站起来，背冲我！”岳乐命令着。

“奴才不敢。”侍女惶恐地叩头。

“快！”岳乐喝了一声。

侍女犹犹豫豫地背身而立，竭力抑止双肩的抖动。

岳乐绰起一支檀管大提笔，饱蘸浓墨，一手叉腰一手挥毫，笔走龙蛇，口中高吟。那几句流传千古的谪仙文章，便醉墨淋漓地落在侍女光亮平滑的月白锦袍后身上：

“夫天地者，万物之逆旅；光阴者，百代之过客。而浮生若梦，为欢几何？……”

此时此地此景此情，确已被醉仙太白的《春夜宴桃李园序》说尽。吕之悦与岳乐交往多年，还不曾见他如此狂放，如此失态。他猜到是辞政告归的结果，借题发挥，一泄怨愤而已。有心劝解几句，又觉得不必。

岳乐转向老友：“笑翁，也来画两笔？”

“不敢。江湖二十年，老尽少年心了。只是王爷你……退居林下，果真诗酒了此一生？”

岳乐不答。

水面飘来琤琤的古筝曲。有人和着乐曲唱一首听不清词句的歌，如泣如诉，委婉中含着凄楚。岳乐的醉眼里透出悲哀，端酒杯，再提笔，在另一个侍女的丁香色缎袍上飞笔纵横，写来写去，只是那两句诗，十个字：

“不惜歌者苦，但伤知音稀。”

“不惜歌者苦，但伤知音稀。”

…………

春风和煦，阳光温馨，吕之悦却感到背后掠过一阵寒意，一时无言，遂坐花下自斟自饮。他怀着沉重的思虑，从进王庄之时起就在寻找适当时机向安王一诉。然而，多年与满洲亲贵打交道，很懂得其中奥妙，他不能随便吐露求告的意思。因为求告意味着自贬，那将招致主人的轻视，这是他自尊心所不能忍受的，更无助于此行的主要目的。

偶尔回顾，王爷业已盘腿落座，却不声不响地凝视远方，几分痴呆、几分温柔、几分沉醉，令吕之悦大为惊异。顺着岳乐的目光，透过花影越过水面，直到那座小小石桥一侧，仿佛有个蓝色的人影儿。桃花又低垂掩映，吕之悦又老眼昏花，连那人是男是女也没分清，便不解地说：

“哦，王爷，你这是……”

微微一惊，回脸与老友目光一碰，亲王刹那间竟忸怩不安，活像偷着姑娘被人当场捉住的年轻小伙儿，脸迅速地红了。他赶忙躲闪开，装作观赏桃花，装作醉意沉沉，故作旷达地一挥手，大笑道：

“醉也！醉也！归去来兮！……”

这当然是王爷借以掩饰窘态的遁词，吕之悦便也哈哈一笑，拱手告退。行不数步，他又回头看了一眼。岳乐站在一树最红的、蜂围蝶绕的桃花前微笑，那双很亮的、总闪着威严的眼睛，此刻仿佛蒙上一层含蜜涂糖的雾翳。这笑容这神色，与他两鬓的星星华发、与他浓眉大颡隆鼻方颐的英武气概太不相称了。吕之悦摇头叹息自管走开。

岳乐望着吕之悦离去的背影，也在摇头微笑，他不会不知道，半醺之际忆起往事，多么令人陶醉！

阿丑进府很久，他都不曾注意她。若不是那个神秘的月夜，若不是景山道场上她的古怪行为，他永远也不会发现她姿色中那种特殊的美。原来，她瘦弱纤小的身躯里竟蕴藏着这样的勇气！

多少年来，他勤于国事，无暇顾家。皇上病故、新皇即位后，他经常与柄政的辅臣龃龉，因而在议政王大臣会议中陷于孤立，这才经常借故告假，躲回永平的王庄优哉游哉。于是，阿丑越来越多地出现在他眼前，也越来越紧地抓住了他的心。她是那样忧郁、幽静，纯洁天真如稚子，全不懂得保护自己！

强有力的男人的爱，常常从怜悯同情开始。岳乐很快就不能自已了。这有何难？像对待府中偶尔令他动心的女奴一样，他命管家太太召阿丑侍酒侍寝，他要施恩。为了掩人耳目，另找了三个丫头陪同。

承恩侍宴，是女奴们极其难得的上升机遇，无不妆饰一新，殷勤进酒，献媚送笑。偏是她，独倚中堂大柱，侧身面壁，泣不成声。

岳乐惊异地注视着这个不知好歹的人儿，好半天才开口问道："是阿丑吗？……你是哪里人？"

没有回答。

"多大岁数了？"

仍是低头饮泣。

"原先有丈夫？"

她骤然放声，边哭边嚷："我原是良家女子，如今落到这个地步，还有什么好说？求王爷开恩，杀了我吧，我是不愿再活下去了！……"说着，突然一低头，猛地撞向朱红大柱。"砰"的一声，撞折了高高的两把头，她又要再撞，管家太太冲上去把她抱住了。她又是哭号，又是挣扎，惊得另三个女奴大气也不敢出。阿丑这样抗上胡闹，触怒王爷，还有命吗？

王爷却静静瞧着，不动声色，吩咐管家太太：领阿丑回去，好好防护安慰，不要悲损了身子。说罢一扬手，把女奴们一起挥走了。

没人能够领会岳乐的缭乱情怀：阿丑触柱求死之际，他眼中看到的是她与灯烛红光相映射的熠熠额光，粉腮淌着晶莹泪珠，不像是晓花含露吗？哭腔喊声，不正如春天树丛中娇莺呖呖吗？她跳踊挣扎，鬟髻尽散，长长的秀发一拖到地，漆黑光亮，宛如一道黑色瀑布，谁不生爱怜之心啊！……

次日，阿丑病倒了。王爷命管家太太传医诊脉，药品、糖品、果品源源不断地送进阿丑的小屋。阿丑却又恢复了她的沉默，对送去的东西瞧都不瞧一眼。

阿丑的倔强引起岳乐的疑虑：真是她不慕荣利、淡泊天真，还是为求取更大的荣利而故意作态？

岳乐一向自视甚高，不肯自坏声名自寻烦恼地强力占有她，可是提高阿丑的位分又很难。她既非贵族格格，又不是八旗女子，甚至不是平民，只是个奴婢，一个犯罪入官的蛮子奴婢！收为通房大丫头已是到顶的抬举，做侍妾则必招物议；如若再高上去，岳乐将受参劾指斥，也逃不脱宗人府的责罚。他怎肯忍受那些讥笑嘲讽！剩下只有一条路：放弃。他止步了。

年初，慈和皇太后病逝。哀诏到来，王庄举丧，上上下下的人都换了孝服。岳乐亲自到马房查看回京奔丧的车驾，出侧院门，骤然遇上阿丑。目光一撞，她赶忙低头让路，垂手侍立一旁。缟衣练裙，映出她秀眉鸦翅般黑、双眼寒潭般清，肤色如玉，神情娴静，两条素白的绸带从脑后直拖到地，飘飘摇摇，竟给她添了几分仙气，愈加神韵动人了。岳乐只觉心底某处似被长针深深地刺了一下，奇特的痛苦混合着快意刹那间穿透了全身，此刻的阿丑便长久地留在了他的记忆中。

回京，重新步入繁华富贵、花娇柳媚，还要承受无尽的烦恼：当年他为政的主张和主办的事，如今都成了笑柄，被讥为“隔年炸糕”。不久就出了他动手打苏克萨哈的故事，他辞政了，回家赋闲了。

对政事心灰意懒，他眼前阿丑的影子就愈加清晰、愈加动人。白居易宠樊素、苏东坡纳朝云，不是千古佳话吗？他怎么就不能择所爱以充后阵？参劾也罢、罚俸也罢，不就一桩小小的风流罪过，有什么不得了！还能坏到哪里去？

他下了决心，昨天赶回王庄，立召管家太太讲明，不理睬管家太太瞪得铜铃般的惊慌的眼睛，把送给阿丑的礼品不厌其烦地一一指示清楚：满装贵妇衣袍一箱、汉装绫罗衫裙一箱、人参十斤、东珠百颗、首饰一箧、宫扇两柄、荷包手帕各四件、金锭银锭各一盘。

想必管家太太已把谕令和礼品送到，那个倔强的人儿总该被这一片真情打动了吧？不然，忧郁沉默的她怎会有心思到塘边桥头闲走？说不定，她是为了隔水一望？……

想到这里，岳乐摇摇晃晃站起身，推开来搀扶的内监，穿过桃林的红云，独自走向绿水一侧的白石桥。

石桥边绿水盈盈，倒映着蓝衣白裙的秀美身影，仿佛一尊伫立花下的石像。然而，急促的呼吸、颤抖的手指、乌黑的眼圈和眸子里极不安定的光亮，透露出她内心的极度紧张和焦虑。她，阿丑——乔梦姑，胸臆间倒海翻江、千头万绪。活着，竟然这么难！……

那是年初正月十五元宵节，安王府家宴格外热闹。王府戏班演新戏，奴婢们都被恩准在廊下隔帘观瞧。戏做得好，王爷很高兴，梦姑听得他对那拉福晋说：

“到底明师高徒。不请云官教习，这班子绝不成器！”

福晋也笑了：“王爷多赏他就是。”

王爷说：“银子值什么！要他自己登台再演一出。”

福晋道：“听说他已久不登台了。”

王爷不答，只挥手令管事去传戏。于是，一出摄人魂魄的《窥妆》上场了。那位金冠雉翎的小生，英俊倜傥光彩照人，用委婉的词曲、潇洒的身段和亮如星光的眼神，把既多情又好色的吕布描绘得栩栩如生，炽热的欲念和缠绵的情怀扭结在一起，倾倒了所有的看客！

梦姑大惊失色！双手紧紧抠着廊柱，一声声心跳又急又猛，仿佛要蹦出胸膛：这哪里是什么吕布、什么云官，这分明是与她自幼青梅竹马、后又遭她背弃的未婚夫婿同春哥啊！

“吕布”到王爷、福晋席前领赏，吸引了多少爱慕的眼光！可“吕布”目不斜视，谢了赏就匆匆退回后台。隔着低垂的竹帘，他从梦姑身边擦过。梦姑双手冰凉，浑身哆嗦，一口气上不来，晕眩得抱住廊柱，瘫倒了。

偏偏福晋指定阿丑把赏给戏班教习的几品克食送去，她照例默默躬身领命，心里头悲喜交集，乱麻一团。

记得是悄没声地放下了托盘，略略蹲身，低低地说了一句："王爷福晋赏。"

背身站在窗前出神的他，竟如听惊雷，浑身一震，猛地转过身，霎时间面孔煞白，嘴唇都失了血色。只有那双瞪得大大的黑眼睛，像燃烧的火，像闪着寒光的剑，逼得她不敢抬头，逼得她浑身发寒热般颤抖！

他大步走近，一把推开挡在两人之间的托盘和菜肴，久久凝视着她，终于喃喃地说，有如梦呓："梦姑，是你吗？真的是你？……快应一声啊！"

她哪里还出得了声！咬紧牙关，怯生生地点了头。

他如大梦方醒，露出欣慰的笑，又百感丛集，摇摇头："梦姑梦姑，我寻得你好苦哇！……"

一句话，凝聚着多少感慨、多少情意？她的眼泪刷地涌出，汩汩不尽，终于失声叫道："同春哥！……"

他约她当晚花园藤萝架下相会，她摇头。

他眉毛一拧，一把抓住她的胳膊。这当儿，戏班班主一脚踏进来。她慌忙收起托盘逃开，出门时听得班主打趣他："这么多丫头你全看不上，倒相中了阿丑？人家可是福晋屋里的，小心你的脑袋！……"

后来的二十天，她受尽熬煎：盼相见又怕相见。府里规矩大，盼而不得见；怕相见，送赏的差使却又落在她头上。二月初八圣寿节，王爷福晋进宫拜寿，阖府上下每人得一份福寿饼。福晋召阿丑，指着一盘上好细点说：

"给云教习送过去，就说是我特意加倍赏他的！"

她忐忑着走进戏班小院教习的屋子。他正在给徒弟说戏，乍一见她，不但脸色变了，连眉眼都移了位置。她又羞又怕，放下托盘转身要走，嘴里支支吾吾什么也没说清。他撇下徒弟大步赶来，先是一躬到地，口称"谢王爷福晋赏，劳动姐姐辛苦"，跟着为她开门，殷勤致谢殷勤相送，不停嘴不停步，下台阶出戏班，一直送到绿竹掩映的鹅卵石小径上。

“同春哥，请回吧……”她红着脸垂着眼，低声嗫嚅道。

“你让我回哪儿去?”他声音嘶哑，狠狠地问，眼里一团炙人的怒火，“你难道就不明白，我进这王府，干这劳什子戏活儿，全都是为了找到你、为了娶你吗?”

她脚下一个趔趄，差点儿摔倒：“同春哥，你……疯了?”

“我不疯!”他怒冲冲地扳住一棵粗壮的老竹，面孔涨得血红，“是你没有情义!”“咔吧”一声，竹子断在他手中。

“我……”她可怜巴巴的，如在呻吟，嘴唇颤抖，满眼是泪。

“你?”他古怪地盯着她看，面孔忽地阴暗下来，“有了别人，早忘了当年的情分，可是?”

如同心窝上挨了一刀，她身子摇晃着，扶住身边那株青桐，绝望地挣扎着说：“同春哥，我宁可你杀了我！……”

他的脸上又燃起热情的火：“那，你就嫁给我！王爷早就要赐婚，可是找不到你，我谁也不要！……只等你一句话，咱们回家耕读度日，我再不上戏台，你再不为奴婢!”

“我……唉，同春哥，你怎么就不明白，我不配，我对不起你，我不配呀！……”她紧紧搂住青桐树，哭得全身剧烈地战抖，带得树叶儿“沙沙”乱响。因为不敢出声，她痛苦得抽心结胆，眼看要透不过气了。

“梦姑!”他差点儿叫起来，怒气全消，眼睛湿润了，满腔爱怜化作极其真挚的低语，“别这么说，别这么说……你的事我全知道。你嫁人、你获罪入官为奴，都是受人逼迫、遭人祸害。你吃了那么多的苦，怎么能怪你?你看!”他从襟怀里贴肉处掏出一个用银链挂在颈项的白油纸包，递给她。一打开，她就认出来，是八年前她送给他的定情信物——那只绣着鸳鸯莲花的香荷包!

八年的颠沛流离，八年的苦难折磨，她的心已一片荒凉麻木。今日，久旱的干枯大地忽逢甘霖，她怎能不泪如泉涌?贴在腮边的香荷包顷刻间被泪水湿遍。

他轻轻拉过她的手，把一对翡翠玉镯顺着她的指尖、手掌、手腕，慢慢捋上胳膊。风吹竹叶"簌簌"响，伴着他温存的絮语："府里人多眼杂，不便多叙。明天我就去叩请王爷，你静等着好消息吧！……"

那一夜她不曾合眼，多少辛酸、多少感念！虽然也有惴惴不安的期待，但她总难相信好运道能这么轻易地落在她头上。果然，第二天一大早，她就被管事派遣到远离京师的永平府王庄上来了，从此隔断了他的音信。她没有等到好消息，却等来了无尽的牵挂、愁闷和焦虑。

不久，发生了那夜侍酒侍寝的事情。她震惊之余，原想一死了之。王爷竟未发怒，依然善待，并不重提旧事，也无逼迫的意思，倒叫她心中生出几分感激。怪不得同春哥说安王爷与众不同！

昨天，王爷守制期满，从京师又回王庄来了。她随众出庄跪迎，心口猛然"咕咚"一跳，因为在王爷众多的随从中，她看到了同春！莫非王爷恩准了他俩的婚姻？不然，王爷为什么特意看看她，点头微笑呢？

今天一大早，管家的满洲太太指挥许多人，抬着搬着扛着捧着，大箱小柜把她的下人小屋全填满了。许多是她有生以来不曾见过的物品。她满心感激，没料到王爷肯给她这卑贱的奴婢备如此丰厚的妆奁。她想，是王爷和福晋格外喜爱同春的缘故。

满洲妈妈朝她一跪安，把她吓一跳，连忙拦住。这老管家婆笑嘻嘻地说："可都是王爷亲赐，情意够重啊！"

她连忙跪倒，几乎落泪："阿丑要叩谢王爷，叩谢福晋！"

"真格的，该给福晋多叩几个头！"满洲妈妈伸手拢了拢梦姑的头发，对她出神地凝视片刻，叹息摇头，说，"王爷向来轻女色，不知撞上什么前世姻缘，府里千百婢女，偏偏看上你这阿丑！……王爷早就吩咐下来，要善待你，不可视同奴辈，你真好造化！看这意思，不只是收房哩，莫非要立你做侧福晋？……"

她只觉耳边"嗡"地一响，天旋地转，完全吓蒙了。满洲妈妈又说了什么？什么时候离开的？自己又怎么走出小屋的？她都模模糊糊。终于定下神、静下心来，发现自己已站在白石桥边，桥下清浅的水塘映着她的倒影，一张脸纸一样惨白……

千头万绪、千恩万虑，交织在一点——怎么办?

梦姑只有一条路：找同春哥。如不能摆脱眼前的罗网，就一同逃！逃不掉，就一同死！

想透了、豁出去了，也就安心镇定了。她顺手折了一枝桃花，扯下片片花瓣，逗引得小鱼儿倏来倏往地接食。还得细细盘算，怎么打听同春的住处，找什么借口搪塞满洲妈妈……

一股热腾腾的酒气喷向梦姑后颈，送来一句醉意沉沉的低语：“阿丑观鱼，知鱼水乐乎?”

梦姑回头，吃了一惊。这是王爷，又完全不像王爷。平日的威重严峻，像被一阵风吹得无影无踪。他乜斜着醉眼，笑得轻佻，胡须里咧开的鲜红嘴唇间，两排牙齿闪着白厉厉的光，发颤的大手伸出来，去探梦姑的下巴颏。梦姑闪身一躲，吓得浑身哆嗦。

“躲?”王爷眯着眼赶上一步，攥住了梦姑的手，“躲得过今夜?……今宵剩把银釭照，犹恐相逢是梦中！哈哈哈哈！……”

梦姑如同浸进冰水，凉透了心，顿时冷静了，毅然甩脱王爷的手，后退了好几步，叫道：“王爷!”

岳乐一愣，抬眼望着梦姑，一点一点收起了笑容。

梦姑庄重地跪倒：“回禀王爷，阿丑微贱之人，无福领受如许恩宠!”

岳乐倏然醒悟，暗暗为自己不顾身份的失态羞愧。忽地一转身，背对阿丑静立片刻之后，胸挺起来了，头昂上去了，双手背到身后了，又恢复了平日的威严，斩钉截铁地说：

“今夜圆房侍寝，明日定位分。听管家太太调度，去吧!”

说罢，他自己竟头也不回地先走了。

梦姑心慌意乱，两腿发软，好半天站不起来。事情逼到了头顶，一点回旋余地也没有了！她是围猎圈里的小鹿，不死枪下死刀下，已经走投无路。找同春，怕也来不及了……

庄门外忽然一片喧闹，王庄上下顿时乱了营。奴婢下人被管事紧催慢赶，一起拥出庄门，列队迎接主母。谁也没料到，那拉福晋突然来到她不屑一顾的王庄。

梦姑在奴婢队列中瞥到主母保养得滋润娇嫩、容光焕发的面孔，长长地出了口气，并恍然感到这张面孔变得受看可亲了，或者她是来劝阻王爷收房的？至少今夜的难关躲过去了。只要福晋肯闹，叫王爷就此死心，梦姑一定去给福晋叩一百个响头！

天一擦黑儿，那拉福晋就召来了阿丑，冷冷地打量一番之后，冷冷地说："真瞧你不出，成天价不声不响，狐媚子道行倒不浅，迷了我的小冰月，又迷住了王爷！……王爷要拿你收房了，恭喜呀！要能生个儿子什么的，就跟我比肩啦！……以后可怎么称呼你呢[1]？丑姑娘？丑丫头？哈哈哈哈！"

笑声很难听，脸色很难看。梦姑只是低头跪着，咬紧了牙关。

那拉氏笑了好一阵，喝口参汤，像发笑一样突然蹙起眉头板起脸："你别昏了头！瞧瞧你那身份你那老根儿，还狗屁颠颠儿地爬高枝呢！你那命，撑死了就是这么个名分儿！明儿收房。去吧。"

梦姑拿定主意，一字不说、一点表情没有，静静退下去了。

二更以后，万籁俱寂，带好随身物品的梦姑，躲过巡夜的院丁，避开守门的恶犬，直奔同春和戏班位于花园墙边的住处。他的窗户还亮着，莫非也在终夜筹思？……

屋里怎会透出女人的低语？梦姑心一沉，手指尖登时冰冷！她不相信，不甘心，索性贴耳在窗纸上细听。一听之下，她腿都软了，冷汗沁满额头，竟是她的主母，那拉福晋！

主母的声音，她熟得不能再熟；但那哀告的狂热的语气，她从来不曾听到过，真给吓住了。

"……难道怪我？是你扮吕布撩拨人，害我不管不顾、胆大包天！你倒冷如冰霜！"

"福晋请回。小人已讲明，早有聘妻，实实不能从命！"

"我又不想拆散你们夫妻！到你完婚日，我助你一大笔妆奁，给你的娘子打一顶金凤冠！……只需你如吕布慕貂蝉一般，给我片时温存，让我得点儿活气儿，别闷死……"

---

① 收房后的使女，通常在原名后加"姑娘"二字作为称呼，长辈可称之为某丫头。

“王爷福晋夫贵妻荣，小人纵然九死也不敢亵渎……”

“胡说！他们男人讨小老婆玩儿优伶，我怎么就不能？我嫁过来，是黄花闺女，他可年近四十儿女成群了！我童女配不上童男，死也不能甘心！早听说你至今还是童身……”

“福晋请自重！我妻受尽磨难，九死一生，我若负她，禽兽不如！请不要逼我做出损你福晋声名的事情！”

“你，你敢怎样？”

“我可以喊叫。”

“哈哈！正可以冒犯逼奸王妃，千刀万剐了你！”

“王爷明察秋毫。此处是小人住所，不是福晋的上房！”

“你！……你的心肠就这么硬？唉，天下哪一个男人都不会像你这么傻呀！”

“不！我们汉人都知道有个坐怀不乱的柳下惠。”

“你……”福晋声气弱了，像是得了重病，“告诉我，她，是谁？”

沉默中，窗外的梦姑紧紧按住胸口，生怕擂鼓般的怦怦心跳惊扰了别人。羞怒之际，主母会干出什么事？

“你说不出来？骗人！拿我当傻瓜！”福晋咝咝地低声发狠，字字句句都是从牙缝里挤出来的。

“小人不敢诳骗福晋。她就在你府中，小人是为她才来当教习的。只求王爷福晋开恩，放她为民……”

“一个奴——婢？”福晋的声音骤然尖上去，“谁？是谁？”

“福晋请回，小人早晚要求告王爷福晋……”

“你、你、你！”福晋气得说不成句，喘了半天，终于低沉而嘶哑地挤出一串满洲话，“天爷，他竟敢这般轻贱我！我竟不如一个贱婢！哼！猛虎怎能喝狗舔过的水！……告诉你，休想娶她！王爷也帮不了你！除非答应我，不然就要你的小命！”

“福晋！”同春的声音愤怒得发抖。

福晋冷笑一声：“到头来看看谁求谁！”

梦姑闪身躲开，眼看福晋气冲冲的背影消失在暗夜中。

窗户还亮着，屋里却没有一点声息。梦姑多想冲进去搂着他痛哭一场！……不，不能了。“要你的小命！”她这样说，就会这样做。

梦姑静静地流着泪，捋下手腕边那一双翡翠镯，郑重包好，轻轻塞进门槛，随后头也不回地悄悄走了。

四

那拉氏娇慵地伸伸懒腰，长长地打个哈欠，一眼瞥见亮堂堂的天棚，哦，红日已上中天了。

侍女们鱼贯而入，服侍福晋起身。真不该打这个哈欠！应当在温暖的被窝里多躺会子，细细回味那甜蜜梦境。她无可奈何地听凭侍女为她穿衣穿袍、着袜着鞋。丫鬟们无声地在卧室来来往往，收拾她换下的衣裳睡过的床。一名侍女头顶满金盆温香水跪在面前请她盥洗；一名侍女往她颏下围好软巾，跪请她弯腰以便为她洗脸；第三名侍女端着温盐水站在一旁等候。

盥洗完毕，那拉氏懒洋洋地坐在妆台边，手托腮帮出神。使女们惊讶地悄悄互使眼色：但凡王爷不来过夜，福晋早起都要发脾气、摔东西、骂丫头，今儿这是怎么啦？

她是满洲名门世家小姐。这样的家族压根儿不把南蛮子当人看，那本应就是些被杀服了的、趴在脚底下的奴才。可说来也怪，偏偏这样的府第最以效仿南蛮子的吃喝玩乐为时尚。比如看戏，早年间太宗皇帝一再明谕，禁止演南戏为乐，以防玩物丧志。可满洲大户看戏的风气却愈演愈烈，以至到南城叫班子伺候喜宴成了常事，贵族世家更以自养戏班为荣。

她从小跟着骂蛮子，骂得最凶；可从小看蛮子戏也迷得最厉害。那做梦都忘不了的故事，那戏台上有声有色有情有味的影子，逗得人哭哭笑笑、逗得人心慌气短脸红头晕，像喝了酒似的叫人醉！比满洲家骑在马上吆喝高唱，比节庆日打莽式跳舞喊叫，可有趣、风流得多多了！

满洲姑奶奶可从来不是“养在深闺人未识”，自家的戏，亲戚朋友家的戏，她这戏迷从不放过，都看遍了。

十六岁那年，她在姨妈家看了一出《黄鹤楼》，刘备周瑜都不入眼，偏是英俊倜傥的常山赵子龙刚露面，她就像被火烫着，浑身一哆嗦。从此，银盔白袍的赵云就常常在她心头闪动了。

满文本《三国演义》她读了一遍又一遍，凡有赵云的文字她都能背下来，却怎么也查找不出赵云是什么时候结亲成家的！书上只写了他打倒赵范、拒婚其嫂的故事。难道赵云终身未娶？可他死的时候明明有儿子呀！……

少女的迷恋真不可理喻。戏台上赵云的外貌加上《三国演义》中赵云的事迹，铸成一个完美的男人，在她心里生了根。当长辈亲戚们意味深长地互相使着眼色说“格格长成大姑娘了”的时候，她会害羞地低了头，心上便闪过银盔白袍的赵子龙；当女伴们密谈，想象着各自的未来夫婿时，她又会记起那英勇无敌的雄姿；当她应诏选秀女时，心目中的皇上竟也是白袍银盔；最后，太后指婚，把她许配安亲王为继福晋时，她认定安王爷也该是位胯下白龙马、手中烂银枪的白袍将军。

事实击碎了少女的梦。

她出嫁时十七岁，岳乐已三十七岁。安王不仅有成年的已封爵的儿子，还有四位出身名门的侧福晋，其中最年轻的也长她十岁。她像浸进冰水，凉透了心。

安王府规矩比她娘家大多了，上下尊卑不许稍有差错。仗着太后指婚和正房位分，加上她自小养成的发号施令的才干，只几回暗中较量，侧福晋们就都乖乖地败下阵去。不久，她又做了母亲。况且来往亲友中也不难寻到知音，于是王府上下相安无事，只不过回忆起威风凛凛的白袍将军，她便多半日若有所失。

终于趁着节庆，她千方百计找到当年那个戏班，传来王府再唱《黄鹤楼》。当年的赵云这次扮刘备，无复昔日丰采；这回的赵云瘦小单薄、眼大无神，简直像个土偶！最可叹“刘备”、“赵云”来谢赏时满脸假笑，那谄媚的贱相把英武刚正的赵子龙的最后一抹影子也毁尽了。从此，银盔白马的少年将军灰飞烟灭。

天知道，昨晚上她怎么又梦见了白袍将军！还是那么英俊出众、威风凛凛，在对她笑。哦，白袍变成粉袍，银盔化为雉翎紫金冠，哪里是赵云，分明是云官扮演的吕布啊！他可不似日间那般冷酷，因为她此刻已是貂蝉。吕布迫不及待地跨步翻袖，一把捏住她的双手，她也就顺势倒进他怀中，啊，那胸膛和目光都烈火一样热！……

黄莺儿啼叫，惊醒了她，怎不叫她丧魂失魄！

自打看了那出《窥妆》，她就不住地向云官表示好意。云官虽不接受，却又不离开安王府，这只能解释为自高身价，于是她追迫得越加露骨。云官处处躲着，竟趁机跟着王爷跑到永平王庄来了，她也就不顾一切地追了来，不顾一切地演了昨晚那场戏。云官被迫揭秘，把她气得发疯，决心报复，向云官的心上人报复！

仔细想想，又拿不准了：谁是云官的心上人？把府中的俊俏丫头来回想了几遍，哪一个也不配，云官怎能为了她们而拒绝她——能为他谋取大好前程的亲王福晋？他又不是傻瓜！想必还是害怕，庄子那么小，又在王爷眼皮底下，再有胆再情急的男人也不敢跑虎窝里夺虎食啊！她有的是机会，来日方长。

梦，消了她的气，融化了她的心。她痴痴地望着镜中倩影：细嫩的肤色，红润的小嘴，两道弯眉如初三的月亮，额头双鬓发际刀裁似的一般齐整，眼周围的细皱纹和虚肿，都被香粉胭脂掩住，能看出这娇美佳人是个二十六岁的主妇吗？只这双柔情似水的眼睛，就足以乱任何男人的心！她满意地对自己笑了。

从前给她梳头的是阿丑，不声不响，却梳得又快又好，每次篦头都叫她舒服得闭眼享受。眼前这丫头差远了，得调教调教！……阿丑？真可笑！真弄不懂，王爷竟会看中这么个又瘦又小、苍白阴沉得像鬼似的丑丫头！必是他们男人的一时兴致，就像吃腻了山珍海味鸡鸭鱼肉，想要换换口味尝个山蔬野果，要不了几天，就会清淡得受不了了。

她撇嘴笑笑，不屑妒忌，懒懒地随口问："阿丑怎么不来伺候？"

"回福晋，她，她昨儿晚上……逃了！"

福晋大觉意外："逃？……回王爷了吗？"

"都说王爷昨儿晚上为了这个大发脾气，把九龙羊脂玉瓶摔了，还着人鞭打了门丁和巡丁。”

那拉氏眼珠一转，猜到丈夫定是深夜去找阿丑调情扑了个空，才发现这鬼丫头逃跑的。想象他当时会怎样气恼，她看笑话似的痛快，开心地笑道：“阿丑竟逃走，不是太傻吗？”

“是，福晋，奴才们都说她傻呢。”丫头赔笑，连忙附和。

和云官一样不识好歹，一对傻瓜！那拉氏心里悄悄骂一声，转向门前小内官：“王爷昨晚睡得好？”

小内官忙躬身：“回福晋，王爷睡得香。”

“好，你去传云官，吃罢早饭过来陪王爷说说话儿，念念曲儿，解解闷儿。”

小内官心里犹豫，嘴上应得很快：“喳！”

下人都知道云教习帮着管家去追逃奴了，谁肯照实回福晋？只要王爷不传云官，也不会让王爷知道。所有王府贵宅大户人家都一样，奴婢们对主人家最是了如指掌，主人间的复杂关系、见不得人的隐秘，他们全都一清二楚，只是谁也不敢多嘴，常常还得极力遮掩。云官的微妙地位，他们当然明白。

正说着，前院开了锅似的，马蹄声马嘶声脚步声喊叫声搅在一处、闹成一团，整个庄子都能听到。出了什么事？

鬓发苍白的管家太太跑进来。她是王府两代的内管家，一跪下就又是叹气又是拍手地嚷：“唉唉，福晋快去看看吧！阿丑那丫头拿回来了，跟那个唱戏的什么云官一块儿，说是从一个被窝儿筒里拽出来的呀！……”

那拉氏猛地站起，丫头哪里来得及松手，拽痛了她的头发根，她回手照着丫头的脸“啪啪”就是两记重重的耳光！斜眼一看镜子里自己直眉瞪眼的模样，越发生气，一挥手，镜子摔出去，砸到一只铜瓶，“砰”的一声，亮晶晶的碎片四散飞迸。她顾不上心疼这面太皇太后赐给的西洋玻璃镜，气急败坏地喝道：“还不快把发髻绾好？找死哇？”

她急急赶往前厅，一路都在念叨：不会！他们弄差了！……等她一眼看到了绑在一起的云官和阿丑的神情，顿时明白，她落空了：阿丑，就是云官一心要寻找的那个女人……

家丁领班禀告捉拿经过后退下，寂静便笼罩了整个前厅。这情景原本很可乐：主人和主母各自费尽心机弄不到手的爱宠，竟自私奔了！可是私心里想要看笑话找乐子的内官和侍女们，都被这阵寂静的阴森和沉重吓着了，气都不敢透，预感到沉寂之后必是骇人的大风暴！

上首高高的太师椅上，坐着青衣小帽的王爷和粉红缎袍、头上松松绾了个乌云髻的福晋。面色阴沉眼神灰暗，有种说不清的刻毒改变了他们的特征：王爷的威严眼看变成暴戾，福晋的妩媚刹那间化为奸险……那一对被押跪地的逃人，虽然五花大绑成包袱模样，身上脸上带着伤痕，却出人意料地平静，眉宇间一派高贵的视死如归的神情，使这两张本来就动人的面容闪出光彩……这样的情景和对比太触目、太令人心悸，逼得侍女内官们全都垂下眼睛，不敢正视。

岳乐心中怒火熊熊。她竟撇开他的情义，撇开侧福晋的富贵尊荣，去追随云官！在她心头的天平上，他，威名赫赫的安亲王，竟不如一个下贱的戏子！……岳乐突然大步冲向云官，一把揪住他的前襟，左右开弓，“噼噼啪啪”抽了十多个耳光。云官嘴角流出鲜血，却仍然毫无愧怍地直视王爷，不告饶，也不低头。岳乐不知怎么有些气馁，便怒骂一声：“忘恩负义的小畜生！我怎么待你来！……”

福晋早抬起她穿着花盆硬底鞋的脚，狠狠踢那阿丑了，嘴里不住地骂：“狐狸精！贱货！……你这搅家精、扫帚星！……”阿丑的一声不响，今天格外激怒了那拉氏，她骤然满脸通红地大喝：“拖下去！烙字！”

下人们齐声应了，却没人行动。

往逃奴脸上烙字，原是满洲人家对付逃人的办法，但要送到督捕衙门备案。近些年安王府还没出过这种事。

福晋见下人只应不动，大怒之下就要发作，却听王爷威严地说：“莫动私刑！”福晋一回头，正遇上丈夫闪着怒火却又深不可测的探究目光，听他咬牙切齿地接着说，“送督捕衙门，先问窝逃的死罪①！”

福晋暗自一惊。倒不是为云官将因窝逃的罪名被斩，而是她自己心虚，怀疑丈夫是看破她的私情而故意这样处置，既泄愤又暗暗敲打她。她还没有立刻想出对策，那边一直不作声的阿丑突然尖声大叫：

“王爷，要想出气，你就亲手把我们一起杀了吧！”

犹如火上浇油，岳乐额上青筋暴露，眼睛血红，猛地一撩袍襟，从腰间嵌珠镶玉的八宝刀鞘中慢慢拔出雪亮的匕首，不眨眼地盯住两名逃奴，一步步逼近去；

福晋抓住胸口，跌坐在太师椅上；

侍女们低头闭眼不敢看，内侍们跪在远处小声求告着“王爷息怒”；

云官和阿丑瞪大眼睛：他坦然正视王爷杀气腾腾的虎目，她惊惧地望定王爷手中明晃晃的刀尖。

“照我来吧！”刺耳的叫声几乎撕破人们的耳鼓，眼见瘦弱纤小的阿丑突然纵身一跳，不顾一切地扑向王爷的刀尖！岳乐一惊，下意识地缩回手。阿丑就直挺挺地站在两个男人之间，用她单薄的身躯护住云官，那模样活像小山雀想用它稚弱的翅膀保护黄莺不受猛鸷攻击一般叫人感动。她极力昂着头，脸色惨白如雪，眼睛比平日更黑，闪动着疯狂的绝望的光。她像是要继续喊叫，却喊不出来，一口口咽着泪水，哽哽咽咽地低声说：

“王爷，下手杀吧，我死也甘心啦！……他是我丈夫。失散八年，受尽了苦。蒙他不弃，费尽力气找到我，我们终于团聚了！……”

岳乐一愣，满厅人也都抬头张望，大感意外。岳乐沉吟着，对手中匕首看了一阵，慢慢送回刀鞘，移动魁梧身躯归还原座，威严地点点头：“你讲！”

阿丑在府中多年为奴，许多人今天是头一回听到她的声音。仿佛

---

① 窝逃的死罪：窝藏逃奴者立斩，是清初“逃人法”的严厉规定。同“圈地法”一样，是造成社会动荡的扰民峻法之一。

要补偿这些年的沉默，她无所顾忌，滔滔不绝：

“我家姓乔，我叫梦姑，祖祖辈辈就住在这永平府马兰村……”

父兄在战乱中的死亡失散；圈地带来的无尽灾难；她和同春青梅竹马的定亲；亡国亡命的朱三太子突然出现带给她的可怕婚配；她为此失却双生女儿，又成为罪犯家眷而入官；辗转来到安王府，直到同春费尽周折和她重逢……弱女子的不幸遭遇是一首哀曲，打动了在场的听者。侍女们不住拭泪，小内官眼圈发红，福晋眉际也透出一丝哀怜，时不时打量这个不寻常的女奴。

岳乐静听着，面无表情。只在梦姑提到她的双生女儿时，他的灼灼目光倏地投向她的面庞，不由自主地暗暗倒抽一口凉气。他终于明白了第一次见到阿丑时那种似曾相识的感觉没有骗他。梦姑与他的小女儿冰月竟如此相像，仿佛荷叶上的一颗大露珠和一粒小露珠！这逼得他不能不回忆起八年前重阳登高，他和吕之悦拾到一对女婴的往事……

“王爷！”同春不知何时面对岳乐，嘴角流血、额头有伤、头发蓬乱、衣裳扯破，神情却很从容，“你为我脱籍从良，是我的恩人；你才学高见识高人品高，在我眼里就像天上的神仙。我柳同春堂堂男子汉，怎么肯做对不起王爷你的事情？岂非猪狗不如！……”

岳乐鼻子里冷冷哼一声，扫了阿丑一眼。

“王爷，我和梦姑的往事她已说明，昨夜我去寻她，原是商量求王爷福晋成全我们婚事的。不料，她已逃走了。我在月光下追了两个时辰，才在她乔家祖坟边追上，可她已经吊在坟边那棵老杏树上了！……我好不容易才把她叫回来！生死夫妻还能拆得开吗？我们抱头大哭，总算把这些年积攒的苦泪都哭出去了……”同春用力一摆头，挥去涌出的泪水，竟豪爽地笑了笑，说，“王爷，我们已成夫妻，地老天荒不变心。容得呢，我生生死死感你的大恩；容不得呢，只管斩就是。不能同生但求同死。实在不是有意冒犯王爷，容我夫妻来世补报吧……梦姑！”他突然大叫，一个箭步蹿过去，正好用肩臂承接住精疲力竭摇摇将倒的梦姑，随后侧身半跪，让她斜靠在自己胸前。梦姑慢慢睁开眼，无限欣慰地轻轻嘘了口气，同春也回报以温存而知心的微笑，旁若无人。

众人都看呆了。前厅又是一阵静悄悄。

岳乐莫名其妙地觉得眼前一片炫目的光彩。他很迷惑，心下一团难以捉摸的惆怅。他仍然板着脸，不动声色，极力想把乱纷纷的思绪理顺。

福晋咬着嘴唇，一眼一眼地对丈夫望着。岳乐只当没看见，不耐烦地一挥手："押下去！"说着站起身大步走了。

福晋跟着补了一句："阿丑押到后院！"说罢又看了两个逃人一眼，随在丈夫身后离开前厅。

终究没有看到王爷亲手杀人，不无遗憾，但多数人都暗暗松了口气，这一对苦命鸳鸯或许还有一线生机。

岳乐端坐书房，从云龙笔架上拔下一管中楷紫毫，蘸着浓墨，拽过一张朝鲜贡纸，一气乱写乱画。福晋凑过来想说什么，他头也不抬地说："你去吧！"那拉氏别别扭扭地站了一会儿，默默走了。

岳乐飞快地写、画，又一张张揉团扔掉，烦躁、纷乱，无法平静。

"禀王爷，吕先生求见。"小内侍轻声通报。

"叫他进来。"岳乐头不回手不停。但半天没动静。他瞥见纸上隐约可辨的影子，知道吕之悦已站在桌边静观，随口问道，并不抬眼："来好一会儿了？"

吕之悦只文雅地轻轻一揖，不作声。岳乐这才看看老友，触到一双不安又带着几许兴奋的眼睛。他举笔望着笔尖，闷闷地说："都听到了？"

"是。"吕之悦低声回答，"不料两个娃娃家世如此，真可谓老天作弄人了！"

岳乐仍盯着笔尖，声音更低："若不灭口，你我后患无穷。"

吕之悦的目光突然如利剑般寒光闪闪："为了灭口，只杀这两个远远不够，还有我一家三口儿，还有当日在场的侍从和后来服侍的奶妈保姆，不止百人吧？"

岳乐点点头："所以，另有一途，收她进府，使此事名正言顺。"

吕之悦惊讶地看着王爷，暗自疑惑：杀人灭口和纳妾施宠，究竟哪是表哪是里？要么杀头，要么同床共枕，这是什么情理？终究脱不了蛮夷习气！他不禁用淡淡的口吻逼了一句："奈今日何？"

岳乐默然，只信手乱画：斜欹的枝干，几片梧桐叶，叶间弯月如钩。

吕之悦另取笔纸，写在一旁：

缺月挂疏桐，何如满月上新柳？

岳乐看了吕之悦一眼，笔下流出一联旧诗：

子规半夜犹啼血，不信东风唤不回。

吕之悦愕然，这才窥到王爷是动了真情。要唤回的是自己的青春，还是阿丑的情爱？他嗟叹着摇摇头，毅然落笔：

黄鹤一去不复返，白云千载空悠悠！

岳乐咬着牙根，太阳穴噗噗直跳，蹙着的眉头在痛苦地微微颤抖，使吕之悦不忍看，飞快地写下去：

欲穷千里目，更上一层楼。

岳乐望着这极熟的诗联，仿佛头一次看见那样品味沉思，牙关渐渐松开，眉头渐渐平展，目光渐渐宁静。吕之悦抓紧时机，迅速地另起一行：

春秋摘缨会、隋唐风尘三侠，公当与楚王、杨素并传青史。且王爷尊贵、公主荣显，何后患之有？

岳乐搁笔哈哈大笑："笑翁笑翁人中凤，发我深省启我懵懂！承见教承见教，来，痛饮三杯！……"

吕之悦也笑了，暗暗松了口气，庆幸那一对小夫妻可以活命了。

王爷此刻却不想就处置，他需要老友陪他饮酒闲谈，慢慢松开方才拉得太紧的弓。吕之悦等到了最合适的时机，酒过三巡，就放下了杯箸：

"王爷，京中近日有信来，说是《明史》案又上紧了！"

"不会吧？记得老佛爷的意思还是惩首恶不问胁从嘛！"

"只怕辅臣另有打算。据称刑部侍郎不日将为此专程出巘浙杭，江南士人危矣！"

"哦？"岳乐站起来。果真如此，必将酿成大案！难道会重过哭庙、通海诸案？不至于。他抹了抹袖口的酒渍，重又坐下，平缓地说："心有余而力不足。急也无益。"

"别人不急倒也罢了，王爷你怎能不急？"

"此话怎讲？"岳乐瞅了吕之悦一眼。此人惯于语出惊人，这一回他葫芦里要卖什么药？

"这江山社稷难道是我的？天下纷扰，人心不平到这般地步，王爷你竟能安坐钓鱼船？"

是说我不该安于赋闲，还是说我爱新觉罗氏坐不稳江山？

方才乍见那对逃奴，若不顾及自家身份，早就一剑挥去双双毕命了。那一刻他真心感激那个他向来反对的逃人大法，惟有这样的峻法能压服这些不逊的奴才，保全主子的权势和体面！结果呢？得到的验证是老子的名言："民不畏死，奈何以死惧之？"权势威风酷刑严法，连这么个卑微的弱小女子的心都不能征服，何况天下民心？

水能载舟也能覆舟，倒行逆施必将激起风浪，钓鱼船安能坐稳？……

吕之悦仍在侃侃而谈："老朽，江南一儒生；同春，燕下一优伶；梦姑，京师一奴婢。身世遭遇，王爷业已亲见亲闻，还看不清如今天下情势？长治久安，难矣！"

岳乐终于点点头，说："容我细想想。来，干杯！"

酒膳直吃到太阳西斜，主客都醺醺大醉。

次日早晨，王爷召请吕之悦，告诉他将同回京师，尽力缓解《明史》案。吕之悦一躬到地，说是替江南万民申谢。

被开释的柳同春一进前厅，就向王爷跪拜下去。岳乐拦住，微笑道："你出身优伶，竟有此品格，古话说的威武不能屈、富贵不能淫、贫贱不能移，你们夫妻真可以当之无愧了。"

"谢王爷恩典！……"同春方一开口，热泪涌出，以至泣不成声。他原是注定一死的，眼下也还不能分辨自己是梦是醒。

吕之悦又对岳乐深深一揖，笑着曼声赞道："雨露春晖，寸草悠悠。"

岳乐心下果真如沐春阳，暖融融的，更加宽仁豪爽："且慢着谢。不如今晚就在庄子里给你们完成花烛。云官既有归田之志，就委你做名庄头，替我经营农事，如何？"

同春只是频频拜揖，再说不出话来。吕之悦捻须微笑，望着岳乐暗自点头：他终究还算是有见识、豁达大度的人杰，可惜朝廷上这样的人越来越少了……

岳乐对周围略扫一眼，侍从们一个个满脸感动和敬仰，令他很满意，立刻吩咐：

"请福晋，放阿丑，备礼完婚！"

兴冲冲跑去后院的小内官很快又惊慌失措地跑回来，向王爷跪呈一纸："禀王爷，福晋昨儿下午就回城了，带走了阿丑。这是福晋留下的。"

福晋的留言是一行简单的满文："我的奴婢我处置。"

岳乐很有气概的脸膛红一阵白一阵，浓眉紧锁阔嘴紧闭，一把将纸团在手心，"啪"地扔出去好远。同春和吕之悦注视着他，心头一阵阵发冷：难道真是一场梦？……

五

"杭州城里满洲城，满洲城里坐将军。"

和天下各处有满洲将军驻防的大城一样，杭州城西南最繁华、房屋最密集的大片民房被圈占后，筑起城墙城门，增修房所，成为供驻防八旗军集中住家的“满洲城”。城内巨宅大第相连，最气派最富丽的，自然要数杭州将军松魁的将军署。

汉人难得进出满洲城，今天却例外。将军署内一个小偏院悬灯结彩贴红“喜”字，细乐丝竹吹吹打打地迎客——竟多半是汉人文士。

喜主叫程维藩，是松魁倚仗如左右手的幕僚。年过半百尚无子息，将军多次以府中侍女赏赠，他都婉拒，说是不愿伤老妻之心。这一回竟是他向将军讨来的，就是那个近日去服侍他们老夫妻的哑女奴。府里人议论纷纷，都道程先生傻。总是蛮子文人，谁弄得懂他们那怪僻心肠！

黄昏前后，贺客大多告辞，余下三五好友，围坐饮酒闲谈。座中陆健最是活跃，眉飞色舞大说大笑，很有几分狂态。此时他敲打着银壶高声说道：“一人向隅而泣，举座为之不欢。程兄大喜，宾朋小喜，我想这屋里惟有一人不喜。”他高擎酒杯，朝正在指挥小丫头上菜的程维藩的妻子一示意，说，“我举一联，程兄接对，是眼前风光：讨小老嫂恼。”

众人哄然。程维藩指点着陆健只是笑，不说话。这对子出得刁钻古怪，五字同韵。要另寻一副五字同韵又意思贴切的下联，谈何容易！

程维藩的妻子年岁比丈夫大，已然鬓发全白，却有一种大家风范儒雅气度。她把一碟凉拌黄瓜放在陆健面前，微笑道：“文康，老嫂来接对，可要冒犯一二：想娘狂郎忙！”

主客大笑，笑陆健作法自毙，取笑不成，反降了辈分。他倒比别人笑得更欢，拍案叫绝：“好对好对！老嫂如此，何必又纳小星！”直拍得黄瓜碟里的汤汁荡出来，他低头一瞧，忙把它推得远远的，又道，“程兄，食瓜当食东南西北瓜，这黄瓜绝不可食。”

众人笑着问原因，看他又有什么惊人妙语。

陆健以手抚脑，故作愁眉状：“陆健多年沉浮，谙透世情。我想西瓜南瓜之属，颇似人形上部之头；黄瓜嘛，却似下部之物。人之秉性，哪一个不是喜上恶下？岂能不厚爱西瓜等而厌恶黄瓜？”

又爆发一场大笑。这个拍着大腿叫绝，那个笑得抹眼泪，程维藩摇头且笑且叹，他的夫人则涨红了脸，以袖掩口，笑骂道：“贱嘴刁舌，哪里还像读书种子！”说着转身掀帘出去了。陆健大为得意，摇头晃脑，当年的温文高雅全然不见，四十多岁的人了，竟如狂生，抢着接过话头：

“嘴贱舌刁，小人也，堪为陆健写照。陆健乃真小人也！”

程维藩叹道：“文康何自贬如此！”

陆健满脸是笑：“不是哟！去年岁考本人又取头名。谒见座师，蒙他老人家赞我一句‘好秀才’！本人不胜荣幸，于是诚惶诚恐揖拜求教曰：‘禀问大宗师，晚生出署回寓，途中若遇着美妇，可以注目而视吗？’他老人家竟愕然不语，慢慢将陆健从头端详到脚，终于点头赞曰：‘一观君子，再观小人！’虽说刚考取的功名因此又给革掉了，可这‘小人’之号乃宗师大老爷所赐，还有假吗？”他朝程维藩一拱手：

“老兄道德文章甲于杭郡，最讲清白，生平不二色，如今也领将军赐娶婢做妾，堕入我辈小人之列。陆健欣慰之至，所谓近朱者赤、近墨者黑是也！”

陆健的玩笑虽使众人捧腹，但其中的嘲弄挖苦也相当露骨。程维藩始终笑而不答，朋友们却听不下去了：

“文康刻薄没完啦？我们还要拜读程兄的催妆诗呢！”

“对！对！程兄不要睬他，他那张嘴里绝吐不出象牙！快赋催妆诗，老友们送程兄入洞房！”

程维藩笑道：“还是集古人诗来得快捷。”说着走到备好文房四宝的八仙桌边，握笔略一沉吟，写了下去：

重帘双燕语沉沉［韩琥］，几阵东风晚又阴［吴文英］，旧日爱花心未了［程垓］，蕙风兰思寄清琴［薛昭蕴］。

程维藩住笔凝思之际，陆健喊道：“程兄文思何艰！我替你写吧！陆健年年要赋催妆诗哩！”说着竟拿起一张诗笺。

“岂有此理！”朋友们又是笑又是斥责，夺下诗笺，“催妆诗惟有新郎下笔，你便一年做三回新郎、赋三十首催妆，今日也轮你不着！”

程维藩微微一笑：“文康书画双绝，难得他肯留墨宝。”

陆健眉梢一扬，“嗤”的一声，拿一张雪白的宣纸扯下一半，“哗啦哗啦”团成一个纸球，蘸了浓墨，抻过另一半宣纸，飞快地印上三四个大墨团，在众人惊异的注视中提笔在墨团间勾连，于是一只仰天而飞的黑鹭鸶跃然纸上。朋友们惊叹未了，他已大草一诗在黑鹭鸶脚下：

青天一个大霹灵，千山万山无鸟迹。
鹭鸶飞入墨窖中，一身毛羽变成黑！

主客都是文人名士，岂能不懂诗中含义？上两句说的是改朝换代，汉人不肯出仕满洲；后两句显然针对主人，为他今日的嬉笑怒骂作了注脚。他是专为激怒这位宽厚的老友而来吗？众人都觉得过分、扫兴，堂中一片尴尬的沉默。

程维藩却不改笑容：“文康高才令我钦敬。这黑鹭鸶独出心裁，既怪又奇。鹭鸶飞入墨窖中，一身毛羽变成黑。白而黑，黑而白，谁解其中意呢？哈哈哈哈！……”

众人告辞之际，程维藩执着陆健的手轻声说：“请留步。”陆健敏锐地看了他一眼，默默留下了。

院子里安静下来。程维藩请陆健刚在主客位上坐定，便扭头朝厢房喊：“领阿丑来。”

门帘一掀，程夫人领进来一个娇小的少妇：水红罗裙茜红绣襦，披了一副桃红云肩，珠翠绢花插在她极丰厚的乌黑发髻上，活像顶了一朵与她小脸庞大得不相称的五色牡丹——这一身地地道道的新姨娘打扮，叫陆健惊讶得张口结舌：“这，是程兄的如夫人？怎，怎好就来相见！……”

程维藩不理他，对少妇说：“去拜过陆叔父。”

又错了辈分！陆健不明不白地拦住少妇的跪拜：“哎，快请起……老兄，你这是什么意思？”

程维藩笑道：“还记得笑翁常提起的京师梨园三杰中的云官柳同春吗？”

“自然记得，我很认识他！”

“喏，这位是他的夫人，我们老夫妻的螟蛉义女。”

陆健看看程维藩，又看看程夫人，两人都望着他笑。他“咳”了一声说：“我真糊涂了。程兄快别卖关子啦！”

原来，一个月前，梦姑被安王福晋赐给杭州将军府，由松魁的长公子从京里随其他二十余名奴婢及数车财货一起带回杭州。又哑又瘦的阿丑分拨在将军夫人屋里服侍。程夫人是将军夫人的常客，每见阿丑受同屋丫头欺辱，很是不平，便撺掇丈夫讨阿丑来做服侍丫头，一说就准。阿丑来后，像个尽心尽孝的女儿，很得老夫妻喜爱，不久她便吐露了自己的身世，求二老救她出府，成全她夫妻团聚。老两口筹思许久，才想出这个纳妾的诡计，只等完毕这些掩人耳目的礼仪，相安数日，就可将梦姑偷偷放走了。

说罢内情，程维藩笑道：“老夫表明心迹，特挽文康为证，日后见到笑翁和同春，千万代老夫致意说明，莫负我老两口儿这一片热肠啊！”

陆健呆了半晌，连连作揖：“惭愧惭愧！我只道你迷失本性，随波逐流，自进门始便装疯卖傻，极尽挖苦讥讽之能事……唉唉，小弟赔罪，赔罪！”说着便拜了下去。

程维藩赶忙扯住，叹道：“何必如此，我还不知道你？数载亡命江湖，才回乡又遇奏销斥革，壮志消磨已尽，于是娱情山水声色，故作狂态，自贬自黜……”

望着双鬓苍然的老友，知己之感由心腑深处涌出，催得陆健几乎落泪，他极力忍住，强笑道：“程兄程嫂，还有这位义侄女，真人面前不说假，陆健是来辞行的。今日一别，就不知何日再会了。”

“又要远行？为什么？”

陆健的目光阴沉下来："笑翁急书一封，说刑部侍郎将出谳来杭，陆健又是状上有名，嘱我快走……程兄，你也担着不少干系，要早作打算才好。何不一同出奔？……"

程维藩面色严峻，沉声说："吴之荣这滥小人，何其歹毒！"

嘉兴吴之荣，进士出身，曾任归安县令，因贪赃枉法革职下狱，新皇即位大赦天下时获释。想要复官，非大笔银钱不可。正巧湖州富户庄家大公子庄廷鑨所修《明史》落入他手，他大喜过望，立即以书中有违碍语为口实往庄家讹诈，开口就要三千两。庄家毫不客气地把他赶走。他又告到杭州将军麾下，以为满洲大人权势最重，对斥骂满洲祖先的书绝不会轻饶。不料此事正好由程维藩经手，知道此案若发祸害不得了，赶紧秘密通知庄家重贿松魁。松魁得银，决意消弭此案，就把吴之荣进上的《明史》一火烧之，撵走原告了事。庄家也很快毁了书版。一场大狱看看遮掩过去，谁知吴之荣蛇蝎心肠，又弄到一套《明史》告到京师，惊动了辅臣，又不知有多少文士儒生要家败人亡了！……

提起吴之荣，陆健也很愤恨："此人也曾以陆某列名参校《明史》，向我索贿白银千两，给我骂出门去的！"

"既如此，你须快走，越快越好！往深山海隅政令难至的所在躲避一时，常着人回我这儿探听消息，案情略有松动自会告知。我已年迈体衰，松魁待我不薄，弃之而去不义。况且他为朝廷重臣、满洲贵胄，未必会受牵连。"

陆健想想不错，便道："老兄老嫂保重，后会有期。"

他们拱手作别。迈出老友的小院，陆健一阵心酸，不觉洒了两滴热泪。

三天之后，出谳的刑部侍郎官船果真来到杭州，就停泊在拱宸桥。一切官员，连杭州将军在内，迎接拜见全告回避。松魁登时慌了神，将军府内上上下下就都乱了方寸。趁此良机，程维藩夫妇给梦姑打点好行装，晚膳时分送她悄悄离府。

梦姑哭拜在地，义父母头顶着《明史》案将发的大灾大祸，仍不忘抢先拔救她逃走！大恩大德如何报答？

程维藩夫妇扯起梦姑催她快走，把她用力推进后花园。她这才蹑手蹑脚、隐身在树木花丛间，慢慢靠近后园门。可是，平日此刻再无人影的后门，竟也因阖府惶恐而人影幢幢。她一时心急，闪身奔到门边，竟迎头与人撞个满怀！吓得她一缩，惊叫出声："阿宝！"

阿宝一眼认出梦姑，大惊道："阿丑！是阿丑！你，你原来会说话！"这丫头满眼闪烁着极强烈的好奇，直逼近来上下打量，"你还背着个小包袱？……"

真是冤家路窄！梦姑在将军夫人处服侍那会儿，就是这个阿宝处处跟她作对，挑唆得她挨了好多鞭子！梦姑用后背紧贴着院墙，死死盯着这个脸上脂粉铜钱厚、衣饰比鹦鹉还鲜艳的阿宝，身体几乎看不出地慢慢挪向门边。

"你不是去当小老婆了吗？叫大老婆打出来了吧？哈哈，你那嘴脸，也配！咦？往哪儿蹭？你要上哪儿去？……你敢逃？当逃人？……"

这当儿，梦姑摸到了门框，倏地一个急转身夺门而出，撒腿就跑。背后追来阿宝声嘶力竭的叫喊：

"来人哪！阿丑逃啦！快拿逃人哪！……"

如果梦姑不生在乱世，就会缠上一对三寸金莲，今天也就在劫难逃。逃奴、逃妾都是逃人，逮住了就是个死！幸而她自幼逃兵逃难，顾不上缠足；做"王妃"时缠了两年已经没用；入满洲家为奴又禁缠脚，所以此刻她两只天足跑得飞快，将军府门丁招呼街上巡捕大喊"拿逃人！"之际，她已跑出了满洲城。

已经跑进一处杂乱贫穷的街区了，还没能甩脱身后的追捕。好在是汉民街，指指点点站在一旁看热闹的不少，学着巡捕腔调怪叫的光屁股娃娃也不少，就是没有一个人肯替他们出力挡一挡梦姑的道。

糟了！怎么又是这面杂货招子？准是鬼打墙、昏了头，跑得兜开了圈子！后面喊声又近了，梦姑硬着头皮往前奔，一团黄澄澄的颜色突然扑来，她被人拦腰抱住！梦姑大惊，张嘴要叫，那人一把捂住她的嘴，低声喝道："别出声！"梦姑昏头昏脑，几乎脚不点地被人扯进一道小门。

满洲城巡捕追到杂货铺前，不见了逃人踪影，立住脚东张西望，却见铺柜后坐着个妖娆妇人：杏黄衫子红罗裙，乌黑的发髻又高又蓬松，像是个倒扣的花盂，衫领敞得很低，露出一片粉白的酥胸，见巡捕瞧她，便笑眯眯地对他飞个媚眼儿，捕头一心捉拿逃人领赏，顾不上和她兜搭，只赔笑问道："阿嫂，可见到一个穿蓝衫的小女人跑过去？"

"哟，叫得结实，好甜的嘴！"女人挑逗地笑着，"叫一声阿娘，就告诉你。"

"阿嫂莫寻开心啦，那是个逃人！"

"啊哟，那可了不得！"女人描得细细的眉毛惊讶地飞起来，"逃到谁家谁遭殃！不是个白白脸儿、大大眼儿、小姑娘家一样的小腰身儿吗？从前面巷子朝正北跑了。"

"多谢阿嫂啦！"

"别走别走！拿什么谢我呀？领了赏分我几文酒钱好不好？……等一等，小气鬼！……哈哈，真吓跑了！"她笑得花枝一样乱颤，直到巡捕们的身影从巷口消失，她才敛起笑容，搔首弄姿地整整鬓弹弹裙，飞快地朝四周瞄了几眼，慢慢站起身，走回屋里。

穿过一条又黑又窄的过道，推开一扇"吱吱"响的竹门，一间又矮又潮、白天都得点灯的小黑屋里，一男一女从桌边站起来。杏黄衫笑嘻嘻地说："阿丑，连我也不认识了？"

梦姑如梦的目光在那张浓妆艳抹的脸上停留片刻，眼里蓦地涌出泪水，"粉儿姐姐！"她喊叫着扑上去，搂住那柔滑软绵的香喷喷的脖子。

粉儿笑着叹气，像拍婴儿似的轻轻拍着梦姑。那个男人不安地眨动眼皮，小心地咳嗽几声，右手想伸又没敢全伸出来，胆怯地点点梦姑，吞吞吐吐迸出几个字：

"这……能行吗？……"

粉儿粉脸一沉："不要你管！到前面招呼生意去！"

男人不敢作声，低了头耸着肩，慢慢蹭出门。粉儿又是一声吆喝："怎么不把门带好？烧晚饭时候添两样好菜款待我妹子，听见没有？”

男人嗫嚅着还想说点什么，终于没说出来，关好门走了。听他“扑嗒扑嗒”的脚步声响到前面去了，粉儿才骂一句：“死人！湿面团！”她转过脸，眼睛映着烛光闪闪地亮，喜滋滋地说，“早就看出你不是真哑巴。再叫我一声儿！”

梦姑满腔感激：“粉儿姐姐，多亏你今儿救我……”

“逃出来的？到底待不住！瞧你拼命做活儿不吭不声的，我就猜你另有所图。要往哪儿去？”粉儿满脸笑容，从没见过的和蔼可亲、真诚善良。

“回京师，找我男人……”梦姑难以启齿地红了脸。

“男人？”粉儿笑容倏失，“他怎么不来寻你？”

“他……不知道我给卖到南边来了。”

“他——对你好？真心真意？值不值得这么上刀山下火海地去寻他？到了，他怕你这逃人连累，闭门不纳怎么办？要不，他另有新欢，两口子拿你送官，你脸上刺字、挨皮鞭，就算侥幸不死，还得发回主子家，那可就——”粉儿的话一句一句又冷又尖利，慢悠悠的。

“不！不！”梦姑突然抗辩似的嚷起来，“他不是那种人！他宁肯跟我一块儿去死！”

“真的？”粉儿冷笑，“甜言蜜语海誓山盟，老娘见多了！遇上节骨眼儿，谁拿你女人当个人！哼，男人哪，没一个不是顾钱顾官儿顾名儿的东西！”

“你不知道他，你不知道他！他不是的！……”梦姑呜呜咽咽的，委屈得落泪了。粉儿赶忙搂住她，换了笑脸，大姐姐似的给她擦泪，哄着她说：

“别哭别哭，就算我把他估量错了。我只是替你担着心。自古来都是痴心女子负心汉，我这辈子实在是看透了看够了！……好，不说啦。倒是你，为啥逃这么急？要拿你收房？”

梦姑惊异地看看她，这些日子粉儿并不在府中，她怎么也知道？

粉儿笑笑：“这事儿，咱们那母主子早晚要干，不知怎么选到你了。红带子阿宝盼了多少年，做了多少法术，也没盼到哇！”

“做法术？”

“你不知道？她成天神神鬼鬼念咒磕头的，全为了魇镇母主子，好让公主子爱她，拿她收房！”

“真的？”

“你细想想！”

梦姑望着面前这张俏脸，片片段段的旧事闪上心头。

入将军府以来，并不常见到粉儿，可每次见到都有点儿特别，叫人忘不了。

头一天，阿宝领她到了住处，便扬着脸儿、斜着眼儿，滔滔不绝像决口的河水，对着梦姑猛一顿教训。冷不防屋角一个懒懒地倚在床头的女人鼻子里哼一声，说：“得了，红带子！逮着个哑巴，捞着了怎么的？”

这一口清脆纯正的京师腔，叫梦姑吃了一惊。那粉桃花儿似的腮、水汪汪的眼睛和浓艳的装束打扮，也引得梦姑多看了好几眼。

红带子阿宝一翻白眼：“奶奶叫我吩咐她！”

女人撇嘴一笑：“哟，囫囵主子摊不上，半个也过瘾是不是？可惜了你这奶奶身子丫头命！”

阿宝急了：“粉儿你胡嚼什么！安心咒人吗？看我不撕你那嘴！……”

粉儿盈盈地走来，笑嘻嘻地伸手在阿宝脸上捏一把：“小东西，跟你逗着玩儿，急什么？红带子……”她妩媚地瞟了阿宝和阿丑一眼，管自走开。阿宝呆了呆，小声骂了一句：“狐狸精！”

阿宝因为对一切比她低微的人都傲慢不逊，如同她是天潢贵胄，由此得了“红带子”的绰号。梦姑自然就成了“红带子”折腾的对象。

那天梦姑坐在窗下给主母缝一件绸褂子，红带子跑进跑出地忙，浑身是劲眼睛发亮，一会儿往纸上插针，卷成一团，拿脂粉和墨调在一块儿，对着它们磕头念咒；一会儿又拿一根筷子撅成一双，揪下自己的头发和偷来的主人头发一同缠上去，念咒磕头。她天天都干这些怪事，梦姑只当没看见，专心做活儿。

红带子一下认出那件主母的衣裳，猛地扑过来，扯起绸褂子抓一把灰黄色粉末往上乱抹。梦姑夺手要抢，两人用力，褂子撕破了。阿宝登时变脸，大喊大叫："好你个阿丑，敢撕奶奶的绸褂子！……"说着硬拽阿丑到主母跟前告状。

将军夫人果然生气，叫人扯阿丑下去打。偏偏这节骨眼粉儿笑眯眯地进来，对夫人妖妖娆娆地请个大安，呈上一个沉甸甸的木匣子："粉儿给奶奶凑热闹，交五千文。"

奶奶见到钱，气色好多了："好，好，不在多少，图个交财运的吉利儿！……下回还是拿铜钱换成银子吧，这猴沉的，不好使不好收。"

粉儿笑道："那么叫他们给银子，一回一两，可使得？"

夫人对粉儿上下一打量，笑笑："好倒好，就怕你不值这个价儿，没人问。"

一瞬间，粉儿鼻翼翕动两下，细小的白牙咬住鲜红的唇，看看要变脸，可一张嘴，又是甜甜的笑脸，瞥了瞥旁边的阿丑，说："奶奶，哑巴孩子，饶了吧！"

夫人一提那件褂子："瞧，阿丑撕的！"

粉儿眼睛看着阿宝，脸朝着主母说："还不定谁撕的呢，净欺负人家不说话！"

这么着，梦姑躲过了一顿鞭子。回到住处，阿宝扯开喉咙又吵又骂。粉儿一脸看猴儿戏的样儿，听她嚷了个够。末了，粉儿冷冷地说："还想骂不？嗓子哑了我给你沏水。我劝你积点儿德、长点儿脸皮儿，别净盘算着欺负人。你那点子鬼鬼祟祟算不得牛黄狗宝，我懒得掏！只别惹急了我！"

阿宝登时像泄气的皮球，瘪了，嘴里还小声嘟囔却不敢放泼了。阿宝一认输，粉儿又笑嘻嘻地上去搂她，摸鼻子捏耳朵，没事人儿似的了。

真是个谜！今天，梦姑想要解开这个谜。

"粉儿姐，"梦姑试探地问，"要是拿你收房，你愿不愿意？"

粉儿微微眯了眯眼："又没情人牵着挂着，收房当姨奶奶原也是条路。公主子本想收我，母主子不答应，说我狐媚怕我夺宠。我也不稀罕！守着个鞑子男人，又珠围翠绕的那么多妻妾，轮到我名分上也没几天。我可清苦不惯，不如这么自在！”

梦姑点点头：“怨不得呢！你这会子嫁了人，一夫一妻过日子，男人这么依头顺脑的，可不遂了姐姐好强的心！真格的，做人是得做自在人，不然活着真没滋味……”

“慢着慢着，你说什么？嫁人？”粉儿忽然瞪着眼睛问，蜡烛的光焰在她脸上跳动。

“啊。你这不是……”梦姑指指屋里和前店。

粉儿哈哈大笑，拍着手，捶着胸，眼泪都笑出来了。她像男人家那样拍着梦姑的肩头：“阿丑阿丑，你可把我笑死了！……在府里这么些日子，你就一点儿不知道？”

梦姑傻呵呵的，不解地望着她那张狂样儿。

“还不明白？母主子不放心我待在府里，我是她撒出来的一只胭、脂、狗！”最后三个字她说得又重又狠，像用力砸到地上的三块石头，“找一个相好，交给她一千文；要睡我一个月，她便宜算五两银子！”

梦姑吓傻了，心里难过得直哆嗦，半天才断断续续地说：“粉儿姐姐……苦了你啦！……”

粉儿扬头一笑：“苦什么！总比在府里为奴伏小自在！横竖我自作主张，弄一千文，在杭州城里还不容易？”

“那……你要是交不够钱呢？要是那些男人赖账呢？”梦姑可怜巴巴地缩着肩膀，倒像她比粉儿更痛苦。

“敢？母主子早拿我递了逃人牌子在案，谁赖账都跑不了，府里只要着人追捕我，他就是窝主，就得杀头籍没！”

“这，这不成害人了？”梦姑口吃吃的声音更小了。

“害人？哼，这些不要脸的男人，活该！没一个好东西！”粉儿满脸不屑，不拿这当回事儿。

梦姑悲伤地看着她，身上微微发抖，吞吞吐吐地小声说：“姐姐，人总要有良心，你……真害过人？……”

“良心值多少钱一斤？”粉儿笑着直撇嘴，可是触到梦姑善良的、带有谴责意味的黑眼睛，她突然火冒三丈，握着拳头直跳起来，对着梦姑的脸喊叫，“害过！就害过！谁让别人来害我呢？那么多害我的家伙，都是畜生！他们有良心吗？我凭什么就该有良心？你也来教训我？……”她咬牙切齿，血红的眼睛瞪着梦姑，好像还要骂，却“唉”了一声，慢慢落座，突然用双手蒙住脸，不作声了。

是什么在她指间发亮？是泪！泪滴，泪水，小小的泪的流泉，沿着指缝滚落。梦姑满心歉疚，手足无措，而她仍不出声，没有啜泣没有叹息，只泪水在不断地流淌……

粉儿终于止泪，静静地、带着讪笑自己的意味说：“小时候，我跟你一样，只当人真有什么良心。后来才知道，全是胡说！甲申年天下大乱，我才十岁，随着寡母跟伯父一家逃难。伯父就是禽兽，趁乱霸占了我娘，还糟蹋了我，过两年就把我卖进窑子。那年月，窑姐儿遭罪呀！吃粮当兵的鞑子、汉人、蒙古人，哪个不是作践人的畜类？好容易来个人赎我从良，转眼又把我送给朋友。这狼心狗肺的朋友一得志就把我卖给鞑子；鞑子玩儿够了，献给老主子；老主子玩儿够了赏给小主子；小主子又放我出来干老营生……转了一大圈，我还有什么看不透的？良心早叫狗吃了！”

“姐姐，你就没遇上一个好心的男人？”

粉儿凄凉地笑笑：“为我赎身的那个就算最好了。虽说他拿我送人，终究是他正妻不容，无可奈何，况且还旧情不忘，时常来往。后来他斩首法场，我念他这份情义，还去生祭了一场。近日还有一个刻书匠，说是要娶我……算了，好的没说头，不说了！阿丑，还记得我踢了他一脚的那个官生吗？所有的人里，我最恨他！那个忘恩负义白眼狼！我非得找到他，坐他个窝主的罪名，要他的脑袋不可！偏偏就寻他不着，真气煞人！”

梦姑太记得了。

那天将军府情景很古怪，那个叫吴之荣的儒生被推出客厅摔倒在当院之际，竟有那么多奴仆辈聚在周围呵斥叫骂！人们说此人专告黑状，告什么《明史》，将军不准，便来纠缠，要索回书画古董，真是癞皮狗一条！哄笑嘲弄的人群中突然冲出一个女子，扳过那儒生的肩膀对脸一瞧，他怕冷似的朝后一缩。她尖声大笑，笑得喘不过气，边笑边嚷："张公子，张相公！你也有今天吗？……"她突然止笑，站直身子，柳眉倒竖粉面含威，扬起尖尖小脚，照着那个吴之荣狠狠踢过去，痛痛快快、高高兴兴地喝道：

"你给我滚蛋！"

想起这些，梦姑心里发寒：粉儿当真有杀人之心！可是看看粉儿，一点不凶狠，说那些可怕的话就像在扯家常，想必是说说解气罢了。梦姑放下心，随口问："这人还好吧？"

"谁？哦，你是说我的这个孤老吧？"粉儿恢复了常态，高高兴兴地说，"好个屁！"

"他多老实，又那么怕你。"

"死木头，湿面团！"粉儿笑嘻嘻地数落道，"他怕我，是怕我不让他上身！"

"粉儿姐！……"梦姑脸通红。

"谁骗你！一上床，他比蟒蛇缠得还紧，比湿面团黏人还凶，腻味透了！"粉儿一脸厌恶，做了个要呕吐的鬼脸，"还小气得赛过铁公鸡！两个月没付钱，母主子要发火啦！"

"那，她要扳他窝主呢？你就不给他提个醒儿？"

"我管不着！母主子真要使那一招儿，我也没法儿，他自认倒霉吧！"看到梦姑眼里的不满，粉儿笑笑，"他是小本经营，没好地好房，油水不大，母主子未必肯大动干戈。你这有良心的人儿，放心好啦！"

晚饭本应吃得很开心，偏那"死木头"真有股子湿面团的黏糊劲，总是目不转睛地盯着粉儿，逮机会就想挨她、蹭她、摸她，粉儿瞪他骂他，他全不在意、毫不收敛，弄得梦姑不好意思抬眼，没吃饱就放下了筷子。

吃罢饭，粉儿就打发"死木头"去找船，好让梦姑连夜北上。梦姑坐在里屋，明明听着粉儿吩咐他快去快回少答多问，倏忽间粉儿一下子推开屋门，兜头就朝梦姑低声嚷：

“快，阿丑，你快跑！”

梦姑一惊：“怎么啦？”

粉儿带了几分歉疚说：“没想到母主子这么黑心，一块死木头也不肯放过，府里来人抓他的窝主了！”

梦姑急得瞪大眼睛：“你快叫他逃哇！”

粉儿蹙眉道：“他就是逃到天边，还逃得出将军府的手心？我也犯不着为这么个湿面团真当逃人！”

“你！……”

粉儿提起梦姑的小包袱，把她往后门推：“别管他啦，府里的人可是认识你呀！快走！”她双手狠命一推，梦姑趺趺撞撞，摔倒在街边，身后的门“嘭”地关上，一阵拉闩上门乱响之后，门里面就没声了。可前头腾起一阵敲门叫嚷，这间杂货铺已被巡捕围住。

梦姑爬起来，拎着小包袱就向北走。她不敢跑，虽然心跳如鼓还得静静地迈步。杂货铺那边的声音越加杂乱狂暴，紧紧追着她，转过街角，才渐渐远了。

前面一片光亮，梦姑抬头，心里“扑通”一跳：许多公差提着灯笼举着火把押送数名人犯迎面而来，吓得她赶紧往小巷躲；走不几步，又遇上许多衙役围住一家民居小院拿人！梦姑是惊弓之鸟，心惊胆战；又如网中游鱼，百般不得脱身……

这一夜，杭州城内四处捕人，从深宅大院到市井贫家，连满洲城里也乱起来，拿了好几位旗人。一时全城大乱，哭喊声动地惊天，皮鞭“噼啪”、镣铐“哗啷”，灯笼火把光焰冲天……

次日人们知道了，《明史》案大发！无论满汉官民，凡沾点边儿，全都拘捕收监待审。流言汹汹，四处传播，据说连杭州将军松魁也躲不过去了。

第三天，公布悬赏捉拿在案逃犯。十数名逃犯的姓名、年貌特征一一开列，全省通缉。那赫然列在头名的，就是仁和儒生陆健。

六

翻过前面这座山，就能看到松镇了。陆健拖着疲惫的身子，强打精神尽力迈着双脚。就要见到分别多年的老友，一吐胸中悲愤，老友也会陪他恸哭一场，他不是就能得着几许宽慰、获得几分轻松了吗？

不，到了这种地步，还装什么玩世不恭的花样！自己骗自己吗？他东躲西藏、逃亡江湖，只为活命罢了。

在诸暨他的一处田庄，已经得知：《明史》案震悚天下，上至杭州将军松魁、湖州太守谭希闵，连同参与评校的十八个江南名士，下至贩书藏书刻书者尽被株连入狱，家产查封家属囚禁，被祸两千余人。陆健是通缉文告上的头一名，家产家属自然难逃此劫，老母妻妾都下在仁和县狱……

无论陆健如他表面那么豁达，还是如他实际那么精明，并且曾经历过江南十家狱和奏销案这种大事，他还是被这可怕的消息惊呆了。如今他已是一名被通缉追捕的逃犯！从此他昼伏夜行，走山路走小路，向东再向东，选定了濒临东海的松镇。

松镇有他的好友，松镇是文墨之乡，明末以来，最以气节相尚，最要紧的，是松镇有开海之利：海船五六十艘，一日两潮，大船可得利数十金，小船也可得银数两，松镇因渔而富。一旦风紧，他就能由此买船出海远奔天涯！

就要到了！他竟然心怦怦的，拿定主意登上山顶再歇气，也好坐着眺望大海边的松镇。

当他沿着丛莽菁菁的羊肠小道一口气翻过山脊、举目远望时，突然惊呆了！是白日遇鬼还是他神志昏乱？松镇呢？繁华的松镇哪里去了？

当年环绕松镇的蜿蜒城郭，为什么只剩下残垣断础？镇北那如镜如雪的盐田，什么时候化为沮洳荒滩？曾是绿如毡毯黄如金地的四野膏腴之田，如今沟塍废圮、一望污莱；镇上千门百户茶楼酒肆都化作瓦砾、阒无人烟；最是镇东那一片深蓝色的港湾，只有层层雪白的浪花赶着潮头在晨光中闪耀，绝无片帆只船！

陆健呆呆地站了许久，大叫一声，冲下山去。踩着一块活动的石头，一个跟头滚下坡，爬起来又跑，手掌受伤出血、衣裳撕破他都不觉得，只管发疯似的狂奔！……

一条深沟拦在面前，他不得不止步，因为他越不过这山脚下的巨口。不，不是巨口不是深坑，这是宽两丈深两丈的长沟，沟边插着密密竹桩，竹桩间连着绳索，更像一条横卧的可怕的凶龙，蜿蜒曲折地伸延着，不见头也不见尾，那些竹桩正是这恶龙脊背上的鬃毛！

松镇就在长沟之外，已是一堆废墟，处处留有大火的痕迹：熏黑的墙、烧塌的屋架、黑秃秃的半截树干，满地黄蒿荒草间，隐约露出惨白的枯骨骷髅……“嗖”的一声，草间蹿出一只狐狸，把陆健吓了一跳，没等定睛细看，它已跑得无影无踪。

竹桩间悬挂着一块白木牌，似有字迹。陆健走近，一行大字映入眼帘：居民过此限者，枭示！

陆健一惊，倒退两步，赶紧离开。来不及了，远处栅栏间有一所房舍，门前两人大喊：

“站住！干什么的？……不许跑！”

他们手中提刀拿枪，跑开定要吃亏。陆健站着不动，飞快地转着脑筋寻思对策。那边见他不动，像也放了心，提刀的一个慢慢走过来：

“喂，你是干什么的？没看见界牌？不要脑袋啦？”

差役岁数不大，孩子气未脱，故意蹙眉做严厉状，恶狠狠地训斥着。陆健连忙赔笑：

“上差多多包涵，小的实在不知这界牌是什么意思，求上差指教。”

差役惊奇地一扬眉：“这也不知道？你不是此地人吗？”

“小的从陕西千里迢迢来投亲，哪里知道这边的事？小的总算没有越界，还求上差指教说明。”

几声“上差”、“指教”，听得小差役心里舒坦，便问：“朝廷的迁海令，你不知道？”

陆健摇头。其实他是知道的，但知之不详，也不相信。他以为柄政者不至于愚蠢到因噎废食，所以只当以讹传讹，一笑置之。

原来，南明永历朝灭亡之后，到了康熙初年，台湾的郑成功就成了朝廷的心腹大患。辅政大臣于是下令沿海三十里居民全部内迁，不许商舟渔船寸板入海。于是毁州、府、县城数十、村庄上千，百姓限期内迁，违期者立斩；越界外出者立斩；地方官知情容隐者立斩；失于觉察者减死罪一等。政令严苛，广东福建浙江江苏四省濒海数百万黎民又遭大劫，少壮流离四方，老弱转死沟壑……

小差役把迁海令的来龙去脉讲了一遍，好心地说：“算你运气好，遇到我。你个外乡人，怪可怜的。要叫我们捕头看到，非抓了你去报功不可！快走吧。”

陆健还不甘心：“可这松镇，怎么变成这副样子了？”

“松镇？你到松镇投亲？是谁家？”

“卢希南，我的远房表兄。”

“呀，你是卢先生的亲戚，失敬失敬！”小差役连忙抱拳为礼，“卢先生是我的蒙师。他现在迁到西边萧塘，还有十六里路呢！”他立刻变得十分亲切，指指画画地说明如何去萧塘。陆健谢过就要走开，又忍不住回头看看松镇，摇头叹息。只听那小差役低声说：

“迁海令就像晴天霹雳，期限只有三天。为了绝人后路，驱赶百姓的满兵先把房屋烧光，各家带不动的家具杂物，也给堆在一处烧！松镇大火直烧了三天三夜，宁死不离祖宅的老人，都烧死在内了……我家新盖的五间屋一间铺，也都化成了灰……”

陆健望着小差役孩子气的脸，心里很难过，伸手在怀里摸了半天，摸出一个小银锞子，放在那大孩子的手心里，紧紧握了握，转身走了。身后传来一声略带呜咽的低低的呼唤：“大叔！……”

太阳偏西，地上的人影越拉越长。陆健顺着河边土路踽踽而行。多半日，竟遇不着一个行路人。浑浊的河面不见舟船，岸边也没有下网垂钓的。四年前他眼中秀丽丰昌的鱼米之乡，如今竟荒野般凄凉。

河水与道路分开了，萧塘出现在眼前。

看得出，这原是个中等村镇，几条纵横的街道与几条纵横的河道交错着，街道河道两侧是一排排黑瓦粉墙的房舍，石板路石板桥触目皆是，和这一带所有小镇没有两样。只是镇里镇外挤着许多泥棚竹屋草房，想必是内迁居民的临时住处。这密如蜂巢的镇子如此凌乱、破败、污秽，连河水也泛出肮脏的黄绿色，散发着恶臭。最可怪的是，这么拥挤的大镇子，却人烟稀少。好不容易看到行人匆匆来往，赶到近处又没了踪影。一片可疑的寂静。

“唰——唰——”，寂静中，这单调的声音不断重复，莫非木匠在刨板？陆健循声而行，在窄巷中弯来弯去，一股刨花的特殊气味把他带到了木匠房。房前和天井院里确有好几位匠人在刨木板。向院东的板棚下一望，陆健心里一“咯噔”，有些发慌：那里高高低低摞着许多棺材。两名匠人正把一具新漆好的亮闪闪的棺材抬上货架。没人说话，也没人理睬陆健，好像他穿着隐身衣，谁也看不见。

陆健不知所措。背后有脚步声，他赶忙回头，不觉愣了愣神：这个瘦削的年轻男子面貌很像卢希南！迎上去堆起笑容一拱手：“请问……”后面的话不得不咽下去。因为这人像是聋子，容色惨白眼睛发直，神情恍惚如梦游，径自从陆健面前走过，推开院西侧的一扇门。陆健随在他身后，一起进了屋。

屋里竟有这许多人！全都是神情恍惚的男人，行动迟钝目光呆滞，不是愁容满面就是毫无表情，对新进屋的人，谁也不看。陆健心头阵阵发寒，难道都是僵尸？

幸而柜台后面一个账房先生模样的人朝陆健他们两个点头招呼，同时对柜台前的男人说：“一大一小，合银四两，着人给你送去。”那男人付罢款慢慢走了。

又有人往柜台靠，同来的年轻男子已占住位置，声调平平，仿佛在买鞋袜：“要七具，五大二小，一寸板。”

账房先生抬眼望望年轻人，叹了口气，低头在算盘上拨拉几下，轻声说：“合共十五两四钱。”

年轻人摇摇头，静静地说：“请载宝货随我回家，当还钱与你，绝不食言。”

“尊客府上在……”

“镇西北，卢家。”

陆健一惊，连忙凑上前：“请问，府上与卢希南有亲吗？在下远道而来，特地拜望……”

无神的目光掠了陆健一眼，嘴角微微牵动：“请随我来，他是我大哥。”陆健惊喜地就要打听老友的近况，对方却又落入沉默和呆滞，不再理睬他。他也就更加忐忑不安了。

装了七具棺材的木船，从木匠铺后门撑了出来，浊浪拍着船帮。香烟缭绕，不时飘向河面，因为沿岸常有供着猪头、鸡蛋、灯笼、草席等古怪物品的祭桌。时近黄昏，没有行人，香烛的特别气味弥漫一镇，忽闪的灯光有如磷火，星星点点隐隐约约，除了汩汩水声，仍是一派寂静，静得怕人。不知哪个角落，突然透出女人的尖锐哭号，颤抖着，拖得很长很长，听得人心口一阵阵抽紧。陆健自觉汗毛全都竖起，这么阴森恐怖，难道他走进了鬼国？

铺里跟来收钱的小伙计阴沉着脸，呆如木偶，缩在船头。陆健小心翼翼地指着祭桌，悄声问他：

“那是为什么？”

“祭神，送夜客，求保佑。”

“出什么事啦？”

小伙计狠狠瞪着他，狠狠地说：“瘟疫！懂不懂？大瘟疫！镇上的人十停死了八停啦！”

陆健猛地站起，手脚冰凉，嘴唇哆嗦，再也说不出话来。那么，老友家也……他双手抱头，颓然坐倒：惟愿老友本人幸存于二停之中，他就别无所求了！……

船，不知何时停了。年轻人木呆呆地对伙计说：“我先回去禀告，在家等候你们。家中有二十石麦足够抵价。”他又指着邻居，“宋家家主是大哥的好友，可请他帮忙。”说罢，头也不回地登岸入门，把陆健这个人都忘记了。

棺材搬上岸，船家进邻家请人，陆健随伙计进了卢家门。

门内寂然，不见人影。

进了二门，仍无人声，秋风飕飕，吹得窗纸“飒飒”作响，格外令人悚悚不安。伙计着急，冲上石阶，推开堂屋那虚掩的门，一声惊叫，“扑通”跌坐地上。

陆健赶上去，只看了一眼，登时浑身发软，眼前一片飞快旋转闪动的黑花斑，晕得他站立不稳，扶住了门框。

堂上整整齐齐列着七具尸体。正中的白发老妇是老友的母亲，左右一男一女，正是他的老友卢希南夫妇。卢大嫂这边还躺着一个姑娘一个小女孩，卢希南那边则还有一个年轻男子和一个小男孩。

“啊！”伙计又惊叫，指着年轻男人的尸身，“他，刚才不是还在跟我们说话的吗？”

不错，是他，挣扎着去买棺材，早已把自己算在其中了……

老友全家死绝了！死绝了！……陆健颤颤巍巍，老人似的走到卢希南跟前，望着老友干瘦蜡黄的面孔，欲哭无泪，胸腹间突然绞肚翻肠疼痛难忍。他跑出堂屋，扶着墙壁，眼前昏花一团，跟着就大口大口呕吐，终于昏迷过去。此前的一刹那，他看见船家领了一男一女冲进二门，惊慌地喊着什么。留在记忆中的，只是那男子很有气概的虬须和那年轻姑娘活泼泼的、充满生气的眼睛……

陆健在冰冷的黑暗中挣扎，努力不沉底。那只把他拖向无底深渊的手，终于放松、消失，他终于漂浮上来，感到有了亮光，慢慢睁开了眼睛。

“大叔，你可醒了！”

是林中早莺在啼唱？这张红润润的、布满孩子般惊喜笑容的可爱的圆圆脸，这双黑宝石般闪光的极美的眼睛，是一朵浥着朝露的春花？数月来，他千辛万苦逃避死亡，时时跟冷冰冰的无常鬼做近邻当伴侣，拼命挣开追命索才活过来，第一眼看到的，竟是这么一位仙女般的红颜少女！陆健心头一热，不知怎的，竟滚下了泪珠。

“呀，大叔，你别难过。你没有染瘟疫，你是太劳累才昏倒的。我大哥说歇几天就好，你放心吧！”姑娘一片热诚，如春风习习，驱赶着陆健那透心的寒冷。

“姑娘，谢谢你兄妹救我一命！……”陆健的声音又呜咽了。

姑娘连连摆手：“快别这么说！碰上这种大瘟，死那么老些人，再不相帮衬，不真得绝了一方吗？”

流利的京师腔，引起陆健的注意：“姑娘，你是……”

“大叔，就叫我容姑吧，我去给你沏茶，叫大哥和嫂子来照看你！”她轻盈地走到门边，停了步，因为院子里的说话声越来越响，看看要吵起来：

“宋大哥，好好想想吧，日后要是吃后悔药，可别怪兄弟不讲交情！”又尖又恶、充满威胁的声调，是什么人？

“我可不吃这一套！”回答的吼声，震得窗户纸“沙沙”颤动，“婚姻事讲的两厢情愿爱好做亲，不愿意就是不愿意！废话少说，你请吧！”

姑娘瞥了陆健一眼，脸儿红了红，突然双眉一挑、胸脯一挺，推门而出，跟着，整个院子里响彻她又急又亮、干脆利落的声音：“听着！去告诉你那主子，别说什么侧室姨奶奶，就是他三媒六证八抬大轿聘我当正头夫人，我们也不干！你给我滚！”

院子里吵闹声脚步声开门关门声，好一阵才平静下来。陆健正暗自估摸着宋家的身份、这场争闹的由来，门又响了，帘子掀开，那个眼睛很亮的虬须大汉走进来，身后随着一位温顺良善的中年妇人，端着一盏茶。陆健连忙坐起身向主人夫妇申谢。

主人拦住：“快不要如此，先生还弱，躺着说说话儿吧！”

主妇递上茶：“先生漱漱口。到底过来了，大家就放心了。”

陆健接茶谢过，又问：“不知希南兄一家……”

“先生放心，昨天都已棺殓下葬了……可怜卢先生一家，平日温文贤良，遇此大瘟，竟阖门故去，真叫人……唉！”宋大哥低头一叹，宋大嫂在一旁用袄袖拭泪，陆健默然。

“听说，先生自远方来？”主人看着陆健。

“是。在下程守仁，祖籍杭城，多年游学四方，刚从陕秦南来，依次拜访旧友，不料……唉！宋兄与希南兄有亲？”

“不，交好朋友而已，又是近邻，得卢先生教益甚多。在下名岁寒，也曾进过学的。近年世事如此，已弃文经商了。”

“难得岁寒兄侠义心肠，既为希南一家料理后事，又搭救我这素不相识的过客……”

宋岁寒苦笑：“同是天涯沦落人，相逢何必曾相识！……但不知你此后意欲何往？仍去拜望旧友？”

陆健心里一动，说：“正是，想往杭州一行，有一挚友名陆健……”

“陆健？”宋岁寒惊异地重复一句，“杭州陆健陆文康？”

“你，你认识他？”陆健的声音有些发抖。

“不。但此人正被通缉。三个月前镇上贴过通缉文告。”

“他犯了……什么罪？”陆健嗓子眼像塞了团棉花，脸色也倏然惨白。宋岁寒心里真有几分瞧他不起，但只微微蹙了眉头，答道：

“江南又出一件巨案，你不知道？”

陆健摇头。宋岁寒便说起了《明史》案。个别情节经过讹传已经面目全非，但陆健是此案中人，听得出大体不差。后来宋岁寒说他六月里正在杭州，亲眼见到此案终结。

“最后……结案了？”陆健怕冷似的缩起身子。

“惨哪！……”宋岁寒沉痛地低声述说——

庄廷鑨已死，戮尸。其父服毒先死，戮尸。其弟凌迟。

为书作序的原礼部侍郎李令哲，连同他四个儿子一起斩首。幼子年方十六，法司不忍，令他减供一岁，可免死充军，孩子却说“父兄尽死，何忍独生！”不肯易供。

最惨莫过朱佑明，并未参与《明史》事，只因吴之荣索贿不遂仇口攀诬，竟连同五个儿子一日斩尽！

刻书印书订书送版购书以及评点校阅诸名士全斩！

行刑日六月二十七，在城内众安桥弼教坊，处决了七十余人，其中凌迟就有十八名！一时天昏地暗，日色无光……株连百余家，流徙为奴的罪犯家眷过千！

六月二十九，河面塞满流徙罪犯的船只，长达数里，船上门窗全都钉死，码头上哭声震天，两岸观者如堵，却悄然无声……

可恨首告吴之荣，竟得了庄、朱、陆三户家产的一半，骤然大富，又去做官了！松魁虽然械送京师，终究是满大人，仅削官除爵，他的幕客程维藩倒当了替死鬼，在京师斩首示众！……

陆健听到这里，忍不住“啊”了一声，随即用拳头堵住口，把惊痛硬生生地顶回去。宋岁寒满腔悲愤，竟没有注意客人的反常，继续骂道："浙江巡抚朱昌祚也不是东西！当初他也受了庄家的钱，参与压下吴之荣诬告的，这次案发，仗着与出谳的刑部侍郎相熟，重贿买通，委过于归安、乌程两县学官，致使学官被斩，换得他无事！哼，这种人不遭报应，天地不公！"

陆健心神慌乱，竭力自持："不知我那老友……陆健家中……如何了？"

"唉，能逃脱吗？家产查抄一空不说，连他老母也在狱中不堪凌辱悬梁自尽，妻妾儿女全都流徙边外为奴了……"

一阵钻心的疼痛，使陆健面孔抽搐，眉眼都变了形，脸上刚恢复的血色刹那间全失，嘴唇灰败、浑身颤抖，眼珠凝固了一般，直瞪得凸了出来！这可怕的形景把宋岁寒夫妇惊住了，赶忙摇他，不住地叫："程先生！程先生！"

陆健好不容易才缓过气，一仰头，泪如雨下，大叫着："文康！文康！你上辈子做了什么孽，此生苦难重重？如今家破人亡，妻离子散，难道陆门一脉就此断绝了？……"

宋大嫂见他对旧友如此情重，很是敬佩，连忙劝慰："先生大病初起，身子虚弱，要多保重才是。"

陆健摇摇头，闭上眼，泪水又珠串一样滚下来。有人轻轻碰他，递来一杯热茶、一张热面巾，原来是那个明眸皓齿的姑娘。她拭着泪，抽泣着说："大叔别难过了，现如今，哪儿的人都活得不容易啊！……"

陆健长叹，擦了把脸，喝了几口热茶，收住泪。

宋岁寒一直不转眼地望着陆健不作声，此时双手一拱，说："如今世事艰难，全仗朋友扶助提携。鄙人近日也遇着难题，不知能不能求程先生援手？"

沉埋在悲痛中的陆健视听尚未恢复正常，茫然不解地看着他。他于是重复一遍，又说："本不该在先生悲恸之际出这难题，可实在是火烧眉毛，不得不……"

陆健这回听懂了，迅速恢复了他的明敏："请讲。"

宋岁寒看看姑嫂俩，她们低头退出，他便转向陆健："程兄有所不知，这萧塘镇原本驻有满兵，说是防盗防贼防海外郑家的。略像样的房屋尽被他们占去，十家供养一兵，又盘放营债、奸淫妇女、捆打百姓，可恶忒甚，百姓莫敢言声。近日因瘟疫，尽数迁走，不日又将归来。小妹容姑不幸被带兵参领看中，数次遣人传话要纳为侧室。我们不肯，便日日上门吵闹，是以假说小妹已有人家。虽然讨得片时清静，日后如何交代？天使程兄光临寒舍，令我绝处逢生。程兄器宇轩昂资质不凡，若不嫌弃，就将小妹……"

"嗯？"陆健一愣，连忙抬眼看着宋岁寒，口吃吃地说，"这……如何使得？我是有妻妾儿女的人……"蓦然想到远流三千里与旗下为奴的家眷，他悲从中来，喉头哽咽着几乎说不下去了，终于借着一阵咳嗽掩饰过去，"况且云游在外数年不归，踪迹不定，又过不惑之年，令妹青春妙龄，你不能这么委屈她！"

"如果她自己情愿呢？"宋岁寒压低声音不大情愿地问。自从见到这位程先生，容姑异乎寻常地热诚，哪有闺中少女去服侍一个陌生的生病男子的道理？兄嫂宠爱她逾于常情，责备她两次，不听也就算了。瘟疫遍地之际，谁还顾得了那许多礼数？

"不，她年轻不懂事，我可以做得她父亲了！……哎，得罪得罪，此话对尊兄说，实在失礼，宋兄见谅！"陆健拱着手还要说什么，"哇"的一声，不知是院里还是楼上，响起伤心的痛哭，并不呜呜咽咽悄声悄气，是毫无顾忌、像孩子挨打一样真心实意的大哭。这是容姑，想必听到了两个男人的对话。陆健发窘了，只好不再说话。

"程兄，不勉强，"宋岁寒并不生气，豁达地说，"不能真，权且假。只要程兄应允，说你早年就聘定了容姑，这次特来接她回籍完婚，先把那参领应付过去，你就便把容姑送到我一家远亲处躲避，此后去留悉听尊便。如何？"

陆健想了想，答应下来。

下午，陆健自觉精神恢复，要去坟上祭奠老友。宋岁寒说："程兄莫怪，你这胡须无论如何要剃去才好。"

"怎么？……"

“尊容实在与通缉文告中的陆文康相似，三绺髯、长眉细目、修长身材……万一给做公的误拿入监，则百口莫辩。”

陆健心里一慌，偷看主人一眼：他是一面写账一面说那些话的，仿佛无所用心。不等陆健回答，他又说：

“还是晚饭过后，天色暗下来再出去为好。”

天终于黑了。陆健打着灯笼、提着纸钱纸锭，向镇西北的坟场慢步走去。偌大的萧塘镇死一样沉寂，灯光寥落，惨淡如鬼火。他心头也是荒凉一片、无限悲怆。宋岁寒本想陪同，他谢绝了。他要祭的，何止老友一家！

荒冢累累，新坟重重，这片坟场大得惊人，静得怕人。对着老友一家合葬的大冢，他沉痛地跪拜下去，不再起身，流泪、烧纸，默默为老友、为老母家人、为六月二十七日冤死的所有人祝祷，祈求苍天保佑他们早投福胎……

投了福胎又如何？陆健此生还没福吗？才、财两旺，享尽人间富贵，到头来一场空，有过的一切又全都失去。或者，这就是命？

他的命是什么？世家公子，风流闲人，逢遭国变，一心想以诗酒了此一生，朝政国事一概不想不问，以为能置身世外。二十年的经历，他今天才看清了，不管他愿意不愿意，他的兴衰荣枯总脱不开朝廷朝政的制约。

当年江南十家狱也因攻讦而起，他也曾因而亡命江湖，却最终狱解，是因为章皇帝在位；江南一度繁荣，民困渐苏，那几年他的财富年年倍增，不也是章皇帝对江南各省宽仁所致？章皇帝去世，辅臣摄政，一连串大狱接踵而来，杀人之多株连之广，骇人听闻。他又首当其冲，财富再多不能脱此难，想当顺民而不可得，如今，妻离子散家破人亡，八个字真真说尽他的境遇了……

纸烧完了，泪还未尽；灯笼里蜡烛只余半寸了，他还没有离去的意思。透过荒冢中闪烁不定的磷火，借着秋夜灿烂的星光，陆健望望镇上，依稀辨得出宋家院落。

宋岁寒何许人？如此豪爽豁达，又不乏读书人的明智。若不是他一家相救，陆健此刻想必已来此与老友相伴泉下了。他是否已看出破绽？为什么话里有话？若说他疑心陆健，为什么又要请婚？难道是个圈套？

不会。陆健一生经历过的女人实在不少，什么样的都有，从未见过这样天然纯情的姑娘，美貌倒在其次。她毫不做作，也没有自拿身份的闺秀气，喜怒哀乐都发自心田，就像山野间无拘无束遍地开放的红杜鹃！她竟然相中了陆健！陆健辞婚显然叫她很伤心。

今天下午，宋岁寒带匠人来给陆健剃头剃须，减了他十岁年纪。陆健原有美男子之称，如今黑眉下一双忧伤的眼睛，嵌在苍白的脸上，岂不更能打动年轻女子的心？他不想招惹是非，也因为实在被苦痛折磨得疲倦不堪，晚饭之前静静睡着。谁用火筷子戳他的腮？他猛然从梦中惊醒，一睁眼，那张美丽的脸儿就俯在他面前，一双满是泪水的明眸又爱又恨地盯着他，像火像水又像冰。陆健心里一慌，赶忙闭上眼。她“呜”地哭出声，扭头跑了。他摸摸腮帮，湿漉漉的，是容姑的泪。

他心里感动、惋叹，但他是个被通缉的逃犯啊！

烛光越来越暗，灯焰晃了晃，“噗”地灭了。陆健嘘了口气，躺在坟边，仰望天空，星星似乎更亮了。

什么声响？镇东南突然一片呐喊，爆响了鸟铳火枪！刹那间狗吠鸡叫，哭喊声动地喧天，涨大潮一般向坟场这边涌来！陆健大惊，想必是来捉拿自己，拔脚要逃，“轰”的一声巨响，镇上腾起大火！火势蔓延得极快，惊慌的乱哄哄的人潮已涌出镇口，大人叫小孩哭，立刻裹进了坟场。

陆健一把拽住一个挟包袱的汉子：“大哥，出了什么事？”

“海贼！海贼来了！快逃命啊！”

陆健随着人群拼命奔跑，直跑上山，一路逢人就问，却找不到宋家三口人。途中，染病在身和大病初愈的人陆续掉队、摔倒、死去，从萧塘镇到西山的长长的路上，又扔下了几十具尸体。

第二天太阳出山的时候，人们扶老携幼络绎回镇。镇上一条街烧成了废墟。巷子里、石桥边，处处留着海盗掠夺的痕迹，米豆撒得满地，衣物乱抛，家家户户屋里一团糟，箱柜砸烂、用具粉碎。人们哭都没有力气，无精打采地收拾着残破的穷窝。

陆健回到宋家门首，哪里还认得出来？楼塌了，房子烧得只剩屋梁，家具用品全都烧得精光，连他昨日的卧床也化为几根焦木。宋家正在烧得最惨的这条街上，海盗大约一进镇就首先抢劫了这地方。

宋家三口人呢？陆健在门口等了一天一夜，问遍了认识他家的人，都不知道。生不见人死不见尸，难道陆健遇到的是鬼仙？

宋岁寒夫妻兄妹像是消融在碧空之中，从此再不曾在萧塘镇露面。陆健不甘心，仍然四处打听，渐渐知道了一些内情。

宋岁寒并非此地人。许多年前，他先在萧塘买了田地，后来才同了妻子到此定居。由于迁海令大量居民内迁，人口杂乱，谁也弄不清谁的来历。此人在萧塘很得人望，常常扶助贫困解人危难，和卢希南先生为邻，竟成契友。只是他从不敢与官府的人作对，遇到与官府打交道的事总退避三舍。世事如此，百姓怕官，也难怪他。去年初他北上经商，年底带回来这个如花似玉的胞妹，说是失散多年，偶然寻到的。容姑长相既美，心地又好，外貌品行都与宋岁寒相像，本地人并无闲言，就是驻防萧塘的满兵参领看中容姑想纳为妾，时时以拐带人口要挟宋岁寒。若不是这场瘟疫和海贼突犯，宋家怕要吃大亏了。

至于宋岁寒的下落，日久天长，渐渐透出些声息。

萧塘瘟疫过后，满兵不敢再来驻防，但当初盘放营债的旗丁还常常跑来要账，于是人们得知，他们的参领，在萧塘大火的次日被杀。后来人们又得知，那天的海贼内犯本是假的，那些放火抢劫的蒙面海盗都是满兵扮的。参领的目标在宋家，进门就放火抢人。本要杀宋岁寒灭口，不料他武艺高超，十数个“海贼”不能近身，反被他砍死两个夺路逃走。参领怕露馅，抢走那两具“海贼”尸体就急忙退兵，天黑又慌乱，竟错抢了一具民尸。宋岁寒归来一认清那具“贼尸”是驻防满兵，便明白了真相，立刻赶往营中去救妻子和妹妹。

至于结果，传说不一。有的说宋大嫂代替容姑入洞房，刺死参领后自刎；有的说宋岁寒杀了参领、背着妹子出逃，断后的宋大嫂被乱箭射死；也有说宋岁寒假作应允，前去贺喜，杀了参领，带着姑嫂俩远走他乡。无论怎么传说，总之参领被杀无疑，宋岁寒一家确实失踪了。

陆健非常感慨，对这一家满心敬重。只要想想那天晚上的情景，可以断定传说不虚。官兵害民如此，百姓何以为生？可是又有谁敢道出真情上告地方呢？而且满洲八旗，地方官可奈其何？再说，就萧塘镇眼下实情而言，谁有心思去管那么多事！能活下来，就是天大的福分了。

萧塘经历了瘟疫、兵灾，人口锐减，日趋贫困荒僻，地方官的治理懒得触及这毫无油水的海隅僻地。陆健竟下决心在此定居。当萧塘镇的人们想起该给小伢子们念些书的时候，陆健被邀做了书馆的蒙师。

第二章

一

到了康熙三年，八旗官民、朝廷上下开始蔓延一股乐滋滋的信心，入关二十年了，好像这时候才打心眼里确认，国祚久远，大清满洲终于在中华大地立定了！看看吧，南明灭了，郑成功死了，流窜在湖广郧、襄山中的李来亨、郝摇旗等李闯余部，也在征剿大军合围中覆没，最是哭庙、奏销、通海、《明史》四大案，震悚天下，总算让那些心存异端、专爱兴风作浪的蛮子文士服帖了。四辅臣执政，真是雷厉风行，横扫千军啊！

此时，就是最公忠体国的人，也不免想到，该好好经营经营家园，过过舒心日子了。于是他们发现，家下人口不知怎么增加了许多，住处又窄又挤，奴婢不够使，庄田竟减了数，日子过得入不敷出，紧紧巴巴。一股风自然而然地刮起来，越刮越大，各旗纷纷上奏说地亩不够数或不堪耕种，乞朝廷拨地。朝廷又不能凭空变出田地，意思就是能再来一次入关之初的壮举——圈地。

今天，这件大事将由议政王大臣会议。

会议的地点还在中左门。因几位王爷未到，先来的人都在廊下值房喝茶吸烟，谈笑聊天。鳌拜进门，见苏克萨哈和议政大臣费扬古一处说话，便走上前去。

费扬古心宽体胖，是议政大臣中有名的乐哈哈，正不住地顿足笑道：“真是俗话儿说的，下雪不冷化雪冷，今儿天晴了，反倒直冻脚。”

苏克萨哈指着费扬古脚下：“我送你一句汉人诗，叫作‘地冻马蹄儿声嘚嘚’。”说罢哈哈一笑，呼出一团团白气喷向费扬古。费扬古近日学读汉人诗词，汉话说得也不错，眼睛一眯，点点苏克萨哈的嘴：“有来有往，得还你一句：‘天寒猪嘴儿气腾腾！’如何？”

两人一同大笑，把刚刚来到跟前的鳌拜笑得莫名其妙，只当在笑他。苏克萨哈忙把两人的对句用满语向他讲了个大意，自然没了味道，鳌拜也不觉得可笑。苏克萨哈怕他心上犯疑，又说：“费扬古近日又学诗词又学相法，你不如求他相相面。”

鳌拜果真朝前凑了凑：“你老兄还有这一手！来，烦你给我相看相看吧！”

费扬古滑稽地皱皱鼻子，随后便凝神静气地盯着鳌拜的脸看，半晌，十分严肃地说：“恕我直言，你左相像马元帅，右相如卢太师，后半生腾达荣显，必达高位！”

鳌拜逊谢：“哪里能够！借你的吉言吧。”

苏克萨哈突然大笑，鳌拜奇怪地看看他，他连忙忍笑点着费扬古的鼻尖：“你呀，小心他收拾你！”

费扬古哈哈一笑，拍拍鳌拜的肩膀：“小老弟，开个玩笑，别放心上！”

鳌拜完全不明白其中奥妙，还想问，侍从禀告说王爷到了，大臣们匆匆出门迎接，这个小插曲就放下了。

中左门的议政王、贝勒、贝子、大臣会议，简称议政王大臣会议，仪同坐朝，向来威严庄重。最尊贵的位置原属安亲王岳乐，因为与先帝同辈的近支王爵中只有他健在，不过去年已辞议政，所以正中放了两张小型宝座，分左右坐着康亲王杰书和简亲王德塞，他们肩下又分别有信郡王鄂札、庄亲王博果铎、平郡王罗科铎和贝勒尚善、杜兰等人的座位，再以下才是议政大臣们。大臣对王爷贝勒必须先跪安后入座，不能失礼，但议政时则允许各抒己见，这是祖宗传下来的规矩。皇上批办的事，议政会议若坚持不通过，也不能办，这也是祖宗传下来的规矩。四辅臣辅政以来，为复祖制花了很大力气，议政王贝勒大臣们心里都是感激的，作为回报，也处处给四辅臣撑腰，何况四辅臣都参与议政呢！

康亲王宣布了议题，首辅索尼随即展开一份折本，清清嗓音，大声读道：

“户部复查，镶黄、正黄、正白、正红、镶蓝各旗，壮丁一百口以上而地亩不堪者，共二万六千四百五十名。应将顺天、保定、河间、永平等府属州县圈出地亩十三万二千二百五十垧分给各旗，每一壮丁给地五垧，准令迁移，并请差部员、旗员会同地方官酌量换给……”

再读几份，都是各旗要求给地的奏本，“请诸位王爷贝勒大臣议一议，户部圈地的折本是否准行？”

费扬古扬脸问：“索大臣，太皇太后有何旨意？”

鳌拜和苏克萨哈不约而同地把目光投向索尼。索尼又清清喉咙，说：“呃，我们原照户部奏本拟了圈地方案请旨，是太皇太后圣谕下议政王大臣会议的。”

“哦，是这样……”费扬古捋了捋他卷曲的胡须。

鳌拜心里很不高兴。圈几亩地算什么大事，也值得去惊动老太太！偏偏索尼坚持上奏，无非自诩忠慎罢了。自辅臣辅政以来，凡有奏举，太皇太后总是照准，从不驳回，去年连安亲王都因得罪辅臣而辞了议政嘛！惟有这次，虽未驳回，也未恩准，来了个“下议政王大臣会议”！索尼、遏必隆、鳌拜是两黄旗的，苏克萨哈是正白旗的，可都利益攸关，碰上这么个不大不小的磕绊，能不犯嘀咕？

鳌拜向来敢说敢做，立刻接过话头：“这原是小事一桩，只消诸位王爷贝勒大臣点点头，着手办就是了。”

出乎意料，好一阵没人对这“小事”“点头”，竟冷场了。苏克萨哈转动目光挨个儿看过去，暗暗掂量：康亲王素来谨慎，庄亲王才十六岁，百事不懂，不开口倒也罢了，简亲王怎么不吭声？若不是辅臣当政，你德塞能嗣王爵吗？……还有平郡王，这也是为你正红旗谋利，你倒不说话！……

贝勒杜兰先打破沉默：“这可不是小事。是不是准行，得好好商议。”

杜兰是礼亲王代善的孙子，辈分与杰书、德塞相同，都是当今皇上的隔房堂兄。他开了头，大家才活跃了一些，不免交头接耳，小声议论。

平郡王罗科铎因顺治十五年平定云贵有功，这次又是受利旗份，气比较粗：“户部此奏是正理！入关以来历年征战，旗下官兵个个争先听命，效死疆场，理当赏恤！别处不知，只正红旗许多弟兄，实在是家口日增、田产日减，穷困不堪了！”

杜兰皱眉道：“就怕扰民太过而失民心。”

简亲王德塞笑笑：“天下府州县千千万万，就拿这四府州县全都圈了，又算得了什么？”

杜兰领的镶红旗，想必是心存妒忌。苏克萨哈笑吟吟地说：“这次圈地，虽说先题请这五旗，那是因为另三旗折子上得晚了一步。下回全都补上。”

杜兰脸上一红，瞪了苏克萨哈一眼：“我又不是为本旗来争地！”

苏克萨哈依然满面春风：“都是为大清兴旺嘛！八旗强则天下安，是不是这个理儿呢？”

谁也想不到，平日嘻嘻哈哈爱说爱笑的费扬古，突然站起身严正地声明：

“依兄弟看来，这圈地之法不可行！”

众人一惊。费扬古平日商议国事多半随大流，也有独树一帜的时候，但从没有今天这么正颜厉色。

苏克萨哈笑颜不改，语调里却藏着露骨的讥讽：“老兄，你们镶白旗早晚有一份，着的什么急！”

费扬古瞪起了眼珠子：“你当人人都只顾自家庭院田庄，只往自家旗份捞好处吗？”激动中他竟走下座位，站在会议圈中心指手画脚，“入关立国二十年了，若至今还不体会太宗、章皇勤政爱民之心，那可真是不肖子孙了！先帝爱民，爱的是宇内万民天下万民，大清版图内一切人民。入关初天下纷乱、土地荒芜，圈地之举尚且是不得已而为之；如今天下一统日见繁荣，又行圈地，就不怕失人心？”

鳌拜惊讶地扬起浓眉，盯住费扬古：“你不是满洲人？替谁说话？念那蛮子的鬼书，迷了心窍吧！”

费扬古不睬他，只管往下说：“先帝圣明，早看出圈地害民，屡下严旨，永不许圈占民间房地，圈占之风才算刹住。十年来天下安定，国家财赋钱粮才得充裕，也才能平定云贵收复厦门，成就天下一统的大功业！……”

费扬古这几句话说到众人心里。圈地不同于逃人法，早在十二年前就明令禁止。从习惯和心理上说，恢复此举大家都有顾虑。至于庄亲王、平郡王一辈年轻王爷，都是在这十二年中长大的，对此更觉没有把握，都迟疑着不知说什么好。

鳌拜涨红了脸，努力压住火气，争辩道：“这叫什么话！平定天下一统四海，靠的是兵强马壮，与禁圈地什么相干！如今圈地，正是给八旗劲旅增威，才能威临万民，威镇四海！”

费扬古不屑地一摆手：“立国之本是民心还是军威，自有古训，用不着跟你争，就说这地亩不足又是怎么回事？入关之初圈的地都足够多足够好嘛！十多年来，或者经营不善不事农桑把农田撂荒，或是不务正业吃喝嫖赌还债卖田，回过头又叫唤地亩不足不堪耕种！这样下去，圈地补给还有个头吗？越是懒惰浪荡鬼越得甜头，岂不是要朝廷养着这一大堆懒虫？奖懒罚勤，傻瓜才那么干！这是十足的误国之道，不可行！绝不可行！”

索尼、苏克萨哈和遏必隆都看着鳌拜，担心他辩不过费扬古；众人也都注目鳌拜，显然认为他输了理落了下风。

鳌拜大怒，无法再维持宰相风度，一推坐墩，大步走到费扬古面前戳指骂道：“费扬古，你这背天忘祖的混蛋！……”

费扬古毫不畏缩，直盯着鳌拜，满脸轻蔑，道：“你要干什么？要讲打，咱们都是战阵里杀出来、死人堆里爬出来的，谁怕谁？要讲骂，我费扬古不比你少条舌头少张嘴！眼下是议政！既是祖宗传下来的成法，我这议政大臣议一议，也得挨你骂？你不过位列辅臣之末，竟敢如此跋扈，仗着谁来？……”

众人连忙劝阻，把两人拉回座位，康亲王责备费扬古，索尼拦住鳌拜，要他们各自谦抑，不要失了大臣的体面。一时间议政场所内乱纷纷的，费扬古在东，鳌拜在西，各围着许多人劝解，倒像是对峙的两个圈子。高高低低的嘈杂，填满了空阔的中左门。

一名笔帖式进门跪禀：太皇太后遣侍卫传旨。众人猛地一静，发现那侍卫就站在笔帖式身后，正冷冷地看着对垒的两圈大臣。这御前侍卫，正是费扬古的儿子倭赫。

众人跪倒，听倭赫朗声宣告：“太皇太后谕知诸王贝勒大臣等，钦天监奏：‘自去年十一月下旬，彗星见，经五十余日，历一十二宿，白光黯然。’此乃上天垂象示警，应力图修省，不难转祸为福。钦此。”

传旨完毕的倭赫，又睁着他那冷静得有如含冰的眼睛，对众人看了几眼，静静地退下。

议政王贝勒大臣们你瞧瞧我，我瞧瞧你。太皇太后命人传旨，原也没什么特别。可是谁敢断定，这不是她老人家对今日议题不表态的表态呢？“力图修省”，是什么意思？派来的侍卫，又偏偏是费扬古的儿子！

户部的这份折子，众人议了许久。最后议得：“各旗地亩不堪不足者，着副都统查明回奏备案。圈地事宜，待户部尚书侍郎等踏勘回奏后一并办理。”

这样一来，圈地的事就推迟了。

会议后，四辅臣碰头，都闷闷不乐。这是他们执政以来碰的第一个钉子。索尼默默沉思。遏必隆向来难得出声。鳌拜一拳砸在桌子上，余恨未息地瞪着鹰眼：

“竟敢藐视辅臣！这样下去，咱们怎么管事！……笑面虎！以前竟没看透他！”

苏克萨哈带笑不笑地：“藐视辅臣，并非自今日始。就是今日，不也侮弄你一场吗？”

鳌拜一愣，陡然想起：“你是说，他给我相面？”

“还不明白？”苏克萨哈冷笑，“他说你左相马元帅，右相卢太师，按汉字，马卢相连，是个驴字！”

“混蛋！”鳌拜暴怒，直跳起来，络腮胡子都奓开了，额上青筋蚯蚓般扭动，脸也涨成猪肝色。他最不能容忍说他相貌似驴，连同音字同形物都忌讳。若下人犯忌，他早就要他们的脑袋了！遇上这个费扬古，竟也拿他没办法！……苏克萨哈冷眼看鳌拜，心里暗暗叹息：怪不得他恼火，发怒的鳌大臣脸憋紫了，又鼻梁长、人中长、下巴长，真和执拗的驴子有几分相像哩！

索尼生气地说："太不成体统了！如此狂傲，无非仗着儿子是御前侍卫，父子们有些战功，唉！"他气恼当然不止为此。辅政以来，每有举措总是鳌拜打头阵，苏克萨哈接二阵，遏必隆善后，他总揽全局。鳌拜的刚勇、苏克萨哈的圆柔、遏必隆的老成持重和他的明智忠心，配合得天衣无缝，博得朝野称善，想望治平。日后他也不难与历代贤臣名相同列于青史。今日看来，怕不容易。冲突开了头，接下去还不知有多少麻烦呢！

沉默片刻，遏必隆皱眉说着大实话："真不明白，今儿议政怎么这么不痛快！……还有钦天监那道奏本！"

"什么钦天监！"苏克萨哈懒洋洋地接过来，"不就是汤若望那个洋鬼儿！谁知道他背后捣的什么鬼！"

索尼与鳌拜互相看了一眼，也都沉默不语。

遏必隆想了半天，叹道："要是有皇上的御批，这事兴许倒好办了。"

皇上？皇上还不到十周岁，成年亲政遥遥无期。而且这位小小天子，又是如此的……索尼苦笑着，摇摇头，觉得肩上的担子越发地重了。

二

苏麻喇姑推开雕花格窗，一股清新的、混着花卉馨香的风冲进，带来远远一片细碎的脚步声和男孩子特有的忽高忽低的笑语声，似乎风和日丽的春光，由这一团勃勃生气送进了慈宁宫。她忍不住笑起来，扭头道：

"老佛爷，太后，皇上和阿哥们下学回来了！"

正在跟皇太后姐儿俩说话的太皇太后顿时笑逐颜开："他们哥儿们回来，我这儿可就没个清静了！"

她像老年人那样眯着眼睛，一腔疼爱孙子的心肠全都从笑纹中焕发出来。她已经摆脱了哀伤，面容恢复了红润，开始发胖的身体因为穿着深蓝色绣袍而显得仍然匀称；细长的眼睛依旧黑而灵活；若是皱起黑眉，抿住轮廓清晰有力的嘴，那么这副颧骨高高的相貌还是很威严，令人不敢正视；然而一笑开来，便是十足的慈祥老奶奶了，——就像现在这样。

顺治帝死后，他的皇后被尊为皇太后，由正宫迁居慈仁宫。其他妃嫔也都迁出东西六宫，住进寿康宫等专为先帝妃嫔养老的地方。二十四五岁年纪就得了皇太后、太妃的尊号，真是难得的福分。姐儿俩的气色都不及太皇太后，多半因为膝下无子女。福临的子女都在慈宁宫由太皇太后教养，她们只能相互做伴，度过此后的漫长岁月。

皇太后姐妹来慈宁宫很勤，也比较随便。太皇太后既是她们的婆母，又是她们的姑奶奶。除了每天必须的晨省昏定之外，还不时过来陪她说说话儿斗斗牌，跟慈宁宫里的孩子们也很熟。所以皇太后立刻问：

“老祖宗，今儿是二月十二，照规矩逢二不是该给阿哥们放学吗？”

太皇太后笑着摆摆手：“甭提了。不给放假吧，咱们那小皇帝心里埋怨；才定了逢二歇一天，他又说学文习字一日不可停了！……瞧，都来了。”

门口太监一打帘子，几个男孩子鱼贯而入。

最前面的一个，珠顶红缨貂帽，石青小龙袍，明黄绣金龙外褂，腰间镶东珠玉带，脚下小皂靴，很是神气，一双乌黑的眼睛异常灵活，面色春花般红润，似乎带进一团喜滋滋的又是极不安分的小旋风。才过一年，小皇帝又长大了。屋里的长辈见到他，脸上不由得都泛出笑容。按生下来算一岁，过一个新年加一岁的规矩，再过一个月，三月十八日，普天同庆的皇上生日万寿节，大清天子玄烨就该十二岁了。

玄烨背后是他哥哥——比他大八个月的二阿哥福全，还有他的弟弟——比他小三岁的五阿哥常宁。福全还是那副忠厚相，厚嘴唇、大耳朵、大眼睛，不大机灵。常宁才六岁，活泼灵巧，亮晶晶的眼珠子滴溜溜转，一看就知道长大必是个百伶百俐的人儿。他俩都是石青袍子小貂帽，理所当然，不及玄烨那么华贵。

哥儿仨向祖母和嫡母、庶母跪安的当儿，苏麻喇姑已命人端上点心和奶茶，搁在一张矮桌上。热腾腾的奶茶喷着香味，招得孩子们眼睛直往那边瞅。太皇太后忍不住笑了：“行了，都去吃吧！”三个小人儿巴不得这一声，口里说着谢恩的话，身子早扭过去扑上小桌，津津有味地又吃又喝，叫人害怕他们噎着。

淑惠太妃凑趣地问：“老祖宗心就那么灵，猜到皇帝心下埋怨？他横不能赖学逃学吧？”

太皇太后笑着讲了个小故事。

去秋一日清晨，雨后碧空如洗，太皇太后立在殿前月台，远望西山一派青蓝，很觉爽快舒放，信口吟道：

“天有重阳日……”

不知何时出现在侧的玄烨大声接了一句：“人无放学时！”

太皇太后回头一瞧，玄烨正由捧着书袋笔砚匣的小太监陪同，满脸愁苦地往书房去。她不由得大笑，说：“好啦好啦，打今儿起，逢二的日子给你放学！”

玄烨倒不是不爱上学。书房换了个师傅以后，连逢二那天午膳之前还要用功呢。这么着规矩又变了变，逢二放半天学。

皇太后姐儿俩听罢，称赞了几句。那边五阿哥眼珠子一转，伶俐地说：“老祖宗，皇额娘，你们还不知道哩，皇上哥哥今儿害得二哥的伴读挨了打！五个手板心儿呢！”

玄烨连忙分辩：“老祖宗，那事真不怪我，我可是好心。”

福全念书一向不行，常被师傅责备。师傅当然不敢训斥这些龙子凤孙，自有伴读的孩子代为受过。但打手板却没有过，太皇太后连忙追问详情。

今天讲完书时间尚早，先生要学生口对，依学生情形出对难易不同。最后是福全，题最简单，一个字：“笔”。福全却抓耳挠腮地对不上来。

玄烨灵机一动，拿了张纸假装去糊窗户，悄悄向福全眨眼示意，教他以“纸”字相对。不料福全懵懵懂懂，竟对曰：“纸窗。”先生生气了，以为福全故意捣乱，拿福全的伴读打手板责罚一通。福全也生气了，说玄烨故意捉弄他，出书房一路都不理睬玄烨。

大家又是一阵笑。太皇太后对福全说：“皇帝是真想帮你，没有捉弄你的意思。要怪你自己念书不用心。这么多年了，这样的对子还对不上来。”

福全便低头不响，反正一有事总是玄烨对、他不对，人家是皇上嘛！……这时，后面一扇门“吱呀”开了，冰月和芷珠两个小格格，像两朵娇嫩的花朵，清脆地叫着“老祖宗”，木底小花盆鞋“呱嗒呱嗒”响，手牵着手一起扑到老祖母膝前。太皇太后疼爱地搂着两个香喷喷的孙女儿：“谁叫你们跑来的？奶茶香招来了小蝴蝶小蜜蜂吧？”

小格格扭股糖似的黏着皇阿奶，黄莺儿般地啁啾着：“来给老祖宗请安呀……我们听到皇上哥哥和二哥五弟回来了……我们肚子也饿啦……”

“饿了不会找你们看妈去？跑我这儿来捣乱！还不给皇额娘请安！”两个小格格连忙跳下太皇太后的宝座，听话地对皇太后和太妃福了一福。

“苏麻喇姑，给这两个磨人的小馋丫头添座！”

苏麻喇姑笑着应了太皇太后一声，两个“小馋丫头”高兴得跳起来，直奔矮桌。玄烨招手叫冰月坐到他身旁，悄声说：“吃罢点心上花园玩儿去，我又有新招儿啦！……”

“今儿个二月十二，”太皇太后微笑着慢慢说道，“古书上叫花朝，是百花生日。早几年董鄂妃在宫里，兴拿红黄绸条儿系花树上，说是江南民间女孩儿家都这么为花神饯行。回想起来倒也热闹。昨儿夜里叫人往御花园、西花园各处去办了。咱们都去走走瞧瞧，想必好看。”

听老祖宗提起董鄂妃，皇太后姐妹心里都有点不是滋味，面儿上倒还笑颜承欢，连连答是。

“这儿还有些个彩绸条小金铃儿，咱们娘儿们也拴几树花谢谢花神，保佑来年花事更盛！”太皇太后说着，苏麻喇姑拿儿盘彩绸条儿和小金铃交随侍的宫女捧着，众人簇拥着老太太都站起来。老太太回眼瞧瞧孙子孙女，眯眼笑着吩咐：

“孩子们也好好玩儿去吧，关了十天书房，够闷的。可不许又吵架翻脸！告诉跟从的谙达，只防碰着伤着就行，别管得太严了。”

有了祖母这句话，孩子们还不高兴得蹦个八丈高！像一群“叽叽喳喳”叫个不了的喜鹊，冲进了西花园。

嗬！西花园整个变了样！高树矮树、花枝花干，就连没开花的牡丹棵子石榴枝子，都系着彩色的绸飘带，二寸宽三尺长，红的有朱红、深红、梅红、水红、粉红，黄的有姜黄、杏黄、鹅黄、浅黄、金黄，满园里随风飘舞，比花艳丽，灿烂一片。更有春花春叶春草的芳香，有无数护花金铃清脆动听的“叮叮”响，好奇妙的缤纷世界！引得孩子们一阵又一阵地欢呼。

不过他们的注意力很快就离开这一片繁华，因为玄烨想出的游戏“新招儿”把他们吸引住了，小眼睛瞪得溜圆，洗耳恭听。

新招相当复杂，也就格外有趣：大家分两拨儿，一拨儿扮官兵，一拨儿扮强盗。官兵有营盘，军旗为号令；强盗有洞穴，明珠为镇山宝。强盗若拔了营盘的军旗，官兵输；官兵若拿住所有的强盗、夺到宝珠，强盗输。

五阿哥常宁眼珠子一骨碌：“那官兵多难赢啊！”

玄烨忙解释：“可强盗见官兵就得逃哇！官兵明着拿人，追上强盗拍一下就算拿住。拿回营盘的强盗就不许跑了，除非有没拿住的强盗来救他，拍他一下就算得救。强盗跑回洞穴，官兵也不许进去拿人。怎么着，好玩儿吧？”

孩子们都觉着新奇，冰月第一个拍手赞成。跟着的李谙达不住地笑着摇头，皇上究竟是皇上，玩起来都别是一样！可就是名字不大好听，什么强盗强盗的……

玄烨忽又耸耸眉头：“不成！就咱们八个人不好玩儿！手下兵将太少，调拨不开。得添人！”

李谙达无奈，只好着人召来二十名十二三岁的小太监供皇上和阿哥驱使。小太监们到来时，主子们正在仔细分派。玄烨和福全是两个公认的各拨儿首领，他们各自的伴读，阿寅自然归玄烨，阿江自然归福全。那么常宁和他的伴读阿寿、冰月和芷珠呢？

玄烨很慷慨："今儿在书房福全受委屈了。由你挑吧，当官兵还是当强盗？"

福全一听很高兴："我当官兵！"

常宁几乎同时嚷叫："我也当官兵！"

这么一来，福全一拨儿就是四个男孩子，分配显然对玄烨不利，但他还是挺大度地说："那好吧，我来当强盗！"

李谙达在一旁惊得变了脸色："哎哟我的万岁爷，可不能这么说话，要叫老佛爷知道了……"

玄烨高傲地一扬脸："老祖宗说了不要你多管，怎么又唠叨上了？你明知我们在玩儿，谁真的当强盗啦？"

李谙达连声地"嗻、嗻"，不敢再说什么。胆小的芷珠却害怕了，小声说："我也要当官兵……"冰月瞪她一眼，扭过身坚决地说："三哥哥，我跟你当强盗！咱们拨儿人少，赢了就更能耐！"

孩子们中只有冰月管玄烨叫三哥哥，因为她一进宫就和三阿哥一处抚养，比别人自是不同。

"好！"玄烨很高兴，"你来，我封你做大将军！"

李谙达又想干涉，玄烨背过身去不理他，他也无可奈何，直摇头。平日唯冰月马首是瞻的芷珠又动摇过来：

"月姐姐，我还跟你一拨儿……也当强盗好了。"

官兵头儿和强盗头儿秘密商定了最后的奖惩办法，两人都很满意，立刻传他们最信赖的小太监去办，然后各自召集部下，到"营盘"和"洞穴"集中。

西花园南端是太湖石叠成的山，山有两峰，峰间一谷，谷中架一石板，下临清潭，悬流一线似瀑布注入潭中。山间蹊径纵横，处处有老槐、楸树、银杏和青桐，正是新叶怒生、满目青翠的时候。强盗嘛，就该躲在不见天日的地方，所以临潭那块石板就做了强盗的

“巢穴”。玄烨取下腰间一只香袋悬挂在太湖石上，算是“镇山之宝”。

从这里向北望，临溪亭再往北的那座花坛，上面花花草草和彩绸条儿嫣红姹紫，耀得人眼花，正中间飘着一面杏黄旗，就是官兵的“营盘”。官兵头儿福全站在旗下，指挥部下排成一字长龙，东西摆开严阵以待，堵死了强盗北上盗旗的各个道路。别看福全念书不行，玩起来一点不含糊！

强盗头儿玄烨在果断地向喽啰们下命令：“听着！大将军冰月率六名喽啰先攻，二将军芷珠率四名喽啰助攻，都别去拔旗，单管引开官兵。只要一个人能吸住两个官兵就行了。我跟阿寅猫在二将军后面冲上去，两个对一个，那旗准能到手！可听懂了？不管是谁，只要引开两个官兵，赏十个鹅油松瓤酥饺！”

“要能吸住三个呢？”不知谁小声问。

“加倍，二十个！”玄烨毫不含糊。他在书中读过，“重赏之下，必有勇夫”。鹅油松瓤酥饺是眼下宫里最时兴最好吃的点心了。只要有一个人获赏，他们这拨儿强盗就能赢，何况更多呢？

“冲啊！”一片呐喊，强盗下山了！官兵也情不自禁地大喊大叫。三十来个孩子可着嗓子嚷，也真够惊天动地了。被皇上赶出游戏场的李谙达、大太监和嬷嬷们，只好待在延寿堂和含清斋廊子下，伸长脖子焦虑地看着，惴惴不安。

大将军冰月率喽啰冲向官兵营盘，官兵们一窝蜂拥去捉拿，一条龙防线立刻散了。要是二将军芷珠及时赶到，然后遍地开花、四面星散，那么乘虚从中路隐蔽前进的强盗头儿玄烨和他的军师阿寅一定能得手。

可惜二将军刚过翠芳亭，绊了一跤，咧嘴就哭，小喽啰顿时傻眼，不知所措。助攻延误了战机，官兵头儿福全已清醒过来，赶忙把两追一的官兵召回来对付二将军所属。二将军已自动退出战场、哭着去找她的看妈了，下面群龙无首，进退失据，乱了套。于是临溪亭四周，官兵捉强盗，大砍大杀。玄烨一看大事不好，高叫：“回家！快回家！”福全听到他的声音，率领阿江冲过来擒贼先擒王，玄烨只得带着阿寅，丢盔弃甲大败而逃。

逃回山寨一点人马，只剩三个喽啰，大将军倒是逃回来了，二将军落马，其余都给拿进了“营盘”。

玄烨并不气馁，喘息方定便与军师阿寅商议。玄烨有八个乳母，最依恋孙氏，因为当初是她不辞劳苦日夜照料他过了天花的险关。孙氏的丈夫是正黄旗包衣牛录下的曹玺，阿寅是他们的长子，与玄烨同岁，聪明懂事，自进宫伴读，就成了玄烨离不开的小伙伴。

“阿寅，二将军不中用，得想别的法子。”

“先得把拿去的人救回来。”阿寅说。

冰月嘟着小嘴：“还那么冲啊？咱们都得叫人拿了去！”

“是啊……”玄烨沉吟着，盯住官兵的阵势，眼珠子略转了转，黑瞳仁突然放出一道光泽，异常明亮。见他这样，冰月和阿寅立刻振奋起来，知道他一定有了奇招儿。

果然，玄烨挤挤眼儿说：“有办法了！这么着……”三个小脑袋凑在了一块儿。

官兵大获全胜，好不得意！算算强盗还剩六个，十四对六，怎么也是赢！所以福全一发现穿明黄坎肩的玄烨下了山，就立即指挥官兵追拿，呐喊着朝南冲，强盗只好逃回去。过一会儿他又悄悄从临溪亭边探出头，福全大喝：“在临溪亭！快追！”官兵又拼命地追出来，明黄坎肩一闪，霎时又逃回“巢穴”……黄坎肩一次次地进退，十四名官兵跑得疲惫不堪，懒得再回“营盘”，干脆立在临溪亭南一溜排开，等着他再露面。

“快回来呀！强盗偷营啦！——”一片声嘶力竭的大叫，惊得官兵调头跑回去救，哪里来得及！强盗的军师和大将军不知打哪儿钻到“营盘”后头，被拿住的强盗们也不知什么时候手拉手连成一条长蛇，冰月往最外边的那个强盗身上一拍，高叫着：“救出去啦！——”

福全气得直跳脚，一眼望见阿寅爬上花坛要拔旗，惊得怪叫着扑上去。阿寅看看得不了便宜，赶紧喊了声“逃哇！”众强盗一哄而散，满园子乱跑，官兵拿他们不着，眼睁睁地看着他们欢天喜地逃回

“巢穴”，自家气鼓鼓地互相埋怨。

这边，凯旋的军师阿寅，又在向头儿献计，用鹅油松瓤酥饺，让一个个官兵心甘情愿地到山里蹊径兜圈子，再集中精兵强将对付他们的头儿和五阿哥、阿江、阿寿……

连他们自己在内，有谁能想到，三十年后，这位已成为江宁织造的阿寅，身负特殊使命，为今天这个强盗头儿、来年的一代英主，向江南名士们赠送了多少另外一种“鹅油松瓤酥饺”！

福全发狠，守在旗下一步不离，又分派常宁、阿江、阿寿围成掎角之势。奇怪的是，出去巡营的官兵怎么越走越远了？追强盗进了山怎么就不出来了？

福全立命召唤部下归营，冷不防一片呐喊从前面飞起，大群强盗打临溪亭冲出来了！他们是隐身在大树、花坛、鱼池边墙和亭柱后面悄悄接近的，一下子杀到跟前，真叫人措手不及！福全也不软，领了常宁他们冲出来拿强盗，强盗又是四散奔逃。福全追出去十来步，一想不对头，高叫“回守大营！”可是一回头，便听“嗷！——”的一阵欢呼，强盗们手舞足蹈又喊又叫，强盗头儿玄烨、大将军冰月、军师阿寅都已爬上花坛，玄烨手中高高举着那面杏黄旗！

强盗胜了！

绿云亭畔燃起两堆火。一堆火上立着烧烤架，大块大块的牛肉猪腿被火烤得“吱吱”响，诱人的肉香弥漫一团，官兵和强盗都止不住地频频回顾，暗暗咽着口水。这就是两个头头事先商定的奖惩方法：赢家吃烤肉。另一堆火是为输家准备的：他们得从火上跳过去，不跳或是跳不过，不给吃肉；跳歪了，给半数。

福全老实，也很勇敢，承受失败而毫无怨言，领着他的败兵从燃得很旺的火上一个接一个地跳了过去。玄烨这帮得胜的强盗大声叫好喝彩，为官兵助威。最后轮到常宁，费了些周折，他到底年岁小，害怕，站在远处不敢起步。玄烨和福全跑过去，一边一个拽着他一起跑，越跑越快，只听玄烨高喊一声“跳！”兄弟三个一同跃起！常宁迷迷糊糊，不知是自己跳起来了，还是两个哥哥把他提起来的，云山雾海，做梦似的就落了地，连火苗的热气都闪过去了。

“噢——”所有的官兵和强盗同声欢呼，既为五阿哥经住了罚，又为大家受罚完毕就要向喷香的烤肉进攻而高兴。最好的一份自然得奉给皇上，其次是阿哥、格格，再其次是伴读，余下的，小太监们兴高采烈地分食去了。

玄烨的看妈和贴身太监提着两个大食盒过来了。阿寅赶紧朝他们使眼色，这两位谁也没瞧见，只管凑前去：“万岁爷，你要的鹅油松瓤酥饺来了！新得的，还热乎着呢！……”

阿寅着急地打断：“回宫再说嘛！”

玄烨看他一眼：“这有什么大不了！玩儿完了嘛，论功行赏，还不应该？”他高兴地让把食盒放在他身边打开。恩赏别人，是件很开心的事，从中获得的高于别人的满足感，总是很美妙的。

福全这一拨儿莫名其妙，愣愣地看着。

“小鲁子！”玄烨叫过一名小太监，“你引开两个官兵，还招来一个官兵，该赏你酥饺二十个！”

小鲁子惊喜地跪下叩头：“谢万岁爷恩典！”那边阿寅递给他二十个香喷喷的酥饺。

跟着，小赵子、小七子……一帮强盗喽啰挨个儿来领酥饺，少的十个，多的还有四十的。福全他们沮丧地互相望望：咱们怎么就想不出这一招儿呢？

不料玄烨又喊起当官兵的小太监了：“小朱子，你受了招抚，也该领赏，给十个酥饺！”

小朱子心怯怯地回头看看福全，还是上前接赏，叩头谢恩。这下福全傻眼了！看着一个个官兵也去领赏，阿江对福全咬耳朵：“怪不得咱们输，敢情是这么回事！”

偏巧那边常宁兴致勃勃地拉着冰月问：“月姐姐，刚才你们来救人，走的是哪条道儿？还当是从天上掉下来的呢！”

冰月很得意：“是三哥哥的主意，趁着你们只顾着南边，我们爬树翻墙，打园子外面绕到北门悄悄进来，可不吓你一跳！”

福全把手里的烤肉往地下一摔，生气了，“赖皮，不算！”

玄烨瞪大眼睛：“谁赖皮？”

“谁兴爬墙从园子外面往我们背后绕？谁兴用酥饺赏手下喽啰，还买我们官兵背主？”福全双手叉腰，气呼呼地反问，阿江阿寿也都跟着不服地嚷起来。

玄烨也不服：“可也没说不许爬墙、不许奖赏和招抚哇？谁让你们不这么办啦？”

“那你干吗不告诉我们？”

“告诉了你，我还能赢？古书上说的，兵不厌诈！”

“你们就是赖皮，赢了也不算！”

“干吗不算？就算！”

起先只是两个头儿争论，跟着冰月、常宁和伴读们也卷了进去。小太监们领赏后早打发走了。眼看孩子们越吵越凶，却没有人敢劝解。

玄烨发火了，也摔掉烤肉，一挺胸一扬脖：“我是皇上，我说算就得算！”

常宁顶他：“皇上怎么着？皇上就该赖皮？”

福全顶得更硬：“谁赖皮就是小狗！”

冰月急了：“你怎么骂人？”

常宁嘴巴快：“没骂人，骂那赖皮的小狗！”说罢撒腿就跑，福全一帮跟着跑开，立在安全距离之外，跳着脚齐声喊叫：

“赖皮！赖皮！赖皮！……”

玄烨不假思索，顺手绰起一只酥饺照福全砸过去。

“哎哟！”一声尖叫，酥饺在一位路过的宫眷头上开了花。只见头板砸歪，珠饰砸掉，鹅油松瓤酥皮粉碎，纷纷落在她香色闪缎绣花袍褂上，刹那间污了一片，——正是宫里脾气最怪，孩子们平日最畏惧的懿靖大太贵妃。

福全一伙发声喊，哄然而散，各自逃开。

懿靖大太贵妃一眼看见绿云亭边吓呆了的玄烨和冰月，登时眉毛一竖，“腾腾腾腾”跨着大步赶过来，伸手揪住了小姑娘：“你！大胆！”

玄烨和冰月脸都白了。懿靖大太贵妃在他们眼里是怪物：不会笑、不爱说话、不爱露面，除了给老祖宗请安，别人她全不理睬。老祖宗偏对她格外厚待，赏的衣物吃食总高人一等。最叫人弄不懂的是，人老了都喜欢小的，她越老越讨厌孩子，阿哥格格们她从不正眼一瞧，对冰月特别憎恶，好像她是一只又臭又脏的小癞猫！今儿偏撞在她手里，可不是触霉头吗？

玄烨赶紧认错："太皇太妃，别怪冰月，是我失手了！"

大太贵妃仿佛没听见，也不看玄烨，扬起手，"啪！啪！"巴掌狠狠落在小冰月的屁股上。

"哇！"冰月大哭。

怒气直冲玄烨脑门儿，他不管不顾地往大太贵妃和冰月之间硬冲。大太贵妃不由得松开手，玄烨用力一推，竟推得大太贵妃朝后趔趄了好几步，差点儿摔倒。

大太贵妃大怒，站住脚，朝玄烨扬起了巴掌，却又僵在那里，不得动弹，好像突然抽筋了。

"欺负小小孩儿，算什么本事！"玄烨气极，大声责难，挺身做出一副准备挨巴掌而绝不低头的样子。

大太贵妃僵在空中的手颤抖起来，终于落下，变为戳手而指的姿势，仍旧朝向玄烨背后的小冰月，声音低哑又凶狠：

"你个仗势欺人的小妖精！一代传一代狐媚子！苦我一辈子啊！……"

她的声音淹没在凄凉的呜咽中，一转身，快步走开。

玄烨又是擦泪又是揉痛，好半天才哄得冰月不哭了。

"她不讲理！我去告老祖宗！"冰月说着，嘴角一撇，又要哭。爹妈的掌上珠、老祖宗的心尖子，从来没人敢动她一指头，挨巴掌可算是开天辟地头一回，怨不得她哭个没完。

"好了，别哭啦，"玄烨连忙安慰，"听我跟你说，咱们不能告，她是太皇太妃，高着咱们两辈儿，告到哪儿咱们有理也是没理，弄不好咱们还得挨骂。"

小姑娘眼泪汪汪："那，冰月就白挨打？"

玄烨心里一软，搂住妹妹的肩膀："别急，等我想个法儿，偷偷治她，给你出气！”

“真的？多咱？说话算话啊！”

“大丈夫报仇十年不晚，你就等着瞧吧！”

玄烨回到住处不久，苏麻喇姑就来了。迎接她的是从次间漫出来的腾腾热气。看妈连忙招呼：“苏奶奶快屋里坐，我这儿正预备水给皇上洗澡呢。”

苏麻喇姑把个布包放在长台上，笑道：“正好，老佛爷赐给皇上一套新袍褂，洗了澡换上。他人呢？睡了吧？今儿个又跑又闹的，可累着了，放炮仗怕也醒不了他。”

“哪儿啊，”看妈冲西里间小书房一努嘴，“一回来就翻箱倒柜地找什么书。这不，多半天悄没声儿的，八成又迷进去了……皇上，该洗了，水要凉啦！”看妈喊一嗓子，那边全无反应，无可奈何地直摇头，“瞧瞧，都叫他三回了。”

苏麻喇姑轻手轻脚走过去，撩开小书房的门帘，桌上炕上到处摊着书，玄烨坐在书堆里看书正入神，冷不防他一拍炕桌，叫道：“说得好！‘一人失德，四海土崩’，‘虽天道有盛衰，亦人事之工拙’！”

苏麻喇姑笑了：“皇上，叫你去洗澡呢！”

“哦，苏奶奶来了。”玄烨应声起立，拿着那本《隋书》走出小书房。看妈见他忙说：“哎呀，可把你请出来了！快来吧！”

玄烨满脑子“天道”和“人事”，嘴里还在小声嘀咕：“魏徵撰《隋书》，以隋为鉴；本朝就该修《明史》，以明为鉴……”

“小祖宗，快点儿吧！”看妈和苏麻喇姑都挽起袖子。她们从玄烨出生满月起，就给他洗澡了。

“哦，对了，洗澡。”玄烨完全心不在焉，放下书，沉思着慢慢走进大澡盆，随后习惯地坐在澡盆正中。

“哎呀！”苏麻喇姑和看妈眼睛瞪得核桃大，半天才叫嚷出声，“我的小祖宗，看书成疯魔了？衣裳！衣裳！”

“啊？什么衣裳？”玄烨莫名其妙，不知道两个老太太为什么这样大惊小怪又喊又叫，低头一瞧，“哈哈”大笑，原来他还穿着衣裳靴子哩！赶忙站起，水流“哗哗”的像个落汤鸡！进来换水的太监们都笑得合不拢嘴。苏麻喇姑又笑又叹：

“真跟他爹爹一个样！小鹰总要长成雄鹰的！”

洗完澡，玄烨舒舒服服靠在软榻上喝茶吃点心。苏麻喇姑吩咐看妈服侍皇上午睡一个时辰。偏偏御前太监来禀，说是当值的御前侍卫已在景运门等候，因为皇上今儿早起在书房曾命他们下午陪皇上练骑射。

他怎么给忘了！刚刚消失的疲劳顿时又把他牢牢捆住了，真不想练什么骑射，最好现在就摊成个“大”字睡一大觉！看妈也在小声嘟哝：“还不够累呀？骑射骑射，到底才十岁，筋骨嫩着呢……”

玄烨噘着嘴求援似的看看苏麻喇姑。她在笑，可不是平常的笑，眼睛斜着，嘴角撇着，似在说：“瞧瞧，害怕了吧？”玄烨顿时像挨了一弹弓，“腾”地跳起，大声吩咐立刻就走，并命小太监去叫福全常宁，到景运门会齐。

见玄烨头也不回地雄赳赳地走了，苏麻喇姑又笑了。

御前侍卫倭赫、西柱、折克图、塞尔弼四人在景运门伺候玄烨上了马，玄烨就缠着倭赫说说近日圈地的事。

玄烨喜欢倭赫，因为倭赫在顺治朝已在御前当值，可以告诉他许多他父亲的故事。在倭赫口中，先皇年轻俊朗英明有为，而且博学多才风流儒雅，既怀雄才大略，又有勤政爱民的仁君之德，使玄烨无限神往。倭赫对朝廷内外的事也知道得很多，但凡玄烨问起，他都能说出个所以然，比如迁海、奏销两件事办得如何对，通海、《明史》两案不免杀戮太重，有违先帝遗德等等。提起圈地，倭赫照例实话实说，表示激烈反对，并断言：

“要是先皇在世，绝不会任他们这样误国非为！”

玄烨惊讶地眨眨眼：“他们？四个人都算？”

倭赫心直口快地笑道：“四辅臣里，数索大臣忠心耿耿，人所共仰；遏大臣宽大无为，是个老好人；鳌拜可是咱满洲第一巴图鲁，刚勇无双，虽说难免功高气盛，固执起来，九头牛也拉不转，好在胸无城府，直来直去。最是那个苏克萨哈，精明能干到家了，可是见风使舵，害人害己，不知先皇为啥看中他！”

“唉，索大臣上岁数了。”西柱不由得叹了口气。

“索大臣要是没了，遏大臣能替得上去吗？”折克图挺担心。

“遏大臣？那可是个凡事不问的人。闹不好就该苏克萨哈主事儿啦！……”西柱又叹了口气。

侍卫们忧心忡忡地议论着，无所顾忌。因为玄烨终究是个十岁的孩子，不懂事，周围既没有太皇太后的心腹，也没有满口君臣之礼的大臣。可小皇帝一双乌黑的大眼睛随着说话声迅速转动，非常明亮专注，尖利得像两把小钻子，落到谁身上谁发慌。他们互相望望，都有些惊异。最为持重的塞尔弼说：

“不可在圣驾面前胡说！……皇上，天气转暖，只在宫里练射箭靶，不射活物，实在有限。”

折克图说：“正是呢，景山养的活鹿活雉，都是供先皇练射用的。要不先皇的箭法那么高呢！”

玄烨至今不曾真正跑马射鹿，一听这个，就笑嚷连声，又像个小男孩儿了：“好！好！祖宗以弓矢定天下，我也得……”

倭赫笑道：“皇上，必须要自称‘朕’啊！”

玄烨连忙笑着改口：“对，对！朕又忘记了。”

这时，玄烨差去的小太监赶到，跪呈皇上一个封函，说二阿哥五阿哥只封了这个来。玄烨开封，里面落下几张纸条儿。他看了一遍，生气地“呸！”啐了口唾沫，满脸不高兴，顺手把纸条儿塞回封函，揣进怀里。

“三阿哥！等等我！”

“皇上！我们也去！”

隆宗门那边传来两声清脆娇美的呼喊，一群从人簇拥着一匹锦绣鞍、银勒口、额前缀一撮红缨的桃花马，一阵风似的驰到近前。骑在马上的是和硕公主孔四贞，四贞怀里坐着小格格冰月，冰月用袍襟包裹着一只雪白的小猫。

“孔姑姑！月妹妹！”玄烨非常高兴，眨眼间就把那些纸条儿忘记了，“怎么把小雪也带出来了？”

冰月疼爱地抚摩着小猫耳朵："它太小了，离不开我。"

"孔姑姑刚回宫里来吧？老祖宗怎么舍得放你出来？"

四贞笑笑："跟老祖宗说了，这回在宫里多住些日子。"

"孔姑姑不如就搬回来。我们可想着你呢！"

四贞笑容更温柔，摇摇头："又说孩子话啦！"

孔四贞自顺治十七年受封为和硕公主，掌管定南王藩府军政大事，遥控广西定南王部属，已经出宫。虽然四时节庆也常进宫请安，终究不比当初同住慈宁宫时亲近。玄烨自幼就特别喜欢聪慧美貌的孔姑姑，从不以隔辈人相待，更像是弟弟对姐姐。四贞毕竟年长十二岁，自然有分寸得多。

见四贞摇头，玄烨忙说："不信问冰月，我们昨儿晚上做梦都梦到你啦！"

冰月立刻做证："是真的！三哥哥梦见你好多回呢！"

四贞不觉有些脸红，笑道："别说闲话了，咱们赶快走吧……二阿哥五阿哥呢？"

玄烨皱皱鼻子，做个鬼脸："甭等了，他们不来啦！"

说说笑笑出了景运门，来到箭亭刚下马，四位辅臣就闻讯赶来向皇上请安。玄烨只得端坐亭中受礼。索尼对皇上勤于习武说了不少恭颂的话，遏必隆等也随着问了皇上起居安好。玄烨按礼节一一答复，不住地打量四辅臣，暗暗对照方才侍卫的评论，好像真有几分道理哩！

月格格尚小，自然不用回避，抱着小白猫站在玄烨身边很有兴趣地听他们按例问答。孔四贞掌定南王藩府，等同王爷，辅臣还得向她请安。

四贞独独看定鳌拜，笑道："鳌大臣，去年此时你在鼓楼下解了我的危困，我总惦着要谢你，可不知你喜欢什么。"

鳌拜躬身："不敢当。"

四贞一笑："都说鳌大臣坦诚直爽，这会子怎么小气了呢？"

鳌拜看了公主一眼："公主真要恩赏，请把定南王爷的刀剑赏奴才一件，留个遗念。"

四贞眼里闪过一道亮光，顿时心酸、感慨、惭愧、赞叹一起涌上来，情绪颇为复杂，脸上也泛出一层薄薄的桃红，引得玄烨奇怪地频频注目。她“哦”了一声，稳了稳，说：“鳌大臣有此诚意，理当奉送，不日着人送至府上。”

鳌拜谢道：“不敢，还是奴才差人去取……”

冰月突然高喊：“蝴蝶！小雪！”

一只白蝴蝶从亭中一闪而过，小公主怀中的小白猫像个白绒球滚出亭外，小公主撒腿追出亭去。

“冰月！看摔着！”玄烨忘了皇帝身份，起身就跟着追。

“皇上！”四贞着了急，御前侍卫随她一起跟着皇上跑。

四辅臣怕君前失礼而不敢呼喊，又怕皇上出意外，不得不亦步亦趋地追跟，大批太监仆从又都蜂拥在后。这只白蝴蝶就这样牵动着大清朝的机要中枢一直朝箭亭南边跑去。那里是一片小柏树林。

蝴蝶穿过树干越飞越高，小白猫竟顺着树干爬上去伸爪子扑抓。蝴蝶飞走了，小白猫却伏在高高的树杈上不敢动弹了。

冰月绕着那棵树转圈、跺脚，边嚷边哭：“快救救小雪！嬷嬷说它刚四个月，它害怕，它会掉下来摔死啊！……”她扑过去抱住树干，仰头哀声呼叫，“小雪！下来吧！……”

“冰月闪开，我来！”玄烨推开冰月。小男孩儿的看家本事此刻派上了大用场，也亏得出来练骑射穿一身紧身便服。他手脚并用，动作奇快，“欻欻欻”，像灵巧的猴儿爬上了树！

四贞和辅臣侍从们根本来不及阻止，又惊又怕又着急，围着这棵柏树，喊的喊叫的叫，乱作一团，没了主意。

小白猫感到威胁逼近，“喵喵”叫着，向更高处躲。玄烨追着往上爬，树下又是一片惊叫。

柏树不粗，一直在摇晃，谁也不敢再上去，怕它经受不住反而伤了皇上，找梯子找绳子一时也赶不及了……树下出主意想办法发号令的乱哄哄的声音突然停止，所有人的心都提到了嗓子眼儿。

小白猫突然爬上一根更细的侧枝，小皇帝竟也不管不顾地追上去，树枝树身顿时大摇大动，冰月尖叫：

"三哥哥！……"

几乎与此同时，爆出鳌拜的一声大吼：

"不好！闪开！"

树枝"咔嚓"断了，小皇帝抱着小白猫从高高的树顶直摔下地！

人群轰然大叫！鳌拜早一个箭步飞身上前，推开树下的冰月和四贞，伸出双臂，准准地接住了玄烨！终究是个分量不轻的孩子从高处跌下，况且是君临天下的万岁爷，鳌拜再有神力，还是不由自主地怀抱幼主摔倒在地。

冰月和四贞一起冲过来：

"三哥哥！"

"皇上！"

玄烨站起来，小脸煞白，嘴唇还在哆嗦，却极力忍住不哭不叫，把小白猫递给冰月，极力皱眉生气道："再别……带它出来了！乱……乱跑不听话！……朕没事。"

见皇上无恙，众人才松了口气。

鳌拜也已坐起，却皱着浓眉，额头沁出汗水。

玄烨转脸过来："鳌大臣，多亏你把朕接住……哎呀，你怎么啦？受伤啦？"

鳌拜的左臂软软垂着，一动不动，脸上汗珠不停往下滚。玄烨扑过来，一碰他，他疼得浑身一哆嗦，却还强打精神说："不碍的，多半是脱臼……皇上快回宫要紧！"

玄烨左顾右盼，喊一声："怎么都看着？快传太医！"

鳌拜皱眉道："不用。索大臣、遏大臣，你们请皇上站远些。"说着他已慢慢起身，定定地立住，像一座重墩墩的石塔，伸右手托住左臂肘弯，静静地深吸一口气，突然大吼一声，右手用力向肩部一推一送，"咔吧咔吧"骨节响，他痛得满脸五官都移了位置。这虎吼、这一脸狰狞怪相，镇住众人，冰月竟躲进四贞怀里吓哭了。

鳌拜躬身向玄烨道："谢皇上关爱，奴才已经好了。"

见他帽边、领口和前胸部被汗水浸透，依然神态威重，玄烨的感激和敬慕之情油然而生，"朕定要好好酬谢你！"

“奴才不敢当。皇上受惊，是奴才们的罪过。求皇上赶紧回宫歇着，奴才们告辞。”

辅臣们拜辞而出，才到箭亭，苏克萨哈着人把倭赫叫过去，远看着仿佛在训斥他。倭赫回来，面颊赤红，表情不大自然。想必是责骂侍卫失职，玄烨没在意，还在不住地赞美鳌拜：

“真了不起！真是我们满洲的第一勇士！”

冰月也佩服极了：“真是英雄巴图鲁！要不是他，三哥哥和小雪可都没命啦！”

四贞赶紧制止：“别瞎说！圣天子万岁，百神呵护！”冰月一缩脖，吐了吐舌头，把四贞和玄烨逗笑了。四贞接着说：“果然是个大丈夫。理当禀告老祖宗恩赐奖赏。”

“四贞姑姑，你方才为什么谢他？”玄烨问，“他也救过你？”

四贞细细说起去年鳌拜从泥坑中力拔双车的故事，两个孩子听得津津有味，眼都不眨。听到后来，玄烨有点泄气：“他虽解你危困，言语间也够冷淡的！”

“是啊，那会子我也为此心里恼怒，心想定是因为三十年前他曾败在我爹爹手下，怀恨至今。要不就是瞧不起我们家根儿是蛮子……”

“不会不会！”玄烨连连摇手，“姑姑是谁？他不敢！”

四贞笑笑。先皇去世辅臣柄政以来，勒紧了天下汉人的脖子，朝廷中汉王汉臣的地位待遇都连带着下降，哪怕贵为公主的孔四贞也能感觉到，只是对小皇帝不好多说，还是把话题扯回来：“今儿他竟讨要先王爷刀剑留念，足见他真心敬佩先王爷，不愧堂堂男子汉！”

玄烨越加神往：“没错儿，好汉！好汉！”

冰月敬仰地望着玄烨，那神情颇似玄烨赞美鳌拜：“三哥哥，你刚才从树上跌下来，不哭不喊，也是好汉！”

“皇上临危不惧，镇静从容，确是人君之度哇！”四贞也笑着赞美。

玄烨脸上微微一红，转而自得地一笑：“老祖宗常说，‘士不可以不宏毅，任重而道远’，朕也是男子汉大丈夫嘛！”

冰月望着玄烨，觉得他一下高大了许多，满心崇敬，直是叹气，话都说不出来了。

回宫途中，倭赫他们不高兴地议论着。原来苏克萨哈把倭赫叫去不止骂他们失职，还责问他们为何不礼敬辅臣，为何不向辅臣请安？

折克图立刻愤愤然了："在皇上跟前当值，就是娘老子来了也不用请安！"

西柱更火："还反了他呢！咱御前侍卫要是奉旨传他，他还该跪咱呢！"

玄烨插了一句："像鳌大臣这么英雄，请个安也是该的！"

倭赫勉强笑道："该是该，可宫里规矩不兴这么着。御前只有皇上最大！"

玄烨点点头，其实并不全明白。但他知道规矩是祖宗传下来的，谁也不能乱来。

三

次日，玄烨奉太皇太后懿旨，御驾亲临鳌大臣府，探视受伤的鳌拜。

鳌拜已亲自在府门前跪迎，只是左臂用帛巾吊绑在胸前。他恭敬地向皇上跪拜请安，又恭敬地领着皇上驾入中堂，同着弟弟巴哈、卓布泰再次参拜。

御前侍卫倭赫宣读太皇太后嘉奖懿旨，并颁来太皇太后的赏赐：一席克食、一匣金珠、一柄如意。鳌拜伏地谢恩，良久不起，好半天才一口气地说下去："圣驾亲临奴才门庭，已是奴才祖祖辈辈子子孙孙的荣耀；护卫皇上是奴才的本分，怎敢当太皇太后如此奖赏！奴才便肝脑涂地，也是心甘情愿的……"说到后来，他抑不住满腔感激，声音呜咽了。

小孩哭妇女哭人们见惯了，难得动心；看到这样一个刚勇铁汉含泪哽咽，却很使人震动。玄烨目不转睛地望着跪在地上比自己站着还高一截的鳌大臣，被这番忠诚深深感动，眼圈都红了，连忙叫起赐座。

玄烨是头一次御驾亲临大臣府第，面对下首坐垫上毕恭毕敬的鳌拜，有许多话想要问，又不知从何说起。皇上不开口，臣下自然不能先出声，于是堂上出现一阵颇为尴尬的沉默，沉默越久，玄烨越发慌，越感到沉默的压力。这可不行！天子怎么能胆怯？管他的！怎么也得先出口！

“你……鳌拜……鳌大臣……”玄烨喘了口气，终于问出一句很普通很得体又很孩子气的话，“你的胳膊没事了吧？”

“谢皇上关爱，奴才伤不重，不妨碍当值办事。”

“朕念书还十天一歇呢，你受了伤就歇几天养养嘛。”

“不敢，国事政务天天忙不过来，若耽误了，奴才辜负先皇托付，愧受皇恩。”

“你……”玄烨终于冲口说出他最想说的话，“你真是我们满洲的第一勇士！”

“奴才不敢当！”

“我……哦，朕早就听说你在太宗朝攻取皮岛立奇功，在先皇朝力胜蒙古大力士，可为咱满洲长脸呢，真称得上百战百胜巴图鲁！”

“不敢！奴才此生大小仗阵三百八十九战，也还败过三五回。叫我口服心服的，只有三十三年前皮岛海战败在定南王手下那一回。孔有德是真勇士！”

“你向四贞姑姑要定南王刀剑做遗念，就为的这个？那，你手里一定存了好些好刀好剑啦？”

“是，奴才最爱好刀好剑好马好弓。”

“哎呀，太好啦！”玄烨差点儿忘了身份，像所有喜爱刀枪武艺的小男孩儿一样跳起来，“朕也最好这些！快领朕看看去！”

鳌拜于是带领圣驾来到校场边阅武楼。

楼上收藏室大门一开，玄烨吃惊地停住脚，眼花缭乱，不知该往哪儿看、看什么才好！御前侍卫们也都瞠目结舌，是不是天下的刀剑匠人都给这间收藏室进贡？

大到三百斤的关王刀黝黑乌亮；长到四尺五的宝剑寒光凛凛；最小最短的腰刀可以攥在手心，外面套着华丽无比的景泰蓝刀鞘。长剑短剑、宽刀窄刀，柄上鞘上镶满珠玉宝石，任何一把的价值都无法估量。更有人们很少见识过的蒙古刀、藏刀、西洋刀、南洋刀、波斯刀、俄罗斯刀……

室中正中一条长桌，摆满了上过阵饮过血的宝刀，直的弯的单刃的双刃的带血槽的有尖钩的……那上面斑斑点点，似锈迹又似血迹。想想当年夺人首级刺人心窝的情景，这凛凛刀锋，真令人不寒而栗！

鳌拜祖父索尔果的佩剑，放在最醒目的地方—— 一只白玉雕就的台架上。当年这位瓜尔佳部落的族长，就是佩着这把剑领了五百部落子弟投奔努尔哈赤，为大清的始皇帝贡献了一支最出色的劲旅，为统一女真各部立了大功。

两个并列的低一些的金支架上，横放着费英东和卫齐的佩刀。费英东，鳌拜的伯父，位列开国五大臣之首，曾任攻明大战的总指挥，佩刀饮足了汉人的血。卫齐，鳌拜之父，是太宗皇帝驾下一员勇将，佩着这把刀，南击明军，西攻蒙古，战功赫赫，威名远扬……

好动好斗，喜爱从弹弓、石子、棍棒到刀枪剑戟十八般兵器，原本是一切男孩子的共性。所以玄烨一进室门就迫不及待地扑向那些珍贵藏品，摸摸这试试那，忙得不可开交。当垂手恭立在侧的鳌拜一一说起藏品的来历时，他肃然起敬，渐渐沉思、渐渐坠入对满洲先世的追念之中，以至鳌拜请他下楼，他似乎都没听见。

“皇上，请到楼下阅武厅，还有弓箭……”鳌拜又说一遍。

“不，朕要看你的马！”玄烨突然兴致勃勃地要求。

鳌拜严肃恭敬的表情后面隐隐掠过一丝得意：“皇上，奴才爱马，养马也多。通看一遍，怕耽搁皇上回宫。”

“那，看你最喜欢的马吧！”

鳌拜略一思索，回头对兄弟巴哈吩咐了几句。

玄烨在阅武厅坐定，刚刚端起随从太监进奉的奶茶，耳边一片马嘶声马蹄响，他立刻跳起来，推开食盒，急急忙忙跑出厅门。鳌拜和随从们也赶紧跟了出来。

校场那一头，马群簇拥，嘶鸣蹦跳，很是热闹。从中走出一列五颜六色、鲜艳夺目的高头大马，每马有一人牵缰绳、一人在侧侍候，傍近阅武厅静静停下。

鳌拜朝那边做个手势，牧夫牵来一匹杂色马停在阶前，请立在阶上的小皇帝观看。

“这是一匹老马呀！”玄烨失声叫出来。

确实，此马瘦骨嶙峋，步态已很衰弱，鼻眼耳畔毛皮松软打皱，眼睛也如生花琉璃，毫无神采。但它身披金黄色绣虎的锦缎马衣，长而稀落的马鬃马尾里编进金箔银丝，额前用细细的银丝缕缀着一颗血红的宝石。

鳌拜动情地搂了搂马头，老马也轻轻在鳌拜手背上蹭蹭耳朵，彼此的亲切如同朋友兄弟。鳌拜轻声说：

“皇上不是要看奴才最喜欢的马吗？……它叫五花骢，我的老朋友，三十七岁半了，真是老寿星！……三十年前二次征皮岛，奴才为先锋，渡海搏战，五花骢带着奴才冲击敌阵，无往不胜。奴才因功进梅勒章京，头一次得获巴图鲁封号……”

“你那会儿几岁？”

“也有二十多了。”

五花骢被慢慢牵走了。一匹枣骝马来到阶前，身披墨绿色绣鹿锦缎马衣，额前红缨上用银丝缕缀着一颗蓝宝石。也已是一匹老马，身形臃肿笨重，无复当年神采。鳌拜亲切地抚着马鬃：

“它叫赤鹰。二十多年前奴才随郑亲王济尔哈朗围攻锦州，是它载了奴才率先陷阵，五战五捷，洪承畴总督的十万明军大溃败退，奴才率军追击，擒杀过半。此战奴才功最高，超擢巴牙喇纛章京。它那时候才是匹五岁的儿马……”

一匹白马牵来了，身上是粉红色绣豹锦缎马衣，额前缀着一块碧绿的翡翠，眼下毛色已脱落发黄，遥想当年，必定迅疾如一道白光，神骏非常。

“这是雪豹，最耐久。当年奴才随饶余亲王阿巴泰突破山海关进扫燕京，又长驱直入攻破济南，掠山东全境，得人口牲畜百数十万，凯旋途中又大败吴三桂军，都靠的是它！……哦，平西王爷那时不过是明朝一个总兵。”

黄骠马一瘸一拐地走近，已使玄烨惊讶，及至走到阶前，见它形销骨立，气喘吁吁，显见十分衰弱，更叫玄烨不解，既弱又残，何足珍贵？它身上竟披着绣麒麟的紫色锦缎马衣，额前缀着一颗紫晶宝石！

鳌拜亲热地拍拍黄骠马的长面颊，又抚摩着马胸和马后臀的几处瘢痕，说："它叫草头飞。顺治二年，奴才随英亲王征湖广，大破流贼李自成。战阵中奴才被火铳所伤，草上飞身上着了五箭，仍是奋不顾身背着奴才突出重围，奴才也才捡回这条命！它是奴才的救命恩马呀！"

乌黑闪亮的乌骓在阶前一站，玄烨眼看着鳌拜很有气概的严毅面容变得柔和、变得伤感。他像是为要掩饰什么，转身去整理那绣着白鹤仙桃的黑缎马衣，又挪移一下马额头那颗晶光四射的钻石，他眼睛里的光点也如那颗钻石一样闪烁不定。

"这是黑龙。"他终于开口说道，"顺治三年，奴才随肃亲王豪格进征四川，率先锋突袭西充，大败流贼，射杀张献忠，平垒所百余，斩首数万级。凯旋时竟落残敌陷阱。奴才之子格赛尚幼，其时与奴才同乘黑龙，身上也中了敌箭。仰仗黑龙神力，终于跳出陷坑，格赛却伤重身亡……"

鳌拜容色虽然保持平静，语调却透出哽咽。人们都知道，格赛是他惟一的亲生儿子。眼下的那摩佛是从弟弟巴哈那里过继来的。

玄烨心里十分震动，面孔发红，浑身血脉贲张。这一匹匹战马，告诉他大清江山来得不易；告诉他满洲第一勇士的荣名不虚；告诉他收藏室里阅武堂前不止是些无生命的刀剑弓枪、不通人性的牲畜马匹，它们是父祖及鳌拜一代人的喜怒哀乐，寄托着他们的生死荣辱和全部的心血爱憎，其实，已成了他们血肉生命的组成部分！

鳌拜竟也破天荒地在小皇帝面前发起感慨："咱满洲得天下，战死好男儿成千上万，那真是血和命换来的！……去年《明史》案，很有些人气势汹汹，攻劾咱杀戮太重。才杀了几个人？算什么重？再说这是什么事？不杀能行吗？容那些南蛮子毁骂咱满洲先世，他们就要得寸进尺骂当世了！招得蛮子们一起造反夺咱的天下，咱可就没脸去见太祖、太宗、先皇帝，没脸去见战死疆场的巴图鲁了！”

《明史》案杀戮太重的话，玄烨听到过多次，颇以为然，对辅臣的行事原有几分不满的。此刻却忽然觉得辅臣此举很有道理，鳌拜一番话竟令他生出一股自己也说不清的豪气：杀人不眨眼，才算得英雄本色！不过……仁呢？还算不算仁政呢？他心里又不踏实了，终于引用了所学的治国之道加以解释，点头说：“不错，一张一弛、刚柔并济、宽猛相成，弛后必张、柔后必刚、宽后必猛……”

这些话鳌拜自然一点不懂，但见小皇帝频频点头，也觉得欣慰。

最后牵来的是一匹花斑紫骝，身披绣飞燕的白锦缎马衣，额上缀了一块与它毛色相同的晶莹的玛瑙。胸宽体健，四腿细长，四蹄宽大，一双眼睛温和秀美，最特别的，是它身边跟着一匹活泼的小红马，这叫玄烨格外喜欢，忍不住总想去抚摩小红马长长的颈鬃。

“它叫紫电，跑起来又快又平稳。顺治五年奴才率兵马驻防山西，一举平定了大同总兵姜瓖叛乱，紫电有大功……”

“小红马是它的儿子？这些老马都有儿子吧？”

“是。它们的后代也都出色。黑龙的儿子小黑龙，就是眼下奴才常用来操练骑射的马。”

“让我……让朕骑骑小红马，好不好？”

“这……它才两岁，还没有驯得很熟。”

“朕六岁就练骑射，于今也有四年了，两岁小马何足道哉！”玄烨竭力使用成人腔调，拿足皇上的威严气度。

“是，”鳌拜躬身应命，“奴才陪皇上一同下场。”

“鳌大臣！”御前侍卫倭赫挺身而出，“皇上年幼，万一出点差错，倭赫没法儿向老佛爷交代！”

玄烨脸上一热，顿觉大失面子。只除了老祖宗，谁说他年幼他都觉得是一种轻视，立刻口气强硬地说：“倭赫退下！朕的事不要你管！”

倭赫不敢顶撞皇上，只有对鳌拜加压：“鳌大臣！”

鳌拜浓眉一皱：“我满洲先世，无论皇族还是八旗，子弟们哪一个不是马背战场摔打滚跌出来的！鳌拜服侍皇上上马，有事鳌拜担当!”

玄烨终于骑着鞍辔精美的小红马在宽阔的校场奔驰，劲风扑怀，使他极为舒放快意，豪气洋溢。他不时望望紧随身后、骑着小黑龙相陪的鳌拜，满心崇敬和感激，不由得大声说：“鳌拜，有你在朕身边，朕可以安心啦!”

鳌拜也诚心诚意地回报一句：“皇上不愧堂堂男子汉!”

玄烨心花怒放，哈哈大笑，扬鞭催马，跑得更欢了。

阅武厅那边，紫电突然兴奋地昂首一阵长嘶，小红马两只竹尖似的耳朵“噗噜”一激灵，猛地打住四蹄，身体向后一坐，骤然停住！玄烨收束不住自己，一下子朝前摔出去，四肢着地，打了几个滚儿，伏在那里不动了。小红马在回首嘶鸣，与母亲遥相呼应。

事情发生得太突然，又正在疾驰中，玄烨落马时，鳌拜的小黑龙已奔出一箭之地，反身救助，哪里来得及！

倭赫他们吓坏了，皇上若有三长两短，他们绝不得活！御前侍卫们蜂拥而上，围住玄烨，一个个心惊胆战。玄烨却一骨碌爬起来，“阿嚏”、“阿嚏”连打两个喷嚏，揉揉眼睛揉揉鼻子，生气地说：“小红马可恶！竟敢不听朕驾驭！……”

鳌拜赶到，倭赫立刻用质问的口气说：“鳌大臣，你看!”

想起刚才还吹嘘“六岁练骑射”，偏偏落马现眼，玄烨不禁红了脸，又羞又恼地大声斥责：“小红马真该死！哪里像家养的，根本就是匹野马!”

鳌拜躬身问了圣安，知道玄烨未伤着，点点头：“皇上放心，奴才自有处置!”

回到阅武厅，鳌拜脸色骤然变得严厉冷峻。一路上不住责骂小红马的玄烨不由得心里犯嘀咕，赶着又补了几句：“其实，也不都怪小红马，它妈妈在远处叫它，它能不听不答吗?”

鳌拜又点点头，浓眉紧皱，虬须微张，神情更加凛然，侍立在玄烨宝座边，大声吩咐：“传木梃、铁锤!”

玄烨心里“扑通”一跳，登时紧张地瞪大眼睛，只见鳌府仆役提来两根大木棍，两人抬上一柄沉重的铁锤。

鳌拜又吩咐："带紫电母子！"

紫电马母子被牵进阅武厅。厅上的主人和两边众多的仆役校尉，当地亮着的大木梃和铁锤，使久经世事的紫电垂头缩身，颤抖不已。小红马却浑然不觉，还倚在母亲身边磨蹭、撒娇。

鳌拜的声音在阅武厅内回响："紫电胆敢教唆其子不受驾驭不肯驯服，罪过极大，念在历来多有战功，功罪相抵，死罪可免，活罪难容！着撤去额宝马衣，撤去独舍喂养俸禄，梃击四十，罚下车班与常马服役半年！"

立刻有仆役上前剥下华丽的马衣，拆下额头的玛瑙奉上主人。牵出厅外受刑之际，它垂着头，温和秀美的大眼睛哀求地望着主人。玄烨心酸，说：

"鳌拜，紫电算来也不年轻了，就饶它一次吧。"

"皇上，奴才以为，功必重赏，过必重罚，才能驯出好马、练出好兵！"

厅外阶下，校尉持梃一五一十地打，紫电的阵阵嘶叫也越来越无力，越来越低沉。厅内鳌拜静静地注视行刑，面无表情；玄烨原不忍看，因要显示男子汉大丈夫本色，强使自己一脸严正、皱眉注目。

紫电受刑之际，小红马在阅武厅内摇着满头火红的长鬃，不住地昂首嘶鸣，似与母亲呼应，似悲怆不平。把它牵到厅外阶下，它却突然安静、直立、默不作声。不知是预感到不幸被吓住了，还是因为幼不懂事觉得好奇。

玄烨抢着生气地说："小红马不听驾驭，理应鞭打四十！"

鳌拜沉着脸宣布："胆敢摔天子下马，犯上大不敬，十恶不赦，死罪！来，铁锤！"

两人抬过沉重的铁锤，鳌拜伸手抓柄，如提木槌，向玄烨一躬身："皇上，看奴才亲手行刑！"说罢走向小红马。

玄烨顾不得天子威仪，猛地从宝座上跳起来，追过去拽住鳌拜："饶了它吧，它是听到娘叫唤，才出的错，也算是个有孝心的！"

鳌拜摇头："良马上鞍就跟士卒上阵一样，只有忠心耿耿拼死向前搏战，怎么可以顾念父母家人！"

“锤死它不可惜呀？它长大定是一匹千里驹！”

“皇上须知，但凡驯不服的马，越是神驹越不可留！若是被敌手弄去，更成大害，不如及早除掉！”鳌拜说着，举起了大铁锤，小红马抿住双耳，缩住身子，浑身哆嗦。

“鳌拜！”玄烨大叫，“朕命你停刑！”

鳌拜一怔，放下铁锤：“皇上，心慈手软是妇人之仁，要误大事！”

玄烨一阵惭愧，缓和了口气：“那，你把小红马给朕，就当它已经被锤死还不行吗？朕带回宫去再驯，仍驯不服就处死。若驯服了，就算你进给朕的万寿节礼，到了万寿节你就不用给朕再送礼了，还不行吗？”

见皇上一片小孩子心性，鳌拜无可奈何，只得说：“既是皇上替它求情，奴才只好遵命……”

玄烨一蹦好高，兴奋极了，冲上去一把扳下鳌拜的手，叫道：“说话算数？咱俩拍巴掌！”不管三七二十一，玄烨的小手用力在鳌拜的大手心拍了三下。

任是鳌拜这样不苟言笑、生性严肃的人，也不能不被这一份天真软化，脸上出现一丝罕有的生硬的微笑：“奴才只有一句话，这马带去宫中，必须着上好骑手严加驯驭，不然，长大必是没用的废物！”

玄烨点头，胸中又涌上一片感激叹服，半晌，冒出这么一句话：“鳌拜，朕赠你五个大字：忠、勇、严、毅、刚，好不好？”

鳌拜跪拜下去：“奴才实在当不起，奴才心里只求我满洲世世代代强固英勇，好保我皇上江山万年！”

从鳌拜府出来，玄烨像初进城开了眼界见了世面的乡下孩子，满心兴奋，喋喋不休伴着手舞足蹈，说着鳌拜，说着六骏，说着小红马，只恨自己生得晚了，没有跟鳌拜一样骑骏马经大战立军功。

侍卫们却没有小皇帝那么高的兴致，倭赫更是缄默不语，沉了脸想心事。

玄烨终于发现随从们不像平日那么凑趣：“倭赫，你们怎么啦？小红马不好吗？鳌大臣不是我朝军功第一的勇士吗？”

倭赫勉强一笑：“小红马当然好，若不是皇上救它，它就死在鳌拜铁锤下了。鳌大臣驭下太严，曾因丢失一匹马杀掉好几名牧夫……”

玄烨心头忽悠一颤，嘴头却愈硬：“驭下不严，怎能打胜仗？怎能驯出他那样天下无双的六骏？”

西柱又快嘴快舌了：“天下一统，为政就得讲文治武功。鳌大臣军功自然没人敢比，要说文治，可就……”

玄烨大不高兴：“我满洲以弓马定天下，武功就该最重最先……”他也觉得自己说出的话与书房读的治天下的圣贤之言不大吻合，但必须维护鳌拜、维护自己的尊严，特别强调对武功、对弓马骑射的重视。他突然提高声调命令：

“倭赫，陪朕到景山射鹿！”

倭赫吓一跳，“这……怎么行！”

“你们不是老说，不射活物练不出好箭法好骑术吗？”

倭赫赔着笑脸：“赶明儿禀告老佛爷，准了再去。”

玄烨叫起来：“那得等到哪天呀？好不容易出一次大内！不成！今儿就得去！”

“皇上，老佛爷怪罪下来，我们可担待不起！”

玄烨小脸一板：“我怪罪下来，你们就担待得起啦？当我长不大吗？我……朕是皇上，你们敢抗旨？”

倭赫他们不敢再推辞，无可奈何，只得说：“罢，罢！小祖宗，随你就是，但愿天保佑，躲过老佛爷惩处……”

玄烨“嘻嘻”一笑：“我不说，谁知道？”

倭赫又笑又叹气，直是摇头。

这一次射猎，玄烨终生难忘。

因为，这是他头一回到景山跑马射猎，头一回射活物。当倭赫他们打开鹿栏，把大大小小的梅花鹿赶得满山林乱跑时，玄烨真是目不暇接，手忙脚乱，但终于射中了此生的第一只鹿。

因为，这是他和小红马建立起友好情谊的第一个起点。出鳌拜府后，小红马由公认的好骑手倭赫骑着，到了景山，玄烨非换乘小红马不可。倭赫怎能拗过皇上？这次小红马一点不任性不调皮，跑山道穿林木，非常平稳快捷，胜过玄烨以往所有的乘马！玄烨为奖赏它，亲手喂给胡萝卜加两块酥糖，小红马嚼得“嘎吱”响，用鬃毛长长的脑袋亲热地朝玄烨怀里拱，招得玄烨又笑又叫，开心极了。

还因为，这次射猎引起了一件大事，震动朝野，深深地刻在了玄烨的记忆中。

当然，这天晚上，他还没有意识到事件的发生。一整天的异常兴奋和异常劳累，使他刚一回宫就歪在椅子上和衣睡着了。苏麻喇姑和看妈为他脱衣脱靴、洗脸洗脚，直送上床，他都迷迷糊糊地全不知道。

四

冰月抱着小雪，踮着脚后跟走进玄烨的书房，偷偷打量四周，要找一个藏身之所。

这真是名副其实的书房，紫檀木的几案、桌、椅以及书橱书柜里，到处是书，一函函一摞摞，摊开的，用象牙签作标记的，几乎把家具上一色明黄宫缎的垫褥铺布都盖住了。南窗台上摆了两件极古的瓷器，形状怪怪的，谁也说不出是什么东西。墙边长几陈设着雕龙玉璧、如意和珠宝花盆，墙上则挂满横竖条幅，有王羲之父子的隶书草书、怀素的千字文等等。和南窗大炕相对，是一面三折屏风，左右侧扇上是烟雨苍茫的大写意山水，正中一扇五尺高五尺宽，端端正正写着太皇太后的训诫词。那是玄烨登基时祖母特意写给他的。玄烨命人刻成大字摆在书房，日日相对，倒背如流，很让祖母高兴。训诫词曰：

> 自古称为君难。苍生至重，天子以一身君临其上，生养抚育，无不引领而望。必深思得众得国之道，使四海之内咸登康阜，绵历数于无疆惟休。汝尚其宽裕慈仁，温良恭敬，慎乃威仪，谨乃出话，夙夜恪勤，以祗承乃祖考遗绪，俾予亦无疚于厥心。

冰月看准了屏风，一闪身躲进去。躲了半天不见动静，探出头来悄悄看，咦？他并不在平日盘脚静坐读书写字的桌案前，他到哪里去了？

呀，他在大穿衣镜跟前，在照镜子！哎哟，模样这么古怪？哦，他正拿一挂像戏台上用的浓浓的虬曲胡须挂在耳朵上，对着镜子左看右瞧呢！小脸儿装上个大胡子，可不像那毛栗子壳里的栗子仁！

冰月"扑哧"一笑，小雪跟着"喵儿"一叫，玄烨陡然回过脸："月妹妹来啦！快来瞧，我叫他们特意给做的虬须！"

冰月跑上去看看又摸摸："做它干吗？"

玄烨对镜做出挺胸昂首的勇武英姿："瞧，我戴上这胡子，像不像鳌拜？"

"嗯，只像一点点儿。你眉毛没他黑没他浓，眼睛也没他大，个头儿嘛……"

"哎，我还要长大嘛！将来我也当满洲第一勇士，又是有道明君英主，你说，该有多棒！"他于是滔滔不绝地把到鳌拜府的见闻一五一十、绘声绘色对冰月细说，崇敬之情溢于言表。

冰月听得不住惊叹，吐舌头，瞪眼睛，末了，蹙着小眉尖说："哎呀呀，他真凶、真厉害呀！"

"可不是嘛！巴图鲁大丈夫就该如此！"玄烨一手叉腰，一手捻着假胡子，神态果然有点像鳌拜。

"三哥哥，你就够巴图鲁啦！那天打树上掉下来你一点儿不害怕！要是我，早吓死了！"

玄烨有点磨不开，慢慢摘下胡子，小声说："月妹妹，我只跟你说，千万别告诉人。那天那事，其实，我心里还是有点儿害怕，有点儿慌张……"实际上，他当时体验了从未有过的惊骇，所以对鳌拜格外感激。

"那你不哭又不喊，就是最英勇啦！"小女孩对哥哥的崇拜是绝对的。说话间，小雪从冰月怀里跳到炕上，白绒绒的一团，先伸了个懒腰，一片清脆的铃响。

“哟，你给小雪拴铃儿啦？”

冰月指给玄烨看：红绒绒挂一个小金铃，圈在小雪项间，但完全隐没在又长又密的猫毛里，看不见了。

玄烨解下项间金铃，拴在小雪毛茸茸的尾巴上，白毛红线金铃，鲜艳夺目。小雪追着自己的尾巴团团打圈子，不明白为什么总也抓不住那明丽的红色和悦耳的铃声，于是它愈加起劲愈加快，神态也愈是娇憨可爱，逗得两个孩子拍手大笑。

外间的看妈掀帘一看：“哟，月格格来了。好好玩儿一会儿，皇上还是念书吧。”

玄烨一拍后脑勺儿，吐吐舌头：“糟糕！还有对子没做呢！”他跳上炕，推开一摞摞的书，拿纸铺在炕桌上，写好师傅出的四个对句，摇头晃脑念念有词地哼起了平仄。前三个顺利完成，最后一句他却犯了踌躇，端详着嘴里念叨：“春风狂似虎……秋雨细如丝？不行，虎丝不成对！……春风狂似虎……”

冰月正在重新把金铃拴回小雪的脖子上，一边结线头一边顺口续了一句：“秋水淡于鸥！”

“什么？秋水淡于鸥？好！妙！成语对成语，天衣无缝！怪不得老祖宗说你日后又是一个扫眉才子！嗯，明儿师傅考问，我准得第一！”

“真的？那以后师傅考你的对子，都归我替你做了吧！”冰月歪着小脑袋，十二分的得意。

“那敢情好！……哦，不成！叫人知道该笑话我了，堂堂男子汉，哪能这么没出息。”

“那好吧。”冰月很理解地点着头，看他把对子写好，又指着桌上的书说，“你怎么尽往书上乱画呢？师傅看到了不罚你呀？”

“哈，这你就不懂啦。这叫眉批，写的读书心得。我这书叫御览御批，天下头一份儿！”玄烨一扬下颏，也很得意。

“让我瞧瞧，成不成？”小女孩顿生敬畏，小声请求。

“看吧！”玄烨宽大地递过一本《资治通鉴》中的《汉纪》，书页的天边上密密写着：“久乱之民思治，秦民日在汤火之中。沛公入关，首行宽大之政，与父老约法三章。民心既归，王业根本已定于此。”

冰月看了两遍，说：“你讲给我听。”

玄烨拿出师傅的架势，把楚汉相争、刘邦入关的故事细细讲给冰月听。冰月聪慧的大眼睛眨了眨，说：“你写的那些话、讲的故事，可不就是老祖宗教你的吗？”她伸出胖胖的小手指着屏风中间那一行，“深思得众得国之道。”

“真聪明！”玄烨由衷地称赞。

“那咱们大清开国，也行了宽大之政吧？”

“那还用说！先皇入关建鼎，先就废三饷、招降人、奖开荒……”玄烨说着有些迟疑，后来竟不作声了。他又想起那些人们褒贬不一的种种国策：圈地、迁海、逃人法及江南几桩大案，心里的武功、文治，那两个一黑一白的小人儿又在打架了……

冰月推推他：“三哥哥，你怎么啦？”

“哦，”玄烨咽了口唾沫，换了个话题，“你找我有事吧？”

一句话提醒了冰月，赶紧从怀里掏出雪白的绸绢，里面不知包着什么，她捂在手心里笑问：“猜猜是什么？”

“给我的？”

“可不嘛！你得到了一匹小红马，可我的小红马在先！早就绣了。”冰月的小脸上一派欢笑。

“那，准是香荷包！”玄烨高兴地拍拍冰月的手。

“三哥哥你真是！干吗一下就猜着？多猜几次多好！”冰月扫兴地说着，翻开了绸绢，果真是一个雪青色的精巧香荷包，上面绣了一匹在白云中飞奔的小红马。马是玄烨的属相。

“快给我！”玄烨高兴地伸手就拿，冰月小松鼠似的一蹦闪开了。玄烨追过去要夺，冰月哪里等他近身，早绕着桌椅跑开了。一个跑一个追，嘻嘻哈哈非常开心。最后冰月跑不动了，伏在炕沿上笑得喘不过气。玄烨倒着了慌，连忙给她揉胸顺气。

“快别笑啦，再笑肠子都要断了！……”

好容易才安静下来，冰月已是满头汗珠子。玄烨心疼地使袄袖给她擦汗，一面埋怨说：“看你！待会儿汗水冲了黛青，又该成花花眉毛啦！”招得冰月又笑起来。

玄烨拿着香荷包翻过来掉过去地看了半天，求告说：“好妹妹，你给我挂上，挂这儿。”他从腰下垂挂的许多小饰物中挑出一根黄丝绦，上面悬着一尊亮灿灿的金佛像，是他生日时皇祖母亲赐亲挂的，一向为他所珍爱。

冰月细心地把小马荷包和金佛像并排挂好，歪着头打量，由衷地赞叹：“真好看！”

玄烨笑眯眯地说：“老祖宗和月妹妹，是世上对我最好的一个。天天挂着，天天记着……”他突然眼珠一转，猛拍后脑勺儿，“哎呀，瞧我这记性！告诉你，我可有好招儿啦，给你报仇去！”

“报仇？报什么仇？”

“懿靖大太贵妃呀！”

“对，对！多会儿？怎么报法儿？”

“瞧这个。”玄烨从抽屉深处木匣里拿出一疙瘩土黄色块。

“这不是生姜吗？”冰月小心翼翼地伸手摸。

“不是。这叫黄连，是一味中药，苦极了苦极了，能解热去火。咱叫她吃吃苦头！她的火太大，给她泻泻火！……别怕，没毒性。”

“要是特别苦，她怎么肯吃呢？”

玄烨不吱声，只狡黠地对冰月眨眨眼。

中午，主子们都在午睡，太监宫女也都静悄悄地坐在门边打盹。玄烨领着冰月偷偷溜出后门，贴着墙根和廊柱，绕到慈宁宫一侧懿靖大太贵妃的小院，借着花木遮掩，从门边蒙古嬷嬷背后一闪身，进堂屋，躲入了用作佛堂的西屋。

两人定定神，扒着隔断的透雕花窗偷偷看出去，门廊边果然有两个小茶炉，一个熬茶，一个煮奶。蒙古后妃大多有喝奶茶的癖好，大太贵妃更是有瘾，茶必须熬得极浓，所以茶壶得整天搁在炉上以备随时取用。

蒙古嬷嬷去下房叫丫头来扇火的小小间隙，玄烨赶紧踮着脚跟跑出去，轻手轻脚地把那块黄连投进茶壶，又赶紧缩回来。不一会儿，嬷嬷和丫头扇火熬茶煮奶，准备盐、奶油、点心饽饽，忙活起来了。两个小阴谋者看着好开心，捂着嘴偷偷笑，兴奋地互相使眼色，等着瞧好戏！

懿靖大太贵妃无精打采地从东屋卧室走出来，在摆好果品饽饽点心的八仙桌边坐定，蒙古嬷嬷用小托盘奉上热气腾腾的粉红色浓奶茶。大太贵妃端起盛奶茶的银碗，花隔窗后的两双眼睛直瞪瞪地盯着她的脸，满是狂喜和期待。

“哇!”大太贵妃惊呼着，把入口的奶茶喷吐出来，眼眉口鼻蹙成一团，大叫，“苦死了！……”跟着，“咳咳咳咳”地咳嗽不止，脸都涨红了。

两个小东西开心得差点儿跳起来，“仇人”的苦相和惊叫，让他们痛快极了，就像三伏天吃冰凌，浑身舒坦!

蒙古嬷嬷和小丫头赶忙上前问候，替主人捶背。

大太贵妃“喀唧”一摔银碗，“啪!”“啪!”挥手给两个下人一人一耳光，用蒙古话一阵气急败坏地大骂，吓得她们赶忙匍匐跪倒。大太贵妃一手揪着小丫头的耳朵，端起另一碗奶茶朝她嘴里灌下去，剩下半碗又灌给了蒙古嬷嬷。被灌的脸皱成核桃，痛苦不堪，又不敢喊叫。小丫头只能捂着嘴哭，蒙古嬷嬷却咳着喘着去捡起茶壶和奶壶，终于从中取出了那块黄连。

蒙古嬷嬷满面笑容举着黄连向大太贵妃说了些什么，大太贵妃嗅嗅黄连很快消了气，甚至微微点了点头。

大太贵妃发火打人灌奴婢苦茶，把花隔窗那边的两个小人儿吓呆了，这可是他们预谋中不曾料想到的。玄烨能说蒙古话，听得明白，大太贵妃以为奶茶里下了毒药，而蒙古嬷嬷知道药性，认出黄连，竟说是佛爷显圣赐下灵药为主子理气养血、益寿延年的，把大太贵妃哄得高兴，消弭了一场奴婢们的杀身大祸。

大太贵妃的脸却又拉长了，吩咐送上新摘的荷叶和荷花骨朵，竟向佛堂走来。吓得玄烨和冰月一头钻进佛龛之侧那长长的杏黄色帷帘后面，紧贴墙壁挤在一处，大气都不敢出。

能觉出佛前长明灯的忽闪，能听到往佛前花瓶换荷叶荷花的声响，后来又听出她点香、她跪下拜祷，再就没了动静，想必在默默诵经，一动不动。

一股似有若无的馨香飘进玄烨鼻观。不是线香，甚至也不是脂粉香，好像是冰月秀发的温香，又仿佛是从她面颊肌肤中透出的肉香，隐约如兰花之幽、轻淡如莲蕊之清。玄烨心中一动，立刻觉得紧贴在他怀中的冰月是那么温暖柔软，以至他很想环过手臂，把她搂得紧紧的、紧紧的……但他不能动、不敢动，心中顿时腾起一片焦躁，恨不得立时就打出去才好！这时，冰月拉着他的手轻轻一捏，用大眼睛示意要他听大太贵妃在说什么。玄烨一激灵，心神才略略平定。

这是蒙语夹杂着满语的喃喃祷告，把佛爷当成倾吐心曲的交谈者，诉说自己的委屈和苦痛：

“佛爷，我苦哇！黄连苦也就苦口苦喉咙，我心里头苦，除了佛爷你老人家，谁知道？

“我那博穆博果尔孩儿本已封王分府，眼看我就能出宫随子去做老太妃，真格的尊贵自在享福了，偏生娶来那个狐狸精，迷了皇帝，害我孩儿夭亡，我也样样落空！那狐狸精倒进贵妃、追封皇后！佛爷不是说善有善报恶有恶报吗？她有什么善，得这般好处？我有什么恶，落这般下场？

“佛爷，你何不早早打发我随太宗皇帝去？省多少烦恼！如今我冷冷清清孤孤单单，谁理睬我？谁心疼我？还有什么活头？你老人家若肯大发慈悲，千万保佑我，来生宁可降生在平民百姓家，只要夫妻好合、白头到老……”

好一阵又没了声息。玄烨只当她走了，把帷帘轻轻掀开一点望出去，大太贵妃正仰头呆望着佛像，唇边露出一丝古怪的微笑，轻轻说：“再求佛爷赐恩，哪怕梦里欢会，也好慰我寂寞孤苦……”她拜了又拜，终于走出佛堂，叫来宫监侍候，往后花园散心去了。

屋内院里一片寂静，玄烨和冰月打帷帘里钻出来。

“三哥哥，她刚才嘟嘟囔囔说的什么？”冰月不懂蒙语。

“她在拜佛爷，回头告诉你。咱们快走吧！”

冰月看一眼佛像，吓了一跳：“呀，她拜的这是什么佛呀？”

玄烨回头看，也很吃惊："真有点怪里怪气，没见过。"

两人走拢去好奇地打量，细细察看。

"是两个佛吧？你瞧，这不是两个脑袋吗？一个大一个小……大佛脸相好凶啊！"冰月指点着小声说。

"小的不像是佛，像个女的……"玄烨一时也看不明白。

"这大佛干吗要死劲搂那个小佛？小佛干吗不穿衣裳？他是要吃她吧？瞧他满嘴长牙，张得多大呀！……"

玄烨无意间从侧方看了看怪佛，突然红了脸，直红到耳朵根。他到底大两岁年纪，登基即位后，看妈和随侍太监短不了说几句含意暧昧的话；除了正儿八经的经书史书，小说传奇他也看过；宫里的戏也少不了才子佳人，所以此时的玄烨竟心慌意乱，不知所措了。

冰月很惊异："三哥哥，你怎么啦？脸上就跟关老爷一样！……哎呀，你是不是病了？"

玄烨皱起眉头，义愤填膺地说："邪神！妖神！非去告诉老祖宗不可！……我没事，快走吧！"

可是，当他俩神不知鬼不觉地溜出小院之后，玄烨不知怎的，眼睛不敢看冰月，只异常郑重地嘱咐她：今儿看到的事，对谁也不许讲！

冰月疑惑地问："老祖宗也不许告诉？"

触到冰月那双极美的、天真无邪的大眼睛，玄烨心里一慌，觉得脸又要红，赶紧背过身，用当哥哥的语气严肃地说："告诉老祖宗是我的事，这种事女孩子不该插嘴说话。"冰月一向最听三哥哥的，懂事地连连点头，高高兴兴地走了。

回自己住处的路上，玄烨心里老大不自在，直想发脾气，因为太阳太热，靴子太重，衣裳太厚，腰下佩戴的小玩意儿叮叮当当的太烦人……他真想立刻倒在床上，好好回味那一瞬间梦也似的经历。说实在话，当时迷迷糊糊，可现在想想，又觉得心头悸动异常，又难受，又舒服……

看妈一见他推门而入，真像是天上掉下来个宝贝，立刻催他换衣裳。原来太皇太后着人叫他去问话，看妈只推说他午睡未醒，正为找不到他急得团团转呢！

走进祖母的门槛，玄烨就感到气氛异常。祖母从案头一份奏折上抬起脸，一向慈爱安详的目光里，带着些难以捉摸的东西，令他心里紧张。

“认得这些吗？”太皇太后递给玄烨四张纸条儿。

玄烨展开看，上面各用拙劣的字写着：

“皇地赖皮！”

“皇地是小狗！”

“万岁爷赖皮！”

“万岁爷臭狗！”

玄烨记起来，这是那天练射时二阿哥五阿哥着小太监送给他的。把皇帝写成“皇地”的白字先生，可以料定是福全无疑。玄烨的名字是国讳，任何人不得直呼直写，又不能对皇上称兄道弟，就写出这种话泄愤！记得当时揣进怀里，过后就忘了。怎么会到了老祖宗手边？定是脱衣服的看妈当稀罕物上交的。

玄烨连忙说：“老祖宗，前些天我们在花园玩官兵捉强盗，福全他们输了不服气，写的这纸条儿骂我！”

“哦。”太皇太后点点头，沉默片刻，慢慢睁眼注视着孙子，缓声问道，“那么，又跟懿靖大太贵妃争论了？”

玄烨心里一“咯噔”：刚才整治大太贵妃的事，老祖宗就知道了？她眼睛就有那么厉害？……不相信！他于是只把那日争闹讲了一遍，说到后来，不免动了真气：“我拿酥饺扔着她是我不对，可我又不是故意的，又向她认了错，还要怎么着？她竟打月妹妹出气！有种跟我动手哇？拣软的欺负也算本事？”

“胡说。”太皇太后皱皱眉头，“她是你长辈，怎么可以这样讲话！她不找你动手，那是她识大体，你倒有理啦？”

玄烨噘着嘴低下头不作声了。

“出宫去探视鳌大臣，当值的御前侍卫是谁？”太皇太后又拈出一件事。

“是倭赫他们那一班。”

“从鳌拜府出来就回宫了？”

“……”玄烨动动嘴唇，垂下眼帘，后来索性直视祖母，略带点“反叛”神气，“我想射飞禽走兽练骑射，便又去了景山！”

“并未回明祖母，辅臣也不知道，可是？”

玄烨抿着嘴唇，并不闪避开自己的目光，点点头。

“在景山，他们骑了你的马，使了你的弓箭？”

“倭赫骑我的马，是我要骑小红马，跟他换的弓箭嘛……”玄烨沉了脸，那日的不快又被勾起，气哼哼地说，“西柱、折克图他们真不像话！”

“怎么？”太皇太后极其关切地盯住玄烨。苏麻喇姑在侧不住向玄烨使眼色，神情有些紧张。玄烨浑然不觉，自顾出气泄愤，往下说起当时的经过。

射猎时，玄烨屡射不中，埋怨自己的弓箭不好。西柱、折克图他们一唱一和，带着嘲笑意味儿说是“没有不好的弓箭，只有不好的射手”，并轮番拿玄烨的弓箭演示，连连射得小鹿白兔和雉鸡，弄得玄烨红了脸，老大不高兴。后来还是倭赫出来打圆场，说皇上年幼力气弱，长大自会成神箭手。

“年幼！年幼！太不把我放眼里了！我不是天子吗？天子不是至尊至贵吗？”玄烨最后意犹未尽地添了一句，“老祖宗得给我出气，好好教训教训他们！”

玄烨看到老祖宗黑黑的眉尖颤抖一下，顷刻又放平了，音容又如平日一样温和宁静：“好了，你去吧！”

玄烨一身轻松地走了。屋里只剩下太皇太后和苏麻喇姑。

“老佛爷……”苏麻喇姑轻声地似有所禀。

“天子至尊至贵，触犯天子触犯皇家原有死罪。况且不经禀告应允就私自领皇帝去景山射猎，还得了？稍有纵容，灾祸难测啊！”

“老佛爷说得是。不过……辅臣以欺君罔上、擅骑御马、擅使御弓指斥倭赫等人只怕别有用心，实在是因倭赫之父费扬古阻止圈地，与他们久有嫌隙。苏克萨哈更斥骂倭赫等人在御前不向辅臣请安，这里面可就有点儿跋扈、有点儿借端报复……”

“纵然如此，倭赫等论律当死！”太皇太后口气很坚决，“幼主尤其不能受人轻视，不然将损及国家社稷！”

“那，还有费扬古父子也都株连在内……”

太皇太后右手半握拳抵着腮帮，臂肘撑着椅子扶手，长时间地一动不动。

四辅臣来禀奏时，倭赫等四侍卫已经拿问，并以上谕形式宣判了斩刑。要不要发一道特赦懿旨？与辅臣作对，似欠明智……借辅臣之刀杀出天子威仪皇上尊严，值得！只是委屈了四名侍卫及受株连的费扬古等人……

想当初太宗皇帝怎样变四大贝勒共同坐朝为一人南面称帝？为此死于刀下、死于囚所、死于毒药的，何止四人、四十人、四百人！何况四辅臣执政以来，深得八旗之心，专横跋扈形迹未显，驳回他们，很容易使自己处于违逆众心的不利地位……

太皇太后换了个坐姿，顺手从折匣边拿过一张纸条儿，正是福全的白字杰作：“皇地是小狗”。看着、看着，她不禁点头叹息，随后便唤苏麻喇姑倒茶。

苏麻喇姑送上茶来，小心地看看老佛爷，见她神色已然平稳安详。她知道，女主人一叫茶，便是决心定了，所以谨慎地问了一句：“要给辅臣发懿旨吗？”

“不必了。”太皇太后端着茶杯，慢慢踱到窗口，窗外阳光绚烂，一缕缕热气向屋里飘，她后退了两步，“快到夏天了。”

苏麻喇姑沉默片刻，说：“皇上虽是年幼，但心地仁厚，只怕日后会对此事……”

太皇太后呷了口茶：“独有仁爱，岂不要成怯懦之君？”她似乎觉得说过了头，立刻收住。不过，当她慢慢踱回阴凉的东次间，放下茶盏，拨弄炕桌上那盘黑白子纵横的围棋残局时，又轻轻补了一句：

“只要不广加株连，就好。”

这是一个格外晴朗的日子。早起玄烨就嚷热，不顾看妈的唠叨，脱掉了坎肩，轻松愉快地上书房。

迈进书房，玄烨就觉出一种殊于往日的微妙气氛。师傅见他进屋，就恭敬地起立；等他在八仙桌前站定，师傅朝他跪叩请安；他入了座，福全、常宁和伴读们再向他跪安。礼仪程序是定式，但他们从未这么认真、一丝不苟，那诚惶诚恐的表情举止、低沉谦恭的语气，别是一种味道，仿佛玄烨不是个十一岁的孩子，倒是什么佛祖神仙，弄得他心里痒酥酥的，又顺气又舒服又得意。

今天讲《周易》，这类经书很是深奥，听着费力，讲者也吃力。师傅讲罢要学生回讲。福全和常宁都回讲不出，结结巴巴不知所云。两名伴读又倒霉了，一对儿在门边罚站。轮到玄烨，他先看了阿寅一眼，意思是准备去门边凑成三人吧！鹦鹉学舌、云山雾罩，讲到后来把自己也讲糊涂了。师傅却大加夸奖，说了些“明目达聪、生知天纵”之类的最高赞语，夸得他美滋滋的，心里却忐忑着，因为他其实还是不懂。

师傅一背身，玄烨照例坐不住，向兄弟们扔个纸团画个小人儿什么的，真奇怪，今天竟没人搭理他。就连放学，福全和常宁也都垂手低头立在门边，等玄烨先走。玄烨刚出门槛，侍卫太监们立刻簇拥上来，裹着他起步，连跟兄弟们招呼一声都没有机会。这是怎么回事？

这一拨儿御前侍卫，面生的多。途中问起他们的姓名旗份，回答都毕恭毕敬，一口一个“启禀万岁爷”，听得玄烨好不得意！后来，玄烨小声打听：

“西柱、折克图他们挨罚了吧？”

侍卫们一个个变了脸色，低下头不敢作声。还是领班的赔着小心笑道：“奴才们不知详情，不敢冒奏。”

远远看见景运门边养鹰鹞处的小当差人费耀色在调鹰，玄烨命侍卫传他过来问话。侍卫面有难色，可玄烨只对他看一眼，他就吓得连声道“嗻”，跑去传唤了。

只有费耀色还是那个他从小认识的小调鹰人，没有异样，耐心地回答皇上那许多有关调驯鹰鹞的问题。

玄烨摸着那只站在费耀色手臂上的海东青：“它几岁了？”

“差不多六岁。”费耀色答道。

“再过四年，我能去南苑射猎了，它也就十岁啦，那不太老了吗？”玄烨很遗憾。

“皇上放心，明年贡进的小海东青，选好的特为皇上驯熟它！”费耀色憨厚地笑着，露出白白的坚齿。

玄烨高兴得一拍费耀色肩头：“说话算数！……哎，我问你，”他念头一转，降低了声音，“西柱、折克图他们怎么样啦？”

费耀色奇怪地看看玄烨：“不是皇上你的圣谕吗？”

“啊？”玄烨笑笑。他知道自己的谕旨非常重要，辅臣们但凡有重大举措，无不以“圣谕”名义发令。

“不就是今天，拿倭赫他们四个开刀问斩吗？”

“什么？”玄烨大叫，几乎不相信自己的耳朵！

“皇上真不知道？”费耀色惊骇不已，“为了倭赫问罪，他爹费扬古不服，口出怨言。这回费扬古连同他另两个儿子尼侃、萨哈连尽都处绞，也是今日行刑。还有西柱的大哥、折克图的爹、塞尔弼的大哥全都革职，鞭一百、流徙尚阳堡……”

玄烨眼前一团团黑雾，他努力冲开：“你是说，今天？”

费耀色望望天色，声音像从很远的地方传来：“今天的午时三刻，已经过了……”

玄烨耳中“吱”地冒出一声尖啸，手心后背凉津津湿漉漉，他一时听不见看不清，完全蒙了。

费耀色转眼一看皇上，吓了一大跳，小脸煞白，嘴唇哆嗦，眼睛瞪着，似惊恐，又似痴呆。他赶忙跪安道：“奴才求皇上赶紧回宫歇息！……”

玄烨木呆呆地走回住处，木呆呆地和衣躺上御床，叫喝茶叫吃饭都不应声。看妈来到床前时，他已经睡着了……

“咕咕！”

“咕咕！”

西洋钟里的杜鹃柔和地叫了两声，正是三更将尽。皇上的寝宫灯火昏暗，一片寂静。

“哇！——”

玄烨突然一声尖叫，一骨碌从睡梦中惊坐而起。他满脸惊恐，石头人般一动不动，眼睛瞪得极大，可怕的是他的瞳仁也放得极大极黑，以至森森黑色似乎溢出眼眶，洇得眼圈乌黑，连惨白的面色也泛青了！

睡在旁边的看妈哪里见过这种模样，吓得胸口“怦怦”乱跳，大声叫着：“皇上！皇上！”

静夜中的喊叫，格外震耳瘆人，寝宫里里外外的乳妈保姆宫监婢女都惊醒了，拥进屋里。孙嬷嬷赶紧上前，一摸玄烨满头满身冷汗，先就把他搂在怀里轻轻拍打，细声抚慰。

玄烨猛一挺身，挣开嬷嬷的怀抱，神色恍惚地指着前方，手在哆嗦，声音也在哆嗦：“没脑袋！……一身血，全都是血！……手里提着脑袋……哇呀！是西柱！倭赫！”

他身体忽然一缩，似在躲避击打，跟着“哇”地放声大哭，一边哭一边乱喊乱叫，双手乱推乱抓，双脚乱踢乱蹬：“我不知道！我不知道！”

“皇上！皇上！你醒醒儿！……”看妈乳妈们围着他又是抚慰又是劝解，竭力想使万岁爷安静下来，终于无效。

孙嬷嬷抹着眼泪：“快去回老佛爷吧！”

总管太监蹙着眉：“半夜三更的，谁敢去惊动她老人家！”

看妈更急，跺脚道：“那也得快去传太医呀！”

太医赶到时，玄烨已昏睡过去，浑身发凉微颤，小脸惨白。看罢病情诊罢脉，太医忧心忡忡地说：“皇上病情古怪。学生先开些安神祛风的药，待天明请院使、院判及各御医同来会诊，才好……”

“皇上的病究竟要紧不要紧？”孙嬷嬷急煎煎地问。

“这个，学生说不好。还是赶快禀知老佛爷要紧！”

孙嬷嬷一横心：“我去！”一双大脚“腾腾腾腾”地跑出去，连个灯笼都没提。

太皇太后闻信立即赶来，头上没戴饰物，脚下没穿花盆鞋，只披了件丝绒披风。除了随侍婢女，几乎没人见过老佛爷穿着这么随便的。但她神态依然庄重尊贵，不慌不忙。人人都觉得有了主心骨，乱哄哄的寝宫霎时安静下来，几十双眼睛看着老佛爷坐在皇上的床头。

她听着嬷嬷和看妈的禀告，伸手摸摸玄烨的额头、面颊和脖子，好一阵凝望着昏睡的孙子，不声不响。后来，她回头望了望寝宫一通五间的屋子，说：

“把西梢间收拾出来，我搬过来住几天。苏麻喇姑这就回去，把常用物品都带来，别忘了那架天平。”

自这天起，太皇太后搬到玄烨寝宫住下，几乎寸步不离生病的小皇帝，饮食药饵，样样亲自料理，无微不至。

天亮之前，萨满太太来寝宫跳神驱邪：头戴高高的尖顶帽，身穿花花绿绿的宽衣袍，束一圈腰铃，执一面手鼓，旋转跳跃，边舞边唱。渐渐地，有神附体；渐渐地，唱诵的声音变得低沉粗壮。

萨满太太跳神是宫中惯例，人们不以为奇；通常她的唱诵是不清不楚的老女真话，谁也听不懂。可是今天，当她一步步舞进东次间、东梢间，舞到皇上的病榻前时，姿态愈显刚劲、孔武有力，唱诵也愈加清晰、宛转好听了：

我等皆星宿，投生下凡尘，辅佐天子治天下，护卫紫垣应天命，大数当死君王手，方能归位返天庭……

她反复唱诵，神情愈加亢奋，面目愈加狰狞，动作更如抽风一般剧烈迅疾，叫人眼花缭乱，仿佛被一根越拉越紧的弓弦控制着，在旋转到最急最快的顶点一刹那，“嘣”的一声弦断！萨满太太“扑通”摔倒，口吐白沫，昏迷过去。

“他们走了！他们归位上天啦！”病榻上的小皇帝半醒半昏迷中嚷了这么一声，似乎在回答萨满太太的法术。

也许御医会诊后拟定的药方有奇效，也许萨满太太驱邪逐鬼真能安神，昏迷了一日两夜的玄烨终于在一身淋漓大汗之后，重新回到温暖的世界。睁眼看到的第一个人，是背负着一片灿烂阳光而使得眉目不大清晰的祖母。他竟然没有顾及坐在床头的老祖宗披着氅衣支着颐正在打盹，管自高叫出声：

“老祖宗！我好啦！……”

太皇太后蓦地惊醒，伸手就去摸玄烨的额头，放了心，舒了口气：“果然凉下来了。真急坏人！”

玄烨一把拽住祖母的手：“老祖宗，倭赫他们……”

太皇太后本要阻止他说这件事，转而一想，不如就此说透，免得他存在心里成块病：“别急，你衣裳被子都叫汗湿了，换过再说，好不好？”

宫女们为御榻换被褥枕头的当口，玄烨像小时候那样光身子坐在祖母怀中，裹着祖母的大氅，由祖母和苏麻喇姑给他拭干身子，小衣、中衣、内裤，一件件往身上穿，再钻进干爽松软的被褥里，甭提多惬意啦！

“禀老佛爷，皇上今儿的膳品送来了。”宫女在门口禀告。

太皇太后起身要往西梢间，玄烨双手扯住：“老祖宗别走！我不要你走！”

太皇太后舒心一笑：“真磨人！好了，苏麻喇姑，去把天平和膳品拿这屋里来吧！”

这架银制的小天平，是早年太皇太后命人仿照西洋神父汤若望献给先皇的天平制作的，砝码最小到一钱，最大是五两。膳品中粮米装一盘、肉蔬装一盘，都端到榻边的八仙桌上。玄烨于是又津津有味地看祖母做那件他小时候常见她做的事情：为他这个小皇帝精细地准备膳食。

太皇太后不厌其烦地用天平分别称出适量的糯米、栗子、莲子、红枣、冰糖—— 一份不多不少的粥料；又称出一片猪肉、一束蕨菜—— 一份肉丝炒蕨菜；一块鸡脯、六只口蘑—— 一份口蘑炖鸡；一只鸡蛋—— 一小碗蒸蛋羹。

“禀老佛爷，”慈宁宫总管太监跪安道，“有黑龙江将军新进献的鳌花鱼、飞龙鸟；吉林将军进献的晾干鹿舌鹿尾和湄沱湖混同江的活鲫鱼；盛京内务府进献的鹿筋鹿肚狍肉獐肉……”

“罢了，皇帝病中膳食要清淡，只拿鲫鱼熬个浓汤，晚膳送来就成了。”

“老祖宗，我都这么大了，这些杂事你吩咐一声，叫御膳房办就是了，何苦你老人家又费心。”玄烨看祖母为自己劳累忙碌，很不过意。

“病人就跟婴儿一样，得格外精心照料，膳食最要紧：不能饿着也不能过饱，既得养人又不能过于鲜肥，招得脾胃受损。他们粗率马虎，万一再有个闪失怎么得了！”太皇太后料理罢玄烨的午膳，重又坐回榻边，温和地凝视着他，轻声问，“倭赫的事，你刚才想说什么？”

玄烨躺倒，拉被头盖住脸，小声哽咽道：“说什么好呢？都是我害了他！……”

“不能这么说。不只为射猎事……”

“我知道，辅臣恨他爹不依从，借机除对头杀人！”玄烨从蒙着的被子里冲出一句。

太皇太后不料孙子小小年纪，能看到这个点儿上，惊异之余，仍是补台：“也不只为这个。天子皇室至尊至贵，触犯者有死罪，这是自古立朝的根本。”

“那么，仁德呢？”半晌，被窝里犹犹豫豫又传出这么低低的一问。

太皇太后笑了：“傻孩子，怎么一时竟糊涂了？尊卑上下贵贱有序，是天地人间的大道，否则讲什么仁德？又向谁去施呢？”

病榻上锦被底下的病人不吱声了。

五天之后，玄烨痊愈，太皇太后才搬回她的慈宁宫，放心地熟睡了一日一夜，以消除这些日子的疲劳。

冰月每天都来探病，陪三哥哥下棋、读诗、猜谜、讲故事，还教他一些跳绳、抓子儿的小姑娘家的游戏，给他宽心逗他笑。可玄烨总是愁眉苦脸，笑也笑不痛快。

一次屋里没别人在，冰月悄悄说：“你别犯愁啦！明儿就是倭赫他们的头七，偷偷叫看妈买些香烛金银锭来，我偷偷替你祭他们一回，好不好？再不然，二七三七直到七七，我都替你祭去！”

玄烨高兴地拉着冰月的手轻轻拍打："好妹妹，多谢了，只有你知道我的心！……咱们一道去偷祭。"

"不行！"冰月很庄重地皱着眉，直摇头，"你是帝星，他们怎么敢受你拜？你一拜，他们不敢来吃东西取金银了！"

"好吧。到周年的时候，你再替我重重地祭一回！"

玄烨心里轻松了些，却并未释然。

一场病过去，他仿佛长大了许多，从早到晚沉埋在书房，沉埋在《资治通鉴》中。书房的灯光常常深夜不熄。

数十函《通鉴》，万语千言，竟不如数日后见到鳌拜时，鳌拜的几句话来得直截了当、明朗痛快：

"江山这么大，能人这么多，皇上又这么年幼，倭赫这等犯上藐君的不杀，如何镇得住？有一个杀一个，有两个杀一双，方得天下太平！"

许多天读书读得呆头呆脑的玄烨，仿佛吃了一剂定心凉药，自此才慢慢恢复了常态。

五

夕阳还未靠近青黛色的西山沿，就有十三棒喝道锣远远响过来。索尼宅第的门吏家丁都不觉呆了呆：家主从来是日落之后、掌灯时分才下朝，今天是怎么啦？不敢怠慢，他们立刻拥至大门外顺序排班迎候。

顶马、喝道和众多侍从簇拥着索尼。依他的地位和年龄，早获恩准可以乘轿。但如所有满大臣一样，不屑如汉官那般文弱，他总是骑着高头大马上朝下朝，保持祖先的勇武气概。晚风吹拂着灰白的长须，夕阳给他忠诚、端庄的面容涂了一层淡红，衬着绣衣蟒袍珊瑚顶，很是威严，看不出与往日有什么不同。

索尼下马升阶进门，穿过几重院落，径自走到他平日起居休息的四面厅。夫人照例在这里迎接他，道乏慰问，丫鬟们打水沏茶装烟忙个不了。索尼洗罢脸，舒展一下困乏的肩臂，靠坐在花梨木嵌大理石的太师椅上，接过热茶喝了两口，重重地嘘了一口气。

索尼夫人比丈夫长两岁，却比他少相，除了鬓角的几绺白发，几乎不见老态。她笑嘻嘻地说："今儿个回来挺早。"

索尼心事重重，只不作声。

"出什么事儿啦？"她望定丈夫的眼睛，关切地问。

索尼轻轻一拍前额，自语道："哎呀，真该死！……来，把皇上交办的御匣呈上来！"

立刻有从人把一个黄布包裹的匣子恭恭敬敬放在桌案上。索尼解开黄袱，小心地揭开御封，轻轻打开木匣，身子朝后一缩，倒抽一口凉气，望着匣里的东西，怔住了：一只精美细致的西洋双桅船模型！

见丈夫神色异常，索尼夫人忙问："倒是怎么回事？你说话呀！"

索尼摇摇头，愁眉苦脸地归座、叹息。今天遇着一连串的不顺心，十分恼火。就是说给夫人，能有什么用？

早上刚刚入朝办事，太皇太后就召他去慈宁宫，讲的是定南王祭祀的事情。

这事，辅臣们也常议论，总是摇头。吴三桂、耿仲明、尚可喜以三王之尊威镇边陲，已成强藩之势，对朝廷不无威胁。优礼孔四贞，难道还要养成四藩不成？所以去年腊月孔四贞要求在其父祠前立碑，辅臣便以"坟前已立碑，不便另立"为由不准行。太皇太后却特发懿旨："准行。"

今年正月工部造办定南王祠堂，辅臣示下："不立碑，不掘井，停止每岁春秋致祭。"惹恼了孔公主，拿出打人命官司的泼劲儿，立即上疏说："先臣孔有德航海投诚，舍生报国。哀吁皇上仍赐春秋二祭。"辅臣强硬地以"不准行"驳回了。

不知这位掌定南王府的孔格格怎么向她的干娘哭诉撒娇耍赖的，今天太皇太后对索尼很客气地说："定南王每年春秋二祭，是奉先皇帝旨意。依我看，是不是还应照旧遵行？请你们商议。"

索尼唯唯诺诺，心里不免嘀咕老太后过分娇纵这个蛮子干闺女。不想太皇太后笑容更深，望定索尼："说句笑话，可别让人家背后指你们的脊梁骨哟！"

索尼心头一跳。费扬古父子兄弟被杀后，八旗中就有些怪话传到他耳边，他自问无愧，为国为民嘛，所以不加理睬。可老佛爷也这么说，那就……她虽然笑容满面，那眼睛可一点笑意都没有，这句“笑话”岂能当笑话看待？

太皇太后一向自称不预外事，辅臣上奏一概准行，这种貌似商议的过问很少，但只要出现一次，就够索尼伤脑筋、好几日惴惴不安的了。当下索尼诚惶诚恐，表示立即照旧办理，随后又恭问皇上起居。得知皇上受寒伤风，在书房静养，索尼立刻表示辅臣要同去向皇上请安。

走近皇上静养的书房小院，果然一片悄然。四辅臣于是屏息静气，轻轻跨上院门石阶。鳌拜扯扯索尼，向院里一示意，索尼看到了：那位伤风受寒的皇上正蹲在当院津津有味地看蚂蚁打架，手拈一根细草来回逗弄，侍卫及随身太监竟都不在旁边。

索尼不敢惊驾，又找不到通报的人，正不知如何是好，却见皇上扔掉细草，站起来，伸了个懒腰，又朝四面瞧了瞧。随后，索尼他们到死也弄不明白，皇上怎么会突然躺倒在地上，张开胳膊伸直腿，舒舒服服地打了几个滚儿，活像一匹精力充沛的小马驹儿！站起来后，还惬意地皱皱鼻子，打了个喷嚏。

索尼实在忍不住：“皇上！”

小皇帝一惊，撒腿就跑，奔到院墙边一棵梧桐树旁，绝技再演，“噌噌噌”，几下子就爬上树去，看不见了。

辅臣们只得来到树下，对着浓绿的树冠跪拜请安：“奴才索尼、苏克萨哈、遏必隆、鳌拜请皇上圣安！”

皇上这才拨拉开树叶露出脸来看看：“哦，是你们哪！我还当又是福全领了看妈来找麻烦呢！”他慢吞吞地下树，很扫兴，不大情愿地说，“屋里赐座吧！”

辅臣坐定，自然有一番谏正。苏克萨哈口才最好，“君德”、“王者气度”之类的劝勉也最认真，最不厌其烦。小皇帝似听非听，坐不住似的东张西望。

不知怎的他突然高兴了，叫道：“赐茶！”立刻有小太监送上热腾腾的奶茶。辅臣们接茶谢恩，以口就碗，一口喝下去，索尼差点儿咳嗽，老天，这么咸！咸得发苦，不知放了多少盐！他不敢有所表示，硬着头皮把一碗盐茶灌下去，与苏克萨哈匆匆交换一道目光，暗暗苦笑，却不敢看小皇帝，生怕触着他得意的笑眼。

刚受谏正的小皇帝却又活跃了，一会儿要看鳌拜腰带上的翡翠扣，一会儿要苏克萨哈摘下帽子让他摸摸那灿烂的双眼花翎，过一会儿又凑到索尼跟前，扯着他的青金石朝珠细细地数。索尼不敢深劝，更不敢冒犯，苏克萨哈却在一旁哆嗦起来，还小声地嘶气。

小皇帝看着他："苏大臣，你怎么啦？"

苏克萨哈脸上红一阵白一阵，蹙眉咬牙，额头冒汗，勉强奏道："皇上恕奴才失礼之罪，奴才贱体不适，忽觉腹痛如绞……"

"你哪儿痛？肚子？"小皇帝盯着苏克萨哈，眼里神情很怪异，"是不是憋屎憋尿哇？"

苏克萨哈嗓音都哆嗦开了："不敢……皇上开恩！……"

小皇帝偏缠着苏克萨哈问来问去。鳌拜终于忍不住："皇上开恩，命苏大臣速退，免得君前失礼！"

小皇帝这才一挥手："去吧！"

苏克萨哈如遇大赦，弯腰抱着肚子，赶忙退出去。望着他的背影，小皇帝突然哈哈大笑，笑够了，才说："你们都去吧！……哦，索大臣留下。"

索尼留下，小皇帝命太监交给他那个黄袱匣子，嘱他拿回家再看，还吩咐说：

"照样儿再做五十个！朕要练水师打海仗！"

两宫如此，害得索尼心神不定，颇费思索：是不是皇家对自己起了疑虑？他无心再办别的事，早早离朝回家了。

现在，难题就摆在桌上。照样儿再做五十个？哪有这么容易！这么精巧的模型，索尼还从来没见过哩，工部也未必选得出能办这事的巧匠！

索尼夫人见问不出名堂，转了话题："老二朝江宁将军要的淮扬厨子今儿到了，真不赖呢。一会儿你尝尝他的菜就知道了。"

"唉，就怕牙齿不争气哟……"索尼不快地摇摇头，"老二呢？

还没回来？”

老二，是他们的次子索额图，一名二等侍卫。

“他今儿当值，回来得晚。”

“老大呢？”

“巴英格来了，他陪着说话呢。”

老大噶布喇，虽有世职功名，但没差事，是索尼府的实际管家。巴英格是远驻湖广的荆州将军的公子，索尼任内务府总管时，将军是他的副手，两家交往很亲密。

“巴英格来了？怎么不来见我？”索尼面有喜色。

正说着，噶布喇陪着巴英格进来了，对着索尼大礼叩拜。索尼略让让，叫他坐下说话。家人近况、湖广风土等等闲聊了几句，巴英格又站起来，笑道：

“家父知道府上人口多，在京花销大，命小侄带点儿薄礼，求索尼伯笑纳。”

索尼耸了耸灰白的眉毛，接过大红礼单，一手持着灰白的胡须看下去。第一项，就是白银千两，后面还列着许多湖广土特产：腊猪、风鸡、鲞鱼、笋干等等。索尼默默放下礼单，敛起了笑容。

一直提心吊胆地注视着丈夫的女主人，生怕他放下脸，说出什么难听话，赶着来了句缓冲：“许多年不见，难为你们一家总惦记着我们。大老远的……”

噶布喇站在父亲身边，小声解释：“三代交情，互通有无，也是正理。人家又不是贿求，阿玛你……”

索尼瞪了儿子一眼，他赶紧闭了嘴后退几步。索尼略略思索，唤巴英格近前，认真地说：“你父亲以世交之谊通问候，名正言顺，我领受了。我既然任职朝中，自有薪俸，尚不需此项银钱。回去对他说，赠与亲族故旧中之贫寒者，远胜于馈我。”

“索尼伯……”

索尼容色稍霁，口气缓和了些：“至于土特产品，我收下了，将致简你父申谢。”

噶布喇和巴英格退下后，索尼才生气地说：“这个老家伙，越老越不明事理！把我当什么人？一千两！这不是平白污人清廉吗？……还有噶布喇！”他恼火地敲敲桌子，“一千两就看得眼热，见利忘义！一辈子没出息！论见识论心胸，连他女儿都不如！”

“也别这么说。”夫人反驳他，“人口多花销大不是事实？你那几两俸银还不够一年的茶钱！要不是噶布喇经管田庄商号，放几笔印子钱，咱们都得去喝西北风！”

“你就偏爱你这个没出息的大儿子！一样经管田庄，他怎么就不如索额图？老二那几个庄子年年进项多得多……”

“瞧瞧，怎么说都是你有理！昨儿你还骂索额图不正道，在他庄子里学蛮子那一套哩，今儿个又说好！说你老糊涂还不认！哼！”夫人瞪了索尼一眼，自管拿着长长的烟管一口口地吸烟。

老妻拉了脸，索尼的气焰不觉低了三分。沉默片刻，也捏起那根三尺长的玉嘴烟管“吧嗒吧嗒”地抽几口，自我解嘲，又怕老妻不睬他，自说自话地嘟囔：“要说呢，论才具见识，索额图是个好的，偏偏蛮子味十足，真是个大缺憾！噶布喇胸无大志平平常常，偏趁个少有的塔拉温珠子……看来，人世间要想十全十美也难啊！”

夫人不接茬儿，也不理他。

“呃，心裕和法保呢？”索尼问的是两个小儿子。

“城外打围去了，过两天才回来。”

“唉，唉，又让他们去打猎！你真把他们惯坏了！怎么不叫他们坐书房呢？”

“我把他们惯坏了？”夫人猛地调过头数落起来，“不是你说的满洲八旗骑射为本吗？两个年轻轻的小伙子还能天天关书房？孙女儿们还不成天价念书呢，何况儿子！……”

老太太唠唠叨叨说个不了，索尼只得听着。他本想找题目寻错处发发脾气，借以宣泄一肚子的烦闷和惶惑，不想反而成了夫人的出气筒子。

“玛法！你回来啦！”女孩儿的清脆喊叫终于中断了老太太的絮叨，一红一绿，两个十一岁的小姑娘进来了，袅袅婷婷，大大方方，直走到二老跟前跪下请安，有如一对小燕子同声呢喃，“玛法、太太吉祥！”

穿红的小姑娘，脸盘圆如满月，容色桃花瓣一般鲜艳柔嫩，黑晶晶的眼睛十分聪慧，宽宽的明净的前额，使她的相貌带了一种稳重开朗的神情。这就是索尼最钟爱的孙女儿，噶布喇之女芳儿。

穿绿的小姑娘，肤色洁白如玉，身量虽高些，却小鼻子小眼小嘴，像个五六岁的孩子似的逗人喜爱。她是芳儿的堂妹、索额图的女儿桓若。

两个孩子从小一块儿长大，形影不离，比同胞姐妹还亲，都是父母的心尖肉、索尼夫妇的掌上珠。芳儿聪明大度，格外受宠爱，桓若从不妒忌，心甘情愿地为堂姐当“侍从”。有了这样一对姐妹花，噶布喇和索额图兄弟相处也很融洽。

孙女儿进屋，驱散了索尼的烦恼，他慈蔼地笑着，细细询问今天的功课：“今儿个先生给你们开新书了吧？”他记得已嘱咐先生开讲《诗经》。

“是。”芳儿回答，“《诗经》首篇：关关雎鸠，在河之洲……”

桓若笑嘻嘻地抢过去：“窈窕淑女，君子好逑。”

两人的汉话是地道的京腔，清脆动听。索尼听得很舒服，却不忘正色教导：“不要轻看了这十六个字。这里讲的是后妃之德，为女子者不可不知……”他不觉打了个磕绊，转向夫人，“丫头们快十二岁了吧？再过一两年……”他收住话头，对老妻眨眨眼。

夫人笑了。满洲家的女孩儿，年登十三岁就有选秀女之份。索尼府难道出不了进宫当主子的鸾凤？芳儿想必已经听懂，淡淡红晕染上双颧，但目光湛然、神情宁静，令索尼暗暗称奇。桓若却纯然一团孩子气，目光被桌上的双桅船吸引过去，高兴得嚷起来：“哎呀玛法！那只小船是给我们买的吧？”

索尼连忙止住就要跑去拿船的桓若：“快别动！这是皇上交办的物件！……正无法可想呢！”

“玛法，皇上又给你出难题了？”芳儿关切地问。

索尼叹口气，说明双桅船交下来的经过，皱眉道：“我何曾见过这种怪船！还要照样做五十只，怎么做？”

芳儿对着木船细细打量，想了想："玛法，这怕是一只洋船，你书房里一本羊皮洋文书里，好像画过它……是葡萄牙国的。"

"哦？"索尼也起身过来细细察看。

芳儿埋下头，指着船舷边："玛法你看，这儿有一串洋文。"

索尼虽然从父亲硕色那里继承了广博的学识，精通满、蒙、汉语言文字，对洋玩意儿却是一窍不通。他皱着眉头、踱着步子思索，好半天沉吟不语，突然停步失惊道：

"难道是他？汤若望？……可他已多年没有进宫了！……"

"玛法讲过，汤若望为先帝造过洋船。"

芳儿一句话点醒了索尼。对，这木模船想必是早年汤若望进献的。先皇大殡时焚烧御用器具，偶尔漏掉此物，如今被皇上得到，成了他的心爱之物……一时间，索尼心慌意乱，竟觉得两腿发软，赶紧扶着茶儿坐下了。

皇上竟被这种西洋奇巧玩意儿吸引，很快就会对汤若望感兴趣。说不定他就是拿这船做借口，逼索尼去寻汤若望呢！小皇帝心思灵动，什么花样想不出来？什么新鲜事不好奇？一旦他果真见到汤若望，岂不又要走先皇的老路、重蹈覆辙了吗？索尼拍着脑袋，真头痛！

院里一声禀告："二爷回来了！"

靴声"橐橐"，响得又快又有劲，门边丫头一挑珠帘，索额图进来了。高大健壮，胸脯宽阔，侍卫的制服一装点，标准的雄姿英发的武士！他的鼻梁又高又直，浓眉下那双眼睛很厉害，黑白分明、亮光闪闪，仿佛收贮了刀刃枪尖的钢铁锋芒；但下巴和嘴的轮廓却很柔和，左右面颊各留着一道涡痕——在幼年，那是两个逗人喜爱的酒窝。这是所谓下文上武的相貌，由于互相抵消，显得英俊而温雅，"文"和"武"的印象反而都不那么强烈了。

索额图恭恭敬敬地捧着一个黄绸包袱裹的匣子，向父母跪安后并未起立，兴奋地说："阿玛额娘，这是老佛爷赐给孩儿的细点，孩儿孝敬二老。老佛爷亲口应许，不日将升孩儿为一等侍卫，御前当值！"

“当真?”索尼夫妇又惊又喜，忙不迭地站起身。索尼还要再次证实：“你是说太皇太后赐你克食，应允你提升?”

“是。是太皇太后老佛爷!”

“好！快搁正案上。”索尼庄重地命令，领着在场的全家人向案上的黄绸包袱，也是向正北的皇位叩头谢恩。

索尼亲手打开，绸袱内是纸盒，盒中装满宫里最精致的点心——玉露霜方酥，是满洲大宴中点心席的上品。其中还杂放了两摞白蜜印子松饼和鸡蛋印子松饼。顷刻间，四面厅里弥漫着甜香果香奶香酥香。奶奶兴致勃勃地领着孙女儿分配这高贵的赐品，也注意听着父子俩对答。索额图正满脸放光地详细叙述今日的特殊际遇。

索额图今天当值乾清门。皇上和阿哥们一早进南书房打他跟前走过时，有样东西落在他脚边。当时他必须肃立不动，后来拾起一看竟是件非常精贵的佩物，打成双万字结的丝绦下分了两穗，一穗挂着纯金小佛，佛像下垂着小珍珠穿成的流苏；另一穗悬着一只香荷包，上绣着白云间扬鬃飞奔的红马，下端缀有三粒黄豆大的明珠，两穗再用一只晶莹的绿玉佩系结一处。

想必是阿哥们的心爱之物，他立刻呈交乾清门领班大臣，过后也就忘了。下午他忽然被召去慈宁宫侧皇上的小书院。因为皇上要见见是谁拾了他最好的佩物而毫不欺心。

说实在话，这以前，皇上从没看过索额图一眼，今天竟召至御前，这不是天大的恩宠?虽然皇上看上去不过是个大孩子，索额图仍然诚惶诚恐，荣幸非常。

但这大孩子却没有多少孩子气，态度威严端庄，说话很有分寸，神情语气间处处流露着高贵和明睿，这使索额图很惊讶，心下敬服。皇上显然十分珍爱这件佩物，失而复得他很高兴，不过他的高兴也是克制的，绝不似一个十一岁男孩子那样无遮无掩。他和气地询问拾取和呈交的经过，安详地夸奖索额图的诚实忠心，并点头微笑说：“朕要赏你。”他的目光向书房扫了一圈，“你愿要书画，还是喜欢珍玩?”

索额图赶忙叩头：“皇上厚恩，奴才没齿不忘。但皇上御赐，奴才绝不敢领!”

“这又为什么?”皇上略歪了头，流露出几分孩子气。

“物归原主，理所当然。奴才侍卫乾清门，职分所在，哪敢领赐！况且皇上书房这些书画古董都是稀世之珍、无价之宝，赐给奴才，白白折了奴才的寿数！实在不敢!”

皇上来了兴致：“你会鉴赏古董?”

“奴才大胆直言，略知一二。”

总是满人中有鉴赏本领的人太少，侍卫里更属凤毛麟角，皇上果然喜动天颜，指着香楠木架上的古鼎：“你去瞧瞧，那是只什么鼎?”

索额图小心翼翼地绕着那只泛出深绿色的古老铜器看了一圈，很有把握地说：

“启禀皇上，此器名飞龙脚文王鼎，相传始于西周文王，是珍玩中鼎属之上赏。”

皇上又指指墙上条幅：“这是谁的字?”

索额图应声而答：“仿佛是赵孟頫的行书。”

皇上笑了，从南窗台取下那两个形状特异的古董递给索额图：“你再看看这个。”

索额图恭敬地捧着它们反复审视，最后说：“启禀皇上，依奴才看来，两件都是无价的盛唐瓷具。这个叫粟纹四耳壶，这一个是双耳扁壶，古时用以注酒，后代拿来插花。”

皇上一拍大腿，脱口说：“哈！我问过好多人，都说不出个所以然，只有你……”他仿佛意识到过于随便，赶忙收敛，改口道，“那么，你通汉话汉文啰?读过四书五经吗?……”

正说得投机，忽报太皇太后来了。皇上对索额图笑笑：“你别走，我还有话问你。”

太皇太后进屋时，对站在门边的索额图并未注意，只当是随侍的御前侍卫，她的眼睛只关注孙子的举动。皇上请罢安直起身，太皇太后才静静地说：“到我跟前来。”

皇上走到祖母跟前。

“看着我的眼睛，说实话，你又淘气了?”

皇上扭开脸，用神情和身姿表现着执拗。

“看着我的眼睛，不要看别处，说吧？”

“是。”只回答一个字，口气中满是不服。

“干了些什么事？”太皇太后一直没有提高声音，但那气势却是很逼人的。

“嗯……奶茶里多放了点儿盐……”皇上声音低得听不到。

“你往苏大臣帽子里放的什么？”

“嗯……蝎子……”

“果然是你干的！”太皇太后长叹、蹙眉、摇头。

“我……我，我讨厌他！”皇上突然坚决地大声说。

“讨厌归讨厌，却不可以不礼敬他，更不能捉弄他！”

“为什么？”皇上又降低了声音，咕哝道。

“因为你是皇帝。”

“皇帝……皇帝还得干自己不喜欢干的事？……”虽然自知理不直气不壮，小皇上还是赌气地小声反问。

“不错，有的时候非这样不可！”老太后沉重地叹了口气。

好半天，祖孙俩都不作声。后来，孙子低声地认了错：“老祖宗，是我不好。下次再也不了。”

太皇太后感慨地点点头，一眼看到桌上两件古瓷器：“怎么把这个搁桌上来了？”

皇上仿佛立刻丢开了不快，变得很兴奋，向祖母介绍索额图的诚实和学问，最后竟拿出不容辩驳的至尊口吻说：

“老祖宗，我要升他做御前侍卫！”

老祖宗仍是那么安详庄重，看不出她对皇上的“口谕”有什么异同，只平和地打量着跪在一旁的索额图，淡淡地问了一句：“哪个旗分的？姓什么？”

“奴才是正黄旗的，姓何舍里氏。”

太皇太后细眉轻轻一挑，眼里的平淡消失了：“和索尼索大臣一族？”

索额图只觉自己从头到脚都笼罩在太皇太后的注视之中，不知祸福，心里发慌，老老实实回答：“是。他是奴才的父亲。”

“哦?”这一声不知出自太皇太后还是皇上，老太后面露喜悦，皇上的笑容却消失了。

“起来，站着回话。”太皇太后的口气显然变得亲切了，“索尼公忠谋国，你也这样诚实尽职，真是有其父必有其子!”

家里兄弟几个？都成家没有？娶的谁家格格？有没有生养子女？都多大岁数了？等等，索额图一一回答。老太后末了笑道：“皇上要你到御前，我看也合适。不过你得先升头等侍卫，才好御前当值。回去等信儿吧!”

索额图跪叩出宫之际，太皇太后又赐下克食，给索额图一府上下带来了荣宠。

索尼听了儿子这一番报告，心绪颇为复杂。太皇太后的优礼厚待，使他解除了“皇家疑我”的恐惧，一块大石头落地。但小皇帝的怪僻更让人忧虑。他父子俩见到的是同一位大清天子，却判若两人！最伤脑筋的还是那条西洋船怎么办？皇上若是进而问起汤若望、召见汤若望又该怎么办？……他满腹心事，晚饭也没吃好，比平时倒多饮了好几杯酒。

上灯以后，索尼独坐书房苦苦筹思，门吏却来禀报：有客求见。

索尼沉脸皱眉：“什么人?”

“回大人，他自称徽州诸生杨光先。”

“你敢忘却门房规矩?”索尼严厉叱问，“收了多少贿赂?”

门吏吓得连连叩头：“奴才不敢！奴才不敢！奴才看他年迈可怜，又称是苏克萨哈大人所荐，所以……”

苏克萨哈？索尼更加不快。黄旗跟白旗的不和与冲突，自太祖皇帝归天起，延续至今数十年了，始终未能弥合。而且对苏克萨哈本人的品行，索尼也很鄙视。只是一同列名于先皇遗诏，共为辅政，当此主少国疑之际，索尼不得不顾全大局，抑制恶感与之共事。此人滑头滑脑、一肚子鬼主意，又在耍什么花样？杨光先又是何许人？……仿佛是个前朝遗民，写过斥责洋教的什么文章？……

索尼板着脸说：“我从不在天黑以后见客！这是老规矩。你让他去吧，有事明日到政事堂按投文例则来见！”

门吏连声称是，起立倒退着就要出门，索尼却慢慢地又说道：“且慢着。明天一早你去噶布喇处，告诉他，就说我讲的，另换一名懂规矩的门官！”

门吏哆嗦一下，低声下气地答一声“喳”，哈着腰灰溜溜地退出去了。

第二天，索尼来到政事堂时，另三位辅臣和属官都已到了。

当着众人，索尼叫苏克萨哈近前，严正地说：

“昏夜叩门，贤者不为。你有什么事，尽可当众直言，即便是老夫过失，亦应当面箴规。”

苏克萨哈当然知道索尼所指。常人受此指责，少不得一番羞恼，他却难得脸红，反而满面春风：“索公之正之直名不虚传，立朝侃然，果有古大臣风，佩服佩服！”哈哈一笑，没了下文。众人瞠目相视，莫名其妙，谁也不好问，索尼也就罢手不提。

四辅臣单独在座时，索尼关切地指指遏必隆：“遏大臣，你的眼睛……”遏必隆右眼发青，鼻尖红肿，相貌变得更古怪了。

遏必隆“咳”了一声，说：“天知道！昨儿出宫不知怎么竟撞上马蜂窝！哎，苏大臣，你在皇上跟前是怎么回事？发痧了还是犯羊角风？”

苏克萨哈假痴假呆地耸耸眉尖：“我也闹不清，只觉头痛难忍。出了宫门脱下帽子一看，里面竟有只蝎子！”

遏必隆恍然：“这么说，那奶茶也……”见索尼拿眼睛瞪他，他把后半句咽了回去。

苏克萨哈怪模怪样地望着鳌拜笑：“只有你老兄免难，到底救过驾，优礼有加呀！”

鳌拜瞥他一眼，只鼻子里哼了一声。

半晌，四人都不作声，闷闷的。

索尼叹了口气：“唉，总是皇上年幼，还不懂事，不去说那些闲话了，还是看看这条船吧！”他把双桅船模型往桌上一放，再一讲来历，辅臣们可真都着了急！

恶作剧虽然令人恼怒，终究是小孩子顽皮，气还受得下去。他要是摆弄起这些洋玩意儿，跟着就要去亲近洋人汉人，重走先皇帝渐习汉俗、委任汉官的老路，辅臣几年来匡正的心血和政绩，不就全都白费了？

危险逼近，紧迫感令辅臣们骤然紧张起来。

鳌拜拍案而起："奏请皇上，立地烧掉这条洋船！"

遏必隆连连点头："也是。须得及早禀告老佛爷！"

苏克萨哈眼珠一转，缓缓笑着，胸有成竹地说："二位所言极是。但治标何如治本？"

另三位辅臣一怔，都拿眼睛盯着他。他不笑了，说：

"去年此人七十大寿，朝中汉官尽数登门拜贺，聚谈间说了许多嘲骂满洲的话，列位已经知道。近日又有来报，说此人在他那教堂聚众，宣称要为江南数案中受难教徒做一台安魂弥撒！这不是同朝廷打对台吗？简直就是谋反！不除汤若望和他那妖教，终为朝廷大患！"

辅臣们眼都不眨，频频点头，对汤若望和他的妖教，他们确是同仇敌忾！

"现放着最厉害的斩妖剑，正在匣中日夜鸣响，就看我们敢不敢开匣请剑了。宝剑一旦出世，洋妖必灭，世道必清！"

另三位辅臣互相看看，神色间不无振奋。但苏克萨哈一向爱说大话，虚实难辨，也不免存疑在心。

苏克萨哈转向索尼："公为首辅，我苏克萨哈惟公马首是瞻。昨夜冒犯是不得已，可知夜访尊府的人是谁？就是那位写《辟邪论》，向礼部呈文控告洋教的杨光先杨老先生啊！"

鳌拜一把攥住苏克萨哈的手腕："斩妖剑？"

"对！"苏克萨哈和遏必隆同声一应。他们都记得那篇文章和那次控告引起的轰动，只因时在顺治十七年，先皇在位，所以不了了之。如今，可是康熙三年了！

苏克萨哈又加重语气："最要紧的，这位杨老先生是位大贤士、天算家！比当世任何自称知天文懂阴阳的学究都高明千百倍，更不要说钦天监那伙子毒虫了！”

满洲人对天算这类事情，向来怀着极高的敬意。天算家竟能算出日月星辰的出没，可不就是半个神仙？也一定知道尘世的过去现在未来。汤若望当初得到满朝钦敬礼重，就因为此。但后来他们发现汤若望和他那基督教是异端，他的交游和行为大不利于朝廷，说不定已成了汉臣依恃的靠山和精神领袖，这怎么能容忍！正当需要既懂天算、又与朝廷同心同德的人顶替汤若望时，天遂人愿，时势造英雄，杨光先来了！英雄定能造时势，可到算老账的时候了！辅臣们口中不说，目光中都充溢着喜气，都已默默领会了彼此的心意。古诗讲的，心有灵犀一点通。

“夜访索公府，是杨大贤士的自荐之举，他是想验证掌国大臣的诚意，”苏克萨哈恢复了自得笑容，“索公既已回绝，也只有兄弟我礼贤下士，恭请大驾了，终究是文人，还得兄弟我去周旋……”

鳌拜横他一眼：“怎见得只有你行，别人都不行？”

苏克萨哈又开玩笑了：“别人都行，惟有你老弟不行！他若是位战将勇士，与你试武比剑倒还相当……”

鳌拜黑脸骤然涨红：“你当我不能？我明日就拜读杨大贤士的文章！就让我来款待他！让他瞧瞧咱的诚意！”

“你？——”其余三辅臣几乎同时出声，又都同时打住。鳌拜脾气暴烈，大家都不好跟他争论。

鳌拜黑脸如铁，一声一顿：“放心，瞧我的！”

索尼没再说话。除掉汤若望，打掉汉官士人的气焰，维持满洲的权威，才能使朝廷安稳如山，这是索尼作为首辅一向引为己任的准则。他担心的是，胸无城府的鳌拜，能礼贤下士、笼络住一位天算家吗？这样一件必将牵动朝廷上下的大事，能够让一名前朝遗民、一名白丁参与唱主角吗？苏克萨哈所谓的大贤士，究竟是个什么样的人？

六

他是个年近七十的干瘦老头儿，花白的头发和胡须都很稀疏，前额宽阔，眉骨高颧骨高，于是留一撮胡须的下巴就显得更尖，而两只白多黑少的眼睛靠得又近，更增加了他相貌的狭窄和精明。他谦恭地垂着眼皮，薄薄的唇边却有一丝简傲的微笑。安静的坐姿、肥大的薄衫，使他仿佛一只衣架。这就是大名鼎鼎的杨大贤？应邀作陪的高官们不禁大失所望。但异人自有异相，又碍着主人鳌拜的盛情，仍格外热情地寒暄，极力表示他们深深的倾慕。

盛大的宴会是鳌拜专为杨光先接风的。与会者尽是鳌拜的亲朋，可称得冠盖如云。鳌拜难得有这么高的兴致，竟向杨光先一一引见来客：兵部尚书阿思哈；正红旗都统噶褚哈；正黄旗副都统马尔赛；镶黄旗副都统赛本得；宗室班布尔善；还有主人的兄弟巴哈、卓布泰，主人的儿子那摩佛、侄子苏尔玛等。

酒酣耳熟之际，鼓乐骤发，一股脂粉香冲进宴堂，八位盛装美女在筵前起舞：花盆底绣鞋敲得地面“扑哒扑哒”响，清脆整齐，十分好听；舞姿刚劲又妩媚，扭动的腰肢、晃动的肩膀和一双双流光飞动的美目，撩得宾客们心花怒放；美酒和着美色，一杯又一杯地灌下去……

鳌拜冷眼旁观，不禁暗暗点头：他的贵客，那瘦伶伶的小老头儿，目不斜视正襟危坐，仿佛这充屋填耳的鼓琴声、这酒香菜香脂粉香、这流云飞泉般飘动着的珠光钗影都与他无涉，他只管自己悠闲地呷酒品菜，自得其乐，如在野店村馆独酌般自在。

主客尽欢而散。鳌拜命儿子那摩佛送先生去住处，自己则恭敬地一直送出宴堂石阶下。

暮色已浓，不知是栀子还是夜来香的馥郁随晚风阵阵袭人。步入西园，那摩佛极尽主人之谊，再三申表倾慕之情，贵客总是淡淡的，很少说话。只在那摩佛用力吸一口园中芬芳时，老先生微微一笑，仿佛有些不屑。

书堂三楹，坐落在太湖石叠起的峰峦之中，林木环绕，青翠苍郁，阶下花草葳蕤芳香。这就是贵客的居处。廊下十数名仆从跪迎，那摩佛躬身说“请”，杨光先昂然上阶进门。

好一堂陈设精雅、典籍充栋的书斋！中间供起居待客的客厅里，六扇花鸟屏环护着一整套乌木嵌大理石家具：六椅三几，古雅沉静；

一对龙泉大瓶晶莹透翠，分立左右；百宝槅上，精致的小摆设琳琅满目。一道乌木垂花隔若续若断地连着东间书房，一面书画隔分出西间卧室。

宾主坐定，僮仆进茶。奉给杨先生的却是两盏。那摩佛端茶道：“先生请。是贵家乡徽州名茶，所谓祁红屯绿。只可惜弄不到歙县水。”

自进府以来，杨光先第一次显出有些动感情。眼皮微微颤抖，左右两手不太稳定地端起两盏茶，各尝一口。他喝得很慢，含在嘴里细细品味，然后闭目咽下，再睁眼已带了些许沉醉：“多年不曾品过真祁红真屯绿，今日如归新安，如见黄山啊！……”

那摩佛一笑：“老先生就拿此处当家乡，安心住下。来！你们都来叩拜老先生！”

四名老仆、八名俊僮齐齐匍匐堂前。

“老先生，奉家大人严命，这十二名仆从供奔走，有事只管吩咐！”那摩佛转脸下望僮仆，“老爷已有严命，侍奉老先生要如侍奉他一样，不准有半点儿差错！”

那摩佛走了。老先生仍坐在那张气派非凡的镶大理石雕花太师椅上静静品茶，目光由皱缩的眼皮下探出，透过窗棂、穿过湖石林木，不知射向什么地方。这也是他数十年沉浮养成的好处，与他同坐或交谈的人，总也摸不清他是不是在看，或者在看什么。

老仆领着一位长髯青衣的中年人进来给杨光先叩头，恭敬地说：“请试量老先生体段。”

杨光先不说什么，立起身，半合双眼，任那青衣人觑着、测量。量罢，青衣人径直去了，一句话也不敢说。

随后，老仆擎着圆圆的红纱台灯，引杨光先入卧室。檀木床，软纱帐，红毡铺地，宫灯高悬，安息香弥漫一室，真如神仙洞府。杨光先在散发着异香的、软绵绵的绣褥锦被中睁着眼躺了许久，一动不动。侍候在侧的四名俊僮不见他召唤，悄悄退出。府中巡更打了三梆，他才渐渐入睡。

次日清晨，八名俊僮在卧室中穿梭般你来我往，侍候老先生起身盥洗，动作轻悄得毫无声息。都是些十五六岁的男孩子，面目清秀，身材苗条，穿着各色织花锦袍，前额和鬓角剃得干干净净。绿袍僮仆头顶银盆，盆里盛满温水，跪在杨光先面前请他盥面，其他七名僮仆捧着巾帕，举着镜奁，奉香皂、持漱具，为他撩衣襟牵袍袖，全都环侍左右。杨光先生平不曾经历过这个，不免心慌。总算见识多，老于世故，还不至于手忙脚乱。只是洗脸时一捧水溅出来，把绿袍僮仆的锦缎衣裳湿了一大片，闪亮的浅绿顿时洇成湿漉漉的深绿。杨光先有点尴尬，故作大度以掩饰自己的难为情，直起腰吩咐道："把盆子放架上好了！"

顶盆的绿袍童仆口齿伶俐地说："奴才不敢。家大人有命，服侍老先生，要如服侍家大人一般无二。家大人盥沐从来都是这般，奴才不敢偷懒。"

杨光先略一摆手："是我所命，与尔无碍。"

绿袍僮仆不敢违拗，把银盆放到一副漆朱雕花的木架上，转身拿篦梳站在老先生身后为他梳理那根干枯的辫子。

杨光先低头洗脸之际，觉得周围有些异样，再度直起身，心里"扑通"一跳：鳌拜已站在门口，目光灼灼向他张望，身后随着护卫和仆从。这么多人来到门前，竟听不到一点声响！杨光先不免心里发寒，但外表仍很淡然，取巾帕擦脸，整顿衣裳，迎了上去。

鳌拜进门与杨光先寒暄，一眼看到木架上的银盆，顿时豹眼圆睁，扫过几名僮仆，停留在绿袍孩子身上。这小童吓得瑟瑟发抖，面色惨白，像一只可怜的小羊羔。鳌拜只向护卫一点头，便见一名武士出列走到绿袍僮仆面前对他看了看，那孩子就颤抖着随护卫出去了。

杨光先礼节周到地请鳌拜入座。两人分宾主坐定后，一时竟无话。鳌拜满脸怒容，没有说话的兴致；杨光先虽然不明就里，也只在一旁静观，绝不首先开口。客厅里的沉默是必然的，两人都在等待着什么。

护卫回来了，手里拎着一颗血肉模糊的人头，鲜血还在一滴滴地往下掉。护卫跪在门外阶前，揪着人头的辫子高高举起，大声禀告：

“禀大人，此僮不敬老先生，已斩首！”

环侍杨光先的七名僮仆，一个个面无人色，极力克制着不颤抖、不惊叫出声，可是轻轻的叩齿声却清晰可闻。门外老仆都垂目低头，不敢看那刚才还活泼泼的眼睛和灵巧的嘴。鳌拜身后的侍卫们则无动于衷，总是司空见惯，不以为奇。杨老先生乍一见到血淋淋的首级，吓了一跳，干瘦的脸不由得抽搐了两下。但他似乎惊奇多于恐惧，很快就把目光从人头转向了那位辅政大臣，目光之锐利、精明，真不像个年至古稀的老人。

鳌拜一见首级，怒气就消去一大半，颜色顿时转为平静，他挥挥手，阶下护卫退去，老仆们自去收拾地上的血迹。

片刻之间，鳌拜已忘却这血腥的场面，转脸对老先生客气地问：“夜里睡得可好？冷热还合适吗？”

片刻之间，杨光先也收回他专注的目光，瞳仁里闪过的光芒此时又深藏不露，重新眯着眼，扮演他那清高、简傲而又老气十足的角色。他谢过主人的盛情款待，说：“大人如此厚待，光先实不敢当。况且光先年迈体衰，学识浅陋，实在无法报答大人的深恩啊！”

鳌拜道：“老先生说哪里话！我岂是施恩图报的小人！谈不上恩义二字，不过表表我的一片敬重罢了。”

正说着，老仆领着昨晚的那个长髯青衣人来了。叩拜之后，青衣人打开包袱，非常谦恭地捧出一摞又一摞的新衣袍，一次又一次地送到老先生面前，满脸赔笑，不厌其烦地介绍着：

“这是一套春装，有袍有褂有帽，宁绸面子漳绒里；这是一套秋装，面料是酱色八丝缎，白罗里子，中间衬了二两驼绒；这一套夏装是两件，一件绿纱袍，一件纺绸袍；这一套冬装最多，这是貂皮里、石青江绸面褂子，这是线绉面貂皮里的袍子，这里还有一袭貂裘披风和风雪帽……都是照着老先生的身量裁缝的，请老先生过目。”

杨光先向鳌拜逊谢道：“无功不受禄，老朽如何敢当？”

鳌拜道：“不过一点儿敬意，除非老先生看不上眼。”

杨光先叹道：“唉，却之不恭，受之有愧！”

“老先生这就见外了，还是看看我家缝衣匠的手艺吧……春夏秋装不必管它，这全袭貂裘，老先生不妨穿来试试。”

僮仆们围住杨光先，替他换上全套貂皮袍、褂、披风和风帽，长短大小都很合体，瘦小干瘪的杨光先，被貂服貂帽一拥，竟然显出几分高贵的威仪，真有点贤士味道。不仅鳌拜拍手叫好，杨光先从镜中看到自己这份气概，心里也别是一种滋味。

毕竟已是夏天，貂裘实在穿不住，都脱去以后，杨光先轻松地喘了口气。鳌拜转脸对裁缝说：“衣裳合身，也没耽误时辰，好。去管家那里领三十两银子上赏。”

青衣裁缝如遇大赦，赶紧叩头谢恩，出了书堂，才敢喘口气、擦擦汗、揉揉熬得通红的眼。为了这些衣服，他和全家人领着徒弟疯了似的干活儿，整整一夜在拼命！

杨光先说：“大人厚赐，老朽无以为报。老朽家乡乃徽州歙县，所产无多，惟黄山毛峰茶及歙砚、徽墨驰名海内。老朽一生所爱，也无非好茶好砚好墨而已。这一木匣中，便是我歙县三宝，大人不嫌寒陋，就请收下。”他奉上一只用细篾丝编成的精致小匣。鳌拜接过来，郑重打开，很认真地看了一番，说：“老先生的厚意我领了。不过，我是武人，笔墨功夫浅，平生好的是刀剑，多年搜罗不少，老先生有兴趣观赏吗？”

杨光先道：“不胜荣幸之至。”

鳌拜立刻命老仆早点后领老先生阅武楼观剑，随后便告辞入朝办事了。临行约定明日下朝来与老先生共进晚膳。

早点号称点心，也丰盛得令人吃惊：一盘热烘烘的烧饼，两盘刚炸出来的甜咸两种油果，面条汤，冰糖莲子，百合白扁豆粥。菜肴摆了八样：酱肉、熏鸡、香肠、小肚和四碟各式酱菜。杨光先本来也吃不多，此时已不表示惊异，每样尝了尝，便吩咐撤去。他的神情，已俨然一位高贵的主人了。

早点后，他并没有立即去鉴赏鳌拜的收藏，倒是把住处里里外外巡视一遭，角落暗处格外留意。若不是碍着老仆在侧，他会钻到床底下、书桌底下那又深又黑的地方去探个究竟。他常常心存疑忌，害怕遭到突然袭击。书房和客堂一样，立满了乌木镶大理石的家具：书桌、书柜、禅椅、短榻、台几。书桌上有两部崭新的缎面牙签书函，他就手一翻，唇边终于带出一丝真正的微笑：这正是他的杰作《辟邪论》，一部汉文本，一部满文本，雪白的宣纸，浓黑的墨，手抄的漂亮行书令人赞叹。他翻了几页，又慢慢合上了。

他终于走进鳌拜的收藏室，自然很惊异，做梦也想不到人世间竟有这许多种类的刀剑！不过刀柄刀鞘上的红蓝宝石、珍珠翡翠的璀璨之美，更令他叹为观止。

他明白，这是主人在向他显示家族的勋业、光荣和今日的权威，向客人提供强劲的依靠和巨大的安全感。然而他终究是文人，只有惊叹，没有兴趣。一张宽大的弥勒榻牢牢吸住他的目光，因为老仆说这是家主人常来坐卧鉴赏刀剑、教训子侄的专座；因为榻边长几上摆着与周围气氛不很相容的几函图书；因为在满文本《三国演义》旁边，他看见了已翻得很旧的满文本《辟邪论》！

翻着书，看着红笔的圈点，他的手又微微哆嗦了。哪有不因自家著作受人青睐而欣喜的作者？这毕竟是他的心血，是他自认为著作中最精彩、最义正词严的一部！

一片朱红扑眼而来，这段文字竟加了密密麻麻的双圈！就像学生得意地诵读自己被先生连连圈红的好文章那样，他也摇头晃脑地小声吟诵着：

"……基督教于我大清危害尤烈！以汤若望为首之外夷传教士，最着力于败坏吾国之大臣官吏，乘机策反其间，朝廷焉可不早为防备？须知汤若望辈以传教为名，已在宇内各省预伏下无数国贼，那些基督教徒之十字架与圣牌，分明就是这班乱党的记号和标志……"

在这一段文字上方的天页上，用极刚劲的笔画写了几个满文大字："极要紧！切记切记！"

杨光先精通满文，对这本书的翻译并不满意，觉得没有译出他原文中的紧迫气氛。但评点此书的人却完全接受了他的感情。他问道："这函书是……"

老仆会意，答道："这几上的书是家大人的，别人不许动。但老先生不在此列，是家大人吩咐过的……"

杨光先默立桌前，轻轻捻着他稀疏的胡须，目光又飞到不知什么地方去了。苏克萨哈也罢，鳌拜也罢，他们隆重礼遇的目的，他很清楚。他一生精明顽强，老于世故，凡事没有把握是绝不干的。他一要审时度势，二要站稳脚跟，方能达到目的。为此，他必须弄清他要依赖的靠山是不是可靠；其次，为了进，必须做出退的样子，也就是说，为了自高位置，他非得表现冷漠才好。但这冷漠的分寸火候一定要恰到好处。在这方面，他是一位大师。

第二天下午，鳌拜下朝回府，果然来书堂与杨光先会见。两人方坐定，护卫就扛上两个木匣子放在杨光先面前。鳌拜说："请先生鉴赏。"

杨光先开匣一看，喜形于色，说："大人，这可都是……"他无暇多说，只迫不及待地把匣中东西取出来：三端砚、四块墨，都用质地细密的楠木为盒，仔细收藏着。杨光先一盒一盒打开，拿出一件，惊叹一声，完全忘记了什么得体的言辞、矜持的风度。一个人，哪怕他已经七十岁，任他心有九窍，八面玲珑，只要他有嗜好，他就有无法克服的弱点。

"老天！这不是米芾的远岫奇峰砚吗？"杨光先控制不住自己，大叫起来，眼睛里闪出疯狂的光芒，"是它！就是它！你看这白色云脉，淡灰山形，真不愧叫做远岫奇峰！……啊，这里有款识，你看你看，果真是米南宫旧物！哎呀，我哪辈子修来的福分哪，竟亲眼见到远岫奇峰砚！哦！……"他兴奋极了，稀疏的胡子乱抖，干瘦的脸膛上居然泛起一点红潮。鳌拜看了，很觉怪异，对汉士人的这种怪癖，他瞧不起、看不惯，但又很高兴这一记击中了要害。

"鳌公鳌公，你莫非神人？从何处寻来这方稀世珍宝？今日能见此宝砚一面，老朽死而无憾！"

"老先生言重了。昨天老先生说起生平所好惟有砚墨，所以着人寻买。能入老先生眼中，那是它们的造化！"

"买的？"杨光先瞪大了他极少睁开的眼睛，"这是古玩珍品，买它，得多少钱？"

"也不贵，三五千两罢了。"

杨光先知道，只米芾这方砚，价值就不下五千！何况还有另外的古砚古墨。自然是卖主不敢得罪辅臣，忍痛割爱的。于是他笑道："鳌公，这几方砚实非等闲，若置之江南，可为镇家之宝，万金难买呀！……鳌公得为其主，是三生有幸啊！"

鳌拜一摆手："我要它做什么！是奉送老先生的。"

"啊？送我的？"杨光先愣住了。

"正是。我的一点儿心意。你们讲的，礼轻人意重。"

"当真？"杨光先呆呆地翻了翻眼珠。

"老先生，我鳌拜从来不打诳语。"

"哎呀！"杨光先一个翻身，拜倒在鳌拜脚前，叩了个响头，"大恩大德，没齿不忘！"

鳌拜连忙扶住，略含不快地说："老先生，你这是重物轻人吗？一个砚台，便行这样的大礼？"后面的话他没说出来：我鳌拜一家对你的尊崇难道还不如这块石头？

杨光先"嘿嘿"地笑道："情之所钟，身不由己呀！"说着，他小心地捧着那方砚石，心满意足地坐下，眼睛再不能从它上面移开了。

鳌拜吩咐老仆："替老先生把这些古董收好，不然他要吃不香睡不熟了。"

老仆已把木匣收回卧室，杨光先还在笑眯眯地不住搓他那双干瘦的手，狂喜的神色跟他的年纪、身份、面色都不相称。直到晚膳摆上来之前，他的话题一直不曾离开苏轼、米芾、赵孟頫这些收藏名砚的大家。

名酒珍肴，终于把杨光先从沉醉中扯出来。三杯酒下肚，他的神志恢复了冷静，重新扮演那个冷峻简傲的天算家的角色，可是已不大自然了。他心里有些不安，捏着那副沉甸甸的镶银象牙筷在饭碗里拨来拨去，发现米中有一颗未脱粒的整谷，他先有几分不快，随后灵机一动，悄悄瞟了鳌拜一眼，微微举高了碗，像是要看得更清楚些，拿筷子在碗里仔细拣出那粒谷子，扔在桌上。他接着专心吃饭，其实正以余光注视着鳌拜的反应。

鳌拜面无表情，似乎没有注意。但他朝身后微微一扬头，便有一名护卫悄没声儿地出去了。用膳方毕，那护卫便用托盘捧来一颗血淋淋的首级，在门外阶前跪禀：

“厨子择拣不净，怠慢贵客，已斩！”

鳌拜只略颔首，便转向杨光先，像没那么回事似的说：“老先生，看了我收藏的刀剑，有何赐教？”

杨光先愣在那里，眼睛越过门外捧盘退去的护卫，不知看到何处，只是说不出话来。

鳌拜又说：“老先生，叫他们装一袋水烟吧？”

杨光先突然神情昂奋，一拍桌子，猛地立起：“鳌公鳌公！老朽生平难得服人，如今服了你啦！”

“老先生，你这是……”

“有气概！有胆识！礼贤下士！”杨光先竖着拇指说，“首辅之位，非公莫属！索尼柔弱无能，真不足与道！……”

“老先生，不好这样讲。”鳌拜低声提醒。

“这是实话！那日吃了他的闭门羹，我就寒了心。此人枉为首相，看不到国运危若累卵，不思拔救之策，反而拒贤于千里！不足语，真不足语！……”杨光先的激动稍稍平缓，说，“老朽受此冷遇，未免心灰意懒，鳌公相请，也不敢倾心相待。时至今日，不是我杨光先自轻自贱，实在是鳌公诚信相孚，感人至深。女为悦己者容，士为知己者死，还有什么可说！”杨光先伸手向书房一示意，“请进书房，老朽有肺腑之言相告。”

“老朽今年已近古稀，一生奔走呼号，激浊扬清，以立正驱邪为己任，鞠躬尽瘁，死而后已！……

“三十年前，老朽乃前朝千户官，愤于国事日非，上书烈皇，弹劾首辅大学士温体仁，自知九死一生，并无惧心，上书之日，抬棺自随。果然道我诬陷，廷杖八十，几死者数！不但抄查家产，还将我远戍辽西。

“是夜我观天象，知明朝气数已尽；至辽西望风水，又见王气兴于大金，牧夫走卒、闾巷儿童之辈，细为推算，竟多有封侯挂帅之分。老朽便知天意将亡明兴清。识时务者为俊杰，此言诚不谬也！

“国初，老朽几经辗转，得郑王知遇，留住王府，言听计从，实天高地厚之恩。郑王也曾多次荐于朝廷，保我学识可主钦天监。而摄政睿王听信范文程一班人的鬼话，竟起用汤夷为钦天监监正，实属荒谬绝伦！且不说那西洋法天算历书舛误百出，只此夷乃前朝重用之人，便不可不防！汤夷受前朝深恩，与前朝士大夫深相结纳，广为交游，思明之念，能不日日在怀？谋反之心则必定无疑！为此老朽无时无刻不注目于基督教，多年来未敢稍懈。

“先帝亲政，郑王用事，又多次荐于帝前，奈帝惑于汤夷之邪术，不肯用。惟顺治十七年后，先帝近佛，渐悟基督教之非，老朽审时度势，著《摘谬》《辟邪》诸论，力攻汤夷之奸，并上控礼部，再三请纳忠言，直至叩头出血！总是忠言逆耳，又惜乎为时已晚，竟无下文，真可谓时运不济，老朽因此大病一场，冷淡了心肠……

“时至今日，正当其时！辅臣柄国，遵先帝遗训，另开局面，使老朽枯木逢春！所虑者，汤夷树大根深，民间有‘汤圣人’之称，朝中有汉大臣相与，内廷有太皇太后……如今得鳌公之援，又何惧哉！况且老朽也非势单力孤，受汤夷损辱之人不在少数，原钦天监秋官吴明煊、前礼部尚书恩格德等人均因汤夷而革职，一向治大统历、回回历的术士也因汤夷而失业流落，他们岂肯与汤夷甘休！

“近日，汤夷等以《天学传概》一文与老朽《辟邪》诸论抗辩，其谬百出，不可胜举，老朽将为之张扬，而后力为驳斥、唤醒人心，就此揭地掀天！

“鳌公且请放宽心，静候佳音，老朽早有誓愿，必雪二十年之耻辱也！……”

七

吕之悦坐在茶楼，一盏龙井还未品完，就觉出四周不对劲儿了。

还是这面茶招子，还是漆成红栏绿窗的楼座，还是那个笑容可掬的殷勤的伙计。可茶客们清闲无聊、无所用心的自在哪儿去了？都在讲论，都在争执，懂和不懂的人都探着头听，直着喉咙嚷，好像人人染上了热心病。悠然饮茶的吕之悦，竟成了茶楼上最惹眼的怪人。

“……但凡进了教，就不许给祖宗先人烧纸，逢年过节也不许上供，只拜那个钉在架子上的光身子人，啧啧，光身子啊！这还不邪？不敬祖宗还不是大逆？”一个中年人指手画脚，唾沫星子乱飞。

“可不嘛！我家隔壁就有一个，见人就画十字，满嘴里疯疯魔魔也不知咕噜些啥！还对我说人人都是上帝的儿女，不论贫的富的、王侯百姓，到上帝跟前一拜，都一般平等，瞧瞧，这可不是疯话！”小掌柜蹙着眉眼直摇头。

“咳，一乡一俗嘛，”旁边一人小心地说，“没准人家西洋国里就那样，未必是谋反……”话未说完，招来一片驳斥：

“什么什么？不谋反干吗弄那些花花点子？”

“不谋反干吗进教就给记号？那年朱三太子谋反，就拿永历通宝做的记号！……”

这边一堆市井平民吵个不休，窗下几个读书人的议论又高上去。一秀才猛地拍案大叫：“荒谬绝伦！荒谬绝伦！竟敢称我伏羲皇帝是他们亚当的子孙！欺人太甚！”

另一位指着桌上那本翻开的书：“看这儿！竟说我中华先贤之哲理，较之基督教学说赫赫之光，仅如萤火之明！”

“狂妄！狂妄至极！”读书人横眉怒目，愤然道，“这不是将我等至圣先师都骂在其内了吗？”

又一片吵闹，桌椅轰隆乱响，茶具砰地落地，摔得粉碎，屋角两个人已互相揪着辫子打起来，口里气喘吁吁、妈妈奶奶地乱骂。茶楼伙计们费了好大劲才把他们拉开。嘴角出血的一位指戳着对手骂道：“这无君无父的王八蛋！竟敢满口汤圣人汤圣人的，饶他不得！”

一位秀才举臂一呼：“基督教的门下狗！打出去！”

一呼百应，茶楼上一片喊打声。不容那人分辩，许多自告奋勇的义士一起动手，把他推下楼，搡出门，一个跟头摔在当街。楼上楼下的茶客、街边店铺和道上的行人，都大声地嘲骂、哄笑，把巡街的巡丁都引过来了。巡丁问明情由，只对那人喝一声：“快走开！”便不加干涉了。

吕之悦暗暗诧异，这样浓烈的仇教气氛是怎么掀起来的？他昨晚才到京师，完全摸不着头脑。他点手叫来伙计，要了花生米和小饽饽。伙计上点心时，他仿佛随意地问一句：“这是怎么啦？人们一下子都讲起基督教的是非来了！”

伙计愣愣地看了他片刻，恍然大悟地笑道：“哎哟，老爷子，敢情，你老好些日子没来，最热闹那工夫全没赶上！一个多月以前，这儿就唱开了对台戏。瞧，对面那杏花村酒店，是基督教的一个营盘，分发他们教里的书，讲他们那教多么多么有道理。这边一溜茶馆是杨老爷的营盘，分发杨老爷的一本书，叫什么什么不得已吧？两边吵过来骂过去，嗬！引得多少人逛庙会也似的往这儿跑！没多少日子，这边气势越来越壮，那边看着看着矮下去了。也难怪，那教门里净是吓人的事儿，听说进教的不论男女，都得洗身子，死了还得当众在身上抹油儿！老天爷，咱们平民百姓的，谁见过这些个妖邪！再听识字儿的人说，杨老爷的书讲的是正理儿，保不齐这基督教就是来灭咱们的哩！这不，现如今人们都疑上来恨上来了，谁要说一句基督教的好话、叫一声汤圣人，立时就有人骂有人动手！刚不又打了？可惜见血不多，要不的，这喊闹笑骂，就跟打雷也似的，气势着哪！”

伙计说得眉飞色舞。吕之悦不动声色，问道：“你说的这位杨老爷，是什么人？”

“杨老爷都不知道？当今的大贤士、大天算家！多少满大人争着相与的，名讳光先的就是。”

“杨光先？”吕之悦暗暗寻思，没来得及问什么，楼下传来一阵欢呼。伙计扬头瞭了一眼，笑道：“老爷子，好刚的口，说曹操曹操到，杨老爷过来了，你老快瞅瞅！”

吕之悦随茶客们拥到窗前，眼前景象着实少见：两名穿护卫制服的满洲骑兵做顶马开路，带刀卫士和许多仆从簇拥着，干干瘦瘦的杨光先骑着一匹高头骏马，缓缓穿过街市，不时朝向他欢呼的人群频频招手、微笑致意。后面跟着一辆三驾马拉的敞车，车里摞满书册揭帖，车上车下许多人忙着向两旁人群散发这些印刷品。

“老爷子，你老等着，我给弄一份去！”热心的伙计跑下楼，一忽儿就带回一册书和一沓揭帖，“老爷子，瞧瞧杨老爷够多气派！瞧这纸、这字儿，有多棒！全白送！人说这俩月杨老爷分发了有上万份啦！”

“杨老爷是大富豪？”吕之悦不解地问。

伙计左右看看，凑在吕之悦耳边悄声说：“杨老爷背后有靠山！知道是谁吗？辅国大人哪！……”

吕之悦一惊，皱紧了眉头，想到妻子去南堂做弥撒，不由得心里发急，再坐不住茶楼了。

当他赶到宣武门内那座巍峨的巴洛克式教堂，走进冷冷清清来往人稀的大门时，猛然悟到自己来差了。京师教中仪式是男女分别举行的，他不能进入女教徒做弥撒的大厅。无奈，只得在堂前院内许多圣像和铭文碑间徘徊等待。一阵阵风琴声、歌唱声、祈祷声从教堂里飞出，伴着他漫步，使他沉重的心获得些许安慰。

这是先皇帝赐给汤若望的汉白玉御碑。他久久伫立碑前，默默念着，体味着年轻的顺治皇帝的学识、文笔和那贯穿全文的勃勃生气。

碑文虽褒奖汤若望精通历法算学，却也表明“朕所膺服者，尧舜周礼之道；所讲求者，精一执中之理。至于玄笈贝文、《道德》《楞严》诸书，虽尝涉猎而旨趣茫然，况西洋之书、天主之教，朕素未阅览，焉能知其说哉！但若望入中国已数十年，而能守教奉神、肇新祠宇、敬慎蠲洁、始终不渝，孜孜之诚良有可尚，人臣怀此心以事君，未有不敬事其事者也，因赐额名曰通玄佳境，而为之记”。

碑中铭文的最后四句：“事神尽虔，事君尽职，凡尔畴人，永斯矜式。”已经揄扬汤若望为畴人百姓的楷模了。

先皇帝自己不信天主，但不反对别人信天主。只要事神尽虔，不论这“神”是谁，都是一种高尚品格。这宽容博大的胸襟，方称得是帝王江海之量！

比较当前，吕之悦不由得摇头叹息……

风琴声不知何时停息，教徒的众声祈祷也渐渐止了，于是，一个明亮纯净、略带老年人颤抖的声音清晰地直达吕之悦耳边：

“教友们，让我们为那些死于冤屈、死于暴政的兄弟姐妹们祈祷吧！他们是受难的英雄，他们的灵魂将升上天堂！……”

吕之悦心里一忽悠，听出这是汤若望的声音。

冤屈？暴政？他敢于这样说！

刹那间，吕之悦非常想看一眼汤若望。

弥撒结束了，在络绎不绝走出教堂的女教徒中，他迎着了妻子：“是汤神父主持？”

妻子点点头，感慨万端：“他老多了！白发苍苍……”

吕之悦的妻子孙幼蘩，是前朝登莱巡抚、中国最早一批士大夫天主教徒之一的孙元化之女，与汤若望可称世交。幼蘩少年受洗入教，施洗的神父就是汤若望。后来明末清初大战乱，幼蘩孤身来京师寻吕之悦，也是因有汤神父的救助而免于危难。幼蘩又辗转各地，终于夫妻团圆，同回吕之悦故乡钱塘定居，二十多年再没见过汤神父。她注视着丈夫，眼睛如潭水般深不可测，溢满了一个五十岁女人忆起少女少妇时代那种抚今追昔、百感丛生的酸甜苦辣：

“何止神父老了，你我都已两鬓星星也！……”

“但你我这三十多年间，金戈铁马、惊涛骇浪、风流旖旎、红灯锦帐，也非他人可方比，总算不虚此生，对不对？”见妻子含笑瞪自己一眼，吕之悦宽怀地回报一笑，说，“汤神父还认识你吗？”

“我没有单独去看他。”

“为什么？你们原是世交嘛，我还想看看他呢。”

“可知他现今是帝师、官高一品？”

吕之悦不由得又笑了。妻子这种清高，不用说是来自她父亲，来自她那书香门第。尽管他常拿这打趣，心下对她的洁身自好还是很赞赏、很敬佩的。

“好吧，咱家女高士说不看，咱们就不看。快回家吧，另有好文章给你瞧。”

吕之悦已给妻子雇好小轿，自己骑马相随，同回南城居处。他已年近花甲，并未发福，耳不聋眼不花腰不弯背不驼，马上英姿如昔，依稀可见三十年前少年将军的影子。幼蘩从轿侧小窗对他莞尔一笑，凝眸间不无赞美，心底涌动着对三十年如一日的夫妻情义的欣慰。

吕之悦这住处，是京师四合院最简单的一种。北房三间住他夫妇，东西厢房一边住伙计老仆，一边用作厨房和堆放杂物。南房三间开店，是北京城里流传久远的手艺铺子——裱糊字画。

去年，安王爷把他安置在永平府边界一处前明废藩领地上。国初圈地没圈它，又因是前朝官地，没人敢碰，竟撂荒了，成了无主地。近几年一些无地农人渐渐往这里谋生，直隶巡抚便拿此处的新开地当作垦荒政绩上报朝廷。按先皇谕旨，垦荒地六年不征田赋。吕之悦也踏勘了五十亩荒地，落脚安家。

盖了房，置了家具农具牛马，又接来妻子女儿，居然小康人家。吕之悦半耕半读，以陶渊明自况，不时亲自下田做活儿。因发现雇请的短工是位手艺高超的裱糊师傅，才起意出本钱开店铺，在京师买屋挂匾，今年元宵节后开了张。

他本名士，诗词歌赋书画都很有造诣，也选取别人的诗画。以他的眼光，入选的自然都是上品。这样，他的铺子名为裱糊，实际已成书画店，很快就在南城站住脚跟，颇有声誉了。加之他只在农闲才带裱糊师傅进京，生意格外兴隆。这不，夏收刚罢，吕之悦夫妇到京才一日，顾主们的活计已堆了十多份，多数是求字画，专裱糊的活儿并不多。

应门而出的是老仆吕福：“老爷太太回来了。这就开午膳吧?”老仆一向兼作厨子，跟随吕之悦二十多年了，并不因主人家的升沉祸福而生异念。

“不忙，歇一歇。哦，帮忙的人雇到了?”幼蘩看到井台边一个女子在低头捶洗衣服。

“是她自己上门来讨生活，说是家境贫寒，出来打零工好养活老人。小春，这是家主人家主母。”

洗衣女子连忙站起，湿漉漉的双手在围裙上擦了又擦，轻轻蹲身，怯生生地喊道：“老爷太太万福。”

吕之悦点点头：“难得难得，赏她一餐饭。”他走到北屋门口，不觉停步回头看看：那小春瘦伶伶的，倒不软弱，举着棒槌，一下一下捶得怪有劲。

一进北房，吕之悦就拿出茶楼伙计给他抢来的那套印刷物。夫妇俩刚读了开头，就不得不急着往下看，顾不得洗脸喝茶，顾不得吃饭。

单页的揭帖，一文一义，专攻钦天监监正汤若望的历算谬误，什么遗漏紫气、颠倒觜参，即便是读书人，怕也十有八九看它不懂。

精巧的小册子，大字标题：不得已。下列副标题：斥基督教会之《天学传概》。刻印周正清晰，足见很下了一番功夫，很能吸引人。

小册子附录了基督教会的《天学传概》全文，细细列出全部有关人名，著作者东堂神父利类思和安文思；付印发行者钦天监监副李祖白；作序者翰林院翰林许之渐。

读完小册子，读完这篇《不得已》和那篇《天学传概》，夫妇二人好半天相视无语，被眼前的逼人情势震撼了！

幼蘩终于开口道："《天学传概》并无大错。基督教确是全世界宗教中最古老、最完美的，中国最初也确实信奉过基督教，有西安府的大秦景教碑为证……"

"但是它怎么可以断然宣称基督教胜过中国的一切其他宗教呢？这不把佛道儒三教的信徒都得罪了？说伏羲皇帝来自犹太国，也是亚当的子孙，平民百姓怎能容忍？再看这一句：'中国的哲学若与基督教学说赫赫之光相比，则不过萤火之明'，太狂妄了！置孔孟曾颜于何地？怎不触怒普天下士人学子！"

幼蘩皱眉道："实在不得体！这《天学传概》绝不会是汤神父授意支持的！他可算最具天朝士大夫风范的西洋传教士了。"

"就算不出自他手，可他是基督教在京的化身，人们不恨他恨谁？"吕之悦用力点着《不得已》的文章，"你看看，此人一上来就说出了被激怒的天朝人的心里话：'《天学传概》的狂妄，真正令人难以容忍，我为天朝之民、孔孟之徒，实在不能沉默，不得不拍案而起，予以驳斥！'如何？"

幼蘩愤愤然："可他也诬蔑基督教，直攻我教的《圣经》，骂基督耶稣是被当政判死刑的叛徒！还说传教士尽是无赖恶棍，因不容西洋各国被驱逐而逃来中国，这不是胡说吗？至于指斥基督教谋反叛逆，更是无中生有，恶意诽谤了！”

“你还这么天真？看看这一段吧！”

幼蘩顺着丈夫所指继续看下去：“传教士在中国煽动民众，阴谋不轨，企图据澳门为根基以夺取中国天下。而那澳门原在迁海令应迁之列，本该坠毁，是汤若望在朝中上下经营，使之保存，其险恶用心，不是昭然若揭了吗？……”

幼蘩倒抽一口凉气。

这位杨老爷的笔，真够灵活，真够刻毒，真够聪明！不但抓住读者情绪，又抓住对手的薄弱处，打开缺口，摧枯拉朽，矛头直指汤若望，最后一记力过千钧的猛攻，立置对手于“叛逆谋反”的死地。哪怕他抓住的只是莫须有的罪名，哪怕他不过是危言耸听，也能让许多人口服心服，激起朝野的一派同仇敌忾！

“这一笔文章……”幼蘩沉吟着。

“还记得顺治初年江南十世家谋反狱吗？那个杨讼师杨光先？”

“是他？！”

江南十世家狱，绵延数年、株连千里。其中有个文笔尖巧刻毒的杨讼师，似乎生性就爱告状，攀诬了许多人家，把近百名世家子弟送进大牢。后来冤狱平反，他被反坐，差点儿丢了脑袋。听说此人很是机敏，逃到京师投靠了郑亲王，后来不再听到他的消息，想来不甚得意。

谁料十数年过去，此人仍不甘寂寞，又跳出来！算来也是古稀之年，可是看看他那马上雄姿，看看他这连篇累牍、无休无止的笔墨官司，不能不惊叹这老头儿的强健心力和讼师的绵绵不断的韧劲！

吕之悦夫妇既深知眼前这场论战双方当事人的历史和他们各自的后台，情势的严重就是不言而喻的了。

先皇帝去世，辅臣执政，形势逆转。哭庙、奏销、通海、《明史》等大案；迁海令、逃人法等苛政，已经扰害天下，眼前的迹象告诉他们，逆转在继续，并将更快更剧烈！

山雨欲来风满楼。他们似已看到天边乌云在险恶地迅速膨胀，隐隐雷声阵阵电闪在告警：不是细雨，甚至也不是一场大雨，将是狂风呼啸、雷电交加的无情冰雹！

汤若望、西洋人、汉官以及信教的汉人都会是袭击的目标！……

“幼蘩，你明天一早就回庄上去，京师不可逗留！”

“我们一同回去。”

“我不是教徒，还不至于。店里事多，一时也走不开。”

“难道会波及我这样的老太婆？”

“今天的弥撒，必遭朝廷嫉恨！进出教堂的，颇有些不尴不尬的人物。”

“密探？”

“不可不防……”

窗外忽地“啪嗒”一响，像有东西从窗台碰落。夫妇俩一惊，互相交换一道目光。

吕之悦大声问：“谁在外面？吕福吗？”

没有回答，房门却无声地开了，洗衣女子低头站在门口。

吕之悦夫妇松了口气。幼蘩和蔼地说：“是来取工钱吧？我这就给你拿。”

“老爷，太太，我……”小春欲言又止，神色不定地扭头朝身后看了几眼。

“有事吗？进屋来讲。”幼蘩又说。

小春忽然快步进屋，“扑通”一声跪下了。

幼蘩温婉地劝道：“快别这样，有什么难处尽管说好了。我们虽不是富贵人家，多少还能解危困治急病的。”

小春低着头急急忙忙地说：“老爷太太，小女子实在是被逼无奈，并不想害人……他们原说明天一早来的，可我方才出门买菜，见他们已埋伏定了，只怕天黑就要动手，我真对不起你家的好心……老爷太太快避一避吧！”

“什么？”吕之悦变了脸色。

“不要急，慢慢讲清楚，究竟是怎么回事？”幼蘩依然镇静从容。

小春抬头，乌溜溜的大眼睛里满是泪水。她强忍着不哭出来，急煎煎地说：“他们要讹你家，要打掉你的铺子，要把你们撵出京师呀！我看老爷太太心肠好，又正气，才……”她突然缩住口，流动的目光直在吕之悦脸上转，“老爷，你，你……”

吕之悦刹那间有似曾相识的感觉，在什么地方也见过这么一副乍看去平常，越看越觉得妩媚动人的容貌呢？他突然发问：“你认识柳同春？”

犹如一个晴天霹雳，那女子惊得身子往下一沉，坐在地上。随后又猛地立起身，面色煞白，嘴唇翕动，望着吕之悦，半天说不出话来。

“你是梦姑！”吕之悦高兴非常，“同春找你找得好苦！……别怕，我是同春的好友！”

梦姑傻了似的望着吕之悦，脸上的表情迅速变幻着，似悲似喜，又惊又疑，终于扑倒地上，“哇”的一声大哭起来，哭得抬不起头、直不起腰，全身哆嗦，叫人看着非常难受。

幼蘩慈母一样轻轻扶起梦姑，让她坐在桌边，为她斟了热茶，递了手绢擦泪，小声地安慰着。柳同春和梦姑的故事，她已从丈夫口中听到过无数次了。

等梦姑慢慢收住泪，吕之悦方说道：“好，还是先讲眼前这桩事体，我到底没听懂。谁要讹我？为什么？我一生不做亏心事，告到哪里也不怕的。”

“他们是谁，我也弄不清，听他们声口，是急着要弄钱献给一位杨老爷，说这位杨老爷正在帮他们打官司，要是打赢了，他们就好了，得官得钱，一世不愁吃穿……”

吕之悦夫妇对视着点点头，看来杨光先真有一帮人马呢！

“我是临近京师被他们拿获的，他们一口咬定我是逃人，要拿我当囮子诈人钱财，不依就要勒死我。我不甘心这样就死，不见同春哥，便死也不能瞑目……我想何不将计就计，见机行事，或许能逃出狼窝，回永平呢……”

“他们怎会看中我这无名之辈、寒素之家呢？”吕之悦对妻子揶揄地一笑，问道。

“先生，你哪里是无名之辈！南城的人都说你是书画高手，日进千金哩！不过他们选中你，却是有人导引相请……”

“哦？竟有这事？”吕之悦真的觉得奇怪了。他很少和人交往，到此也不过半年，何处结了这份怨仇？

“总是先生的同行嫉恨不过，请这些人来的。拿我当逃人，诬先生是窝主，逼你拿出钱，从此迁离京师……”

吕之悦哈哈一笑：“不要说我没钱，便有，也不吃讹诈！他们敢拿我怎样？怕了他们，岂不是笑话！”

梦姑脸色有些改变：“不，不！你不能跟他们硬拼！他们会真把你拖进督捕衙门，你就有理也说不清，就真会被当作窝主籍没正法……”她仿佛吓住了似的，浑身直哆嗦。

“怎么会！”吕之悦不以为意，“到了督捕衙门，你可以为我做证嘛，还可以告他们个诬陷之罪哩！”

“可，可是，”梦姑口吃着，脸色完全白了，突然双手蒙脸，不顾一切地说出来，“哦，我真是逃人啊！……”

“噢！”吕之悦倒抽一口冷气，觉得一个寒噤从脊背滚过，颓然倒在椅座上。这一瞬间他感到毛发都竖起来了。

“都怪我！怪我太大意，早点儿认出先生就好了！谁知道他们抢先一步？如今先生就是逃，怕也难逃他们手心了……”梦姑悔恨不迭，流着泪，用力咬着自己捏得紧紧的小拳头。

吕之悦极力使自己镇静，混乱的脑子渐渐明晰了。他迅速估量了形势，知道大难临头。他从来不是那种束手待擒的腐儒，他的明敏、决断和魄力一向为朋辈所敬慕，何况身边还有生死相依的妻子，看她全然是一副处变不惊的平稳，正用明睿的目光望定丈夫，传递给他冷静和沉着：

“之悦，看来这不是一桩无赖刁棍借逃人法讹财的常见故事哩！”

吕之悦眉间皱纹刀刻般深，眉下一双眼睛出奇地严峻、冷静。幼蘩说得对，这事关联着当前一触即发的大风暴！屈服于讹诈或许较为高明，损失不过这个店铺，但梦姑必定被他们席卷而去，继续充当诱饵，从此消失在茫茫人海。如何向柳同春交代？怎么对得住梦姑？

要么，泼开身子，陪着去督捕衙门滚他一趟？最坏的结果，当然是送命。可是，他们想要吕之悦这条老命，怕也不容易吧！……

吕之悦像年轻人似的一跃而起，很快地在屋里走了几个来回，停在幼蘩面前。幼蘩看看他的眼睛，知心地微微一笑，说："决定了？"吕之悦用力点了点头。梦姑仰脸望着他们，惊异不定，面颊上还留着一颗晶莹的泪珠。

"梦姑，咱们就随他们去督捕衙门！"

"先生！"梦姑大惊，叫出声，"你要吃大亏的！"

"听我说，你得一口咬定，你是安王府的逃奴！"

"啊！"梦姑一手掩住嘴，脸色惨白。

见她这样害怕，吕之悦才想起岳乐后来改变主意时，梦姑已被遣发，也就谅解了她的心境。他并不说破，只目光闪烁地看定梦姑："想来想去，只有这一招儿能救我们脱险了，你肯帮我这个忙吗？"

在吕之悦锐利目光注视下，梦姑极其不安。当初安王福晋拿她送给杭州将军时，曾神情古怪地对她嚷道："趁我眼下心还软，还没改变主意，赶快给我滚蛋！再撞到我手里，就别怨我心黑啦！"福晋那种复杂的表情叫她又畏惧又怜悯，一想起来就不寒而栗。自认是安王府逃奴，不就是自己往她手里送吗？还有，安王爷能放过自己吗？

"我……"梦姑嗫嚅着，咬着嘴唇，绞着双手，为难极了。但终于一狠心，抬头迎着吕之悦的目光，说："先生放心，我会那样讲的！只求你告诉我，同春哥在哪里？他好吗？"

吕之悦夫妇望着这弱小女子，慨叹万端，一时没有回答。

"先生，要是你这场官司了结，见到他，千万把我的下落告诉他，叫他千万来看看我，我就是死，也……"梦姑的声音哽住了。

"唉，梦姑，看你说到哪里去了！放心好了。事情会有好结果的。我不过试试你心意。你真是个好女子，同春好眼力、好福气啊！"吕之悦这才把后来安亲王的决定告诉梦姑，又告诉她，同春现在仍在安王府做教习，还在费尽力气到处打听梦姑的消息。

梦姑听愣了，几乎不相信这是真的，好半天才回过神来，一面笑着，一面不住地抹眼泪。吕之悦则赶紧写了两封信，给同春，给安王爷，立刻遣老仆吕福送走了。

信一出院门，吕之悦夫妇仿佛完成了一件大事，心下轻松了许多。伙计端上热茶和点心，三人围坐边吃边谈，梦姑叙说着一年来的经历，吕之悦和幼蘩听得津津有味，似乎忘记了迫在眉睫的危险。

原来，梦姑还没有逃出杭州便被拿获。适逢杭州将军松魁被拿问，她得以从轻发落，分拨给一家满洲老夫妇。他们的儿子去征伐湖广流贼，女儿得病刚死不过半年，老夫妇竟拿梦姑当女儿般看待。梦姑多少年没有受过这样的待遇和温暖，非常感激，也就格外尽心地侍奉二老。

可惜好景不长。儿子出征，按规矩老夫妇应领一份出征钱粮，可这笔银子月月被佐领克扣。老爹气不过，去参领处控告，反挨了八十皮鞭。老爹气性极大，回家来又喊又骂，一口气上不来，竟活活憋死。老妈妈不哭不嚷，体体面面葬了老伴，一条绳子悬梁自尽。梦姑又跌回到奴婢行列，拨给另一户满洲人家。

苛刻、凶狠，男女主子都贪财好色，梦姑哪敢在这家久留，瞅个全家游湖的空子逃走了。这回她准备得早，打听好了航船，离开杭州很顺当。不想到了京师，在永定门外小摊喝豆粥的工夫，叫这帮人看破了行藏，连诈带吓，梦姑就蒙了……

吕之悦是他们用梦姑行骗的第二家。头一家是个放利钱的大胖子。梦姑打心眼儿里恨这种放印子钱的，也就不肯说破。那家伙胆小如鼠，吓得爷爷奶奶地乱叫乱磕头，被他们狠狠敲诈了一笔了事。

讲得有劲，听得有趣，不觉天色暗下来。果然前面门上一阵乱敲，人声嘈杂气势汹汹。吕之悦和幼蘩对视着，互相鼓励，吕之悦回脸安详地对梦姑说：

“嘱咐你的话记牢，不到督捕衙门，千万不要说真话，得装作和他们一气，不然你要吃亏的，明白吗？”

梦姑点点头，眼神又紧张了：“那太太怎么办？”

幼蘩笑笑：“我们这辈子经的事多了，不怕。”

前面轰隆轰隆打门声更急，夹杂着阵阵叫骂。

吕之悦没事人似的端茶盏喝了一口，静静吩咐：

“来人，去开门。”

第三章

一

六月廿六日，杨光先正式向礼部呈递了控告基督教的状文，状告西堂的汤若望、南怀仁，东堂的利类思、安文思四名西洋传教士，还有参与撰写、散发《天学传概》的四名国人：李祖白、许之渐、许保禄、潘尽孝。罪名是阴谋不轨危害国家、诡立邪教煽惑愚民。这两项只要坐实一项，就是十恶不赦的死罪！

先皇的玛法、顺治朝最有名望的客卿、民间传称为汤圣人的汤若望，原来竟是个妖师！

这消息犹如半空惊雷，震动了北京城。人们紧张、激动、兴奋，纷纷传告这闻所未闻的大事。街头巷尾、官署民宅都在议论，估量着双方的力量，注视着局势的变化。不过，事件的主角汤若望忽患痰厥重症，肢体麻痹瘫痪，口舌结塞。官司怎么打？朝廷真会受理这非同小可的案件吗？

七月初六，辅政大臣的决定以谕旨形式宣布：受理诉状，视之为国家最重大要案，命吏、礼二部即日审查鞫勘。

次日，七月初七，吏、礼二部开始会审。此后，每日开庭，对两项罪名逐一审讯。

一个多月以后，竟成虎头蛇尾之势。最初的杀气消失了，案子引起的紧张也减退了，几名被告竟各自回家等候传讯。这引起许多人的气愤：真是雷声大雨点小！最为不满的，自然是辅政大臣。

这天傍晚，吏部尚书阿思哈拜谒辅臣鳌拜。

鳌拜府内的后花园，有一座精致的小楼，翠阁飞檐，绿窗朱栏，绣幔重重，红灯隐隐。看上去仿佛是闺房绣楼，可是没有主人的特许，谁走入此楼二十步内就要杀头。小楼四周乔木浓密高大，灌木丛生，小花悠闲地开放枝头。武备森严的护卫们就隐身在树丛间，随时都能抽刀断人首。确实也有好些不知底细的奴婢在此丧命。

如果鳌拜有斯文气，会给这座幽静雅丽的小楼起个动听的名字，诸如望月楼春雨楼之类。但他是武人，最讨厌酸溜溜华而不实的蛮子味，只简单地称之为军机楼，一语道破其中要害。主管教案的苏克萨哈约同鳌拜，就在这里召见了他们的心腹下僚阿思哈。

吏部尚书心事重重："二位大人，照眼下这么审下去，什么也坐实不了，弄不好要落空！"

苏克萨哈只扬扬眉毛，仿佛在意料中。鳌拜却沉了脸，粗声问："什么缘故？"

阿思哈也是骑射出身的勇将，但在满官中一向以机敏多智闻名，辅臣把他安置在六部大臣之首，就是看中这一点。他小心地看看鳌拜的脸色，思虑着说：

"足以制胜的一着，是谋叛罪。杨先生状告汤若望是叛党首领，细目里列了数条，诸如传教士是同党、各地教堂是巢穴、施洗礼是入党暗号、教徒聚集祈祷是会议密谋等项，皆无实证，被告一一驳回。又比如说钦天监制历书上印'依西洋新法'五字是蔑视大清且由西洋某国王所主使一款，也被汤若望狡辩过去。他说开列五字于历书，是他的前任奉皇帝谕旨，有明文记载，他不敢擅自改动……"

"还有第二招儿呢？"苏克萨哈慢悠悠地问，"基督教无君无父、忘祖灭伦，不是明摆着的吗？"

阿思哈"咳"了一声，说起审讯中那些叫人哭笑不得的事：

传教士为什么不结婚？这不就是违背人伦？

传教士为什么远离故国、不养父母、跑到万里之外来？这不就是无君无父、不忠不孝吗？

主审人拿这两条罪名问了又问，被告的回答如念符咒，什么"信仰"、"博爱"，什么"光荣使命"，谁听得懂这些胡言乱语！那南怀仁还反唇相讥，说当年孔夫子也曾逃离故国四出讲学，也有罪吗？和尚出家也不结婚，也不祭祖而只崇佛祖，为什么不判他们有罪？……倒把审问官问得张口结舌。

苏克萨哈不快地笑笑："你不见眼下京师内外的人心吗？痛恨洋教的人越来越多，都想看到审出个结果。你们这样……怕不好交代吧？"

"下官知道，下官知道，"尚书连声回答，"所以审案内情一概严禁外传的……难的是，承办此案的吏员也不当回事，审讯中毫无威仪，甚至令衙役给被告送茶递水！"

苏克萨哈目视鳌拜："这自然是魏裔介的恶劣先例。"

鳌拜沉着脸，点点头。

这里提到的是初审时一件出人意料的事。

冗长的回答后，病瘫的汤若望难以支持，摇摇晃晃就要摔倒。主审官之一的吏部汉尚书魏裔介突然和气地说：

"汤玛法，你坐在地上就是。"

堂上堂下都是一愣，主审官呼被告为玛法，还让他坐下，岂非咄咄怪事！另三名主审一齐惊异地扭头看他，阿思哈不免瞪起了眼睛。这位汉尚书面若冠玉、神态儒雅，说话却是绵里藏针：

"先皇便是如此称呼，后辈小子焉敢不遵循？汤玛法虽是被告，不过来答供，并无定罪，仍是朝廷一品命官，况且年逾古稀、身有疾病，让他就座也是宣示朝廷仁心，难道不该吗？不然，再令他立起摔倒好了！"

阿思哈瞠目结舌、不知所对，魏裔介便抚着颏下疏疏长髯，向椅背上一靠，平静地吩咐："来，为汤玛法设座。"

从人们于是送上一张小桌，一张地毡。后来的审问，汤若望就坐在这特地优待他的座位上。

说起这个，阿思哈格外气恼："就是这个家伙！他不但礼敬汤若望，审案中也故意作梗！杨先生状告汤若望勾结澳门，意欲通同作乱，备妥三万人马，伺机倾覆我大清。被告尽可以坚辞不认，但这种事总是事出有因，大可一用。魏裔介却格外认真，提议由吏、礼两部差官吏往广东查明澳门是否真有三万人马待命谋反……这不是捣乱吗？”

苏克萨哈鼻子里哼出一声冷笑：“他从来喜欢自作聪明！可见早和洋鬼连通一气了。鳌公，你看此人……”

鳌拜从浓眉下望着苏克萨哈，干脆地说：“去！”

阿思哈面有喜色，想了想，说：“对。魏裔介原本与汤若望相熟。按汉家条律，他应告回避，可咱们没这个规矩……我遣他办理别的事去！以后这汉尚书可得细心挑选。先皇时候上过的，都不能用！实在碍手碍脚……”他发现苏克萨哈瞪他一眼，意识到说话过了头，连忙收住，恢复了下僚的恭敬态度。

苏克萨哈仰头“哈哈”一笑，说：“不用你操心！你只把审讯抓紧，放聪明些，别去跟那些汉官斗什么条律、细则、援例这些呆事。他们官场沉浮数十年，都是老油子，你我马上打天下的，哪里转得过他们，懂吗？”

“是，是！”吏部尚书心领神会。

“去吧！”鳌拜一点头，阿思哈告辞，两名护卫跟过来送客。

楼梯上脚步声消失了，从那架紫檀木屏风后转出来那位瘦骨伶仃的老先生，拊掌大笑，正是大贤士杨光先。这就是为什么把这次会见地点选在鳌拜府，因为杨老先生下榻于此。

两位辅臣恭敬地让座，杨光先依然笑声不止。他的笑声尖锐又沙哑，这么大岁数，有这么充足的底气长笑，真令人佩服！

苏克萨哈微笑着：“老先生是笑吏、礼二部劳而无功吧？”

杨先生仍在笑，苍黄的脸居然泛出依稀红晕。

“那么，是笑我与鳌公……”

“不敢。”杨光先迅速敛住笑，用衫袖拭去笑出来的泪花，“二公乃当世出类拔萃之英才，老朽安敢造次。”他忽然沉下脸，正颜厉色地说，“堂堂吏部天官，竟持妇人之仁，受邪教蛊惑，置国家荣辱安危于不顾，说出这等糊涂话来！怒极而笑，不得不然耳，二公幸勿见罪。”

果然杨光先非同凡响，一旦出语必能惊人。二位辅臣原被阿思哈一番诉苦弄得情绪低沉，若抓不住汤若望的把柄，岂不枉费心机？先皇和太皇太后总是阻路巨石，若无令人信服、令人大吃一惊的真凭实据，还真不好办哩！杨光先的正言，令他们精神一振，一齐望定这位无私法官一样的大贤士，听他拿主意：

“不说别的，只在历书上添印‘依西洋新法’这一款，便是蔑君辱国的大罪，怎能听他诡辩就放过不问？说是前任所为，谁能作证？基督教异端邪说猖獗，百姓早已为之侧目，朝廷受理本案，大得人心！老朽门下已征集了万民折，将上书朝廷！乞望革斥洋教、严惩西洋传教士！”

“哦？万民折！”苏克萨哈眼睛一亮，兴奋了。

“何日能上？”鳌拜问得更急。

“只在三五日内，请二公静候佳音。”杨先生看看辅臣，略眯了眯细细的眼睛，微笑道，“尚有一事望二公见谅。”

“何事？”苏克萨哈也在微笑。

“为谨慎计，老朽留有地步。”

鳌拜鹰眼中闪过一道恼怒的强光，苏克萨哈连忙制止地瞥他一眼，转向杨光先：

“老先生信我们不过？”

杨光先目光闪烁，低声道：“汤若望尚有大罪不曾列入诉状，捏在我手中，时候不到，掌心雷便不能发！”

两辅臣一对视，都看出彼此的心情，对这个心机深沉的老头儿既赞赏又有点儿害怕，幸亏他不是他们的对手，不然，可真不好对付。

杨光先耳语般说明了一番。

苏克萨哈拍案而起，咬牙切齿道：“十恶不赦！十恶不赦！”

鳌拜则从他浓密卷曲的胡须中吐出两个气势汹汹的字：“妖贼！”

慈宁宫正殿，每当四位辅政大臣来禀告理政诸事时，太皇太后宝座前，那两只青铜仙鹤所衔的灵芝草中就吐出馥郁的沉香。香烟缭绕，大殿中笼罩着一层薄纱似的轻雾，把陛见的气氛烘托得更庄严。这样一来，高踞宝座、浑身金银绣饰、头戴三重珠顶宝冠、项下密密珊瑚朝珠的太皇太后，就更像巍然高坐的神佛，成了名副其实的

“老佛爷”。

索尼朝前跪行几步，叩了头，才要开口启奏，太皇太后的声音从上面传来，带着点回声，显得宏大而有气派：

“索尼免跪，赐座。遏大臣、苏大臣、鳌大臣起。”

索尼得到特殊礼遇，原不足怪，既是首辅、四朝元老，又须发皤然、老态横生。但索尼自己心中不安，他偶尔触到站在遏必隆下首的鳌拜的目光，更觉得难为情。所以奏事时，他又站起身。

索尼所奏，是三藩动向：

平西王奏请朝廷令云贵两省总督、巡抚听王节制。应从之。

平西王奏言滇省初定，请开鼓铸钱，乞朝廷颁给康熙钱式。应发给。

平西王进剿广西陇纳山、荡平逆寨。应议叙嘉奖。

平西王奏请增加兵员。应从之。

平西王题补方面官，不论内外远近，一律坐缺定衔，吏部不得掣肘。

平南王、靖南王不能约束部下，以致地方人民为王下兵丁扰害甚苦，失其生理，应加申谕，等等。

和平时一样，太皇太后听罢，微微点头称是。

遏必隆所奏，是国家财赋：自顺治十八年三月定下各省府州县催征钱粮未完的处分条例以来，各地钱粮拖欠大大减少，尤其江南苏松常镇四府，虽因奏销案革黜官绅士子万余人，却使年来钱粮完解无欠。今年夏季钱粮入库已占全年应入库数的一半，库府殷实，是国家之祥瑞也。

太皇太后也微微点头称是。遏必隆退回右班侍立。

苏克萨哈和鳌拜一同跪奏，先呈上一本厚厚的万民折。小太监接过，呈递苏麻喇姑，她再呈放在太皇太后御案上。

“这是什么意思？”太皇太后静静地问。

“启奏太皇太后，”苏克萨哈恭敬地说，“这是京师万千百姓书名吁请的万民折，吁请朝廷禁洋教，惩治持异端邪说、大干风化的西洋传教士！”

太皇太后对这本两寸厚的万民折看了一眼，轻轻地“哦”一声，不表异同。

苏克萨哈赶紧奏上吏、礼二部审理详情，痛陈谋叛、异端两项大罪对大清国的毒害，痛陈京师人心仇教的公愤。见太皇太后仍不动声色，苏克萨哈痛心疾首地说：

“奴才以为，这洋教的教义，实在有碍我大清万世基业，与三纲五常相悖，不能容它再猖獗了！……”

鳌拜也出列奏道：“奴才以为，且不说谋叛异端罪大恶极，只洋教里说什么地是圆的这一款，就是妖言惑众！论律当斩！它那意思竟是说我大清不是万国朝拜的天下中心，这般大不敬实不可赦！”

苏克萨哈为了造足气氛，停了一会儿，才加重语气，接着说：“原告杨光先，深通历法天算，已有确实凭证，那汤若望所进历法有十大谬误！所以颠倒阴阳、搅乱乾坤！数年来灾异频仍、皇家多故，皆源于此！汤若望用心歹毒，实属十恶不赦！”

真是一记“掌心雷”！苏克萨哈慷慨激烈的余音在大殿梁间萦绕，更显得这一阵沉寂的空落、可怕。索尼和遏必隆原已知道内情，此时也不禁毛骨悚然。太皇太后细长的黑眉向两鬓跳了跳，又归于平静，竟如一位打坐的罗汉，眼观鼻、鼻观心，纹丝不动了。

大殿内的寂静只不过片刻之间，辅臣却感到尴尬和压力。不想鳌拜突然挺身而出，高声奏道：“求太皇太后明示，奴才等如此办理，是否妥当?”

太皇太后姿态表情一毫不变，平稳地说：“先皇遗诏尔四大臣辅政，凡事均有国家制度可循，刑名诉讼，自有程序规则，尔等自为便可。我不预外事，职在鞠育冲龄幼主、教训内廷六宫。”

索尼已觉鳌拜失礼，心中很不安，听太皇太后这么一说，连忙示意其他三位一道拜谢辞出。鳌拜却不甘心，仍然跪在那里，声音朗朗地说：

“启禀太皇太后，奴才等循国家制度，丝毫不错，汤若望罪大恶极，奴才等仍按刑法例行程序，并无越级徇私等情事。汤若望怙恶不悛，屡屡干犯辅政，竟敢毁骂朝廷为暴政，全然目中无人！且在会审中并无认罪意思，狂傲诡辩，全不把审官等放在眼里，奴才以为他这样狡恶无忌，分明是倚仗前朝……”

另三名辅臣一齐惊惶地望着他，索尼脸色尤其难看，他们实在没有料到鳌拜会说出这样不得体的话来。

太皇太后微微闭合的眼睛倏地睁开，看定鳌拜，微微一笑：“鳌大臣的意思我听明白了。十多年前汤若望确实为我调治过病症，也确实是先皇帝的师傅。不过，他若真犯了国家律条、谋逆叛乱，那就是大清的罪人。王子犯法与庶民同罪，这个理儿，我还不知道吗？”

索尼已经怒目而视了，鳌拜还是从容不迫地说：“谢太皇太后大恩。有太皇太后这句话，奴才就安心了。”

索尼赶忙跪在鳌拜上首，恭敬磕头道：“鳌大臣连日劳碌，言语恍惚，多有不妥，求老佛爷开恩见谅！”

太皇太后又笑笑：“并无不妥。鳌大臣敢于当面讽喻谏正，实属公忠耿直，我朝有此栋梁，可喜可贺！而且口才文才也大大见长了。好，很好！……来人，看赏。”

四名太监各捧着一个盖着黄丝巾的托盘进殿，在宝座下首站定。

“索尼，你们记得今天是什么日子？”太皇太后微笑着问。

“今天？是八月二十六……”索尼回答着，有几分茫然。

“启禀太皇太后，奴才记得今天是绝粮日。”鳌拜郑重地说。

“不错，绝粮日。”太皇太后神情肃穆了，“早年太祖皇帝进兵辽沈，转战极苦，八月二十六日绝粮，濒于败亡。幸而将士们搜寻各自粮袋，集了一点儿米，太祖皇帝同八旗兵丁一同用苏子叶裹饭而食……宫中今日不吃肉不用筷子，人人都吃苏子叶饭包。这里四份包儿饭赐给各位尝一尝。想必家中也都备了生菜饭包吧？”

辅臣们都回禀说不敢忘记。苏克萨哈并禀告说他家中做了苏子叶、莴苣叶、白菜叶、酸菜叶等好几种包儿饭。

太皇太后感慨地点头道：“祖宗百战创业艰难，后辈当念念不忘，如先世一般同心协力，共渡难关……哦，鳌拜谏正有功，加赏白银五十两、玉扳指一个。”

辅臣领赐谢恩，谢老佛爷教诲。鳌拜格外再拜道：“老佛爷从谏如流，奴才感激不尽！”

四辅臣出宫去了，沉寂重新笼罩了大殿。

太皇太后没有如往常那样立即回寝宫换衣裳用点心，仍静静坐在高高的宝座里，一手放在那沓万民折上，若有所思地盯着灵芝草心吐出的袅袅香烟。

“苏麻喇姑，你可都听清了？”太皇太后突然开口。

“是，老佛爷。”苏麻喇姑温顺地躬身回答。

“你说他这是怎么回事儿？真想除了汤若望呢，还是借个题目给咱们娘儿看看颜色？”

“总是汤玛法德高望重，汉官归依他门下的挺多，挡了辅臣的路。”苏麻喇姑常常用最简单的话去说明事情的实质。

“你不信汤若望谋逆叛乱？”问话更尖锐了。

“老佛爷！……”苏麻喇姑唤了一声，停了停，低声说，“除非审出结果，拿出凭据。”

“可这些年皇室多变故，四五年间死者不断，难道？……”

苏麻喇姑打个寒战，不敢接话。想起这几年故去的端敬皇后、先皇帝、孝康皇后、恪妃、惠淑妃、贞妃，还有小皇子小格格，她也满心惶惑。

“暴政？……汤若望说过这话？”

“回老佛爷，这话怕是真的。是他在西堂为江南各案受难教友祈祷时候说的。”

“难道真敢倚势恃宠、跋扈横行？”

“老佛爷，汤玛法痰厥重病、肢体瘫痪，说话已不清楚了。”

“是真病，还是为躲避审问？……”

“老佛爷！……”

又一阵沉默。

太皇太后慢慢立起身，踩着明黄软缎贴裹、铺了红毡、立了朱栏的御阶，一步步走下宝座，沉思着，轻声地又说：

“千余年前，汉家出了董卓曹操，欺他孤儿寡母，终于天下大乱。我们满洲就不会出董、曹？……”

苏麻喇姑扶着女主人，小声应道："此人刚勇果断，敢于任事，也是个难得的人才。他未必敢生异心。"

"你这么想？倒要看一看……唉，年过半百，精力不济，还是享享清福吧，哪有那么些闲心去想它！哦……不回寝宫，扶我上花园逛逛，透透气。胸口这儿怎么闷得慌……"

两个年轻宫女替代了苏麻喇姑，一左一右地扶住太皇太后，苏麻喇姑随后，太监们连忙捧了巾帕、口盂、金凳、茶具等常用物品列队跟上。偏偏大殿后门掠过一阵匆匆的脚步声，太皇太后耳朵很灵，立刻站住回头瞧，后门果然开着一条缝儿，莫非早起进殿时没有关严？

苏麻喇姑上前推开大殿后门，竟是小冰月，靠着一盆极大的金橘树站着，不知是因为众人的目光都射向她，还是因为门开得意外，她满面通红，神色慌张，眼睛不安地眨动着，身体紧紧贴着那棵金橘树，手脚都不知往哪儿放。

苏麻喇姑觉得好笑，说："格格跑这儿来干吗？"

冰月说话也结巴了："我，我等老祖宗回来，看、看我的画儿，老祖宗老不回来，我着急……"

太皇太后最疼爱这个小孙女，她轻轻拨开冰月垂下前额的微微卷曲的柔发，笑道："别急，我一会儿就来看你的画儿，好吧？"

苏麻喇姑笑道："格格跟老佛爷一道去逛花园吧？"

冰月悄悄向后一闪："我不，我在屋里等老祖宗。"

太皇太后笑道："好，好。"她实在心里有事，需要静心想想，无意和小孩子饶舌，便在侍从的簇拥下出大殿去了。冰月也像是心里有事，守着那株金橘一步也不肯离开，就连蹲身送老祖宗时，也紧紧靠着它。这挂着密密金橘的树，又大又密，垂挂下来，像一顶缀满红宝珠的帐篷。金橘共是四棵，都种在半人高的大琉璃盆中，挨个儿摆在大殿后月台上，是御苑进呈的珍品，点缀在无花无草无树木的宫院殿堂之间，格外受看。

苏麻喇姑见太皇太后容色已经平静，又没有说话的意思，便回寝宫为老佛爷备膳，心里还在疑惑：小冰月一向娇养，任什么都不怕，刚才那是怎么啦？她记得那棵金橘的枝叶曾无端地摆动了一下，当时可并没有风。

苏麻喇姑从正殿月台侧阶上去，顺着红墙绕到墙角，才一探头，又连忙缩回来：冰月那小丫头还站在那里没动窝，正东张西望呢。

“快点儿，快出来，现在没人啦！”苏麻喇姑一听这喁喁细语，赶忙又伸头去看。果然，那棵金橘树枝乱摇，从中急慌慌地跳出一个人，帽子歪了，衣袍也弄皱巴了，对着冰月长长地喘了口气，两人靠着琉璃花盆，捂着嘴小声地笑起来。哎呀，老天，那是皇上啊！

冰月替他正了冠，扯直了袍子，又点着他脸上一条条汗迹只是笑。苏麻喇姑怕惊着他们，先重重地咳嗽一声，才大步转过墙角，出现在两个孩子面前。她先向玄烨福了福，表示请安，并说：“皇上到老佛爷这儿来用膳吧，这儿吃包儿饭有好炸酱。”

冰月先就拍手跳了：“吃包儿！吃包儿！……是酸菜叶儿的吗？我最爱吃酸菜叶儿的啦！走，快走哇！”

玄烨严肃地点点头，煞有介事地迈出庄重的步子。冰月忍不住奇怪地问：“三哥哥，你怎么老变来变去的？这一会儿就跟长老了似的，都不像你啦！”

苏麻喇姑说：“皇上自然得有皇上的威仪，怎么能总是嬉闹玩笑？再说他眼看着长大了，就得长成天子气度。”

冰月天真地问：“三哥哥，你真的长大了吗？以后我是不是不该叫你三哥哥，要叫你皇上哥哥？”

苏麻喇姑纠正着：“那也不好叫，要叫皇上、万岁爷。”

冰月一边走一边反复打量玄烨，自言自语地说：“皇上，万岁爷。……还得成天绷着脸，不许嬉闹玩笑……”她渐渐地神色悲哀起来，噘着小嘴说，“我们干吗要长大呀？我不想长大了！苏嬷嬷，我不要长大了！……”

“小格格，净说傻话！”苏麻喇姑慈爱地笑了，可是一看冰月真的要哭出来，赶忙又哄又劝，“好，好！我们小格格不长大，年年十岁，年年十岁，好不好？……可是皇上，怎么能不让他长大呢？他要快快长大，早一日亲政，承继先皇，当一个好皇爷，让咱们大清国运昌盛、历祚无疆；让四海臣民太平安宁、丰衣足食。他要是总不长大，这些大事谁去办呢？”

这番话使玄烨很兴奋，他昂起头，态度更加矜持庄重，看一眼冰月后，露出和悦的仁君般的微笑，说：“冰月，就按苏嬷嬷说的，你不长大好了。”

仿佛真的被应允了就不会再长大，冰月疑惑地看看玄烨，盘算着：“再过五年，你就是十七岁；再过十年，你就二十二岁啦！呀，你都长成个大男人了，我还是个十岁的塔拉温珠子……你就不肯跟我玩儿啦！”

玄烨心头忽悠一颤，胸口跟着缩紧了，生出一阵不可捉摸的甜丝丝的战栗，一瞬间，那种奇怪的扰动，就如上次两人紧挨着躲在帷幕后那样，又被唤醒。他温存地打量着这个塔拉温珠子，声音忐忐忑忑，说：“怎么会呢，那时候，你也就十九岁了！……”他的目光和态度，都隐约透露出一点羞怯和温柔，这是从来没有过的。

不过，苏麻喇姑一走开，他回过神儿来，又笑嘻嘻地跟冰月咬耳朵：“我是装样子给他们大人看的，不是对你。咱俩总跟小时候一样，谁都不许变，好不好？”

待苏麻喇姑安排好太皇太后的午膳、再回寝宫次间时，冰月已一手抱着小白猫、一手挥着自己的画儿，向玄烨兴高采烈地显摆，快活得“咯咯”直笑。玄烨也笑着，只一声不响地看着她，颇像个懂事的、宠爱妹妹的大哥。苏麻喇姑心里惊异，不过半年前，他俩还一同在花园捉迷藏，爬树上墙。如今冰月还是那个娃娃，玄烨却像一下长大了五六岁。

苏麻喇姑喜爱地看看这个、看看那个，忽然悄声问：“刚才你们俩在金橘那儿玩儿什么花样？皇上猫树里头干吗？”

玄烨刷地红了脸。冰月惊奇地瞪大眼睛：“苏嬷嬷，你怎么知道？你看见了？”

苏麻喇姑意味深长地笑着点点头。冰月和玄烨互相看着，冰月说：“就告诉苏嬷嬷吧，她不会对老祖宗讲的。”

玄烨很快恢复了常态，坚决地说：“就对老祖宗讲也没什么。这些事，我正想要问苏嬷嬷呢！”

冰月就讲了。她真是等老祖宗等得着急，跑大殿看看。不想玄烨猫在后门缝上悄悄地听哩，见冰月发现了他，急得直摆手。偏偏四辅臣奏罢出宫，眼看老祖宗回寝宫就会撞上，两人一急，想出了个钻树里躲过去的主意。还好，没让老祖宗发觉。

苏麻喇姑哈哈笑了："要不是老佛爷今儿有心事，你们休想瞒过她去！……你们干吗不赶紧跑开呢？"

冰月答道："大殿和月台那么长，谁能跑得及呀！"

苏麻喇姑转向装作不在乎的玄烨说："皇上年岁还小，好好念书练射，这些政事，听它做什么！"

玄烨不高兴了："总说我还小还小，什么事都不让我知道！可我是皇上呀，以后我得像父皇那样，日理万机呀！念书练射我又没偷懒！凭什么不让？我长大了，已经长大了！"他一下子恢复了三阿哥的口气，"好嬷嬷，你告诉我，汤若望叛逆案到底是怎么回事？他不是父皇的师傅吗？为什么上万民折骂他？他果真有蛊惑人心的妖术？"

"什么？"冰月也嚷起来，"怪不得那木船他们拖着不办呢！……"

"什么木船？"苏麻喇姑不明白地问。

冰月征求意见似的看看玄烨，见他点头，才说道："我跟三哥哥从书房角角里找到一只很漂亮的小木船，小喜子说是汤玛法给先皇做的。三哥哥就想见见汤玛法，我们就商量，叫他们办船，那不就非把汤玛法找来不可了吗？"

"交给谁去办的？"

"索尼呗，"玄烨不满地说，"问了他好几次，他都支支吾吾的。"

"我的小冤家！"苏麻喇姑惊叹一声，她明白了，正是小皇帝想见洋教士的企图，促使辅臣动手的，"你们可把汤玛法害了！"

"我们？"

苏麻喇姑叹道："虽说他们早晚放不过他，可他那么一把年纪，晚不几年，也就善终了，何必受这般苦楚呢！……"

"他，是谁？汤玛法吗？"玄烨见苏麻喇姑只是摇头嗟叹，表情很忧伤，便一把抓住她的胳膊，像小时候那样用力晃着，"嬷嬷，究竟是怎么回事啊？他到底是好人还是坏人？嬷嬷，你说呀，你快说呀！”

苏麻喇姑一抬头，触到玄烨的眼睛，被那绝非一个孩子所有的苦恼神情吓住了，一时不知如何是好。

冰月放下小猫，用柔软的小胳膊搂住苏麻喇姑的脖子，小声哀告：“苏嬷嬷，告诉我们吧，我们对谁也不说，我们起誓！”

沉吟许久，苏麻喇姑终于说道：“眼下这谋逆案我也不清楚。但是他与先皇帝、与老佛爷的交往，是我亲眼见到的，我还到他那教堂馆驿去过，以后慢慢讲给你们听吧。眼下我还要办点儿事儿……”她一边说一边想，得向老佛爷进言，让皇上亲政前多多听政，辅臣向老佛爷奏事，皇上就可以旁听，无须使他费尽心机地偷听……

冰月顺口一问：“办啥事儿？我帮你好吗？”

苏麻喇姑顺口一答：“这可不是小孩子们该知道的事儿！”

玄烨扬扬眉毛：“我也不能知道？”

苏麻喇姑暗暗叫苦，后悔自己说话不留意，露了马脚，叫小皇上揪住，一定不依不饶，打破砂锅问到底。与其跟他斗嘴绕圈子，不如就告诉他——反正是为他办的事，早晚他也得知道。

“好吧，让你俩看看也没什么。只一件，不能说出去。要是露馅，苏嬷嬷我只好上吊啦！”

玄烨和冰月吓得互相望望，不敢出声。什么事儿这么厉害？越这样越想知道个究竟。

“来吧！”苏麻喇姑领他们走进寝宫西面的佛堂，右侧有相通的一明一暗两个小间，她掏钥匙开了门上的大锁，又开了里间的房锁。两个孩子满腔敬畏，悄悄地跟进来，东张西望乱打量，很快就失望了。

普普通通的暖阁，有炕有桌有箱有柜，宫里到处都差不多，有什么古怪？

明间沿墙摞着数十个镶金叶的旧箱子，炕上搁着四口雕花红木大箱。玄烨拍拍这个，摸摸那个：“都装的什么？”

苏麻喇姑拿出一大串“哗啦哗啦”乱响的钥匙，打开了几个箱子的锁头。玄烨手快，一下把墙边旧箱子盖揭开！

“啊呀！”冰月大叫，直跳起来。

看不清是金丝银缕还是珠宝翠玉，只觉面前闪动着一团五彩光泽，耀得人眼花！俯下身去细细看，竟是一片片厚厚的、嵌满珍珠宝石翠片的三角形物件，上面用各色丝线金银线绣满了精美细密的图案，花草鱼虫无不生动。玄烨伸手拿起两件，那三角尖尖上还缀着金铃和红绒球！

“这是啥呀？”两个孩子迷惑不解。

“汉家女人穿的鞋。”

“啊？”冰月真喜欢这精美无比的玲珑小鞋，好奇地拿起一只就往脚上套。玄烨劈手夺过来扔进箱内，沉下脸：

“是谁大胆进来的妖物？入关初老祖宗就已下了圣谕：有以缠足女子入宫者斩！此旨现今还悬在神武门，竟敢违旨！”

“哎哟，我的小祖宗，发的什么火！看清楚问清楚再说嘛！”苏麻喇姑笑着说，打开了炕上一个雕花红木箱盖。

“咦？”冰月又嚷了一声。

里面也都是嵌珠镶玉的绣花鞋，却是他们平日见到额娘格格和宫眷宫女们常穿的平底凤头鞋，虽然也五颜六色，实在不及小鞋精致华美。

“还有这儿。”苏麻喇姑进里屋，又打开一个花鞋箱和两个柜子。箱里装着各色花盆底的绣鞋，一个柜里满放着碎银锞子小银锭，一个堆着一束束纸卷。

怎么回事儿？苏嬷嬷要开鞋铺吗？

玄烨拽出一束纸卷，展开，上面用满文写着：

达贝子的七岁儿子夭亡，入了天主教，下葬时候洋教士给他身上涂油。

再拽一卷，是汉文的：

汉人因天主教不敬祖，不许拜佛拜观音拜孔子拜关圣，近日愈加仇教。

这一卷写的是蒙文：

蒙八旗人说，索大臣忠，苏大臣精，遏大臣慈，鳌大臣直。

玄烨诧异地望着苏麻喇姑。苏麻喇姑一笑，细细告诉他。

外间贴墙根儿那数十个镶金叶旧箱子，是前明宫库里找出来的。小鞋自然没用，可鞋上的珠翠宝石还能拆下来再用。红木箱里的凤头鞋，就是宫女和绣工用拆下来的珍宝重做的，进献老佛爷、太后、太妃，还下赐八旗及官宦内眷。这些内眷也不时做新绣鞋进献老佛爷和太后太妃——就是里屋花漆箱里的花盆底绣鞋。有些进献的鞋里就藏着这些纸卷，据纸卷上写的事重要还是不重要，苏麻喇姑估量着给赏银。多到五两十两，少也有二两，放在凤头鞋里跟拆下的珠玉一同送出去，送给那写纸卷的人。

玄烨知道苏麻喇姑管着宫里十数个专门做刺绣活计的女绣工，都是成天埋头绣棚的沉默妇人。她们不是宫女，有自己的家，每天清晨进神武门，日落宫门下锁前出宫。

原来，她们还有这样的使命！

“写纸卷儿的人也都是女眷？”玄烨很好奇。

“是。也有她们的丈夫、儿子。”

“朝廷不是有监察御史、给事中等类司风纪之官，为天子耳目吗？”玄烨又问。

“不错。可万一他们蒙事儿呢？万一他们不说真话呢？”

“哦！”玄烨恍然大悟，“怪不得老祖宗料事如神，敢情！古书上说的，这就叫耳目众多！……哎，苏嬷嬷，老祖宗就只靠你手下这些人探听消息？”

“那我可就不知道了，我只问我的事。”苏嬷嬷笑着回答，忽然狡黠地眯眯眼，“往大太贵妃茶壶里放黄连，可是你们？”

一直又说又笑、指东指西、活泼得像两只小山雀的娃娃顿时不吭声了。冰月看看玄烨的脸色，对着苏嬷嬷使出女孩儿常用的武器：撒娇，小身子一扭，小嘴一噘，耍赖地拖长声音：“嗯——”

玄烨犹豫片刻，脑袋一扬：“是我！谁让她打月妹妹哩？平日里她就老对月妹妹横眉怒目的！……咦？这事也是耳目禀告的吧？”

冰月跳脚道：“没错儿！宫女太监啊、侍卫啊，没准儿都是老祖宗的耳目呢！”

“那，怎么就不禀告她动手打月格格的事儿？”玄烨追问，愤愤不平。

“禀告了的。她……唉！”苏麻喇姑长长叹息一声，“她命苦哇。早先也是个有说有笑爱热闹的热心肠，自打儿子去了，她活得没了指望，才变成这样。”她连连摇头叹息，说起往事，大太贵妃的儿子博穆博果尔如何由太后指婚娶了董鄂氏、进封襄亲王，又如何十六岁而薨；董鄂氏如何进宫封为皇贵妃、宠冠六宫；董鄂妃又如何追封为端敬皇后……

“你们想啊，”苏麻喇姑轻轻地说，“她心疼儿子，可不就恨董鄂贵妃吗？冰月自小是董鄂贵妃的养女，她把恨心移到冰月身上，也难怪。可怜她无儿无女、一个孤零零的老太婆，有什么不是，你们就担待着点儿吧！”

冰月忙说：“那天看她拜佛掉眼泪，很可怜很可怜的，我们就已经觉着做错了……”

玄烨小声说：“我……对不起大太贵妃，她，她真可怜……”说罢又有些难为情，连忙转脸去看别处。

两个小孩出佛堂离开苏麻喇姑后，冰月还念念不忘：

“老天爷，那些小鞋怎么那么好看呀！梦里都梦不到！”

玄烨一板脸，拿出哥哥教训妹妹的口吻：“那都是些妖物，不许再想了！”

“怎么是妖物呢？”冰月咬着手指。

“那几十只镶金叶箱，每箱好几百双，总共得用多少珠玉翠片？这些珠宝得花多少钱去买？这一大笔钱能养多少兵马？明朝不把钱使在军马赈灾上，都耗在这些没用的东西上，难怪要亡国！亡国之物，还不是妖物！”

一番话义正词严，令冰月畏服，连连点头，目中的三哥哥又长成了大人。

这小大人沉思默想，半晌不出声。

“三哥哥……你生气啦？我再不想那些妖物还不成吗？”

“哦，不是。我在想，老祖宗耳目虽多，终究只在宫里，只在京师。等我亲政以后，要叫耳目遍天下！叫所有官吏的贪廉贤愚全都瞒不过我去！”

“真的？你有什么好法子？”

“嘘，小声点儿！听我悄悄儿告诉你……”

也许苏麻喇姑得到太皇太后的默许，自此以后，便时常给他俩讲起先皇一朝的故事。因为汤若望和先皇的交往，贯穿了顺治前后十八年，尤其是后十年的许多大事。

玄烨同许多小男孩儿一样，对父亲原本怀着悄悄的爱慕，因而更上升为敬仰和向往，因而对眼前汤若望的官司就格外关心，尽一切可能，通过各种渠道——太监、侍卫、师傅、伴读等等，打听案情。

然而他得到的消息常常互相矛盾、非常杂乱，就像从苏嬷嬷和鳌大臣口中得知的汤若望形象全然相反一样。害得他几乎天天都在和冰月悄悄讨论其中的是非曲直。

由于得知汤若望有举荐自己继位之功，玄烨几乎是本能地、不由自主地倾向汤神父。见老祖宗对这位治过病救过命的义父如此受辱不闻不问、漠然置之，心里真有些不满，当然，他不敢也不肯流露就是了。

二

太皇太后不便于过问，自有其复杂原因。但她绝非无动于衷。她自有她的特殊处置，玄烨一时还难以领会。

长期以来，太皇太后不预外事。但江山社稷是她爱新觉罗家的，辅臣不过担当大管家的职责，国家政事岂能不向主人禀告？所以自辅臣执政始，叩谒太皇太后已成定制：每月四辅臣共同叩谒一次，详尽陈述各自办理的政务；每十日首辅叩谒一次，陈奏大政方略；紧急国务则不受此限。

这一天是首辅叩谒之期。

索尼走在石板铺就的宽阔道路上，一眼瞥见自己的影子，竟有一丝悲哀从心底透出：老了，真老了！腰弯了，背驼了，当年那个文武全才、英气勃勃的太宗皇帝的头等侍卫索尼，再也不会回来了！……

慈宁宫巍峨的金顶在阳光中闪耀，宫殿的主人也老了。不是吗？当年她辅佐太宗，安定大局，拥立顺治，有智谋识权变知天命，真是一代巾帼英雄，不亚于满洲先世的任何君主！如今年过半百深居内宫，几乎不问政事，无复当年气概，雄心锋芒消失殆尽，已是一位安富尊荣、享尽人间福分的老祖宗了！……时光真如流水啊！……

索尼随着导引太监，一边走一边暗自嗟叹。慈宁宫门侍卫们大喊一声“伊里！”索尼才惊醒过来。他一向是在右配殿叩谒太皇太后的，怎么走向左配殿？索尼有些迷惑，又不便动问。因为他从不跟奴仆下人主动搭话，免失身份。

刚进殿门，一股郁烈的馨香扑面袭来，索尼吃了一惊：这不是龙涎香、沉香檀香之属，也不是隐约可闻的脂粉香。这是花香，是极浓的桂花香！他最喜爱桂花，不仅馥郁无比，还联系着蟾宫折桂这样吉祥优美的譬喻。但时已深秋，怎么还有桂花？他不敢东张西望，只一直向宝座跪叩下去：

“奴才索尼给太皇太后老佛爷请安！”

头上传来太皇太后带笑的声音：“皇帝也在这儿。”

索尼一惊，略略抬头看一眼，连忙匍匐叩头：“奴才不知皇上驾临，罪该万死！奴才给皇上请安！”

“起来吧。”还是太皇太后含笑的声音，“赐索大臣座。”

小太监连忙捧上圆圆的红毡，上面蒙了猞猁狲皮的坐垫，放在宝座左侧。索尼谢恩坐下，很快地往上瞥了一眼。

配殿的宝座不像正殿宝座那样高过人顶，只是御案后放置的一张雕龙凤的金黄色御榻。此榻深二尺、宽四尺，华美非常。此刻，这御榻比太和殿的宝座更加高贵神圣，因为上面并坐着两位世间最尊贵的人——太皇太后和当今皇上；然而，这又是看上去非常和谐的图画——慈祥的老祖母护持着聪慧的小孙子。

两人都没有穿朝服，家常打扮：祖母是平日的两把头，点缀着不多的钗环珠花，身上一袭宝蓝色缎面夹袍；孙子则石青小袍、明黄罩褂、无顶小便帽，只在帽檐正中缀了一颗桂圆大的光彩照人的东珠。若不是四周殿堂、帷帘、宫灯等种种皇家气派的烘染，说他们是普通满洲人家相依为命的祖孙俩，也未尝不可。

“相依为命”，这四个字在索尼心中一闪，竟使他眼角发酸。年岁大了，心肠不由得越来越软了。

“索大臣，从今以后，皇帝也来听取陈奏国事。但亲政之前，严遵他父皇遗诏，并不预政。你可转告他们三位。”

“是。”索尼毕恭毕敬地回答。

索尼奏事时，小皇上如他老祖母所说，一声不响，绝没有干预的意思。但他虽然静坐御榻一动不动，那一双乌黑的瞳子却像两只旋转的钻子，全神贯注地盯着索尼，仿佛要钻开他胸前的白髯、华丽的外褂，直透视到他的心里去。索尼的感觉，好像自己头上生了角，要不就是背后长了翅膀，被这双聪慧的眼睛探究得局促不安了。不过索尼为人心怀坦荡、忠诚正直，很快便习惯了小皇上的注视。到后来，他几乎忘记了老祖母身边这个像小鹿一样无声无息的小孙子。

索尼陈奏朝中一件大事：内秘书院汉大学士孙廷铨解职出缺，辅臣将以内国史院汉大学士蒋赫德补缺，以工部汉尚书博惟麟递补内国史院汉大学士缺。索尼想继续陈奏因此而引起的六部尚书和侍郎的一连串变更，却听太皇太后轻声念道：“孙廷铨……内秘书院……”索尼连忙住口，等太皇太后说下去。

自内阁恢复为内三院以后，内秘书院大学士独有草拟诏敕、草签奏章的职责，权最重，所以置两名满大学士。一为巴哈纳，是十一年前就拜大学士的老资格，康熙元年又兼为镶白旗都统，在八旗中颇得人望，只是于辅臣不大买账，跟苏克萨哈尤其不和。他是红带子觉罗，辅臣也不好贸然得罪他。另一个满大学士车克，资历也不浅，颇与辅臣亲近，但能耐欠缺，学问魄力人望都谈不上。这样一来，内秘书院的汉大学士就格外叫辅臣不放心了。

好在出任内秘书院的汉大学士总是流年不利。回复旧制后的首任金之俊，次年便因老病致仕回乡；继任成克巩上任不到一年也乞休回籍；孙廷铨是第三任，供职十个月，又解任归养父母，声称从此闭户却扫、不预外事。辅臣现在推上蒋赫德，用心良苦。此人年老颟顸，最是恭恭敬敬、唯唯诺诺的了。

旁听的玄烨很熟悉孙廷铨这个名字。父皇龙驭上宾，是他发议尊祖母为太皇太后、尊亲生母为皇太后；也是他力持正议，谥父皇为“高皇帝”，等同汉朝开国之君刘邦。若不是辅臣反对……孙廷铨一定是忠臣！为什么和他的前任一样，不肯做高官、回乡为民呢？……玄烨亮晶晶的眼睛一会儿看看祖母，一会儿又转去瞅瞅须发如银的老索尼。

太皇太后终于和悦地说：“早年间我虽身在后宫，不预外事，但太宗皇帝行政治国也略知一二。他从来求贤若渴，恨不能使天下英杰尽归我大清，礼贤下士、孜孜不倦，所以范文程、李之芳、宁完我、洪承畴等相继为用，开国之业，原基于此。况且国家政体官制，原是满蒙汉一体，不可割分。任人惟贤，方显国家兴旺、政治清明。索大臣以为如何？”

“是，是。老佛爷懿旨，奴才……”

“唉，你不必拿我随便几句感触当作旨意。我只是想，文武之道，一张一弛；为政者，宽猛相济才好。”太皇太后平和稳重的话像潺潺小溪一般流动着，水面不时闪烁着耀眼的光华，索尼有不敢逼视的感觉。表面上，她的话句句都仿佛是空口大言、不着边际。实际上矛头很是尖锐，令索尼坐不住，不知如何答对才好。谁料这位老祖母突然改变策略，单刀直入，说：

“吏部尚书魏裔介，如何？”

索尼一愣。昨天辅臣会议，还拿这魏裔介当成作梗的障碍，思谋着找个借口打发他回籍或外转出京呢。

"此人识大体、顾大局，是宰辅之器。由左都御史而吏部尚书，拜大学士，资历也够了。"太皇太后还是那么和蔼，看不出她是否知道在审理汤若望案时魏裔介故意作梗的实情。索尼于是试探地说：

"启奏太皇太后，吏、礼二部会审……"

太皇太后仿佛没有注意索尼在说什么，而专心于自己的思索："王宏祚近日守制期满还朝，就任刑部尚书，但此人久在户部，曾修《赋役全书》，劳绩卓著，还应令管户部。现任户部尚书杜立德，可补魏裔介之缺为吏部尚书。刑部尚书一职，左都御史龚鼎孳最是佳选。至于龚鼎孳所遗之缺，可着郝维纳补进……"

索尼听着，冷汗涔涔。自他辅政以来，太皇太后从来不曾如今日这样出面干预政事。但一听她的声气，索尼就明白了，她从来就不曾真正"不预外事"。朝廷内外的人和事，她全都了若指掌、成局在胸。这根本不是他一向以为的那个坐享晚年之福的老祖母，她仍然和三十年前、二十年前一样，内秉风雷之气、外持静怡之容，一位杰出的女人！

太皇太后装做没看到索尼惴惴不安的神色，嫣然一笑，颇不像个五十来岁的老妇人："我今日有些逾分了吧？本不该说东道西、干预辅政事务。不过我每每闲来无事，也常常算计着朝中升迁转黜……你是三朝元老、顾命大臣，与旁人不同，我才说给你听，你尽可以审时度势，任意取舍，不要当作懿旨，也不必告诉别人。你看呢？"

这是在对"自己人"说话，亲切平等，满怀好意，当然也极其巧妙。忠心耿耿的大管家索尼，是绝不敢也绝不肯对主人的指令"任意取舍"的。他只觉得感激莫名，老眼里竟闪动着泪花，说不出话。

太皇太后却不容他喘息，更加随和地笑道："还有一件，更是皇家的私事了。孔格格年过二十，额驸孙延龄进京也不少日子了。我想在东华门外另赐一所定南王府，早日给他们完婚，你瞧合适吗？……要是合适，就命礼部、内务府办理起来。你的夫人是全福人，请她来做迎亲太太，好不好？吉日嘛，由我来定。"

哪里还像主子对奴才？简直是在跟老亲家叙家常。索尼除了不住点头，只会反复说：“老佛爷恩重如山，奴才实不敢当！……”好像别的话他全都忘记了。

索尼告辞出宫时，太皇太后又笑道：“我不能白白请你夫人做迎亲太太呀。知道你性爱月桂，正巧有人贡来四盆晚月桂，香气怪浓的，就都给你吧。再有……来，拿礼盒过来！”

八名轻俏的宫女从侧间出来了。前面四个捧着四大盘宫中细点，后面四个每人托着一个精致的紫檀木匣子。太皇太后笑道：“送给你们老夫妇俩。礼轻意重，勿嫌菲薄。”

紫檀匣子打开了：两袭珍贵的紫貂长袍，两匣光彩夺目的大粒珍珠！怎么能估出这些物品的价值？那耀眼的光泽直透进索尼的心。他跪下了，极其感激地说：“奴才便是粉身碎骨，也难报皇家的世代恩宠啊！……”低头叩拜时，他的泪珠滚到绣了仙鹤朝阳的补褂上，忍不住呜咽起来……

第一次听政，玄烨大开眼界，心情也很复杂：惊异祖母的精明睿智，感叹索尼的忠诚实心；既为自己这天子的至尊至贵地位自豪和得意，又为复杂的朝政、弄不清的无数大小官员大小衙门而发愁。当祖母问他觉得怎样时，他由衷地长叹一声说：“唉，可真不容易啊！”他那蹙眉皱额的小大人神气，把太皇太后逗笑了。

他毕竟是个孩子，不会想到太皇太后这次预政不仅是调整宽猛张弛，而且在遏制辅臣擅政的苗头，甚至会影响他所关心的汤若望案的进展。他的心思已迫不及待地转向另一件大事，紧张地问：

“老祖宗，四贞姑姑要出嫁了？我还能见着她吗？”

“她的王府就在东华门外，时时可以进宫。”

“那就好了，”玄烨松了口气，“月妹妹最怕四贞姑姑一去不回，那她会哭坏的。老祖宗，我去对月妹妹讲！”

这时小太监来禀：皇太后姐妹和几位先皇妃嫔来请安。太皇太后便对玄烨说：

“好，小冰月肯听你的话。呆坐了许久，你也拘得难受，找冰月玩儿去吧！”

“是。……老祖宗，四贞姑姑知道她要出嫁吗？”

“知道的。她伤风了，在屋里歇着，你不要拿这事去逗她，她要害羞的。”

“她为什么要害羞？”

“小孩子家，不要管这许多闲事，快去吧！”

听得院里一片花盆高底鞋“呱嗒”响，玄烨一溜烟跑出左配殿，省得遇上那许多皇额娘，一个个地请安，得费多少功夫！再说，他有好些感想得赶紧去告诉冰月哩！

去寝宫，正路过孔四贞在慈宁宫里的住处。玄烨一脚踏进去。屋里的随侍宫女一个都不在，孔四贞娇慵地拥被坐在炕上，以手支颐，斜倚着靠枕，平日粉红细润的面容有些苍白，眼圈发乌，闭着眼睛一动不动，不知是睡着了，还是在养神。

玄烨停步炕前，痴痴地望着她，也不知自己在想什么，只听得呼吸之声和那只西洋钟在“滴答滴答”响；只觉得胸臆间有一团热、有一团酸楚。

孔四贞漆黑的头发绾了个家常髻，髻上簪着的那支凤头球坠金钗因她斜倚的姿势在慢慢向下坠溜。玄烨一个箭步跳上炕，在金钗落地前的一刹那接住了它。

四贞睁开眼：“咦，你怎么来这儿？今儿不是听政吗？”

玄烨细心地把金钗重又插回四贞发髻，回答说：“才刚听完了。姑姑，就你一个人？下人们呢？”

“我心里发烦，全打发出去了。”

“可是你病了呀！”玄烨揽着四贞的颈子，仔细看她的脸，“看你，鼻尖红了，眼圈黑了，眼睛泪汪汪的……”

“没事儿，一点儿小伤风，两天就过去了。”

“你是不是不想出嫁，不想离开我们，心里难过？”

四贞一怔，望着玄烨孩子气的面容，轻轻叹了口气，没有回答。

“老祖宗也真奇怪，早不嫁女晚不嫁女，怎么偏偏挑中了这个节骨眼儿！”玄烨顺口一说，意在安慰四贞。

“什么节骨眼儿？”

“汤若望天算案不是正在审吗？”

四贞微微一笑："老祖宗说不定就成心挑的这节骨眼儿呢！"

"啊？"玄烨一愣，张了张嘴，心里飞快地算计：汤若望必定被认为有罪，案子即将由吏、礼二部转往刑部，而刑部……刚才老祖宗那一大片升迁补转，最终是把龚鼎孳转到了刑部尚书任上！而龚鼎孳跟汤若望可是几十年的老交情啊！况且六部中只有刑部的汉尚书最能说得上话！

"哈！我明白啦！"玄烨眼睛里倏地闪出亮晶晶的星光，得意洋洋地笑道，"公主下嫁，旬日喜庆中停审停杀，保定天算案移交刑部日，龚鼎孳已然到任！对不对？"

孔四贞惊喜地抚摩着玄烨的小脸，赞道："好高的悟性！真不愧先皇之子！"

玄烨越发得意："别看老祖宗不动声色，原来心里还是向着汤若望！我还以为……"他缩住没说，心里却为消除了对祖母的不满而轻松。

"这也未必。"四贞又给他泼冷水，"汤若望在外面对朝政说三道四，原本令老祖宗不高兴，若果真以邪法妖术危害国家，老祖宗绝不会徇私宽贷。但是得顾及先皇声望、皇家体面，不能过分，更不宜闹得满城风雨。"

"哦……"

"你看老祖宗这一番布置，举重若轻，不着痕迹，有多么巧！为政精到，常人是万万不能及的。"

"对！对！棋中高手，就是走一步瞧三步……"

"老祖宗可是棋圣，早瞧出去十步百步了！皇上你呀，可得用心学着点儿！"

"那当然！……你这么明白，也是个极聪明的了！我和冰月可舍不得你出嫁走了呢！"玄烨索性像小时候那样，坐在四贞腿上，把脑袋倚在四贞暖融融的胸前，"老祖宗说你出嫁了也能见着，可到底跟从前不一样，是不是？"

四贞像哄婴孩睡觉似的轻轻拍着玄烨的肩背，低声说："有什么法子？女孩儿再尊贵也得出嫁，舍不得也要舍，难道一辈子守在娘家当养老闺女？——又不是亲娘家，额娘但凡亲热些宠爱些，就有听不完的闲言碎语！”

玄烨猛然抬起头：“姑姑，我有个法子。这回你就别嫁了。再等几年，我长大亲政，选后妃的时候把你也选上，咱们不就能长久聚在一块儿啦？”

四贞“扑哧”一笑：“胡说什么，我是你姑姑啊！”

“那有什么！又不是亲的，跟嫂子婶子也一样。”

“是啊，你们满洲不讲究，我们汉家可忌讳这个。”

“哦，姑姑是汉人……”玄烨并非不知道，但一向不在意，此刻突然发现，原来差异竟如此之大。

“再说，我比你大十三岁，怎么能做你的妃子？”

“对了，我是听人说过，我父皇原要纳姑姑为妃的……”

四贞心头一酸，闭了眼，仍然轻轻拍着玄烨：“过去的事，说它做什么！但老祖宗、先皇帝、先端敬皇后，还有你和冰月待我的恩情，我到死也不会忘记……”

“那，姑姑，你一辈子不忘记我，一辈子跟我好，对吗？”

“对，一辈子。可你得当个好皇上。”

玄烨跳起身，站在炕上，双目熠熠生光：“说定了，谁也不反悔！来，击掌！”

玄烨与四贞很响亮地“啪啪啪”对击三掌，一起笑了。

四贞从炕桌上取两贴膏药往太阳穴贴，说是治伤风头痛。玄烨灵机一动，把膏药涂在剪成小圆的红绫上，亲手贴在四贞眉间印堂，说也治头痛。贴罢，左右端详，开心地笑道：“姑姑，你这一贴，可真像观音大士啦！”

四贞揽镜照照，果然妩媚动人。见玄烨又在剪红绫涂膏药，四贞笑道：“我已经够了，你又弄它做什么？”

玄烨包好膏药：“月妹妹昨儿也嚷头痛，去给她贴！”

他连蹦带跳跑得飞快。绕过正殿，远远看见寝殿廊下蹲着几个宫女，其中似有人抬头瞧了他一眼，他心上一“哆嗦”，想起了自己的身份，猛不丁立住脚，长长地吐了口气，按照肩平步正挺胸昂头的规矩，端庄严肃地走上寝宫月台，那几名宫女已在阶前跪迎了。

“你们在做什么?”他大人似的拧着眉头问。

“禀万岁爷，奴才们在……在抓子儿、扔沙包儿。”回答参差不齐，但很恭敬。这些十七八岁的女孩儿，服侍太皇太后两三年了，虽不是花容月貌，也都温柔可爱。

“你们玩儿吧!”他挥挥手，目不斜视地迈步进了寝宫。

冰月的看妈在西次间门口打瞌睡，一溜五间相通的正间、次间、梢间，静悄悄的没有一点声音，处处飘浮着若有似无的甜香。廊下宫女们抓子儿时的轻悄低语打窗口溜进一星半点的，使他一下子想到那句古诗：“鸟鸣山更幽。”他不舍得打破这美妙的宁谧，踮着脚跟轻轻走进西次间。

哦，冰月在南窗下大炕上睡着了。自上个月她的住处漏雨修缮以来，她一直住在太皇太后寝宫。

他犹豫片刻，退出去，在正间站了一会儿，忽然心血来潮，转身穿过东次间，一直走进东梢间祖母的卧室。小时候他常来这儿，不知从什么时候起，他被领来这里的次数越来越少，最近一年，他就不曾进过这间屋。

屋里静极了，他只听到自己的呼吸。温馨的气息依然亲切熟悉，是他自幼便习惯了的祖母的气息。他好奇地东张西望，没有发现和他记忆中不同的地方。还是那八盏精致鲜艳的宫灯，五光十色的珠挂和灯穗曾引起他多少绮丽的幻觉；还是那碧纱隔扇的卧床，他和冰月、福全曾在这床上床下捉迷藏；还是那座和他差不多高的天然白玉山子，他曾为它洁白中透出的奇妙纹理而惊叹；坐炕炕头多宝槅里的翡翠花插、玛瑙碗、水晶杯这些摆设都跟从前一样。就连炕几上的棋盘和黑白玉琢成的棋子，也是他七岁那年教祖母下围棋，内务府从太和门故明六库里寻出来的。

那是什么?卧床一侧的条案上，在九龙青瓷笔架和金福寿双喜红罩灯之间，一方明黄丝帕，蒙着一件五寸高的东西，莫非是一顶新凤冠?

蒙了明黄丝帕，别人谁也不敢动，但他是皇上，天下还有不许皇上动的东西？他想也不想，顺手掀开黄丝帕，登时就愣住了，几乎不相信自己的眼睛：这不就是那尊邪神妖佛吗？那次他和冰月想要揭开懿靖大太贵妃的秘密，那秘密就以这尊邪神的面目把他们吓得惊异不定，至今不敢对任何人透露。祖母是太皇太后啊！她的卧室里，怎么也供这邪神妖佛呢？

他瞪着这古铜色的双体佛像，不知所措。头戴毗卢帽的男相，张着大嘴，露出獠牙，瞪着眼珠在得意地狞笑，一脸疯狂；而他搂着的女相，却那么美丽，既苗条又丰腴，既活泼又温顺。看着看着，他觉得一股热潮袭来，面颊、颧骨、耳朵阵阵发热，连眼睛好像也烫得要滴出泪来了。

上次见到它，至今已半年。从那时起，他的心就像被一只看不见的、火辣辣的手撩拨了一下，渐渐生出一种他自己也说不明白的渴望，使他常常注视祖母和嫡母庶母身边的宫女，暗自比较她们的优劣。当然，冰月总是站在一切人之上，比任何少女更可爱也更亲切，以至他小小的心坎里，不止一次地想象：如果冰月是梅妃，自己是唐明皇，就不会去宠那个祸国殃民的杨玉环，而与梅妃白头偕老，使大唐国泰民安了。

使他脸红，还有一个原因。在他那些荒诞的、可爱的、乱纷纷的梦境中，曾有两次，他成了这个面容疯狂、头戴毗卢帽的妖佛，而怀中那温顺美丽的裸女却是冰月……他觉得自己的梦很下流，连着好多天不敢去找冰月，见到她连眼睛都不敢抬。直到冰月生气了，他才赶着去赔不是。

老祖宗既然也供这尊佛，那么它不是邪神了？他的那些梦、那些想象、那隐隐约约横在胸中的渴求，就不是下流的了？……心“突突”直跳，他退出卧室，在正间又站了一会儿。西次间仿佛有一股强大的吸引力，他一步一步走到冰月身边。

冰月搂着洁白的小雪，小人儿和小猫儿一同睡着，小人儿呼吸均匀、气息如兰，小脸红润润的，鲜艳的嘴唇像红珊瑚雕就的一般滋润，浓密的眼睫毛静静地合在眼皮下，像一把小扇子。安详、纯洁、秀丽、温柔，她美得教人吃惊，令人战栗。他凝视着她，心跳得如同揣了个小兔子，层层热浪冲击着他，一时比一时汹涌。他自己也说不清为了什么，弯腰低头，在冰月那桃花瓣似的脸蛋上小心地、悄悄地亲了一下，便轻手轻脚地倒退几步，一转身，拔腿就跑，把什么威仪、端庄全撇到九霄云外，好像有人在背后追他似的，狂跳的心差点儿从嘴里蹦出来。

太和门前那对巨大的铜狮子，蹲踞在这里总有数百年了。张牙舞爪、凶猛威严，人们须从很远处才能看清它的全貌。这是太和门的卫士，显示着君王的尊贵和宫廷的威严。无论是大朝会还是进宫晋见，人们在它面前是不敢仰首的，犹如它也是紫禁城内的皇亲。可是今天，当紫色的暮霞把它涂染得浑身闪光的时候，两名红珊瑚顶、仙鹤补褂的头品大员竟大不敬地靠着它那汉白玉莲瓣底座，竟然也没人出来干涉。

这是苏克萨哈和鳌拜，刚从辅臣办事的体仁阁出来。鳌拜黝黑的脸由于表情严肃而显得更黑，浓眉下那双鹰眼闪烁不定。苏克萨哈则皱着眉头，眼珠子一会儿转向东，一会儿转向西，挨个儿捏着自己的手指，“咔吧”、“咔吧”响声不绝，弄得鳌拜乜斜他一眼，鼻子里“哼”了一声。

苏克萨哈手掌往石狮座上一拍，说：“真弄不懂这个老索尼，糊涂了还是疯了？魏裔介怎么能拜大学士？这不是存心给咱们难看吗？”

鳌拜愤愤地说：“哼！还有杜立德、龚鼎孳！”

“这两个倒也罢了。杜立德罕言少语的，从不与同官龃龉。龚鼎孳复官还靠了咱们的扶持，谅他不敢……”

“大意不得！南蛮子最无信义，说变就变。”

苏克萨哈沉默片刻，说：“倒也是，不能不防。”

鳌拜冲慈宁宫的方向一示意，小声说：“难道，是她老人家的意思？”

苏克萨哈一愣，脸色微微泛白：“看老索尼这么固执、寸步不让，倒有点儿像……可她老人家何苦跟咱们作对哩？咱们辅政虽是先皇遗诏，也是她老人家的保荐嘛！”

“她必是见咱们嫌魏裔介掣肘，调去秘书院明升暗降。”

“嗯，可能。不用半年，这个讨厌家伙准保受不了夹板气，解职回籍了事！……只是，她老人家对天算案可从没透过口风！别忘了，她还是汤若望的义女呢！”

“什么陈芝麻烂谷子！十多年前的事啦！如今汤若望真相大白，为害社稷、颠覆大清，她老人家岂能容他？上次叩谒，她不是亲口应许，绝不袒护！”

“谁知道那是真心话还是应付话？”

“嘿，你想得真多！她老人家既说了，咱就照着办。治乱世就得用重典！说到底，咱们辛辛苦苦、劳神费力，还不是为大清江山永固，她老人家哪会不明白！”

苏克萨哈点点头，后又摇头：“这案子也实在熬人！害得我吃不下睡不着，烦死了！”这是在对亲戚兼副手的鳌拜诉苦。

鳌拜瞪他一眼：“现在嫌烦了？早听了我的，照《明史》案那么干，大风大雷，该杀的杀、该流的流，把基督邪教一股脑儿清除，也就干净了！就算拿教徒全抓全杀，也不够万人，什么大不了！偏要照什么刑法程序一天天地磨，哪天是了？精气神儿都磨没啦！”

“我说你失之粗疏吧？这是天子脚下，不是江南边地，不能乱来！多少人瞪眼等着拿咱的错处呢。况且照刑法程序审案是老佛爷的懿旨，谁敢不遵？……”

“好，好！我粗疏，你细！只不要胆子也细就好！”鳌拜不耐烦地又补充一句。

“罢！罢！咱们不争这个！还是商量商量案子。魏裔介迁调，吏、礼二部结案倒也容易了。转案到刑部可要赶紧，一定得在龚鼎孳到刑部就职前，刑部就定罪结案！”

鳌拜一时反应不过来，疑问地望着他：“嗯？”

苏克萨哈眼珠极快地转了几圈，说：“你看哪，魏裔介去内院，杜立德接任吏部尚书，所留的户部尚书缺给王宏祚；王宏祚留的刑部尚书缺给龚鼎孳；龚鼎孳留的左都御史缺又交郝维纳。每一项交接都需要不少日子。只要上紧，龚鼎孳上任之时，汤若望案早已过去，纵然她老人家有心回护，也鞭长莫及了！妙！哈哈！”他越说越得意，兴奋得连连拍那铜狮底座。

鳌拜一把攥住苏克萨哈的手，说：“这是个逗弄狮儿子的母狮，要拍，拍那边那个滚绣球的，那才是雄狮哩！”

苏克萨哈喝声彩：“说得好！”随即仰头大笑，笑得太和门前的侍卫不住拿眼瞧他，他也不在意。

次日起，按照索尼提出的方案，开始了长长的链锁般的官吏升迁，同时天算案的审理也加快了进程。

杨光先就汤若望故意使用谬误的天算历法倾害国家一事，继续上控、广发揭帖，就像往滚热的油锅里洒了凉水，京师内外霎时间炸开了，要求严惩洋教士的声浪又一次高涨了。

紧锣密鼓，一切都如辅臣预想的那样顺利进行。

十月中旬，天算案的被告将被吏、礼二部宣布有罪，当作囚犯移交刑部，而此时的刑部只有满尚书尼满主持，王宏祚已调任离位，龚鼎孳尚未到职，只需三五日，刑部便可定罪结案了。

没想到，这个节骨眼儿上，太皇太后要嫁闺女。

十月十二日，辅臣奉到太皇太后懿旨：“定南王孔有德殁于王事，阖门死难、忠烈难泯。孔女四贞为予养女，视郡主食俸，掌定南王事，遥制广西。康熙元年，予下诏求得孔有德部将孙龙之子孙延龄，以践旧约，为订婚配。值国家变故频仍，延迁至今。现封孔四贞为和硕公主，赐第东华门外，即日下嫁。着礼部立援公主下嫁之例办理！……”

成婚的正日，选在十月十六日。

公主下嫁，其典礼之隆重、声势之浩大，虽不能同皇上大婚相比，但也是皇家的喜庆，京师八旗、官宦人家要悬红挂彩，表示庆贺；一旬之内，刑部法司要停审停刑停杀；一切不吉利的事都不许在这一旬内办理。所以一接到懿旨，辅臣们就愣住了：怎么不早不晚，偏选在这个日子？是偶然巧合，还是老太太借此表示某种态度？然而娶媳妇嫁闺女，这是人家不折不扣的家务事，太皇太后没有丝毫干政的痕迹。辅臣们真是有苦难言，除了恭恭敬敬地跪接懿旨、老老实实地执行以外，别无出路。

索尼皱着眉头一声不响，心情复杂。苏克萨哈看了鳌拜一眼，说："看来，这桩谋逆大案的审讯是要延误了。"

遏必隆神态倒很平静，笑道："可是孔格格的婚事，也不能再耽搁了。老佛爷真正英明！四贞以少女而开军府、袭封爵，遥制广西，维系定南王旧部，与平西、靖南、平南三藩成掎角之势，也实在是我大清的功臣！"

索尼点点头。遏必隆虽然软弱无主见，大事却颇不糊涂。

鳌拜也点点头，说："下嫁公主，哪里会想到谋逆案！绝不相干！喜事办完，只管办案就是。太皇太后说了不偏袒，那就不会偏袒，没什么好担心的！"

话虽如此，预定的计划受阻，鳌拜心里也不大痛快，仿佛输了一合似的。但他不气馁。他从来就是个不达目的不罢休的人。

从慈宁宫到东华门一路，张灯结彩，喜气盈盈，身穿彩服的宫女太监沿途排列，为公主送行。慈宁门到隆宗门间，排着公主的仪驾；慈宁门到慈宁宫门直至宫内大殿前，排列着太皇太后的凤驾。这是老佛爷的特别恩典，以凤驾送亲。銮仪卫卫士们持着金光闪闪的瓜、钺、星、骨朵，艳若彩霞的旗、伞、扇、麾；乐部教坊司的乐师们细吹细打，把和悦嘹亮的乐曲高高地送上云霄。

慈宁宫大殿的月台上，和硕公主孔四贞正与养母告别。母女俩都穿着华丽非凡的吉服，头戴缀着金凤、垂着珠串、镶着红宝石的三重顶朝冠。太后的袍服是深褐色龙文缯，外褂上绣着金黄色的全龙；公主的袍服则是喜气洋洋的朱红龙文缯，外褂上绣着四个团龙，褂边有艳丽的彩绣。由于装饰特别复杂、特别富丽，目不转睛地望着祖母和姑姑的玄烨，觉得她们变得陌生了，仿佛被这耀眼华贵的服饰压矮了，变得臃肿而且丑了。但他又不得不承认，她们比平日更显高贵。今天一早，他被服侍着穿上皇帝的全部冠服时，对镜子、对阳光下的影子看了好多遍，心里不也很得意吗？

“……天命八年，太祖皇帝御盛京八角殿，召诸公主教以妇道，再三谕导，不许凌辱丈夫，不得恣意骄纵，违训者将罪之。四十年来，大清公主无违此训者。皇儿今日下嫁，也须牢记祖训，勿骄勿暴，相亲相敬。皇儿生性爽朗，快人快语，在为娘跟前，自是娇养，从今以后要为人妇，须得克己容让，不可再如当闺女时那般任性啊！”

“额娘教训，儿记下了。”四贞谦恭地一躬身，头上的大簪、金约、耳饰、领约、饰珠等五光十色的珠宝金饰一起闪烁，非常耀眼。

“你上无公婆，又无妯娌小姑，持家全靠你自己。几年来你以闺中少女而掌藩府军政，颇有才干，朝廷上下敬服，额娘心里也高兴。但治家不同治理军政，更要庄肃婉和，内外舒顺。与京师各王府通来往吊问，礼仪所在，不可忽视。建宁长公主进宫请安，常提到你，很想与你深交。听她说，你原是吴额驸的义妹？”

建宁长公主，是太宗皇帝第十四女，顺治十年下嫁平西王吴三桂之子吴应熊。孔四贞微带娇嗔地说：“额娘真善忘，女儿早对额娘讲过好多次，父亲与平西王有姻亲之好，哥哥聘了吴世伯之女为妻，吴世伯又将女儿收为养女。虽然名分如此，儿已多年不曾见吴世伯了……”

太皇太后笑道：“好，好。吴平西虽远在云南，但平西王府与你的定南王府相距不过一里，你们晚辈来往既方便又热闹……唉，可别忘记常回来看看我这老太婆……”她脸上笑着，声音却有些哽咽。四贞连忙接过话来：

“额娘，养育之恩，四贞粉身难报。娘说这样的伤心话，女儿不嫁了！”

太皇太后连忙笑道：“真是胡说，傻话！额娘还指望你干大事业、当巾帼英雄呢，一辈子守在娘跟前，有什么出息？”

四贞眼圈红了，抽搭着鼻子看看要哭出来，可还勉力笑着说：“额娘，儿近在东华门边，能得时时亲近慈颜。万一宫中有事，就当女儿是额娘的头等侍卫吧！……”

两人絮絮叨叨，总说不完。索尼夫人，身着头品夫人冠服，以全福人的资格做男家的代表——迎亲太太。她鬓边插了一朵红绒喜花，和白发相映，衬得她红润的面庞越加慈和、喜气洋洋。她第三次走来跪下催促了："启禀太皇太后，启禀皇上，吉时已到，请公主升辇。"

太皇太后点点头。霎时间，喜庆乐曲骤然响起，这是设在慈宁宫门檐下的大乐。太皇太后和孔四贞的眼里蓦地涌出泪水，四贞跪拜下去，向太皇太后和皇上行告别之礼。一直痴痴地听她们母女话别的玄烨顿时有些发慌，心里一阵难过，连忙躬身受礼想说句吉利话，想了半天，脱口而出："公主吉祥如意，早得贵子！"

四贞刷地红了脸，又不能如平时那样反诘，只得叩谢圣恩。起身时，望定玄烨，悄悄伸右手在胸前，做了三次击掌的动作，知心地一笑。玄烨回报了一笑，心下才觉得平顺了些，却又遇着太皇太后的惊异目光，想到祖母必是没料到他会说出"早生贵子"的话，玄烨的脸也红了。

这时宫女送上两个散发着香味的楠木匣，打开长方形的一个，里面躺着一柄莹洁清澈如同秋水的翡翠如意。如意头雕琢成一朵盛开的牡丹，牡丹上盘旋着一只凤凰，凤凰的长尾便成了那线条流利舒卷的如意长柄。用料精贵、图案富丽堂皇、雕琢巧夺天工，使这柄如意堪称无价之宝。就是久住宫中的孔四贞，也从未见过这样精美绝伦的制品。她呆呆地看着碧绿的如意，露出迷惑的表情，再抬头看她的养母时，目光变得那么心不在焉，如在梦中。

四贞的表情使太皇太后非常喜欢，心里很觉满足，她慈蔼地说："带着它，额娘愿你事事如意！"

"额娘！"四贞喊了一声，跪下，双手接过楠木匣，抱在怀中，深深低头，以掩饰迸出的泪花。

太皇太后又拿过那只四方的楠木匣，没有打开，递给四贞，淡淡地笑了笑，低声缓缓说："这是一尊欢喜佛，供着它，额娘愿你夫妻好合百年。"

四贞接过手，满脸通红，耳根脖颈部泛出红晕，薄施的脂粉也掩不住羞态。她低垂的睫毛颤颤抖抖，不敢抬眼，旁观的玄烨看着好生奇怪。突然，他心上一机灵，像是厚密的帷帘一下子打开，恍然大悟：这就是他在祖母卧室见到的、蒙着黄绢的那尊妖佛！老祖宗叫它——欢喜佛……

鼓乐声渐渐远了，从大殿月台上再看不见那些仪驾中的五色旌旗了。前来送亲的皇太后和妃嫔们也已各自回宫。太皇太后领着皇上慢慢走下月台。玄烨仰头看看祖母平静的面容和显出疲乏的步态，突然忍不住地问道：

"老祖宗，那两个人形，哪一尊是欢喜佛呢？"

"嗯？"平静和疲乏一瞬间消失了，太皇太后那双仍然年轻的眼睛立刻转到孙子身上。为了不使玄烨不安，她竭力装作不在意地说："你见过欢喜佛？"

玄烨舍近说远，讲起半年前在懿靖大太贵妃那儿见到的怪佛像，而且完全不提冰月的参与，事情就成了他的独自行动。

太皇太后听罢，初时没有作声，后来笑了笑说："现在跟你讲不清，以后你就会明白了。"

"以后？以后是什么时候呢？"

太皇太后又微微一笑，看看玄烨，打算回答什么，可不知为什么又皱了皱黑眉，重新打量孙子一眼，目光很是锐利，使玄烨心里很有些疑惑。

她不知想到了什么，径自沉思着，不再说话。回到寝宫，换衣、盥洗、吃点心、午睡，一直到第二天、第三天，她再没有提到玄烨的问题。玄烨呢，被老祖宗的异常表现吓住了，也就不敢再问。

三

礼部终于从公主下嫁的繁杂事务中解脱出来，便会同吏部，审核了汤若望案的全部文件、口供，做了宣判。这宣判经辅臣认可，判定汤若望等人有罪，予以公布，所有被告将作为罪犯送交刑部。

由于"天算谬误害国害民"的议论广为流播，人们联系先帝英年早逝及皇家朝廷近年的一系列不幸，把日常的天灾人祸都算到邪教妖异头上。此时京师已充满仇教气氛，无数双眼睛转而盯住了刑部，无论满人汉人，无论支持原告还是同情被告，全都拭目以待，看这几位掌天下刑法政令的“大司寇”如何量刑定罪。

新上任的刑部尚书龚鼎孳，更是人们注意的中心。

龚鼎孳在衙门里办事，从来都是儒雅大度，风致翩翩，沉着冷静，处变不惊的。当下属向他禀告十一月初三刑部便要对汤若望案进行初审时，他也不过微微扬眉，点点头而已。可是下朝出署，远远望见家中青砖黑瓦的屋顶，望见庭院里落叶已尽的大树上的鸦巢，焦灼和忧虑便油然而生，使他忍不住想大发脾气，忍不住想立刻见到他的横波夫人，盼望从她那里得到安慰，找到解脱之路。

这几年，龚鼎孳官运亨通，家运却不济。顾夫人缠绵病榻已经数月，请遍了京师名医也不见效。她只是隐隐腹痛，恶露不尽，人参、当归、红花、黄芪吃下去十多斤了，人却越来越消瘦苍白。龚鼎孳带了两名小妾别院居住，但每天都要到夫人床前探视，说说体己话儿。两位小夫人尽管年轻美貌，才学风韵却差得远，哪有顾媚的见识谈吐？时间长了倒使他生厌。

只是顾媚自卧病以来，就不许丈夫擅自入屋，必须先行通报，报罢一两刻后才肯开门。最初龚鼎孳很不高兴，很快他就谅解了顾媚的苦心。顾媚要用这一两刻的时间除去屋中恶味、精心梳洗打扮，使自己在龚鼎孳这个才子心目中，永远是当年那个娇媚风流的顾横波。龚鼎孳很感慨，却从不说破这一层。

今天也是一样，龚鼎孳独自在前厅歇了好一阵，僮儿奉上的香茶已经凉得没气了，顾媚的侍女才来请他进屋。门帘一挑，热气和着香气直冲脑门儿，龚鼎孳灵敏的鼻子已分辨出其中的百合香、腊梅香、药香和没有被完全驱散干净的腥臭。顾媚坐在里间的乌木雕花床上，背后垫了几个梅红和粉红的锦缎靠垫，身上盖着洋红锦被，披一领大红猩猩绒披风，露出里面一件茜红衫子。乌黑的发髻向左右高耸着，用镶着紫貂毛的昭君兜绾得紧紧的，这帽兜上镶满米珠，齐额一排珠勒口，粒粒都如黄豆大，衬着她浓妆艳抹的瘦伶伶的脸儿，分外妩媚。床前摆了两盆盛开的腊梅，仿佛取“花似美人，美人似花”的古诗意境。

龚鼎孳当然不难发现，她的铅粉搽得太白，面颊上胭脂染得太红，嘴唇艳得刺眼，而眼圈的乌色仍然透过脂粉不客气地宣示了她的病态。然而他还是笑着喝彩道："好一个红孩儿！越发俏丽了。"

顾媚嫣然一笑，但看看龚鼎孳走进来，照例抬手制止道："你坐下吧，咱们好说说话儿。"

离床头五尺远，那只花梨木雕的缠枝牡丹小圆几边，是龚鼎孳的专座，几上的纱罩已取开，里面是他一向喜爱的花雕酒和几样小菜。

"今日觉得好些吗？"龚鼎孳关切地问，"要不要再换一位太医来瞧瞧？"

"哦，不用，这位刘太医的药吃了不错，连着吃下去的好。你不喝两盅吗？这酒是江南送来的。"

"是吧？"龚鼎孳转着那小酒坛子，了无情绪地看了看。

"衙门里又遇上什么为难事了吧？"

"唉！"龚鼎孳长叹一声，摇了摇头。

顾媚脸上最有神的，是那双明净如秋水的眼睛。龚鼎孳题给她表字横波，正出于此。岁月流逝，她青春已去，又病入膏肓，只有这双眼睛，还不减当年风采。她不用再说什么，眼睛已经提出了问题。

龚鼎孳看她一眼，苦笑道："人人都说我官运亨通、福星高照，此中甘苦，他们哪里知道！……"

自龚鼎孳起复以来，先升左副都御史，又升左都御史，再升刑部尚书，不到四年，连升三级。难怪有人羡慕、有人眼红、有人切齿。顾媚合上那双水汪汪的眼睛，妩媚地微笑着点头，表示她都懂得，都理解。

"这次升任刑书，更是如上刀山！多少人眼巴巴地盯着，要拿我的错处、看我的笑话！刚接任视事，兜头来的一棒，就是吕之悦那个案子。明知他是我故交，偏要我出面审理，偏偏还是窝逃这样的大罪！……你还记得吗？"

顾媚点点头，同情地小声说："满洲人一向如此，但凡犯罪，总是令罪犯父兄执法，大约以此辨别忠奸吧？据说，遏必隆之父、鳌拜之伯，都亲手杀过自己的亲生儿子啊！……"她说着，不觉打了个寒噤。

龚鼎孳也有些毛骨悚然，沉默片刻，离开她的思路继续刚才的话题：“那件事算我有福，逃妇幸而是安亲王府的，安王爷亲笔一函解了此狱，吕之悦方得无恙而归。反倒是那些讹诈刁棍被轻轻放过，——据说和辅臣有什么瓜葛……想要秉公执法，谈何容易！”

顾媚又闭了双目，点点头，这次却没有笑。

“眼下，汤玛法的案子，真如泰山压顶！辅臣那边早就递过话来，要重判；满尚书也多次暗示这是在辨忠奸，说什么一生荣辱在此一举，要我舍私为国、秉公执法。昨日上朝，正逢初雪霏霏，我未穿风衣，那苏克萨哈竟把他那猞猁狲披风连风帽一起，脱下来赠我，用心昭然，叫我受也不是，不受也不是……”

顾媚静静地凝视着他，眸子里流动着闪烁不定的光。龚鼎孳对这双熟悉已极的明眸默望片刻，浩然长叹，仰面向天：

“哦！……我龚鼎孳什么时候才能不违心地说话行事呢？……此番复出，实有两桩心愿：一要以己之长才，分君之忧、解民之怨；二要汲引英贤、维护士林，得补前半生之憾，或者说，赎罪……”

他的声调低哑，有如呜咽，面容惨淡，唇边却露出一丝嘲讽的凄凉的笑。顾媚眼睛里流动的光点定住了，变得尖锐严肃，透出智慧。她那张两颊精瘦、下巴尖尖的脸上，竟显出几分星相卜占者流的成竹在胸的意味，和她浓艳的装扮怪不相称。

“汤玛法是位渊博的学问大师，有功于我朝。所治时宪历早在三十年前就为烈皇赏识而采用，屡试不爽。国初，朝廷人才济济，见识也宽，先皇虽然英年理政，却也广博好学、兼收并蓄，汤玛法以治历、天算得宠，原在情理中。如今柄国者视先皇一朝政治为乱，以重典治乱世，一心复旧，所有循明制近汉俗之政之事之人之物均遭唾弃，连汤玛法一个七十二岁的老人也不肯放过！兴此大狱，无非杀一儆百。其实，于天算历法这样艰深的学问，他们哪里懂得？至于基督教，无非同佛、道、回回教一般，可信可不信罢了，何必视为异端？岂非柄国者目光短浅、不能容物耶！……”

龚鼎孳越说越激愤，忘乎所以地立起身绕着圆几来回踱着步子，不时地挥手、摇头。顾媚唇边掠过一丝揶揄的笑，低低地、温柔地说了一句话，像一支利箭直中红心，滔滔不绝的龚鼎孳顿时张口结舌：

“要想不违心，除非不做官。”

这话太冷静、太明睿，到了使人感情上无法接受的程度，造成了片刻默然，既沉重又辛酸。后来，顾媚轻轻朝靠垫移了移，取了个更舒服的姿势，声音像一缕流云，袅袅不绝：

“你最善审时度势，还有什么不明白？螳臂当车，无济于事。车不因而停驰，螳却因此身成齑粉。以你眼下情势，能够做的只是不露形迹地暗助，明里不能不敷衍他们。但谋事在人，成事在天，未必有用，无非心中略自宽慰一二罢了！……”

她说得多了，不觉气短心慌，额上沁出一层绿豆大的汗珠。龚鼎孳要近前为她擦汗，她无力地摇手止住。贴身侍女连忙过来服侍她躺下，拿纱绢小心地搌去汗珠，生怕损污她的黛眉粉腮。当她轻轻的耳语般的声音再起时，已说起更切近的话题了：

“钱塘苏小，二十六岁病故，自以为乐事，因为她留于人世的永远是她风华才貌横绝一代的音容影像。我顾媚年将四十，风韵不减，正应死于此时，永不以老丑示人，亦是快事！所谓红颜薄命，绝难为我抒写情怀……或者我只是福薄，当你青云直上之时，是我香消玉殒之日？……”

“横波，你何必说这些伤心话？于病体无益啊！”龚鼎孳很不安，皱着眉头叹气。

“不，不——”顾媚拖长声音，又向丈夫飞了个媚眼，气息微弱地说，“我并不伤心……倒是你，年岁一天天高上去，尤要善自珍重，多方保养，切不可虚淘了身子……”

龚鼎孳勉强笑着，故意调侃：“谢夫人美意，鼎孳早已领悟，所谓老来方知妒妇贤是也！……”

顾媚露出疲乏的笑容，眼睛半合半开，声音小到听不见。从她嘴唇的翕动，他猜到了她说的话：“你去吧，我要睡了……”

龚鼎孳轻手轻脚地出房去了。他背后，侍女已小心翼翼地放下了罗纱帐。

十一月初三，刑部大堂开审汤若望谋逆大案。

刑部官署在皇城西，原是前明锦衣卫故址，大堂壁间还留有锦衣卫题名碑。刑部官署南接大理寺、北连都察院，三衙门合称三法司。二百年来，恐怖笼罩着这一片建筑，尽管它的格局与相邻的太常寺、銮仪卫等衙门并无很大差别，但人们总觉得它森严、阴冷，总觉得似有若无的哀号从它那深深的房宇中传出。所以，行人都不大敢从它门前过，哪怕远远望它一眼，也觉得心寒。

前明嘉靖年间，有名的嘉靖七子中的王世贞、李攀龙、徐中行等人同在刑部为官，大概是为了改变人们的成见，在刑部院内建白云楼，相聚吟诗酬唱，一时传为佳话，刑部竟被称为外翰林院。但那时的刑部在长安街西，俗称刑部街，旧址早已荒废。大清建鼎，设刑部于此，又嫌恶前明锦衣卫名色，所以数典征名、附庸风雅，仍在如今的治事之所高榜“白云”匾额。但仅这一点是无法改变平民对这可怕衙门的畏惧的。

然而今天，刑部东向的大门外早早地就聚了许多人，把门前方圆数十丈的场子、照壁前后，以至沿着皇城根到直通刑部门前的几条不宽的右府胡同、制造库胡同都填得满满当当。京师人都知道这个案子，都想亲眼看看这些阴谋叛逆造反的罪犯，何况其中还有好几个洋人！

飕飕寒风卷地而来，刮在脸上刀割似的，可人们只不过耸肩缩脖，裹紧身上的袄袍，不时伸着脑袋向东向南张望。因为今日赴审的全部有关人等，都要由此进刑部衙门，一干人犯，则必定由礼部、吏部衙门押出，穿过棋盘街、进右府胡同而入会审大堂。

一片欢呼，像喧嚣的巨大海潮声，从东席卷而来：

“杨贤士！杨老先生来了！……”

“快瞧哇！快瞧哇！这么大岁数的老先生，多么有精神，多么正气！”

“杨老先生后面跟着的那俩是谁？”

“哟，这也不认识？是恩格德和吴明煊两位大人哪！早先遭汤若望那帮妖教陷害，差点儿送命呀！”

“真是好样儿的！今儿个可该着扬眉吐气啦！”

欢呼一浪高一浪，震耳欲聋，人们热心地向反洋教的正气英雄表达敬意。杨光先满面笑容，稳稳骑在马上，向四面八方的百姓挥手或作揖。恩格德和吴明煊多少有些不自然。他们原先都是朝廷命官，走到哪里，都有开道锣令百姓闪避。百姓怕官乃天经地义。今天这么热烈的场面从未经过，心里不免惴惴不安，生怕有奸民借机生乱，只想赶快进刑部大门了事。

三位原告和他们的随从已进门好半天了，人群仍不平静，还在议论纷纷地摆谈着他们的业绩。每个人都想显示自己比别人知道得多，每个人都想用更高的嗓门儿压倒对手，刑部门前一时喧闹得如同每月逢九开庙市的大隆福寺。

“噔！噔噔！——”东边锣声震响，浩大的人群悚然一惊，喧闹很快消失，仿佛大潮突然退走，片刻之间，连那些如同残留的小浪花小水泡一样的悄言细语也没有了。偌大的场子，偌长的胡同，寒冬午夜一般寂静，惟有铜锣的悠悠余音在寒冷中瑟瑟发抖。

人们又自动让出一条路，瞪大眼睛。他们忍寒受冻站了许多时辰，终于看到他们巴望着要看的情景和场面了：

两面开道锣过去了。

马蹄嘚嘚，敲出一团杂乱的响声，一百多名全副戎装的带甲八旗骑兵过去了。

当每两名巡捕押一名罪犯从人群夹道中走过来的时候，寂静又被打破了。犯人每走一步，铁链就随着“哗啷哗啷”响，他们反手捆绑着，身上还系缠着九条铁链：三条绕颈项、三条缠臂膀、三条系腿足。沉重的铁链使他们步履艰难精疲力竭，一个个蓬头垢面，满眼惊恐凄惶，用力低头团身，恨不能缩进地里去。人群大声哗笑，尽情嘲弄这七名倒霉的钦天监官员：谁让他们自作聪明参与汤若望修历书的？看看那晦气样儿！没几天活头啦！……

铁链声声，又送过来许之渐和许保禄。他们昂着头，静静地只管走，仿佛周围没有这些充满愤怒和恶意的观众，仿佛他们是去办事去购物去散步。只这平静，就足以激怒观众了。

“没事人儿似的！还怪神气！”

“不忠不孝、出卖祖宗的狗腿子！”

“狗官！臭太监！”

“打！打！”

人群腾起怒潮，有人冲上去动手，后面的浪头推涌着前面的浪头，四面八方都在响应，高声喊打。押送囚犯的士兵用力横着长枪，拦住愤怒的人群。

“洋狗子！洋狗子！”声声怪叫，激得人们疯了似的，用更新更大的热望朝前拥，以至押队的领兵官赶紧把后卫骑兵调上来挡住汹涌的人潮。怒骂、诅咒早已准备好，霎时间填满道路填满胡同，汇成了叫人难以忍受的喧嚣，谁也听不清别人在骂什么，连自己精心结构的叫骂也都被淹没了。

利类思和安文思拖着铁链一出现，人们就朝他们吐唾沫，石子、土块、臭鸡蛋、破鞋烂袜子，雨点一样袭向洋教士。每击中一次目标，人们就“噢嗬”同声欢呼，从中取得平日无法取得的极大乐趣……

“罪魁祸首来啦！汤若望！汤老狗！”一人跳起好高，嘶声吼叫。

人群“轰”的一阵大喧嚣，之后，竟奇特地退潮了。

人们目不转睛地注视着这个大名鼎鼎的首犯，原以为会看到一个青面獠牙的妖人，或是满脸横肉、红眼钩鼻的强盗坯。可是他们看到的是什么？

偏瘫的汤若望，由李祖白和南怀仁搀扶着，十分困难地一步挨一步地向前移动。寒风把他雪白的头发和胡须吹得乱蓬蓬的。他是那样消瘦、虚弱、衰老，簌簌地抖动着：手脚在颤抖，白发苍苍的头在颤抖，嘴唇在颤抖……李祖白和南怀仁似乎忘却他们自己的可悲处境，像对待衰迈的老父亲那样小心翼翼地搀着，轻声念叨着安慰的话，脸上一片诚挚的关怀，甚至顾不上看一眼周围的人群。

人心有时竟这么容易感动？还是这个民族历来对老弱愿意显示悲悯宽宏？或者多数人家中也有衰迈的祖父和父亲？总之，喧嚣的潮头跌落下来，疯狂的咒骂化为一片嗡嗡议论，有人低声地惊讶道：“原来是个这么老的病老头儿！……”

犯人已经走过去了，人们仿佛突然醒悟过来，有人朝着被告的背影大叫：“洋狗子！装蒜！”嘲骂的声浪随之再度掀起：

“绞死他！”

“淹死他！”

“拿卖国贼千刀万剐！”

…………

刑部大堂可就不像礼部、吏部大堂那么客气了。阶前摆开了一排排刑具，以突出此处的严酷恐怖：各样规格的杖、皮鞭、夹棍；一堆堆铁镣、手铐、锁链；从十斤二十斤直至五十斤、八十斤的沉重木枷；各种尺寸形状的囚人木笼等等，用来威慑罪犯，也用以维护国法。这是头等大案，又是刑部接手后的第一堂审讯，尚书尼满、龚鼎孳和四位满汉侍郎都出席。虽然头堂审讯内容很简单，不过是原告被告当堂确认各自讼词，确认吏、礼二部的判定。

龚鼎孳高坐在主审官位上，神态自若。他不注意汤若望，也不和被告中的任何人接触目光，就像从来不认识这些人。只和杨光先的眼睛不期而遇时，微微点了点头。

几十年的历练，做到这些并不困难，但心里的苦味只有自己知道。耳边响着笔帖式宣读案卷的声音，往事却一幕幕地从眼前闪过：许多次造访汤若望，为他渊博的学识所折服；一同品尝教堂葡萄园酿制的葡萄美酒，畅谈欧洲的雕塑、戏剧和中国的诗歌；汤若望七旬大寿的喜宴上，他撰文赋诗，以表拳拳之忱……如今，他是主审官，他所敬仰的老友汤若望，却成了阶下囚！何其荒谬！……

南怀仁、安文思、利类思都和龚鼎孳有过交往，也知道龚鼎孳与汤若望的交情。看到主审官位上坐着这么一个熟人，不禁互相使眼色，感到一点希望。但跪在汤若望身边的南怀仁，轻声用德语告知这个特别情况时，他眼皮都没有抬，白茸茸的浓眉抖动着，用德语小声回答：

“你还不明白吗？没有人能够挽回，靠我们自己奋斗吧，上帝与我们同在！”

果然，大堂初审结束时，发生了一件意外，使囚犯们私下诅咒了好几天。

当时，满尚书已站起郑重宣布，全然是结束初审的意思：“此案自明日起，由刑部陕西清吏司、河南清吏司经管复审，半月之内，量罪定刑……”

杨光先突然高声嚷叫，打断堂官的话：“大人！小民还有禀诉！”

满堂为之一惊。

“讲！——”尼满不耐烦地瞅他一眼。方才的初审陈诉，这位老先生的得意、精明和尖刻，已经使人诧叹不已了。

杨光先把一张诉状高举过顶，激愤的控诉犹如一串连珠炮：“汤若望治历荒谬绝伦！天佑吾皇历祚无疆，汤若望只进二百年历，居心何其阴险毒辣！汤若望所修时宪历，小民粗粗看过，便已摘出大谬大误达十余处！国家肇造鸿业，以授时定历为急务，治历明时，帝王所重。汤若望乱我历法，实为祸国殃民之罪魁！”

“你——，为什么至今方提及此事？”尼满问。

“回大人的话，小民六月里向礼部上控的诉状中，已列此为汤若望诡立邪教罪之一款，但至今尚不见审讯此事，是以小民补写诉状，求大人明断！……”

看着杨光先精瘦的脸、灵活的眼睛和利如剃刀足以翻波掀浪的一条舌头，龚鼎孳突然醒悟：就像人家请客吃酒，好菜放在最后一样，有心机的人往往最后才拿出他的压轴戏，而这最后的一手，最是隐藏着他的真实意图。邪教啦、谋反啦，都是外衣。他是要从历法上打倒汤若望，取而代之，确立他当代最大的天算星相大师的崇高地位！

默默听罢杨贤士口若悬河、滔滔不绝的陈诉，龚鼎孳不动声色地命令笔帖式：

“接过杨先生诉状。”

这一句话，堂上堂下无不愕然！连杨光先都觉得意外，怔了片刻，才伏身叩头。

不想，龚鼎孳又点着被告问：“汤犯若望、李犯祖白，为何不上刑具?”

押解人犯的礼部官员连忙跪禀：“回大人，先皇遗下朝廷旧例，大臣命官因罪拘禁发问者，均不戴锁。汤若望原为正一品太师，李祖白为从三品监副，故而……”

“既进刑部衙门，职衔尽革，无从再援旧例，罪犯一视同仁，刑具不可免，上吧!”龚鼎孳下命令毫无表情，也未提高声音。

一阵“哗啷”乱响，几名衙役拿九道铁链分别加锁在两名被告身上。汤若望一脸漠然，听天由命。李祖白却忍不住瞪着龚鼎孳，愤怒的目光说出了他不曾说的话：“你这投井下石的无义小人!”

龚鼎孳感到了各方射来的各种目光：惊诧、赞美、愤怒、仇恨、轻蔑、鄙夷……宦海沉浮，早已惯经，完全可以视而不见。他平静地继续执行他的公务：“汤犯若望、南犯怀仁，囚禁北所，其余人犯囚禁南所! ……尼大人，你看这样可妥当?”他转脸向满尚书赔笑问。

“好，好! 很稳妥!”尼满连连点头。

退堂了。罪犯们将被分别带走。他们聚在一处，互相画十字祝福告别，求上帝保佑，又一个接一个地跪到汤若望面前，请他为自己祝福。汤若望露出一丝笑容，轻声地说：“上帝和我们同在! ……我心里充满了幸福，我们将为信仰而死，将获得殉教的无上光荣! ……上帝啊，饶恕你有罪的仆人吧! ……”

“哈哈哈哈!”大笑骤然在罪犯们身边喷发，尖利而绵长。是杨光先，笑得几乎喘不过气，瘦而长的手指，指定汤若望，尽情地嘲弄着，嚷得满堂处处听得见回声：

“死到临头，还要打肿脸充胖子! 你们那上帝、那无夫生子的马利亚不是万能的吗? 怎么不赶快来救救你们哪? 从西洋跑来天朝太远了吧? 你们的上帝和马利亚都跑不动吧? 说不定呀，那偷汉子的马利亚还晕船呢，哈哈哈哈! ……”

一个书吏上前扯扯杨光先的衣袖，想止一止这不顾刑部大堂威仪的狂笑。杨光先挥手甩脱，笑得更加恶毒，一串串蘸着仇恨的话又迸发出来：

“汤若望，你到底也有今天! 二十年前，你就不把我放在眼里，你夺去了原本是我的一切！还把我踩在脚底下剁，这样剁啊！……你，没想到吧？真假黑白终要分清，我！我杨光先终有出头的日子！而杨光先出头之日，就是你汤若望下地狱之时！我早就发下这誓愿了！二十年，二十年哪！……”

汤若望扶着南怀仁，一双碧蓝的眼珠不转瞬地看定了杨光先，极力回想着。

“你这死囚！看吧，好好看看我！”杨光先冷笑着，“跟二十年前比，没有大变！”

“请原谅，”汤若望声音微弱，竭力克服謇涩不灵的舌头带来的发音困难，缓缓地说，“我不记得见过你，你讲的事情，我实在不明白，真的不明白……愿上帝饶恕你吧！……”

刹那间，杨光先也愣住了，无以答对。

两个白发萧萧的老人，面对面站着，目不转睛地对视着。周围的人们惊讶地望着他们，口中不说，心里都有些疑惑：罪犯为什么像是位仁慈平和的长者，而胜诉在望的原告，反倒像是个恶毒阴险的巫师……

辅臣的担心看来多余，人们的预料也落空了。龚鼎孳一开始就用他的行动证明了他的忠诚无私。后来此案在刑部审理特别迅速，也是因为他的努力。

初审后不过十天，刑部就宣布了量罪定刑的结果：

南怀仁、安文思、利类思、李祖白拟各杖一百、驱逐出京；许保禄拟杖一百、远戍三千里；汤若望以阴谋不轨之首领，拟处绞监候，但应就其传布舛错虚妄之天文历法的重罪，做出有凭有据的证实，方可执行死刑。

刑部满汉两尚书又联名另上一道密折，提到本年十二月初一是日食之期，可令当今三种天算学派——汤若望的欧洲时宪历、杨光先的大统历、吴明煊的回回历，将各自推算结果呈送礼部，当场测验，便能以最简便、最公正的方法坐实汤若望的罪名，绞监候便可实施而不至于招来言路的议论和抨击，也可服天下人之心。

杨老先生和吴明煊得知此事，兴高采烈。他们赞美这提议的英明，借上天之手置汤若望于死地，再好不过了！

于是，辅臣决定：十二月初一，议政王贝勒大臣、内三院大学士以及九卿、詹事科道各官并钦天监全体官吏，会集于观象台，共同验看杨光先、吴明煊、汤若望三种天算学派的推算结果。

于是，汤若望案震动了朝野，波及天下，成了千百万人注目的中心、大清国朝廷的头等大事。人们紧张、兴奋，热切地等待着十二月初一的来临……

四

内城东南隅堞堵之上，一台突兀而起，上摩苍穹。上面古铜色的龙形凤形、铜圭石台、圆球方架，更为它涂染了古老崇高又神秘的色彩。这就是建于元朝至元十六年的观象台，台上那些怪物，是元朝大学问家郭守敬所制的浑天仪、简仪、量天尺等天文仪器。它已经历了四百年的雨雪风霜，它身边演出过多少成败兴亡的传奇故事。今天，又一场悲喜剧要在这里出台了。

老天爷真助兴，竟特意赐给一个冬日最难得的艳阳天：万里无云，丽日当空，空气中纤尘皆无，只要眼前没有障目的房、树，在东城都能清楚地望见戴着白雪帽子的青黛色的西山。

日方过午，观象台下已经车马填衢、热闹非凡了。朝廷几乎所有的王公官员，都聚集到这里，成了紫禁城外的一次小朝会。他们都被请进紫微殿等候，按照尊卑高低，王爷和贝勒贝子们坐在正中，其他官员散坐大殿各处。究竟不是上朝，没有纠仪御史在一旁瞪着眼抓礼节仪态上的错处，大家轻松得多，三人一堆五人一丛地小声谈笑，或是走来走去地同熟识朋友打招呼。就连王爷们也悠闲地衔着三尺长的烟管，聊着即将开始的测验。

“你看今儿这事怎么样？”

“这天地日月的大事儿，咱凡人哪儿弄得懂？说有日食就真的天狗吃太阳？我还不信哩！”

“杨老先儿早就传出话来，皇历准胜！没跑儿！”

“说得是。咱们天朝人不信皇历还信什么？”

“真格儿的！这帮西洋鬼儿，汤若望，黄鼠狼给鸡拜年，能安好心吗？使那西洋历，可不就是专来乱咱中国的！再者说了，拿他们西洋的日月星辰，怎么能跟咱们的日月星辰瞎搅和呢？两码事儿嘛！……哎，索尼，你说是吧？”

索尼只得对这位功高爵显但已颟顸之态可掬的公爷笑着点头，连声称是，心里却七上八下地不安宁。他是有学识的老臣，当苏克萨哈和鳌拜力主观象台测验时，他就不大赞成。他俩极力说服他，保证杨光先必胜，遏必隆也随着相劝，他不好违众，只得违心，勉强同意。他当然希望杨光先胜，可并不赞成这么兴师动众，闹得满城风雨。不过，天算案酝酿闹腾了近一年，到如今已成骑虎之势，他也不能收缰，只好无可无不可，且待结果了。

“索公，”有人在背后悄声叫他，回头一看，是苏克萨哈，心里顿时起腻，他很不喜欢苏克萨哈这么鬼鬼祟祟，总是趁人不备地吓人一跳。他克制住自己，面无表情地问：“什么事？”

“你家二公子也来了。”苏克萨哈笑着，眼睛却毫不掩饰地探索着首辅的表情。

“哦？他也来了？”索尼果真不知道，“这几日他当值，没有回家。”

“这么说，”苏克萨哈眼珠一转，“他……”

“你看见他了？在哪里？”

苏克萨哈笑着指指观象台。果然，索额图就站在观象台的阶梯口，正出神地往台上看呢。索尼步出紫微殿，停在门前，叫一名侍从唤索额图来见。

索额图匆匆走来向父亲请安。索尼偶一侧脸，见苏克萨哈也跟了过来，离他们父子五六步远，眼睛不住往这边扫，发现索尼看他，若无其事地一笑，扭头去跟鳌拜说话。

索尼不快地压低声音：“你为何在此？谕旨里并没有准许你们来！你要是敢凭借我的位望擅自来此……”

“不，不！阿玛，儿是奉皇上圣命来看测验的。”

“皇上？”

“是。皇上一向喜欢天文地理，听说今日盛况空前，特令孩儿与会，回去向他禀奏。”

索尼皱起了茸茸灰眉，半晌，说道：“皇上尚未亲政，又在书房攻读，不宜用这些繁杂政事去搅扰。况且朝廷大事，尔等小辈岂知深浅真伪，怎能以一己之见有渎圣听！此番回去，你绝不可在皇上面前信口雌黄！”

“是，阿玛。”索额图恭敬地垂手低头，父亲不说叫他走开，他只好仍旧站在那里。老爷子盯着观象台看什么？

“上面那几个窜来窜去的小太监，是你带来的？”

真的，四名身穿黄底红花袍、头戴插了一管灰翎毛红缨帽的小太监，正在台上那些古老的天文仪器间乱跑，摸这个敲那个，一会儿蹲下朝底下窥探，一会儿蹦着高往顶上瞧。太监嘛，不是宫里的就是王府的，谁敢管他们？

索额图连忙躬身答道：“是，阿玛。他们都是皇上的亲随小太监，受皇上命笔录日食测定，好向皇上禀报。”

沉默好一会儿，索尼才说：“不要让他们乱跑，当心摔伤，让皇上不安。你去吧。”

索额图刚走开，苏克萨哈和鳌拜就过来了。苏克萨哈笑道：“索额图仪表堂堂，越来越跟索公相像了。他来传信？”

索尼相信他们父子的谈话苏克萨哈早已收进耳中，这么明知故问实在讨厌，便直言不讳地说：“他是奉皇上圣命来看日食测定的。”

“哦？”苏克萨哈故作惊奇，赞叹道，“皇上聪明天纵，尚在冲年，就喜爱天文地理！将来必是明主。”

鳌拜补上一句：“理当文武全才。”

正说着，门外车马声喧，又来了几位王公。为首的一位，竟是安亲王岳乐。三位辅臣只得上前跪安。岳乐面色黑红，满面笑容，显得很健康。

索尼道：“安王爷久不在朝，百僚渴想不已。不料今日莅临，索尼等不胜荣幸，但愿从此王爷归朝议政……”

岳乐笑着连连摇手：“索公说到哪里去了！我不过对天文天算十

分好奇，想来看个新鲜。归朝议政，我已力不从心，不必再提了。”

苏克萨哈笑道：“王爷气色极好，必是秋来狩猎、养精蓄锐所致。”

岳乐大笑：“哪里顾得上！如今我自己经营庄田，忙得不亦乐乎。倒是很有意思的……”他于是津津有味地说起他的田庄：哪里种谷、哪里种麦、何处开鱼塘、何处设牧场，直说得三位辅臣都不耐烦听了，又不敢表示出来。幸亏遏必隆走来请安，苏克萨哈忙指着他对岳乐说：

“王爷，遏公最喜欢牧场，他的庄子八九成牧放牛马羊。”

“真的吗？”岳乐转向遏必隆，“不置农庄？怕不合算吧？……”两人一边进殿一边还在很有兴味地谈着田庄。

摆脱了安亲王，三位辅臣都感到轻松。苏克萨哈小声说：“当年，安王爷何等刚毅果决。”

索尼叹道：“财货子女，最能消磨壮心。”

鳌拜说：“还是南蛮子的书卷气害了他！”

索尼看他一眼，正想说什么，礼部一名官员近前跪禀：

“大人，时辰已近，杨老先生和吴明煊已在浮漏堂候命。汤若望……刑部告知，汤若望五天前又病了一场，胸闷气喘，时复昏迷，这两天刚见起色，他们用木床将他抬来了……”

苏克萨哈冷笑：“无非以老病之态博人哀悯而已，装腔作势，不要理他！”

索尼想了想，说：“把他连床一起抬上观象台。”

“是。”礼部官员又说，“他的旧属送来他常用的望远镜……”

“让他用好了。”索尼冷冷地说。

“可是，他身上的刑具……”礼部官员吞吞吐吐不敢说下去，不住地看几位辅臣的脸色。

“那是朝廷的法度，不能动！”苏克萨哈一皱眉。

索尼又想了想：“观测时候，去掉手臂上的铁链就是。”

鳌拜猛一回头想要反对，索尼摆摆手：“他到底是七十三岁的老人，况且看望远镜是要用双手的嘛。”

另两位辅臣对视一下，不再作声。

又有几名礼部官员带了一张书写得整齐漂亮的满汉文告白，进紫微殿向诸王爷大人禀告今日观测办法：告白上写着三种历法推算出的日食时刻；大殿前摆了许多水盆，供王爷大人们从水中观看日食情状，以免阳光直刺双目而看不清楚；另有专人根据浮漏堂的铜壶、晷影堂的日晷，向众人报出准确的时刻。

大家看那张悬挂殿中的告白，上面大字写着：

大统历法算得日食时刻 未正三刻
回回历法算得日食时刻 申初初刻十分
西洋历法算得日食时刻 申初二刻十一分

礼部官员最后大声说："现已是未正一刻，距杨老先生用大统历所算日食时刻，只有两刻工夫了。请诸位王爷大人莅临大殿檐下验看！"

于是王爷贝勒先行，诸大臣官员随后，有秩序地出殿在檐下一排排水盆边就座。光芒刺目的火红太阳落在水盆里，变成一颗苍白的明珠，很圆很亮，光芒柔和多了。不一会儿，钦天监的官员又呈上一片片涂了墨的玻璃。虽说玻璃这玩意儿也是西洋传进来的，眼下要用还得用。

杨光先、吴明煊、汤若望已经上了观象台，除了他们的三五名随从和监管人之外，观象台上只站着几个报时的官员。索额图和那几个小太监也在那里，不过都跑到台南端去了，大殿这边的人看不见他们。

官员、护卫、侍从都停止走动，找到各自的位置。

观象台上传来"哗啦啦"的声响，解除了汤若望手臂上的三道铁链。

呼报时刻和从不同角度观测的官员们也都各就各位。

万事齐备，一切就绪。

"未正二刻到！"浮漏堂传出报时声。

“未正二刻到！”晷影堂传出报时声。

“离大统历推算的时刻还有一刻！”观象台上报时官员大声地喊了三遍。

大殿檐下的人们听到这三遍喊，仿佛不怎么经意。尤其是王爷贝勒大臣们，自有他们处变不惊的派头，仍然谈笑自若，只不过时时从眼角瞟瞟水盆、向观象台迅速地扫去一眼而已。

但是，谈笑声渐渐小了、轻了，以至完全消失了，装出来的轻松终归经不住考验。当沉寂完全笼罩了观象台上下时，气氛就变得非常紧张。时间一点点流过去，预定的时刻一步步逼近，有的人额头沁出薄汗，有的人手指微微颤抖，甚至连呼吸都不那么顺畅了……

弦越张越紧，看看就要绷断！

呼喊声突然划破长天：

“未正三刻到！——”

“未正三刻到！——”

“大统历推算的时刻到！——”

苏克萨哈的脸刷地雪白，克制不住地握着拳头直跳起来，人们也兴奋地骚动了一阵，有的俯身盯着水面，有的举着那片黑玻璃对天上张望，嘴里喊着、说着或小声嘟哝着：

“来了！快看，日食来了！……”

“就来！马上就要来啦！……”

骚动渐渐停息，兴奋渐渐消失。光芒四射的太阳高挂碧空，异常明亮，看不到丝毫被食的痕迹。

时间缓缓地、笨重地走过去，失望越来越沉重。虽然还有“快了、快了”的低语，谁都明白那是在宽慰自己也兼宽慰同伴……

“回回历推算的时刻会更准的！”苏克萨哈笑着响亮地说，既掩饰自己的失望已极的灰败情绪，又给众人打气。回回历推算准了，也是对汤若望西洋历的胜利！

吃太阳的天狗啊，你跑到哪里去游荡了？你该来助一臂之力！为了朝廷的体面、为了大清江山，快来吃太阳吧！日后我们暗中好好祭祀你，用汤若望他们洋教禁止的最丰盛的酒祭、肉祭，哪怕活人祭！……

“申初初刻十分到！——”

“申初初刻十分到！——”

“回回历推算的时刻到！——”

后一句呼喊照例重复三遍，人群一片沉默。许多人竟仰着脑袋，手搭凉棚直接去看太阳。他们已无心议论什么，只盼着日食即刻出现。片刻间，看太阳的人就都看花了眼，再低头看别的，眼前金星乱迸，扑来一团团绿色灰色的麻麻花花的雾，好半天恢复不过来。

人们静默地、沉闷地等待着，枉然，日食仍未出现。

“啪”的一声，鳌拜把手中的黑玻璃片扔进水盆，溅了自己一脸的水，水面被击碎的太阳，像闪光的碎金片在抖动。鳌拜用他特有的粗而浑厚的声音说：

“什么日食！或许今天根本就没有日食！”

苏克萨哈立刻响应：“正是西洋历算得今天有日食，才哄得大统历和回回历跟着一起推算。可见西洋历之蛊惑人心，绝不可信！”

更多的人响应了！

“不用看了！反正不会有什么日食！”

“白费这么多时间陪着受冻！还不如出城打围哩！”

真的有人起身要走。安亲王安详的声音留住了他们，含着笑意，不高不低，却人人都能听到：

“既已来了，干吗不看到底呢？测验测验，总要测个水落石出，验出孰优孰劣，不然，一锅粥，岂非白费这把子力气了？”

人们无可奈何地继续等候。时间过得真慢，太阳红彤彤的，仿佛在嘲笑下界这些愚蠢的芸芸众生。他们不耐烦地站不定坐不宁，聊天说笑来回踱步走动，只等挨过西洋历推算的时刻就打马回家。回家就告诉等候消息的妻儿亲友，什么大统历回回历西洋历，全是骗人的鬼话！哪一家都别信，还是信咱们祖上传下来的萨满神、大喇嘛，还有真武大帝、关玛法……

“申初二刻十一分到！——”

“申初二刻十一分到！——”

“西洋历推算的时刻到！——”

拖得长长的声音还没落地，有人“啊”地高声一呼，漫不经心的人们精神一振，集注目光于头顶那个金色的光球，顿时惊住了！事后有人回忆说，就在那一瞬间，太阳惶恐地抖动了一下，接着就渐渐昏暗下去；又有很多人纠正说不是那么回事，而是仿佛飘过一层轻云，遮住了阳光，但天空晴好，一丝云影都没有。总而言之，不早不晚不前不后，就那一刻，阳光忽然发昏，随着，人们就看到，太阳的边边上给蹭去了一小条。

多数人不敢相信，揉揉眼珠，闭目养神片刻，再看。天空可不管地面上人类的愿望，照着应有的规律，毫无顾忌地显示着壮观的天象。在死一般的沉静中，太阳被食去的缺边渐渐大了、展开了，月牙形、镰刀形、玉玦形，日食得越来越清楚，大地越来越昏暗。南城那边突然传来一阵高过一阵的敲锣打鼓吆喝呐喊，那是小民百姓在为吓跑天狗、拯救太阳而奋力拼争。

这是千真万确、无可辩驳的了！

“果然是日食，难为他时刻推算得这么准！”安亲王岳乐沉静地笑道，“我上台去借那望远镜再瞧瞧！”他起身离座，好几个人也跟着去了。由于震惊而半晌说不出话的人们，这时也才解除梦魇似的活跃起来，谈笑中仍带着惊诧和无法克制的兴奋：

“老天！真的是日食！可算开了眼啦！”

“人家说是什么时候就是什么时候，一点儿不差！”

“日月星辰的事都能掐算这么准，怕不是神仙？”

“嗯，是鬼仙吧？要不，是妖仙、妖怪！”说话的人朝苏克萨哈瞥了一眼，鼻孔不住翕动，像要笑出来。

太阳被食的面积不断增加，又有好些人上台去观看。侍从们接二连三地递上茶来，人们的议论说笑声音更大更杂更露骨了。

苏克萨哈坐不住，小声对鳌拜说：“也上台去看看？”

鳌拜脸板得像石头，浓眉结成黑疙瘩，愤然道：“不去！”

苏克萨哈自我解嘲，笑着说了两句现成话：“大丈夫能伸能屈，宰相肚里好撑船！”举头四望，遏必隆还举着那片黑玻璃，十分认真地望太阳，饶有兴味；索尼回殿去了，只来得及看到他微微弓腰驼背、踽踽独行的背影。

苏克萨哈踏上观象台的石阶，正遇上下阶的杨光先、吴明煊和他们的助手。吴明煊等人满面羞愧，无精打采，迎面撞上苏克萨哈，难堪得头都不敢抬。杨光先却是一脸暴怒，额上青筋乱跳，两只靠得很近的眼睛火炭般通红，目光近似疯狂，握着干瘪的拳头，用谁都听不懂的家乡土话叽里咕噜地咒骂叫喊，他仿佛激怒得神志不清，以至认不出面前这位辅臣大人，直挺挺的只管下阶而去。但是细心的苏克萨哈觉察了他临去那一瞬眼珠子对自己的飞快一瞥，立刻明白这老头儿为摆脱困境而以攻为守的苦心，不由得暗暗骂一声“奸诈!”表面仍然笑眯眯，从容登上观象台。

天上的太阳，只剩下新月一样窄窄细细的一条了，这竟是一次可以算得日全食的日食！黄昏竟然在申时降临，观象台上人来人往，非常兴奋。那些从汤若望手中接过望远镜观天的王公官员们，竟忘乎所以，又“汤玛法、汤玛法”地叫个不了，似乎没有看见这白发老人身上和腿脚边还缠绕着六条铁链。苏克萨哈连这也忍下去了。他只是恨这浓重而又虚假的暮色，使他无法看清并记住那些不知深浅的大胆妄为者!

苏克萨哈是最后一个去拿望远镜的。他背过身，举起这个像支鸟铳的东西，对准那个不是太阳又不像月亮的怪物，没好气地看上去。他觉得，“天狗”开始向外吐那个火球了，就像一张贪婪的嘴，不得不把它实在吞不下、又烫得它无法忍受的油果子吐出来一样。他于是渐渐心气平静下来了。

背后，一个清脆的孩子声音在兴奋地赞美：

“汤玛法，你真了不起!”

苏克萨哈忙回身，只见一个小太监刚从汤若望床边跑开去，帽子上羽毛一跳一跳，黄底红花的衫子一飘一飘，在昏暗中也很分明。而汤若望却完全惊呆了，坐在床上不得动弹，好半天合不拢嘴，抖抖索索举起右手在额胸间不住地画十字，喃喃地低声说：

“上帝啊！上帝啊！你让先皇帝显圣了吗？……”

苏克萨哈觉得脑门儿顶上“轰”的一响，顿时心慌意乱，连腿都软了……

一连四天，首辅索尼没有上朝办事。他遣人来告假，因偶感风寒、高热不退，只得在家静养。

首辅病假，按遗诏排列顺序，理应苏克萨哈主事，遏必隆、鳌拜襄赞。遏必隆是再随和不过的人，凡事多无主见，实在是因为他世系盛贵、生长侯门，对朝政世事都不甚了了。好在苏克萨哈精明老到，鳌拜刚毅果断，朝中政务井井有条，甚至比索尼主事时办事还利落。不几天，就有赞美苏克萨哈的言语传到辅臣耳边。遏必隆浑然不觉，鳌拜心里却不大痛快：一些明明是他的政绩，都算到苏克萨哈头上，让苏克萨哈盛名独享！

第五天，索尼还未上朝，三位辅臣联袂登门问候。他们在府门下马，正遇索尼的长公子噶布喇送客，见到三位父执，赶过来跪迎。

“索公病体如何？”苏克萨哈首先问。

噶布喇恭敬地答道：“已经大好了。刚才这位御医说，再静养两日便可上朝办事了。”

“哦，你送的客是太医院的医官吗？哪一位？可是最擅伤寒科的钱医官？”苏克萨哈又问。

噶布喇颇有些不安：“不是的。是宫值御医司先生。蒙太皇太后洪恩，每日来视看两次……”

真是非同寻常的恩宠！司先生是宫里最负盛名的御医，专给老佛爷、皇太后切脉的。苏克萨哈点头微笑道：

“好！好！皇恩浩荡，索公之病当无恙矣！……”

索尼在东跨院小客厅接见了三位同僚。请安见礼、敬烟敬茶，繁重的礼仪程序过后，大家才坐定。索尼只穿了一件貂皮袍子，头戴便帽，清瘦了许多，脸色黄中发灰，尚未完全复原。

“索公素来强健，这次竟一病数日。我等竭力支持，实在是吃力得很哪！……”苏克萨哈笑着，俨然第二把交椅，说着貌似谦逊的话。

“让各位受累，实在抱歉。听说这几日政事毫无延误，我也就安心静养了。唉，年过六十五的人，还谈得上什么强健！也就是那日观象台进出大殿，一热一冷，回家就伤风流涕，咳嗽不止……那么，汤若望的案子，你们如何办理呢？”索尼一下子便由病因转入主题，省去许多迂回之力。

苏克萨哈看了鳌拜一眼，恭敬答道：“索公未上朝，这样的大案，我们怎敢自作主张？”

遏必隆拂拂袖子，说着显而易见的话：“谁也没想到，弄出这么个结果！”

这真是辅政以来一次最大的失败！最丢脸的错误！无怪乎朝野盛传首辅索尼之病是“羞愧交加，不得不闭门思过”！

索尼自己是否听到这些议论呢？他轮流打量三位同僚，皱着茸茸灰眉，清清嗓子，说：“这几日，我着实为此忧虑，思前想后，拿不出个万全之策，欲退不能，欲进也难……那日观测结果可出文告了吗？”

“这……这怎么好出文告？”遏必隆不解地问。

“有目共睹，还不如出文告取信于民为好。”索尼叹道。

“那么，索公的意思是，就此罢手？”苏克萨哈试探地问。

索尼眉头皱得更紧，沉默不语。

“怎么，要认输？”鳌拜嗓门儿压得很低，但能听出声音在隐隐发颤。

索尼的茸茸浓眉下一双眼睛忧郁地望望鳌拜，说出的话却很有分量：“除非你拿出凭据，证实西洋历法舛错虚妄、一无可取！”

“这……”苏克萨哈也犹豫了，“日食观测，刚刚给他加了胜筹，哪里就有……不如暂退一步……”

“退？”鳌拜勃然大怒，直跳起来，眼睛瞪得铜铃大，脸涨得通红，继而发紫，一脸连鬓虬须全都奓开，握着拳头猛然吼道，“这江山是谁的？这朝廷是谁的？咱手里还有天下无敌的八旗雄兵，竟要向这些洋狗子南蛮子低头？任他们得胜？咱们的脸往哪儿放？还凭什么立朝辅政，啊？！……”

苏克萨哈被他指着鼻子痛骂，早红了脸，本想做出一副大度的姿态笑笑了事，却没成功，脸上肌肉一抖，尴尬地摆出一张啼笑皆非的怪相。

鳌拜继续不管不顾地吼叫着，“咚咚”地拍着他厚墩墩的胸膛：“交给我！这案子交给我鳌拜！要退你们退，我不退！倒霉受罚我担着！我准保拿出凭据让你们看看，西洋历法是妖术！……你们都别管！”

索尼一直静听静观，并不阻止鳌拜突发的雷霆，当鳌拜气咻咻地把那碗已放凉的奶茶一仰脖灌下肚里去时，他微微点头，仿佛改变了主意：

“天算历法，有学之士方能置喙。你要能证实西洋天算虚妄，必须令人口服心服……”

“放心！”鳌拜大手一挥，“我鳌拜一辈子不服软，只要我想办，没个办不到！”

索尼深沉地再看鳌拜一眼，移开目光，说：“也好。此后这案子就交鳌大臣主管。但此案关系重大，又遇着日食这样一个大闪失，尤其不可鲁莽从事。苏大臣还要不时过问才好。”

“好吧！”苏克萨哈淡淡地应了一声。

鳌拜看看苏克萨哈，没有表示反对。

三辅臣拜辞出府，同行不久，遏必隆分道走了。鳌拜和苏克萨哈并辔而行，至亲好友，一时竟无话可说。

马蹄嘚嘚，北风阵阵，一群寒鸦掠过天空，对着将落入西山的残阳“嘎嘎”乱叫。苏克萨哈拿足亲戚至交的情分，宽宏大量地笑着首先打破沉默。

“我不过就那么一说，大家商量就是了，何苦发那么大的火儿？”

“我看你们都染上南蛮子的臭气了！”鳌拜说着，又怒上来，“见好处争着向前，看看要吃败仗抢着逃命！要这么打仗，咱八旗能得天下吗？天算案这样的大事，还能前怕狼后怕虎？除了干到底，没路！”

“唉，你是不知道，这儿有块病。”苏克萨哈指着自己心口。鳌拜沉脸瞪他一眼，不客气地说：“你讲！”

苏克萨哈压低嗓门儿，说起观日食那天他在观象台上听到的那个声音及当时情景。

鳌拜皱着眉头：“一个小太监，什么大不了！”

“唉，你怎么就不明白，那个小太监如果是皇上呢？”

“皇上？”鳌拜心里一忽悠，记起观测前两天的那件事：

那日正逢四辅臣共同叩谒太皇太后和皇上，陈奏在观象台测验三种历法的事。出宫时，一个小太监追上来，说万岁爷召鳌拜往上书房教习射术。自皇上亲临鳌拜府之后，这是常事，人人都知道小皇帝与鳌拜格外亲近。所以，鳌拜和另三位辅臣不以为意。

鳌拜进书房叩拜罢，小皇上一反往日论刀剑说战事的常例，劈头就问：“那汤若望真是要倾害我大清吗？”

鳌拜直言无隐，把汤若望和基督教的罪状一一奏明。

“可是已经查明，澳门并没有基督教的三万人马谋反呀？”

“那只是他们还没有聚起来罢了！皇上可知道，汤若望他们竟敢说我大清不在天下的正中心！藐视我大清，可不就是大不敬？又亲近笼络蛮子，推拒满洲人，近日越加猖狂，毁骂朝廷是暴政！那不就是骂皇上你是暴君了吗？”

“啊？岂有此理！”小皇帝扬扬黑眉，很是生气。

“汤若望一党聚起汉官蛮子造反，那是早晚的事！等他们动手，不如咱们先下手！”

“对！”小皇帝连连点头，复又迟疑道，“可人们都说，汤若望学问好、品行端庄，管他叫汤圣人呢！”

“那又怎么样？比如一棵树，又高又大又直，可偏偏拦着你的路，难道不砍掉它？”

小皇帝又点点头：“我明白了。汤若望谋反和异端两项罪名虽然查无实据，却是事出有因。可说他讲谬误历法危害国家，又是怎么回事？”

“奴才打个比方：凡征战出师，总要选个黄道吉日，避开黑道凶日。历法若出了错，颠倒了黄黑吉凶，还不得打败仗？丧师失地，危害还浅吗？汤若望用他那西洋历法，暗算朝廷多少年没人知道，这回可算抓住他的狐狸尾巴了！”

小皇帝忽然坚决地说：“那，观象台测验，朕也去看！”

“这却不可以。皇上怎能轻易出大内！”

“鳌拜，你替朕去向太皇太后求情，好不好？”

眼看着小皇上低声下气地向自己求告，鳌拜有点心软。他发觉自己打心眼儿里喜爱这个聪颖的孩子，有时竟大不敬地拿他与幼年夭亡的独子相比较……但他终于硬起心肠，严正地拒绝了：“皇上宽恕，奴才不敢，万一出点儿意外，奴才就是千刀万剐，也悔不及啊！……”

“那好，你去吧！”

记得小皇上当时一副无所谓的样子，鳌拜放心地退出，事后也没多想。不料他终究还是瞒天过海，上了观象台！……苏克萨哈的声音还在耳边响着：

“……那身量、那声音都不差，况且汤若望还说了那么句话！皇上虽在冲年，可勤奋好学、博采众家。这些天算天文什么的，最能蛊惑年幼人。如若真是他在场，把那天的头头尾尾都看在眼里记在心上，可怎么好？”

鳌拜鼻子里轻蔑地哼一声：“当年你上阵冲杀也不软，那七战七捷的豪勇都哪里去了？他不过是个十一岁的娃娃，什么事不好奇？什么时候不顽皮？你就吓得这样啦？”

苏克萨哈着急了：“哎呀，你怎么还不明白！皇上现今虽小，总要长大吧？汤若望的许多事都关联着先皇帝，判汤若望叛逆大罪，皇上日后追议起来，你我要拿得出话来回复哇！……”

鳌拜恍然大悟，跟着也落入沉思，轻声自语：“这倒是……不可不早早防备，总得有个交代！……”

观象台测验日食后的第十天，礼部发出了三派天算学观测结果的文告，称三派天算学都算对了。西洋历法略胜，其他两派仅差二刻、三刻，因此不足以区分优劣。

同时，辅臣又下一道旨令：鉴于观测日食难以证明汤若望西洋天算学之正谬，而授时修历关乎国家鸿业民生民用，不得不格外慎重。为此，特将汤若望案发回礼部复审，务必审理清楚、明辨是非正邪。康熙四年新正之后，将为此召集御前大会审，最终结案。礼部及三法司，须在御前大会审之前，将各自的判决议妥上奏。

由于日食观测，使这个大案突然来了个回转，案子仿佛又从头开始审讯。到康熙三年腊月二十三，各衙门封印准备过年了，礼部还没有审出眉目，三法司的审判自然更是悬而未决了。

五

“万岁爷！万岁爷！……”

压得很低的声音在小心地呼唤。玄烨半醒半睡，蒙眬中还在圆形方形勾股弦等等图案里徜徉。被窝真暖和，睡梦甜得像蜜，粘得眼皮死也张不开。隐约觑见窗户黑乎乎一片，又闭上眼嘟囔：“喊什么！天还不亮呢！……”

“是昨儿个万岁爷亲口吩咐……”声音透着委屈。

玄烨一下子睁开眼，醒过来，小声说：“是我忘了。快来服侍我穿衣裳，快！嘘，小点儿声……”

两个当值小太监小鲁子、小秦子摸着黑儿赶忙给玄烨穿好衣裳，三人合作，放个长枕头进被窝，露一点儿出被头，就像有人躺着一样。玄烨捂着嘴笑问：

“什么时辰了？”

“寅正初刻刚过。”

“好！到天亮还有一个半时辰呢！……咳，说多少遍了，叫你们别跟来书房，待会儿她起来一查，见少了人，不就露馅啦？”

“那……点心在炕桌抽屉里；热茶用锦褥套子包好了，在炕角边；这里是手炉，刚笼好的火，用它点灯；窗帘子门帘子万岁爷可得小心些个，要叫她知道了，我们哥儿俩可是吃不了兜着走……”

“行了行了，瞧你像个老太婆，快跟她一样啦！”玄烨捧着手炉，踮起脚跟，鹤行鹭伏，从门外长榻上睡得呼呼的“她”身边小心地蹭过去，一溜烟儿钻进了书房。

"她"是玄烨看妈中最爱管闲事的一个，偏又忠心耿耿地拿玄烨当眼珠子似的疼爱，因早先是八乳母之一，有身份，玄烨的事无论巨细，她都要管。玄烨身边的大小太监，明着笑脸恭敬，背后无不讨厌她老悖晦。玄烨一满十岁，就借口自己长大了，听不得打呼噜，从此不和看妈一床睡。她真难过了好一阵，以后就睡在外间长榻上终夜守护，不时各处查看。玄烨的行动自由被限制了，很不痛快，可又怕她没完没了地唠叨，也不肯伤了老妈妈的脸面，这才玩了这么个花招儿。

点亮灯，细心查看了挡亮的帷帘，玄烨便安心地坐到炕桌边。炕上桌上窗台上照例处处是书，书目却与从前大不相同。

元代郭守敬的《授时历》。

前明徐光启译出的《历指》《历表》《几何原本》。

本朝薛凤祚的《算学会通正集》《西域回回术》。

最是沿窗台一本本排列的黄绫面套的时宪书气派！那是钦天监进呈的，记载着从顺治元年到康熙三年这二十来年的月、日、节气时刻以及太阳月亮土木火金水五星的出没时刻。

炕桌底下是厚厚的一摞又一摞算草纸，上面画满了图形和算式——是玄烨两个多月来的成绩。

缘由自然是汤若望。

自打天算案起，玄烨心里就有两个汤若望在打架。一个是学识渊博、道德高尚、仁慈和善、为自己即位立了大功的先皇师傅、通玄教师汤若望；一个是居心叵测、阴险毒辣、处心积虑倾害大清、谋图叛乱的穷凶极恶的妖人汤若望。他既相信苏麻喇姑的亲切的旧事回忆，又绝不能怀疑鳌拜的耿耿忠心，也就更想弄清真相。

那日辅臣奏说汤若望故意用错误历法危害国家，把旁听的玄烨惊得目瞪口呆，这真是闻所未闻的大罪！翻遍《资治通鉴》也不曾有过！玄烨心头于是安了块试金石：汤若望历法若错，他就是坏蛋；若不错，他就是好人。

所以，他想尽办法跑去观象台，目睹了那次测验，感到异常震动，以至情不自禁地跑到汤若望面前说了那样一句真切的话。

所以，他也想要弄清其中的奥秘。

回宫之后，他便以少年人特有的热诚，投入一大批天算、时宪书籍之中。历数二十一史，可有皇帝懂得天算历法？玄烨要成为第一个！

很快他就碰壁了。深奥的天算历法书籍他看不懂，南书房的师傅对此一窍不通。收拾书房的太监望着他画得横七竖八的圆圈三角，常小心翼翼地问：

“万岁爷也要学道吗？这纸上画的可是符箓符咒？……敢扔不敢扔？……”

想必有耳目通了消息，太皇太后立时给他增了一位精于算学的师傅。玄烨这才知道，必须先通算术，从加减乘除，进而勾股弦，进而正弦余弦正切余切，又进而点线面体交错综合的几何学……没有这个根基，进不了天算的门！

玄烨冲进了算学世界。这陌生的世界如此广博、神秘，变化万端又妙趣横生，好奇的少年进入忘我境界：各种数字，小到分数，大到千万亿；各种三角形、方形、圆形、梯形，经常在梦中与他携手转圈跳舞捉迷藏，与他争吵打架抱成一团儿摔跤，为他弥补日间万乘之君缺少友伴的遗憾；他又以读史读经的浓厚兴趣和勤奋劲头儿，演算题目、画图解答，几乎到了废寝忘食的地步。

然而日常的读书习武不能停废，时间就不够用了。玄烨才想出提前起身的办法，钻进书房算题。

算草纸越摞越高，而银花烛台上的五支红烛身量一齐矮下来，像五个胖墩墩的小矮人儿。玄烨沉浸在算题中，手不停笔，越算越有精神。书房那个黄金底座的自鸣钟“叮叮当当”响了六下，他全然没有听到。

门上轻轻敲三敲，像鸡啄米。玄烨开门，小鲁子进来，先请了跪安，然后禀道：是皇上起身练弓马的时候了，御前侍卫已在宫门外侍候。

玄烨说：“她没看出什么吧？”

“没有。她照平日那样，钟敲五点就进来了，拿小灯照照万岁爷的帐子，直点头，还小声说：‘成天价念书，累成什么样儿啦，多睡会子吧，可怜见的！’”

两人一起悄悄地笑了。小鲁子给玄烨戴上风帽和貂皮里披风，一同出了寝处，玄烨这才大声说：“今儿骑射时间不能太长，我得抢头一个去给老祖宗拜寿呢！”

这一大声是说给看妈和随侍太监们听的。一出寝宫门，就是另一回事。他吩咐御前侍卫们再等候片刻，领了两个随侍小太监，顺慈宁宫与寿康宫间窄窄的夹道一溜烟向北飞跑，直奔宫中太后、太妃们日常礼佛的英华殿。

天刚麻麻亮，老远就看见英华殿前那连成一片的七棵大菩提树，仿佛一团浓云，树下三团黑影，最小的一团直扑过来，尖细的嗓音发抖，像小羊羔“咩咩”叫：

“三哥哥，现在才来！快把我冻死啦！”

春天的清晨果然寒气袭人，玄烨连连赔不是：“月妹妹别生气，一道题特别难，害我忘了时间！……”

“别说那个了，快上吧！”

跟着的看妈、丫头、随侍太监都提心吊胆，你看我我看你，不知这两个娃娃为什么单挑黎明时分跑这儿来。突见玄烨紧紧袍子，手脚并用，“唰唰唰”地爬上那棵最高大的菩提树，都惊叫起来：

“万岁爷！”

“老天！这是干什么呀？”

“别嚷啦！”冰月不高兴地斥责着，“跟你们说了的，我们要给老祖宗上寿，让她老人家又惊又喜！谁敢先说出去，我就告苏嬷嬷扣谁的月钱！”

“找着啦！”树上传来玄烨的喊声，“我往下扔，接好了，树上可没多少！”

菩提子接二连三地撒下来。冰月和随从们赶紧捡拾，装进冰月的黄杨小花篮。

“够啦！”冰月喊。

玄烨下树，凑在花篮上看了看，说：“再去弄一串儿。”

“干吗?”

玄烨捂着冰月的耳朵悄悄说了几句，小姑娘点点头。

玄烨又上树，冰月篮里的菩提子装满了。

临了，玄烨笑着对冰月说：“后面的事归你办，我练骑射去啦!”

玄烨练罢骑射驰马回宫时，天已大亮。虽然太皇太后早有懿旨停止圣寿节祝贺礼，王公百僚不需进宫叩拜，但宫内仍是一团喜气。各处宫门红灯高悬，张挂着寿字彩绸；一张张粘金沥粉、透出金黄色龙凤花纹的朱红绢笺上，草书一个大大的寿字，在各个正门上对称地贴着，更增加了热烈的气氛。玄烨跳下马就往太皇太后的寝殿跑，顾不上，也忘记了应该回屋换换衣裳。

“老祖宗！老祖宗，来给你老磕头拜寿啦!”玄烨快活地嚷着，毫无阻碍地走进祖母的寝宫。他站住了。没人应声，一派寂静，连个人影儿也不见。正对着的老祖宗的宝座，干干净净，一尘不染，两柄孔雀羽扇分列左右，金碧圆纹，煞是好看。宝座透花围屏上缠着红绫，后屏风上也悬着大大的寿字朱红绢笺。正间与东次间隔着玲珑剔透的百鸟朝凤落地罩，玄烨从百鸟百花丛中朝老祖宗的寝处东梢间看过去，没一点动静。

“老祖宗！……”玄烨又喊了一声。

“嘻嘻！……”什么地方传来笑声，像是捂着嘴。

玄烨回头，正间与西次间隔着的是透雕缠枝花卉的栏杆罩，中间是空的，一眼便能看清西梢间的楠木雕花隔扇门，门上绣着本色花纹的锦缎帘子似乎轻轻地动了动。冰月！也不知她寿礼备好没有，倒在这儿猫着想吓唬人？瞧我给你点颜色看看！……玄烨故意大声说：“咦，都到哪里去啦？准上了西花园，没错儿!”他用力顿脚走几步，表示他出去了，随后轻手轻脚地靠近西梢间，闪在门口的百宝柜旁。

“哎呀，三哥哥真的走啦!”这是冰月着急的声音，“看妈你快去追他，告诉他老祖宗去的北花园!”

看妈慌慌张张掀开门帘追到外面去了，跟着是一个小宫女的声音：“老佛爷反正回来用早点，格格你还用去吗？刚梳好的头，又要跑乱了。”

“不成，要是看妈找不着他呢？我还有事跟他说！快点儿啊，你别缝啦！”冰月说着已经走出门来，那小宫女还拽着她袍子的后摆，用针线缀着花边。玄烨原想大喝一声，此时却怕把她吓坏，不忍那么干了。直等她俩一前一后、一个跑一个拽，拉拉扯扯走到正间就要出门，他才哈哈一笑，说：“上哪儿去？我在这儿呢！”

冰月急慌慌的脸上立刻绽开笑容：“好哇！敢情你逗我们玩儿！”

小宫女也高兴了：“哎哟，格格快回屋吧，让我给你把活儿干完哪！”

冰月一步步走回来，小宫女还在后面托着带针线的袍边。玄烨站在那儿，竟目不转睛地看呆了。冰月见他那副样子，“扑哧”一下笑出声：“三哥哥，你怎么了？直眉瞪眼的！”

玄烨情不自禁地赞叹道：“今儿个你真好看！”

冰月不知怎的，瞥了玄烨一眼，忽然红了脸，不好意思地低了头。孩子的天真里掺进了少女的最初娇羞，她显得更美丽了。

小宫女连忙告诉玄烨：“老佛爷今儿上午宴请亲友，叫格格在西配殿主陪呢，特意要格格精心打扮……”

小宫女说什么，玄烨全未入耳，他的眼睛离不开冰月。

她个头儿不算高，可穿了高底绣鞋和直盖脚面的丁香色闪缎长袍，真就亭亭玉立了。幼时圆圆的脸，不知什么时候起开始变长，变得细腻柔润。天真无邪的眼睛，也似乎蒙上一层薄薄的、不曾见过的神采，如梦一般温柔、神秘。一只渐渐成熟的仙桃，散发出越来越浓的甜香；一位渐渐长大的小姑娘，透露出越来越多的少女风韵。真是一天一变样，再变下去，童年友伴，会美得叫人看一眼就晕头转向……

“你看，菩提子穿好了，每串都是一百零八颗……”冰月把两串念珠递给玄烨，他竟怔怔地忘了接，念珠“哗啦”一声掉到地上。

“你看你，发什么呆呀！”冰月生气了，推他一把，自己俯身捡起。

玄烨一惊，醒悟过来，耳朵有点热，面颊有些热，心里却像偷吃了霜糖，怦怦地跳，丝丝地甜……为维持做哥哥的尊严，他连忙皱起眉头打量一番，惋惜地说：

“呀，你这眉毛可描坏了！”

“真的？”冰月有点发慌，用手轻轻地摸。

“别动，别动！去照照镜子看。”玄烨推冰月进屋，拿镜子给她照看，“看见吗？你就像一首最好听的乐曲，这眉毛呢，就像曲子里一下冒出来的怪调；要是比作一首协律的好诗，这眉毛可就是错了平仄、差了韵脚……”

冰月擦去两道淡淡春山似的眉峰，拿起眉笔，却又蹩手蹩脚，自己不敢动。

“来，我给你描。”玄烨一把抢过眉笔，左右端详一番，便捧着这张五官精妙的小脸，细心地描画，嘴里还在说明，“要这样，慢慢地弯，眉尾要长长的，像古画里的美女，双眉修长……”

小宫女在一旁偷偷地抿嘴一笑，退出去给他们备茶。

“还没有好吗？”冰月小声问，暖融融的气息带着一股清香呼到玄烨面颊上。他猛地醒悟：原来他和冰月离得这么近！心里“怦怦”直跳，不知怎的，一句这样的话就冒了出来：

“我这就叫张敞画眉，所谓闺中乐事……”

“谁是张敞？他为什么画眉？你为什么又是张敞？”冰月疑惑地看着他。

“张敞啊，是汉朝的京兆尹，他喜欢给他的妻子描眉，因为他最爱他的妻……”

“可是，你不是张敞，我也不是你的妻呀？”冰月还是那么认真地看着他。

他顿时觉得胆怯了，垂了眼帘说：“唉，我不过那么比方……”他忽然想到自己是天子，永远不该有令天子胆怯的事！于是又抬起头，鼓足勇气说：

“不管张敞不张敞了！将来你肯做我的妻吗？……”

“我？……”冰月显然很意外，“你是说，要我嫁给你，是吗？”

玄烨点点头。

冰月严肃认真地想了想，说：“这不要告诉老祖宗吗？”

“现在不要。以后告诉。……就问你自己愿意不愿意？”

“我自己？当然是愿意的！你对我多好啊！……可是，嫁又是怎么回事呢？书上讲，男女居室，人之大伦，就讲的是这个吧？”

“是。”玄烨又心慌又高兴，不知怎么向冰月解释，因为他自己也并不十分清楚。他突然想起那尊欢喜佛，便说道：“还记得懿靖大太贵妃佛屋里的那尊佛吗？……”

冰月那刚刚画好的修长的双眉皱起来了：“那个样子？多可怕！那个大佛像要把那个小佛吃掉似的……”

“不是，不是的……”玄烨小声嘟囔着，心慌意乱。皇上还能这么无能、这么慌乱？不！玄烨坚决地伸出双臂，轻轻地搂住冰月纤细的小腰，非常小心地，仿佛她是个易碎的水晶制成的绝世珍宝一般，把她抱在自己怀中，用自己的面颊贴着她香喷喷的鬓角，低低地耳语道：“他们是这样，非常亲非常亲……”他看了看冰月惊慌失措的眼睛，心里感到从未有过的快乐，低下头，在那珊瑚般红润的小嘴上很快地亲吻了一下。——这就是玄烨心目中的“男女居室，人之大伦”。

也许就是这匆匆一吻，唤醒了少女本能的羞怯，冰月忽地红了脸，推开玄烨，脱身出来，连着跑了几步，一下子跌坐在南窗的坐炕上，低着头，哭了。

这下子玄烨真慌了，什么天子的威仪、皇上的至尊，全撇到脑后，赶上去拉着冰月的手，连声地说好话：“哎呀，别哭，你别哭哇！……”

“你欺负人!”冰月呜咽着说。

“没有没有！我发誓！我一点没有欺负你的意思！我实在是……唉，好妹妹别哭了，饶我这一回还不行吗？不然老祖宗回来我可要挨骂啦！……求求你，好妹妹，我以后再也不敢了！……”

玄烨央告着、哄着，冰月终于不哭了，但还是扭着脸不理这个三哥哥，任他哀求，也不回头。可是，当小宫女端了茶同看妈一起进屋来，冰月便循着他俩“对外一致”的惯例，立刻跟他说话，说的还是一件要事：

“三哥哥，咱们的小雪病啦！”

“啊？在哪儿？”玄烨这才记起，进屋后没听到熟悉的金铃响，没看到那跳上跳下、活泼可爱的白茸茸毛团儿。

“昨儿晚上叫了一整夜，天亮才睡着。”冰月指指炕头，一个绣花鸟的水红缎软垫上，小雪蜷成一团，像一个大雪球，“累坏它了，叫得可难听呢，平日从没这么叫过。”

玄烨摸摸小雪，小雪一哆嗦，抬起了头，抖了抖身上洁白的长毛，站起身子细声细气“喵喵”地哼了两声，之后，就昂起头，张开嘴，叫得一声比一声粗大，一声比一声狂野，像是身体内什么地方受了伤，痛苦难忍；又像在呼叫救星，等待回应，叫得声嘶力竭。

玄烨吓住了。冰月极其心疼，赶忙把小雪抱在怀里。小雪的叫声低下去，变成了呻吟。

“三哥哥，你看，这可怎么办？”冰月眼泪又要掉下来。

“哎呀，小雪，你是怎么啦？哪儿不舒服？……唉，它又不会说话！”

看妈在一旁道：“格格，你放它下来，拍拍它的背看。”

冰月把小雪放在炕上，玄烨赶着去拍背，轻轻地顺颈子往后拍，刚拍到臀部，小雪突然四肢蜷曲，肚皮贴地，毛茸茸的尾巴直竖起来，呻吟、哼唧，更加娇赖，更加难听。

“三哥哥，它是肚子痛！”冰月含泪嚷起来。

看妈暧昧地撇撇嘴：“没事，是闹猫，到时候了，猫儿叫春呢！”

“你说什么？”玄烨和冰月都不懂，一齐望着看妈。

看妈笑得怪模怪样：“小孩子家，说了你们也闹不清，小雪发情啦，要找个公的来配它……”

看妈的话，加上她那带着猥亵意味的笑容，令玄烨难堪，尤其觉得侮辱了冰雪一样的月妹妹，他骤然变了脸，呵斥道：“你大胆！敢说这等下流话！”

看妈大惊，跪倒叩头求饶：“皇上恕罪，奴才再也不敢了！……”

“不成！”玄烨非常坚决，“我得回老祖宗，宫里不能用你了！”

冰月莫名其妙："三哥哥怎么啦？看妈说什么了？"

玄烨皱眉道："你别问，没好话！走，咱们去找老祖宗！"

二人手拉手去北花园接太皇太后。

太皇太后听了小皇帝的禀告，只笑了笑，没说什么。那个看妈终究到慈宁宫去侍候皇太后姐妹了，小雪也被送去宫中猫狗处待了两天。送回来时，冰月说它又脏又瘦，边哭边给它洗澡。从此它再也没有怪叫过，这是后来的事了。

正午，太皇太后在慈宁宫东配殿设宴，款待亲友。能与此宴，便是殊荣。因为请的人不多，除亲王郡王福晋、出嫁的公主之外，只有开国五大臣额亦都、费英东、何和礼、安费扬古、扈尔汉家族的直系当家夫人。辅臣遏必隆是额亦都的儿子，承袭宏毅公的世爵；而遏必隆的母亲是和硕公主、太宗皇帝的妹妹，六十多岁了，还精神矍铄，领着儿媳妇遏必隆夫人和两个孙女儿喜气洋洋地来给皇嫂拜寿。既不是公主、福晋，又不是五大臣后裔的，只有一位，那就是索尼夫人。令人惊羡不已的是，宴前，太皇太后竟在西配殿单独召见了她和她的两个孙女儿，为上次孔公主下嫁向她致谢。

索尼夫人毕竟是见过世面的一品命妇，面对正方宝座上的太皇太后和宝座左侧就座的那位十二岁的小皇帝，应对娴熟、礼节周到。倒是那两个从来不曾进过宫、不曾见过这般场面的芳儿和桓若姐妹，站在祖母身后，一动不动，眼睛都不敢抬。芳儿表情还算从容大方，桓若不免露出几分胆怯。

太皇太后偏偏把两个小姑娘叫到身边，拉着手儿，问了名字又问年龄，很是喜欢。苏麻喇姑立刻叫宫女呈上两份赏：一副银丝嵌珍珠手镯，一对嵌翡翠金戒指。太皇太后还连连说赏薄了，两个小姑娘连忙跪下谢赏。

玄烨最喜欢宫里这些节日，虽然庆祝礼仪繁缛，令人头痛，但可以见到许多事许多人，那是平日冷清清的宫院里见不到的。他很想知道宫廷外面的生活，他的子民、普通百姓都是怎么过日子的？所以，他很注意对面这两个小姑娘，尤其那个看上去很老实的穿绿衫的女孩儿，叫什么来着？哦，叫桓若，这名字不是挺特别吗？……那一个名字真俗气，叫芳儿，可是仪态倒是端庄大方，看上去秋水一般宁静。她自己一定也知道她的长处，两把头的正中发板上，簪了一朵绢制的可以乱真的红芙蓉，跟她真相称……

玄烨正在胡思乱想，只见两个小姑娘跪在他面前行礼告辞，太皇太后在招呼："苏麻喇姑，领二位小姐去找冰月格格。她们一定能玩儿到一块儿！"

冰月！玄烨心里一颤，唇边止不住地露出微笑。他不合时宜地想起清晨那一幕，满心自豪：他的冰月是最美最好的，天下的女孩儿任谁也比不上！……幸而两位老太太正谈得有劲，没人注意他的表情，他赶忙收回心神，勉强去听，以维持起码的礼节。

"……她呀，虽说只有十三岁，读书明理，端庄文静，多半大男人都不及她的见识哩！去冬她随她父亲下乡上坟，住在庄园里。她父亲出门修坟，她独自在楼上看书，望见家中一少爷殴打庄户，正值大雪，庄户咯血满地，沾衣尽赤。同来缴粮的庄户一时相聚数十人，气势汹汹地要闹事。这丫头立刻遣苍头去问清情由，那少爷原来是一远房侄儿，在庄里横行惯了。芳儿当下命人把庄户抬进屋内，召大夫来救治敷药，并发十两银、五斗米差人送到庄户家中。随后把那侄子召来，以主人身份，当众杖责了二十大板。众庄户口服心服，各自散去，还传说了许多芳儿的好话。家里人都不料她小小年纪，临事如此有决断。索尼也最喜欢她……"

一切祖母说起心爱的孙儿都是滔滔不绝，以卖弄夸奖为乐事，仿佛天底下只有她的小宝贝最可人疼。

"好见识，好心胸，小小年纪便如此贤惠，索夫人，你好福气啊！……"太皇太后用赞美打断了索尼夫人的话头。她一直耐心而有礼节地听着，不时点头微笑。她当然猜得着索尼夫人夸孙女的背后，隐藏有别的企求。但是，做祖母的碰到一块儿，谈孙子是情不自禁，身为太皇太后的孝庄也难逃此例，她心里实在不服，忍不住要卖弄卖弄自家的孙子：

"论岁数呢，皇帝比你家芳儿还小了一岁。都道男孩儿开智晚，他可作怪，从小就爱读书，比他父亲还甚……”

“正是正是，”索尼夫人连忙接口，“我们都听说皇上六岁那年在沙河行宫校射三发三中，赐穿黄马褂；对诗讲赋，震惊诸王大臣。”

“骑射文才也罢了，最难得他心地仁厚，天生纯孝……”太皇太后眯着笑眼，喜爱地望着孙子，兴致勃勃地说起今天上午的事情。

早膳过后，各宫主位宫眷都来慈宁宫给太皇太后拜寿。因行家人礼，没有仪驾奏乐等大礼的许多庄严华贵的场面，反而喜气洋洋，和乐异常。老祖宗正座，左边拥着玄烨、福全为首的十多个孙子，右边围着冰月、芷珠为首的十多个孙女儿，花团锦簇，绕膝承欢。拜寿的太皇太妃及皇太后、太妃们，无不对老佛爷这福分、这福相赞美备至，提议召画师作一幅《佛母百子图》，以传永久。

按照惯例，众人要一一奉上寿礼。因为是自家人，所以寿礼也都简单：或一对耳环、一副手镯，或一袭绣袍、一双绣鞋。太皇太后不分厚薄，都笑容满面地接受，而上寿者也自觉菲薄，总要加上一句："老祖宗收着，赏阿哥、格格们使吧！”

阿哥、格格们都还没成年，只有受礼受赏的份儿。

谁料众人上礼毕，小皇帝竟跑出来跪在太皇太后面前，双手高高举着一串念珠，大声祝道：“孙儿孙女进奉圣祖母圣寿无疆，一百零八牟尼珠，一珠期寿三百年！”

满堂惊诧之后，哄然大乐，这礼品这祝词，盖过了所有的人！

“你看，就是这个。”太皇太后不无自豪地指指项间的一串念珠，“能认出来是什么做的？”

深黄颜色，精圆光润，大小不很匀，穿在一起却非常别致受看，显得静穆庄重而素雅，不像珍珠翡翠珊瑚那么珠光宝气、俗不可耐。索尼夫人认了又认，终于笑道：“老佛爷，恕奴才眼拙，实在认它不出。”

“这是菩提树子，他今儿一大早上树采来的。他还说，菩提树下佛陀成佛，修到菩提便是佛；天光初露，菩提子上含佛光……瞧瞧！”太皇太后笑着摇头，说不尽的喜悦和得意。

“哎呀呀，老佛爷还说我们有福气，皇上仁孝无双，普天下谁有老佛爷的福气大呀!”索尼夫人真心赞叹。

太皇太后情不自禁，又说道：“仁孝是他本性，最难得他小小年纪便这般懂事，识大体顾大局，真不愧……”她缩住了后面的话，望着孙子一笑。

玄烨还给祖母会心的笑。他知道祖母所指，也知道为了后宫体面，她不肯继续说下去。但他心里对后一件事更感到得意，更自我欣赏。

当他向老祖宗献过寿礼之后，又从冰月手里接过另一串念珠，也是一百零八颗菩提子，只珠子小一点，奉献给坐在太皇太后下首的懿靖大太贵妃：

“太皇太妃在上，请受儿臣礼敬，愿祖母福体安康!”

大太贵妃一愣，竟忘了起身去接。玄烨更凑近她，在她耳边轻声说道：“儿臣与冰月冒犯祖母，求祖母饶恕，以此宽怀畅意，颐养天年!”

大太贵妃接过念珠，手在哆嗦，眼里涌出泪花，扶起玄烨时，回头望着太皇太后，喊了一声：“皇姐！……”

大太贵妃与太皇太后以目光互相致意之时，玄烨赶紧又小声说：“菩提子是儿臣采的，念珠是冰月穿的……”

从没见过她脸上有这样的亲切，转向冰月伸出两手。冰月乖巧地跑过来，一下子扑进大太贵妃怀中，搂住她脖子，把香喷喷的小脸蛋儿贴上大太贵妃的粉面。这样一来，大太贵妃的泪珠子终于搁不住，滚了下来。

太皇太后没说完的话，玄烨可以接续下去：他玄烨真不愧皇天之子、江海度量！他心里舒服又得意，眼前两位祖母夸孙子的较量，他胜了！转眼看看索尼夫人，老太太仍是十分乐和，没有一点失败的沮丧，似乎玄烨的出奇聪明仁孝是天经地义，理所当然，这令他的胜利感大大失色，不禁想起那位对手，叫什么来着？对了，芳儿。

这芳儿这么敢作敢为，看上去又那么文静，想必很有学问，而且她既在索尼身边，知道的事情一定不少。玄烨打定主意，要从她那里探听关于天算案的消息。因为索额图大约是受了父亲责骂，许多话不敢随意告诉他这位小皇上了。

于是，当东配殿里舞乐百伎并作，太皇太后向各席分赐茶酒肴馔、宴席的气氛变得轻松愉快时，玄烨离开了他的御座，跑到配殿北侧专为一帮女孩子们设席的屋里去了。冰月是这里宴饮的主人，正在热心又很讲礼数地向小姑娘们劝茶劝酒。一屋子酒香果香脂粉香，各色各样的点心鲜果珍肴，五颜六色的衣袍，闪闪发光的头饰，娇声细语和着清脆的浅笑，还杂着玉镯环佩珠钗金锁的“叮叮当当”。哦，满目粉脸红唇、黑发俊眼的小美人儿，玄烨乍一进来，便被这浓郁的香、色、味包围了，眼花缭乱，不知所措。小姑娘们也吓了一跳，赶紧起身给小皇上请安。

玄烨定定神，走过去坐到冰月的筵席上。冰月懂事地向后退了两步，心里却又是高兴又是得意。

满洲人家的男女避嫌从来就不严格，何况小姑娘们多是公主和福晋的女儿、玄烨的表亲，又都是小孩儿家，所以玄烨只说了几句客气话，这些表姐表妹们也就释然，没什么拘束了，玄烨也就迫不及待地与芳儿、桓若姐妹攀谈起来。

很快，玄烨就发现，桓若虽然胖胖的，身量又高些，却总是看芳儿的脸色，每回答他的一句话，就得看芳儿一眼，似在寻求保护。由此断定她没有主见因而也不会有多少学问，不是交谈对手。玄烨于是把注意力集中到芳儿这里。

果然，芳儿对天算案也很关切。她告诉玄烨，礼部有关天算案的复审尚未结束，而三法司的判词却已经下了，他们维持刑部原判，但又不顾刑部附加的“待天算案结案后再判”的意见，确认汤若望处绞刑！据说，那些洋教士到三法司听判时，都曾作有辩护状文，郑重发誓他们绝非叛逆之党，实在是一种神圣的敬天宗教的传布者。可想而知，没有人理睬。

玄烨心里气恼，又不能表现出来。他沉了一沉，问：“你听说没有，三法司六名主审，竟没有一个提到天算的事？”

芳儿静静地想了想：“听说三法司只有五名主审，刑部尚书龚鼎孳宣判那天不在场。”

“哦?”玄烨眼珠一转，问，“你还知道什么?”

芳儿温静地笑道：“不知道什么了。”

“你一个女孩儿家，对政事也关切?”

“不是的。我只是记性好。玛法理政，从不避我们姐妹，我听到了，就能记住。有时候，汉文蒙文的函牍太多，玛法看不过来，别人又不懂，便要我帮他抄写。”

“你还通蒙文?”

“是。”

“哎呀，真了不起！怪不得你看上去有一团书卷气，我就猜你读书肯定不少……”

芳儿笑了，道：“皇上还会相面?”

玄烨得意地一拍手：“相面还不容易！咱们这里的姐姐妹妹，我都能相出来!”

芳儿微笑：“你相我什么来着?”

“你呀，额宽颡广，肌肤滋润，是个有福气的，但人中欠长，难以高寿；眉清目秀，聪颖端庄，气度儒雅，有君子风。所以，我说你头上这朵芙蓉花跟你非常相称!”玄烨信口胡诌，很想在这个温静婉和的女孩儿面前显示显示才学。芳儿被赞得不好意思了，但她究竟是大家风范，并不故作羞态，只是脸上微微泛出红潮，笑道：

“皇上真会说笑话！……”

芳儿的话未落音，冰月“腾”地起身走来，插到玄烨和芳儿之间，气鼓鼓地睁着大眼睛，先瞪了玄烨一眼，又转向芳儿愤愤地喊叫：

“我喜欢你这朵芙蓉花！把它给我!”

玄烨和芳儿一愣，还没弄清怎么回事，她已经毫不客气地伸出手，将芳儿发板边插着的红芙蓉一把拽了下来!

“冰月！你怎么可以这样！……”玄烨拿出做哥哥的架势，想要教训两句。冰月在外人面前这么失态，他觉得难为情。芳儿开始有些尴尬，但很快恢复常态，笑着对冰月福了一福，非常和婉地说：

“公主尽管拿去。公主要是喜欢这种绢花，我明天叫他们给公主献上十盒，各种花卉都有，很精致的……”

玄烨抱歉地对芳儿说：“她年岁小，不懂事，不要见怪。看妈，去把盆里的唐花芍药剪一朵来给这位小姐！”

冰月原本挑衅地看着玄烨和芳儿，听玄烨这么一说，“啪”地把那朵芙蓉花扔到脚下，涨红了脸，转身就跑，才到门口，听到背后玄烨在说：“不要紧，别理她，一会儿就好了！”冰月顿时满心委屈，“哇”的一声就哭开了，捂着脸跑出东配殿，正好迎面碰上“来看看女孩儿们”的太皇太后。

“哎呀，我的小冰月怎么啦？”老祖宗一把搂住了小孙女儿，心疼地说，“看看，脂粉叫眼泪冲掉了，成花花脸儿啦！”

“皇上哥哥，他，他不理我！”冰月抽抽搭搭，委屈得直撇嘴。

“谁敢不理我们小冰月？看皇阿奶教训他！小冰月是北屋的东道主啊，怎么可以跑出来呢？走，咱们进去瞧瞧！……”

苏麻喇姑在旁边笑道：“小孩子家有什么正经，好一阵恼一阵的，不用老佛爷操心。今儿早起，他还给冰月画眉毛，玩儿得好好的呢！闹就闹一会儿，半天就没事啦！”

太皇太后想了想，笑道：“可也是呢，多半为了争果子争饽饽，闹红脸了？”

冰月嘟着嘴说：“不是果子饽饽，是花儿！”

“好啦好啦，待会儿给你们送一大箩好花儿，让你们这些小姑娘家每人插一头，这该行了吧？来，冰月，我送你进屋，接着当你的东道主。你不是念过书上的话，什么来着？‘主雅客殷勤’不是？你那个皇上哥哥，我教训他！”

冰月不情愿地随着祖母回到北屋。不用太皇太后两句话，一场风波就过去了。不过，冰月就不肯搭理玄烨，倒和芳儿、桓若姐妹说得热热闹闹。

太皇太后把守在旁边的看妈叫出去问了问经过，嘱咐几句，又到别处应酬去了。

下午是家宴。宴散之后，安亲王岳乐被太皇太后留下，在西花园延寿堂待茶。

人逢喜事精神爽，又喝了些酒，太皇太后的弯弯黑眉下一双眼睛格外有神采，看上去竟如四十多岁的人。一如既往，她的表情总是那么端庄、慈祥、和蔼，今天更多了一些女性的温柔、长辈的亲切。她像对自己的孩子一样款待这位侄子，跟他无拘无束地聊天：家里人大大小小都好吗？近日家下可操办了什么红白喜事？亲友们来往有什么趣事？琐琐碎碎，听得津津有味。岳乐说起来也很随便。他对这位了不起的婶母一向充满敬意，只是在敬意的背后，还隐藏着一团疑惑和因此而来的畏惧。

你永远也弄不清这位至尊至贵、端庄慈祥的太皇太后究竟是怎样的一个人！说她端庄吧，为什么早年跟多尔衮暧昧不清？说她不正经呢，这么多年来她又玉洁冰清、宫闱肃静。说她慈祥，先皇去世以后，大狱冤狱接踵不断，她却不闻不问；可说她不仁不慈呢，她又经常拿她宫中节省的银两去赈灾救荒，恩惠恩赐遍及八旗满洲以及天下。先皇在世时身体力行地学汉制近汉俗，她不曾反对；先皇去世，辅臣们恢复祖制闹得这般乌烟瘴气，她也不阻止。尤其是先皇那份痛骂自己的遗诏——罪己诏，她在其中到底有没有做手脚？……岳乐一直和先皇息息相通，是先皇帝学汉制习汉俗的追随者，因此，他对这位慈祥仁厚的婶母太皇太后，就不能不存一番戒心。那么，今天太皇太后挽留他，为的什么？只是一叙亲戚之情吗？

“你的气色看上去很好，又红又黑的。”太皇太后笑着说。

“是。儿臣年来多在田庄上走动。”

“哦。今年收成好吗？”

“好，比往年增收了五成光景呢！”岳乐说起来很高兴。

“哦？是什么道理？别人家都在叫喊庄田减产呀！”

“这……”岳乐赶忙缩住口。他不敢把自己在庄田上的那些变通说出来，那又是些大违祖制的事。——然而他的庄田增收，确是靠了这违制的办法。他想轻巧地支吾过去：“托太皇太后和皇上的恩福，风调雨顺，所以有十成收。”

太皇太后明亮的眼睛注意地看了他好一会儿，看得岳乐心里发慌：莫非对我在庄子里的作为已有所闻？他表面尚能维持镇静，伸手端起茶盏，凑到嘴边喝了一口，却听太皇太后笑道：

“你真要终老田园，学那个陶渊明？”

岳乐嘴里含着茶水，心里极快地琢磨，学陶渊明？这是什么意思？是暗指他学汉俗吗？……幸而她很快地说出了下一句话：

“你不打算回朝议政了？”

岳乐差点儿被这口茶水呛住。哪里敢在太皇太后面前咳嗽啊！他只好用力往下咽，使劲憋住想要咳出来的那股气，试着用清喉咙的办法缓和一下，心里不无疑惧地想：这是不是今天她要说的最主要的话呢？

岳乐终于摆脱了那口茶水带来的困境，从容地说：“先皇遗诏四大臣辅政，议政王大臣诸人都很满意。儿臣办事做人常常不合时宜，当有自知之明以让贤，不好再厕身其间了。”

“贵为亲王，理当为朝廷分忧解愁。”太皇太后容色还是那么和蔼可亲。

“有辅臣在，儿臣不便多管闲事，惹人议论。”

太皇太后出神地看着岳乐，突然道：“听说几日后御前大审天算案，推你为首席主审？”

岳乐笑道：“实在是辈分和爵位使然，非儿臣自己所愿，御前大审又属国家大典，不得不参与。”

“那么，你以为此案应如何审理？”

“儿臣实在不知案情，惟有临审时秉公而断。”

太皇太后不得已地点点头，也就不再提这些事，转而笑道：“见到冰月了吧？快长成大姑娘啦，越来越漂亮，是不是？”

岳乐笑着点头称是，心里却万分感慨：冰月越来越像她的生母，那个他以亲王的权势、男人的真情、苦刑和死亡的威胁都不能征服的女人……

“她真是个招人疼爱的孩子！”太皇太后笑眯眯地说，“我的几个女儿都远嫁蒙古，多年不得见面，有了这么个小孙女儿在身边，堪慰老境，颇不寂寞了！……岳乐，日后为她议婚，你们夫妇想过什么人家？”

“老佛爷，冰月蒙你老人家恩养，在宫里长大，以后的婚姻大事，就全凭你老主持了，这也是她的造化。”

太皇太后高兴地“呵呵”笑了：“说来你别见怪，要不是有同族不相婚配的祖训祖制，冰月和三阿哥倒真是天生一对、地配一双啊！”

“哦?!”岳乐吃了一惊，赶忙悄悄瞥了太皇太后一眼，但见她缓缓地点着头，眯着笑眼慢慢说起几件孩子们中间发生的事：游戏呀，画眉呀，为那朵芙蓉花儿斗气呀等等。岳乐心头一时翻腾起来。

辅臣遏必隆的八哥图尔格，娶的是太宗皇帝的妹妹和硕四公主。他们的三女儿嫁给了贝勒尼堪为福晋，因自己不生育而拿仆妇的女儿收养为己女。事情不幸败露，太宗皇帝大怒，以混乱皇家血统，不仅加罪于尼堪福晋，图尔格贷死夺官，公主革去封号，尼堪也因此由贝勒降为贝子。

前车之鉴，岳乐有什么不明白？他是为这对小儿女青梅竹马的情意所感？还是企求女儿做皇后的荣宠？还是依恋冰月生母的情愫在作怪？总之，说不清什么道理，他自己也不知为什么，竟然不顾一切地说道：

“老祖宗，要是冰月与三阿哥并没有血缘之亲呢？……”

太皇太后的笑容倏然消失，眯着的笑眼慢慢睁开，一道闪电似的目光直射岳乐，很是尖锐，带着冷峻的压力。岳乐不自觉地在这威严的目光下低了头，后面的话像被风吹跑了，再无声息。

沉默片刻，她慢慢收回目光，恢复了和蔼，说话声里也像带着笑：

“岳乐，你今儿喝酒喝多了吧？不然，哪能说出这样没体统的话？就是说着玩儿也够吓人的。幸亏只有我听见。好了，你去吧！……”

岳乐告辞出来，额头早沁出了冷汗，但出西花园之前，他是不敢动手擦的。

太皇太后却在延寿堂一声不响地坐了许久，后来她举起右手，用手掌蒙住眉眼，臂肘撑在桌案上，长长地、深深地叹了一口气。她心上翻腾绞缠着的，远比岳乐想象的更多更乱也更复杂。过去，现在，将来；家族，朝廷，江山；丈夫，儿子，孙子……

她眼前异常鲜明地又出现了那一幕：九年前，也是她的圣寿节，在慈宁宫盛大的家宴上，她首次目睹儿子福临如何钟情地探求着另一个女人的目光，那是一个他不应该钟情的女人。为了这个女人，儿子发疯、发狂、生病，二十三岁青春年华便离开了人世。她不该恨这个女人、诅咒这个女人吗？如果天地间没有她董鄂妃，一切原本可以不是这样啊！

还有这一幕：三十三年前，盛京大内凤凰楼后清宁宫，在她的东二宫里，是她亲自布置，促成太宗皇帝纳了她的姐姐海兰珠，于是便有了一个宠冠后宫的敏惠元妃，使太宗皇帝冷淡了皇后，冷淡了她，冷淡了后宫的所有女人。敏惠元妃海兰珠病逝，太宗皇帝悲痛逾常，数度昏迷，水米不进达五日之久，终于一病不起，撇下未竟的宏图大业，撇下五岁的福临，驾崩于沈阳城。

今天，她又看到，她的孙子，大清帝国的继位天子，再次面临着同样的危险。冰月不会是另一个董鄂妃吗？玄烨不是也像他的父亲、他的祖父一样多情吗？一个皇帝，有一个宠冠后宫的爱妃，能是一件好事吗？不，绝不是。太宗皇帝宠爱敏惠元妃，顺治帝宠爱董鄂妃，都使他们本人、都使朝廷和社稷江山付出多大的代价啊！

两代人的教训！还不够吗？难道还要在第三代，她心爱的孙子身上重演？

不，她绝不能容许。

况且，她原来还有更重要的计划。

她平静了。慢慢站起身，掸了掸袍上并不存在的灰尘，她迈着坚定的步子出了花园。

第二天天擦黑儿的时候，玄烨应召来寝殿谒见祖母。祖母和平日一样慈蔼亲切，对他轻言慢语地说：

“你一天天长大成人了，不能老让乳母看妈跟着你，小太监到底粗心，办事不牢靠。我这里的四名宫女拨给你，以后你的饮食起居就由她们服侍。我给她们添了四个名字，叫云、霞、雨、露，你也好使唤。……阿云，你们来给皇上叩头。”

四个十五六岁的宫女走来，齐齐地跪倒在玄烨面前请安磕头。因为事情来得突然，玄烨未免有些心慌。看看四个宫女，虽不是娇艳照人，一个个也端庄文静，举止得体，很懂规矩。

“苏麻喇姑，你领她们去皇帝住处。”

待她们出去以后，太皇太后指着案几上蒙着黄绫的木匣子，简单地说：“这是一尊欢喜佛，你把它供在你卧室里。”

玄烨惊异地瞪大眼睛，想问又不敢问，心头“怦怦”乱跳。

太皇太后看了他一眼，觉得有必要再解释两句：“早年间，蒙古族笃信佛教，出家修身者甚多，于是人口渐少，部落渐衰。有佛幻化为高僧从西方来，传此佛像，专司传宗接代大事，后又传入我满洲，自此，满、蒙两族日渐兴旺……好了，你去吧！这两日太累，我要早点歇下了。”

忐忑不安的玄烨出了祖母寝宫，背后跟着小太监，恭敬地捧着黄绫蒙盖的木匣，亦步亦趋，往后殿走去。

当晚二更以后，苏麻喇姑巡视了慈宁宫各处后，回到太皇太后这儿伺候她上床。她正在拆取女主人头上的饰物，忽听女主人问道：

“皇帝睡下了吗？”

“没有。他还在书房读书呢。他那书房的灯，总要亮到二更以后。”

“你进书房看了？”

“是。皇上还要赐我点心呢。”

“哦……”太皇太后沉吟不语，再没有说什么。只在安安静静躺进熏得喷香的锦被里之后，才轻轻地叹了口气，似忧虑，又似宽慰。苏麻喇姑能够理解女主人又高兴又担忧的复杂心绪。她到底在女主人身边四十多年了。

六

明月高悬在夜空，淡淡如水的光芒，均匀地洒向大地。一切建筑物，无论是雄伟森严的宫殿，还是寒碜贫穷的茅屋泥舍，都被慷慨地涂抹上一层银光。千门万户的京师北城，落入深深的寂静。

刑部衙门西北隅，一株古老的榆树伸展着它枝丫繁多的躯体。相传它是明代名臣杨继盛亲手栽种，站在这所监狱之侧已经百年有余。也许是戾气所钟，竟十分茂盛，树形也格外古怪。月光透过那如同巨鸟趾爪的树杈，照着一个个又高又小的窗户。从北头数起第十三个小窗洞的那间牢房里，便关着汤若望和南怀仁。

牢房里又冷又脏又阴暗，开春以来处处滴水，充满了霉烂、臊腥等种种令人作呕的臭气。地上突出一个木桩，两名囚犯像野兽一样，被颈圈的铁链拴在木桩上，这样他们不能立、不能坐，只能躺在地上。事实上，就只九条铁链的重量，也使他们无法长久站立支持了。从监外的走廊中，传来一阵又一阵闹嚷，那是奉命日夜看守汤若望和南怀仁的狱卒，共是十人，一入夜就赌钱喝酒，闹得不可开交，难得有心思过来看看犯人。

汤若望和南怀仁各自躺在冰冷的草席上，看不见彼此的面容，只能在黑暗中用他们的语言轻声交谈。

一缕月光转过来，照到汤若望一动不动的面孔上，他不说话了，静静地望着从小窗洞里向他窥视的明月。月光把他雪白的头发胡须照得亮灿灿的，使他的面容更加清晰、平和，他脸上渐渐现出一丝微笑。南怀仁看着，心里感动，多像一尊神圣的殉道者的大理石雕像！仿佛是米开朗琪罗那天才的双手塑造出来的。

“亚当·约翰，你在想什么?”沉默片刻，南怀仁轻声问。这就是汤若望的真名字——亚当（Adam），缩读音便是汤；约翰（John），译音便是若望。

汤若望的眼里闪过梦幻般的神采，由于说着本国语言，发音顺畅了许多：“我在想，这月光也照在莱茵河畔的科隆城，河水闪着银光，河面传送着科隆大教堂的阵阵钟声和唱诗班美妙的《安魂曲》……多么遥远啊！童年和少年……”

“请别见怪，我早听人说，你是沙尔·冯·白尔这支德国最古老贵族的一脉爵位继承人。你们家族的纹章上有飞鹰和著名的红银两色方格。”

“是的。”汤若望仍然沉浸在他的遐想之中，眼睛不离开渐渐偏移的月亮，“我们家族的英雄，是菲里普·沙尔·冯·白尔，利富兰国的最后一位修会骑士，德意志骑士阶级的骄傲！一百年前率领骑士团抗击俄国暴君伊凡的入侵，不幸被俘，在莫斯科被俄国沙皇处死。……亚里士多德说，一个勇敢的人，有坚定、刚毅、不动摇的德行，可以用方形做象征。沙尔族纹章上的方格排列得如同棋盘，就取义于此。我和我的哥哥约翰·来因哈得，都放弃了继承权，献身天主，并不以沙尔家族的出身为荣。但是这纹章的用意，却是我们发誓要终身奉行的。”

“哦，亚当·约翰，你是无愧的！这样多的痛苦，你毅然忍受，英勇坚强……”南怀仁感动地低声自语着，话锋一转，他问道，“你想，我们还能恢复自由吗？”

沉默片刻，汤若望静静地说：“你们三位尚有一线希望，我不能了，他们必定要置我于死地。”

“这不可能！”南怀仁几乎叫出声。幸而赌钱的狱卒闹嚷正凶，没有被惊动，不然他们这样的交谈也将被剥夺。

“费迪南特，很快你就可以看到，谋逆的罪名是虚假的没有凭据；宣布天主教非法，也只是为了封闭各地教会，打击我们的传教事业；西洋天算法虽然将被不顾正误地强行停止，总不能构成死罪。你们三人会有释放的一天。而我，他们绝不会放过。即使各项罪名都落空，也会拈出一件想不到的罪案，堵住所有人的口，有凭有据地拿我处以极刑！……”汤若望思路很清晰、很有条理，又很冷静，仿佛在说别人的事情。

南怀仁一腔怒火，突然抑制不住，握着双拳低声吼起来：“这个野蛮的、迷信的国度！这些不辨是非的没有心肝的人们！上帝啊，你为什么不降罪他们？为什么不惩罚这可诅咒的地方？”

南怀仁的愤怒，汤若望可以理解。

这些时日以来，为着天算案，他们二人拖着沉重的锁镣，来往于刑部监狱和礼部大堂接受复审。南怀仁作为汤若望的代言人，必须向那一大批无学无识的愚昧官员们答复和解释他们那许多往往是极其幼稚可笑的问题，比如，为什么日食可以测定？为什么金星时而早上出现、时而晚上出现？等等。最令人愤慨的是，即使他尽全力解释回答，那些官员们仍然丝毫不懂，却掌握着判断他正误的权力，可以随心所欲地说他是错的！

“不！不！费迪南特，你完全错了！”汤若望突然急躁地打断南怀仁的话，用不容反驳的语调这样说，随后又意识到什么，迫使自己沉静片刻，才换了一种平和的口吻，“这是一个了不起的民族，一个伟大的民族，足以同欧洲古老的罗马帝国相媲美。它的文化之博大精深，它的伦理道德之完整牢固，是难以想象的。你来中国的时间太短，接触的人太少。你看到的那些邪恶的残酷的人，偏偏又不是这个民族的代表和精华。”

“我知道，你是说那些汉官……”

“也不尽然。不过，难道不能从汉官身上看到端倪吗？日食测定延缓了此案的进程，这不是我们的老朋友龚鼎孳的巧妙提议带来的好处吗？前次三法司定案，两位汉尚书不是对我们颇表同情吗？”

“龚鼎孳？不就是他给年迈病衰的老约翰加上本来可以免去的九道铁链吗？而且，三法司定案他为什么不出席？还不是躲开了！汉尚书的同情有什么用？最终还得屈服于满尚书！这些怯懦的人！”

汤若望深深叹了口气，缓缓地说：“被征服民族的悲哀啊！……三法司定案或许是故意选在龚鼎孳不能出席的时候。你不知道吗？他的夫人病逝了……一位多么美丽聪明的夫人……”

“亚当·约翰！太皇太后不是曾经认你为义父吗？她怎么就不能……”

汤若望的声音更低弱了：“她嘛……她的处境，也许并不比我们轻松啊！……”

南怀仁不服地还要说什么，监外走廊上一派喧嚷，赌钱的人们散了，四周渐渐安静下来，两名囚徒的交谈便停止了。不想，一团明亮的烛光慢慢向这间牢房靠近，三名值夜的狱卒开门进来了。

他们沉着脸把长长的蜡烛立在破烂的小木桌上，又一声不响地为两名囚犯打开了身上的锁链。其中一人放下一捆包袱和一个很大的提篮。

提篮盖布揭开，食物的美妙香味顿时压倒了牢狱恶臭，向四周弥漫开来：篮子里全是各种各样精美的食物，从糕饼饽饽、面包馒头到熏鸡酱牛肉烤猪肉饼，什么都有，甚至还带着教堂自制的几瓶葡萄酒。狱卒中那个小老头儿小声说道："你们的教友送来的。"

得到解放的汤若望和南怀仁顿感一阵极度轻松，对三位狱卒万分感激，正待表示谢意，那名身高体胖的狱卒很凶地说："别啰唆！我们不过可怜你汤若望年纪老，又有瘫病，积点阴德罢了。天明时候还得给你们锁上，懂不懂？"

汤若望对南怀仁眨眨眼，南怀仁乖巧地把篮中各样食品取了一些，已足够他俩吃三天的了，把余下大部分食品的篮子又递回给小老头儿，说："感谢你们的好意，请你们共享，我们才能安心。"

小老头儿接过篮子，那胖大狱卒像没看见似的，大声地骂骂咧咧，转身走开。小老头儿提着篮子跟随其后，却又回头附在汤若望耳边小声说："别怪罪他，我们都害怕杨老先生的探子……"

汤若望靠着墙坐起来，轻松地舒展着身子；南怀仁耸身站立，伸胳膊挺腿，嘴里狂喜地低喊着："啊！啊！太美妙啦，上帝！……"

又是一阵欢喜：留下来的这位狱卒打开那捆包袱，竟是两块厚厚的、用来隔潮的温暖的羊毛毡垫褥！里面包裹着《圣经》和其他圣书，书里还夹了纸张和笔墨！南怀仁高兴得像孩子一样跳了起来。

"这也是教友们送的。"狱卒轻轻地说。

"啊，感……谢，感谢！他们总……总惦记着我们！"汤若望结结巴巴地说着中国话。

"不会忘记，永远不会忘记。……可是，神父，你还记得我吗？"狱卒问着，慢慢抬起了头。

这是一张女人的脸！两位神父猛地向后一缩，惊呆了。

这张面容已经不年轻，眼角的鱼尾纹和开始松弛的面颊，表明她已在半百之龄。但那明洁宽阔的前额、依然灵动闪亮的眼睛、依然秀美修长的双眉，使她看去充满生气，而宁静稳重的风度、扑面而来的书卷气，更透出大家闺秀的端庄。

“你？……”汤若望惊异不定。

她突然拿过蜡烛，举在自己脸跟前：“神父，你再仔细看看我！……还不认识？……三十三年前，我爹爹蒙冤被斩西市，临刑前夜，是你装扮成送煤小贩，进到这刑部狱中探视，听取了他最后的告解，为他送去了最后的圣餐……”

“幼蘩！……幼蘩！……”汤若望已泪眼相向、泣不成声了，“你……竟在此时此刻……探望我这……老头子，谢谢你！……”

“神父！……”幼蘩搀住老人的胳膊，像小时候缠着他要求做修女一样，把头埋进他的臂弯里，默默地流着泪。

南怀仁纵然不知道前朝登莱巡抚孙元化这位最早的天主教徒的故事，不知道汤若望与孙元化一家久远深切的关系，也已被眼前的景象深深感动了。

“神父，”幼蘩替汤若望也替自己抹去泪水，“你想不想逃出这地狱？”

汤若望摇摇头，庄重地、很慢很慢地说：“我是教士，身负圣职，惟有静候主的处置……当年，你的父亲、我的朋友孙元化，也是这样，光明磊落地度过他生命的最后日子！”

“是的。也许就在这同一间牢房，相隔三十三年……”幼蘩感慨万端，轻轻叹息，不再提这个话头，一面铺好羊毛毡垫褥，扶他们在上面躺好，又打开随身带来的药包，为他俩被镣铐铁链磨伤的地方涂抹药膏、细心包裹，一面轻轻向神父叙述这些年的经历，叙述这次被卷进逃人案又侥幸解脱的过程。

临走，她说：“神父，主会赐给你们勇气！只要你们仍在狱中，我会常来探望，送来你们需要的东西。祈求主保佑你们，拯救你们脱离苦难！”

“幼蘩，我不明白，”汤若望脸上忽然冒出一片老年人的委屈，“这十几年，你明知我在京师、在钦天监供职，竟不来看我，直到今天才来探监！”

幼蘩安慰地拍拍老父执痿痹的手，微笑着说：“神父，现在，你最需要我啊！”

她走了。

牢房里静默了许久，似乎还留着她的温馨气息。

汤若望一直在伤感地微笑着，终于轻轻地说：“现在，费迪南特，你对中国人是不是有了新的见解？”

南怀仁深深地吸了一口气，猛然坐起，激动地说：“约翰，你知道我要做什么吗？我要写辩护词！写一篇绝妙的、锋利的、出色的辩护词！要以真理和正义去抗争。即使我们为天主牺牲，这辩护词却要留在人们心里，真理和正义要留在人们心里！你说对吗？”他不等汤若望表态，便向那支仿佛无意间留在狱中的长蜡烛扑过去，在粗糙的小木桌上铺开了纸。

当他奋笔疾书之际，忽听得汤若望的喃喃自语：“他们若能送一本《天体运行论》来，就好了……”

南怀仁一怔，是哥白尼的《天体运行论》吗？那是阐述日心学说的书，是说太阳是宇宙的中心，地球自转并同五大行星一起绕着太阳公转，只有月亮绕地球运转。实在是十足的异端邪说：它完全违背地球是宇宙中心，所以存在着天堂和地狱的天主教基本教义。汤若望对此一向反对最力，曾写过许多漂亮文章据理驳斥，并极力主张异端裁判所对此书及其作者进行缺席裁判，因为裁判所虽然在 1600 年判处鼓吹“宇宙无限论”的布鲁诺以火刑，但这一切异端邪说来自哥白尼的日心论。哥白尼和他的《天体运行论》是根子、是罪魁祸首，汤若望是要求斩草除根！

可今天他是怎么啦？在这个连“地球是圆的”都不能接受的国度里，还有心肠去批判日心学说吗？看来真是老病而糊涂了！

南怀仁心念浮动片刻，又赶紧收回，聚精会神于笔下的辩护文了。

三天之后，举国注目的御前大审开始了。

这天一大早，由刑部大门到东华门一路，排满了巡街的持刀丁勇，头目们骑着高头大马在官道上飞跑，向各处传令和招呼。当囚犯们在众多兵勇押解下，拖着沉重的镣铐出现时，挤满观众的街道上，又重演了数月前刑部衙门外的那一幕，不过声势更大、咒骂更恶毒。每个人都要表现自己对朝廷和皇家忠心耿耿，所以格外起劲卖力。于是唾沫、石子、脏物如雨如雹，使押解兵勇不得不出头制止，因为他们有些人的身上也沾了这些东西的光。他们不明白，这骤然降临的兴奋，使一向浑浑噩噩过日子的京师平民快乐得发疯：终年平淡无味、终年受人欺负，这下可遇着强猛的刺激，可有机会欺负欺负别人，大骂几句脏话而不必担心遭报复了。

汤若望在南怀仁的搀扶下，在咒骂的吼声里，在愤怒、鄙视、嘲笑的万目睽睽中，镇静地、鼓足勇气地一步步走着。他们竭力不使脸上有任何表情，只保留对天主的虔诚，把目光的焦点放得远远的，远到不可测的天空与大地的交点……

“啊！亚当·约翰！费迪南特！多么伟大！多么壮观！”一声高叫，传来了亲切的祖国语言的赞美呼喊，汤若望、南怀仁和押解兵勇都愣住了：迎面走来另一队人，也是由兵勇押送的外国传教士，也穿着一样的神甫长袍。汤若望痛楚地闭了眼睛：他认出这是从外省解送进京赴审的教士们。

两拨儿穿黑色长袍的人站定了，在异国的土地上，在异族人们黑眼睛的闪闪注视中，这些来自同一大本营的、为天主的事业做奉献的上帝的儿子们相逢了，各自眼睛里闪动着泪花……来人中的为首者，那个多米尼克派教士，竟冲动地扑倒在汤若望脚下，弯腰亲吻汤若望的铁链，虔诚的、赞美的泪水，顺着面颊淌了下来。

这突然的相逢，曾使嘲骂声突然停息了一阵，可这位多米尼克教士的行径，在人们眼里是那么滑稽，那么不可理喻，于是又爆发了哄然大笑，嘲骂以更大的声势重新卷起更大的狂涛。这个小插曲，很快就以洋人的怪异而传遍京师，成为一大笑谈。

汤若望和南怀仁心里都很明白，哪怕有十万、二十万人围观咒骂也无关轻重，外国传教士的命运并不取决于他们。真正严重的时候就在眼前。辰正初刻，在举行朝会大典的太和殿，第一次御前大会审就要开始了。

三重白玉崇阶环绕的太和殿，这显示着天子的神圣权威的金銮宝殿，以它雄伟的气派、宏大的规模，使全世界瞩目。御前大会审设在这里，是前所未有的事情。

金黄色盘龙大柱支撑着大殿，殿堂广阔得足以跑马。地面乌亮的金砖像镜子，倒映着富丽堂皇的陈设、来来往往的太监侍从和端坐殿中的会审官员——这些大清帝国的精华和最尊贵的人。他们是：二十位亲王、郡王、贝勒、贝子，九位内院大学士，十二位尚书，八位八旗都统，还有七十多名有关官吏。他们坐在垫高的铺有毡毯的座位上，按照品级高低，丝毫不错乱地依次排列着。在王公与内院大学士之间，有两个特殊座位，属于主办此案的辅政大臣苏克萨哈和鳌拜。无数顶戴花翎、玉带朝靴、花绣复杂的袍褂、色彩各异的朝珠和满殿金色银色五彩缤纷的景泰蓝的混合光芒交相辉映，令人眼花缭乱。

座位分东西斜向排列，这类似八字的排法，是要表示对终端的御座的尊崇。那里，才是太和殿的正中。须弥座式的宝座拔地而起，高过人顶。宝座的正面和左右，是铺着明黄缎垫的陛，宝座前矗立着四个高大的香几，几上是三足鼎式掐丝珐琅香炉。宝座上有一副七扇的雕龙髹金屏风，屏风前，由驮瓶宝象、盘龙香筒、甪端仙鹤等绮丽高贵的陈设所环绕着的，是一张雕龙髹金大椅，这便是皇帝的御座，金光闪闪，灿烂夺目，令人不敢仰视。但是，御座上只蒙了一张明黄色的绸布。因为皇帝年幼，不能亲政，此座只是虚设。所以，今天的御前大会审，实际上，只是御座前的大会审。

被告拖带着他们身上的九条铁链，被押进了太和殿，进门向右，面北而跪。

南怀仁是第一次进入这个宏伟庄严的大殿，他极为惊讶、极为赞叹，但面临的审讯气氛使他心情紧张，没有余力多看一眼，他要集中全力为西洋天算、为汤若望辩护。

汤若望已记不清自己多少次跨进太和殿的高门槛了。但今天，他不再是受人尊敬的一品太师，而是一名囚犯。他缓缓地用宁静的目光扫过堂上众多的官员，因为大殿深广空阔，他们并不显得多。他看到许多熟悉的面孔，但都避开他的眼睛装着和别人说话，或是做出一副全然不认识他的样子。正中座位上的两位亲王他也认识，右边一位首席是安亲王岳乐，左边的次席是康亲王杰书。他心里或许感到一点慰藉？他轻轻呼出一口气，疲乏地跪倒在地。

与汤若望、南怀仁相对而跪的，是目光坚定、表情严正的杨光先。

官员们坐定后，苏克萨哈宣布，御前会审开始，所有的人起立，向御座三跪九叩，山呼万岁。

礼部尚书走下座位，跪在大殿正中，仿佛向皇帝启奏一般，恭敬地宣读礼部审讯西洋天算案的记录。

对汤若望，在座的许多人早就有一腔怨愤。满洲人多半恨他和他的天主教亲汉轻满。有的汉族官员也嫉恨他前些年在朝廷的名望和地位。钦天监、礼部的官员则更是对他咬牙切齿：为他曾经用西洋新法使他们颜面扫地，为他身受先皇帝恩宠官高品极，为他平日以尖刻的态度毫不留情地嘲讽他们的贪婪卑怯……而近半年来的大狱，仇教的气氛一浪高过一浪，他们怎会不懂柄政者的意图？所以，礼部的审讯记录刚读完，第一批发问便继之而起：

“我天朝历年沿用元代郭守敬历算，号称精密，三百余年以来，并无舛误，为什么要修改？”

“西洋历法，为什么首重太阳出入、昼夜时刻？”

“历代旧法，每日十二时，分成一百刻，你西洋新法改为九十六刻，是什么道理？”

…………

各种问题如雨点抛来，有些尚有一点历法常识，大多数则对天文一窍不通。被告若想从中理出一点头绪，非得从基本的数学、物理学的概念开始讲解不可。

于是南怀仁鼓足精神，借助随身带来的一些简单仪器，向在座的王公贵族、文武大臣讲解欧洲天算的基本原理。他年轻力壮，不时地挥手转身，带着铁链子“哗啦哗啦”乱响。他说着腔调古怪的中国话，常常词不达意，当他觉得困难的时候，便回头去看汤若望，汤若望就会给他一个恰到好处的提示。花了一个时辰，南怀仁满头大汗，汤若望疲惫得卧地不能动弹，而那些听众——审判官们，大多数依然莫名其妙，并未被这位启蒙者引入西洋科学的神秘之中。

这样，第二批问题又接连撒向传教士，问题更加荒谬，甚至质问刚才南怀仁使用的是什么妖具。

第二次回答自然就更加困难，汤若望已经无力再做指点，南怀仁虽说得口干舌燥，也没有任何效果。他只好再出王牌，提议说：今年春分就在眼前，正可以借春分的时刻，做一次天象观测，来证明欧洲天算的优越性。

南怀仁那怪腔怪调的话刚落音，那边杨光先已一口接了过去：

“启禀诸位王爷、诸位大人，万不可听信洋人的妖言妖术，他们一向借此蛊惑人心！西洋历法与我东土绝不相合！这些洋人是拿天算作晋身之阶，为传他们的邪教开路，最终毁灭大清、毁灭我中华，纳天下人尽归他们的天主为奴，断然不可信！至于汤若望所进新法，有十大谬误，决计不可继续使用！……”

他滔滔不绝地一口气说了一串谁也不懂的术语，什么太阴五星陵犯；什么颠倒觜参、罗计；什么日月交食、天象占验等等，极其流畅熟练，俨然天算大师。然而，被南怀仁的一套数学物理加仪器的讲解弄得糊里糊涂的审判官们，更闹不清杨光先的这些神秘如符咒的术语了。苏克萨哈耐心地等杨光先讲完，转向王爷们说：

“杨老先生精通历法，凡人难得明了。是不是按杨老先生所指的十项谬误，一一细审，把西洋历法从头到尾弄清楚，日后公布天下，人人心服。”

王爷们自然点头。苏克萨哈便说：

“原告杨光先，可将十谬一一指明，逐条审讯！”

杨光先叩头领命，眼珠微微一动，大声道：

“大清宏业，定鼎中华。天佑吾皇，历祚无疆，而汤若望只进二百年历书，是何居心？”

太和殿里猛一沉静：这个问题提得太精明了！审判官们又都兴奋起来，这个问题他们懂，可以毫不迟疑地审讯！它虽有关天算学，更关乎政事刑法。

被告不得不强打精神，努力解释：任何一种历法，历时久远便有误差，必须及时修正。所以治数百年后之历，只是参考，并无意义……

这回答激起更多的愤慨，审问者又提出更严厉的诘问：是不是想用缩短年历的妖术为害国家？……

苏克萨哈和鳌拜对御前大审的气氛很满意。他们一直严密地注意着会审的首席——安亲王岳乐，担心这位尊贵的王爷会冒天下之大不韪，说出什么不得体的话，破坏大审，打乱他们的计划。其实用不着，从开审到现在，安亲王只是静静地专心地听，一句话也不曾说过。……他怎么站起来了？对康亲王说什么呢？是不是要问些走题的话？……

岳乐离座而去，从太和殿的后门退出了这场审判。苏克萨哈对鳌拜使个眼色，便起身跟了出去。在太和殿东的中左门前，他追上了安亲王。

“王爷请留步。”苏克萨哈恭敬地垂手低头站着。

“哦，苏大臣。”岳乐微微一笑，立定。

“王爷不等终审了？”

“这样细审，怕是十次八次也审不完。”

“事关重大，不得不谨慎。”

“是啊，”岳乐仿佛很同意似的点头笑道，“日后也好有个交代。”

一针见血的话，说得苏克萨哈脸色都变了。不过他还是毕恭毕敬地维持着原来的姿态、原来的口吻：“那么，王爷的意思……”

“噢，记得对你说过，我不过以为天算天文这些学问有趣。方才听了半日，全然不懂，自难分辨是非曲直。好在有辅臣主持，又有许多饱学之士，想必能审个水落石出，做个公正合理的裁决。我就不与此事了，免得搅扰这桩大案。”岳乐说罢，谦恭地笑笑，乌黑的眼睛却没有笑，转身走了。

苏克萨哈站在石阶上躬身敬送，心里却在冷笑：正巴不得呢，你倒有自知之明！要卸这副担子，岂在乎你安亲王一人不肯分担！想想御前会审的声势，他更加理直气壮了：此举必得人心！

就在距苏克萨哈站立的中左门不到三百步的地方，后廷慈宁宫里正闹得人仰马翻，太监宫女一个个惴惴不安，川流不息地向苏麻喇姑禀告着关于万岁爷的许多消息：

“苏嬷嬷，万岁爷不肯盥洗换衣裳……”

“苏嬷嬷，万岁爷从早起到现在，不肯用膳也不肯用点心，把奶茶盏都摔到门外去了……”

“苏嬷嬷，万岁爷发怒，打了云姑娘就跑进书房，从里面插了门，谁叫都不开……”

“苏嬷嬷，万岁爷自个儿关在书房里，没声没息，急死人！……”

苏麻喇姑心上火烧火燎，不时透过乌亮的镂空落地罩向次间张望，想给老佛爷递个眼色。可老佛爷仿佛什么也没听到，坐在炕桌边，安安静静、一心一意地写她的大字。

事情其实是昨天起的头。

玄烨跟着太皇太后听奏报时，得知次日将对天算案第一次御前大审，当下就眉飞色舞。回宫后吃不下饭，看不进书，全心全意盘算着御前大审的事。早早就嘱咐管衣帽的云姑娘，仔细备好朝服朝靴朝珠，放在床跟前枕头边。

他太兴奋了，很晚还睡不着，好不容易迷糊过去，半夜醒来又高声嚷：“朕的朝服预备妥了吗？要戴那副红宝石佛头的大东珠朝珠！……”

天还不亮，他就急急忙忙爬起来，急急忙忙命云姑娘她们伺候他梳洗、吃早点，又非常仔细地穿好了全套上朝的衣装。随后，在宝座上坐定，镇静而又威严地喝着奶茶，用和他庄重的神态颇不相称的男孩子的亮嗓门儿从容吩咐：

“传御辇，传御前侍卫，传领侍卫内大臣、礼部尚书，传前引大臣：朕往太和殿听审！”

在场的人全都愣住了，一个个大惊失色、面面相觑。玄烨要朝服，他们只当又是小皇帝常玩的无数把戏中的一折，没料到动真格的，又是这样关乎朝廷大礼大仪的大事，谁敢胡来？首领太监连忙赔笑：

“启禀万岁爷，奴才们不知道万岁爷今儿要起驾去太和殿……”

“废话！”玄烨一皱眉，“朕现在不是告诉你了？”

“是，是！”首领太监一面回答，一面飞快地转着眼珠子，“启禀万岁爷，若驾往太和殿行大朝礼，应先诣太皇太后行礼才是……”

玄烨的眼珠子也一转：“不错，朕这就去！”

玄烨一步跨进太皇太后寝宫，正由宫女太监们侍候梳妆的老佛爷和在侧的苏麻喇姑都觉得眼前一亮，太皇太后不由得笑道：

“真叫鲜亮！不过年不逢节的，是怎么啦？”

小皇帝头戴藤丝朱纬前金佛后舍林顶上三层金龙东珠朝冠，身着明黄色两肩前后绣正面金龙及五色云的朝服，腰系饰满红蓝绿宝石及珍珠的镂金龙文朝带，脚蹬粉底鸦青缎朝靴，从上到下极是灿烂华贵，衬着小小的圆脸、尖尖的下颏、乌溜溜的眼睛，越发聪颖可爱。只是那故作庄重严肃又装不大像的成人表情，叫人看着忍俊不禁。

“孙儿请太皇太后圣祖母安，这就前往太和殿听审。”玄烨一板一眼，一本正经，全然是一副办正事办大事的模样。

“什么？”太皇太后扬起细而黑的眉毛，转而一想，笑了，“这怪我没说清楚。审案的事，你就不必去了。”

“啊？”玄烨猛地直起身子，满脸惊诧意外，“不是说御前大审吗？御前，不就得在朕之前吗？”

“话虽如此，你年纪还小，尚未亲政，不便参与。”

“我只坐在那儿听。不说话。”

“不是已命你身边的小鲁子去听了吗？那小东西猴儿精，随时给你回报，还不行？”

玄烨忽然收起那副庄重严肃的皇帝威仪，恢复了小孙子身份，凑近梳妆完毕的祖母，一伸手，搂住了老太太的脖子：

“老祖宗，玄烨命苦，六岁就没了阿玛，七岁又没了额娘，全靠了老祖宗把我养大，以后，我就管你叫额娘叫阿玛好不好？比叫老祖宗不是更亲吗？……”

“好是好，可错了辈分又不好啦……”太皇太后心里虽然舒服，却也明白这机灵的小东西在施甜头软化她，暗暗笑着看他怎么迂回到主题。

玄烨干脆拿小圆脸贴在祖母丰满的面颊上，搂着祖母跟自己一块儿摇晃："要是阿玛额娘，还不让我去听审……"

"那呀，更不让你去了。这是国家大事，非同儿戏。"

"可我是皇帝呀！"

"就因为你是皇帝，又这么小，你在场好些事情不好说不好办。辅臣理政，你不能干预。"

"可这江山是我的呀！至尊至尊，连御前大审都不能听，算什么至尊？算什么皇帝？"玄烨放开老祖母，不平地嚷嚷着，迸出急泪。

"皇帝至尊还兴哭鼻子？"太皇太后并不认真，笑着调侃，"不听审有什么要紧？我也不去嘛！"

玄烨冲动地一张嘴："可老祖宗你……"他心里一激灵，赶紧把后面的话咽下去。后面的话是："不能坐太和殿，当然不去。"他气哼哼地换了另一句：

"皇上不到就不能叫御前大审，朕不到场不准开审！"

太皇太后不笑了："你不可以这样任性！"

"我要是就这么发圣谕呢？"玄烨神情上带点挑衅，又似故意装作说玩笑话。

"那是胡闹！没人听你的！"

玄烨呆了半晌，终于激愤地大叫："天算案是冲着我父皇来的！拿汤玛法当妖人，我父皇还能称英明？明明是在彰我父皇之过！我不服！不服！"

他没忘记匆匆地向老祖宗请了个安，"噔噔噔"地跑了。

"皇上！皇上！"苏麻喇姑追了几步，回头看看太皇太后，"老佛爷，你看这……"

"苏麻喇姑，你看我头上这朵绢花是不是太艳？上了岁数，大红大绿就扎眼了。"

苏麻喇姑只得回来为老佛爷另挑绢花。

老佛爷有条不紊地照常办她的事，照常写她的字。玄烨一回寝宫，就这么不听话地闹腾，算算也是即位以来第一次，好像也没对老祖母产生什么影响。

苏麻喇姑终于沉不住气，走进次间，说：“老佛爷，三阿哥这事……”

太皇太后像没听到一样，提着饱蘸浓墨的斑竹管大提笔，转以成圆，折以成方，在一幅梅花玉版笺上非常用心地写着直径半尺多的大字，表情泰然，呼吸平稳，眼睛凝视着笔端，既没有答话的意思，也不希望别人打扰她。

苏麻喇姑硬着头皮又说：“老佛爷，要不，就让三阿哥去听听……”

太皇太后没有放下笔，连眼珠子也没向她转一转，但是，皱了皱乌黑的细眉，说：“怎么连你也说这种糊涂话？眼下是什么时候？别人不懂，你也不明白？”

苏麻喇姑不敢作声了。

“怎么着也不能给辅臣出难题，伤了忠良的心哪！”

苏麻喇姑想说什么，忍住了，咬了咬嘴唇。太皇太后放下笔，端详着自己的颜体大字，满意地说：“来看看这几个字。”

苏麻喇姑自己不会写大字，但在宫里耳濡目染，见得多了，也成为习惯的欣赏者。但见这十六个大字，字字刚劲端庄、风度英俊、气派大方，所谓铁划银钩，有横扫千军之势，不由得连连赞美。她忽又小声说：

“三阿哥这么闹腾，别气着老佛爷……”

“气什么，我真的一点儿不生气！”太皇太后笑着，眼睛里充满愉悦和疼爱，“这孩子精灵之极，就像颗水银珠子，不管滚到哪儿、滚成个什么形儿，都亮光闪闪，与众不同。瞧他为了听审，甜的酸的辣的，什么花招儿不使啊？最后明明冒火儿了，还没忘记请了安再退出去。好孩子啊！”

“可他这么折腾，不吃不喝，饿坏了可怎么办？”

“他会饿着渴着？甭费心！他那寝宫五间屋子，哪儿藏不下精致点心好奶茶？不信咱们过会子去瞧瞧！”

苏麻喇姑也笑了，心里感慨不已：太皇太后自来爱才如命，就连对自己的孙子孙女也不例外。知人善任，可不是为君上的最重要的才具品质吗？

“还有，他寝宫那首领太监得撤！”太皇太后眉头微微一皱，“昨晚上皇帝叫备朝服，他为什么不禀告？今儿皇帝闹着上朝，他又往咱们这儿一推了事。不能用了。”

“是。”苏麻喇姑恭顺地答应一声，半晌，又迟疑地说，“也是奴才瞎操心，我看汤玛法这个案子……势头不善哩。皇上虽幼，也虑得有几分道理。”

太皇太后胸有成竹地笑道：“辅臣终究是为大清社稷江山着想，自有他们的苦衷。汤玛法是先皇帝的师傅，又救治过我的病症，他们不会把事情办得很绝。御前大会审之后，便会减刑的……倒是三阿哥，要给他找一位理学深厚的先生。不然，他也会如他父亲一般任性……”说到这里，大约触着心头的伤痛，她皱了皱眉。沉静片刻，她恢复常态：“先上西花园逛逛，树芽子都生出来了，我得去瞧瞧。回头再去看他。”

书房的门仍旧紧紧关着。门前跪着求告的太监、宫女已经换了三拨儿，眼见着太阳升到当头，斜到西天，看着离一片翠微的西山只有尺把远了，书房里的万岁爷对门外这一刻不停的念经般的求告依然不理不睬。看妈、奶妈赶来求他喝茶吃饭，他也跟没听见一样不应声，只要有谁推推那两扇门，里面就会传出一声呵斥：

“谁敢推门，赶明儿个我办了谁！”

首领太监、云妞儿急得团团转，禀告老佛爷，只得来三个字：“别理他。”

真的不理他？万一出点意外，这些人还不得个个灭九族哇？他们只得隔一会儿推推门，换取那一声斥骂，证明皇上安然无恙，也好略略放心。

冰月悄悄转到书房小院的时候，门里门外双方仍然僵持着。她怕人看见了不好意思，又轻手轻脚绕到了书房的北窗下。

自从圣寿节筵上两人闹崩以后，一个多月了，冰月就不肯理睬玄烨。玄烨私下赔礼赔罪，好话说了三大车，也不能让冰月回心转意。可刚才冰月一听说玄烨自己关在书房，整整一天不吃不喝，登时着了急，赶紧收拾些自己心爱的吃食玩具，匆匆忙忙往书房跑。

真的来到北窗下，她又有点磨不开了。叫他一声吧，别人听见怎么办？他再来个报复，不理睬怎么办？不叫吧，白站在这儿算什么事？真有点无所措手足了。她忽然灵机一动，四面看看没人，便凑近窗户，伸出小手指头，濡些唾沫，在雪白的窗户纸上捅出一个个小洞，小洞洞连在一起是六个字：“三哥哥别恼了”。

真是冰雪聪明，为让里面的人认清，个个字儿都是反向的。

“月妹妹！”玄烨果然冲过来，隔着窗户惊喜地嚷了一句。

“嘘！”冰月示意他小声，并从洞眼里看进去，正遇上玄烨从里往外看的目光，两双亮晶晶的眼睛互相凝视着，那边是意外喜悦、感动和委屈，这边是羞涩、歉疚、关怀和同情。

“月妹妹，你愿意理我啦？”玄烨声调有些哽咽。

“三哥哥，别这样，气坏了身子可怎么好？”冰月小声地说，也含着泪，“你快出来吧，到花园散散心，我给你带了好吃的，在老地方等你，好不好？我先走了……”

“月妹妹，等等我！”玄烨跳起来就往前门跑，“哗啦”一拨门闩，呼地打开两扇门，“扑通”“哎哟”连声，靠门跪着的几个小太监一起摔进书房！看到门边跪着的黑压压一片，玄烨一愣，猛地记起，自己是在发火赌气、闭门不出呀！登时进不是退不是，窘住了。

“万岁爷息怒！……”

“请万岁爷用茶……”

“求万岁爷进膳……”

匍匐着的人们纷纷求告，“嗡嗡”一片，倒叫玄烨自在了许多。一眼看到小鲁子也跪在那里，脑门儿顿时一热，沉下了脸：

“小鲁子！老佛爷差你办事，胆敢不去！”

小太监连忙磕头回答：“奴才已经去了，听完了赶着回来禀告，可书房闭了门……”

“这么快就审完了？……进来，细说说。你们都起来！”玄烨朝其他跪着的人一挥手，反身回书房坐定，小鲁子跟进来，首领太监也随着，赔笑道：

“万岁爷，还是先喝茶用膳吧！”

“不要你管！退下！”玄烨瞪他一眼，他赶紧低头，“嗻、嗻”地退出去了。

小鲁子细细禀告了第一次御前大审的经过，玄烨还没听完，就“腾”地跳起来，嚷道：“这叫什么审判？这不是诚心要审个一锅粥吗？……鳌拜也这么说？他没提点儿别的？”

小鲁子照实回禀：“没有，苏大臣怎么说他也怎么说。”

“什么？跟着苏克萨哈跑？”玄烨瞪大了眼睛，“刚刚测验出来，西洋历法最准，他竟睁着眼儿说瞎话！不敢主持公道，算什么英雄！我白对他好啦！胆小鬼胆小鬼！”

玄烨非常气愤，冲到柜子那儿翻出模仿鳌拜的那部胡须，又撕又扯，扔到地下：“不成！我要去找老祖宗！御前大审竟也这么不明不白，天下人准拿我当傻瓜！我一定得去看这大审，我得说话！”

首领太监赶紧从门外进来，跪到玄烨脚前：“万岁爷，求求你啦！老佛爷交代了，万岁爷千万别出宫门，闹不好，我们可要掉脑瓜儿呀！”

玄烨狠狠地咬着牙根，满心委屈说不出来，又气又恼，在屋里转了半天圈子，一跺脚，扭头就要出去，云妞儿她们和小太监们“呼啦”上前一起围住劝阻，玄烨气得大叫：

“我不去太和殿还不成？我上御花园还不成？”

他的力气很大，一推一冲，宫女太监倒了好几个，他像一头牛犊子似的撞出门去，跑了几步，又回过头来威胁地嚷道：

“你们谁敢跟着我，看我不回来使鞭子抽他！”

他撒腿跑向花园，不理睬沿途遇到的许多慌忙回避、面向宫墙跪倒的太监宫女，也不听仿佛是哪个偶尔碰到的皇额娘的呼唤，满脑门儿的愤慨、激怒，嘴里一个劲儿地念叨：“这算什么？欺负我年岁小？就在我眼皮子底下这么颠倒黑白、混淆是非！还不让我管！不让我管！……”

冲进花园，他仍然无目的地乱跑，仿佛要用这样的疯跑发泄他心头胀得满满的愤懑：这些部院大臣、这些都统学士，有几个人懂得算术，懂得几何？他们怎么知道历法天文？他们怎么能判断天算的是非？可是，我懂！我知道！却不让我管！我是谁？我是皇上！我是天子！我的江山，我的天下，偏不许我问！而且，辅政大臣，尤其是那个苏克萨哈，老狐狸，皇祖母就看不出来？他不是好人，他在出我父皇的丑！皇祖母怎么就听之任之？……

玄烨十分强烈地感到自己被剥夺了！当他奔跑得疲乏、速度越来越慢的时候，这种被剥夺感升起来，越来越膨胀，最终完全吞没了他，压倒了其他一切愤慨。他惶惑地停下脚步，不知所措地望望四周，一时竟忘记身在何处，只觉得满心凄楚，胸口憋闷。

皇帝？天子？想知道的事不让知道，喜欢做的事不许做，要去的地方不准去，这不是愣摁住一棵刚出土的小树不让长、硬捆住一只小鹿不许动吗？

什么至尊！谁眼里有他？祖母拿他当长不大的小孩，辅臣拿他当小木偶，兄弟姐妹都离他远远的远远的，不敢跟他亲近，阿玛额娘又早早地撇下他去了，在这个世界上，连明明理当归他的都硬给夺走了，他还有什么？……他只是一个孤零零的、可怜的孩子，没人疼，没人爱，没人理，长大了，也就像那棵七歪八扭、怪模怪样、丑陋不堪的歪脖子圆头老槐树！……

喉头有一团棉花样柔韧的东西堵在那儿，热辣辣，酸溜溜，忽大忽小，难受极了，逼得他想喊叫、想痛哭，他只得用力紧攥双拳，直紧得浑身颤抖。

“三哥哥！……”背后一个怯生生的小嗓音喊了一声，玄烨一哆嗦，猛回身，见冰月一手撑着亭柱，蹙着眉尖，满腔同情地望着他。

“月妹妹！”玄烨大叫，如飞地奔过去，搂住冰月，放声“呜呜”大哭。

冰月也跟着一起哭，可哭得比玄烨文雅，后来，她像个大姐姐似的轻轻拍着玄烨的肩背，边哭边小声安慰：“好了好了，不哭啦，再哭该伤身子了！……人都说你一整天没吃没喝……哎呀！”冰月惊呼着推开玄烨。

玄烨吓一跳，止住痛哭，忙问："怎么啦？"

"把带来的吃的都压坏啦！"冰月说着，掀开她披在外面的红丝绒大披风，露出搭在两肩前后像褡裢一样的口袋，翻开胸前的两个，可不是嘛，芙蓉糕、炸角子挤碎了，凉糕和盆儿糕也给压成了扁团子。

"真糟糕！"冰月懊丧得几乎哭出来。为了收拾这许多样的美味小食品，她可费了不少心机。

"唉，怪我不好，没想搂那么大劲儿呀！"玄烨赶忙认错，"没事儿！压碎了也好吃！"他拿了几块碎糕炸角子就往嘴里送。

"快别吃这碎的了，"冰月一把拦住，"背后还有呢！"

玄烨干脆为冰月脱去披风，敢情背后还有四个口袋！一一打开：萨其马、奶皮子、酥皮松仁饺、果馅烤饼、肉馅饽饽、佛手酥、喇嘛糕、核桃仁饼，还有一小块炙鹿脯、一小条酱野鸡瓜子，花生、松子、瓜子、榛子各两把，甚至还有一个扁扁的小壶，里面的茶水已经温乎了。

"哎哟我的妈！这么多！五个人也吃不了哇！"玄烨惊叹着，"哈哈"笑起来。

"要是前面两包不挤碎，还有你爱吃的螺蛳饽饽跟荷花糕呢！"冰月意犹未足，遗憾得直叹气。

玄烨不笑了，望着冰月眼睫毛上亮晶晶的泪花，感动地低声说：

"好妹妹，你真好！"

冰月略略有些忸怩地低了头，旋又扬脸抿嘴一笑："我不好谁好呢？早听人说过的，路遥知马力，日久见人心嘛！……倒是你这回为的什么？不吃不喝，闹得这么惊天动地的，可不要伤老祖宗的心吗？"

"好妹妹，听我细细告诉你。"玄烨拉了冰月一只手，就像他们自小以来从不互相隐瞒一样，把心里的委屈和愤慨一五一十地说了出来。有冰月和他一同气愤、一同伤心，有冰月为他抱不平，他觉得心上轻松多了。一副重担两人挑，两人之间就格外息息相通。

冰月愤愤地问：“三哥哥，辅臣果真敢给汤玛法判罪吗？汤玛法是先皇的师傅哇！还给老祖宗治过病……”冰月和玄烨一起，都是苏麻喇姑的忠实听众。

玄烨的眼睛倏地闪过一道强光，身上像被冷风吹着，蹿过一阵寒战。他面色发白，恍然有所悟似的说：

“那么，他们表面上审汤若望，其实是审我父皇！”

冰月大吃一惊：“他们敢吗？这可是无君无父、不臣之心啊！……老祖宗不能答应的！”

玄烨又尖起眉毛，疑惑地说：“我也不明白，老祖宗竟答应他们开审！说是怕那教会里真有谋逆。我看呀，多半还是因为汤玛法说了这几年朝廷是暴政的话，叫老祖宗生气了……”

“那么，究竟是不是暴政呢？”

“我父皇在位，行仁政，讲满汉蒙一体。辅臣柄政，复内三院，撤翰林院，排挤汉臣；江南有奏销案、《明史》案、通海案；江北是逃人法，又嚷嚷着要圈地，哪一桩不是逆着我父皇的旧制？能不能叫暴政我说不清，可总不能叫仁政吧？……”

“叫什么名称，有那么重要吗？”随着熟悉的语音，藤萝架后面转出来身着龙凤团花杏黄袍、外罩出风貂皮绒披风、淡紫与深黄绢花簇着如意式发髻的太皇太后。和平时一样，苏麻喇姑随侍在侧。

“老祖宗！”玄烨和冰月赶紧上前请安，玄烨忙向冰月送个眼色：刚才的话题别再说了。

“不用递点子，我全听到了。”老祖宗微微一笑，又敛住，神情渐渐认真了，“仁政，暴政，宽猛张弛，这些自然重要，可终究不过是治国手段罢了。”

“为什么是手段？”玄烨问，聚精会神地盯着祖母。

太皇太后没有立刻回答，只静静地用目光环视：四周亭台树木花草都染上夕阳的金红色，树芽花蕾春草都茁然挺拔，生机盎然。她似乎也被感染，微笑着若有所思。

“老祖宗快说呀！”玄烨着急，催促一句。

“你们看这个花坛，”太皇太后双手在空中画了一个方框，“花丛不高不矮，草地不深不浅，恰到好处，所以看去很合适、很漂亮，花和草也各得其所，缺一不可。花丛若是太盛，夺了青草的地盘，花坛不美；青草若是长疯，淹没了花丛，就更不成话。所以，花丛要修剪，青草也要修剪。修剪就是手段，好让整个花坛茂盛漂亮。”

玄烨乌溜溜的黑眼珠仿佛胀大了，凝神地注视着花坛。

“你父皇只修剪花，结果草疯长上来，弄不好会淹没花、憋死花！所以必须用修剪草的办法来补正。”

玄烨轻轻地自语：“那么，草是汉人汉官，花是满洲官民？……”

太皇太后不置可否，继续说：“我大清固然要讲满蒙汉一体，可这上下尊卑不能错了规矩，不能存非分之想。只有各安其位，才得天下太平。天算案也罢、其他事体也罢，都会依着规矩次序一一摆正摆齐……”

玄烨不作声了，只静静垂手立着，等待祖母继续教训。太皇太后看他一眼，突然收住话头，回脸道：“苏麻喇姑，过一会儿把我今儿写的那幅字给皇帝送去。还有，今儿的糖醋樱桃肉和清蒸鸭子做得地道，也让他尝尝。”

玄烨一跪：“孙儿谢老祖宗赐。”

“还没到手呢，谢什么！哦，我来看看这几个口袋。”太皇太后翻看着冰月背的褡裢，“哟，这么多好吃的！要是有一天我这老太婆也病得不吃不喝，冰月怕不肯送吃食来吧？”

“送！送！就送！”冰月急得连连点头，“送得比这还要多！”

“真的？为什么？”

“老祖宗比三哥哥大，吃得多呀！”

太皇太后不由得哈哈一笑，夕阳把她的脸照得通红。

晚膳，玄烨吃得极香极饱，糖醋樱桃肉和清蒸鸭子被他吃个精光。随后，他打开苏麻喇姑专门送来的太皇太后写给他的字幅，十六个大字映入眼帘：

代天理物，端在躬行；

致治兴化，必先修己。

仿佛昏热中下了一剂凉药，玄烨顿时沉静了，黑黑的眉毛庄重地在眉心聚拢。十六个字，四句话，字字句句都在提醒他告诫他，任重而道远；端正又刚劲的字体，更传导出强制的肃穆之气，逼他庄重、迫他深思、催他成熟。他带着这幅字走进书房，贴在书桌对面的墙上，然后面对字幅在书桌边坐下，沉入到一函函书册之中。

此刻，他略略回想起今晨自己不顾一切的一场大闹，觉得那么可笑，就像三四岁的小孩闹剧。真正微不足道！——一场阴霾终于被风吹散了。

此后，连着好几个晚上，玄烨书房的灯光彻夜不熄，人们觉得，几天中间他仿佛又长大了许多。不久，宫里传说皇上的汉文师傅又要换了，要换一位学问渊博的理学大师。

玄烨仍然注视着御前大审的进展。他沉稳多了，再不闹小孩子脾气，连撕扯坏了的鳌拜式胡子，也重新修整如旧。有时候，大审中一些叫人哭笑不得的荒谬故事传到他耳边，他也尽力喜怒不形于色，只是无可奈何地仰头望望屋顶或是天空。就连练骑射与鳌拜单独相处的时候，他也不再缠着鳌拜反复盘问御前大审的事了，甚至“天算”、“历法”、“西洋”等字眼他也避免使用。只有一次，他很小心地凑在鳌拜耳边悄悄说道：

“苏克萨哈最恨洋教，人家说他有一百二十个心眼儿。你是个直性子，可别叫他给蒙了！”

当然，注视御前大审的，远远不止玄烨一个人。传来的消息越来越紧张。在第九次御前大审中，西洋天算学被完全否定。一向支持西洋天算的许多汉官，只有龚鼎孳和吏部侍郎冯溥两人敢于出头力争，但归于无效。辅臣苏克萨哈和鳌拜，立刻以谕旨的名义，批发了从此革除西洋天算的最后决定。

太皇太后还是神态自若、和蔼如常。只有苏麻喇姑知道，她比以往任何时候更加爱读史书，尤其是《汉书》，简直有些入迷了。

七

第九次御前大审革除了西洋天算，结束了冗长的、繁复的天算法辩论。突然，汤若望之狱急转直下，爆出了皇子殡葬案这一重大变化，使得谋反、妖言惑众、邪教异端、虚妄天算等等一切罪名都黯然失色，都被推开，仿佛暗夜中数点火把间蓦地燃起冲天大火！

可怕的皇子殡葬案由原告杨光先揭发出来，这就是他的第二记掌心雷！正如汤若望自己所预料，是最后的致命一击。

皇子殡葬案的终审判决呈文说：由原钦天监刻漏科杜如预、杨宏量二人做证，是汤若望指使修改了董鄂皇后之子荣亲王的葬期葬地，不用正五行，反用洪范五行，山向、年月俱犯杀忌，致使端敬皇后、贞妃和先皇帝先后死亡，事犯重大，十恶不赦！因此汤若望及原钦天监七名官员尽应斩首示众！

辅政大臣毫不迟疑，立刻批准了礼部的呈文，并决定召集第十次御前大会审，以御前的最高等级终结全案，给汤若望最后定刑。

因此，第十次御前大审气氛极不寻常，除了岳乐、龚鼎孳、魏裔介等少数王公大臣因故不能出席之外，参与的官员总数竟达二百余人，可说是荟萃满汉英俊于一堂了。审判的内容又极富刺激性：这个七十三岁的白发白须洋教士，竟是一个要毁灭大清江山的魔鬼，一个用妖术断送了大清皇帝、皇后的妖人！文武官员得知这耸人听闻的罪名，大审之前业已义愤填膺，许多人甚至临行时请萨满太太跳神驱邪，要在这最后的审判中破妖灭魔，一显身手。

当辅政大臣苏克萨哈宣读礼部的最后判词的时候，太和大殿显得格外森严肃静，王爷、大学士、尚书、统领，这些全国最高的首脑人物们，一个个瞪大眼睛，几乎屏住了呼吸。苏克萨哈朗朗的声音，在高阔深邃的阴暗的大殿中回响，与从四壁和藻井深处传来的回声混合一起，竟如沉沉闷雷拖着不绝的余音在人们四周震荡，造成极其威严的效果。于是，一张张脸都铁青着，为了适应这个场面，大家都戴上了这副令人生畏的面具。

被告席上，除了汤若望和南怀仁，还有钦天监那七名官员，一个个低着头，全然是听天由命、无可奈何的姿态。但是，苏克萨哈宣读刚停，大殿内还被沉静所控制的瞬间，一声高叫“冤枉！”几乎刺破人们的耳鼓。这是钦天监监副、主持历科的李祖白，他抬头对着高高的皇帝宝座连喊三次，一声高过一声，尖厉而又凄惨。

苏克萨哈勃然变色，喝道：“御前大审，胆敢咆哮大堂！来人，给他衔口勒！”

立刻有人上去用口勒塞住李祖白的嘴，他痛苦地挣扎了两下，低头不出声了。

证人杜如预和杨宏量跪在正中，再一次义正词严地证实了汤若望十恶不赦的大罪——指使他们以洪范五行安葬荣亲王。

御前大审的首席康亲王杰书，跟身边的王爷贝勒交谈几句，正色道：“洪范五行是什么来历？”

苏克萨哈恭敬答道：“禀王爷，原告杨光先精通天文历算，学问渊博，五行之学尤为其所长。”

杰书点点头。苏克萨哈看了一眼跪在原告席的杨光先，杨光先立刻昂头应命，说：

“启禀王爷，五行之学确是小子所长，愿为王爷及诸位大人细细分剖！”

他略一沉思，竟直起身腰，侃侃而论。话题却似漫无边际，引自千里之外：

“小子原籍安徽歙县，曾有一黄富翁，世代业农，腴田数千顷，又乐善好施、有求必应。虽年逾八十，仍伉俪白首齐眉，子、孙俱已婚娶，老夫妇膝下曾孙元孙环绕，五世同堂，历有年矣。人口虽多，但亲丁四十余人向来不曾分家。老翁精神矍铄，所居山地僻壤，迥出尘嚣，仿佛是羲皇以上之古民。凡过其居处者，无不艳羡其盛，以为莱衣焕彩、玉树联芳，此福正未有艾也。谁料眷属相继染病，十日间先后亡故者竟达三十九人，惟老伉俪凄然独存，孤苦伶仃……是时，他家请小子去看风水，小子才发现，年前老翁一元孙落生便死，葬时葬地，正是用了洪范五行！急忙寻找当初择风水之人，早已无影无踪。半年后，真相终于大白，正是老翁的仇家，借机买通风水先生，下此毒手，断送了好好的一家人！三十九口哇！……”

听众们目瞪口呆，毛骨悚然。洪范五行实在太可怕了！究竟什么是洪范五行且不管它，但顺治末后几年，朝廷连遭大丧，却是千真万确的事实！

杨光先愤愤地向躺倒在地不能动弹的汤若望投去那么憎恶的一眼，特意解释说：

“这个洪范五行，流传多年，但在前明崇祯年间最为盛行，它的另一个名称就叫作‘灭蛮经’！……”

“轰”的一声，审判官们中间起了一个小小的骚动，许多人不由自主地重复着这三个字——“灭蛮经”。

杨光先提高嗓音，压住周围的嗡嗡议论，得意洋洋地、痛快地说出了最后的也是最关紧要的话：

“汤若望在前明崇祯年间，参与明朝修历局，掌管推算，对‘灭蛮经’所知甚多，其险恶用心，不是昭然若揭了吗？”

“灭蛮经”！只这个“蛮”字，就足以触怒在场的所有满洲人了！他们愤怒地、不顾威仪地吼叫起来，有人已经开始捋袖揎拳。洋教士着实丧心病狂！汤若望万恶滔天、罪不容诛！一时间，太和殿里人情激愤，“轰轰”的喧嚷声在殿堂的大柱间震荡回响，与这庄严肃穆的朝会之所颇不相称。

审判官中有博学之士，有汉大臣，不乏豁达开朗、不信风水不信鬼神的君子。但是，事关忠君立朝的大节，谁敢站出来为害死皇帝、皇后、皇子、贵妃的大逆不道的罪犯说半句话？非但不敢说话，连一点怜悯之色都不能流露，还要随满洲同僚一起表示愤慨，表示要给这个他们明知是无辜的老人以最严厉的惩罚！

一般地维护公正，并不困难；要冒着受贬辱、受打击甚至付出生命的代价去维护公正，却是大多数人都难以办到的。如果说这是丧失天良，也无可辩驳，但“在人屋檐下，不得不低头”，迫于人类求生的本能，丧失也只好丧失了。

出人意料的是，首辅索尼在众人的喧闹渐渐平息以后，持着他苍白的长须，突然问了一句：

“汤若望，罪证俱在，你还有什么分辩？”

倒卧在地的汤若望，只费力地抬了抬头，嘴唇翕动着，却发不出声音。南怀仁一步抢上去跪到汤若望的前方，伸出两只戴铁镣的大手，再不顾一向维持的温文和蔼的神父风度，激动万分地喊叫起来：

“你们这是冤枉他！冤枉他！……你们明知道他在钦天监只从事科学的天算工作，从不过问吉利日期时刻的选择；你们明知道应对殡葬事件负责的不是他，而是另一个人，可是你们却心安理得地把罪责加给他，这个七十三岁病体缠绵的老人的身上！这是陷害！是陷害！……”

南怀仁声嘶力竭的喊叫，只激起人们更大的愤怒。至少从表面上看，人人都向他投去仇恨的目光。苏克萨哈冷峻地说：

“鉴于你当堂诬蔑、大胆犯上，本大臣可以立地命人给你施刑！你说这是陷害，那么，你懂得什么是洪范五行？你知道皇子殡葬的时刻地点是怎样犯了杀忌？嗯？”

南怀仁张口结舌，回答不出。他到中国时间太短，对于风水五行、星相占卜这些东西一概斥为迷信，不屑置理。不知道的东西，怎能识破并且批判呢？南怀仁不由得低下了头，痛悔自己的浅薄无知……

于是，第十次御前大审，以议政王大臣会议的名义做出了最终判决：

“历代旧法，每日十二时，分一百刻，西洋新法改九十六刻；天佑吾皇，历祚无疆，汤若望只进二百年历；选荣亲王殡葬不用正五行，反用洪范五行，山向、年月俱犯杀忌。因事犯重大，汤若望及刻漏科杜如预、杨宏量，历科李祖白，春官宋可成、秋官宋发、冬官朱光显、中官刘有泰等八人，皆凌迟处死；可成子哲、祖白子实、有泰子必远、汤若望义子潘尽孝皆斩；家产入官及妻、女、媳一并入官……”

还是苏克萨哈那朗朗的声音，宣判过程中，不时有惊呼、有尖叫、有欢笑，但都不能打断他坚定有力、满含胜利意味的宣读。判词读完，他首先看到了原告杨光先狂喜的眼睛，那老头儿已抑止不住地直跳起来，动作之快之麻利，真不像古稀之年。他的伴从倒还清醒，连忙提醒一句，他才乐滋滋地又跪下去。被告那边，两个昏倒，一个痛哭，其余的人面如雪纸，目光痴呆。卧地的汤若望一动也不动，或者也吓晕过去了？凌迟，这可是千刀万剐的最可怕的刑罚啊！

南怀仁跪在地上，高举双手，挺胸仰面，向殿顶、向苍穹、向上帝呼吁，大颗大颗的眼泪，从眼角滚落下来：

“天主啊！你难道没有看见？……”

他觉得有人在轻轻扯他的黑袍下摆，低头一看，是汤若望。汤若望撩开散在脸上的蓬松白发，露出一个非常温和、虔诚的微笑，费力地大口大口喘着气，说：

“不要，不要这样，费迪南特！……我心里平静、温暖……我主耶稣钉上了十字架，为拯救人类受尽了苦难……能追步我主后尘，我欢悦……我荣幸……”

南怀仁搀扶着这个病瘫的可怜同胞，看到他极度衰弱苍老的面容上，一双眼睛仍然明亮，心头一热，眼泪又滴了下来。

这场吸引所有人关心的西洋传教士大逆案，从康熙三年七月二十六至康熙四年三月初一，经过了整整七个月。从礼、吏二部初审，到刑部定刑、三法司复审、礼部复审、御前大会审，一整套完整的司法程序，终于结案了。顺治朝最有名望的客卿、皇上的师傅、基督教传教士、欧洲科学的代表汤若望，将因为跟他完全无关的过失，在康熙朝的第四年，被判处中国刑罚里最残酷的凌迟！

消息传遍四面八方，自然有人暗中嗟讶叹息，但更多的人兴高采烈、拍手称快，盼着行刑日亲临现场，先睹为快。可什么时候行刑呢？

第十次御前大审结案后，本可以立即行刑了。可四位辅政大臣会议一番，竟又增加了一道程序：将判词奏呈皇帝和太皇太后，取得最后的批准。

谁都知道这最后的批准只是个形式。年幼的皇帝、年迈的太皇太后绝不会有异议。京师人便安心等待着菜市口将要出现的奇观：八名罪犯同日开刀碎剐，而且其中有一名洋人！这可不是前所未有的大事？兴奋、好奇激起的残忍，像传染病似的蔓延开来。

三月初二巳正三刻，四名辅政大臣朝冠朝服朝珠，端端正正，严肃庄重，按索尼、苏克萨哈、遏必隆、鳌拜的固定顺序，离开他们的政事堂体仁阁，亦步亦趋，往慈宁宫求见皇上和太皇太后。四名书吏跟随在后，捧着装了判决词的折匣。

“伊里”声声，把他们送进慈宁宫。正殿里，太监和宫女分列而立，簇拥着高高的宝座。太皇太后和皇上就坐在那金黄色的雕龙大椅上。

照礼节说，臣子见君不能仰视。出于习惯，也可能出于自己都没意识到的担心，苏克萨哈极快地闪动细目，朝太皇太后和皇上的龙颜凤目上偷偷投去一瞥，他心上登时一哆嗦，觉得不大对头，事情未必如他们所想的那么简单容易。平日里太皇太后满面慈祥，胖胖的脸、细长的眼，实在像一尊普度众生的大佛。可是今天，细长的眼睛睁大了，弯弯的笑眉拉直了，神情专注，目光凛凛，竟是那样肃穆、严厉！就连皇上，仿佛也一下子长大了许多，那双乌黑的眸子里，闪动的不再是稚气的好奇，他觉得那目光十分尖锐，当他已经低头跪定、口里说着参见请安的话了，仍然感到那双眼睛还盯在自己身上，使他有如芒刺在背，大不自在。

太皇太后没有像平日那样，立刻请他们起身并赐座，只是冷峻地轮番打量四位辅臣，缓缓说：“诸位因了什么事，特地破例来慈宁宫求见？”

索尼开口道：“是为近日御前大审汤若望案的最后判决……”

不知何处“呼”的一声怪响，外面陡然起了大风，刹那间尘土上扬，漫空飞舞。刚才还是日近正午、满地阳光，眨眼工夫就天昏地暗，狂风卷着黄沙扑打得大殿门窗“呜呜”怪叫，掩住了索尼的话音。殿里的太监宫女拘于礼仪，不敢乱动，可是眼珠子都在骨碌碌地乱转，急切地向殿外张望。

苏克萨哈向前跪进一步，双手呈上折匣，尽力镇定自己，一字一句地说道：“启奏皇上、太皇太后，这里是议政王大臣会议的判决，众口一词，判汤若望、李祖白等八人凌迟……”

太皇太后此刻心里十分恼怒。她没料到辅臣把事做得这么绝，不留一点余地，不留一毫情面！竟又如此堂而皇之地当面奏请，把凌迟汤若望的责任最后塞到她手中，让她来承担出尔反尔、喜怒无常的恶名！如若拒绝辅臣，激怒他们，他们会怎样报复？怠工，还是故意出难题？或者别的？无论哪一种，眼下都不好应付……不容她多想，伴着苏克萨哈的奏报，一阵“隆隆”的雷鸣自远而近地传来了，但他们君臣注意力太集中，竟没有在意。

听罢苏克萨哈禀奏的太皇太后，脸色苍白，眼睛乌黑发亮，一拍桌案站起，正要说什么，那雷声已轰然响到脚下，窗外什么地方忽然闪过一道极强烈的光，耀得人眼花头晕，跟着，门窗梁柱“喀啦喀啦”乱响，巨大的宫殿突然剧烈地摇撼，整个地面猛然拱动起来，似乎地底下有一条无比巨大的凶龙在翻腾！

太皇太后浑身陡然滚过剧烈的战栗，大祸临头、世界末日的可怕感觉猛地罩住了她，心口“怦怦怦”地跳得极其凶猛，冷飕飕的寒流从背上阵阵掠过，从未经历过的惊慌使她眼前昏花一片。

“地震!”好几个声音尖叫出来！强烈地震发生了！“咕咚”、“咕咚”，一个个香炉陆续晃倒；“嘭嘭”、“啪啪”、“哗啦”乱响，花瓶摔碎，宫灯落地，屏风砸下。古老的殿堂“吱吱嘎嘎”呻吟着，从根基深处晃动着，沉重的殿顶似乎随时都会倒塌下来，把所有的人压成肉饼！宫女太监尖叫乱跑，没头苍蝇般胡撞，更增加了恐怖和混乱。

“快护着主子出殿!”索尼高叫着，一个箭步冲上宝座去搀扶太皇太后，那边鳌拜已抱起了惊呆的玄烨。不想太皇太后一把推开索尼，说：“保住皇帝要紧！出去!”索尼晕晕乎乎跌下宝座，同鳌拜一起用身体护住玄烨，赶紧冲了出去。

太皇太后努力压住惊慌和恐惧，迅速观察、迅速判断，她的至尊身份和高于所有人的位置帮助她镇静下来，她跟着就大喝了一声：“不准乱跑!”

这一声竟震动了殿堂！出自她这样一个老妇人之口，真正不可思议！混乱的人们被镇得愣了一愣，然而大地的晃动太剧烈，人们都站立不住，殿外不断传来房屋倒塌的吓人巨响，一个摔倒的宫女又发出一声尖叫。太皇太后大步跨下宝座，“呱嗒呱嗒”，几步就走到那宫女跟前，抡臂狠狠地抽了她一耳光：“再要乱喊乱叫，先杀掉你!”她猛地一个大转身，像男人一样坚决果断地命令：

“前门后门窗户一起打开，太监在前，宫女随后，不准拥挤！出殿！快!”

遏必隆领着几个强壮的太监冲上来围住太皇太后，他不容分说，赶紧将她背起来，太监们手持着伞、扇等类简单的用具，遮护着她一路往外冲。仿佛在惊涛骇浪里动荡的小船上奔跑，许多人步履艰难，摇晃、摔倒，仗着遏必隆坚实的体格和武功底子，终于冲出了大殿。在大殿檐下，迎面遇到苏克萨哈，他是跑出去又跑回来救驾的。太皇太后挥挥手，命大家赶快到空旷处集中，不要在大殿、房屋和宫墙附近停留。又一阵宫墙倒塌的“轰隆轰隆”响，苏克萨哈回头张望，偏偏殿角“沙沙”落土，跟着一块翘角掉下来，人们惊叫，苏克萨哈醒悟过来，拔腿就逃，但已来不及，百余斤重的殿角砸伤了他的小腿。

在慈宁宫庭院空地临时设置的宝座边，四位辅臣连连慰问着皇上和太皇太后，太皇太后仍然皱着眉，不作声。

“老祖宗！三哥哥!”冰月尖叫着，飞快地跑过来，一头栽到太皇太后怀里，大哭失声。

“老佛爷！皇上!”皇太后、皇太妃们也都惊恐万状地陆续赶来问安，见老佛爷那么沉着镇定，威严得有如统率千军的大将军，她们才渐渐定下了心。

见各宫眷属无恙，太皇太后转脸命辅臣立刻出宫，她说：

“京师这一番大地震，平民百姓受灾必重，许多事务急等你们去办理，你们各自府第亲眷如何，也该赶紧回去弄清。这里很快有内务府来员安排，你们尽管放心。至于呈上来要我和皇帝批复的判词，我不能批。你们明白吗?”

辅臣们慌乱又沮丧地望她一眼，赶紧低头。

她目光闪闪，愤怒地竖起黑眉，指着天空，严厉地说：“上天示警了！这大地震，不是天意吗？我不能违背天意！”

几十年的政海搏战，使她几乎在地震的一刹那，就联想到了天罚，联想到了天怒，这是天命！她立刻抓住了这最有理、最有利、最有力的天意！

天色阴暗得怕人，浓云中隐隐传来闷雷和电闪，一场大暴雨就要来临。玄烨拉着冰月的手，两人充满敬慕的目光一刻不离祖母。他们紧紧靠着祖母，如同靠着一座威武厚重的大山，心里觉得很踏实。

但是，地震并没有停止。只三月初二这一天，大地震又出现了三次。北京已成了黑暗与恐怖的世界，民房倒塌不计其数，古老的城墙有上百处塌陷，城内几条街道上地面裂开大口，陷进许多无辜百姓。“轰隆隆”的倒塌声一整天都没停过，人们都逃窜到街头避难。九城提督的兵马在各处巡查，捉拿乘机逃跑的囚犯、奴婢和趁火打劫的小偷、强盗。夜晚来临，春寒袭击着受灾的人们。皇宫内院、王府宅第都搭起帐篷，平民只好露宿街头，等待着他们的是疾病、冻饿、无穷无尽的忧虑、沉重的负担……

连续三天，大震每日发生一次。于是，人们都相信，这是上天在表示愤怒。为了什么？自然是那桩震动中外的大狱！这冤狱上干天和，招来了惩罚，必须要挽回天心，避免更大的灾祸。

三月初五，朝廷宣布大赦。次日，利类思、安文思、南怀仁、许保禄被赦出狱。汤若望和七名钦天监官员刑罪减等，由凌迟降为斩首——仍然是死刑。

三月初九，御前第十一次大会审。南怀仁以自由人的身份跟随汤若望，继续做他的代言人为他辩护，以至康亲王杰书情不自禁地指着南怀仁大声说：

“这样的勇气和孝友之情太叫人佩服啦！”

这次大会审中，刑部尚书魏裔介当场宣布刑部复审的判决：

“皇子殡葬一事汤若望并未与闻，所以情有可原，死罪应赦免；杜如预、杨宏量勘定先皇陵地有功，应免死；李祖白等五人罪情重大，不赦。”

这本是一个既挽救汤若望性命，又不失辅臣颜面的判决。辅臣却不肯接受，批复迟迟不下。

三月十五，紫禁城里皇太后所居的寿康宫和皇上的书房起火，延烧房屋四十余间，据说皇上直闹到太皇太后跟前。太皇太后降旨严责辅臣："为何还不赦免汤若望？上天还在示警！"

四月初一，第十二次，也就是最后一次御前大审，终于宣布了赦免谕旨：

"……汤若望效力多年，又复衰老；杜如预、杨宏量勘定陵地有劳，皆免死。李祖白等五人所犯情实，恩赐斩首，子孙免死，各杖四十，终身流戍宁古塔……"

四月初三，李祖白等五人处斩之日，汤若望被释出狱。气息微弱的老人由成群结队的同情者簇拥着抬回住处。不断有教友和非教友奔来向他致贺慰问。汤若望非常感动，南怀仁扶持着他竭力撑起身子，向众人致谢，声音呜咽不能成语。

当晚，汤若望坚持要到教堂门口去。南怀仁为他披上一领遮风的黑斗篷，像一个贤孝的儿子，扶着他慢慢走，如同这半年来，他扶着他出入监狱、一次次过堂一样，始终那么勤谨不懈，小心翼翼。

教堂门上贴着盖有官府大红印的封条。昔日教友们来来往往，做礼拜、受洗礼，这里曾经是欧洲天主教在东土的一块绿洲，而今，阒无一人，万籁俱静，只有他们的脚步声伴随着他们的身影，只有头顶的半边月亮在最后的晚霞中投给他们冷清的光芒。

汤若望慢慢扑倒在门前的大理石碑座下，伸出颤抖的、苍老的手，轻轻抚摩着洁白美丽的碑体，抚摩着碑上的橄榄叶浮雕，抚摩着一行行精雕细刻的满汉碑文，终于摸到石碑上端的几个大字：钦赐尊号通玄教师。

他的声音也颤抖得很厉害："费迪南特，你能够看清吗？……请你读给我听……请读一遍……用中国话……"

南怀仁于是操着他那特别的汉语，一句一句地读那碑文。这是十一年前顺治皇帝敕封汤若望为通玄教师的诏书，因汤若望格外珍爱而特意另制大理石碑镌刻永存的：

国家肇造鸿业，以授时定历为急务。羲和而后，如汉洛下闳、张衡，唐李淳风、僧一行，于历法代有损益。元郭守敬号为精密，然经纬之度，尚不能符合天行，其后晷度遂以积差。尔汤若望来自西洋，精于象纬，闳通历法，徐光启特荐于朝，一时专家治历如魏文魁等，实不及尔。但以远人，多忌成功，终不见用。朕承天眷，定鼎之初，尔为朕修大清时宪历，迄于有成。又能洁身持行，尽心乃事。今特赐尔嘉名，俾知天生贤人，佐佑定历，补数千年之阙略，非偶然也。

时大清顺治十一年三月……

南怀仁还没有读完，汤若望已经老泪纵横，泣不成声了。南怀仁安慰着汤若望，自己也心酸难忍，他当然知道这块大理石的无可估量的价值：它与皇上亲赐的那御制碑文一起，曾经是汤若望的身份证、保护伞，汤若望把它们立在教堂门口院中，它们就兼而成为天主教的身份证和保护伞，在他们伟大的传教事业中，这两块石碑有极大的功劳。可是今天……

汤若望喃喃地重复着碑文里的话："……但以远人，多忌成功，终不见用！……但以远人，多忌成功，终不见用！……"白须白发被晚风吹乱了，他抱着这块冰冷的大理石，抚今追昔，有多少难以言说的慨叹啊！

南怀仁强笑着安慰说："总是天主慈悲，用这样特殊的警告解救了我们！约翰，你能活下来，这是奇迹！……以后一切都会好起来，会的，会好起来。"

汤若望抬起头，泪光闪闪的眼睛里映着月光，他悲哀地摇摇头："不！不！……"

七十三岁的汤若望，已经积累了深厚的人生经验，他决不像南怀仁那么乐观。后来事情的发展，证实了他的悲哀。

第二天，新上任的钦天监监正杨光先、监副吴明煊，在两位礼部官员的陪同下，带来大批人役包围了教堂。汉尚书沙澄庄严宣布了朝廷取缔天主教的法令，随后，满尚书只略略一点颏，人役们便在杨光先与吴明煊的率领下，狂怒地冲进教堂的各个角落，于是各个角落便传来一片可怕的喧嚣，其中夹杂着杨光先尖厉而痛快的狂叫：

“撕掉！给我撕掉！……砸！砸！砸个一干二净！……堆起来，烧！烧！烧！……”

所有的天主基督圣母等等圣像都被撕毁；所有带有褒扬崇敬言词的匾额都被砸碎；神圣的宗教器物，木质铁质的被破坏，金质银质的被洗劫。一切被毁掉的东西，都堆在院子中心焚烧，成了巨大的火堆，鲜红的火舌蹿得老高，仿佛舔着昏暗的天空，由于火中许多檀木楠木圣器，缭绕的浓烟透出奇妙的、令人心醉的馥馥芳香。这火，这香，把汤若望的心都碾碎了，他一生的心血啊！……南怀仁扶着老人，映着火光的眼睛布满血丝，阴沉得如同寒冬原野上的饿狼。

“咚！咚！咚！”沉重的打击声，震得地面簌簌发抖，人役们举着大铁锤，正在敲碎那两块碑，那块刻着顺治皇帝敕谕以通玄教师衔号赐汤若望的大理石碑和那块御制亲赐的汉白玉碑。南怀仁冲过去，一把拖住大锤，喊道：

“你们不能！你们不可以！这是先皇帝的圣谕！……”

礼部的两名官员毫不客气地把南怀仁推了个趔趄，理都不理他，指使挥动大锤的人役：快点儿干！

“费迪南特！”汤若望微弱的声音透过锤击呼唤着，他左手按着胸口，可怜地喘着气，南怀仁赶紧跑过来搀扶他回屋躺下。

空空荡荡的屋里，填满了大火燃烧和锤击石碑的声音，两人都说不出话来。汤若望忍不住轻轻地呻吟，好像那大火正烧烤着他，一记记大锤都敲在他衰老的头顶。

房门“哗啦”一声推开了，十几名人役顺序而入，每人都朝汤若望床前狠狠扔下两块碎石，那便是大理石碑和汉白玉碑的碎片残骸。不多时，这些乱七八糟、有的还留有零星字迹的石块，就在汤若望床前堆成一个碎石的小坟包。一阵狂笑，人役背后走出了杨光先和吴明煊，吏部两官员就站在他们身后。杨光先痛快地尽情嘲弄着自己的对手：

“汤若望！你还想做你那太师爷的春秋大梦吗？睁眼看看！你的惊人业绩、惊人徽号，如今已然碎尸万段！你逃脱了凌迟之刑，以为就此完事吗？先让你的招牌替你受受千刀万剐的滋味吧！哈哈哈哈！”

这透心入骨的侮辱，汤若望生平未遇，他闭目仰卧，一言不发，浓密的胡须眉毛，以至满头白发都在抖动。

“你听着，汤若望！”杨光先突然停止狂笑，厉声喝道，“这馆舍是公产，是钦天监正的住所！限你一日之内迁出！老夫明天就要搬进居住！”

第二天，病入膏肓的汤若望迁出西堂之际，杨光先大笑着迁了进来。他一生坎坷不得志，终于在古稀之年一展抱负，自然快意非常。他命人将他的画像悬在教堂的祭坛上，因为他的七十三大寿在即，他要在这高大宽敞的大堂里大宴宾客，操办此生最风光、最热闹的寿辰庆典。

汤若望和南怀仁来到东堂，东堂的神父安文思、利类思，率领着居住东堂候审的外省传教士，到门口迎接。东堂顶上的巨大十字架，在大地震中震倒，摔成碎块，圣堂也在前一天被洗劫一空，堂门重新被封。劫后相逢，悲喜交集，汤若望被众人搀扶着、簇拥着，但所有这些残破、凄凉的景象，都映入他满是老泪的眼中。他骤然扑倒在众人脚下，跪在那里，浑身颤抖，泪如泉涌，声嘶力竭地说：

“我的错误，我的罪过啊！……给教会招来一场这样大的、令大家吃苦的迫害！……”

他昏倒在南怀仁的怀中。

后来，他在病痛和迫害中又煎熬了一年多。因为杨光先确实不肯罢休，仍在不断控告汤若望和天主教的种种罪恶，要求将传教士流放宁古塔，要求处死汤若望。汤若望不得不被人用木床抬着一次次过堂。每次过堂都使他病情进一步恶化，常因呼吸困难手脚乱抓乱打，直至昏厥。与此同时，他的心境和表情却越来越平和、宁静，似乎在安然等待死亡的降临。

那天，他躺在夏夜的星空之下，忽然少有地激动了，对侍候在侧的南怀仁说："知道吗？我昨天梦见了一个人！你猜是谁？是布鲁诺……"他沉静片刻，叹了口气，缓缓地接下去，"仿佛是在罗马的一条昏暗的窄巷，石子路上湿漉漉的，我竟迎面碰上了他！……仍是那副苦行修士的打扮，腰里系着麻绳，一脸悲天悯人的愁容……他看我一眼，摇摇头，做了个又是同情又是嘲讽的怪相。我赶上去想要质问他，他却一动不动，眼看着变高变大，化为一座巍峨的大理石雕像，窄巷也扩展成一个小广场，四周都是鲜花……"

汤若望近来说话很少这么清楚，使南怀仁惊异，但他说话的内容，他对离经叛道者的态度，却让忠于自己信仰的南怀仁不知如何回答。

汤若望极力望着深远无极的神秘的银河，眼睛里有一点微微闪动的光："如果哥白尼的太阳中心说、布鲁诺的宇宙无限论是对的，那么，我们不也是在扮演杨光先之流愚昧残酷的可悲角色吗？……"

老人的声音极轻极微，却震动了身边的南怀仁，他不由自主地顺着老人的思路想了下去：

中国不能容忍地圆说，因为地圆说等于否定了中国是世界的中心，触犯了天朝的自大心理，于是，把持地圆说的传教士们指为异端，残酷迫害；

天主教不能容忍日心说和宇宙无限论，因为这理论等于否定了天堂和地狱，否定了上帝的存在，所以宗教裁判所用火刑烧死了布鲁诺。

然而，地球毕竟是圆的。

那么，地球果真是绕太阳运行？宇宙果真是无限的？

那么，天主教也是愚昧落后的，也在阻碍着科学和真理？

那么……

南怀仁不敢再往下想了。他没有勇气怀疑自己，他是神职人员，是上帝的虔诚信徒！他回眼去看汤若望，老人已经睡着，脸上似乎浮现出一抹淡淡的红潮。

汤若望死了。

他的死日，无论对天主教或对中国习俗而言，都是个神圣的日子，这是康熙五年的七月十五——中元节或称盂兰盆节、鬼节；公历1666 年 8 月 15 日——圣母升天节。十四天后安葬汤若望，送殡者在五百人以上，其中有远道赶来的吕之悦、孙幼蘩夫妇。

一场牵动这个古老帝国的各条神经、大起大落惊心动魄的大狱，以汤若望及其代表的西洋天主教、欧洲科学的惨痛失败而告结束。失败者沉寂下去，无声无息，仿佛就此消失在历史的洪流中，湮没了。

兴起大狱的表面上的原告杨光先，安富尊荣地登上钦天监监正的官位，因有强大的后盾而高枕无忧。他是个彻底的、毫不妥协的斗士。汤若望去世那天，他在钦天监痛快地宣称："这个可恨的老家伙到底死了！但京师还有三条洋狗，我得把他们全都收拾干净！"他当天就向朝廷呈递状文，要求将罪大恶极的汤若望碎尸万段！不久，他又上书辅臣，要求拆毁西堂东堂，铲除天主教和西洋欧洲在中国的一切痕迹。辅臣们倒是相继批准了，但执行日期却被拖延。后来，竟无限期地拖延下去，化为乌有。

朝廷上出了大事，比拆毁西堂东堂严重得多。辅臣们以至整个朝廷，无暇再理会这类区区小事了。

第四章

一

二月底三月初，岳乐躲在他的庄园里办他自己感兴趣的事，东跑西颠，忙忙碌碌，颇有味道。那天他正骑着马在几个庄子间巡游，刹那间觉得头晕，仿佛站在颠簸的小船上。他没怎么在意，只当一时眼花，回到庄园才知道是地震。次日，传来了京师大地震的消息。

别看他平日悠闲散淡，仿佛真要成为不问世事的隐士，可一听到这个消息，脸色都变了。报信的京中管事说不清京师有什么变故、朝廷有什么危机，只知道府里倒了多少间房、砸坏了多少用具、伤了多少奴婢、福晋怎么哭天抹泪、姨奶奶怎么吓出毛病……岳乐只听得怒火冲天，一脚踢倒管事，午膳也不用，一迭声地传来坐马，带了几十名护卫，飞也似的向京师奔去。人不下鞍、马不停蹄，五个时辰他就赶到了朝阳门。民房倒塌、百姓露宿，人们的凄惶之色虽然使他忧虑，但看到九城提督的巡丁和守卫严谨的八旗兵勇，他到底还是松了口气。

回王府只待了三天，岳乐已觉得腻烦不堪。大赦令宣布、汤若望免死的消息传来，他就没有必要留在京师，把家中必须办理的事务略作安排，又回庄子上来了。临行交代几个儿子：把汤若望案的最后结果以及能够探清的案情内幕，差可靠人来庄上禀报。

安王福晋原要同行，但府中修缮等事她不大放心，便与岳乐约好，天热时候来庄园避暑。自从他妥善地处理了与梦姑、同春的纠葛，在福晋眼中居然变得可敬可爱，夫妻感情竟然好起来。

天气，一日热过一日，看看榴花照眼、睡莲满塘了。

这天吃过早点，岳乐着了一件宽大的蓝绸长衫，拿了一柄轻罗小团扇，坐在池边柳树下的石凳上，细细看着儿子们的来信，随后便沉入深深的思索：

汤若望大狱，不过是顺治十八年以来一系列大狱的继续。这当然是辅臣执政以来的一贯策略，凡有汉俗汉化嫌疑，一概排斥；凡不利于满洲祖制的，一概复旧。这实际上造成了完全与先皇帝背道而驰，甚至一步步否定先皇作为的情势。他们的根据，就是那篇“罪己诏”。这正是岳乐引退的主要原因。

辅臣们肯定要沿着这条路走下去。

这条路的起点，岳乐相信，是太皇太后为他们铺设的。

可岳乐渐渐发现，辅臣走下去要出格。

很显然，太皇太后不同意杀汤若望。辅臣却不管不顾，竟下凌迟令！这大大损伤了皇家的尊严！太皇太后很精明地借用大地震表示她的反对，称之为上天旨意迫使辅臣后退。她成功了！不过，这也表明，她还不想得罪辅臣。

是她实际上仍然支持辅臣的治国方略，还是她养虎成患，已没有力量与他们抗衡？……如果是前者，岳乐应继续引退。如果是后者呢？想到自己被迫辞政的屈辱，对这位老祖宗如今自食其果，他心里多少有点幸灾乐祸，但又不得不自问，要不要助她一臂之力？……

可惜，岳乐近日对朝政的细节了解太少，无法对这些做出准确的判断。看来，还要和朝中灵通人士多通消息才好……

岳乐想着，背手闲步，走上背靠湖石面对清池的听雨轩。轩窗四面，绿意盎然，初夏的小风吹来，令人浑身舒泰。轩中一张乌漆长榻，枕边一部《玉茗堂四梦》，他悠然靠在榻上，取书翻看。小童送上清茶，他喝了一口，香满齿颊，心里十分娴静舒适，不知何时，靠在枕上睡着了。

“王爷！王爷！”虽然怕惊了王爷，声音压得很低，但急促的喘息，表明管事十分紧张。岳乐睁眼见到跪在榻前的老管家，一骨碌坐了起来。不是特别紧急的事情，下人绝不敢打扰他的昼眠。

“什么事？”岳乐镇静地问。

“启禀王爷，佟……佟国舅请见！”

“哦？”岳乐惊异地扬扬眉。即使他在朝为议政王之时，与佟家也没有多少来往。康熙即位，生母佟佳氏康妃尊为慈和皇太后，佟家骤然贵盛无比，岳乐便有意识地回避得更远一些。何况当年两家曾为圈地的事闹过纠纷，佟家会不会乘岳乐背时之机，挟嫌报复？他不得不存几分戒心，于是故作平淡地说：

“列队迎接就是，何须这样大惊小怪、变脸变色的！”

管事急得脖子上青筋拱起，凑近两步，小声说：“王爷，庄外十里以内，处处有骑兵巡逻，佟国舅大人还……还领了五百精兵！”

岳乐一惊，心里飞快地转过许多念头：来兴师问罪？来寻衅讹诈？或者，朝中出了大变故？……他果断地吩咐道：

“命王府卫队整好武备，在园墙四围和客厅左右侍候。没有动静，不许露面。仪仗出大门迎接！”

岳乐在大门前一露面，佟国纲便赶上来要跪安，岳乐连忙搀住，执手为礼。两人笑逐颜开，寒暄了好一阵。论家法，岳乐是皇叔，佟国纲是国舅，彼此平辈；但论国法，岳乐是亲王，佟国纲是内大臣，有君臣之分。岳乐以平辈礼相待，佟国纲心里过意不去，自然就对这位人称古怪的亲王产生了最初的好感，他连忙说道：

“王爷，请你老快去接驾吧，皇上来了！”

岳乐大惊失色，跌跌撞撞跑下台阶。果然，在四百名亲军营兵和一百名剽悍的侍卫骑兵簇拥之中，十二岁的玄烨披着骑马大氅，勒着缰绳，昂然坐在一匹神骏的火焰般红马背上。岳乐连忙双膝跪倒叩头，口中称道：

“不知皇上驾到，迎接来迟，望乞恕罪！”

玄烨已灵巧地跳下马，搀扶岳乐起身，说：“王伯免礼，不在宫里，不要这般拘礼。”

跟随玄烨的一等侍卫索额图等人也向岳乐请安。玄烨俨然天子气度，雍容大方，迈开步子便进了园门。岳乐陪着领路，佟国纲和索额图一左一右跟在身后，他们后面还有数十名侍卫保护。

岳乐把皇上一行让到正厅，川流不息的太监侍女，送上精致的奶酥点心和梅汤、冰果、冰奶酪等饮料。玄烨很高兴，也就不客气了。

岳乐起身到廊下，把管事们叫来，严厉下令："将王府护卫派作两拨儿，一拨儿出庄周遭巡逻，一拨儿在园中各处设哨位。一切闲杂人等全都回避，必得安静、安全，出了纰漏，提首级来见！"

管事们面无人色地领命而去。

岳乐再回正厅，佟国纲和索额图正领皇上赐，小口小口地喝着冰凉酸甜的梅汤，并十分轻松地悄悄嘘气，看样子，他们真是又累又渴了。玄烨已经喝了两碗梅汤一碗冰奶酪，安闲地站在正厅北窗边，正在往花木扶疏，浓阴中露出亭台楼阁、湖石小桥的园子里张望。绿色随着轻风从北窗沁进来，还带进隐隐约约溪水流淌的好听声音。

"真不知皇上驾临，什么都没有准备。"岳乐担心地说，"皇上怎么能轻离京师呢？太皇太后知道吗？"

玄烨看了岳乐一眼，答非所问："王伯，你这园子真好！今儿个我就住这儿啦！"

岳乐不知怎么回答才好。佟国纲说："皇上不去奴才那园子看看？"

"明儿个再去。"玄烨回答得很干脆。

"皇上，那得跟康亲王打个招呼才好。"索额图提醒一句。

"哦，那，索额图你去回康亲王。"玄烨顺口一说。

"这……"索额图不知为什么有点迟疑，很快地说，"我派侍卫去一趟，皇上的意思可以吗？"

"去吧。……王伯，你领我看看你的园子。"

"皇上鞍马劳顿，歇一歇再去，好吗？"岳乐用既是对皇帝，又是对侄子的双重口气，恰到好处地征求玄烨的意见。

"看完了再歇，就歇在园子里，不比这正厅好？"玄烨不知是天子的金口玉言不可更改，还是小孩子家的固执心肠，已经站到门边等候了。

岳乐的这个园子，因为不在京师，占地很宽阔。叠山堆石、亭榭曲廊，与许多王府花园并无二致，但风景幽深，曲折变幻，毫无富丽堂皇之概。忽而小桥流水，忽而松风鹤舞；可以登上山道，直奔小山顶上的峰亭；可以分花拂柳，和清池中的游鱼并行。玄烨好奇地张望，听岳乐讲着这些景致的诗意，再想想宫中几个花园，真呆板得令人讨厌。

最后，他们在听雨轩停下来。玄烨大人气十足地说：“王伯这个园子真好！好就好在不见雕琢，处处自然，故而格外使人动心。”

岳乐暗暗诧异。小皇上尽管有些装腔作势，不自觉地卖弄书房里学来的文采，却一语道破他营造此园的苦心，不由得他不连连称是。玄烨又对周围一指，说：“这里最好！青山宁静，绿水淡荡，轩边松竹交荫，室内尘氛不到……这清池中，荷芰下，想必有鱼？”

“是，皇上。特意养育热河鲫鱼千许尾，供垂钓，也供凭栏观赏。”

“真的？”玄烨高兴得一跳，露出十二岁男孩子本色，顾不上转文了，“王伯，今儿个就让我下网捕鱼好不好？晚膳吃鲜鱼！”

岳乐不敢笑出模样，只蔼然回答说：“皇上想下网想垂钓都成。要吃鲜鱼，园子里养有刚从南方送来的鳜鱼，一会儿请皇上品尝。鲫鱼刺多，只可做羹汤……”说罢，他就吩咐人去取钓竿，把下网的船划到听雨轩来，然后陪同玄烨和佟国纲、索额图进轩品茶等候。

玄烨坐上舒适非常的长榻，倦意很快就向他袭来。起初还强打精神，竭力睁着眼，但男孩子的瞌睡来得非常快，几乎没有什么过程，他嘟囔着又问了一句：“钓竿和船，还没……来？”不等岳乐回答，身体一歪，已经睡着了。

索额图去传御前太监来照应皇上，岳乐也派了几名小太监听用。趁着索额图出去的当儿，岳乐神情严肃地问佟国纲：

“究竟是怎么回事？皇上是私自离京的吗？朝中出了什么事？”

佟国纲拉岳乐出了听雨轩，在松荫下，倚着池塘的栏杆，轻轻地说出了原委：

入夏以来，京师热得厉害。康亲王邀约另外两家郡王出口外打围，一为练武，二来也好避暑。临行前一天，太皇太后召康亲王进宫，原说她老人家要带着皇上跟他们一道往塞上的，康亲王劝说再三，老佛爷才答应自己不去，但让皇上随康亲王同去打围，以长见识、习弓马、强体质。康亲王不敢违命，只得加意布置防护。太皇太后又召佟国纲嘱咐一番，说他的这位外甥近日寝食不安、心绪不好、日见消瘦，要他精心养护，使皇上在塞外风云驰骋之中开阔胸襟、消解郁闷。

初到塞外，皇上很兴奋，处处觉得新鲜，追黄羊、射马鹿、架鹰寻雉兔，十分痛快。可是日子一长，他又打不起精神了。常常沉思默想，表情阴郁，初到塞上壮实起来的身子，又渐渐消瘦下去，加上晒得很黑，就显得更瘦了。康亲王于是急着回京。昨天过喜峰口进关，今天大队在野鸡坨休息，皇上便执意要到安王爷和佟家在永平的庄园来看看。康亲王不敢过分阻拦，想亲自跟来皇上又不许，只好派了大队骑校和亲兵营护卫着来到庄前。

岳乐听罢，小声问道："国舅知道皇上为什么忧闷吗？"

佟国纲摇摇头："老祖宗没有说，皇上自己一个字也不肯透露……"

其中的秘密，不久就向岳乐揭开了。玄烨执意要来安王庄园，竟是专为向安亲王吐露这个秘密的！

玄烨睡足了一个时辰，美美地吃了鲜香无比的江南鳜鱼和塞北珍珠蘑之后，在听雨轩面水的一侧，岳乐陪他下棋。白玉黑玉棋子敲击出清脆动听的声响，水面风动，拂动岸边柳丝，送来一阵阵荷叶的清香。岳乐没料到玄烨有这样高的棋艺，又常常出一些他想不到也没见过的怪着，使他难以应付，不得不集中精力，用心来战。

身边只有几名御前小太监，侍卫们都在听雨轩四周较远的地方守护，佟国纲和索额图还在轩内侧间吃饭，这里气氛很是宁谧，除了棋子响，都是天籁之音：柳叶"沙沙"，蜜蜂"嗡嗡"，水波"汩汩"，莺鸟"啾啾"。玄烨仿佛不愿破坏这种恬静，说话声音很轻很轻：

"王伯，你知道吗？……老祖宗要给我定亲……"

"哦！"岳乐的声音也很小，似有若无。虽然还能不动声色，心里却颇惊异。太皇太后抱孙心切，可以想见，但皇上实在还是个小孩子，论实足年龄，不过十一岁，怎么能成亲？是不是先定下，过几年再大婚？……于是说道："先定下来也好，过几年……"

"不是的，王伯！"玄烨有些发急，话音仍然轻得近似耳语，"老祖宗说今年就要办大婚！可我，我还没有亲政呢！……"

"是这样！……"岳乐真有些摸不准了。他心头倏地一亮，忽然想到，皇上大婚，便是成年的标志，而皇上成年，就该亲政。太皇太后莫非借此示意辅臣归政？这是否表示老祖宗对辅臣为政已经有所不满？他赶忙追问一句："那么，老祖宗给你选的是谁家格格？"

玄烨的脸一下拉长了，赌气地说："索尼家，噶布喇的女儿！"

岳乐倒抽一口冷气，半晌说不出话来，刹那间，他全明白了：为什么给未成人的玄烨大婚，为什么这样选择。又是一举两得：既表示了归政的要求，又笼络住辅臣，不至于伤他们的心。他惊叹又佩服，他的婶母、这位太皇太后，真是精明过人！比人们想象的精明更精明！

当年，为使丈夫太宗皇帝的后宫成为蒙古博尔济吉特氏的天下，她费尽了心机；后来，为儿子选的前后两位皇后也都是她这个家族的格格，虽招致儿子的不满、招致帝后不和也在所不惜；如今，为了大清江山社稷的稳固，她竟能一反数十年的定则，自己打破自己的成见！若没有英明君主的阔大胸怀，断难如此作为！……好一个厉害的太皇太后！

岳乐笑了笑，轻声说："自然应该听从太皇太后的安排。"

玄烨用力把一粒白子塞在棋盘上，乌黑的眼睛盯住岳乐，诧异地说："连你也这么讲？"他急了，不由得提高了嗓音，"那冰月怎么办？我要娶的是冰月呀！"

岳乐陡然变了脸色，猛地站起，竟觉得双腿发软，呼吸不畅了。他连忙扶住身边古松瘢痕累累的树干，眼睛避开那双明亮的眸子，心里千头万绪，却一句话也说不出来。玄烨的坦率把他吓坏了。

如果岳乐像成人听到孩子们这类带着稚气的知心话那样，哈哈一笑或是意味深长地眨眨眼，玄烨就会像同样情况下的孩子一样醒悟过来，涨红了小脸，羞得抬不起头，立刻撒腿跑开了事。可岳乐这不一般的表现，更刺激了玄烨进一步发挥他的意见：

"王伯，你是冰月的亲生父亲啊！你说，我应该……"

玄烨缩住口，因为岳乐的古怪表情使他说不下去了。刚才脸色惨白的王伯，此刻面孔涨得发紫，额上青筋都暴了出来。过了好半天，岳乐勉强恢复了常态，强笑着说："我突然有些头晕，求皇上不要见怪……你这心思跟老祖宗说过没有？"

玄烨这时却有些不好意思，扭开了泛上红晕的脸，半晌，才低声地从头说起。

那天他去慈宁宫请安，陪着太皇太后说话，因连日苦读，竟乏得坐在椅子上睡着了。醒来时，发觉被安置在次间炕头，老祖宗寝宫的绣褥锦被特别绵软，他舒服得赖着不想起，便装作没醒，眯着眼儿悄悄打量。寝宫已经上灯，炕桌两侧各坐着一位头梳如意髻的宫眷，挨着他的是老祖宗，另一位竟是懿靖大太贵妃！炕桌上一盏红纱罩桌灯的柔和红光映在她们脸上，竟都那么心事重重，仿佛正在谈论一件非常严重的大事。玄烨屏住气息，更加不敢出声了。

"我这人不知深浅，这些年多亏你包涵容让，我心下着实感念，也着实不安。汤若望是好是赖我本不清楚，可先皇帝跟他的交情谁不知道？这回大审汤若望，他们倒是安的什么心！皇姐你可要多长个心眼儿才好哇！"

"谁说不是呢？我这心里也犯疑惑。事先我放过风，要他们减刑，竟也不听……"

"啊？这还了得？辅臣也不过就跟个大管家似的，百事还得听主子拿主意！这不反啦？"

"眼下倒还难说，也许是一片忠心呢？"

"这是什么事，可大意不得！管家不听话，就该撤换！"

太皇太后轻轻摇头叹息："谈何容易呀！……除非皇帝亲政，才能名正言顺。可三阿哥年岁还小……"

两位老太太愁眉相对，忧心忡忡，半晌只是叹息。

大太贵妃眉毛一扬，拍手道："皇姐，不如早点儿为咱小皇帝操办大婚！"

玄烨心口不知被什么猛地一撞，跟着就"怦怦怦怦"跳个不了，一时又喜又惊又羞又慌，两只耳朵火烧火燎，脸蛋儿滚烫，连忙借着翻身，缩头进了被窝儿……

他朝思暮想，盼着亲政，盼着像父亲、祖父一样综理国事，敬天法祖，勤政爱民，做一个名副其实的真皇帝、好皇帝，已经不是遥遥无期，已经近在眼前，怎能不欢喜？

为了亲政，先要大婚！若是能遂心愿，娶月妹妹做皇后，那更是锦上添花，玄烨还有什么不足！老祖宗知道孙子的心意吗？肯不肯成全呢？会肯的！

玄烨被一股非凡的勇气所鼓动，此刻他甘冒天下之大不韪！他突然掀被坐起，一晃脑袋，仿佛甩脱慌乱和羞怯，坚决地说：

“老祖宗，我若是汉武帝，月妹妹不正好是阿娇吗？”见两位祖母吃惊地看着他，他又急急忙忙地补充，“都是隔房兄弟姐妹呀！……”

太皇太后几乎在刹那间就收敛了惊讶，哈哈一乐，仿佛不经心地说着家常话：

“你倒比我还急！”

一句话，把玄烨说成了大红脸，“哧溜”一下又钻进了被窝儿。只听祖母从从容容地说：“不一样，还是不一样。汉武帝与陈阿娇是表姐弟，你跟冰月是堂兄妹。咱们皇族规矩，同宗不婚，谁都不能改……”

玄烨脑袋“嗡”地涨大了。老祖宗又说了些什么，他再没听到。此刻他已预感到，又要面临一次新的苦痛，一道更深的情感的沟壑，他得费尽气力地跨过它。他能跨过去吗？……

听了侄儿的述说，岳乐微微点头，完全从复杂慌乱的情绪冲荡中脱身出来，正色道：“老祖宗的话千真万确。皇上试想，太祖、太宗直至先皇，哪里有娶宗室之女的先例？”

玄烨不语，只呆呆地望着伯父。

“皇上再想，自太祖创业迄今，皇族世世代代与蒙古联姻，使我大清得以入主中原，成就帝业，一统天下。天子至尊至贵，系天下安危于一身，立后选妃所关事大，切不可以私心好恶为转移。”

玄烨仍然望着岳乐，眼睛都不眨。这些道理祖母都讲过，而且委婉含蓄得多，不像这么赤裸裸的毫不掩饰。

“皇上精通经史，不见妲己亡商、褒姒破周、玉环败唐的故事？皇上日后治理天下，务必敬天法祖、勤政爱民，为一代明君，致四海万民以太平。而好色必定妨政害身，后患无穷。况且我大清世代孝治天下，皇上至德纯孝已为四海传诵，绝不可以婚姻事拂太皇太后之意……”

玄烨这时才渐渐垂下眼帘，小声说：“我怎敢违背皇祖母的意思！……只是觉得对冰月妹妹不起，心里难过罢了。”他轻轻叹了口气，又拈起了棋子。

岳乐不由得心里感动，原来他在为此不安，足见他心地善良仁爱。只可惜冰月没有福气啊！……

佟国纲和索额图出得轩来，只见这伯侄俩正专心一意地下棋，黑白纵横，杀得难解难分，连话都顾不上说。两位旁观者互相看了一眼，刚才吃饭时候商量的问话，怎么个开口法儿呢？

玄烨执意要来安王庄，这两位或明着撺掇或暗着旁敲侧击，都起了作用的。

他们的父亲佟图赖和索尼，都是朝廷重臣、八旗名将，把祖宗的制度习俗看得如命根子一般。早年在关外关内南征北战，从来都是英勇无敌、杀人如麻。杀，是他们最有效的手段，也是他们的光荣。

佟国纲和索额图虽然生在关外，却长在文化昌明的中原帝都，过着富贵平和的贵族世家生涯，整日触及的是深厚悠久而迷人的汉家文化。耳濡目染、潜移默化，早就对父辈的固执信念不以为然了。

世界上有些事就是那么怪，当权者或家长越是严厉禁止的东西，平民百姓和小辈人就越觉得好奇、越要想方设法去接近，何况被禁的东西又确实那么美轮美奂、光彩照人呢！所以，索额图和佟国纲他们这代人对汉家习俗，从诗词歌赋到音乐绘画，从衣着修饰到饮食游乐，反而怀着强烈的倾慕，处处效仿，互相攀比，并引以为荣。索额图珍爱古玩、佟国纲嗜好花雕绍酒，不过其中一斑。

安亲王府祖孙三代，从关外到关内，邸中都养着众多文学之士，文风之盛，朝野知名。辅臣执政，禁令愈加森严，而安王竟如汉家名士，自处江湖，如闲云野鹤，多令人钦羡！结果，安亲王被同辈人目为古怪，却被这些年轻一代暗中羡慕崇拜，真成了一大奇观。索额图和佟国纲早就想拜访安亲王。但朝廷有禁令，大小百官不得私自来往于诸王贝勒府第，他们哪敢轻易犯禁？

近两年，索额图风闻安亲王在他的王庄上又进行了一桩惊世骇俗的变革，引得老一辈满洲人都痛心疾首，不知皇室怎么会出了这么一个疯子，纷纷或忧虑或幸灾乐祸地传说，安王的王庄完蛋了，有了这么个败家子，这一脉怕是要绝……

索额图再三打听，只知道安王的王庄撤了十个庄子、几个庄头，如今只剩下五处庄田了。可是和其他王府相比，安王府来自庄田的收获却多出去好几倍！

索额图早就在自家的庄子上试着把牧场改成农田，又偷偷到民庄花钱请了几位把式给地里安水车挖渠道种菜。安王府的这个消息就特别叫他动心。正巧遇上侍卫皇上出猎的机会，还不紧紧抓住？

佟国纲是佟图赖的长子、慈和皇太后的弟弟，康熙元年授内大臣。他认识索额图是因为弟弟佟国维。佟国维与索额图同为一等侍卫，二人堪称知己，佟国纲也跟索额图交往，觉得很对心思，颇多同好。索额图是这次出猎才向他们提起安王王庄的怪事。佟家兄弟自然非常好奇，极力怂恿。至于他们的父亲与安亲王当年的龃龉呢？那总是老辈子人的事了，与他们何干？

“王爷！”索额图趁着岳乐和玄烨默不作声地各收棋子的空儿，笑道，“早听说你的王庄使了新招数……”

岳乐很敏感，立刻回过头来盯着他：“你听谁说的？是令尊吧？”

“不，不只是他……”索额图没说完，佟国纲便抢过话头：

“我也听说了，说王爷你老的庄子撤了不少，可收益反倒多出去了。”

“怎么？疑心我在庄子里施妖法，跟汤若望似的？”岳乐带笑不笑地打趣说，“我知道好多人都在骂我，说我邪门歪道、违祖败家，对吧？”

“有那么说的，”索额图很坦诚，“可我们不这么想。说真格的，我早就想求王爷你老指点了!”

“是吗?”岳乐表面上不大经意地漫应一声，心里却在暗暗掂量这两个年轻人。

玄烨听他们说得热闹，也从忧郁的沉思中走出来，听了两句，兴趣上来了：

“我在宫里也听说了，说是王伯把赐给你的庄子全糟践了。可是后来又说没糟践，年成比哪家庄子都好！王伯，到底是怎么回事儿?”

岳乐无可奈何地笑笑，说：“我也不知道怎么会招来这么多议论。其实我也没干什么，不过是不得已而为之……这样吧，皇上明儿不是到国舅庄上去吗？正好路过那几个庄子，到那时候我再给你们细说。”

“是从马兰村那边过来吗?”佟国纲问。

“对。我的庄田最远只到马兰村。”

“马兰村?”玄烨反问，眼珠一转，说，“我想起来了！永平府马兰村。费耀色说他从小就住那儿。太好了！明天他就能重回故土啦！叫他给我们带路!”

新鲜的地方，新鲜的事情，对男孩子永远有强烈的吸引力。玄烨哪能例外呢?

“好，王伯，这回你该跟我们好好说说了吧!”玄烨笑眯眯地望着岳乐，好奇心已把他从忧郁中解脱出来。

这是第二天清晨，玄烨一行在安亲王陪同下往佟国纲庄子去的路上。他们停在一座小山丘上的草亭里歇息。这是个小秃山，除了野草野花矮灌木，一棵像样的大树也没有，这倒方便了他们四望远眺。

一片河谷平原从小山脚下向东西北三面铺开，河流蜿蜒如一条银色的带子，从平川的中心穿过，大道几乎与河平行，小路则纵横田间。虹桥镇遥遥在望，安王那一处美丽的庄园更在镇子之外，隐隐沉浮在淡青色的晨雾中。已经是初夏了，田野上绿一片黄一片，斑斑驳驳，一些庄子像一簇一簇砖堆木块，点缀在平川上，只有村落上方升起的袅袅炊烟，显示出活泼的生气。平川的边缘是青蓝色的山，重重叠叠绵延不断，直到天边。

岳乐指着眼前这一片土地，说：“这都是先王留下的，此处原有十个庄子。那庄头在庄子里可就是太老爷，无人敢违的了。每个庄子有地一百三十垧，壮丁十人，牛八头，拨给房屋、田种、口粮、器皿，每年粮庄收粮、豆庄收豆、菜园取菜、果园缴果，这不是自来祖宗传下来的规矩吗？……”

索额图想了想，说：“要讲咱们老祖宗，原本渔猎为生，耕作都在其次。太祖皇帝天命七年下令‘计田授丁’，后来才有田庄的，至今也就四十多年。”

岳乐不禁对这个有心的年轻人格外看了一眼，平静地继续讲下去：“要说祖宗成法，原也尽善尽美。只是庄头委派，哪能尽合人意？庄头贤愚不等，结果便大相径庭。庄头不善驭下，府里管事又不明是非，便常有虐待奴辈的事情，打、骂甚至私刑都难免。逃人法虽严，也止不住庄子里壮丁逃走。一个庄子十名中只要逃走三四名，此庄一年便所得无几，扣除田种口粮，几乎没有剩余，还能有什么收益？请看最北头那个庄子，我刚把那里的庄头撤下来。他手下奴仆逃走了八人！今年农事就完全耽误了。”

众人举头北望，果然一片荒芜，几乎不见绿色。

索额图问：“难道就让它荒下去？”

岳乐像是瞪了他一眼，说：“无非另派庄头，领壮丁进庄。可这样哪是个头？凡弄到这个地步的庄子，人跑了，地也种薄了，后续的人好几年都缓不过来。逼得没法子，我才想了个新招儿……”他停下来，看到众人都聚精会神地盯住他，玄烨的眼睛更像一把锥子，极力要从他眼睛里钻探出点什么，他嘘了口气，笑笑，说，“这就是人家骂我邪门歪道的地方了。我听了一位贤达之士的劝告，把那一百三十垧地，分租给十户人家，年下收成，各取一半。”

索额图目光闪闪：“还是家下奴仆耕种吗？”

“十有八九。庄头不够，也租给平民。”

佟国纲恍然大悟：“噢，怪不得那么多人背后指戳呢，皇上这就是汉人租田种田的法子嘛！……”他忽然觉得失口，赶忙缩住，造成了片刻尴尬的沉默。

玄烨全不在意，只管追问：“结果呢？能补上损失吗？至少补上一半，对不？”

岳乐不高兴地笑了笑，说：“地里的庄稼可不管是汉人法子还是满人法子，下力气种就长得好，没心肠干就没收成。”他又指着面前那片平川，“请看，那边一块一块均匀得像毯子的绿油油的田块，都是租种出去的；这边一簇一堆癞痢头样的地片，全是庄子上的……今年还不知道，去年秋下我结算了一番，同是一百三十垧地，租出地收回的麦谷，比庄子缴来的多五成都不止。”

岳乐不说什么了，玄烨和索额图他们也不问什么了，事情明摆着：绿绒毯和癞痢头，土地是不会骗人的！

佟国纲意犹未足，又问：“王爷打算把王庄都改了吗？”

岳乐摇摇头，感慨地笑道：“不能啊！现在我就不大吃得消啦！只要壮丁不逃，我何必这么独出心裁，招人笑骂哩？再有，像菜园、果园、稻庄、蜜户、苇户、棉靛户这些庄子，总是不能改的……”

佟国纲也不再作声了。

太阳升高了，天气热起来。岳乐请皇上上马，好早点赶到佟家庄园。

小红马牵过来了，玄烨突然问：“马兰村呢？马兰村在哪儿？”

岳乐指指前方：“翻上那个小山就能看见了。”

玄烨一面上马一面高兴地说：“快传费耀色来，我要听他讲那个马兰村！”

于是，费耀色被赐骑马，挨在玄烨的侧后方，与安亲王、佟国纲、索额图一起被护卫们簇拥着。一路上玄烨不住地问起他的身世，他便毫无隐瞒地讲起自己的来历及为什么会住到马兰村。皇上和王爷都听得津津有味，不时扬起一串串笑声。

眼看离小山不远，玄烨对费耀色一招呼：“来！跟我赛马，看谁先到山顶！”

岳乐和佟国纲正要劝阻，玄烨举鞭朝马臀一抽，大喝：“闪开！”

他胯下那匹火焰一样鲜红的骏马，昂首嘶叫着箭一般飞蹿出去。费耀色不知如何是好，憨憨地笑着。岳乐朝他喊道："还不快跟上！"顺手给费耀色的马猛甩一鞭，那马一蹦好高，差点儿把费耀色颠下来，他慌忙拉紧缰绳，稳了一稳，猛松手飞也似的追上去。其他人和大队护卫跟着跑起来，扬起漫天黄尘。

玄烨第一个冲上山顶，费耀色和岳乐随后赶到，佟国纲和索额图也上来了。这儿也有个草亭。山比刚才的山高，草亭也比那边的草亭气派。正值初夏生长旺季，树木丛生，一派浓绿，空气中充满了青草和树叶的新鲜气味。阳光透过密密树冠，向地面投下点点光斑，爽风阵阵，令人心旷神怡，真有登高远望的味道。晨雾已经散尽，辽阔山川在明亮的阳光照射下历历在目，非常清晰。玄烨大口大口呼吸着清香流溢的空气，兴奋地大声说："真所谓江山如画！比登上景山纵观京都还要开阔呢！王伯，你常到这里跑马吧？多畅快呀！怎么不把你的园子搁这儿呢？……王伯！"

独自沉思、若有所失的岳乐微微一惊，他没听清玄烨的话，只能含糊地躬身答道："是，正是。"玄烨听他答非所问，不禁笑起来，体贴地说："王伯，你累了吧？"

岳乐感到自己失态，连忙谢罪。上到这座小山，他如临梦境。路上，他忽然有种熟稔之感。山路拐弯，他觉得拐过去的山崖上应有一棵古松，策马转过去，果然一棵古松迎头向他伸手；快到山顶，他又想，那里该有一块龟状巨石，刚踏上山顶，那块巨石赫然在目，就像一只团缩的乌龟！怎么回事？他什么时候来过这里？难道梦魂曾到此游历？他费力地搜寻记忆，却怎么也想不出来……

"啊！马兰村！"费耀色情不自禁地喊起来，"那是梦姑家祖坟上的老杏树！那是环秀观！那是我跟爷爷住过的房子！"

梦姑？岳乐心头一震，举目顺着费耀色手指的山下望去。玄烨连忙问：

"在哪儿？你说慢点儿，别嚷啊！……"

可是费耀色那么兴奋、那么激动，不住地说："皇上，是真的，是真的！那就是马兰村呀！……环秀观里有梨园，我跟梦姑、容姑还有同春哥、同秋哥在那里吃过好多梨，又大又甜！……就是这座山，爷爷还领我来逮过鸟儿……对了，梦姑姐姐的一对小女儿，就在这山上丢了，叫狼吃了……”

像是一把拉开了重重帷幕，那些模模糊糊、似有若无的影子，一下子变得明晰了，岳乐记起了往事：九年前，那个秋高气爽的重阳佳节，他约吕之悦载酒登高，就在这里山上，拾来了一对被遗弃的女婴……

“费耀色！”玄烨无可奈何地笑着喊道，“你能不能静下心，把话说得清清楚楚、有条有理？你这么又喊又叫，东拉西扯，手之舞之、足之蹈之的，我可是什么也听不明白！”

费耀色一愣，不好意思地笑了笑。玄烨示意索额图拿水葫芦给费耀色。费耀色喝了水，平静了一些，看着皇上急切好奇的眼睛，看着索额图鼓励的脸色，终于理了理自己的思绪，边想边说，那张看去只有十六七岁的清秀的脸，慢慢变得沉静和老成了：

“皇上，我自个儿的事，路上都讲完了。我给皇上讲讲马兰村的姐儿俩吧！她们那事儿，比眼下演的连本戏还要奇呢！……”

费耀色是宫里的一个养鹰人，只因为年幼的皇上特别喜爱海东青，所以才喜欢他，他也因此才有可能接近皇上。他对朝廷大事、官场沉浮毫无所知，陪同皇上的这些王爷大臣是谁他也全不关心，他就是想让小皇上高兴，像街头说唱故事的艺人那样，讲一讲民间的悲欢离合、喜怒哀乐。也许他心底有借此劝喻皇上关心民间疾苦的用意，但并未意识到，因为皇上和他年岁都还小，所以他的讲述便毫无忌惮。

故事就从十三年前的那个秋天开始了。乔梦姑、柳同春、乔容姑、乔松年、朱三太子、白衣道人纷纷上场；旗兵圈地、午门自戮、道人进村、乔家悔婚……一个完整的、极尽人间悲欢的往事，真像一出最能打动人心的传奇，在玄烨面前演示出来，他听得入迷了……

索额图听着，不禁想起父亲的忧虑：今后如何对付朱家后裔？先皇帝主抚，安置了不少朱姓藩王。但崇祯帝的三太子朱慈炤一直流落民间，生死不明。他大约不敢相信朝廷会收留他，以前抓到的朱三太子，不是都以假冒为名斩杀了吗？费耀色故事里的朱三太子是真是假呢？无论真假，朱三太子总是个隐患！……

佟国纲受到触动。圈地的情状被费耀色一一道出时，他很有些愧意地低声对岳乐说：“王爷，先父在世，颇少雅量，幸王爷气量宏大……”

岳乐摇头，神情恍惚地应付着：“过去多年了，何必再提……”他心里实在乱纷纷的难辨滋味。梦姑——阿丑，同春——云官，原来是这样的！

记得去年刑部平反了吕之悦窝逃一案后，阿丑被送回安王府。她消瘦黧黑，神情痴呆，额上“逃人”两个烙字分外醒目，当初的灵秀气一点也不见了。岳乐曾顾虑再见阿丑会死灰复燃、旧情难舍，一看她变得这么丑，早先的眷恋之心便消失殆尽，只余下一点怜悯了。吕之悦领同春到府里来见阿丑，两人竟毫无顾忌，当众抱头大哭！一个浓眉俊眼英气扑人，一个干瘦丑陋了无光彩，看着这两张毫不相匹配的面容，岳乐心里还觉得可笑，觉得同春不可理喻……今天，他仿佛有点儿明白了。除去慨叹，他还有什么呢？

玄烨呢？起初，他不过是好奇，听故事；后来他真被梦姑的不幸遭遇打动了。继而他由此及彼地想到了许多人，想到了他治下的百姓，想到了皇祖母谆谆教导的，他这个天子“统一区夏、乂安百姓”的职责。他坐不住了，像个成年人似的紧皱眉头，绕着草亭踱步子。他的心里或许头一次认真地在掂量皇位的分量。

玄烨踱到岳乐身边，岳乐正在观察一段折断的松枝。透明的松脂从断开处渗出来，那么大大的一滴。

“哦，王伯，多像一滴眼泪呀！”玄烨惊讶地说。

“是，皇上，很像眼泪。是从受伤的地方流出来的。”岳乐郑重地看看玄烨，说，“等它干透了，受伤的地方也就痊愈了。你看，那一枝就是的。”

玄烨没有去看那一枝，他在琢磨伯父的话。说树，还是说人？是在说他自己，还是在说玄烨？……

刹那间，玄烨觉得自己又长大了……

二

鳌拜出东华门，上马便直驰北新桥东校场。今天满洲镶黄旗头、二、三参领下，各有三佐领近千人马来校场操练，由镶黄旗副都统图必泰主持。图必泰为人粗莽，一向对鳌拜崇拜得五体投地，镶黄旗中事无巨细，无不详细禀告。今天这样的会操是旗中大事，图必泰早早就恭请鳌拜亲临检阅了。

鳌拜一如往常，浓眉紧锁，面色严肃。侍从们一个个小心翼翼，不敢有半点差池。他们从鳌拜上马时的迅疾、打马时的鞭声、浓眉下眼睛的灼亮，隐隐感到主人心绪不好。在这种时候，一点点过错都会掉脑袋。

自天算案之后，辅臣都仿佛矮了一截。鳌拜虽不像其他人那么瞻前顾后、缩手缩脚，心里终究也是结着一个疙瘩。只是今日他不仅恼火，还觉得沮丧，这在他很少有，却是另有原因。

今天早上，辅臣奉到太皇太后懿旨：将礼聘正黄旗何舍里氏噶布喇之女为皇后，询问辅臣们的意见。

传旨的慈宁宫总管太监走了，四名辅臣也已各自立起归位了，却好半天没人说话。他们的心情很复杂，除了惊愕之外，还有许多其他说不出口的东西。

汤若望案结束后一直消沉的苏克萨哈，在这件事情上触动不大，因为他没有待字闺中的女儿或孙女，于是，勉强地笑笑，说：

“这真是咱们大清少有的事！我原以为太皇太后指婚选皇后，怎么也得是科尔沁蒙古博尔济吉特家的格格！……大喜大喜，索公！我说你这两天怎么红光满面，原来有这桩喜事！蛮子拿皇后之父叫国丈，索公是皇后之祖父，该叫什么呢？叫国丈父吧！啊？哈哈哈哈！”

遏必隆也跟着取笑道：“索公，这样的大喜事，你怎么瞒着我们？怕我们讨喜酒讨喜钱吗？”

“哎呀呀！”索尼忙不迭地摆着手，“老天爷知道，我也是刚刚听说呀！这可怎么好呢？”

鳌拜插进一句："吉祥如意，千好万好！别人巴望不来呢，你又何必过谦！"

索尼可深知这几个人。他们打着哈哈，说着恭喜的话，其实是疑心他早就暗中做了手脚，眼下又假惺惺装作不知，以掩人耳目。他于是正色道：

"诸位不必疑心。噶布喇之女虽然年岁与皇上相埒，要论贤德淑仪，实不足以当皇后之尊。毕竟年幼，不大懂事……我这就进宫去向太皇太后禀奏！"

苏克萨哈笑道："难道索公竟要辞婚？这怕不是为臣之道吧？令孙女贤名在外，如今正位中宫，极是相称。索公，我同你一起去见太皇太后！"

鳌拜张目看定苏克萨哈，流露出强烈不满。苏克萨哈觉察了，对他无可奈何地笑笑，跟索尼一同走了。鳌拜站在窗前无目的地向外望着，遏必隆无目的地捏着珊瑚朝珠，半晌，两人找不出话来。

"鳌公，你以为如何？……皇上年岁尚小，聘定皇后不是太早了吗？"

随和到没有主心骨的遏必隆，今天竟然首先开口，并且还表示了意见！鳌拜当然能意会到其中的奥妙：遏必隆和他一样，家中有一个与皇上同岁的女儿，无论怎么软弱，未必没有做过国丈梦！

鳌拜立刻响应："着实太早。要紧的是，太宗皇帝、先皇帝的皇后都是蒙古亲王格格，于满蒙亲善一体极为得力。索公不是自己也觉得不妥吗？走，去禀奏太皇太后，把这层意思说一说！"

遏必隆欣然同意，两人迟后片刻进宫入奏。

太皇太后静静听罢，和蔼地说道："索尼辞谢，自然出于谦；苏克萨哈力主，你们二位力阻，也都是为国为君的一片忠心。好吧，让我再想一想，去吧。"

想一想？这位叫人琢磨不透的老太后还要想什么？无非是托词。皇族事务，辅臣怎敢干预？

鳌拜心头既有不得志的沮丧，又有对索尼的妒忌，苏克萨哈阿谀之态令他愤怒，而遏必隆忽然表现出的主动聪敏又叫他惊讶。不过，哪怕心头思绪万千，他都能不露声色，一张严毅的毫无笑容的脸，遮住了内心的一切……哦，图必泰已经领着参领佐领们在道边迎接来了。

鳌拜坦然受礼，绝无寒暄笑谈的那些废话，立刻领头进了校场、登上阅将台。图必泰和镶黄旗的将领们反倒像是客人，亦步亦趋地跟在鳌拜身后，也上了台。

一队队骑兵的整齐方阵过来了，旌旗飞动，刀枪如林，马蹄声像下冰雹似的响过去，军容威武严肃。鳌拜捻着胡须微微点头。

接着，骑兵分队的进退、冲锋，操练得也很出色。最使鳌拜感兴趣的，还是一队又一队骑兵们马上射箭的雄姿。一百五十步远的箭靶，从阅将台上看得很清楚。镶黄旗一招，威武的骑兵纵马奔驰，挽弓搭箭，觑定箭靶，在战马飞腾的一刹那，响箭尖啸，直中目的。有好几队骑兵，十个人，箭箭不落空。

鳌拜高喊了几声“好!”立时兴致勃勃地脱下朝衣朝冠，要亲自下场去一试身手。喜得图必泰等人笑得合不上嘴。

鳌拜的侍从们忙着为主人整理弓箭戎装，许多早有耳闻从未亲见的佐领侍卫们，纷纷围过来看那罕见的大羽箭：白翎羽尾、漆金箭杆，链长一尺六寸，径三寸，围九寸，周边六道觚棱，镞尖和镞棱都尖锐异常，箭杆长三尺六寸，括之受弦处，宽可容指。如果没有挽百石弓的力量，这箭绝不能发，即使发也难中。鳌拜的弓已被侍从背下场去，没来得及细看，但只弓弦也有小孩手指粗细，弓硬的程度可想而知，这弓箭主人的神力，也就可想而知了!

人们小声地惊叹，不住向鳌拜投去崇拜的目光。鳌拜只当没看见，准备下场试射。

偏偏一名侍从领了一位风尘仆仆的笔帖式来向鳌拜叩头。鳌拜皱着浓眉一寻思，很快舒展开：“你是江宁将军府中笔帖式阿尔丹，对不对？你们将军的书信我都已收到。让你带来的东西交给他，一会儿都给我送到校场来!”

被鳌拜指定的侍从惊异不定，小声说：“启禀大人，那些都是敬赠大人自己的……”

鳌拜不耐烦了："我知道！去办吧！限一个时辰到！"

侍从与笔帖式互相交换一道紧张的目光，赶紧走了。

戎装的鳌拜更显得威风凛凛，骑在高头大马上，如同一座铁塔，列队的骑兵们忍不住朝他欢呼，于是整个校场上此起彼伏，三千多人的欢呼声直冲云霄，向他们的满洲第一勇士致敬！

鳌拜被飘扬着的绚丽旗帜辉映着，被无数热烈的崇敬目光包围着，雄壮有力的欢呼使他胸中充溢着豪迈，不禁举手向弟兄们致意，掀起了更热烈、声势更大的回应！一瞬间，鳌拜只觉胸腔里的心奇特地膨胀了，感受到一股沉醉，仿佛烈酒在融化，化出一丝丝淡淡的甜味。

哦！这就是我们满洲的八旗健儿！我的满洲弟兄！数十年来，他们祖孙父子世代苦战，抛头颅洒热血，终于夺得江山。还要靠他们平定天下，保大清社稷千年万年！鳌拜与他们息息相通，血脉里流淌着同一祖先遗传的强悍和无畏。此刻，他突然强烈地意识到自己的责任：永远保住满洲强悍尚武、英勇不屈的祖风。这样，才能长久地保住八旗健儿天下无敌的力量和威名，才能保大清朝长治久安。

鳌拜绕场一周，终于勒住马，欢呼声渐渐平息，几千双狂喜的眼睛期待地望着他，他似乎也该大声地向弟兄们说上几句勉励的话。可是他缓缓地仔细环视一周以后，什么也没有说，只微微偏着头，吩咐一声：

"弓箭！"

身背硬弓的大力士连忙双手捧上鳌拜的弓，另一名壮汉抱着镶珠嵌玉的箭壶，护卫从箭壶中抽出一支三尺六寸长的专用箭，双手献上。

鳌拜骑在马背，稳如泰山，把长箭搭在弓上，慢慢运力开弓。弓张如满月，箭紧扣在弦，发亮的虎目盯住了二百步外的箭靶，满校场三千八旗劲旅，一时寂静无声。

鳌拜口中轻轻喊一声："着！"弓弦"嘣"地一弹，长箭骤出，"嗤嗤"作响，划破无数目光织成的密密的网，飞向箭靶。

"哗！——"三千人同声惊呼！原来，鳌拜胯下战马在这一瞬间

"扑通"一声卧倒了。它口吐白沫，再也站不起来。想必它经受不住出箭那一瞬间的巨大冲击。

"噢！——"紧接着是一片欢呼，因为长箭呼啸着穿透了箭靶红心！

图必泰连忙命人给鳌拜换马，鳌拜大手一挥止住，回头叫护卫牵黑龙来。

场外传来高昂而兴奋的马嘶，校场大门骤然亮过一道黑色的闪电，一匹黑马飞蹄扬鬃，直奔它的主人鳌拜。全场像刮过一阵烈风，猛地轰动片刻，跟着就无声无息了。这匹黑骏马简直像天马临凡，使所有的人震惊、赞美，说不出的倾慕，说不出的害怕，老天！它实在太骏太神，绝不是凡人能够享用的凡马！

它浑身如墨玉雕就，闪闪发光，粗大丰厚的尾巴飘拂着，高昂的头颈上浓密的鬃毛迎风飞动，多么高傲又多么英俊！一对眼角充血的、洋溢着青春热情的乌黑大眼睛，对鳌拜周围只瞟了一眼，那些人们就以为它在看自己而不由得心底颤栗起来……

鳌拜疼爱地搂着马头，拍了拍它的长面颊，抬脚踩镫上了马鞍，在宽阔的校场中心轻快地兜了一圈，人们鸦雀无声，几乎屏住了呼吸：眼前的情景真叫人如痴如醉，不可思议！那轻捷而神速的步子，那威武洒脱的雄姿啊！……

鳌拜兜马回到原处站定，又喊了一声："弓箭！"

黑骏马有力的腿像四根铁铸的柱子，纹丝不动。鳌拜身躯微扭，弓开满月，"嗖"的一声尖啸，长箭带着风声飞了出去，紧接着，"嗖""嗖""嗖"，响声不断，一支接一支的白羽箭，像列队俯冲的白鹤，向箭靶飞去，箭靶的红心片刻之间插上了二十支箭，仿佛蜷缩一团的红刺猬！

欢呼、喝彩、挥旗、擂鼓，顷刻间如风如雷，震撼了整个校场。鳌拜面不改色口不粗喘，平静地向八旗弟兄挥手致意。

刚才被遣去办事的侍从满头大汗地赶回来了。鳌拜一见他，张口就问：

"送来了？"

“禀大人，一起拉来了，共是……”

鳌拜打断他：“好！来得正好，都拉进校场来！”

五辆双马一骡的大车鱼贯而入，在阅将台前停住。车上苇席围护油布包捆，看不出是什么货色。鳌拜站在台上，再次巡视全场，突然向前迈了几大步，走到台边，用他极浑厚有力，又十分宏大的声音说道：

“镶黄旗弟兄们，连日操练，辛苦了！”

“鳌大人辛苦！”骑兵们同声回答，校场上空滚过一个闷雷。

“弟兄们！我们满蒙汉八旗劲旅，是大清国的支柱，满八旗更是太祖皇帝自创的亲军，南征北战，功高无敌！我们镶黄旗又是满八旗中上三旗的一支，天子自将旗！如太宗皇帝说过的，‘最娴于骑射，所以野战则克、攻城则取，立则不动摇，进则不回顾，威名震慑天下，无人敢与争锋’！……太宗皇帝在世，常恐日后子孙忘旧制、废骑射、效汉俗，屡以莫忘祖宗为训。今日看弟兄们演阵骑射，果然不负太祖太宗，不愧天子亲点上三旗！”

憨厚而剽悍的骑兵们听得非常认真，鳌大人赞扬他们，便一个个咧开大嘴笑了。

“弟兄们！汉人文士们总是咕哝他们的一句老话，说什么马上得天下，焉能马上治之？我要说，马上得天下，就能马上治之！”鳌拜举手用力一挥，又召唤起一片震耳欲聋的欢呼。

“弟兄们为国辛劳，应给奖赏！”鳌拜对台前的五辆大车一指，提高声调，“这里白银五万两，全部犒赏镶黄旗的弟兄们！”

寂静。人们惊讶地张大了嘴瞪大了眼，几乎不相信自己的耳朵。这不是五万斤粮食，这是五万两白花花的银子啊！

突然，一个聪明的骑兵放声大吼：“谢鳌拜大人赏！”

“噢！——”最强烈的欢呼骤然爆发了！人群沸腾着，笑嚷哭叫嘶喊，不约而同地高高举起旗帜，长枪和刀剑猛烈挥动，就像平地蓦然长出了一片密林！欢呼经久不息，在校场上空盘旋飞扬着。

面对着火海一般的热诚，鳌拜眼角也有点热了，胸中如雨后晴空一样明快。他忽然意识到，他这一番行动也是在检验天算案后辅臣究竟失去了多少威望，他鳌拜满洲第一勇士的光荣有没有蒙受玷污。

没有。他依然得到八旗将士的拥戴，他仍然是满洲人心中的英雄！

鳌拜心上的阴云被驱散了！他愈加自信、愈加坚定。

欢呼声中，图必泰领着镶黄旗的参领佐领们向鳌大人叩头致谢。鳌拜走下台，扯开苇席和油布，一包包装盛白银的银鞘露了出来。他用腰刀割断一包银鞘的绑带，拿出一块五十两银锭，扔给经办送银的侍从，说：

“事情办得漂亮，没有违限，这锭银子赏你。”

侍从连忙跪倒谢赏，并呈上一份柬帖：“禀大人，这是苏大人府上送来的，正好途中相遇。”

柬帖是苏克萨哈亲笔，说在家备了小宴，有一道新鲜菜肴，邀老友品尝。鳌拜与苏克萨哈以往常有这样的小柬来往。汤若望案以后，两人疏远了。既是苏克萨哈主动迈出和解的一步，鳌拜总不能拒绝。他决定中午到苏府赴宴。

酒过三巡，苏克萨哈笑眯眯地对鳌拜说：“今儿请你来尝的新鲜菜，叫作紫玉红丝羹。原料倒算不得珍贵，做法却很别致。跟我去瞧瞧？”

因为小宴只是他们两人对酌，没有陪客，说走就走。鳌拜随着苏克萨哈出小花厅，过一带短廊，进了那间专为苏克萨哈烹调珍馐奇肴的小厨房。厨师上来叩头，苏克萨哈挥手让他走开，自己兴致勃勃地当讲解，说：“走近些，才看得清楚。”

初进厨房，只觉满屋蒸腾之汽，鳌拜确实什么也没看到。走近灶台，方才发现灶上支着一个大木架，架梁上倒悬着一条三斤左右的活鲤鱼，鱼头正冲着烧锅，满屋蒸汽，就是由这满锅“咕嘟咕嘟”乱响的滚水散发出来的。鱼头已敲破，鱼血正向水中慢慢流。但鱼还活着，被滚烫的蒸汽一逼，摇头摆尾，拼命挣扎蹦跳，没有一刻停息，鱼血便流出更多，有如一缕红丝。

鳌拜看着有趣，问道：“这叫什么做法？有什么好处？”

苏克萨哈笑道：“你看这红鳞大鲤鱼，挣扎跃跳将死，全部精华便集萃于这一缕鲜血。取精华而食，甘美无比。”

“你尝过了？”

“不然岂敢邀老兄共享！实在鲜香之至，莫可名状！得此一缕而全鱼可弃了。”

沸水中红血已成紫丝，连绵不断，煞是好看。鳌拜点头称赞说：“怪不得叫紫玉红丝羹，好，好！”

架上的鱼停止摆动，死了。厨师赶忙取下来扔进死鱼桶，另换上一条活鲜鲜的红鳞大鲤鱼。这条鱼生气勃勃，力量狂暴，尾巴被铁钩挂定，身体却在努力地抖动、蹦跳，几乎跃下铁钩，挣得木架都在“吱吱”晃动。鳌拜和苏克萨哈并肩而立，欣赏着，这情景引起他们的各种联想。

“你看，这不像一个上吊的家伙吗？……只不过是倒吊。”苏克萨哈笑着比方。

“是啊，不管它怎么挣扎，力量再大，也难逃一死。”

“它要不死，谁给咱们奉献那一味美妙无比的紫玉红丝羹呢？”苏克萨哈说着，哈哈大笑，两人一同回花厅继续饮酒。

紫玉红丝羹上席的时候，又添了香蕈、鸡脯、火腿等配料，果然鲜美异常。鳌拜说，将使他三日不思肉味了。苏克萨哈说，二十条红鲤，只得此两碗羹，若到不了这个份儿上，那真让金鳞含恨了。

两人闲扯漫谈，不着边际。好几次苏克萨哈有意把话题引向朝中政事，鳌拜或是避开，或是不答，总谈不下去。苏克萨哈无奈，当酒足饭饱，撤去席面，两人对坐吸烟饮茶时，只得直截了当地说：

“鳌兄，半年多来，你我不觉疏远了许多。我自问并无过错，也没有失却亲戚礼仪。不知鳌兄为何见怪？”

鳌拜只管喝茶，并不答话。

“鳌兄，四辅臣中，索尼年迈，遏必隆面软，幸亏有你我兄弟支撑大局。咱们至亲好友，原应同心合力，如今却让我一人落了单……”

鳌拜哼了一声：“那又怪谁？”

“天算案我们是跌了跟头，败了一阵。其实我也是左右为难。索尼怨我过苛，招得太皇太后不快，还得罪了上天；遏必隆怪我专擅，说事情弄到最后那个样子，让朝廷在万民眼前丢脸；你呢，又恨我柔弱……”

“你就是柔弱寡断！”鳌拜的旧怒被勾起，说话顿时不客气了，“汤若望为什么不可杀？杀了还不就杀了？斩草不除根，来年添麻烦！那些洋教士为什么不一口气赶走？叫他们滚回他们的老窝，什么德意牙、葡萄国的，干净利落，一了百了！你又要讲什么天朝气度把他们留下，日后还不都是祸害？……”

“咳，赦汤若望，那不是上天示警、太皇太后力持不准的吗？我怎能违逆呢？”

“那又何必向太皇太后禀告？就不能先斩后奏？”

“禀告太皇太后，是预为日后留余地，你当时也力主的嘛！”苏克萨哈有些生气，“如今都埋怨我，弄得我里外不是人！索尼、遏必隆倒也罢了，连你也……”

“我？”鳌拜浓眉一皱，气不打一处来，“你要真拿我当亲戚待，真想着相互扶持的话，今儿早上在议事堂你为什么又去给老索尼敲边鼓捧臭脚？”

苏克萨哈一愣，随即轻叹一声，说：“你连我这点儿苦心都不明白，非得我自己说破不可吗？……汤若望案之后，你也知道，弟在朝中声望大减，不得不虚心待人以图渐进。索尼终究是首辅，又自来与弟不相善，此次太皇太后议婚他家，他一定心下受宠若惊，表面还不得不逊谢推辞，正需要有人扶他下台阶……”

“所以你就去拍索尼的马屁，借以恢复你那声望？”鳌拜充满恶意的嘲骂，把苏克萨哈骂愣了。

鳌拜尽管嘴上从来不提，心里早就认定自己的女儿应该有皇后皇妃之分。因为他功高，因为他是辅臣，因为他的女儿聪明美丽，更因为皇上从小对他信赖和倾慕，而他心底里也真的喜爱这个十二岁的少年。如今皇后之位平白被夺走，就像从他手心里抠走了他最心爱的红宝石，他却眼睁睁地无能为力！这成了他心头的一个痛点，一触即跳，怒气就不可遏止，此刻竟不顾体面地尽力发泄开来：

“你也算满洲子弟？看你这没骨头的熊样儿，我倒想知道，当年常德六战六捷到底是不是你打的！”

苏克萨哈脸都气白了，冷笑道：“说话好歹留点儿分寸吧！你以为天下独有你是英雄？”

鳌拜横了苏克萨哈一眼，不屑地哼一声，说：“难道我教你当懦夫做小人啦？”

“懦夫”、“小人”，这是苏克萨哈私心最忌讳的话。他浑身发抖，直眉瞪眼地看着鳌拜，好半天，才冷冷地点头道：“好，好，我是懦夫，我是小人！……可你也别忘了，先皇遗诏辅政，苏克萨哈排在哪儿，鳌拜排在哪儿！”

鳌拜心里“咯噔”一下，面上没有表情，只紧闭了嘴。

苏克萨哈的恶意冷嘲却发作了：“五万两银子能拢住镶黄旗，一样能拢住正白旗！都是上三旗，都是天子自将，谁比谁更高贵？谁能爬到谁头上拉屎撒尿？哼，做梦！送客！”

鳌拜就这样被请了去，又被赶了出来。他黑着脸，满腔怒气，默默回府，阴沉的眼睛望着远方。

街市远处路边，几个小男孩儿在斜阳中追打，喊声笑声直传到鳌拜耳中。他心头一忽悠，一件遥远的往事突然闪现在眼前：十岁的他，不顾家人的百般阻拦，叫了三名奴仆，顶着夏季狂风和松花湖上如山的大浪，硬要驾船往湖心岛小庙烧香。

他从小就独来独往、傲岸异常，兄弟和邻居孩子都不愿与他为伴，父亲远征在外，没人能管得住他。那日，他竟然到达小岛，登上山顶，迎风远眺，顾盼自雄，觉得这才像个顶天立地的男子汉！

日暮时分，风力更猛，他又命奴仆解舟渡湖回家。奴仆哀求等风力稍减再行，他竟左右开弓把奴仆的脸都打肿了。奴仆不敢忤他，冒着随时翻船的危险，穿过大风浪，竟然安全回到了家。母亲和兄弟把他团团围住，那一双双眼睛中惊异又钦佩的目光使他得意非凡，简直无可名状！他对着母亲侃侃大言：

“阿玛随老哈王东征西杀，打下江山。儿子今年已经十岁，也该像个男子汉大丈夫，经经风险长长见识。如果儿子日后福大命大，今日遇险就不该丧命；如果儿子没福没出息，干脆淹死在湖里喂鱼拉倒！”

鳌拜至今记得，他这番话令母亲怎样地惊奇和狂喜，令兄弟们怎样地拿他当成英雄；就连父亲出征回来得知此事后，也乐得哈哈大笑，立刻把老哈王赏下的一柄嵌珠镶银乌木雕花把的雪亮匕首送给了他，从此对他另眼看待。

从那时起，四十年来，鳌拜从来不甘人下。战场上争锋、朝廷里沉浮，他不承认自己有过失败。凭着他的军功，也凭着他过人的刚毅，他终于身列辅政、手操权柄、位极人臣！可是今天，竟有人这样尖刻地嘲弄他侮辱他——这位上午还受到八旗将士欢呼拥戴的英雄！而此人，又是一向以阴柔奸猾著称的反复无常的小人！

鳌拜一向有睚眦必报的信条，只是多年来因他的地位所限尚未充分施展。今天报复的愿望突然挣开羁绊，猛烈地摇撼着他，把他胸中的怒火扇得更旺。

但是，他还有另一个信条：在下人面前、在众人面前，必定威严持重，绝不流露自己的喜怒。这样一来，恼怒、愤恨、怨毒、嫉妒等等交缠一起，卷成一团狂风，在胸膛里旋转腾跃，左冲右突，越来越猛烈。他那又厚又宽、钢铸般的阔胸，眼看就不能抵挡，要炸开了……

在府门前一下马，鳌拜就大踏步地进门，护卫连忙跟上，他却不耐烦地一挥手，叫他们走开！眼看着主人如去救火似的猛走，进二门，左拐，沿着长长的游廊，直奔西跨院，护卫们互相看一眼，更不敢向前了。西跨院住着鳌拜最宠爱的四夫人。

四夫人娇美而又专横的声音，使鳌拜在门前立住脚。“嘴张大点儿呀！怎么到了这个节骨眼儿，一个个都成樱桃小口啦？给我用舌头往外舔！……再抿不湿梳子，今儿个都不许吃饭！每人给我喝三大锅汤，看你们出水不出水！”

鳌拜阴沉沉地透过珠帘往里瞧，他的四夫人正坐在镜前晚妆。八个漂亮丫头，手持梳洗装扮用具，环侍在她身后，两名贴身婢女各拿一把密齿小梳，从那八个丫头嘴里浥出津液，往四夫人鬓边发顶梳抿。这是四夫人不知从哪里弄来的方子，叫什么“群仙液”，说是能令人到老不生白发。鳌拜对她的这些古怪花样早已见惯，虽然二夫人私下告诉他这“群仙液”的方子传自明宫，妖媪客氏是始作俑者，他也不大在乎。

鳌拜一掀帘子，大步跨进屋，婢女们都吓得连忙跪倒叩头，不敢仰视。四夫人轻盈地站起来，笑道：“今儿回来可晚啦！……还带进来一股子酒味儿，哼……”

两名婢女近前来为家主人脱去礼服，另两名婢女抖开鳌拜的家常便服，请他伸手入袖时，鳌拜闭着眼粗重地喝一声：“去!”婢女们心惊胆寒地匆匆跪拜，鱼贯而出。

四夫人脸上还挂着娇媚的笑容：“哎哟，今儿个可热死人啦！我叫他们冰镇了西瓜果子，给你解解暑气……”她一下子噎住了，发现进屋后一直不动弹的鳌拜，正用一双亮得可怕的眼睛盯着自己。那眼睛血红血红的，喷着怒火、带着狂暴，不像是人的目光，那是一头狂怒的猛兽的令人胆寒的凶光。她吓坏了，浑身哆嗦：“你，你……”

鳌拜如同一只蹲踞的猛虎，喉咙里“咯咯”作响，猛一展腰，低头，一口咬住了她裸露在外的雪白的肩头。牙齿深入到柔嫩喷香的肉里，一团快感如闪电从他身上蹿过，右手拦腰一抱、一提，四夫人就被夹在他的肋下。几个大步，他像扔包裹似的，把娇嫩艳丽的女人“扑通”一声摔进墙边的长榻，跟着就纵身扑上去，发疯似的撕扯她绣金绣银的罗纱衣裙。

四夫人惊悸已极，又不敢反抗，只在此时才勉强小声说：“你，你又发什么疯！放开我！青天白日的……”

鳌拜暴怒地大吼：“你给我闭嘴!”

四夫人不敢再看眼前这张可怕的、五官歪扭变形的虎脸，一横心，紧紧合上眼睛，冷汗和苦泪一同滴了下来……

鳌拜心头那团怒火终于平息了。他静静地仰面躺着，静静地望着贴着本色花缎的房顶，脑子里空空如也，身体也轻飘飘的没有了分量，很舒坦也很倦，眼皮发沉，直想睡觉。耳边谁在嘤嘤哭泣？他懒洋洋地投去一瞥，是捂着脸的四夫人。这才想起刚才自己干了些什么。沉了沉，他略带歉意又不失威严地说：

“苦了你了。回头补给你十串大号珍珠，十串大号珊瑚。”

四夫人“哇”的一声敞开嗓子大哭，坐起身，握着两个粉团似的小拳头，照鳌拜厚墩墩的胸脯擂鼓似的捶，边哭边撒娇地骂：“谁家像你？谁家像你？少拿珠子珊瑚填和我！不稀罕！你这个饿狼！贪狼！……不对，你是老虎！你还不如吃了我呢！呜呜呜……”

鳌拜反倒得意了：“虎？不错，我就是虎！……你也有虎气呀，不然我会这么宠着你？你可以算得一只胭脂虎、母大虫！”

“啊？”四夫人一下子冒火了，刹那间泪水全无，“你说谁母大虫？”

“当然是你。”鳌拜平静地说，“虎毒不食子，你可比母老虎还厉害。”

鳌拜所指，是去年发生的一件事。那时四夫人生的儿子刚刚两岁，乳母抱着在院子里看花。鳌拜下朝回来，就乳母手中逗弄孩子，正好四夫人从帘后看见，疑心乳母跟鳌拜勾搭，次日就把乳母鞭死了。乳母死后，那个不懂事的孩子日夜号哭，不吃不喝，半月之间染上一场重病，也死了。这是四夫人心上的一块疮疤，鳌拜竟然当面揭短！四夫人勃然大怒，直跳起来，指着鳌拜又气又恨地嚷道：

“好哇，连你也这么奚落我！知道你在朝里受了人家的气，跑回家来往我身上撒！算你什么本事！……”

鳌拜一捶床坐起来，威严地命令道：“住嘴！”

“偏不住嘴！偏说！什么英雄好汉，专会欺负自家婆娘！成天价夸功夸能，在家里称王称霸的，敢情你也有叫人制住的时候哇？真男子汉真大丈夫，上外面去争这口气呀！作践我一个女人家……”

“滚！给我滚出去！”鳌拜大吼，震动屋宇。他的脸涨得猪肝般紫，太阳穴“噗噗”直跳，额上颈上青筋蚯蚓似的扭动，浓密的虬须眉毛一起颤抖，狂暴的血红眼睛，真像要噬人的猛虎。恃宠撒娇耍赖的四夫人惊得大气也不敢出了，抓到一件长袍披上，赶紧溜走。

外面的门“哐啷”一响，闭上了。鳌拜颓然倒在枕上。

制住？谁能制住鳌拜？鳌拜软弱过、退缩过吗？

天算案的失误弄得他们垂头丧气，我偏要知难而上！这才叫危难之际见英雄！

索尼年老，遏必隆软弱，朝廷的重担眼看要落在鳌拜和苏克萨哈身上。苏克萨哈能当此重任？笑话，时至今日，鳌拜必须勇于任事，急流勇进，当仁不让！

苏克萨哈难道就此乖乖地受鳌拜左右，听鳌拜摆布？

那么……

鳌拜心头乱纷纷，杂象环生。纷乱的影像中，有一件东西却越来越清晰，在动弹，在闪光……是鱼！那条金鳞大鲤鱼！倒悬在铁钩上，拼命挣扎、摆动，鲜红的血，不绝如缕……还有那精美绝伦的“紫玉红丝羹”……他突然意识到一个尖锐的问题：谁会成为那条倒挂的金鳞鲤鱼？

鳌拜豁然开朗：他和苏克萨哈，必定有一个成为鱼，另一个将安坐席上，品尝那碗萃全鱼精华于一缕鲜血的美味的汤！

鳌拜当然要喝汤！

鳌拜又一次跳起来，紧闭门窗，隔绝一切外来声音的搅扰，然后从百宝柜中端出他心爱的百宝盒，打开来朝榻上一扣。各色各样的宝石滚了出来：水蓝宝石、紫纹宝石、红宝石、猫儿眼、祖母绿、水钻石，五光十色，灿烂夺目，价值无可估量。他双手抓了满满的两把宝石，紧紧地握住，握得手指关节“咔吧咔吧”响。当他想象那宝石的美丽光芒已深深切入他的肌肤、透进他的血脉，心头霎时一片温暖、一片光明。这种特别的感受慢慢平息了他胸中的风暴雷电。他渐渐陷入了沉思……

需要深思熟虑的时候，他总是这样的。

一个时辰后，门开了。鳌拜走出来，恢复了平日的严毅威重。他叫四夫人传膳时，四夫人偷偷看了他一眼，觉得他比往常多了点什么。

成竹在胸的坚定。

第二天下朝以后，他竟破天荒地主动去拜会了遏必隆。随后，两人又一同去探视因病请假在家的索尼。

三

连着几场大雨，洗尽了暑气，金风玉露，便到了初秋时候。

“七月七，天上牛郎会织女”，街市上的孩子们，手牵手地跳着脚喊。清脆的童音、爽利的京腔，像唱歌一样好听。牛郎和织女，都是仙人，谁能见到他们鹊桥相会？可是七月七这一天，住在西单、西四这条街面上的孩子们，却看到了大人们说的为牛郎织女相会纳彩礼的惊人行列。小家伙们站在街边人丛的最前面，含着手指头，都看呆了。

最前面的是开路的仪仗，之后，两名顶翎辉煌、蟒袍补褂的大官儿手持节仗骑马而过，人群立刻议论起来，大家都知道了，这是皇帝派去向皇后家纳彩的正副使节，他们是在太和殿领了纳彩御旨，从太和门中门出宫的！出午门、端门、天安门，一路走的都是中门，可真了不得呀！……

跟在正副使节后面的，就是皇帝家聘皇后的彩礼了：全副鞍辔的文马趾高气扬地走过去，首尾相接，銮铃阵阵，共是十匹；金光灿灿，银光闪闪，一副副甲胄被人抬着，共是十副；三百名内务府司员，身穿红缎绣花长袍，捧着一百匹绢、二百匹布；后面又一人捧着金茶筒，一人捧着大银盆；最后，一百辆马车络绎不绝，每车上有饽饽桌一张、酒宴桌一席、礼奶酒一瓶、烧黄酒一瓮，马车后面，还跟有九九八十一头白羊……

皇帝娶亲，真排场啊！可皇帝是天子，天下之主、万民之君父，为万民娶母，哪能不特别隆重呢？

纳彩的大队人马，通过西单西四，直奔正黄旗所居的西北内城。很快人们就都知道了，当今皇上聘定了当朝首辅索尼的孙女何舍里氏为皇后。

一个半月后，又过了一次这样喜气洋洋的队伍，仍是向皇后家送礼，仪式跟上回差不多，但是叫作“大征礼”。这次的礼可就更重了：黄金二百两，白银一万两，金茶器一具，银茶器二具，银盆二具，彩缎千尺，全副鞍辔的文马二十匹，闲马四十匹，驮甲二十副，等等。行了大征礼，那就是说，再过半个月，大清朝就要册立皇后了。

盛大的仪式，长久地成为京师百姓议论的话题。皇上不是尚在冲龄吗？怎么就能册立皇后、行大婚礼呢？人家关外人兴的是早婚，再说真龙天子自有龙马精神，不同凡人的。皇上大婚之后，就该亲政了吧？但愿他也如先皇一般仁德宽厚、勤政爱民才好哇……

民间瞩目并寄予希望的这位真龙天子，其实还是个孩子。纵然他好学苦读，比同龄人渊博、成熟，终究不到十二周岁。这几日，他如热锅上的蚂蚁，坐立不安、寝食无宁，惊慌、恐惧、好奇、羞怯、内疚等等一起缠绕着他，弄得他心里长了草似的乱糟糟。他于是努力作出大人般的庄重，时时可笑地拧着眉头，避开一切含意暧昧或好奇或好心的目光，成天埋头书斋，尽量不出来见人。

难道这也躲得过去？玄烨暗自命名的“第一关”临近了：大婚之前，他必须为自己挑选四名贵人。

八月二十九，一清早，照太皇太后嘱咐，穿了一色崭新礼服的玄烨，来寝宫向祖母请安。太皇太后业已梳洗完毕，觑着眼打量面前心爱的孙子：

明黄缂丝绣金龙袍，外罩石青直地褂；项下一挂红珊瑚朝珠，三串念珠却是绿翡翠穿成；腰束一条镶金玉板头的丝板带，带下垂挂着荷包、小刀、扳指套等类带穗的小活计；脚下一双青缎皂靴；头顶白罗胎丝缨东珠冠，一颗龙眼大的珍珠在冠顶闪光，俨然一个高贵庄重的小皇帝！只是他表情不大自然，眼睛里满是羞怯，一触到祖母含笑的目光，便慌慌张张移开去看宝座后面屏风上的蓬莱仙山了。

太皇太后心里暗暗好笑，表面上倒像个成年人似的，认真地问：“还没吃早点吧？来，一块吃。”她说着站起身，不再像从前那样拉着他的手，而是径直往东次间走过去。玄烨也就顺从地跟在她身后。

早点已经摆好。既有祖上传下来的酸奶子、奶皮子、奶饼、奶茶、熏鹿肉、酱野鸡、鹿尾酱之类，也有京师江南有名的银耳汤、糖莲子粥、香肠、卤肉、糟鹅掌，还有早在明朝就开业的六必居酱园的小菜。太皇太后这里的饭食是宫里最好的，热气腾腾，香味扑鼻。太皇太后面南正坐，玄烨面西陪坐，宫女恭敬地上前为他们掖好怀挡，祖孙俩就开始用膳了。

太皇太后胃口很好，也许是人逢喜事精神爽，她把每品食物都尝了一口。而玄烨却无心吃饭，拿把汤匙在银耳汤里搅来搅去，半天才喝一口。

老太太并不像往日那样劝玄烨多多进餐，甚至也仿佛没注意玄烨的不安，只娓娓对孙子讲着今日选秀女的事。那口吻，好像玄烨已经选过十次八次，全然不是什么了不起的大事了：

“……今儿个应选的，可是秀女里选了又选、挑了又挑、最拔尖的六个格格。叫我看，个个儿都好，巴不得都留下。可是家法不许呀，大婚前，顶多选四个贵人……”

今年选秀女，玄烨一次也没去看，他不好意思。从头到尾都是户部主持、太皇太后和皇太后亲临挑选。但最后敲定，还是非玄烨不可。一想到过一会儿自己将要在六个素不相识的姑娘中挑选四个贵人，而她们从此将永远属于他，玄烨的心就“怦怦”乱跳。他努力定了定神，伸筷子夹了几块香肠在嘴里慢慢嚼。

“……一个个温静端庄，柔顺孝敬，淑仪素著，颇有福相。其中也有你认识的。”

“啊？……是谁？”玄烨这半天第一次抬头正视皇祖母的笑容。

“你的表姐，佟国维的女儿蕊仙。”

玄烨想起表姐温厚的脾性，天生一副关怀别人的热心肠。母亲在世时，她常来宫里玩，和玄烨很说得来。有时玄烨对她来点小小的恶作剧，她也从不生气，总是眯着弯弯的像月牙儿一般的笑眼，温柔好心地笑着。想到这位表姐，玄烨乱慌慌的心平帖了许多，他又问：“还有谁？”

看到孙子表情比较从容了，太皇太后心里很高兴，但还是一本正经地说下去：“有辅政大臣遏必隆的女儿，秀美温柔，沉默可亲；有辅政大臣鳌拜的女儿，俊俏苗条，聪明伶俐；有郎中索尔和的女儿，护军参领昭格塞的女儿，她们两个都恭顺有礼，而且生就福相。还有佐领三官保的女儿，只有她与你同岁，虽说稚气未脱，倒像依人小鸟一般，可人心疼……”

听得入神的玄烨忘记了难为情，不知不觉地喝过银耳汤，喝光酸奶子，把自己面前的三碟菜都吃干净，临了还添上两块奶酥点心。

吃过早点，祖孙两人步出寝宫。选贵人安排在长春宫，站在门口等候的宫女太监立刻跟了上来。太皇太后朝他们摆摆手，意思要他们别急着走。她和玄烨要慢慢散步消食。

正殿后面的檐下那年摆金橘树的地方，新摆上了许多早开的秋菊，一朵朵硕大艳丽。金黄色的耀眼夺目，红色紫色粉色的绚烂多姿，在晨风中微微地点着头，给这庄严肃穆的高大殿堂带来几许喜气和秀丽。

玄烨最爱菊花，三步并作两步，带着小跑跳上白石台基，兴奋地一盆又一盆看过去，最后停在靠边的那盆洁白如雪的白菊花前，高声喊起来：

“老祖宗，快来看！快来呀！”

太皇太后一笑，快步走近，玄烨一把抓住她的手，眉飞色舞地连连说：“老祖宗快看，这盆白菊有多美！白得像雪，白得像玉，又那么活泼泼的，好像一只展翅将飞的鸥鸟！……”

太皇太后点头道：“不错，这白菊是陈秧细种，名叫白鹤卧雪。”

“对，对！是白鹤卧雪！去年冰月和芷珠都争着要戴它！是这些菊花里的魁首！菊状元！”玄烨热烈地赞美着，情不自禁地又说下去，“皇祖母，这一溜菊种的名字我都知道！这叫金盘献露，那边花瓣下垂如丝的叫金带风飘，这盆淡黄的叫金如意，看它的花瓣多像一柄小小的如意呀！……这里还有紫绶金章、银红针、枫林落照，这是桃花人面，这盆花开并蒂的粉色菊叫二乔争艳……”

太皇太后看他这阵子重新显现的一团孩子气，笑着摇摇头，指指正中两盆开得特别华丽的花朵：“左边这盆叫文经武纬，右边这盆叫凤管鸾笙，它们才是对你最适宜的菊花。”

玄烨微微一愣，立刻明白了祖母在以花喻人，稚气很快从眼睛里消失了。

太皇太后表情仍然那么慈爱，仍然站在美丽的菊花旁边，却说出了一番玄烨永世不能忘记的话：

“从今以后，你就是大人了。不能再像从前那么蹦蹦跳跳、孩子气十足。你还不是一个普通的大人，你是大清皇帝、一国之君、至尊至贵的天子。不论在臣民面前还是与后妃相处，甚至对奴婢太监，你的一言一语、一举一动，都要合乎你的身份，都要有皇帝无上的、特别高贵的威严！对菊花也罢对人也罢，或是对其他任何事情，不可再如今日这样外露和饶舌……”

玄烨脸红了，深感羞愧。他倒没有低头，仍然崇敬地望着慈祥的祖母，用心聆听她的谆谆教诲：

“凡事要冷静，举手投足都要讲究威仪。你要记住，沉默寡言和少摆姿势，比任何其他德行更能提高你的权威，使你变得莫测高深。而你要想当个好皇帝，非得莫测高深不可。”

“这……为什么呢？皇祖母？”玄烨小声地问。

太皇太后深邃的目光从玄烨的脸上移向高远开阔的蓝天，在高高的白云下面，两只苍鹰平展双翅，稳稳地翱翔。她沉思着说：“一般人对自己看不透的人和事，都容易觉得神秘、觉着敬畏，而对自己太熟悉的人就难以尊重。所以，你必须离所有的人都远一些，不让他们把你揣摩透……”

玄烨惊异着祖母精辟透彻的忠告，心悦诚服地接受了这不寻常的又是直截了当的教诲。在后来的悠长岁月中，他用自己一生的行动，实践了太皇太后这人生经验的结晶，受益极深，终身感念他的这位了不起的圣祖母。

祖孙两人终于在浩浩荡荡的侍从队伍的簇拥下，登上御辇，进入长春宫。那里一切都准备好了，只等着皇宫主人的来临。

太皇太后在正中御座坐定后，玄烨才在左侧的宝座就座。选贵人的仪式开始了。

一名大管事太监手托银盘，高高举过头顶，跪在太皇太后案前。太皇太后缓缓说道：“请皇帝过目。”

大太监立刻站起身，倒退三步，向左微转，再前进三步，在玄烨案前重新跪下，高举银盘如故。玄烨庄重地说：“放下吧。”大太监把银盘放在万岁爷的案上，恭敬退下。

银盘里并排放着六张粉地水牌，上面写着今天候选的六位格格的姓氏、年龄、旗分和父亲的姓名官职。如果是初选秀女，原应五人一班，由太监按班引入，立而不跪，合意的留牌子，不合意的撂牌子。但这一次是经过初选、复选又复选，最后一次挑选，而且皇帝亲临，必须更加仔细。候选的格格是一个一个引进来的。

大太监垂手恭立门侧，喊道：“钮祜禄氏进见！”

玄烨忙拿眼睛往银盘里一扫，右边第一块牌子上写着：“钮祜禄氏，辅政大臣遏必隆女，镶黄旗满洲人，年十三岁。”

钮祜禄氏由一个太监引进。她向太皇太后和皇上叩安之后，便站在屋子当间了。她穿了一身茜红色的缎袍，宽大的镶边以深紫色为主；高高的两把头，被一团团粉红深红的绒花簇拥着。映着红袍红花，她那薄薄施了脂粉的脸膛也红红的，略带一点羞涩，但毫无诈羞做作之态。她眼睛不大，但睫毛很长，配上两道修长的细眉，有种说不出的秀气。微微上翘的嘴角边，有两个小小的笑窝，使她看上去总是那么喜人。玄烨觉得她看上去有点眼熟，仿佛与她父亲相像，但细细寻思，又说不出像在哪里。

“佟佳氏进见！”随着喊声，一个身穿湖蓝缎袍的格格被太监引进。玄烨还没回过神来，却见他的蕊仙表姐向祖母和自己跪安了。他赶紧看看名牌，右边第二张果然写着：“佟佳氏，一等侍卫佟国维女，正蓝旗汉军人，年十三岁。”

才两年不见，表姐出落得一朵荷花似的了，亭亭玉立，那件闪着湖水一样亮光的缎袍穿在她身上多好看！玄烨想看看她那弯月一般的笑眼，并且相信表姐和自己目光相对的时候，那温柔的脸蛋就会泛出可爱的倩笑，他们是熟人、是亲戚呀！可她只是垂着眼皮，表情非常严肃端庄，好像她既不认识上面喜欢她的老奶奶，也不曾见过旁边的这位小表弟。只是在大太监喊到下一名格格、众人的目光都集中到门口时，她才飞快地偷偷瞥了玄烨一眼，正好遇上玄烨的目光。她赶忙心慌地扭开脸，玄烨心里也才安分了。这样，大太监喊出的姓氏，玄烨就没听清楚，他低下头去看牌子，上面写着："瓜尔佳氏，辅政大臣鳌拜女，镶黄旗满洲人，年十四岁。"

玄烨抬头，正好瓜尔佳氏在门口露面，屋里的人不觉眼睛一亮。这不是因为赞美，而是因为惊异。她固然十分俊俏，眼睛简直像两颗乌黑的宝石，但众人不惊异于她的美貌，惊异的是她的服饰。她穿了一件颜色极淡的淡绿袍——接近鹅黄色了。而黄色，是皇家独占的尊贵之色。鹅黄虽不算犯禁，一般人为了表示敬重，也还是尽力回避的，而她却敢！一阵不快登时从玄烨心头掠过。她的步态，是严格地遵循满洲习俗，直直的、挺挺的，腰肢僵住了似的绝不摇摆，这更给她增添了几分高傲和得意，令人极容易想到她是鳌拜之女。这使玄烨更不高兴，心里暗说：瞧这样儿！倚势压人吗？仗着她爹救过我，就认定我会选她，早早就黄袍加身了！

"那拉氏进见！"

这个格格看上去比牌子上注明的十四岁还要大些，红喷喷的圆脸，配上细长的眼睛，略厚的小嘴，憨厚可爱、态度恭顺。一头极其浓密的黑发，用一支大号的翠玉根扁方都绾它不住，像一朵黑牡丹开放在头顶。身材结实又丰满，偏偏还穿了件粉红色的袍子，就显得比前面三位格格富态多了。玄烨暗暗想笑，原来祖母说的福相就是这个样子。

第五个格格章佳氏，穿了一件宝蓝缎袍，也是一个有福相的，嘴唇右下角还有一颗小小的黑痣。

最后被引进的，是一个娇小玲珑的格格，穿一件雪青色的缎袍。只瞄了她一眼，玄烨不由得浑身一哆嗦，心在胸口那儿"怦怦"跳个不停，连气息都急促了。那身段体态，那眼睛，那秀丽嘴唇的轮廓，活脱脱的就是一个冰月呀！……满屋的人，只除了太皇太后，都张大了嘴盯着这姑娘，谁都觉得惊讶，这不是老佛爷心爱的小孙女儿、尊贵的月格格吗？瞧她睁着天真无邪的大眼睛，好奇而又大胆地看看太皇太后，看看皇上，那神情也都像得很哩！……

玄烨咬住嘴唇，一个冲动，伸手就要去拿最后一张牌子！忽然感到祖母在看他，飞快地瞥去一眼，果然，太皇太后眼睛含笑，难以觉察地对他轻轻摇了摇头，他骤然记起一个时辰前祖母的教诲——“举动要合乎身份”！“要有皇帝无上的、特别高贵的威严”！……玄烨缓缓放下手，按在桌子边，俯身去看最后的那张牌子：“郭络罗氏，佐领三官保女，正白旗满洲人，年十二岁。”

六位格格整整齐齐站成一列，比花娇艳，比月明媚，仿佛春天来到了院子走进了屋，真不愧叫作长春宫啊！侍从的宫女们也都忍不住用赞美的目光打量这些非凡的格格，皇上挑谁呢？都那么好！

候选者神情倒还坦然，事先已经通告她们：中选的将为贵人，以后在宫中侍奉恩养等项内职。若是勤谨，或是能够诞育皇子皇女，便可按贵人、嫔、妃、贵妃、皇贵妃的品级渐渐升上去。不入选者，将由太皇太后为亲王、郡王、贝勒、贝子等皇族指婚，便是王爷福晋。

太皇太后转向玄烨：“我瞧这些格格，哪一个都招人疼惹人爱。你心下怎么样？喜欢哪一个，就把牌子翻个个儿。”

玄烨脸上泛红，多少有些拘谨，不过他还是保持着庄重，挺着胸，坐得直直的，不低头也不弯腰，只把右手慢慢伸向银盘。屋里顿时寂静无声。六位格格中的五位低了头，只有郭络罗氏的黑眼睛目光流转，好奇地随着玄烨的手移动。宫女太监们远远地注目，不敢失态。太皇太后依然平静从容，只看玄烨的脸而决不瞧他的手，不过她自己平放在膝上的手，却不自觉地互相捏在一起，越捏越紧。

“咔嗒”一响，第一张牌子翻过去了，银盘发出好听的声音，寂静中，甚至能觉出银器颤震的袅袅不绝的尾音，像游丝一样在人们耳边缠绕。郭络罗氏大眼睛一眨，高兴得要笑，忽然意识到不能放肆，立刻满脸红晕，赶紧低头。她看到皇上翻的是最左边的牌子，——那就是她呀！皇上第一个选上了她，这个小牛录佐领家的格格！

“咔嗒”“咔嗒”，连着两声，皇上又翻过去两张牌子。随后，长时间没了动静。

“怎么了？还得翻一张啊！”太皇太后一眼就发现他翻的是右边第一张和右边第二张，不觉松了口气。

“皇祖母，就这样不行吗？……”

“不行，必须双数，才能吉祥如意。”

玄烨对银盘中的三块未翻的牌子瞠目而视，又抬眼看看面前这六个低头而立的少女，再次向银盘伸出了手。太皇太后不由得心头一紧，双手握成了拳头，紧张地注视着。“咔——嗒!”第四张牌子翻得很缓慢，缭绕的余音也格外长。他翻的是左边第三张！太皇太后暗暗嘘了口气，一下子松开拳头，便觉得血液猛地冲进手掌，手掌顿时变得热乎乎的了。

后面的事情就顺理成章了：总管太监领着一名手托金盘的小太监，先到两位未入选的格格面前，宣布：瓜尔佳氏由太皇太后指婚，配给敬谨郡王兰布为福晋；章佳氏由太皇太后指婚，配给贝勒董额为福晋。金盘上有两对精致的荷包，两位格格各赐一个作为信物，另一个将赐下郡王兰布和贝勒董额，令他们择吉期下聘迎娶。

两位未来的福晋由太监引导出宫之后，苏麻喇姑带着两名手托翠盘的宫女，向四名入选的格格分送定礼：荷包一对，钻戒一对，珠凤宝钗一对，翠玉手镯一对。随后，宫女们将她们送往养心殿寝宫两侧的体顺堂和燕禧堂。待皇上大婚礼成，钮祜禄氏和那拉氏将迁往翊坤宫，佟佳氏和郭络罗氏将迁往承乾宫。

格格们走了，为最后这次挑选忙进忙出的一大批太监宫女也退出去了，眼皮子底下总算清静了，太皇太后向椅背靠过去，坐得更舒服一点，眯起眼睛，望着心爱的孙子，唇边露出满意的微笑。

多次的挑选、比较，最后留下这六位格格，太皇太后经过了深思熟虑。从治国的需要，她留下了钮祜禄氏和瓜尔佳氏；从延续家族的需要，她看中了那拉氏和章佳氏，——两位格格的福相说透了，就是宜男相，取多子之兆；为了玄烨的情愫，她精心挑选了佟佳氏和郭络罗氏。最是这个郭络罗氏，出身不高、年龄又小，找到她还真费了大功夫哩！她本来担心玄烨不能体贴自己的心意，过于认真而钻了她为别人设下的圈套，结果她的担心是多余的。不知他是真的懂得了太皇太后的权术，还是本心就不喜欢瓜尔佳氏的高傲，或者对鳌拜的敬慕因天算案而渐渐失色？总之他没有翻那块牌子，聪明的孩子啊！……

太皇太后笑道：“从明日起，直到大婚前，皇帝要迁入养心殿寝宫。大婚后，在坤宁宫住一个月，你就在乾清宫长住了。”

“是。苏麻喇姑对我讲过了。”玄烨恭敬地回答。

“瞧你额头，一层汗珠子！这屋里可比慈宁宫热。穿多了吧？快回去叫看妈给换换。谁给你管衣裳呢？云妞儿？”

“是。”

“你去吧。晚上叫她们笼上火，好好洗个澡，可别把汗渍留在身上。”

玄烨出长春宫由启祥门向南，回慈宁宫他的住处。御辇前五十步远，一名小太监嘴里“哧、哧”地“打吃”，相当于外面官员车轿前面的开道锣。一些来往办事的太监宫女赶忙躲藏，躲藏不及的，就面墙壁而立。这些都是玄烨自幼惯经的，引不起他的注意。何况他一出长春宫、离开祖母身边，神色就不知不觉变得悒悒不乐了。

娶妻纳妾，就是普通平民家也是人生之喜，何况皇帝。可是，玄烨在新鲜好奇之余，总有一种若有所失的怅惘，使他郁闷。六七年的苦读没有白费，今天挑选贵人时，他一眼就看透了祖母的用心，做出了使祖母和自己都满意的选择。对祖母的眼光精明、深谋远虑，玄烨佩服之至；而郭络罗氏的出现，又使他对祖母的善于体贴分外感激。

不过，因为这个十二岁的小贵人，又一次勾起玄烨心底的那一团深深的、深得如墨一般黑的忧伤：郭络罗氏再像冰月，终究不是和自己从小一起长大的月妹妹啊！月妹妹也许还以为我会娶她，我们不是发过誓的吗？现在，我违了誓，怎么也该向她说清原因吧？不然，我不就成了戏台上演的王魁、蔡伯喈了吗？……只是，事到如今，我又能对她说什么呢？……

自从玄烨五月里行围回京、同意聘定何舍里氏以来，和冰月就疏远了。玄烨觉得对不起冰月而避着她。冰月呢，初时奇怪，继而有一段不理睬玄烨，等七月七日行过纳彩礼，又跟他说话了，只是像成年人那么冷静，再也不曾提起只属于他们俩的往事。

大婚期一天天近了，今天选了贵人，明天就要迁往养心殿，离慈宁宫、离冰月就远了。玄烨觉得心里像坠着个铁秤砣，沉甸甸的，那是对冰月的越来越重的负罪感，他真的几乎要自以为有罪了！不卸掉这个道义上的包袱，他怎么也不能安心。该怎么对她说呢？……玄烨痛苦地盘算着，眼看到了慈宁门。

门南花园里初初带些黄红秋色的树丛，在阳光中很是鲜明，更牵惹着玄烨的目光。他陡然想起，今秋那园子里专门辟了一方菊圃，其中也有白鹤卧雪的名种，是因为冰月最喜欢它，去年特意央告老祖宗为她多种了五十株。要是带一束白鹤卧雪去见她，不就容易开口说话了吗？

玄烨赶忙回寝宫，叫云妞儿找衣裳换了，又急急忙忙出宫门，快步进了南花园，直奔他们曾经“官兵捉强盗”的假山之侧的菊圃。老远就从亭台楼阁的空隙间看到那一片色彩绚丽的花田，可是一过临溪亭，他的脚步越来越慢，终于呆呆地停住了：冰月就在离他不过十步远的地方，站在那片最美的白鹤卧雪旁边，望着那如琼玉雕就的花儿出神。

她穿着一件月白色的缎袍，头上只用一支玉簪绾了个松松的飞燕髻，没有别的饰物，脸上也没有胭脂粉，但她沉思的面容给她增添了好几岁，仿佛一个成熟的少女。她一双手温柔地抚摩着怀中与洁白菊花相对的洁白的猫儿小雪，心思不知飞到哪里去了。纯净无瑕，美丽动人，是花儿像她，还是她像花儿呢？白菊、白猫、白仙女……这景象深深印刻在玄烨心中，很多很多年都不能抹去。

玄烨慢慢挪动步子，既不愿惊动她，又想她能注意自己。他的衣服拂动了花叶，簌簌响声使她抬起了头。看到玄烨，她既不惊奇，又不表示高兴，也没有任何怨气，只是默默地、不眨眼地望着他；她怀中小雪的碧色瞳仁、她周围的一团团雪白的菊花也同她一起默默地望着他。在这样无声的注视中，玄烨觉得如处凛冽寒风，又似受骄阳炙烤，每迈一步都很困难，但他还是走到了跟前，走到了冰月、小雪和白鹤卧雪的面前。

两人默默对视片刻，又一同去看那些菊花。玄烨第一次没有勇气在他的月妹妹面前直截了当地说他想要说的话，他嗓子有点喑哑，伸手摸摸小雪丝一般光滑的柔毛：

“这几天，小雪好像又长大了。”

“嗯。”

"记得吗？那年春天，它逃上树梢我爬树拿它，它才这么一点点大！"

"记得。"

"白鹤卧雪……名字真好听，对吗？"

"嗯，好听。"冰月轻轻叹了口气。

"所有这里的菊花，名字都起得好，"他又一样一样地说起那些花名，见冰月没接茬儿，便紧接着又说下去，"可是不管红的紫的，还是黄的粉的，都比不上这白鹤卧雪，它最好看、最美！牡丹芍药都没有菊花的气节呀！……有句古诗赞菊花说：宁可抱香枝头死，何曾吹落北风中！……"玄烨生怕沉默尴尬，便信口乱说，说个不住嘴，心里真恨自己无能、恨自己不知所云、为自己害臊，却又无法停下来。

冰月的眉尖耸了耸，乌黑的眼睛闪出两点光亮，小声道："你说什么？宁可抱香枝头死，何曾吹落北风中……"

"是啊！还有陶渊明的'采菊东篱下，悠然见南山'，不也是颂菊的名句吗？你还记得……"他说不下去了，因为冰月仿佛在细细咀嚼那两句诗，并没有搭话的意思。玄烨忽然情不自禁地说："刚才我站在远处看，你和小雪跟它在一起，真是一幅最好看的画！它真像你，真的！你就像一位司菊花的仙女……"

冰月目光一闪，又那么看着玄烨，轻声说："真的？"

"真的！是真的！"玄烨过分热烈地连声嚷着，忽而沉默片刻，没头没脑地小声说，"你看，我刚去了长春宫……明儿就要上养心殿了……九月初八眼看近了……"

冰月懂事地点点头。这让玄烨陡然增加了勇气，更小声地说："你恨我吗？……咱们发誓的事儿？……"

冰月突然嚷了一声"我对谁也没说过！"猛地扭开脸，就在这一刹那，泪水涌满了她的眼眶。小雪被主人的动作吓了一跳，赶紧仰脸"喵喵"叫了两声。

"不，不是那个意思！……你千万别以为我是故意这么说话的，我，唉！……叫我怎么对你说呢？"玄烨又着急又苦恼，拍着自己的头，竟说不出个囫囵话了，“这由不得我呀！……有祖宗的规矩管着！……我给你起誓！”

冰月到底把眼泪憋回去了，她急忙拦住要跪下起誓的玄烨：“你别！我都明白……五月里，苏嬷嬷就对我讲过了……谁都不怪，不怪你，也不怪别人，只怪咱们生到一个家里，咱们命里注定不能一辈子待一块儿啦……”

“冰月！”

“三哥哥，只要你以后老能不忘记我，我就高兴了。”冰月悲哀地笑着，泪水还在眼眶里打转，忧伤得简直不像是个十岁的孩子。

“看你在胡说什么？我怎么会忘记你？等我亲政以后，一定要把你嫁给一个最勇敢、最英雄、最漂亮的小伙子……”

出乎意料，冰月又添了一句：“还得有才学呢！”

“对对！得有才学！诗词歌赋、琴棋书画……”

“三哥哥，不说那些了。我想要这棵白鹤卧雪。”

“叫他们再端两盆到你屋里去就是了。”

“不，我只要这一棵。你不是说它像我吗？一会儿我向老祖宗要，你可得帮我说话呀！”

“老祖宗最喜欢你，还用我说？”

“不，”冰月聪慧的黑眼睛里又透出沉思，“老祖宗可没有从前那么喜欢我了……”

“哪能呢！”玄烨对此倒不怎么敏感，“近来事情多，老祖宗太忙太累了。”

他们就这样和解了。玄烨满心轻松，负担卸掉了，问心无愧了。他暗想，要是老祖宗知道他今天说了这么多的话，又该责备他不合身份、不够威严了。可这是对月妹妹嘛！不过，以后就是对冰月，大概也不可以这么随便了。

他俩离开南花园，没有像过去那样手拉手地跑着跳着边说边笑，而是温文尔雅地漫步而行。玄烨背着双手，冰月抱着小猫，不互相张望，也不看别处，只注视着脚下的路，随意谈天，说着溜出嘴边的话题，俨然一对成年的兄妹在踏着夕阳散步。这景象令专程来寻玄烨试新衣的苏麻喇姑感到惊奇有趣，并肃然起敬，后来心里又觉得不是滋味，以至不忍打断两个小人儿的散步交谈，一闪身避到绿云亭侧，悄悄地目送兄妹俩的背影从揽胜门消失。

苏麻喇姑轻轻地叹了口气，无意间向南看了一眼，又惊呆了，她看见了什么？

是太皇太后，披着一身金红色的残阳，手里摇着一束被夕阳染成粉红的菊花，踏着长长的影子，步履那么轻松洒脱，神态像孩子一样活泼愉快，居然边走边唱：

> 生性明智的诃额仑母亲，
> 穿着百结的衣服，
> 扎着破乱的裙，
> 来往于斡难河畔，
> 捋拾野韭野葱、掘取红蒿草根，
> 抚育着幼小的儿子们。
> 用野葱野韭抚育的儿子们，
> 都有英勇气概，威武、矫健、聪颖；
> 用野草根抚养的儿子们，
> 个个都有治国的才能。

这久违了的、极其亲切熟稔的高亢悠长的曲调，叫苏麻喇姑骤然间心热鼻酸、泪水满眶，宫殿、亭台楼阁、花园小径一时间模糊了、消失了，她眼前仿佛出现了故乡的大草原，无边无际的科尔沁啊！……

四十年前，也是这样的季节，也是在落日的光灿灿的余晖中，饱受凌辱蹂躏的十岁小女孩儿苏麻喇姑，躺在深深的野草间痛哭，用最毒的诅咒，咒骂那几个禽兽般的男人，她乞求佛爷降灾，让天下的男人都不得好死！让所有的男根全部烂掉！

一阵歌声打断了她的哭泣，从拂动的草叶间，她惊奇地看到落日仿佛迸裂开，一匹骏马从裂口中奔来！马背上是个姑娘还是位小仙女？或者就是阳光的金辉编织出来的金人儿！她的高亢嘹亮的歌声响遏行云，在辽阔的草原上飞扬：

骏马的尾巴上，飘起云雾，
骏马的飞鬃上，扬起美丽的太阳的红光……

无依无靠的孤儿苏麻喇姑，深信自己遇到了救星，不顾一切地奔过去跪在小仙女的马前，把科尔沁蒙古塞桑贝勒的十岁幼女布木布泰吓了一大跳！当苏麻喇姑痛哭着求告仙女收留的时候，骑在马上的那个活泼可爱的小格格毫不犹豫，一口答应，说："别哭了，跟我来，谁敢欺负你我打谁！"那个时候，幼小的主仆二人哪能想到，四十年后，小格格成了广袤的中华大帝国的太皇太后；又怎能想到，她们竟相伴相依，始终不渝，直到生命的最终？……

苏麻喇姑用手掌搭上前额，似遮阳光，似遮泪水，忍不住抽了抽鼻子。

歌声戛然而止，走到近处的太皇太后看到了苏麻喇姑。她停下脚步，微微一笑，借以遮掩那几分尴尬。

苏麻喇姑赶忙趋前禀告："奴才来寻三阿哥试新衣裳。"

"哦，他已经回宫去了。——你看这菊花可好？"

"咦，原来是白菊花，远看着倒像是粉红的，真好看！就像玉雕雪堆的一样。"

"这叫白鹤卧雪，名字也雅致有趣。其他名种菊花有比它富丽华贵的，可再比不上它纯净高洁！"太皇太后的目光仍留在菊花上，嘴唇和丰满的双颊都漾着笑意，"苏麻喇姑，你去传一桌酒膳，晚上我用。"

"老佛爷今天这么高兴？"

"原以为有一场暴风雪，冻死羊群、摧垮帐篷，竟然自然消散，牧人能不高兴吗？"

"那是天赐的福分。"苏麻喇姑笑着接一句，心里明白了八九。

太皇太后笑容不减，目光从白菊花移上一重重金黄色殿顶，轻声赞叹："好孩子啊，定能胜过他父亲！……"

大婚热热闹闹、隆重而堂皇地举行了，一切都很平顺，大清国于是有了一位皇后。

其间，只发生了一件小小的、微不足道的事故：大婚那天，夜深人静之后，冰月悄悄起身，借着窗外半轮明月的淡淡银光，走到奉皇上圣命特意送给她的那盆"白鹤卧雪"旁边，对那些在月光下格外美丽的花朵看了好一阵，然后把花瓣一片一片揪下来，揪完了一朵又揪另一朵；揪完了花又揪叶，盆边地面上，霎时像落了一层厚厚的雪……

第二天，人们看到这盆秃秃的无花无叶的光杆儿，看到卧在一片白菊花瓣绿菊叶片上酣然大睡的小雪，都非常惊奇，很怕冰月看见这惨状会大哭大闹，因为她平日太爱惜这盆花了。宫女太监们都心惊胆战地一再声明，这事不是他们干的。不想冰月一点没有生气，她说：

"这花的大限到了，不跟人相干。白鹤卧雪，白鹤卧雪，白鹤飞走了，雪很快也就化了。就是这么回事！"

虽然这话老气横秋得叫人疑心，不像十岁女孩的口吻，可既然冰月都不在乎，谁还没事找事地向上禀告、去惊动老佛爷？玄烨自然就更不知道了。人们很快也忘记了这件小事，只有细心的苏麻喇姑暗暗叹息了好些日子。

四

几场大雪给川里铺上厚厚的雪毯，给群山戴上美丽的雪冠，入腊以后，又陆陆续续地小雪不断。常言道：地盖三层被，枕着麦饼睡。田家百姓都叩谢上天，将给他们一个难得的丰年。于是更加欢快地准备着祭灶祭祖祭天地，表示他们不忘本的虔诚。所以，尽管天寒地冻，大路上积雪难行；尽管已经到了灶王爷上天的前夕，年关就在眼前，官道上还是人来人往、车去马还，给覆盖了白雪的宁静世界增添了许多生气。

柳同春骑着小黑驴，从官道分岔口转上了山，随后便上坡下坡，径直东行。小黑驴脖子上的铜铃“叮当叮当”地响，在白茫茫的雪原上，传得很远，也许惊动了附近村落里警觉的看家狗，不时有阵阵犬吠回应着铃声。太阳已经有一小半落下西山，暮霞如胭脂，把天空、群山和雪地都染红了，连同春拖在雪地上的长长的影子，似乎也在放着红光。这一切在同春的眼里心上，都那么喜滋滋的，因为再上一道山坡，就能看到他的家，就能见着他的妻子啦！

这千真万确是属于他的家，而不是寄居之所；这千真万确是属于他的妻子，而不是别人的奴仆！他和梦姑经历了那么多曲折和苦难，终于如愿以偿了。

当初，他们叩谢了安亲王的拔救之恩以后，随同吕先生来到永平府西界的小小靠山村。这是前明藩王封地，本朝八旗又不曾圈占，地广人稀，最是落脚的好地方。一位老人去世，他大半辈子都租种那位明朝藩王的土地。大清入关、明朝灭亡，他租种的地就成了他自己名下的田了。偏偏他两个儿子都在京师做生意，不肯回乡务农，于是，吕老先生做中人，老人的房屋院落便折价卖给了同春夫妇。

奇怪的是，老人的两个儿子却压根儿不提田地的买卖，同春一说起要给田价，兄弟俩就慌忙回避，直怕沾包。后来，吕先生给同春解了这个谜：一是因这地原是明朝藩田，他们若当作家产出卖，怕有后祸；此外，老人二十多年来，只除了顺治元年外逃没有耕种，其余各年交罢官粮还记着按老主家故明藩王的规矩缴一份租。只是他无处可缴，便折成银两年年积存。这么多年下来，好大一笔钱哩。儿子们再三劝说，他固执己见，一文也不许动用。直到老人过世，兄弟俩才得银子到手。这事若叫当局知道还得了吗？所以那哥儿俩只想快快了结，根除后患为要。

就这样，同春夫妇名正言顺地继承了老人名下的十亩田地。

同春有的是力气，积蓄也不算少，农忙时还可以雇请帮工。家事有梦姑操持，小日子过得很和美。第一年就落了个丰收，赋税不算重，年下丰衣足食、无债无忧，于是同春专门去一趟京师采办年货，还帮吕先生和吕师母买药材办事。仿佛遇上了大顺风，件件遂心如意。不过这是他和梦姑落户以来第一次分离，回家的喜悦自然更使他怦然动心，急不可待了。

小黑驴驮着同春上到坡顶，坡下那个二十来户人家的小村便尽收眼底了。袅袅炊烟飘落着渐渐消失，顶着白雪、檐下挂着冰凌的房屋，都被夕阳抹上一层粉红，天空蓝得透明，初出的星星越发像梦姑闪光的眼睛……哦，那是什么？村口大槐树下，怎么跳出一团鲜红鲜红的小圆球？好像雪地上滚着一个山里红……

“阿叔！——”“山里红”发出尖亮的呼喊，那是莹川！这小丫头，大冷的天，还跑出来玩儿……不，她牵着另一个人，蓝色的，天空那样明净的蓝色！是梦姑！同春兴奋地抽打小黑驴，“叮叮当当”，小黑驴快乐地冲下山坡。

同春跳下驴背，梦姑领着莹川迎上来。她的面颊冻得通红，连鼻子尖都红了。呼吸也有些急促，吐出一团团白气，头发、眉毛和长长的睫毛上结了一片白霜，可是乌黑的极有神采的眼睛，喜悦地闪动着，温柔得像丝绒，活跃得如火花，伴随着嘴唇的微微翕动，是甜美轻俏的话音：“你——回来了！……”

同春嗓子眼儿滚过一团热气，他真想立刻把他的娇妻抱起来，托回家。在京师的十天里，他常常想念的，就是这样的一张忠诚、温柔、充满爱怜的美丽的脸啊！

“阿叔！”莹川摇着他的手，很不满意他只盯着阿婶看，完全不搭理自己，仰着头喊道，“阿叔，我跟阿婶都连着第四天在这儿等你了！……”

“哎呀！”同春着急了，“这么冷的天，要把你们冻坏的呀！……小莹川快来，我抱你上驴背！”

小丫头兴高采烈地坐上了驴鞍，同春牵着驴，跟梦姑一路走，两人不时互相望着，知心地微笑，默默听莹川不住地唠叨：“今儿个我说天太冷，不来了。可阿婶说你今儿准回来，我不信，她就说她昨晚上做了梦的，我还是不信。刚才我们躲在老槐树背后避风，听见铃儿‘叮当’响，阿婶就说是你，可不，真是你呀！……阿婶，你的梦就这么准？”

“当真？”同春扬扬眉，温柔地问妻子，梦姑点点头，睁着梦一样的眼睛，笑了。

“莹川，你爹妈都好吗？”

“好着哪！……就是我爹前些日子老咳嗽，姆妈给他扎针拔火罐子，这两天好多啦！”

梦姑轻轻地说：“你走了以后，多亏吕先生和吕师母时时照应我，还让莹川给我做伴儿……”

莹川歪着脑袋很认真：“爹说的，我阿叔不在家，阿婶晚上会哭出好多好多眼泪，把枕头都漂走！有我跟她睡一块儿，帮她揪住枕头拽住被子，就不怕了。”

“那么，你阿婶真的哭了没有？”

莹川看看梦姑，犹豫片刻，还是说：“哭了的。枕头哭湿了，可是没漂走哇……”

梦姑满脸通红，在小丫头身上轻轻一拍：“莹川，别瞎说！”

同春满心甜蜜，又不好说什么，只用火一样热的目光盯了梦姑一眼，梦姑的脸红得更厉害了……

屋里真暖和。炕烧得那么热，进屋就像走进了春天。同春把沉重的搭袋背进来往宽大的八仙桌上一放，莹川立刻凑上去瞧新鲜。梦姑却赶忙坐到灶边拉风箱，锅里的水很快就哼起来了。

同春把搭袋里的年货一样一样地摆出来，和莹川一问一答的，像是小黄莺与杜鹃在交谈：

“这个大包，是给我姆妈带的草药，对不对？”

“一猜就着！下回有人给吕师母送‘妙手回春’匾。可别忘了阿叔我跑腿的功劳哟。”

“忘不掉的，请你吃汤团！”

“哈，小莹川这张嘴，就像大鸭梨，又甜又脆！”

“这是春联纸，这是年画，这是门神……呀，这个红绸小包真好看！”

“这呀，是给莹川的，现在不许打开，过年时候才能拿出来呢。”

“里面是什么呀？告诉我一点点好吗？”

对莹川的求告，同春只不作声。灶前的梦姑笑着转向同春，用目光问他，他眨眨眼，朝梦姑轻轻一点头。

他去京师时，梦姑嘱咐再三，卖了她精工绣制的荷包、手绢、绣鞋以后，一定要给莹川办点年礼。自打他们夫妻到这里落户，吕先生老两口的恩情自不必说，连莹川这小姑娘对他们也非常依恋，没事就跑来依着梦姑学女红学烧饭。梦姑的绣工精巧，有多年根底，她的活计都卖了好价钱，所以给莹川备的年礼也不薄。但此时同春对莹川的哀求视而不见，硬着心肠大摇其头："不行，没有过年呢，一丝风也不能透！"

眼看莹川的小圆脸拉长了，梦姑连忙起身把热水舀进铜盆端给同春："来洗脸，解解乏。热茶在小火炉上壶里煎着。"放下盆，便笑着走过去搂住莹川说：

"别理你叔，他最没正经。来，婶陪你瞧瞧，还有什么新鲜物件儿。"

莹川的小脸儿又圆了，两人在灯底下折腾那个搭袋，什么茶叶包、点心盒、蜜饯果脯、徽州爆竹……摊了满满一桌子。搭袋好像百宝箱，又似无底洞，大包小包、红包绿包源源不断地往外拿，小莹川的喊声笑声银铃一般，响个不停。夫妻俩不时交换着会心的微笑。温暖的小屋里，人心也这么温暖、纯真、亲密，瞧那明亮的灯焰，仿佛也欢笑着，笑得发抖呢。

"咦，买这艾条做什么？我家有的是！"小莹川翻出一大包透出好闻的药草气息的蜡烛似的纸筒。

"熏蚊子吧？"梦姑也问。

同春走过来，故作神秘地说："这可是大有用处！不过还得两样东西配它。"他像个变戏法的，慢条斯理地把手伸进搭袋去摸，倏地一抽手，往桌上一放，莹川先抢到手一看，挺失望："一包药。"

梦姑低头闻了闻："像是药膏？"

同春眼望屋顶，手还在袋里摸，口中念念有词："更有一件，精美绝伦，买者得意，用者欢欣。瞧！"他刚洗过的脸上闪着光亮，手中托出一个粉红的小圆盒，小心翼翼地打开盒盖，一顶毛茸茸的兜帽！

“呀！真好看！”莹川拍着手直跳直嚷。

“这么贵的东西，咱们哪儿用得起！买它做什么？”梦姑一眼就认出这是紫貂皮制成的，不由得责怪地瞧他一眼。

同春自管把三样东西并排一起，一本正经地说：“你额头那些瘢痕，得先用艾绒灸……你别害怕，只有一点点痛；灸好以后就涂上这药膏。这可是京师最有名的西鹤年堂配制的膏子，能去腐生肌、整旧如新！这个兜帽嘛，上了药膏以后要防风吹，就是不上药，你戴了它也会很好看的！……别生气啊！我跑了好多路才求到这个方子的。”

梦姑呆呆地望着丈夫，眼睛蒙上一层发亮的泪水。额上“逃人”两个字，由于当年钱塘县令的好心，烙得不深，但它终究是梦姑的耻辱，也是她危机潜伏的所在。她随时有可能再去经历一场督捕衙门的过堂，虽然事情总会清楚，但免不了要受一番苦楚。为此梦姑一直留着长长的齐眉额发，把那两个可恶的字盖得严严实实。

与同春团聚后，他只在初见面那次抚摩着烙印滴下了眼泪，以后就再不曾提过，也再没有注意过。只有一回他取笑她说：“出嫁这么多年了，还额发齐眉，学小女孩儿那般梳妆吗？”当时梦姑心里一酸，捂住脸哭了。同春连忙搂住她极力安慰解释，说自己实在是信口胡说，并且拉过她的手，在自己面颊上轻轻拍了两下，算是惩罚。直逗得梦姑破涕而笑，他才放了心。

丈夫虽不嫌弃，可是年轻女子，谁没有好美之心！梦姑每每对镜，撩开头发，抚着隐约可见的烙痕，忆起噩梦般的往事，总觉得十分伤感，有时也为此闷闷不乐。当然她尽量不流露，在丈夫面前总是含笑相对。为了这个家，同春已经够操心的了。

同春却什么都想到了！梦姑心头汹涌着感激和情爱，望着丈夫说不出话来，这竟使得同春有些难为情了，小声说道：“别这么看我……咱们是夫妻嘛！……”

莹川注意不到这些细节，拈着兜帽左看右看，又缠着梦姑戴上叫她瞧瞧。梦姑用微微发抖的手把兜帽绾在发际。莹川一脸小女孩的衷心羡慕，盯着梦姑，嘘着气轻声说：“好看，真好看……”

同春目不转睛，竟看呆了。

梦姑红了脸，羞答答地小声说："这叫昭君兜，也叫昭君套……"

这昭君兜齐额缀了一排细细的珍珠，边沿并不齐平，而是紧贴着眉峰走了两个柔和的弧形，这样，在双眉间便有一处下弯的小半圆，正中有一颗圆形水钻；珠勒口以上便是毛茸茸的紫貂皮，乌黑的发髻又从兜帽上方透出，像一团轻柔的乌云。梦姑额上的烙印全被遮住了，她最美的眼睛、眉毛和嘴却更加突出，而眉间那颗水钻，晶莹夺目，简直像落在她额头的一颗晨星！

"阿婶，昭君一定没有你漂亮！"莹川越看越爱，嗓门又高上去。

院子里一阵门响，吕之悦在喊："莹川哪，你又在乱喊乱叫啦？"

"吕先生！快请进来！"同春大声招呼。梦姑连忙要摘帽，同春拦住，小声说："戴着，你真好看！"他出门迎接，两人在门前好一阵问候寒暄。

吕之悦边说边进屋："我看你这里早早亮了灯，想着是你回来了，果不其然！莹川也该回去了，还没吃晚饭吧？"

莹川往梦姑身上一靠："我不！"

"啊呀！梦姑这昭君套，真好，真好！江南妇人一入冬就喜欢戴它。可是梦姑戴着最合适！嗯，好！……"

同春一脸得意之色，看着梦姑，说："请老先生在这里用饭吧！烫壶酒来，搭袋里还有京师带回来的酱肉、香肠。"

两位男子进屋上炕，就着炕桌上的几碟下酒菜，一人一盅，边喝边聊。梦姑在中间屋里烧火做饭，莹川快活地自愿充当了端盘子的小伙计。

同春先取出清单，交代了吕师母购买的药材，又拿出一本册子和三个红绫包递到吕之悦手边：

"先把先生的事交代清楚了，我才好宽心吃酒。册子上是欠先生书画润资的人名和银数，我去取银的日子、银两数都开在上面，欠据都已交还，共取回一百四十八两四钱五分银。这两包各五十两，这一包是四十八两四钱五分，请先生收好。"

"竟有这许多银子！"吕之悦很惊讶，"你一家一家去讨的吗？怪不得耽误到今天才回来。"

“先生的书画本来值钱。有余钱雅兴买书画的，哪一个不是大户富户？当然要一家家挨个儿讨还！还能让他们占穷读书人的便宜不成?!”

吕之悦翻着册子赞叹：“真难为你，办事这么精细。好，老夫可以过一个肥年了，请!”他举杯一让，痛快地干了一盅酒，夹了一筷子油汪汪的煎鸡蛋送进嘴里，一面嚼一面问，“可到安王府去请安?”

“去了的，也代先生向王爷致了谢意。王爷问先生全家好。……王爷看上去又黑又瘦，像老了许多岁。反是福晋还跟从前一样，倒发福了。”

“哦……王爷不得意啊！心事太重。”

“正是呢。听管事私下对我说，王爷因为听了先生的高见，把无人耕种的王庄地租出去，得了好处，招来一帮人眼红。不光背地里骂他违背祖制，还说要联名参奏他倒行逆施，无法无天哩!”

“岂有此理!”吕之悦忍不住拿酒杯往炕桌上一顿，愤愤地说，“宁可把良田肥土撂成荒地，也不肯来一点点变通，真所谓肉食者鄙！要是柄政者都这样昏聩糊涂，毫无进取之心，那这天下……唉，怎么得了哇！先皇在位，原是很有一番作为的，可惜故世太早。当今已经大婚，眼看要成年，不知可有乃父的英睿？……”

吕之悦这个老名士，一向以谦恭、慈祥的长者之风闻名，近年来时世逼得他越来越爱发牢骚，也越来越爱喝酒了。每一发牢骚必要喝酒，酒一下肚则牢骚更多。同春不知不觉受了感染，也有些不安。他抿了一口酒在嘴里含了片刻，才咽下去，微微皱起眉头说：“先生，我这回听到一个传闻，不知真假，可是细细想去，不免叫人担心。先生见多识广，给咱分剖分剖……”

外间风箱声停了，莹川端着蒸热的酱肉和香肠进来，放上炕桌；跟着梦姑也进来了，略通了通炕头的炉火，坐好铜壶，悄悄在丈夫一侧炕边的椅子里落座，莹川便乖乖地偎到她怀里去了。两双乌黑的瞳子一起望定同春，蜡烛的光亮照到她们脸上已很微弱，仅仅勾画出面庞的轮廓，这样一来，她俩就像瓜棚下一大一小两个金瓜，惊人地相像。坐在她们对面的吕之悦无意间看了一眼，心里顿时大不自在，不敢再看第二眼了，一时心绪缭乱，不能自已，连着喝了两杯烈酒。同春的话在他耳边一句句滑过去，他什么都没听懂，什么都听不进去。那个老题目又在头顶上闪来闪去：要不要告诉梦姑，莹川就是她的亲生女儿？……

渐渐地，他的注意力被吸引回来，不再走神，因为同春讲的事情很要紧，甚至可说很惊人，莹川和梦姑又退到了其次。

那天，同春在最热闹的前门大街，从棋盘街、打磨厂到鲜鱼口、珠宝市一带挤来挤去，在采办年货的急匆匆的人群中跑得满头大汗，终于买到了称心如意的昭君兜。他实在又饿又渴，走上那座大张着“孙胡子食馆”招子的小酒楼，要了一大碗蒸汤羊肉面，就着店主人敬客的一碟熏豆腐，大口大口地吃起来，津津有味，不免呼呼作响。

他觉得背后有人站着看他吃面，用的是那种说不上是轻视还是羡慕的眼光。他并不在意，吃完了，又大声唤堂倌“再添一碗”！

背后那人声音轻俏柔美，懒洋洋地赞了一句：“朋友好胃口！”他当然要回头看一眼，一看之下，两人一齐愣住，这个衣饰华丽、神情娇慵淡漠的俊人儿，竟是他的师弟同秋！他们有三年多不通音信了。

同秋抢上去抓住同春的手，上下一打量：“师兄，你这是……”

同春直截了当地笑道：“我回乡下种田了。怎么样，我这一身打扮还像吧？”

“哦……”同秋又看看师兄的布衫棉袍、沾满尘泥的棉靴和桌上那一大碗蒸汤羊肉面，竭力不表现出轻视和怜悯，可那双俊俏的眼睛却没能把它们掩饰住，他急忙地说，“是来办年货的吧？……师兄快请坐下，今儿的东道怎么也该我，师兄就赏小弟这个面子吧！”

同春一笑：“难得师弟不嫌弃我这乡下佬儿，那就叨扰啦！”

同秋赶忙在同春对面坐下，伸手打了个榧子，刚才给同春端面的伙计应声而来，恭敬地哈腰听罢这位俊爷的吩咐，机灵地赶紧收走桌上的汤面大碗，擦净台面，对着柜上提高嗓子，有腔有调、吐珠子似的一口气把同秋点的菜复述了一遍：“橘酒一包瓮底春一斤梨花白一斤筒子鸡烧鸭银鱼羹火釜子带上烧饼糖蒜肉末冬菜呀！——”在拖得长长的尾音中，他已经走下楼梯去了。

同春笑道：“好个铁嗓子！不是上好的丑行材料吗？”

同秋闷闷不乐地瞅了同春一眼：“师兄，真不明白你，竟甘愿回乡和泥巴打交道！承欢侍宴你不肯也就罢了，当一名梨园教习，虽不能锦衣玉食，也可举家温饱、无忧无虑。以师兄的技艺名声，何至于落得这劳身劳力的苦下场？”

同春笑笑说：“说起劳身劳力，苦是苦点儿，可身心自由。早年随人俯仰，以声色娱人，纵然锦衣玉食，又有什么意趣？你说是苦下场，我道未必，苦中有乐呀。”

“真的？”同秋被这几句话说得不自在了，勉强笑道，“黄连树下抚瑶琴，苦中也能取乐嘛。”

同春听出他话中有刺，正想反驳，伙计送上了酒和菜。橘酒一包，是用蒲席包装的四瓶酒，色金黄；梨花白晶莹透明；瓮底春浓如琥珀色的蜜；烧鸭酱红色，筒子鸡淡黄色，银鱼洁白如玉。最后一只大托盘，盘内八九个瓷碟，装满生切的鸡鸭鱼虾猪羊肉薄片，围绕着中间烧炭的火锅，锅里乳白色鲜汤翻滚着，热气腾腾直冒。哪怕窗外朔风凛冽，坐在这样特殊的炉边，也会得到春天的温暖。

师兄弟喝着吃着，说起京师梨园行的变迁，说起师傅的坟地，也说起幼年在一起学艺的甘苦，这样，方才几句话造成的隔膜才溶开了一些。同春慢慢呷了一口清香的橘酒，缓缓问道：“还记得马兰村的小伙伴吗？还记得梦姑吗？”

“记得！你不是一直在找她吗？找到了？……”

同春不无自豪地说：“我已经娶了她。我们就在乡下安家落户，自食其力，过得很好……”同春装作没看见师弟瞪得很大的眼睛，也不等他追问，便情不自禁地说起了他们这对患难夫妻曲折艰辛的历程。

起初，同秋做出注意的样子，眼神却很冷漠。但很快他就被吸引，凝神屏息地听，眼珠都不转动一下，表情也越来越复杂：惊异，赞叹，伤感，惆怅……

同春说完了，自己也落入兴奋的沉思中。

同秋猛地举起橘酒，笑道：“为了我的梦姑嫂子，干!”同春跟他碰了杯，心情激荡地喝了满满一盅。

同秋却又把酒盅斟满，说：“为了师兄你成家立业，干!”同春又陪着喝了第二盅。

“为了师兄和嫂子百年好合、子孙兴旺，干!”同秋又举起了第三盅。同春看他脸色微微泛白，也不吃菜，这么一盅复一盅的，不免有些担心，连忙拦住说：

“慢慢喝，急酒要伤人的！……你从前可没这么大酒量啊。”

哪里拦得住！同秋只管灌酒，眼神阴沉地笑道：“酒量还不是练出来的！干我这行，哪能没酒量！……师兄，我佩服你！自小儿你就有股子认死理儿的牛脾气，认准了要干的事，真是百折不回！可惜我就没这股劲……我吃不得苦，我没志气！……”

同春怕他喝醉，劝阻道：“你就别喝了，多吃点菜。过了年，你事儿不忙，就下乡来家看看，你梦姑嫂子常念叨你呢！……”

“是吗?”同秋苦笑，“还有人真心诚意地念叨我?我哪里配哟，我这不像男人的男人！……”

同春怕他往下说，赶快扯开话题：“师弟今年也有二十五岁了，成亲了吧?是谁家的姑娘?”

同秋咬着牙根，“嘿嘿嘿嘿”地笑了好半天，笑得同春脊背发凉。

“但凡正经人家的闺女，”同秋乜斜着眼，带点邪笑，说，“谁肯嫁给兔儿爷?下三烂的门户，咱也看不上！花钱买个漂亮丫头，配当正头太太吗?只有跟胡同里的粉头儿们混呗，兔儿爷嫖粉头儿，再没这么可乐可怜的事儿啦！可不就是同病相怜吗?相怜归相怜，谁又有真情实意?谁不是闹着玩儿?哈哈哈哈！……”同秋笑得趴在桌子上直抹泪。

同春看看周围，幸而酒客不多，便拍拍师弟的肩膀劝慰道：“快别说了，这些丑话叫人听去多寒碜！怪哥哥我不好，提了这么个叫你伤心的话头。……如今师弟是搭班唱戏呢还是……”他把后面的话咽下去了，是说收徒弟设堂子。那其实就成了专门陪酒侍宴名为

“小唱”的开业男娼了。

同秋苦痛地皱皱眉，又喝下一盅酒：“过了二十岁，上台唱旦还不招人笑话？设堂子收徒弟，我还不至于那么缺德，把人家好孩子往火坑里送！……现如今，我也走了你当年的路，在信郡王府当了一名教习。正是你说的呢，吃得好穿得好住得好，只是事事由不得自己。”

“王爷和管事对你好吧？”

“我们这位王爷年轻，性子最是喜怒无常。好的时候把你捧着，转眼一变脸，说不定就踹你两脚。什么好不好赖不赖，我不也是他们手里的一件玩意儿吗？”

同春默然。他知道其中滋味。

“前儿个，我教他的那王府戏班给他露了脸，他一下就赏了我一件貂褂，五十两银子；昨儿个去请他点戏，他倒赏了我一个大嘴巴，还说叫我快滚蛋！……可我哪儿知道他们八旗里的事呢？赶上他发脾气，那些眼红的促狭鬼们偏把我推到他跟前，唉！”

“为的什么？你办错了事？”

“天地良心，跟我一点儿不沾边儿！说是镶黄旗的旗地不够数，辅政大臣指说正白旗占了镶黄旗的地，要跟正白旗换地……”

“王爷的王庄谁敢动？换地也跟他无关，他发什么脾气呢？”

“你忘了老辈信郡王是正白旗旗主啦？如今正白旗的都统副都统，大臣参领们，都跑来向主子诉苦，说镶黄旗仗势欺人，王爷原本暴躁，这还不发火？”

“当真要换地？那有多麻烦！”

“镶黄旗人多势众，四个辅臣里，三个属黄旗，正白旗未必……哼！”

“镶黄旗人多，那正白旗的地怎么够他们换？”

“那有什么，再圈近旁的地补足呗！辅政大臣是代皇上掌管国事的，那可是说一不二！”

“难道又要圈地？……”同春惊异不定，心里直打鼓。

“换地也罢、圈地也罢，黄旗白旗就是闹个天翻地覆与我什么相干？我凭什么吃这口气挨这一巴掌？还不是命贱！……”他嘟嘟囔囔地发了许多牢骚，又是冷笑又是傻笑的，他醉了。

同春极力安慰他：“师弟，别这么想不开，还是攒点儿钱，买地种田，买货行商，干点正经营生，离了这一行吧，日后娶妻生子，也好承继你家的香烟……”

同秋仰天大笑：“哈哈！哈哈！承继谁家香烟？我连自己姓什么都不知道，还管那个！……我才不要儿子孙子哩！叫他们顶了兔崽子的臭名儿，骂得我在阴司也不得安生！……不要，一个也不要！吃光喝光用光！把人间的福都享尽，死了也甘心！这才叫作赤条条来去无牵挂！哈哈哈哈！”他大笑、大说，一副使酒发疯的狂模样，可是两行清泪，却如泉水涌出，顺着眼角、面颊、耳根，直落到他那绣花绿缎面的狐皮坎肩上。他真醉了，酩酊大醉。同春只得雇了辆驴车把他送回去。

…………

同春暖和和的小屋里，灯焰在闪动，仿佛也被同春讲的故事说动了心。梦姑悄悄抹着泪，吕之悦沉重地不住叹息。同春自己的眼角也闪着泪光，嗓子哽咽得怪难受。只有莹川，不知何时已乖乖地偎在梦姑温暖的怀抱里睡着了。

好半天沉默之后，同春望着吕之悦说：“老先生见多识广，你老看这两旗换地的事，会是真的吗？”

吕之悦额头上鼓起深深的皱纹：“满洲的黄旗跟白旗明争暗斗怕有四十多年了，虽然各旗势力消长变化不小，可黄白两旗裂痕弥合不易。黄旗如今恃势欺人……以情理而论，大约不假。”

同春着急了：“正白旗的旗地就在东边，一旦镶黄旗换地，亩数不够，不就要把咱们这块宝地圈了去吗？”

“这……还不至于吧？停止圈地，先皇帝有数次明谕。前两年也传过一阵谣言，说八旗地亩不够，要在顺天、保定、河间、永平各府再圈十数万亩田地补足。一时人心惶惶，后来不是也没有圈吗？此处究竟不是旗地。再说，这里多是近年新开垦的，是朝廷明令奖励的三年不征、五年不征的民地。如果竟然圈去，岂不大大失信于民？不，朝廷还不至于这样没见识!”

听吕老先生说得这么斩钉截铁，同春也就渐渐安心了。

夜已深，吕师母遣老仆来接吕之悦父女回家。好不容易把莹川摇醒，她却赖在梦姑怀里不肯走。老仆上去抱她，她哼哼唧唧地搂着梦姑的胳膊要哭，大约是甜梦被搅断她很不痛快，像随时都会大发脾气似的。

梦姑温柔地抚摩着她的小脸蛋，哄道：“让阿叔送你回去，明天再来，好不好？阿叔买回来好多好多颜色的丝线，明天我们俩一起拆排，好吧？莹川乖，听话。”

莹川用小拳头揉着眼睛，嘟着嘴，爬到同春背上去了，嘴里还咕哝着说：“阿婶，等我来了再拆排，啊？……”小脑袋一沉，又睡着了。梦姑往莹川身上披一件棉袍，同春顺手提过一个装了大红包小绿包的竹篮。

吕之悦拦住同春，指着竹篮说：“同春，你这是干什么？”

同春笑道：“一点心意罢了。我们没有老人，你们二老就像是我们的长辈……”

“唉，快不要说了！……”吕之悦连连摆手，带着一种奇怪的苦恼看看面前这一对善良真诚的夫妇，如有一道清泉涤荡着他的胸怀。他窘态毕露地说，“莹川真是个天性不泯的好孩子，她这么眷恋梦姑，我真是应该把她送还给梦姑……做干女儿……”

梦姑连忙笑着说：“先生说哪里话！我知道莹川是你和师母的独生女儿、掌上明珠。你们是长辈，我从来拿她当小阿妹，怎敢越辈认她做干女儿？言重了!”

吕之悦本想说什么，却愣了一愣，长叹一声，摆摆手，扭转身走开。同春背着莹川，和老仆说笑着跟了出去。

梦姑并不在意，轻快地收拾着屋子。不一会儿同春回来了，梦姑问：“除了各色丝线，你到底给小莹川办了什么年货，别卖关子啦!”

“来看!”同春招呼梦姑，把揣在怀里的小红绫包打开，摊在桌面上，烛光就投射在两朵银白色的小梅花上了。银制的花朵很精巧，花蕊都凸得清清楚楚。梦姑拿它们托在手心里满意地笑了。同春得意地说："这是拿一两银子从钱店兑来的压岁钱，每个五钱，再用你绣的那对荷包装上，你说小莹川高兴不高兴？"

梦姑笑着："真看你不出，怪细心呢！"

"细心？就只细心吗？"同春对梦姑挤挤眼，"你太小瞧我啦。小事能做，立家业的大事我也不含糊！"他兴奋起来，神采飞扬、目光灼灼，"刚才吕老先生给我吃了定心丸，明年我要大干了！再买进十来亩地，雇请几个人。庄稼地还照今年这么种，再开一片菜地，辟一个果园，把咱们马兰村环秀观那梨树移些个来，还栽些葡萄，开池子养鱼种藕，跟城里几个商号拉上钩儿，鲜菜鲜果鲜鱼鲜藕，城里人最稀罕这些个东西了，咱们也能卖它个好价钱！……你呢，就只管家、管绣活计。做饭、送饭什么的，雇人来干！用不了三年，我准保让咱这草房土墙小院，变成二进三进的青砖大瓦房！再到京师去买个门脸儿，自产自销，又务农又经商。你倒说说看，到那会儿咱们该是什么日子？……"

面对同春的勃勃雄心，梦姑也很振奋，但还是温柔地瞅瞅丈夫，说："想得倒是真够美的，谁知道官家能不能放准咱这么办呢？"

"凭什么不让？太守、县令不是还有下乡劝农这一说吗？咱不用他劝，好好耕种，他能不让？再有一件事，你千万别对旁人讲，这可不是闹着玩儿的，懂吗？……我在京师还遇到了费耀色呢！"

"他？他还在宫里？"梦姑很惊奇。

"在。他问起你，我就把咱们的事都讲给他听了。他说他还把咱们的故事告诉过皇上呢！"

"啊？告诉皇上！"梦姑大惊失色，嘴唇都白了。

"别害怕，不碍的！费耀色说，皇上虽然年岁不大，可是仁德爱民，心肠好着哪！又文武双全，很有本事，日后亲政，准是个好皇帝。你想，有了好皇上，百姓还不沾恩、天下还不太平吗？"

梦姑长出一口气，点点头，旋又说道："可你想做的事也太多了，得雇多少人哪！操心都操不过来，你又没有三头六臂，我也不是千手观音！"

同春一本正经地说："这就要看你的了。"

“我？”

“是啊，”同春忍着笑，故作严重口吻，“你得给咱们生儿子呀！雇的人再好，能顶上儿女贴心吗？”

刹那间梦姑脸上泛出红晕，娇嗔地瞪了丈夫一眼。同春哈哈笑了，补充说：“不用多，五男二女，七子团圆，好不好？”

梦姑一甩手，出东屋到堂房去了。同春连忙赶上去：“你还忙活什么呀？”

“给你烧水烫脚。”

梦姑盘腿坐上蒲团，熟练地拉起风箱。同春挨着她坐下，说：“你不信我刚才立家业的盘算？”

梦姑笑道：“信。一块儿下力气呗！除夕辞岁的时候，我去听谶语，看看上天可肯保佑。”

所谓听谶语，是在除夕之夜更尽分岁之际，悄悄出门听路人言语，以其吉凶卜来年之休咎。这是本地古俗，无论是否灵验，已流传许多年了。

梦姑又瞥了同春一眼，笑着揶揄：“你这回去王府，见到福晋了吗？她对你……还那么情深义重吗？……”

同春捉住梦姑的手，使劲儿捏了一下，笑道：“胡说！……有什么不明白，当初她看上的是戏台上的赵云吕布，拿我当了替身；如今我是庄稼汉了，她哪里还肯多瞧我一眼？”

“正是呢！……那次从刑部出来到了安王府，王爷只那么看了看我，我心里就一阵子轻松。倒是亏了我额头上这个烙印，把王爷那点心思打消了……偏偏你，就跟没瞅见也似的！”

同春笑了笑，沉默片刻，思索着慢慢说：“戏文上常唱道，贫贱夫妻百事哀。细想想，也对也不对。日子是苦点儿，可是情义谁能比呢？说到头，还是贵人情浅情虚、贫贱人情深情真啊！……”

他伸开左臂，搂住梦姑的肩膀，两人都不想再说什么了，只互相深深地看一眼，便一同去看炉中的火。红红的火光映在两双黑亮亮的眼睛里，闪动着跳跃着，熊熊地燃烧着，那是火光还是目光？或者就是这对年轻夫妻的心？窗外呼啸的寒风卷起雪尘扑打着门窗，可是他们身边却弥漫着温暖、甜美和深深的情爱……

除夕那天晚上，梦姑真的拉了同春悄悄藏在院门后面听谶语。可是除了一片震耳的爆竹声，什么都没听到。同春说爆竹红火响亮，主今年大吉大利；梦姑说隐约听到一声小孩哭啼，恐怕小有不顺。同春立刻反驳，说儿啼是今年得子之兆，把梦姑说得一扭身跑回去了。

正月过得快快活活。二月二，龙抬头，家家收拾农具牲畜准备春耕，风声却越来越不妙了。

先是东边正白旗旗地那边传来消息，说是镶黄旗要求在春耕前就与正白旗把地换妥，好各自耕种。这么一来，旗地上人心惶惶，谁还有心思种田？房产也得一起换！住了近二十年的老屋，说要换就换？谈何容易！也太凶了嘛！……

接着，圈地的风声传到这块故明废藩土地上，平民们就更慌了：这地还能不能种？会不会被圈？圈了地还补不补给别处的田？……人们互相打听，哪里有个准信儿！只有吕之悦和柳同春两家不听谣传，老老实实开始了春耕。

麦苗儿刚刚探出寸把长的绿秧秧，朝廷派下来查勘土地的大小官员，领着烜赫如云的护从到永平府来了，到处查看、丈量田地，一一登记在册。所有民地、开垦地、多出地、投充地，都在丈量范围之内。吕之悦和柳同春的田地也在其中。

丈量那天，情景十分凄惨。民地的田主们，丧魂失魄地远远跟着丈量土地的官员，又害怕那些手执武器、如狼似虎的护从兵丁，只能站在远处看那无情的软绳在田土上划来划去，像是在划他们的肌肤、割他们的心肝。妇女们早就开始哭泣，预感到大祸将临。有人大着胆子向小吏询问，一概不给回答，只说是朝廷圣旨。百姓们更加六神无主，凄凄惶惶。再没有人下田做活，也再没有人播种了。眼看田地将属他人，难道还要白扔进去几斗种子！

吕之悦以他不同常人的气度和才学，折服了一位户部的汉员小官，他偷偷向吕之悦透露了真情：

索大臣、遏大臣、鳌大臣都是两黄旗的，对此次换地非常坚决。

因为这是有关遵循太祖太宗皇帝例行的大事，绝不能含糊！但镶黄旗迁移壮丁四万余人，而正白旗迁移壮丁仅二万余人，换地之后，正白旗份内地当然不敷分配，所以辅政大臣已指定：将正白和镶黄两处旗地附近蓟州、遵化、迁安、永平、滦州、乐亭、开平及延庆州一带民地、开垦地、多出地、投充地丈量圈出，分别拨补，只等户部议定就要动手了。

吕之悦极为愤怒，两夜未眠，与幼蘩反复筹思商议，终于拟就了一道上巡抚书，痛言生民之苦，圈地之弊。第三天一大早，便骑着小毛驴直奔保定而去。他留给柳同春一封信，说，如果他一去不复返，他的家事就拜托同春夫妇了，望他们以他老妻为老嫂、以莹川为女儿，他吕之悦就是命丧黄泉，也安心瞑目了。

五

由天安门向南，延伸出去一道千步廊，直通飞檐重脊的大清门，使黄瓦红墙的皇城向南凸出一个长方形，在它的东西两侧，集中了大清帝国的重要国家机构。京师人说到这个地方，有六个字，叫作“东管生西管死”。因为掌管刑法案件的三法司——刑部、都察院、大理寺都集中在西侧；而六部中的其他五部：兵、礼、吏、工、户，以至宗人府、鸿胪寺、太医院等等官署，都集中在东侧。

户部之长，古称“地官”、“大司徒”或“大司农”，掌管全国疆土田亩及户口钱谷的政令，官署就在礼部与吏部之间，大门西向，正对着皇城那高高的红墙。

直隶总督朱昌祚、直隶巡抚王登联，一前一后，随着导引的户部笔帖式，目不斜视、亦步亦趋地走进户部大堂一侧的中厅。他们来拜会内国史院大学士兼户部尚书苏纳海。一名记室来跪禀道，苏大学士请二位稍候，他很快就回来。仆役奉上茶后退下。

朱昌祚缓缓向四周略一打量，便在客位的第一张椅子上坐下，神态上多少有些忐忑；王登联却一直不停地踱着步子最后在窗前站定，紧皱眉头，心事重重。

他们刚进大内体仁阁谒见了辅政大臣。索大臣和苏大臣不在场，只有遏大臣和鳌大臣接见，直接指示他们：即日起，会同户部尚书苏纳海酌办圈换地土事宜。鳌大臣的命令就无所谓酌商了，他指定要把蓟州、迁安、遵化的正白旗屯庄改拨给镶黄旗，另圈玉田、丰润、永平、滦州等处民地给正白旗。鳌拜生性严厉，说话明决果断，没有一个多余的字。朱昌祚唯唯诺诺，王登联一声不响，很快就拜辞出来了。

辅臣说得明白：旗地的改拨由苏纳海主管；另圈民地则要他们两人承担。因为这些将圈的民田，正在这两位封疆大吏治下。

“捷轩，你——对此事如何打算呢？”朱昌祚拖长声音，慢吞吞地问，一字一句仿佛都经过了斟酌。

王登联迅速转过身来，面向朱昌祚，眼睛炯炯有光，说：“这事，从开春嚷闹到今日，半年多了，几起几伏，最后怎么闹了这么个结果？真叫人糊涂！”他伸手摸了摸胸襟，“吕之悦、罗兴邦等人所上之书我都带来了，看准时机，我要为民请命！”

朱昌祚眼睛里流露出一丝惊恐，小声说：“捷轩，此事关系满洲旗分，不可鲁莽啊！……”

王登联叹了口气，反剪双手，又转身望着窗外出神了。

王登联，字捷轩，汉军镶红旗人，由贡生授河南郑州知州，由于政绩优异，擢山东济宁道，又升大理寺卿。顺治十七年，皇上亲授为直隶巡抚。到任以来勤于政事，宽以待民，严以缉盗，直隶境内竟有一番太平景象。他年方四十许，精明强干，颇想有番作为。而圈地必将给他这位巡抚带来许多分外的压力，诸如田赋锐减、百姓流离失业、盗贼蜂拥而起等等。这是顺治初年大圈地时百验不爽的，他怎么能不担心呢？所以，吕之悦等人上书言事，极力反对圈地，就特别得到他的赏识。吕之悦的文字书法，又激起他这个老贡生的同好，他竟让心腹幕僚陪同，微服私访吕老先生于客店中。吕之悦上书中的要紧文字，他都可以背下来了：

……夫土地人民者，乃皇上之大宝。皇上统辖万里，咫尺之土亦为君土，匹夫之人亦为君民，此乃天经地义、定而无疑之理矣。然今圈占之地，既非皇上之地；投充旗下之人，亦非皇上之人。多圈给旗下一地，皇上则减一地之赋；多投充旗下一人，皇上则少一人之税，岂非有悖大义乎？况且地多圈占、人效投充，以一切招买喂养之役，尽责之现存孑遗之民，必将相率逃徙，流离失所。更有铤而走险，相从为盗，穷民将何以为命？……

王登联思考着能不能据此大义作一番抗争。

朱昌祚的心思要复杂得多。

朱昌祚，字云门，汉军镶白旗人。以宗人府启心郎出身。顺治十八年以工部侍郎巡抚浙江，和邻省的江苏巡抚朱国治的严苛相比，他还算宽和，也较清廉。所以《明史》案初起，他还想大事化小、小事化了地马虎过去。不料吴之荣进京复控，朝廷决意严惩，派刑部侍郎出都谳狱，朱昌祚便陷入了困境。幸而那位刑部侍郎与他相识，又有幕僚暗中奔走行贿，他才脱了干系。惊弓之鸟，哪里还敢太岁头上动土？

只是，对于《明史》案的残酷后果，特别是为他做替罪羊而被斩首的归安、乌程两县学官，他一直怀着深深的内疚，常常想要做点好事善事为自己赎罪。所以面临又一次圈地苛令，他既有与王登联相同的心思，又有他独自的忧虑。王登联向他呈进吕之悦等人上书，他都看了，心里暗暗喝彩，但尽量不形于色。谨慎、小心，不到有十分把握不轻易表态，免得一着失误、满盘皆输，把自己的前程也搭进去。此时，见王登联闷闷不乐，便安慰道：

“捷轩，且听苏中堂的意思再定行止，岂不更好？”

王登联不知是否听进朱昌祚的话，低声地自言自语：“当年圈地，哪一处不是良田沃壤？不善耕种、不善经营，二十年下来，抛荒了一大半，却又要来圈民地补偿！民何以堪？……新开垦地原是百姓们苦做苦受，省府州县都出了力的，奖励开荒原是朝廷政令，如今竟也要圈占，出尔反尔竟至于此，如何取信于民？”

朱昌祚听他说话声音越来越响，连忙提醒道：“捷轩，此处不是保定，谨慎为上啊！……”

王登联肩膀略略一耸，回头说道："苏中堂来了。"

内国史院大学士兼户部尚书苏纳海大步走来，朱、王两人上前跪迎，苏纳海连声说着表示歉意的话，主客行过礼，分别坐下。

苏纳海年近五十，健壮敏捷，疏朗的眉目间透出一股英气，五官端正，须发浓密，坐立身姿很有气概，表现得堂堂正正，决无虚伪奸诈。他属满洲正白旗他他拉氏家族，原是豫亲王多铎的王府护卫，后来擢升弘文院学士，任过工部尚书、加太子少保衔。康熙即位，拜内国史院大学士兼管户部至今。

从康熙三年开始，八旗中就刮起了一阵风，要更换旗下不堪耕种的地亩。向谁换？自然是要耕种得好的平民百姓的土地。由于议政大臣费扬古阻拦，闹出一场大狱，杀了不少人。紧接着因汤若望大案吸引了京师内外所有人的注意，也牵扯了朝廷的大部分精力，换地的风势才弱了一阵。到去年夏天，这股风倏然又起，并越刮越烈，八旗统领参领们纷纷以地土不堪耕种，具文呈请更换。

户部对此自然最敏感，都说这股风背后有大来头。果然，去年十一月，辅臣便将这些呈文全部移送户部。户部大伤脑筋地商议了许久，终于由苏纳海领衔上了一道奏本，说地土分拨已久，而且先皇帝早有明谕，民间地土不许再圈，因此不便更换，请将八旗移文驳回。

这些经过，朱昌祚和王登联都是知道的，所以对苏纳海不觉流露出几分敬意。朱昌祚说明了来意，苏纳海连连点头表示他已知道，王登联于是迫不及待地说：

"苏大人，圈换之风，今年初就已经吹到直隶所属州县，一时人心惶惶不可终日，幸赖苏大人执言、户部明决，驳回八旗移文，民心渐安。如今又旧事重提，是什么缘故呢？"

苏纳海笑着捋了捋他那部大胡子，说："户部嘛，征收全国钱粮赋税，为天下理财，为国家支饷。圈一亩地便少一份田赋，我们心里最清楚不过了。户部不赞成圈换土地，难道还不可信？哈哈哈哈！"

朱昌祚和王登联也陪着笑了。

"看样子，后来的事情你们还不知道。户部奏本呈上以后，辅臣旨令议政王贝勒大臣和九卿科道会议，议得须差员实地查勘各旗旗地。所以，三月二十一日，上面来了一道圣旨，当然是辅臣的意思。这里有副本，二位请看。”

副本中提出了圈换土地的新根据：二十年前因摄政王多尔衮尊崇白旗，擅自更改太祖太宗皇帝所定的八旗两翼顺序，把应给镶黄旗的地拨给了正白旗，致使镶黄旗地处右翼之末，旗地远在保定、河间府一带，劣地多良田少，多年来水淹沙压，不堪耕种。所以，“仰承先皇帝遗诏，凡事俱遵祖制，庄田房屋应照翼分拨给，将镶黄旗移于左翼，仍从头依次拨给。至于其他各旗不堪地亩作何分别、圈占之地作何补还，镶黄旗移出旧地作何料理，着户部一并酌议。”

朱昌祚和王登联看罢，默默无言。

苏纳海冷笑道：“起初还说是八旗各旗都要圈换，至此方才挑明，只是镶黄旗要与正白旗圈换！……其实两旗换地的风，他们早就吹出来了，闹得正白旗惶惶不安……”

王登联一针见血地低声说：“那么，必是鳌大臣所力主了？”朱昌祚连忙瞅他一眼，王登联只作没看见。

苏纳海却坦然点头说：“正是。旨意既然提起复祖制的大事，我苏纳海又身在正白旗，对两旗换地的事就不好再奏。多尔衮摄政那些年，果是轻黄旗、重白旗，如今镶黄旗想要换回近处，户部也没有理由阻拦。所以四月里户部复议时，便赞同圈换，提出两种方案请旨。这不，才交五月，辅臣便召二位来京酌商圈换事宜了吗？”

沉默片刻，王登联忽然说：“此事再没有回旋余地了吗？”

苏纳海眼睛一亮：“你要什么回旋余地？”

王登联鼓足勇气，站起身来，正色道：“苏中堂，我王登联为江山社稷计、为万民计，请停圈换！国初因圈地而起的动乱不可重演！登联知道辅臣势大权重，我这小小巡抚原不在眼中，但登联有一腔忠义，愿慷慨陈词，为百姓请命！……”

苏纳海笑着打断他的激昂言辞，挥手要他坐下，说：“你不必往下说了，我都明白。直隶百姓有你这样一个巡抚，真是他们的福气……”

王登联忙说：“朱督也同此心。”

苏纳海笑道："那就太好了!"他的神态变得更加从容随便，甚至带了点儿亲切，"我方才到辅政苏大臣处去了，所以累你们久候。苏大臣颇不以圈换为然，只因他属正白旗，不好公然出面反对……近日朝廷内有些动静，你们可知道?"

前不久，御史董文骥上疏，指责辅政大臣任意更易先皇帝制度，不合天意人心，应当改正。这不顾死活的大胆直谏震动了朝野，使许多人又兴奋又担心。奏疏呈上后，辅臣竟没有反应。有人说是因为奏疏中统称辅臣未指名姓所致；有人又说鳌大臣有"收拾"董文骥的意思，可首辅索尼不许；也有人说是太皇太后干预的结果。传说纷纷，莫衷一是。

紧接着，刑科给事中张维赤又上了一疏，说："伏念世祖章皇帝于顺治八年亲政，年登一十四岁。今皇上即位六年，齿正相符，乞择吉亲政。"奏疏呈上后，批下一个"知道了"。

一前一后两道疏文，像是往死水潭里扔进两块大石头，朝野上下顿时议论纷纷，许多不利于辅臣的谣言也开始由人们私下里传来传去，仿佛辅政真的就要结束，皇上明天就要亲政似的。

辅臣的阵脚也真的有些乱了。康熙初年四人同心的局面已一去不复返。索尼号称首辅，苏克萨哈和鳌拜都不听他的；苏、鳌二人又时时相左；遏必隆更是漫无主见，就连如何处置董文骥、如何对付张维赤的奏疏，辅臣们都拿不出一致意见……

苏纳海讲罢这些"动静"，意味深长地看看朱昌祚又望望王登联，说："来日方长，谁也说不准朝廷里还会出什么变故。所以苏大臣说，不如边走边看……"

王登联立刻明白了："我们不如就到镶黄旗旗地、正白旗旗地和永平、滦州、乐亭等处走走，实地查看一番，再等着看京师朝中……"

朱昌祚持重地静静地说："俗话讲得好：故土难离。还是苏中堂的话，八旗地土分拨已久，垂二十年矣，均成老宅。正白旗也罢，镶黄旗也罢，未必都那么愿意更换搬迁……"

苏纳海大手往桌上一击："说得对！如果连镶黄旗旗民都不愿意换，你我更有确凿凭据，可再次上疏朝廷，请停止圈换!"

他们越说越觉得投缘。王登联摸摸衣襟，想要拿出吕之悦等人的书信，朱昌祚看在眼里，连连向王登联使眼色。王登联不明就里，又放下了手。当他二人从户部告辞出来后，王登联不解地问：“那几封书呈送苏中堂，不合适吗?”

“自然不够稳妥。”

“可是书中言圈地之害，极是痛切、极是在理呀!”

“捷轩，我说你聪明一世、糊涂一时！那书中以土地人民是皇上之大宝立论，苏中堂也罢、辅政苏大臣也罢，却都是有旗地田庄的……”

“哦，我真是糊涂!”王登联恍然大悟，“这几封呈文，要皇上亲览方好。”

“正是。必须审时度势。你我上疏时，将它写进奏文之中，方显分量!”

王登联频频点头，脸上露出一丝笑容。

熊赐履步履徐缓、端庄，注意保持他宠辱不惊的神态，谦恭地由召引太监领往乾清宫。

其实他心里绝不似他外表这般平静，着实有几分疑惑哩。

先皇帝故去以后，他们这些被先皇拔识，对先皇深怀知遇之感的文人学士们，几年间零落殆尽：

被顺治帝大喜过望地称为“佳状元”的徐元文，名列江南奏销簿籍中，由翰林院修撰贬谪为銮仪卫经历这种无所事事的小闲官。他借着丁父忧，回乡守制去了。

同科的探花郎叶方蔼，因“探花不值一文钱”，为欠一文税钱而在奏销案中彻底丢官，也回昌山原籍。

哭庙狱、奏销案、《明史》案，一连串的大事故，把大批江南文士出身的官员们牵连进去，纷纷丢官降职，一派凄惶。熊赐履一向罕言笑、少交游，来往较密切的只有徐、叶二人。他们都离开了京师，熊赐履就更加孤苦伶仃、形影相吊了。

在百草凋零、万木萧疏之中，熊赐履的境遇似乎比别人好些。翰林院解散，把他迁去国子监做司业①。但康熙二年后，国子监附属到礼部之下，再不似先帝在世时能够独立理事、自成体系、备受重视了。这样国子监司业就成了可有可无、名微禄薄的冷官。

眼看着世风日下、文人遭劫，汤若望一案惊天动地，眼下又乱哄哄地传说着重新圈地，可不成了“国无宁日”！三年的冷板凳坐下来，熊赐履虽然恪守着他的君子性君子行，内心里对前途也不无悲哀。

突然一道特诏，晋升他为弘文院侍读学士！侍读，是御前的贵官、侍奉皇上读书的学士，兼有师友的身份。这来自天外的荣宠，是熊赐履做梦也不曾想到的。谁选中了他？难道是对汉官文士嗤之以鼻的辅政大臣？难道是对道学百般嘲弄的国子监的满洲祭酒？分明不可能！

弘德殿前，御前侍卫们威严地静立两侧，召引太监进去禀告，熊赐履肃立等候。不多时，便有小太监出门来低声喊道：“叫熊赐履。”

熊赐履小心翼翼地低头跨进殿门，刹那间想起七年前他的第一次进宫。也是这样一个初夏的日子。但是那位风华正茂、儒雅广博的顺治皇帝已不在人世；同时应召的徐元文、叶方蔼被贬下沉、久无音信；而自己却重来乾清宫，叩见顺治帝之子——当今皇帝，一位尚未亲政的少年天子。熊赐履心里不免一阵伤感，一阵喟叹，心头一丝隐隐的凄凉……

他不能多想，赶紧收神，因为高大的殿堂正中，铺了明黄色压黑边桌袱的御案就在眼前，坐在御案后低头看本章的，不就是皇上吗？和这宏丽辉煌的宫殿相比，在巨大的御案、宝座、鎏金雕龙屏风和珐琅香亭、珐琅宝象瓶之间，皇上实在显得太小了！

熊赐履摘下朝冠，朝前迈了几步，双膝跪倒，将朝冠放在一侧，叩头参拜，说：

“臣，弘文院侍读学士熊赐履叩见皇上，万岁万万岁！”

出乎意料，皇上抬头看看他，竟站了起来！年轻的声音很嘹亮：

---

① 司业：国子监相当国立大学，祭酒相当校长，司业相当副校长。

“请起，赐座。”

熊赐履诚惶诚恐地坐上套了夏布坐垫的矮凳以后，皇上微微一笑，亲切地说：

“先生别来无恙?”

一直不敢抬头的熊赐履听到这话，十分惊异，不禁对皇上小心地看了一眼，顿时大惊失色，愣住了，难道是在做梦?这分明是他两个学生中那个聪慧过人的小阿金啊！怎么可能?……可是天下哪有这么相像的人呢?虽说形貌长大了些，可相同的面容、相同的黑眼睛、相同的声音，还有，连鼻子两侧那几颗稀疏的白麻子、眉间的“三连花”都一点不差！那个小神童留给他太深的印象，他怎么会弄错?而且皇上说“别来无恙”……

熊赐履慌了，连忙下座，重新俯伏在地，叩头说：“求皇上恕臣无状之罪！……”

玄烨只笑笑，说：“过去的事不必再提。朕今日召你，另有要事。起来坐下说。”

大婚之后，玄烨明显地丧失了孩子气，变得庄重，威严，沉思，虽然这跟他男孩子的面貌身材颇不相称，但所有人都认为理所应当，并且打心底里产生敬畏。

他获得了许多过去没有的权力：单独住乾清宫，摆脱了太皇太后的监护；可以不时往坤宁宫居宿，也可以宣召那几位贵人；在浩大的皇家卫队跟从下，到南苑居住射猎。这些，是皇室的制度。还有两项，玄烨自己筹划许久，经过太皇太后，颇费了些气力才争到手。

他还没有亲政，不能批发本章。但他已远远不能满足随着祖母听辅臣启奏的地位了。他要知道详细的下情，因为皇位是他的、天下是他的。对于治理大清国，他有他的想法。这些想法，如同隐藏在花蕾中的子房，花开了，花落了，孕育着的果实渐渐成形、渐渐长大——虽然它们还藏在密密的树叶底下不被人发现。所以，他要求阅读本章，无论是否经过辅臣处理他都要看，理由也很充分：学习治理国家。不过，他的合理要求没有被迅速接受，倒不是太皇太后反对，而是辅臣觉得皇上年幼，国事繁冗，怕有伤圣体等等。直到今年春天，董文骥和张维赤的两道奏疏在朝廷里造成一种微妙的气氛，辅臣才同意了。

现在，御案上两堆奏章都摞得一尺多高。右边是未看的，左边已看过，正前方摆了几份单独挑出来的，大约是要再看几遍。

另一项，玄烨要求派精通经史、学问渊博的侍读学士来御前当值。这么合理的事，又被拖延了许多日子，近期才同意的。玄烨首先想到的，自然就是熊赐履。

可是熊赐履已被皇上从容自信的人君风度惊住了，再次叩拜后，起身坐下，竟不知所对。见一向古板严正的熊先生这般模样，玄烨心中隐隐得意。他温和地说：

“朕将召请博学之士充任侍读，以备顾问。卿久居翰林院、国子监，经历不浅，还有谁人堪当此任？可一一举荐。”

熊赐履恢复了常态，很快思索一遍，立刻回奏道：“臣荐举徐元文、叶方蔼及陈廷敬三人。当年先皇帝于景运门边建翰林院直庐，此三人应对多称上旨，屡蒙优奖。”

玄烨点头：“朕也久闻其名。”他又拿起面前那几份挑出来的奏章说，“你先看看这几个折子。”

御前小太监用托盘将奏章托给熊赐履。熊赐履于是毕恭毕敬地一份一份往下看，玄烨则坐在宝座上目不转睛地打量着老师。看他端正的面容渐渐变色，平直的双眉渐渐皱拢，玄烨暗自点头。

第一份是兵部的题本：“云贵二省武职员缺，臣部推升之后，本官尚未到任，而平西王吴三桂已另题有人，以致部推之官中途返回，似属苦累。请照吏部例，将此二省武职员缺悉听该藩题补。如无可补之人，该藩题明，臣部再行推升。”题本后面有朱批：“从之。”

熊赐履看罢，想了想，问：“皇上已经批本了？”

玄烨摇摇头：“尚未亲政。辅臣批的。”

熊赐履没有再问，继续看第二份。那是工部的题本：“黄河水性汹涌，以后修筑堤岸，一年之内冲决者，参处修筑之官；过一年冲决者，参处防守之官。至运河与黄河不同：修筑堤岸三年之内冲决者，参处修筑之官；过三年冲决者参处防守之官。如限年之内，修筑官已去、防守官不行料理，致有冲决者，一并参处。”后面又是朱笔批示：“从之。”

第三份，是直隶山东河南总督朱昌祚的奏疏：“镶黄正白两旗拨换地土一事，奉差大学士管户部尚书苏纳海，侍郎雷虎，会同臣与巡抚王登联酌议圈换。臣等履亩圈丈，一月有余，而两旗官丁较量肥瘠，相持不决。且旧拨房地垂二十年，今换给新地未必尽胜于旧。口虽不言，实不无安土重迁之意。至于被圈夹空民地，百姓环诉失业，尤有不忍见闻者。若果出自庙谟，臣何敢越职陈奏，但目睹旗民交困之状，不敢不据实上闻，仰祈断自宸衷，即谕停止……”

紧接着是直隶巡抚王登联的奏疏，文字虽短，却更为坚决：“……旗民皆不愿圈换。自闻命后，旗地待换，民地待圈，皆抛弃不耕，荒凉极目。亟请停止。”

熊赐履问：“这两本奏章未批？”

玄烨说：“刚从奏事处调来，辅臣还没有看。”

熊赐履又不作声了。因为他还摸不透玄烨要他看这些本章的用意。玄烨似乎也明白熊赐履的困惑，正色道：“黄、淮二水，几乎无岁不决，河患之深，日甚一日，既害民生又害漕运。而河工经费浩繁，至今未见成效。卿博古通今，可否在近日内，将历代治河遗书遗编汇集一起，呈来朕潜心习读。”

熊赐履连忙站起来躬身回答：“皇上国计民生时刻在怀，臣敢不效犬马之劳！”

玄烨目光一闪，又说：“其余奏章也循此例，卿可荐历代类同故事，朕要细细阅览。”

熊赐履心里一动，忍不住急急忙忙地抬头望了皇上一眼——这要算是不敬的举动。在玄烨，此时当不会计较；在熊赐履这位律己极严的人来说，实在是罕有的。因为他真是太惊异了。

不错，这是一张孩子的脸，轮廓还很稚气，肤色也那么柔嫩，声音虽已开始沙哑，也还是男孩子腔调。可是那双眼睛，那双乌黑眼睛里透露出的神情，却绝不是少年人所能够达到的。那是一双沉思的、含着男子汉的刚毅和睿智的眼睛！

熊赐履出了弘德殿，一路走一路想，心里着实有些乱。外有强藩，内有权臣，再加上老天爷不帮忙，水旱频仍、灾情不断；和这一切力量对峙的，只不过是孤零零的祖孙俩！祖母日渐衰老，这个十二岁的少年，能抗衡吗？能应付吗？将来会是什么局面呢？……

悲惨的景象在熊赐履眼前活灵活现地浮现：四权臣胁迫着孤儿寡母，三藩王霸占着南方数省，那个小小的皇上，不是权臣手中的傀儡，就是藩王祭坛上的牺牲。他仿佛看到小男孩儿惊惧的使人哀怜的眼睛，太叫人悲哀了，可怜的小天子啊！……

且慢！这个十二岁的少年，也许并不那么简单呢！小时候他何等机敏，想想如今他从容的气度、深邃的智者的眼睛！最重要的，是他挑出来的这几份奏章！……不错，不错，他已经看清了他面临的一切！想到这里，熊赐履惊得心口“突突”乱跳，刚才怎么就没有想到这个呢？三藩、河工、漕运、辅臣，他不是把他面前的一道道难关都指给我看了吗？好个皇上！好厉害的眼睛！

熊赐履豁然开朗，玄烨的用心他全都明白了。他惊叹着，满怀敬畏。他是个诚笃不过的道学先生，君命无上。想到这位幼君的所作所为，他心头燃起了希望，透出了光明。自然，在举止上，他永远不会表现他的激动罢了。

晚膳之后，时间还早，玄烨又在书房练了一阵书法。他最欣赏王羲之的曹娥碑，那份曹娥碑真迹绢本就摆在案头，时时观玩模仿，每天都要很认真地临它五六张。

放下笔，夕阳已向窗上涂抹一层鲜红。他决定今晚去坤宁宫。在他的皇后和四名贵人中，他还是最喜欢皇后，不但端庄静婉、明达有识，而且很能体贴人意，跟她在一起，就像身处春风之中，很是舒泰。

御前太监提灯引导，玄烨踏着殿间夕阳来到坤宁宫。皇后已领着太监宫女在门前迎接了。他们一同进到寝宫，玄烨边走边问：“你在做什么呢？”

皇后笑道：“李谙达在陪我下棋。”

李谙达是坤宁宫总管太监，六十多岁，眉毛头发尽染白霜，已经在坤宁宫伺候了三位大清皇后了。他连忙躬身笑道：“奴才哪里是主子的对手？娘娘的棋子儿一个顶十个哩！”

“我瞧瞧。”玄烨走近南窗下长炕，就着炕桌上的棋盘看了看，笑道，“黑子溃不成军，眼看就有灭顶之灾呀！”

李谙达连忙凑趣：“谁说不是呢，黑子是奴才下的，再不得翻身的。”

玄烨仔细地看看局势，说：“我来试试，看能不能起死回生。可有言在先，不许故意相让，那样就没意思了。”

皇后抿嘴笑了：“皇上还想赢回这一局吗？”

玄烨对皇后看了一眼。她穿了一件淡绿色的纳纱氅衣，襟袖上是大朵的金银线绣的荷叶荷花，领沿、袖口、襟沿、下摆都镶了黑底的寿字和荷花边饰，边饰内侧还有一条用料珠和金线丝线织成的盘长花边。她粉红的脸蛋，洁白的前额，衬得细眉下一双眼睛秋水般明净，头上的乌发高高地绾了个堆云髻，用金凤珠钗别住，鬓边簪了两朵淡红的绢花，松松的鬓发垂下盖住了耳朵，只露出耳垂上三联珠的乳白色珍珠耳珰，这一身淡妆常服，使她本人也像一朵初出绿水的白荷花。她触到玄烨的目光，是热乎乎的，含着赞美和爱怜，她不觉微微红了脸，低头去抚弄棋子。

棋盘上，黑子已没有多少地盘可争，白子攻势正盛，大有横扫千军，不留一点余地的气势。玄烨知道，皇后棋艺再高，也不可能占尽风光，把三百六十个棋眼都塞满白子；李总管虽不敢赢皇后，至少也可以偏安一隅，可他连这一点也不敢坚持，任凭白子长驱直入。

玄烨对着棋盘沉思片刻，先在白子攻势最凌厉的地方，下了几个关键的黑子，顶住白子的继续进逼。随后，他左一子、右一子地乱跑，把皇后弄得莫名其妙，看不出他用心何在。但他连着又下两子之后，局势明朗了：他的黑子连成了几条线，把白方分割成了互相不能呼应的几片。

皇后着急了，便在她的各个地盘上尽快地经营活眼。可惜她补救得晚了，并且有一个大失误：白子占位不好的东北角，她竟没有注意。而玄烨早就看准，那一角将“牵一发而动全身”，又是白子最薄弱的地方。他撇开皇后与他争夺最烈的南方一条边，突然集中力量在东北角下了几个狠着，白子的活眼顷刻成了死眼；东边一带、北边一带同时告急。玄烨乘机夺回了东北一角和北边一带，战局发生了根本变化。

他真喜欢皇后娴静安详的模样。棋盘上那样剧烈的厮杀，白子连连被吃、丢城失地，她却始终不曾变脸变色，惊慌失措。如果是他，能不能有一样的涵养呢？玄烨自己都想：未必。

最后，皇后反以五子之差输给了玄烨。

李总管赞叹着：“皇上的棋太厉害了！把奴才眼都看花了。还没定过神儿来呢，怎么闹得全局就变了？”

玄烨望着皇后笑道：“是皇后相让吧。”

皇后一笑，说：“我才不肯让你呢。不过，皇上的棋法确实出奇，叫人摸不着头脑，动不动就发蒙。”

玄烨听得高兴，端茶喝了一口，忽然说：“李谙达，朕早听人说，宫里棋艺你最高。”

李总管连忙低头赔笑：“不敢不敢，都是人们瞎传。”

“来，与朕对弈，让朕试试你的真才实学。”

“奴才的大败之势都是万岁爷挽回的，奴才怎敢……”

“别啰唆。我饶你五个子。”

皇后也在一旁凑趣催促。李总管无奈，只得应承。于是玄烨落座，皇后旁坐观局，李总管哈腰站在对面，主子与奴才对弈。

时过一刻，李总管认输，整输却一路。

玄烨命再弈。又是一刻，李总管输，又输一路。

玄烨向皇后一闪眼：这老家伙诈输哩！鼻子里哼一声，生气道：“朕饶你五子，你还输这么多！这局你若又输，就使鞭子抽你！”

第三局毕，棋子布满棋盘，黑白纵横，一个眼儿没有，竟成不生不死之势！

气得玄烨一拍桌子，棋子“叮当”乱跳：“再围一局！你若胜了赐表里一端；不胜，就投进泥里水里去！”

第四局下得极快，不到一刻，清盘算账，不胜不负，竟是平局！

玄烨眉毛一竖，恨恨地说：“是你故意不胜！来人，把他投进太液池！”

随侍的太监不敢不领命，又不敢领命。眼看万岁爷动了气，只好几个人一起动手抱起李总管扛上肩就出宫。跨出宫门之际，李总管才急着大声呼喊：

“万岁爷！奴才手心里还攥着一颗子儿可下！……”

玄烨哈哈大笑，皇后忍不住用手帕掩着嘴也笑了。

“回来！回来！”玄烨边笑边嚷，“逗你玩儿的！你到底胜了。朕也不食言，快取一端表里一双荷包来！……”

李总管跪拜谢恩领赐后，依然规规矩矩垂手站在一侧。

皇后笑道：“连李谙达在皇上跟前都不敢露真本事，其他人可想而知了。”

玄烨心中一凛，登时许多联想电闪般掠过去：他是皇帝，是天下的主子，手握生杀予夺大权。普天下的人都是他的奴才，怕他杀，怕他夺，企盼他给生路，给荣禄官爵，谁敢在他面前露真相？谁敢真的对他诚实无欺？他想要知道真相，比别人难过十倍百倍！就是最亲近的人，怕也……

玄烨笑了笑，说：“你我再弈一局，如何？”

“好哇！”皇后命侍女上茶添灯，笑道，“这回从头开局，我可要认真对付了。”

八盏垂着长长玉佩流苏的巨大宫灯，放射出明亮的光芒，透过灯壁薄绢上绘制的山水仕女花卉翎毛，色彩更加丰富绚烂，使这无比富丽的寝宫分外浓艳；炕桌边两架金丝掐花的凤戏牡丹灯台上，亮煌煌的盘龙烛照耀着棋盘和两位青春年少的皇帝皇后。宫女如花、侍从如云，寝殿里却安静得连一声轻咳都听不到，只有棋子“叮当”和灯芯燃烧的“哔剥”声交响着。“天上神仙府，人间帝王家”，这不是金殿玉堂中一对无忧无虑的仙侣吗？过了好久，他们才开始轻声交谈。因为这样的宁静，他们两人都喜爱，舍不得打破它。

“太皇太后、皇太后安好吧？”玄烨问。大婚之后，玄烨离开慈宁宫，就不能那么近切地依在祖母身边了。此时满族的“晨省昏定”还没有汉家那样严格，玄烨每日读书骑射阅看本章忙得不可开交，便依着太皇太后的旨意，隔三两天才去问一次安。晨省昏定的职责，自然由内廷之主——皇后，率领诸贵人来担当了。

“老人家都好。”皇后拈着一颗白子，想了想，点在一个星位上，瞥了玄烨一眼，又说，“老祖宗问起皇上这两日寝食是否安好。”

“叫吃。”玄烨说着，放一粒黑子，“你对老祖宗怎么讲的？”

皇后搁一颗白子顺延出来，依然小声说：“自然照实说。”

“两旗圈换土地的事你说了？”玄烨捏着棋子，问。

“是啊，皇上这几日不是为了这件事想得饭都不乐意吃了吗？”

“唉！……你祖父会不会出面挡一挡呢？”

皇后团着几颗白子在手心里凝视着，轻轻说：“别的事也罢了，有关黄、白两旗，只怕他也很别扭……”

“那，你自己怎么想？”玄烨下一粒子，轻描淡写地问。

“这……我对此事无定见，再说，又不知详情……”

玄烨瞅了皇后一眼，又转脸望着墙上一幅热闹非常的百子戏图，忽然琅琅背诵了起来：“夫土地人民者，乃皇上之大宝。皇上统辖万里，咫尺之土亦为君土，匹夫之人亦为君民，此乃天经地义、定而无疑之理矣。然今圈占之地，既非皇上之地；投充旗下之人，亦非皇上之人。多圈给旗下一地，皇上则减一地之赋；多投充旗下一人，皇上则少一人之税，岂非有悖大义乎？……”

他背得非常流畅，想来已读过许多遍；他背得十分忘情，到后来眼睛发亮，面颊泛红，竟激奋得一挥手，提高嗓门儿，抑扬顿挫地问出最后一句。

“皇上，这是？……”皇后惊异地问。

“这是直隶巡抚王登联的奏本，如何？真所谓义正词严！不但忠君为国，又明敏练达有远见，这样的大臣是出类拔萃之辈，理当重用！只巡抚一省，着实大材小用，委屈他了！”玄烨对王登联极其赞赏，越说越兴奋。

“皇上的意思，要褒奖他？”

“何止！我若亲政，就调他回朝入阁拜大学士！还有苏纳海和朱昌祚不畏权势，上疏为民请命，也是忠直之臣，理当提升！明日去慈宁宫请安，定要禀告老祖宗，褒奖这三位大忠臣！”玄烨自顾自说得眉飞色舞，不听皇后有反应，扭头看去，她玩弄着手里的几颗围棋子儿，若有所思。

“你说呢？”玄烨问她。

“朝廷大事，原应圣心独断。我只是想，皇上为天下万民之主，理当关爱万民疾苦。八旗满洲也是皇上子民，近日渐困苦也是真情。况且八旗打天下有功，皇恩浩荡，自应格外厚待。臣妾一孔之见……”

玄烨的兴奋收敛了，消失了，恢复了平静和凝重，伸手慢慢拈起黑子，慢慢放下棋盘，棋子“叮当”，在寂静中格外响亮。

玄烨终于沉思着问了一句：“老祖宗怎么说呢？”

皇后把白子一起丢进玉盂里，望定玄烨，道：“老祖宗说，可以送给皇上三句话，叫我得空儿告诉皇上。”

“三句话？”

“是。第一句：审时度势；第二句：隔岸观火；第三句：欲速则不达。”

“隔岸观火？”玄烨眉头微皱，抿紧嘴唇，手里狠狠捏着一颗棋子，像要把它捏出水来似的，已经忘记下棋的事了。他眉毛陡然高扬，眼睛里闪过一片金属般的光泽，刹那间悟出了老祖宗的用心。

不错，这次刮起的换地风，与三年前那次大不相同。眼下，换地是虚，再次圈地是实；要求各旗按祖制公正排列位置是表，打击苏克萨哈的白旗是里！

所以，老祖宗要求他不介入、不轻举妄动，要求他“隔岸观火”。

或许，老祖宗认为这是除掉苏克萨哈的好机会？

玄烨一回头，正触到皇后探究的目光，心里隐隐觉得不舒服，便故作轻快地一摆头，松开眉头，让唇边带出笑意，看一看棋盘，顺手把那颗沾满手汗的黑棋子漫不经心地撂了下去，说道：“老祖宗啊……真是老祖宗！”

这句话意思很含糊，可以理解为对太皇太后的极高赞美，也可以认为是对老祖母过于持重的不满。皇后不去深想，继续布着她的白子，又轻声说：“孔姑姑要往广西驻防去了！”

玄烨差点儿跳起来！只是记住了自己身为天子应有的风度，才勉强抑制住，但却掩不过眉目间的喜悦：“也是太皇太后的旨意吗？孔姑姑愿意远去广西？”

“是孔姑姑自己要求去的。刚才她也来给太皇太后请安，我去慈宁宫时候，她已经跟老祖宗说好半天了。听老祖宗的意思，要封额驸孙延龄一个广西将军，孔姑姑给郡主品级执事，一同前往，掌定南王旧部哩！……孔姑姑以一年轻女子而为一镇藩王，和平西、平南、靖南三镇平分秋色，也是咱大清的一段佳话呀！……”

玄烨又是那句话：“老祖宗啊……真是老祖宗！”他喜滋滋地又下了好几个子，把东北角先占到了手。

“哦，对了，”皇后仿佛刚刚想到，又说，“老祖宗说，冰月妹妹也快要出嫁了。”

玄烨的手一哆嗦，棋子“叮当”一声落下去，砸到另一颗棋子上，跳了两下，掉到炕桌底下去了。侍从宫女连忙抢过一步跪下拾起棋子，轻轻放进棋盂。

玄烨另拿了一颗棋子，好半天不能出手，垂眼似在看着棋局沉思，睫毛却在簌簌发抖。皇后专心专意地在棋盂中挑选棋子，其实白玉棋子颗颗都一模一样，能挑出什么呢？但可以不看皇上的容色。

“下嫁哪一家？”

“靖南王耿继茂之子，三等子爵耿聚忠。听老祖宗说，可是一位英俊有为的少年将军呢！配得上咱们的冰月妹妹。”

玄烨全然没有答话的意思，仍然拈着那颗黑子低头沉思。

皇后于是又轻声说：“咱们大清的公主，自来下嫁蒙古。蒙古各旗对朝廷也亲情深厚、矢忠不二。只近十年，公主才有下嫁汉家藩王之例。建宁长公主下嫁吴应熊、和硕和顺公主下嫁尚之隆，如今又下嫁耿家。这三藩要是再生二意，可就太没良心了！”

玄烨抬头，皇后眼睛里满是同情和体谅，这使他格外难以忍受。他终于把手心里捏得发热的那颗棋子扔回去，慢慢站起身，喑声说：

“下午奏事处又送了奏本来，我想还是今晚把它看完的好，明天就可转到辅臣那里批转，不至于误事……”

皇后眼里闪过一丝失望，但又立刻换上笑容，柔顺地--低头：“皇上说的是。”

小太监服侍玄烨披上一领漳绒披风，他便在两对红灯的导引下，离坤宁宫回乾清宫去了。皇后在门外跪送，眼看黑沉沉的夜色中，浅浅淡淡的星光之下，那两对红灯如同浮悬在空中，越飘越远，心头很不是滋味，在宫门前站了许久。

回到乾清宫，玄烨便钻进他的小书房。等侍从的太监宫女都退出去、书房里只剩他一人时，他才猛地伏在炕桌上，紧紧抱住了脑袋。心像被挖掉了一样，空空荡荡的，难受极了。嗓子眼儿里一块又热又酸又柔韧的东西死死堵在那儿，憋得他出不来气……如果能大喊大叫大哭大闹，也就痛快了！可是他不能，他是皇帝，他得顾及皇帝的体面和身份！

他已经大婚，有了一位皇后和四位贵人；冰月是他的堂妹，皇家家法不许通婚，这都是实情，并非他负心。一年多来他也习惯了，自觉没有对人不起的地方，心情平静自如。

今天，冰月将要出嫁的消息，一下子揭开了他心上蒙着的自我安慰的假面纱，此刻，要永远失去她之际，他才悟出她的宝贵：世界上只有她最懂得玄烨，而玄烨只有在她面前，才觉得无拘无束，可以按照自己的本性去说去笑去做任何事情，并绝对知道自己所做的一切她都能领会、都能接受、都真心实意地喜爱，而不必像在皇后贵人们面前，必须维持一副皇上的嘴脸和架子。这种知己感，亲切感，玄烨不能从任何其他人那里得到，从今以后，玄烨到哪里去寻找另一个自我呢？

走了，走了！都走了！

四贞离京而去，冰月下嫁了，幼时的红颜知己风流云散，再难相聚了！

怪谁？玄烨以皇帝之尊、天子之威、赤子之心，都不能够留住她们。

四贞自然有她的苦衷，她不愿意。可冰月呢？

说到头，是他对不起她，是他负心，是他负义啊！

对冰月，如冰似月的花蕾般的女孩儿，一片诚挚之心的女孩儿，他有罪呀！……

她就要走了，玄烨真诚无邪的少年情爱，也被她带走，永远不会回来了！玄烨正在一点一点地埋葬自己最可珍爱的真情……

玄烨竭力克制，却无法止住喉头的几声呜咽。他手中抚弄着一只美丽的荷包，包上粗简地绣着白云之中扬鬃飞奔的小红马。这是冰月给他的生日礼物，看着它，多少令人心醉的往事涌上心头……然而，这都是梦，都是叫人割舍不了的美梦。她走了，梦醒了，花谢了，月亮被乌云遮住了……

玄烨猛地用双手蒙住脸，大滴大滴的泪珠，从指缝间淌下来、淌下来……

六

八月初九，定南王孔有德之女孔四贞受封为郡主，随同她的丈夫广西将军孙延龄出京，往广西驻防。太皇太后亲自送行，直至永定门外。文武百官都随同相送。北京城里万人空巷，都出来看这盛大的场面。孔郡主的仪从，太皇太后的仪驾，把古老的北京街道装饰得绚烂夺目，仿佛彩霞落到了人间。百姓们许久没看到这样的热闹了，过了好些日子，还在津津有味地谈着那天的见闻。

九月底，安亲王岳乐的女儿、自幼抚养宫中的冰月，被封为和硕柔嘉公主，下嫁靖南王耿继茂之子耿聚忠。京师又是一番轰动。下嫁礼仪之隆重、排场之大、妆奁之丰富豪华，都令人叹为观止。太皇太后把东华门外原来孔四贞住的那所宏大华贵的府第，赐给了柔嘉公主，靖南王耿继茂也专程由福建赶回京师，迎接第二位皇家的女儿进入耿家。第一位，是肃亲王豪格的女儿，一位郡主，下嫁耿继茂的长子耿精忠。耿精忠因此被封为和硕额驸。

八九两月，与喜庆同时，还有另外一些叫人鼓舞的迹象。经首辅索尼认可，一批有真才实学、精明干练的汉官升入六部都察院，顶替了原来那些唯唯诺诺的老官僚，使六部的办事效率明显好转。他们是：礼部尚书梁清标、兵部尚书龚鼎孳、刑部尚书郝维纳、工部尚书朱之弼，加上原有的吏部尚书杜立德、户部尚书王宏祚，还有新任的左都御史王熙，成为康熙年以来六部尚书汉官中最有能力的一批人才。

特别引人瞩目的，是王熙。他父子两代都受顺治帝的特知，极为宠信。顺治将逝之际，曾召王熙赴养心殿撰写遗诏，可算是心腹之臣。康熙即位、四辅臣柄政，王熙这位加礼部尚书衔的翰林院掌院学士，竟被改派为弘文院学士，当了许多年的闲官。这次他被重新起用，意味着什么？朝廷内外许多人都注视着，猜测这次官场变动的真实背景。

直隶河南山东总督朱昌祚和直隶巡抚王登联，借着这股风又向朝廷上书，请求停止圈换土地。苏纳海和他手下去丈量土地的官员，一面消极怠工，一面收集许多不愿圈换土地的正白、镶黄两旗旗民的诉词，也将向朝廷奏请停止圈换。

人人都看到朝廷里辅臣的气势在往下跌，皇上就要亲政、辅臣即将交回权柄的消息已经传得满城风雨。有人已断言，明年，康熙六年的元旦起，皇上就要坐殿、亲自处理机务了。朱昌祚、王登联和苏纳海很可能得胜。

不料，十一月二十，辅政大臣连传两道圣旨，立刻粉碎了所有的谣言！

第一道，专门针对朱昌祚和王登联的奏疏：“总督巡抚俱各有专任职掌，这地土事但应照所委料理。将已定之事越行干预、纷更具奏，事属重大！着吏、兵二部会同议处，具奏！”

第二道谕旨就更厉害了：“谕吏部，户部：镶黄旗户部官员、旗下官员差去换地，俱已回来。户部尚书苏纳海等，带如许官员、数月之久尚未给地，官员擅自回来，何不奏明？尔二部速差人去，将镶黄旗换地去的副都统三员禁守，尚书苏纳海拿来禁守；总督朱昌祚、巡抚王登联拿来，尔二部议奏！圈换地土事情，着侍郎巴格前去料理！”

真如晴天霹雳！顿时震醒了许多人。

苏纳海、朱昌祚、王登联被拿入狱，令人们看清了：辅臣仍然操持着国柄；黄旗与白旗的争端，发难的鳌拜绝不会认输，支持他的遏必隆和索尼也绝不会后退；六部的掌印堂官仍旧是满洲大员，而吏部满尚书阿思哈此时又兼任兵部尚书，正是鳌拜的心腹……一时朝野悚然，意识到，又一场大狱即将开始了！

果然，吏部兵部很快就议复：苏纳海、朱昌祚、王登联俱属事犯重大，应革职，交刑部议罪；其下办理圈换地土的大臣、副都统、郎中等，分别给予革职、降级处分。

事情交到刑部，便成了公开的刑事大案。京师、直隶又一次震动了。

十二月二十，四名辅政大臣应皇上宣召，来乾清宫陛见。这是玄烨第一次正式召见辅政大臣议政。虽然昨夜老祖宗已经跟他仔细交代了议什么，如何议，以及议时应有的分寸，他还是有些紧张，有些兴奋，有些激动。他牢牢地记着祖母的教诲，拿定他天子的威严气度，何况还有众多的御前侍卫、御前太监在前后左右威风凛凛地排列着为他壮胆呢！所以，在香烟缭绕的乾清宫，当四名功高权重、神态威严的辅政大臣一起跪在他面前叩头时，他能够十分坦然，声音清朗响亮，从容地说：

“卿傅请起。赐座。”

他的气度，自己满意，辅臣们也暗暗惊奇。当他们按顺序分左右坐在貂褥坐垫上时，都不由自主地从不同角度悄悄地打量这位少年皇帝。

皇帝身着便装，外衬貂皮出锋的明黄绛丝披肩，头上一顶貂帽，帽顶和帽前都缀着硕大的东珠。脸的轮廓还是个少年，严肃的眼睛却流露出成年人的深思。这双明亮的眸子，顺着鳌拜、苏克萨哈、索尼、遏必隆的顺序，细细看过一遍，停留在首辅索尼身上。他口齿清晰地说：

“朕尚冲龄，而天下事务殷繁，赖卿傅等代为料理，忠劳可嘉。”

索尼连忙答道：“先皇帝遗诏付托，辅政乃奴才等本分。索尼、苏克萨哈、遏必隆、鳌拜等庸劣愚鲁，惟以忠诚仰报先皇帝大恩。”

玄烨于是开门见山地说：“镶黄、正白两旗圈换土地，吏兵两部议复及刑部议复，朕已看到，愿闻其详。”

鳌拜向以直言著称，便首先摆出了正大光明、无懈可击的理由：仰承先皇遗诏，凡事俱遵祖制，恢复太祖太宗皇帝所定的八旗两翼顺序。

玄烨听罢，点点头：“两旗换地，原在理中。但圈占民地，有无不便之处？”

索尼奏道：“奴才等商议，八旗是立国之本，使八旗安居乐业，乃朝廷诸事务之首。二十年来，旗下人口繁衍，日增日多，而庄田日减日少，不足以赡养家口，如何能安心披甲征战、为国宣力？圈地之举，不得已而为之。况且只在直隶数州县，无伤大局。”

玄烨皱了皱眉头，不禁想起王登联奏疏中的话：“夫土地人民者，乃皇上之大宝。皇上统辖万里，咫尺之土亦为君土，匹夫之人亦为君民……”这段话曾让他热血沸腾，拍案而起；曾让他在太皇太后面前琅琅背诵，并兴奋地向老祖母保证：他一定要制止两旗换地、圈占民田的弊政！

记得太皇太后那时没有说话，连平日慈祥温和的笑容也消失了，只用那么忧郁的目光望着他。等他渐渐平静下来，她才令孙子走近跟前，慢慢的、轻轻的，给他泼着一勺又一勺的凉水：你还未亲政便干预朝政，随意推翻辅政大臣的决定，他们如何感想？他们若因此谢政告退、撒手不管怎么办？若是更坏，因此而生异心怎么办？你一个十三岁的小皇帝，凭什么力量与他们抗衡？……

玄烨冷汗淋淋，清醒了，第一次发现自己处在尊贵而又孤独的地位上，第一次懂得了自己面临的危险。但他不想退缩，反而在心底生出要较量一番的强烈愿望。他要接近和重新认识这四位辅臣，摸清他们的底细。史书和通鉴里，不是有好几位这样聪明的皇帝吗？……所以他向太皇太后说：这事他可以不管，但要过问。当时太皇太后用锐利的目光盯着他看了片刻，他勇敢地经受住了，没有把眼睛移开。太皇太后终于点点头，说了一句至关重要，但过于露骨的话：

“眼下要谨慎小心，不可得罪他们。”

眼下？那么以后呢？是不是太皇太后已经预见到，以后皇帝和辅臣之间，终究要发生“得罪”的事情呢？

现在，真的和辅臣一接触，玄烨立刻明白了，在圈换土地的事情上，辅臣们是不会让步的。他眨了眨眼睛，“哦”了一声，再次对辅臣们看过一遍，说：“那么，刑部议复的处分，卿傅意下如何？”

刑部审讯后上奏说：“苏纳海拨地迟误、朱昌祚王登联纷更妄奏，事属重大。然查律无正条。苏、朱、王俱不准折赎，鞭一百，除妻妾外，家产籍没，照兵丁留给财产。”

鳌拜立刻站起来回答皇上的询问：“禀皇上，苏纳海身在正白旗，故而对两旗换地心怀不满，再三阻挠。他本是专差圈换地土的大臣，却屡屡拖延，今日说镶黄旗章京不肯受地，明日说正白旗佐领下人不肯指出地界，又不指名题奏，足见是谎言惑众！一见督、抚等题请停止圈换，更有意观望迟误。对奉旨责成之事毫不尽力，种种奸巧，实属藐旨慢上，情罪重大，应置重典！”

鳌拜奏罢，拿眼睛看看对面的遏必隆。遏必隆也立起身启奏道：“禀皇上，朱昌祚王登联将奉旨已定之事，不钦遵办理，妄行纷更题奏，已属犯上；竟又私自将奏疏给苏纳海看，有结党营私之嫌；最不可恕的是身为汉军旗地方官，疏中不止言民间困苦，竟敢将旗下不愿迁移之处一并具题！王登联更是危言耸听！……情罪俱属重大，应置重典！”

玄烨没料到平日极少说话的遏必隆也这么义愤填膺。他所指王登联的“危言耸听”，想来定是令玄烨大为赞叹的那段“此乃天经地义、定而无疑之理矣”了。看来，这段话触着了他们的痛处，连遏必隆都奋起反击，何况鳌拜、索尼这些人呢？

索尼果然也站起来了。他近日常常生病，须发尽白，显得更老了。但在镶黄旗与正白旗这场争斗中，他毫不犹豫地站在镶黄旗一边。这是因为几十年来正、镶两黄旗同枯荣共生死的命运，也因为多尔衮执政时，索尼作为正黄旗大臣吃尽了正白旗的苦头，受了许多凌辱。他长期对苏克萨哈的成见，除了鄙视其为人而外，也是把对多尔衮两白旗的怨恨迁怒于他了。所以他的奏对也很坚决：

“皇上，圈换旗地是恢复祖制，仰法太祖太宗皇帝的大事！苏纳海朱昌祚王登联反复阻挠，其实在违逆先皇遗诏、违逆皇上登基时文武百官之誓。誓言中曾提及：凡结党乱政之人，夺算加诛！眼下正应此誓，绝不可宽贷！”

玄烨把目光转向苏克萨哈。玄烨一向不喜欢此人，暗中用“阴柔奸猾”四个字去形容他。但此时见他低头垂手、默默无语，怕冷似的缩着肩膀，显得十分孤零胆怯，玄烨不由得生出一丝怜悯，口气中就略带了一点鼓励，说：“苏大臣，你看呢？”

苏克萨哈像个病人，缓缓站起，躬腰垂头，声音又低又弱：“禀皇上，奴才是正白旗人，不便奏对。乞皇上见谅……”

他还能说什么？辅政之初，他就看到了自己的劣势，所以结了鳌拜这门亲以为援手。当初他讦告多尔衮谋逆，虽然因而受到顺治帝的宠信，获得了尊荣富贵，可是两白旗信服他的人并不多。忠于多尔衮的人恨他骂他，背叛多尔衮的人妒忌他。他花了很大气力，好不容易因皇上的暗助才在正白旗里站稳脚跟，渐渐有了自己的一帮人马，这些人也渐渐分布到内院六部等处。但和两黄旗相比，实力还是大大不如。

汤若望案起，苏克萨哈野心勃勃，要借此良机扩展一番；谁知闹了个打不着狐狸惹一身骚，反与鳌拜结了怨恨。他也曾努力弥合裂痕，可鳌拜已不念姻亲之情，拈出两旗换地这么个题目来踩咕他。鳌拜的性格和能力他太清楚了，知道他不踢开自己绝不罢休，所以先下手为强，借朝廷今年秋天以来的一股“汉气”，鼓起余勇跟对手较量。结果他败下阵来。因为鳌拜联合了索尼、遏必隆，苏、朱、王三人被逮问判罪，便是苏克萨哈的垮台，他哪里还能挣扎？惟一的出路，就是俯首乞怜，从此亦步亦趋地听他们摆布。

玄烨对苏克萨哈泛出青色的面容瞥了一眼，既可怜他又瞧不起他。如果此时他还敢奋起抗辩一番，或许还能赢得玄烨的尊敬。可他却是这么一副脓包样！……玄烨请四位辅臣入座，镇静地说道：

“苏纳海身为内国史院大学士兼户部尚书，朱昌祚王登联也是国家封疆大吏，不同平民小官，处置必须十分慎重，方得人心信服。索尼乃四朝老臣，一向忠谨，此事必能把握。卿傅等再仔细商议商议，务必既合朝廷法度，又体上天好生之德。去吧！”

四位辅臣叩拜后，出宫而去。他们心里明白，十三岁的小皇上无论怎样聪明天纵，无论怎样关心朝政、喜爱治国之道，终究不过十三岁！他用清亮的童音所表达的乃是太皇太后的意思。所以一路默默无语，各想各的心事。鳌拜又被皇上召回，大约是询问明日南苑射猎的事，不一会儿也回到体仁阁。四人自办手下的一摊事务。

苏克萨哈借一件题本为由，与索尼讲了几句闲话后，说：“索公，皇上的意思，还是要慎重为上。刑部所议，照准便可。你说呢？”

苏克萨哈刚刚走开，鳌拜又过来，沉声道：“索公，我已拟好旨意，请过目。”

索尼看了一遍，惊讶地耸起白茸茸的眉毛：“皇上刚才还说……”

鳌拜认真地说：“这是皇上后来的意思。”

索尼沉吟着：“皇上并未亲政，不过咨询而已。太皇太后……”

鳌拜浓眉一竖，气概飞扬，斩钉截铁地说：“这事至关紧要，已到了这个地步，有进无退！有人怪罪，鳌拜担当！”

索尼看看鳌拜，又盯着鳌拜拟就的圣旨，半天没有说话。

十二月二十一，午时方过，刑部北所那棵大榆树旁曾囚禁过汤若望的监房，牢门突然大开，一名刑部满郎中出现了，四名旗丁分列两旁。他脸上毫无表情，大喝道：

“圣旨下！”

身缠铁链的王登联撩袍双膝跪倒，静听宣读：

“苏纳海奉差拨地，种种奸巧，不愿迁移，迟延藐旨；朱昌祚王登联身为总督巡抚，各有专任职掌，拨地事不照所委料理，妄行具奏，又将奏疏与苏纳海看，且疏内不止言民间困苦，竟将旗下不愿迁移之处一并具题。情罪俱属重大。苏纳海、朱昌祚、王登联着即处绞，其家产免籍没。钦此！”

王登联跪在地上一动不动。满郎中收起圣旨，向前走了几步，对王登联一个跪安：“王大人，小官给你老道喜了！”他站起来，见犯人仍无反应，便对身后的旗丁一招手，旗丁手执白色帛带就上来了。

王登联突然猛地立起，大喝一声：“慢！”旗丁们被这震动屋宇的一吼吓得一愣，不由得后退了两步。

满郎中惊异不定，目露凶光地笑道：“王大人，你老可不要……”

王登联一挥手，仿佛挥着一把长剑，截住了满郎中的话音，他威严地命令：“解铁链！”

缩在牢门口的狱卒，在满郎中的示意下，连忙上前开锁，取掉了王登联身上所有的铁镣。

“笔墨伺候！”

众人被他的气势慑住了。狱卒恭恭敬敬地用木盘端着笔砚走到他跟前，竟不由自主地“扑通”一声双膝跪倒，把木盘高高举过头顶。

王登联一把抓住大笔，饱蘸浓墨，左手撩着胡须，向牢房阴暗的墙壁挥去，运笔飞快又非常有力。他动用的不只是胳膊和手腕，而是全身的每一根经络每一块筋肉的合力；洒向壁上的仿佛也不是浓墨，而是他的一腔热血！十六个龙飞凤舞的大字，闪烁着逼人的光芒：

为民请命，死非其罪！
为民请命，死得其所！

王登联把大笔一扔，仰天长长地呼出一口气，伸出右手，从眼角抹去几滴滚烫滚烫的泪，向长空挥手一弹，随后，像一尊石像一般，高贵地挺立着，平静地说道：

“来吧。”

…………

朱昌祚听完满郎中宣读的圣旨，顿时瘫在那里，四肢颤抖、脸色大变，片刻之间就泫然涕下，泪流满面。

满郎中照例一跪安：“朱大人，小官向你老道喜！”

朱昌祚呜咽着说：“我……知道了！……朝廷免我家产籍没……皇恩浩荡，朱昌祚……谢恩了！……”说到后来，他已泣不成声。

“朱大人还有什么嘱托？”满郎中问了一句。

朱昌祚站起身，狱卒把他身上的铁镣取走，他便在窗下踱着步子，不时用泪眼透过窗户看看外面阴沉沉的天色，语无伦次地说：“……我还有什么话好说呢？但愿儿孙们读书成器罢了……”

“朱大人，时候不早了！”满郎中催促。

“是，是！我知道！……”朱昌祚满面惊惶，容色惨白，望着四名旗丁手中的帛带，徘徊着、颤抖着。

满郎中不耐烦了，大声说：“朱大人，看你敢上疏请停圈换，人人以为你是条忠烈汉子，武死战，文死谏，最是气概！没承想你是这么个怕死的孬种！”

朱昌祚先是愣了一愣，跟着就泪如雨下，呜咽着说：“报应，这是报应啊！……三年前我为自救，陷乌程、归安两学官于死地；三年来，我日夜不安，有愧于心；而今日，果然追到我头上来了！……天道好还，天道好还哪！……”

满郎中见朱昌祚终不肯自行引绝，便对四名旗丁一点头，示意他们动手。四名健壮高大的旗丁大步上前，猛地抱住朱昌祚，朱昌祚惊叫一声，失去了知觉。他们将他胖大的身体放倒，一名旗丁从容地把帛带绕在朱昌祚的脖子上。

…………

苏纳海一见牢门大开，刑部满郎中和四名旗丁站在面前，立刻就明白是怎么回事了。满郎中展开圣旨要读，苏纳海大手一张，笑道：

“我知道了，你不必读。这是鳌拜他们的旨意，欺皇上年幼罢了！”

满郎中只得向前跪安道喜。

苏纳海说：“不用跟我来这个。我是朝廷大臣，旗下勇士，自有体度。拿酒来！”

苏纳海是满洲大臣，所以虽监禁也不上铁镣，允许家奴进狱服侍主人。听他一声唤，家仆连忙奉上酒坛酒杯和食盒，跪在一旁为他斟酒，那眼泪忍不住就滚落下来，小声说道："主子有什么话要吩咐的……奴才好禀告主母和小主子……"

苏纳海瞥了家仆一眼，生气地说："不许哭！旗下勇士战死疆场，虽死犹生，是家族的荣耀！告诉他们，就当我是战死的英灵！"说罢哈哈大笑，举杯痛饮。后来，他扔了杯子，端起酒坛，如长鲸吸川，一饮而尽。高举酒坛，往地下一摔，"哗啦"一声巨响，在寂静中震得人们悚然失色。

苏纳海捋着胡须，从容命家仆把垫褥铺在牢房正中，随后对着正北方向三跪九叩，高声说："皇上，奴才不能为皇上尽力了。奴才去见先皇帝，禀告一切。先皇帝绝饶不过这些乱他法度的奸贼！"

苏纳海起立，重新整理了辫发和胡须，之后，端端正正地躺下，盖好皮袍，拿一块衣襟蒙住自己头脸，淡淡地说："可以了，来吧。"

旗丁战战兢兢持着帛带走近苏纳海，苏纳海突然掀开衣襟，吓得旗丁惊叫，后退不迭。只见苏纳海指着帛带神气十足地说："我差一点儿忘记了。这帛带性软，不足以致我死。取弓弦来。"

弓弦取来了，那是十五石弓的弓弦，崭新的，又粗又硬，雪一样白，闪着刺目的光。旗丁使用它的时候，都不由自主地落泪了……

苏纳海、朱昌祚、王登联处绞的次日，辅臣又宣布追论原户部尚书英武尔代之罪。英武尔代是正白旗大臣，太宗皇帝之婿、顺治皇帝之姐夫、多罗额驸一等公，和苏纳海同族。因为最初拨地不公平就出于此人，所以谕旨中说："英武尔代若在，应行正法。因其已故，将官职尽行革去，家产地亩籍没。"

第三天，圈换土地的最后圣旨下来了：镶黄旗迁移壮丁四万零六百名，拨给蓟州遵化迁安三处原正白旗分内地、民地、开垦地、投充汉人地二十万三千垧。正白旗将迁移壮丁二万二千三百六十一名，拨给玉田丰润永平滦州乐亭开平等处民地、开垦地、多出地、投充汉人地十一万一千八百零五垧。自今日起，立即圈换。

圈地那一日，天寒地冻，北风凛冽，滴水成冰。小小的靠山村二十来户人家，男女老少上百口子，除了老病走不动的，都出来了，默默地站在村边、站在地头，在刺骨的寒风中抖瑟着，一声不响，满脸凄惶，眼巴巴地望着他们的田地。户部官员大呼小叫地指挥着人役，正在那儿往地下砸进一根根石桩和木桩的标志。沉重的铁锤、锐利的尖桩，扎进地里不会冒血吗？……是他们的心在冒血、在颤抖！

户部官员一进村就向百姓宣告朝廷圣旨：这一片地是前明废藩地，原在应圈之列。二十多年未圈，被村民无偿占用，虽然按年完纳田赋钱粮，可还欠着朝廷的地价银两。今圈归正白旗为旗地，地价银开恩免征。

真是霸道！夺了地还要充恩人！可谁敢吭声？——远处威风凛凛地站着一队全副戎装刀枪闪光的正白旗骑兵！

梦姑身子已不大方便了，还非要出来看不可。同春为她披上厚厚的斗篷，小心地扶着她，一同站在村口的大槐树下。北风卷地而来，扑上面庞，两双眼睛里蓄满晶莹的泪。梦姑凝望着田里奔来奔去的人影，小声说：

“同春哥，还记得咱们马兰村那回圈地吗？”

同春沉重地叹口气：“十多年了，又来了！”

“马兰村这次怕也剩不下，都圈了吧？”

同春愤愤然：“何止马兰村！永平府还能剩下几块民田！”

梦姑的眼睛像小孩子一样惊惧：“我们怎么办呢？眼看我就要……唉，费耀色讲的好皇上，在哪儿呢？”

同春小声安慰着梦姑，脸色却越发阴沉了。

地头一片喧闹，村民和户部差役卷成一团，越吵越凶。同春赶过去，见村民们围着求告说好话，因为两名差役扭住了本村一个小伙子，而小伙子正在跳脚大骂：

“我不知道什么鸟藩王！这块地是我爷爷传给我爹、我爹传给我、祖祖辈辈的民地！我还要靠它养活我老娘！说圈就圈，还让不让人活啦？……”

两个差役口口声声说小伙子打了他们，是造反，非要拿去见官不可，满嘴里吆喝着："反啦！反啦！"

小伙子是同春的东邻吴小六。他家兄弟姐妹八个，早年夭折加上战乱、疾病，如今只剩娘儿俩相依为命，每年苦苦挣扎，去了田赋钱粮，刚够母子度日。圈去了地，不就是要了他们的命？看着吴小六，同春如同看到十三年前的自己。那时也因为旗下圈地，还是少年人的他，也这么挺身而出地抗争，跟来圈地的公差动了手……真不料旧事又会重演！同春分开众人，近前拦住两名差役，含笑说：

"二位差爷行行好，放了他吧！"

差役瞪眼喝骂："你是什么东西！敢拦大爷的路！快滚开！"

同春仍然满脸赔笑，伸手在其中一个的肩膀上一拍："念他年纪小不懂事，差爷就高抬贵手吧！"

"哎哟哟哟哟！"被拍的差役突然尖声叫唤，肩膀斜着歪下去，"扑通"一下摔倒了。另一差役见状大惊，指着同春道："你，你，你是什么人？竟敢伤害公差、抗拒皇上！你，你有几个脑袋？"

同春笑道："列位都看到了，是他自己站脚不住，我何尝用力？"

人群中喊道："吃喝嫖赌，淘虚了身子，怪谁哩！"

差役拉起同伴，连连后退，威胁着说："你小子等着！你好好等着！"两人转身飞跑而去。

同春推一把吴小六："还不快走！你要有个好歹，你老娘靠谁去？"

吴小六恍然大悟，冲出人群，撒腿就跑。

众人小声议论着，渐渐散开，却被大队正白旗骑兵四下拦住，围在了正中。

八旗兵手挽强弓，钢刀出鞘，杀气腾腾，虎视眈眈；村民们挤成一团，面无人色，吓得直哆嗦，孩子们躲进大人怀里，刚哭出声，又被大人捂住嘴，唬回去了。

为首的旗下佐领瞪着圆眼，从铁叶红缨头盔下，冷森森地扫视着面前的百姓，突然喝道："谁敢抗拒皇上的圣旨？"

一片寂静，只有北风呼啸着，扬起阵阵黄沙。

佐领的马蹄颠了几个碎步，站定，又喝问："是谁大胆，敢伤害差人？”

两名差役拿出狗仗人势的威风，立刻扑向人群，把同春揪住。

初见这剑拔弩张的情势，同春也发了慌，知道自己闯下大祸，心里像揣个小兔，“突突”乱跳，紧张地寻思着如何脱身。可是危险一旦迫在眉睫，他反而迅速冷静下来，一横心，甩开差役，从容地大步走到佐领马前，恭敬地一拱手，问道：

“阁下必定是前来受地的正白旗的大人？”

同春气度轩昂、声音洪亮，佐领不由得暗暗赞赏，说：“不错，我是。”

“方才我不过无意拍拍这位差官的肩膀，他不知怎的脚下滑倒，便诬赖小人伤他。父老兄弟都是见证，也请验验他肩头有伤无伤。”

佐领回脸望那差役，差役一手护肩，表情尴尬，狼狈地后退了两步，不敢说话。同春刚才只向他显示一下力量，以便救助吴小六，并没有伤他。另一个差役跳起来，指着同春的鼻子嚷道：

“佐领大人，这小子把那个反叛放跑了！那个反叛不准我们圈地，还说了好些大逆不道的话！……”

佐领发亮的眼睛又盯住了同春。同春沉了脸，镇静地敌住佐领的目光，慢慢地说：

“谁的心不是肉长的？他家祖祖辈辈种着这块地，他就靠这点地养活他七十岁的老母亲，如今舍不得、说几句气话，也是人之常情……佐领大人和旗下满洲不也是从蓟州、遵化迁来的？对耕种居住二十多年的旧地，不也舍不得吗？……”

佐领把目光移开了。站在近处、听懂了同春的话的正白旗骑兵们，也都不由自主地放松了手中的武器。这是确确实实的。受着镶黄旗的逼迫、受着辅政大臣的压力，正白旗不但牺牲了他们的英雄苏纳海，而且不得不抛弃经营二十多年的家园，跑到这里来圈占民地！数九寒天，拖家带口，重起炉灶，重立家业，哪一家正白旗满洲没有一肚子怨恨！……

好一阵沉默之后，同春又说：“小民们并不敢抗拒皇上圣旨。我们即刻收拾，搬走就是。”

佐领呆呆地坐在马背上，一言不发。这显然是默许。同春和乡亲们转身慢慢地回村。挟弓持刀的正白旗骑兵也就顺势后退，渐渐开了合围口，让出一条路。

“站住！”佐领突然大喝，村民们一惊，立住脚；骑兵们也发了怔，又习惯地举起武器。佐领催马向村民走近几步，皱着眉头说：

“这一处田地房屋都已圈给旗下，限你等三日之内全都搬走！若愿投充，可来我这儿商谈。我们暂住山坡上的关王庙。”

总算有点天良，正白旗佐领没有立即驱逐村民。下午就有好几户人家往关王庙去了，他们实在不愿意十冬腊月逃亡他乡。但多数人却准备迁走。

次日晚，同春夫妇收拾好了，去向吕之悦一家告辞。吕家忙乱不堪，打包，装箱，人进人出，师母累得早早躺在床上歇息，吕之悦把同春两口儿让进他空空落落的书房。

“真抱歉，无茶无酒，只能干坐着了。”吕之悦苦笑着一摊手，请他俩坐在两张准备扔掉的方凳上，自己随意坐上一张条桌，伸手到背后捶腰。这两天又忙又累，心绪纷乱，吕之悦满脸皱纹，神情疲惫，又老了许多。

“先生，我们明天一早就要走了，来向你老人家告辞。”同春拱着手说。

“哦，明天就走？好，好，都走了才干净！我收拾好了也走！人口多麻烦也多，不知道明天能不能成行呢，唉！”他显然心烦意乱，随口说着溜到嘴边的话。当他的目光从梦姑身上滑过时，愣了一下，冷静了，认真地看看他们俩，说：“你们怎么能走？梦姑身子这么重了，又天寒地冻的，万一有个好歹，不是闹着玩儿的！”

“不，我一定要走！”梦姑少有这么坚决的口吻，“村子里人家，但凡有头脸略周正些的年轻闺女媳妇，都要走……”

吕之悦叹了口气。以往圈地圈房，常常把年轻妇女也圈进去，谁也不敢说什么。他急着要走的原因之一，就是莹川已经十二岁了。于是他轻声地说：“走吧，同春路上多照应吧！……你们到哪里去呢？”

同春说：“我们合计着，还要找这样的前明废藩地。听说山东境内不少。那里远离京畿，圈地圈不到的。”

吕之悦点点头：“也好，就是路途太远，你们路上一定要当心才好。雇了车吧？千万要少行多住，开春前能赶到就可以了。”

“先生，你呢？跟我们一起去山东好不好？”梦姑认真地提议。

吕之悦激动了，他站起来，在空落冷清的小书房里快步地走来走去，神情又痛苦又坚决，眉毛在额头上不住跳动。他猛地停住脚，眼睛里的光芒亮得叫人很不好受，哑声说：“我再不能这么下去了！不能再当隐士，耕读诗酒了此一生。我要去当官，要做事！”

小夫妻俩惊异地互相望望。先生大半辈子清高自诩，不屑为官做宦，如今须发灰白，怎么竟一改初衷？

吕之悦看看两人的表情，从怀里掏出一封信递给同春：“我负了一肩忠义之债，必得投袂而起了！”

同春展开信笺。信是直隶巡抚王登联的儿子写来的。同春知道，吕先生去保定上书，大受王登联的器重和优待；王登联处死，吕先生难过了好些日子。信里详细叙述了王登联就死的过程，并转述了王登联遗言中有关吕之悦的话：

“为防意外，有害吕先生，书房所藏吕先生所上之书要立即销毁。若能见到吕先生，代我致意：先生高才，一生隐处山林，销声匿迹，实在辜负了一腔热血、满腹经纶。愿先生记取登联一句赠言：不念朝廷念苍生！……”

同春望着吕之悦，十分感动，又不知说什么好，他毕竟对官场士子们的喜怒哀乐隔着一层。半天他才憋出一句较为得体的话：“先生，如今正是奸臣当道啊！”

“正因为如此，才激起志士仁人一番搏击之志！苍生何罪，遭此颠沛流离之苦？”吕之悦慷慨激昂，目光闪闪如电，花白的头发有些蓬乱，他一手攥着自己的胡须，仰天长叹，拖长声音，大呼着王登联临终写就的那十六个字：

“为民请命，死非其罪！为民请命，死得其所！”

同春和梦姑望着这位古怪的老人，心里既钦佩又觉得有些生疏。梦姑小心地问道：“那，先生要往哪里去呢？……”

吕之悦一愣，从悲壮慷慨的神游之中，蓦然落回到现实里来。他略作平静，说：“只有去京师，以书画或授徒为生，待入幕为宾和科举的时机了……”

莹川飞也似的跑进来，扑到梦姑怀里，搂着她哭着嚷道：“婶儿，你们为什么不跟我家一路去京师呢？我舍不得你走，我不要离开你！呜呜……”

梦姑眼圈也红了，抚摩着莹川的头发，喃喃地说：“婶儿不走，今儿个不走，现在不走……”

“可你明儿一大早就走啦！……”莹川越加伤心，索性放声大哭起来，“哇……啊，啊……再见不着婶儿啦！……”

梦姑抹着泪安慰说：“别哭了，快别哭了！……以后我们去京师看你，好不好？等你出嫁的时候，婶儿一定给你绣一套花袄花裙花鞋……”

这样的话，小女孩一听就害羞了，哭声也就低下去。

吕师母走来，递给梦姑一个大包袱，在她耳边低声说：“里面有小人儿衣服、帽子、兜布，还有包脐带的药膏、产妇常用的草药和下奶药，你都收好了……”

梦姑红了脸，埋头进师母怀中：“师母，你待我这么好……”

两人搂抱着一同掉泪，莹川凑过来，依着母亲和梦姑，哭声又高了。

同春连忙劝道：“都别哭了，身子要紧。时候不早，莹川也该歇着了。家里这么忙，莹川还不顶事干活儿呀？”

吕之悦点头叹道：“也真难为这孩子，顶半个大人用了。”

莹川泪汪汪地搂着梦姑，对吕之悦说：“爹，明儿早起我要给叔叔婶子送行，可别忘了叫我啊！”

“好，好，到时候准喊你，快去睡吧！”吕之悦连连应着。等莹川母女走后，他若有所思地对不停擦泪的梦姑看了很久，看得同春都奇怪了：

“先生，你这是……”

吕之悦转过脸来，同春又一次觉得仿佛有好几双别人的眼睛透过吕之悦的目光望着自己，里面既有内疚，又有歉疚；既有同情，又有忧虑……吕之悦终于低声说：“看见你们娘儿俩这么恋恋不舍的，我心里也不是滋味。前些日子我可真想过，把莹川给你们……”

同春忙道：“先生快别这么说，我们怎么敢当!”

吕之悦有口难言地连连摇头：“不是这个话，不是这个话！……上有天下有地，中间有良心哪！……我真是对人不起，可又没办法！……”

同春和梦姑越听越糊涂。吕之悦继续说：“你们为人忠厚有志，莹川就随了你们，我也没有什么不放心……后来梦姑有了身孕，我这点儿想头也才打消，你我两家都有了膝下儿女，也就没有什么遗憾了……”

同春笑道：“还是叫莹川拜梦姑做干妈吧，不就两全其美了吗?”

吕之悦沉吟片刻，说道：“我的意思呢，既然如此……”他犹豫着不好出口，但终于坚决地说了出来，“既然如此，从今以后，梦姑还是不要再见莹川为好。”

梦姑和同春全怔住了，以为他们听错了。

吕之悦疲倦地又添上一句：“这样对梦姑对莹川都好。”

同春陡然涨红了脸，立刻站起身要走，他觉得受了侮辱。梦姑扯扯他衣襟，送去责备和抚慰的温柔目光，同春领悟，咬住了嘴唇。梦姑也站起来，像懂事的晚辈一样，诚挚地说：“先生，时候不早，我们告辞了。先生一家待我们的恩情，容日后报答。先生的嘱咐，我们都记住了……”

吕之悦一时说不出话来，眼看着小夫妻俩向他跪拜告辞，他木呆呆的，嘴里含糊地应着，把他们送出了大门，直望到他们的背影消失在黑暗中，还愣愣地站在门口向寒夜呆望。星光颤抖，天地寂静无声，干冷的风一阵又一阵从小巷穿过，扑打着他的衣襟。广大的世界，渺小的人生！……他突然用冰凉的双手蒙住热烘烘的脸，痛苦地自言自语说：

“我！我算得上什么正人君子、饱学之士！我也是一样的卑鄙怯懦呀！……”

天还不亮，同春夫妻就离开了这小小的靠山村。同春雇了一辆骡车，把他的整个家都载上了——包括简单的家当和三口人：同春、梦姑和梦姑腹中的婴儿。

路上，夫妻俩还在谈论着吕先生昨晚那不近人情的态度和要求。同春一直为此生气，梦姑却在劝他：吕老先生久历沧桑，世故很深，既然说出这样不通情理的话，必定有他的难言之隐。谁没有自己不可告人的心事呢？又何必见怪这样一个好老人家？同春无可奈何地笑道："只有你，总用好心肠去猜度别人！……"

太阳出来以后，他们走上南去的大路。路上，男女老少，行人络绎不绝，一家家愁眉苦脸、啼饥号寒，都是永平府被圈去土地的百姓。有的往换到远处州县的新地去安家，有的到外省或京师去投亲靠友，也有的和同春他们一样，想另找落脚处谋生。牛、马、驴、骡、大车小车，这都是有根底的人家。更多的还是挑着行李、担着孩儿，牵着大的，背着小的，在冻得邦硬的大道上踽踽而行的贫民。长长的官道上，前不见头，后不见尾，像一列逃荒的流民队伍，慢慢向南移动……

七

"野猫[①]！"

"又一只野猫！"

"快放狗！"

"费耀色！放鹰！"

狩猎队伍里一片兴奋的喊叫。几只猎犬"汪汪"吠着，箭一般蹿出，追赶林间雪地上飞跑的两只灰兔。费耀色摘去鹰帽，大鹰拍击翅膀，"忽啦忽啦"冲上天空，朝野兔飞追而去，整个狩猎队伍也跟着策马追奔呼喊，声震远近。

红马的主人勒紧缰绳，马减了步速，终于停下来。

---

① 野猫：清代人避免称兔（为男妓别名），故而将兔子叫作野猫。

整个大队也随着停止。

骑红马的少年一身猎装，外裹风雪大氅，毛茸茸的貂帽围着一张稚气十足却又忧郁沉思的面容，他心不在焉地望望远处的野猫、猎犬和大鹰的追逐，无精打采地说："还是早点回南海子吧！"

"皇上，已经进了南海子。瞧那远处的晾鹰台！皇上不是想要射猎的吗？"

"唉，现在又不想了！……"

这正是玄烨和他的侍从们：头等侍卫索额图、佟国维，内大臣佟国纲以及费耀色等鹰犬处的侍候人。

天算案结案以后，玄烨心里始终不平。别的不说，那次日食观测是他亲眼所见。明明西洋算法最准确，明明大统历、回回历误差大，却硬要说对是错、说错是对，难道为治国的需要，这样颠倒是非也是必须的？

天算案最后竟落到荣亲王殡葬案上，杀了那么多人。究竟什么是洪范五行？小四弟的葬期葬地、日月山向又怎么犯了杀忌而带来父皇母后大行及一系列皇室的灾难？

最近出了两件事，使玄烨疑惑更多。

一件是，钦天监监正杨光先因其历法测算与气候屡屡不应，奏称要采用一种久失其传的候气之法，上疏要求准许他寻访延请博学有心计之人制器测候，而制器需"宜阳金门山之竹管、上党羊头山之秬黍、河内之葭莩"等物备用。礼部只得劳民伤财地派遣许多人不辞千里跋涉之苦，去采集这些稀罕物。

这不可笑吗？即使把西洋历销毁，即使有辅政大臣撑腰，大统历不准仍是不准！若说历法关系国运，那么，行这错误的大统历，难道就不危害国计民生？

另一件，汤若望去世的消息，终于传到宫中、传到玄烨耳边。对这个他只见过一面的可怜的外国老头儿，玄烨心里一片哀悯。他怎么也无法把这个白发苍苍的病老神父看作是施魔法害皇家的妖人！

于是，玄烨起意，亲眼看看荣亲王墓地。

但皇上平日是不能随意出大内的。只有南苑行猎，能得较多自由。他便借射猎之机，出南郊，奔驰了一整天，终于见到位于黄花山的他的小四弟的坟园。

小四弟死时还不到一岁，但因追封荣亲王，坟园建筑按亲王规格，十分壮丽宽阔。石牌坊及石人石马石象石狮都洁白如新，享殿、配殿的绿琉璃瓦顶在冬日中闪着耀眼的光。四周白雪覆盖的山川形势一目了然。玄烨因近年攻读，已知堪舆术的大略，他看到这里背山面川、风水绝佳，而荣亲王的坟，正处在上好的结穴之地，毫无犯杀忌之嫌！至于下葬日期，既然被斥为妖人妖法的汤若望西洋历法一直能准确地上应天象气候，而被尊为钦天监监正的大师杨光先的大统历却屡屡错误，那么，杨光先所称犯杀忌的葬日，还可信吗？

当然，这些他一句也不会对旁人说，只牢牢记存于心。

使他心情沉郁的，是荣亲王墓前的石碑。那是御制碑，他的父亲顺治皇帝亲撰亲题的“皇清和硕荣亲王圹志”：

> 制曰：和硕荣亲王，朕第一子也。生于顺治十四年十月初七日，卒于十五年正月二十四日，盖生数月云。爰稽典礼，追封和硕荣亲王，以八月二十七日，窆于黄花山，父子之恩、君臣之义备矣。
>
> 呜呼！朕乘乾御物，敕天之命，朝夕祗惧，思祖宗之付托，翼胤嗣之发祥。惟尔诞育，克应休祯，方思成立有期，讵意厥龄不永！
>
> 兴言鞠育，深轸朕怀，为尔卜其兆域，爰设殿宇周垣。窀穸之文，式从古制；追封之典，载协舆情。特述生殁之明，勒于贞珉，尔其求妥于是矣！

他在碑前默默地站了许久。

离开墓园回南苑的途中，他一直在沉思默想。

对那个粉雕玉琢般美丽可爱的小四弟的亲切追忆，已经退向远处，他满心里是与小四弟无关又有关的许多感慨和念头：

父皇称小四弟是“朕第一子”，那就是说早死的大阿哥牛钮以及在世的二阿哥福全、三阿哥玄烨，其实都不在父皇心上，都不被父皇承认！

父皇心里只有小四弟，因为父皇最爱小四弟的生母——死后追封为端敬皇后的董鄂妃。圹志上说得多明白：“惟尔诞育，克应休祯，方思成立有期，讵意厥龄不永！”小四弟若活下来，必定立为太子；那么，顺治十八年即位的就只能是小四弟这位“皇长子”，而绝无玄烨的份儿！

父皇大行之际，也没有传位于玄烨的意思。若不是汤若望的适时进言和皇祖母的全力主持，承继大统的新皇帝，也未必就是他！

对玄烨而言，汤若望的恩惠实实在在、有凭有据，而汤若望的罪恶是一片云烟，不见真迹。对于这位几乎受凌迟极刑，终于忧愤而死的老人，这位先帝的师傅、祖母的义父、自己的恩人，他不有愧吗？身为万岁天子，至高至尊，而几乎保不住恩人，那么，何高？何尊？……

一片喝彩声，把玄烨从沉思中唤醒。猎犬和大鹰各叼了一只野猫回来了。

大鹰放下猎物后，听着费耀色的轻轻呼哨，落在他臂上。费耀色喂它一块鲜羊肉算是奖赏。

玄烨伸手顺着大鹰的翎毛，辨认着：“这不是你为朕调驯的那只海东青。”

“不是的。”费耀色顺手给大鹰戴好鹰帽，交给旁边的小当差，从另一特制鹰架上替过来一头蓝灰色的青鹰，体形不大却神骏非凡，兀立在他肩头，铁铸的一般，“皇上请看，这就是前年皇上指要的那只小海东青！”

玄烨想要摘去鹰帽看看，费耀色说他调驯了一种新花样，要演示给皇上过目，先不能除帽。

玄烨顿时来了兴致：“索额图，着人驱赶猎物！”

号角响了！一队护从皇帝围猎的虎枪营兵排成长长的行列，从林间雪地拉网般蹚过，大声吼叫，敲打着锣鼓和应手武器家什，喧嚣一片。就要蹚出疏林之际，突然跳出一头毛茸茸的灰色大狐狸，惊惧失措地一头栽向空旷的雪原，飞窜逃走。

玄烨兴奋地大叫：“追！”

人喊马嘶，猎犬“汪汪”，旋风一般奔逐过去。

费耀色在马上喝一声：“起！”他肩上的海东青早已展翅飞起，同时另一只鹞子也急速起飞，从海东青翅边闪电般擦过，竟将海东青头上的绣花锦帽抓下。目障一除，海东青顿时满眼光明，舒展开宽达数尺的双翼，姿态极为潇洒雄健，有力地猛扇高飞，直追上去，很快就超过了所有的人马，飞到狐狸前头。

“好哇！”玄烨忍不住大叫喝彩！

“好海东青！”追猎的侍从们也一片喝彩声！

“皇上快看！”费耀色比所有从人更知情更急于显摆。

海东青突然两翅一剪，倏地落在狐狸身上！狐狸纵翻跳跃，终于躲不开大鹰专啄眼睛的利喙，海东青铁钩般的尖爪，一抓头，一抓胯，紧紧扣住，用铁翅狠狠一扑扇，狐狸哪里经得住，顿时昏迷。猎犬也已赶到，咬住了狐狸的咽喉。海东青似乎不屑于捡取猎物，又倏忽飞上高空，略作盘旋，仍回到费耀色的肩头。大队也随之停下了。

玄烨亲自给他的海东青喂鲜肉，以示特殊恩宠。他极其喜爱地打量着它高傲不群的英姿、它有如镶着金环的亮闪闪的年轻的眼睛，不住地赞叹：“着实非凡！是神品！竟有高士品格！……”

索额图从虎枪校手中接过狐狸呈送玄烨：“皇上请看，这毛色毛品也少见哩！”

确实，这是一只少见的银灰色狐狸，体格硕大强健，摸上去绵厚的底绒柔软稠密又纤细，外披一层长长的针毛，像银丝一样闪闪发光。得到这样的猎物谁不自豪！玄烨扬眉挺胸得意扬扬：

“朕要亲自奉献给皇祖母，给老祖宗做一对暖筒！”

“皇上仁孝，老佛爷一定欢喜！”索额图夸赞。

“皇上孝治天下，必得万民敬仰！”佟国纲称颂。

“我皇上文武全才……”

“我皇上聪明天纵……”

侍卫们纷纷凑趣，玄烨不觉拂去了心头的忧郁和伤感，恢复了常态，又带出一点十三岁男孩子的口气：

“想想看，刚才拉队赶兽，如果赶出来的不是狐狸，是大熊，是老虎！那该多有意思！”

“皇上，那可不是海东青、鹞子和猎狗能了账的事儿啦！咱们就得拉开架势，真的行围射猎啦！”索额图笑着说。

“可不！皇上要能亲开弓箭、亲燃火枪，射死虎熊，可就更有劲儿啦！”佟国维跟着也说。

“朕是想，若是鳌大臣在场，定能奋力搏虎击熊，必是惊天动地的一番争斗！咱们就看鳌拜大获全胜吧！那才叫好看呢！”

玄烨的话落了音，竟无人接茬儿。玄烨奇怪地看看众人，一个个都借着整理衣裳、清理缰绳避开皇上的目光。好半天，还是索额图回了一句：

“皇上说的是。”

玄烨心里犯疑。想到这一路众人仿佛都不约而同地瞒着什么事，莫非与鳌大臣有关？趁着行间歇马，玄烨借口看鹰，悄悄问费耀色：

“你告诉我，这些人有什么事瞒着不让我知道？”

“还不是换地圈地的事！都说镶黄旗仗势欺人！”

“镶黄旗？是说鳌拜遏必隆吧？可镶黄旗人口多，地委实不够种，难道让他们喝西北风？”

“不够种去开荒嘛，干吗平白地换人家白旗的地、圈人家平民百姓的田？圈地的事先皇早就禁过了，这会子又圈；朝廷说奖励开荒，人家开出了好地就给圈了去，以后朝廷的话谁还信？”

玄烨心里一“咯噔”，竟无话可说。

坐到侍从们生起烧水的火堆边，玄烨干脆直截了当地问：“舅舅，索额图，两旗换地的事儿，是不是动静挺大？”

沉默片刻，索额图先开口：“奴才身在正黄旗，不便多嘴，可也觉得不很妥当。”

“舅舅？”

佟国纲谨慎地挑选着字句：“奴才作壁上观，要说辅臣为政，这些年倒还都出于公心。惟有换地，不免行私之嫌。”

“舅舅是说遏必隆、鳌拜？”

佟国维比哥哥心直口快：“遏必隆算什么？没主意的人！”

“那就是说鳌拜？”玄烨身体前倾，眼睛瞪得好大，“不对！鳌拜忠直刚勇，最无私心！念念在于朝廷，总归是替国家着想！”

大家又都不作声了。

玄烨心里冒火，直想发作叫喊一通，又强压着，再问一句：“你们怎么一下子都不说话了呢？”

佟国维终于忍不住：“无论如何，一下子杀掉苏纳海、朱昌祚、王登联三位大臣，总有点儿欠妥吧！……”

“什么？”玄烨大惊，睫毛簌簌抖动，“果真杀了？”

“不是说，有皇上的特旨吗？”索额图轻声地似自语似问话。

“我原是……”玄烨说不下去了，脸色苍白，耳朵里“嗡嗡”乱响，完全蒙住了。

“嗖”的一声箭啸，众人惊起寻望间，“扑通”一声，一只带箭的雉鸡摔落在火堆旁边，雉鸡晃动着五颜六色的漂亮羽毛挣扎片刻，不动了。

远处一丛人马在雪地上奔驰，正向这边跑拢！谁这么大胆，竟敢来皇家御苑射猎！索额图等侍卫率着护军营立刻飞身上马，采取包抄队形，大叫着催马迎上去阻拦盘问。但，十面迎风飘展的销金龙凤旗和那柄耀眼的曲柄九凤黄伞，令他们惊慌地勒马止步了……

玄烨隐约感到又来了什么人，努力从恍惚中挣扎出来，把目光集注到面前，顿时噤住：这匹鬃散五花、耳披双竹的玉面凝霜骢的金鞍上，稳稳当当坐着一位中年人，竟敢头戴东珠顶子朱纬熏貂帽、身着绣团龙的得胜褂；竟敢脚蹬饰龙纹的黑皮靴、腰佩嵌珠玉的黄色箭袋；外面竟敢穿一件黑狐皮面明黄缎衬里的端罩！从头到脚，都是天子的服饰，都是只有玄烨才能穿戴的御用物！

是谁？面貌熟识极了，玄烨似乎生来就认得，熟识得竟一时想不出这一身骑射戎装的贵人是谁！

“皇帝，怎么了？”

一听这圆润、温厚、慈爱的声音，玄烨喉咙里热辣辣的，泪水猛然涌上来，直在眼眶里打转转，满心的委屈苦痛一下子找到了归依，大叫着扑过去：

“老祖宗！——”

太皇太后连忙下马，刚好迎着玄烨，用温暖的手握住了那双冰凉的小手，很注意地看看孙子汪着许多泪的眼睛，小声地只让玄烨听见：

“有话回去说，别在外头掉泪！”

玄烨咬住嘴唇，点点头，感受着祖母手心传来的绵绵不尽的温热，眼泪渐渐化开了。

“皇帝到哪里去了？昨晚没在南苑？”太皇太后问。

“老祖宗，我去看小四弟墓园了。昨晚宿在行宫。”

“哦。”太皇太后立刻明白了玄烨的心思，便撇开这个话题问，“这是我刚射的那只雉鸡吗？将将好落在火堆旁边，莫非自行烧熟供我等美餐？”

众人都笑了。

“老祖宗，我还从没看过你骑马射猎哩！刚才乍一见都认不出来啦！”玄烨摸着祖母的箭袋，笑着说。

“草原上长大的人，哪个不会骑射！祖母虽然上了岁数骨头硬了，还是忘不了哇！来，跟祖母赛上一场！”

孙子的小红马如一团赤霞，祖母的凝霜骢像一道月光，在南海子空旷辽阔的雪原上并辔飞驰，侍卫和护军营、銮仪卫的人马蜂拥在后，朝着南苑行宫那一片金碧辉煌的殿宇别馆奔去。

回到行宫，第一件事是盥洗。

梳洗完毕的太皇太后，出神地对着镜内面影。脸色红润，眉毛乌黑，眼睛明亮，由于容光焕发而显得年轻、显得动人。她深心里不知何处轻轻颤抖着，震荡出一波又一波的甜美和沉醉。是自怜自爱，还是自满自豪？不由得对“她”妩媚地一笑。“她”与三十多年前宠冠后宫的蒙古美人、太宗皇帝最喜爱的西宫小福晋布木布泰越发相像了。

镜子里进来一张细眉细眼高颧骨的圆胖脸，那是苏麻喇姑。

两人在镜内相视一笑。

太皇太后说："若是平日也有这样的气色，浓脂艳粉就可以免了。"

苏麻喇姑笑着从首饰箱里取出一副极细腻匀称、看去极珍贵的红珊瑚珠环，奉给太皇太后："现在戴了它可不正好？"

太皇太后一笑，接过珠环边戴边说："看来今后得多骑马，多来南苑驰骋，不然，老得更快了。"

"老佛爷不老。"苏麻喇姑仍望着镜中。

"是啊，眼下，我还不能老！"说着，她目光冷静地看定镜中的苏麻喇姑，两人笑容倏失，同时想起今早上的情景，想起引来这次大雪天南苑之行的那件事。

今天早上，苏麻喇姑亲手为太皇太后梳头。象牙梳从她头顶的乌发慢慢刮向脑后时，她舒服得合上了眼睛。随皇后同来请安的年龄最小的宜贵人郭罗络氏冒冒失失地"哎哟"一声，说："怎么翘出几根白头发呀？"

皇后慌忙回头瞪她一眼。她自知失言，惊慌地红了脸，赶紧垂头朝后缩。苏麻喇姑已拿出小镊子，准备拔去那透出黑发直直竖在脑门心的几根触目的白发。

"别拔它了。"太皇太后微微一抬手，轻声说，"往日一根一根地长，如今一丛一丛地生，拔不净啦！"她伤感地叹了口气，凝视着镜子，好半天一言不发。贵人们和苏麻喇姑也都不敢开口。

后来皇后说："老祖宗气色好，脸上都看不出皱纹。我们到了老祖宗的岁数，只怕难有老祖宗的容色。"

太皇太后摇摇头，伸手拿起水粉和胭脂，慢慢地扑脸，慢慢地说："老就是老，不想老也没办法。水粉胭脂也遮掩不过，还不如不施脂粉的好。……可咱们皇家的身份摆在这儿，吉服朝服必须金碧辉煌、必须色彩缤纷，这是国家制度管着的。穿着这么华贵艳丽的衣袍，你们年轻人容色丰润新鲜倒也相配，我们上岁数的若不靠脂粉装点，就得叫这些衣袍给打扮得越发干枯老朽了！……"

苏麻喇姑递上一副珊瑚珠环，太皇太后拿来放在手心细细观赏：极其温润细腻极其红，红得纯粹，红得透明，亮得耀眼。周围的人们看着它眼睛都直了。太皇太后轻轻抚摩着它赞叹不已："好一副珊瑚珠环！我算它至少值一千两银子！"

苏麻喇姑笑道："是，册子上写着价值一千一百两。"

太皇太后望着镜子，又摇摇头，笑容里有一点捉摸不住的凄凉："可惜我再不能戴它了！它太鲜亮，太明艳了，会把我这老太婆的脸形容得分外暗淡老惫……还是戴一副珍珠耳环为好。淡灰色的珠光对上岁数的人倒还合适些……"

苏麻喇姑和皇后贵人们静立两侧，有些不安，有些惶惑。她们从未听老佛爷发过这样的感慨。她真的老了吗？岁月真无情啊，天底下最尊贵、最有才干、几乎是无所不能的老佛爷，也逃不出它的管辖！

皇后贵人们已经出宫去了，太皇太后还沉浸在伤感中，无心说话。这时，慈宁宫总管匆匆赶来，进门就跪下，紧张地禀报说：

"老佛爷，苏纳海、朱昌祚、王登联被杀了！"

"什么？"太皇太后猛地一起身，首饰盒"哗啦"摔落地上，珠花、凤钗、耳环、戒指滚了一地，她回头看了苏麻喇姑一眼，苏麻喇姑也倒抽了一口凉气。

"老佛爷，"总管连忙接着禀告，"说是有皇上的特旨！"

"皇上特旨？"太皇太后皱起黑眉，慢慢坐下了，思索了片刻，问，"皇上去南苑几天了？"

"三天。"苏麻喇姑答道。

"好吧，"太皇太后仿佛下了决心，"传他们备马仪驾，我也去南苑。"

"老佛爷，刚下了大雪，天气太冷……"苏麻喇姑和总管有心劝阻。

"不怕！"太皇太后口气很坚决，停顿片刻后，她又看定苏麻喇姑，一字一句地说，"看这样子，我还不能老！"

同是这句话，今天到南苑的大雪地里放马驰骋之后，太皇太后又说一遍，更加有信心、有分量了。她似乎意犹未尽，又用不太流畅的汉话，慢慢吟了几句诗：

“老骥伏枥，志在千里。烈士暮年，壮心不已！”

苏麻喇姑虽通汉话，对诗却外行，只是因为太皇太后此刻忽然勃发的虎虎生气、一种优雅与强劲兼备的特殊风采，不由得呆呆地望着她，目光里满是敬慕。

“老祖宗！咱们吃饭啊，我肚子都咕咕叫啦！”玄烨边说边进门，已经盥洗完毕，干干净净、清清爽爽。

“好好！”太皇太后满脸堆起笑容，说，“传膳，传膳！”

晚膳后，祖孙俩在后殿西次间坐着说话，苏麻喇姑陪侍在侧，照应宫女太监们煎茶送水上点心。

两只银丝罩熏炉暖烘烘地喷溢着轻淡的百合香，奉上的热腾腾的茗茶飘着清香，桌上一碟碟精巧点心果子散发着甜香。由于在雪地奔驰多半日，五十三岁的祖母和十三岁的孙子脸上都泛出红润润的光彩。他们的话题也如这温馨宁静的气氛一样亲切而舒适：

“还记得你小时候往脚心儿里点痣的事吧？”祖母笑着问。

“记得，点的是北斗七星，红的！”孙子立刻回答。

“可不嘛，”苏麻喇姑笑着说，“偷我的胭脂去点的！”

祖孙俩都笑了。玄烨回忆着说：“那会儿父皇还抱了小四弟问我：‘父皇百年之后，如果小四弟即位当皇帝，你怎么办？’我还问呢：‘我有脚下七星啊，为什么不能做皇帝？’”

太皇太后只点头不说话，眼睛里弥漫着一片欣慰、一片哀伤。

苏麻喇姑笑道：“这就是命啊！终究三阿哥气数旺，生就的天子命嘛！”

“还记得你初登基，我大病方起，曾问你打算怎么当这皇帝？”太皇太后又问。

“记得的。那天除了皇祖母、苏麻喇姑，还有冰月妹妹也在……”玄烨嗓子眼儿里打了个磕绊，又接着说下去，“孙儿回说，惟愿天下平安，生民乐业，共享太平之福。”

太皇太后微笑着点点头：“确是仁心流露，此乃为君上之要啊……”

这毫无宫廷森严的亲切温暖气氛，令玄烨毫无顾忌，一口气就说到太皇太后想知道的要点上："老祖宗是说杀三大臣的事吧？我……"

太皇太后用安慰的口吻提出严重的问题："这事我也不明白。咱们祖孙俩原商议好照刑部所议，只问罪不杀头的，你不是宣召四位辅臣说明了吗？"

"是说了的。可是后来为出猎的事再召鳌拜……"

玄烨于是说起那天的事情经过：

召回鳌拜布置南苑行猎之后，鳌拜提到刑部议处太宽，不足以立朝廷之威。

玄烨心里存着回护三大臣的意思，对鳌拜也就直言无隐："你没看见王登联的奏疏吗？他说土地人民者，乃皇上之大宝，终究还是一片为国为君的忠心呀！"

"皇上毕竟年幼，被他们的漂亮话儿蒙骗了！为国为君是虚的，为私为己是实的！苏纳海属白旗，自然心中不满，那两个汉军旗的，也怕圈地减了他直隶的钱粮收入！都在那儿假公济私！"

"就是有私，问罪罚处也就是了，何必置于死地？"

"皇上还不明白？他们这是借着题目抗上！要是不给点厉害，日后朝廷的政令还下得去吗？各省各处学着行私抗上，还得了？咱这朝廷、皇上你的天下，可不就反了？乱了？"

玄烨觉得鳌拜说得也有道理，不禁点了点头。

鳌拜更加激昂了："打仗行军，不遵将令、乱说乱道、扰乱军心的，还杀无赦呢，何况朝廷大事！"

玄烨又犹豫道："杀，总是近于暴，有悖仁政……"

鳌拜连连摇头："皇上，咱满洲天下难道不是杀出来的？当年太祖太宗立国开疆，杀人如麻，血流成河，那是何等英雄、何等气概！不杀，能有今天？再说了，乱世用重典，不杀这三人，镇不住天下督抚！"

想到祖宗开国的伟业，玄烨一时豪气满怀，有点惭愧自己胸襟不大、魄力不雄。

"皇上看看那个汉献帝，当初杀大臣杀太监杀狠些，后来哪会三国鼎立？心慈手软成不了大事，当皇上，更不能学那些妇人之仁！”

玄烨不由得又点了点头。

“皇上年幼，更应借此立威，叫朝廷内外，天下百姓不敢小瞧！”

这句话，使玄烨大受鼓舞，顿觉热血沸腾，终于开口道：“好吧！就照你的意思拟旨就是。不过……”

鳌拜立刻接过话头：“皇上若是十分不愿，还有一个法子，招呼议政王大臣会议不准，也就是了。”

玄烨一想，既拟了死刑旨意为自己立了威，又有议政王大臣会议议个减等免死，两全其美，何乐而不为？便完全同意了。

鳌拜告辞时还非常恳切地劝谏道：“奴才虽不敢当皇上屡屡称赞，但此生确是勇字当头、一往无前！但凡有阻路的，管他是人是兽是神是鬼，决计斩杀清除，从不手软！愿我皇上日后为政治国也如太祖太宗！……”

玄烨向祖母讲完这段经过，又急急忙忙地解释说：“鳌拜实在是忠心耿耿，处处替朕着想！……三大臣赐死，想必是议政王大臣会议不听招呼，议决处死的！……”

屋内还是那么和暖，还是芳香流溢，但那种温馨亲切的气氛已从太皇太后心头消失了，她忧心忡忡地望着孙子，拿不准他这一番话有多少水分。玄烨也同一般的十三岁满洲男孩子一样，把出卖朋友看作是最卑鄙的行为。他从小敬重鳌拜，天算案玄烨那么气愤，也只把账都算在苏克萨哈头上，处处替鳌拜开脱，说鳌拜老实，受了苏克萨哈的蒙骗。今天他说这些，究竟是他真实的念头，还是为保护鳌拜编的谎话？或者有真有假、半真半假？……

参汤送上来了。太皇太后端碗喝了一口，又伸手捶捶腰和肩，笑道：“多年不练骑射了，真有点腰酸背痛呢！”

“孙儿从没见过老祖宗骑射，今儿个怎么想起来的？大冷的天儿……”

太皇太后望定玄烨，目光闪闪：“你猜猜，祖母为什么大冷天出来练骑射？”

玄烨一下怔住，不知如何回答。

太皇太后像看生病的孩子一样看着玄烨，温和、爱怜，又带着点儿忧郁，半天，才说："去歇着吧。得空儿想想看。"

玄烨疑疑惑惑，脚步迟疑地走了。

太皇太后把瓷盏里的参汤喝完，拿在手中，似在端详盏上精美的花纹，口里仿佛自言自语："不料此人竟僭越位次，专擅朝廷生杀大权！"

苏麻喇姑轻声说："不怪皇上看他不透。若不是索尼老遏必隆软，苏克萨哈弱下来，也显不出他呀。"

太皇太后放下瓷盏，仍是慢声慢气，仿佛还带着笑："大婚一年多了，辅臣竟无人提起归政的话头儿。满朝文武百官，也只出了个张维赤！这可不是什么好兆。咱娘儿们不能再打盹儿当老奶奶了。"

"打他们判汤玛法凌迟那会儿起，老佛爷不就看出苗子了吗？眼下这情景儿，看着要步步上紧啦！"

苏麻喇姑最明白女主人的心思。

辅臣们不顾皇家体面，不顾老佛爷的暗示，竟要凌迟处死汤若望，这颇出太皇太后的意料，顿使她警觉了。于是在去年八月，为不足十二周岁的小皇上举行了大婚礼，表示皇上成人，逼迫辅臣归政。

辅臣不仅没有归政的行动，就连口头表示都没有。天算案他们还最后奏请皇上和太皇太后定夺；这回换地圈地案，竟不顾太皇太后的反对，干脆矫旨杀却碍事的三大臣！大学士苏纳海春天里还膺获代皇上日坛祭日的殊荣呢，他们竟毫无顾忌！

看来，随着鳌拜手握的实权渐多渐重，辅臣的偏离也就渐远了。

鳌拜，这位功高权重的满洲第一勇士，最终会走到什么地步？……

"不急，"沉默片刻后，老佛爷又轻声地说，"连三阿哥都看他不透，更别说朝中文武、满洲八旗了。咱娘儿们也得再瞧瞧。还是那句老话，审时度势。总要等蕴毒尽发、疮脓出头哇！……要紧的是，怎么对三阿哥说明？"

太皇太后这时才对自己的贴身女侍看了一眼。苏麻喇姑望着女主人细长眼睛里透出的威严和沉思，立刻应道：

“老佛爷，让奴才去说。”

太皇太后想了想：“也好。明儿你陪他往昌平打猎跑马。多带些护卫人役！”

次日，天气更冷，云层时厚时薄，却始终不散，一整天都日色昏黄，照在人马身上，没有一点暖意。

玄烨失去了平日骑马飞奔时兴高采烈的常态，神情恍惚、若有所失，老是在想什么事情，提不起精神。苏麻喇姑担心地看看他：

“皇上身子不舒服？”

“没有。”

“嫌天儿冷风大？”

“没那个！”玄烨立刻否认，“再冷朕也不怕！”

“那，怎么发蔫呀？”

玄烨苦恼地说：“苏嬷嬷，我昨儿夜里做了个梦，醒过来心里就不痛快，老觉着别扭，可又记不得梦的是什么。老想，老想不出来。不知怎么回事儿，怪不自在！”

“能想出一点儿来吗？苏嬷嬷给你圆梦！记得吧，打你会说话起，就是苏嬷嬷给你圆梦呀！”

“是啊。我怎么就一点儿影儿也想不起来呢？……只影影绰绰记得红宝石，一块红宝石……红宝石又怎么的啦？”玄烨使劲敲敲自己的前额。

“成了，别费那脑筋啦。你快朝前看，看见那边那个庄子吗？”苏麻喇姑用鞭子指着大路前方，一个百十户人家的村镇。庄里房屋参差不齐，既有土坯茅草顶的贫屋，也有砖墙环绕的大宅院。

“这镇子有什么古怪？”玄烨看看和一路所见的村镇没有多大差别。

“记得我给你讲过的先皇帝微服出猎，遇上劈木柴老汉的故事吗？”

“记得记得！”玄烨来了兴致，“那老汉三个儿子因逃人法全给斩首，老汉的田地也给一个参领强占了去。我父皇替老汉去找参领讲理，参领不依，反要动手打我父皇，我父皇龙颜大怒，把参领一家处死，拿参领的房地财产都赏给老汉，还封他为一镇之尊！京师内外、天下百姓无不称颂我父皇是圣明天子！……哦，我明白啦，就是这个镇子吧？"

苏麻喇姑点头："对。知道那参领是谁吗？"

"是谁？"

"是你父皇后宫谨贵人的侄女婿！……"

"哦！那是我父皇大义灭亲！"

"记得领你父皇见这老汉的那个蛮子儒生吗？"

"记得。他是谁？"

"就是你的师傅熊赐履！"

"真的？"玄烨满脸兴奋，眼睛放光，跃跃欲试，"咱们这就进镇去瞧瞧，看那劈柴老汉还在不在？"

苏麻喇姑摇头："不用去了。参领一族早把房地财产收回了。那老汉若不死也早撵出去了……再说进镇歇马，要招来好些麻烦……"

"什么时候的事儿？"玄烨瞪眼问，旋又领悟，自语道，"我知道了，准是我父皇大行，那些人捏着他的罪己诏干的！"他狠狠甩了一鞭，小红马尥开四蹄飞跑。这一簇人马跑出好几里，把那个镇子远远扔在身后。玄烨忽又回头望着苏麻喇姑，继续着方才的思索：

"苏嬷嬷，你说，跟这次两旗换地圈地，是不是一回事儿？"

苏麻喇姑微微一笑："皇上你说呢？"

当苍黄的太阳已经偏西，这一队人马行进在昌平县通明陵的大道上时，苏麻喇姑又低声地向玄烨详细说起当年那个极其险恶，而今为存体面依然隐秘不发的故事——简亲王济度想要废掉先皇的一系列阴谋，以及老佛爷与先皇帝的一系列对策。桩桩件件惊心动魄，玄烨听得眼不敢眨、大气不敢出，一颗心在腔子里"怦怦"直跳。

苏麻喇姑娓娓道来，不时向玄烨指出与当年有关的地点：

"方才我们歇马吃午饭的沙河行宫，就是小太监李忠顶替皇上蹈险的地方。那天你和二阿哥都在。你父皇召皇家子弟较射，你三发三中，还赏穿黄马褂哩！……那会子你刚五岁，不记得了吧？"

“记得，清清楚楚！”玄烨很得意，这是他记忆中最光彩的一幕，他完全凭了自己的才干获得奖赏。不像后来，即便是震动天下的登基大典、节庆朝会，他只不过是被人捧着、送着，全不由己。

“咱们走的这条路上，当年銮驾护着御辇，浩浩荡荡。不知何时侍卫太监进上搁了毒药的茶点乌梅汤，不知何时代主乘辇的小太监李忠死在途中……

“就在这棱恩门前，迎驾诸王百官迎得个辇中死皇上，登时乱了营炸了窝儿似的，大哭大叫。济度立马站出来主持，说是一要为皇上发丧，二要拥立新君。偏这时候你父皇赶到了，将济度一伙解送回京……”

边走边忆边说，玄烨和护卫着他的这队人马，循着当年顺治皇帝祭奠明代最末一代皇帝的道路，一直走进了崇祯的墓园——思陵。

陵内松柏苍郁，道路规整洁净，棱恩门、棱恩殿、明楼等建筑的黄琉璃瓦顶闪着高贵富丽的光彩。满耳边只有风声、马蹄声、枪戈相撞的“叮当”响。苏麻喇姑不再说话，索额图、佟国纲兄弟一路上都默默地跟在身后一段距离，以表示回避。玄烨于是自然而然地落入沉思。

棱恩殿前，皇上下马。这时，他对苏麻喇姑说：

“苏嬷嬷，我明白了。前有多尔衮，后有济度，皆因身为亲王、功高权重，所以父皇大行，令大臣辅政而不用摄政王。对不对？”

苏麻喇姑点点头，半晌，又说：“功高权重，容易生异心，可就不止亲王了！”

玄烨一愣，眼珠骨碌骨碌转了几圈，无数念头飞一样从心头掠过。

皇上在棱恩殿拈了香、行了祭礼，苏麻喇姑陪他登上明楼，又绕着宝宫走了一圈。这回，由玄烨把崇祯皇帝一生勤政爱民的事迹和最后感叹着“君非亡国之君、臣是亡国之臣”而以身殉国的故事讲给苏麻喇姑听。

“苏嬷嬷，你看！”玄烨突然指着宝宫上的一棵树，没有一片树叶，却挂着几颗鲜红的果实，“那是什么？”

“哦，那恐怕就是你父皇亲手植下的那棵柿树，只待它柿熟自落，没人敢擅自摘取，经了秋霜冬雪，真像红宝珠一般！”

“苏嬷嬷，你说什么？”玄烨追问，竭力回想着。

“那年处置济度之后，你父皇便亲自大礼祭奠崇祯皇帝。他也登上明楼，他也绕宝宫周行。他当时心绪激荡，难以自持，就站在此处，你现在站的地方，拍着宝宫顶上的黄土，洒泪痛哭，大声喊道：‘大哥大哥！朕与你一样，皆是有君无臣啊！’……”

如雷轰顶，玄烨心灵受到极大的震动，“扑通”一下跪倒在地，大叫道：

“父皇！……”

他的眼泪猛地迸出，他的委屈、苦恼，因错杀三大臣而产生的自责、失败感和心底的惨痛，也随之一涌而出，奔流直下，无可抑止。然而，他没有像孩子那样放声大哭，只在静静地流泪，不时耸动着十三岁男孩的瘦小的肩头。

苏麻喇姑正要上前搀扶劝解，玄烨倏然立起，喊出声来：

“我记起来了！苏嬷嬷，我记起来了！”

“什么？皇上你说什么？”

“昨儿晚上我的那个梦！”

……玄烨骑着小红马，在雪原上飞奔，寒风扑面，非常痛快。玄烨在笑，小红马在欢快地嘶叫。

小红马突然惊慌地扬蹄人立，尖声怪叫，玄烨定睛一看，鳌拜手持大铁锤站在面前，严厉地竖眉瞪目，大声道：

“犯上大不敬，十恶不赦，绝不容它活命！”

小红马声声哀鸣，似乎知道自己厄运临头。

玄烨求情：“鳌大臣，饶它一回吧！”

鳌拜摇头不准。

玄烨再求情：“杀了它，朕没有坐骑了！”

鳌拜戳手一指，一长串名马络绎走来，一匹匹英姿矫健、意气雄豪，额头上缀着蓝、绿、紫、黄各色晶莹的宝石，耀得人眼花。

“皇上，奴才拿这些名马换回小红马！”

“不！朕不换！”

“那么，奴才用这些宝石换皇上那块红宝石，可成？”

玄烨诧异地看到，那一长串名马消失了，留下浮悬在空中的晶光四射、五颜六色的宝石。他惊骇不已，说：“朕没有红宝石换给你。”

“皇上不要哄奴才。请回头看。”

玄烨回头一看，心爱的小红马不见了，化作一块巨大的、血一般红、阳光般耀眼的红宝石！比鳌拜朝珠上的红宝石大百倍，比鳌拜所有的宝石珍贵千倍万倍！

鳌拜扑过来，猛然把红宝石攫到手中，他立刻升高长大，像一座山！他放声大笑，“轰隆隆”的像是打雷。

玄烨急了，仰脸大叫：“还我的宝石！夺朕的珍宝，你还算朋友，还算忠臣吗？”

鳌拜俯视玄烨，像在看一只小蚂蚁……

玄烨讲完自己的梦，心情激荡，跺着脚嚷起来：“原来是他！原来就是他！……是他欺朕年幼，擅权专横！想叫朕也落个‘有君无臣’？没门儿！……朕真不该听他的话，错杀了三大臣！……”玄烨捶着胸口，又落下眼泪。虽然痛苦不堪，却因终于说出了口，反而觉得痛快了许多。

“皇上不必这样自责。三大臣的事，不管皇上你对他说什么，他都一样要杀的！”

“朕一直……拿他当大忠臣，当心腹好友，敬重他、信赖他，处处都护着他……”玄烨说着，很觉伤心，哽哽咽咽地说不下去了。

“皇上快别这样。有件事奴才还不大明白，你刚才说起鳌拜朝珠上的红宝石，皇上见过？”

玄烨一愣，仰头想了想，恍然道：“是了。那日他为拟旨杀三大臣与我说道时，戴了一挂翡翠朝珠，垂在胸前正中的那个佛头是块桂圆大的红宝石。它比朕的帽顶服饰上的红宝石都大都好，闪出的红光亮得刺眼……”

苏麻喇姑又笑了：“皇上，奴才要说，皇上心里早就对他存了戒心，只是自己没领会罢了，皇上信不信呢？”

玄烨心里一忽悠，飞快地把往事一件件想过去，回溯着往前想：或许在去鳌拜府探病的时候；或者更早，在鳌拜树下救驾的时候。总之，在他显露出与众不同的、超人的武功胆气的时候，在小男孩儿敬佩爱重英雄勇士的同时，是不是已经暗暗发生了君王对难以驾驭的人才的担心和疑忌？……

玄烨一时说不清。无论是否，都无损于他天子的德行。说是，便表现他聪明天纵，有知人之明；说否，则是他存心仁厚诚挚，待臣下如心膂，不疑不忌。

眼下的紧迫情势，玄烨总算理清了。他叹息道：“朕这才懂了，老祖宗何以年逾半百又练骑射。强筋健骨，以备万一，以备不测之变。对吗？”

“是啊。此人勇武无双，又军功极高，为八旗所尊崇，不得不早做防备。”

“苏嬷嬷，苏纳海他们三人，朕本心是想升任重用的，至少也要保全。不料被他哄弄，反而送了他们的命！后果如此之惨痛，绝非朕所预料，我……唉！”

见玄烨再三提起此事，痛悔不已，苏麻喇姑心里赞叹小皇上毕竟心地仁厚，劝解道：“三大臣虽然死得冤枉，能唤得皇上醒悟，也值了。错事谁不做？错了改正就是。但皇上一身关系非轻，纵然错，也不可以随便认错；即使可以认错，也绝不可以示弱！”

玄烨跳起来：“苏嬷嬷，朕这就回宫去，找鳌拜算账！”

“不。老佛爷说了，皇上经一次挫败，当有一次长进。必须咬牙顶住挫败的后果，万不可鲁莽行事。”

玄烨的黑眼珠定定地看着苏麻喇姑，渐渐安静下来，慢慢转过脸去望着柿树上那红宝珠一样的果实，沉思片刻，终于，像成年人一般严肃地说：

“不错。照老祖宗的话说，审时度势。”

第五章

一

这真是迅雷不及掩耳的打击！辅臣竟有这样的胆识魄力，一天之中诛杀三员大臣——一名大学士、两名封疆大吏。所有的人目瞪口呆，整个朝廷震悚了。

刹那间，不利于辅臣的流言被阵风吹去，消失个干净。原本面有喜色，心怀希望，想着伸伸脖子吐吐气的汉官们，又屏住了声息低下了头。只除了两黄旗和辅臣门下，朝野上下一片沉默。

曾有私下传说，皇上并不同意处绞，是鳌拜假传圣旨，消灭异己。但这传说很快也烟消云散，因为皇家在三大臣被杀之后，对鳌拜表示了异乎寻常的恩宠。

鳌拜和他的家族，在康熙六年刚开始的那几个月份，喜庆重重，如同烈火烹油，鲜花着锦，从来没有这么兴旺发达、这么威焰逼人：

一月里，太皇太后许婚，以和硕恭悫公主下嫁鳌拜之侄纳尔杜；

二月里，鳌拜之女与敬谨郡王兰布完婚；

三月，春末夏初，温馨宜人，公主下嫁大典正式举行。

和硕恭悫公主，皇二女，是顺治皇帝亲生的六个女儿中惟一活到成年的一个，比皇二子福全小四个月，比当今皇上大三个月，是娇贵非常的长公主。纳尔杜，是鳌拜弟弟巴哈之子。但鳌拜一家并未分府，鳌拜乃一家之主。以长公主下嫁纳尔杜，实在是皇家对鳌拜的特殊恩宠。所赐公主府第，就在鳌宅左近，便于新婚夫妇早晚向长辈请安，与同辈来往，又表示了异乎寻常的亲厚。

婚礼正日子这一天，鳌拜府前车马轿辇水泄不通，几无插针之地。因为朝廷所有三品以上的官员，都接到了喜帖，请到府中宴饮。官员们不得不去，也不敢不去，还要带上与他们身份相称的礼品。于是，悬灯挂红、高结彩棚的鳌拜府里，正门是高冠彩服、顶翎辉煌的官员络绎不绝；侧门是礼车礼担流水般出进，那景象，真有大节庆日百官朝贺太和殿的味道了。

喜宴摆在正堂和正堂前搭了天棚的院子里。那一桌桌五颜六色、一吃二看三拿的极其丰盛的席面，都是皇家赏赐的。院子里两人一席，招待的是三品官和二品汉官；正堂里一人一席，请的是内院大学士和六部堂官，但占多数席位的，还是八旗都统副都统。鳌拜坐在主位，他的三个弟弟巴哈、卓布泰、穆里玛分在他的左右席陪客，鳌拜的儿子那摩佛，侄子塞本得、讷莫和刚刚成年的孙子达福、侄孙苏赫等也都在这里。

鳌拜穿着吉服，头上一顶白罗胎的凉帽，帽檐正中镶着一块晶莹夺目的红宝石。他坐的姿势很有气概：腿盘得周正，腰板挺得笔直，脸上的表情倒是难得的和气，就像雨后初霁的天空，不叫人感到威严和压力，使与宴的文武大臣们轻松了不少。

鳌拜闪动目光，把正堂里的这些大臣们看了一遭：朝廷里举足轻重的人物都在这里了。眼见文武济济荟萃一堂，而这是鳌拜家的正堂，使他心里有股说不清的振奋。他擎起酒杯，感慨地说道：

“我鳌拜到如今也五十四岁了，不敢自吹丰功伟绩，倒也不是庸驽之辈。我家三世受太祖太宗先皇厚恩，粉身碎骨也难报答！今日列位大驾光临，鳌拜感激不尽，说一句心里话吧：但愿各位与咱同心合力，全始全终，兢兢业业，治理国事。待幼主长成亲政，交还皇上一个强盛大清国，咱就告老还乡，不问政事，安安乐乐了此一生，岂不是好？照眼下这么龙争虎斗，处处结怨，日夜辛劳，吃不下睡不安的，苦日子着实过够啦！……”

人们从没听鳌拜说过这种话，一时都有些发蒙。

内弘文院大学士李蔚笑道：“三国时候曹孟德领八十三万大军南下赤壁，横槊赋诗，鳌公气概何其相类！只是曹公不过保了汉天子三分天下，鳌公却辅佐着一统江山。胸襟更为开阔，志向倒越加恬淡，真不愧是一代的雄杰啊！……”

吏部尚书杜立德也笑道：“鳌公如此急于还政皇上，下官倒有点疑惑——那御史张维赤请皇上亲政的奏章，莫不是鳌公授意的？……”

坐在主客位上的遏必隆笑道：“岂敢！言官何等厉害，谁敢去招惹他？”众人嗡嗡地起了一片笑声，笑声中，遏必隆自管继续往下说：“总是皇上冲龄，不肯亲政；而辅臣受命于先皇，总要全始全终。不然，辅臣早就谢政了。”

新任秘书院大学士班布尔善，是皇室宗亲，其父塔拜是努尔哈赤的第六子，他与顺治帝是堂兄弟。内秘书院大学士出缺，鳌拜力荐他补了上去，成为宗室中任内院大学士的第一人。他善辞令、有文采、敏捷多才，对鳌拜十分推崇，这时便立刻证实道：

“鳌公、遏公多次向太皇太后禀奏，请皇上亲政，太皇太后总是回说皇帝尚幼冲，如尔等俱谢政，天下事何能独理？缓一二年再奏。太皇太后老谋深算、明见万里，自然不好违拗的。”

阿思哈前些时调任兵部尚书兼正黄旗都统，这时也感慨万分地说：“天下之大、事务之繁杂，着实不易治理。这些年若不是赖有鳌公等辅臣鼎力务国，哪有如今天下太平丰昌景象？鳌公之功可比周公了！”

镶黄旗副都统图必泰已有三分酒意，拍着桌子大声道：“天下可以没有周公，绝不可以没有鳌公！”

正红旗都统噶褚哈也嚷道：“鳌公是天下英雄！八旗强盛离不开鳌公！”

正白旗副都统马尔赛擎着酒杯，直进到鳌拜席前，笑眯眯地颂赞道：“鳌公以一身系天下安危，当日天算案搅得恶浪滚滚，鳌公挺身而出，砥柱中流，终于转危为安。年前谣言四起，弄得人心纷乱，又赖鳌公使出回天手段，一举处置了罪大恶极的苏纳海之流，方才风平浪静，真所谓大清不可一日无鳌公！谁不赞鳌公是我大清一根擎天栋梁！……”

阿思哈等人的奉承不过使在座的有些汉官暗暗鄙夷嗤笑，而马尔赛的话就令正堂里的气氛迅速冷却和紧张了。年前的“谣言四起”，是在指斥那时盼望皇上亲政、结束辅政局面的一股潮流。在座的汉官多是加入了的，至少心里是同情它的。后来旗地被迫圈换、苏纳海遭冤杀，堪称正白旗的耻辱。而身为正白旗副都统的马尔赛，竟说出这样一番话！真叫人为他脸红！或者，他是语含双关，借以发泄不满？那可又太危险了！……

鳌拜却毫不见疑，举杯与马尔赛一碰，豪爽地一饮而尽，随后从大盆中叉起一大片滴着金黄色浓汁的香喷喷的烤牛肉，送进嘴里，用他坚强锐利的牙齿像磨着磨扇一般咬嚼着，发出的声音也似磨盘在转动。无意间，几片肉渣带着汤汁掉到他漂亮而又浓密的虬须上。

这时，谁也没想到会出现这么个场面：马尔赛一弯膝跪到鳌拜左侧，恭敬地弓下腰身，伸出右手，小心而仔细地拈去鳌拜胡须上的肉渣，临了又翻过簇新的月白缎子袖头，轻轻抹去那些亮晶晶的油汁点子。他那卑躬屈膝满脸讨好仿佛在干一件了不起的大事的样子，实在令人肉麻，许多人连忙调头去望着菜盘、酒杯、彩灯、屋顶。这位正白旗副都统的忠心嘴脸，叫人不敢多看一眼。

鳌拜起初也觉愕然，继而舒服地点了点头，看到别人的恭顺，总免不了心中得意。他想说一句含有谢意的褒奖的话，却一时想不出来。不料，席间有人却在这短短的沉静之后，放声大笑，长长的笑声无休无止。笑得马尔赛不由得红了红脸，站起身，回过头。他和众人的目光一同集注在那个笑得满脸通红的人的身上——兵部汉尚书龚鼎孳。

龚鼎孳终于触到鳌拜那双闪闪发光的眼睛，这才止了笑，端起酒杯，也豪爽地一饮而尽，露出几分他当年的名士风致。

鳌拜冷静地问：“龚尚书，什么事这样好笑？”

汉大臣们都不禁为龚鼎孳暗暗捏了把汗。

自顾媚去世以后，龚鼎孳仿佛塌了一根精神支柱，变得苍老而凄凉。他把全副精力都放在朝政部务上，早年饮酒醉歌、俳优角逐的习气不知不觉消失殆尽，成了一名严肃认真、不苟众议的大臣。今天是不是多喝了几杯酒、故态复萌了？也不看看这是什么场合，当着什么人！……

龚鼎孳一拱手，果真带了几分醉态，乜斜着笑眼说：“鳌公有所不知，鼎孳只因眼前风光与四百年前北宋故事巧合，前后辉映妙不可言，一时忍俊不禁，多有得罪，望乞见谅。”

鳌拜颇有兴趣：“是宋朝什么人的故事？”

龚鼎孳庄容答对：“宋朝一贤相，名寇准，正如鳌公。寇准属官有一丁谓，也如今日马尔赛都统对鳌公一般，毕恭毕敬、忠心耿耿，实属难能可贵！”

汉大臣哪一个不是饱读诗书、精通经史？龚鼎孳一提寇准，他们就知道他在借古讽今，借丁谓谄媚寇准为其揩须一事，与目前作比，着实绝妙，也都暗暗发笑。可是满大臣，包括鳌拜遏必隆在内，却对此一窍不通。鳌拜于是转脸问班布尔善：

“班中堂，你想必知道这位寇准？”

“是。龚尚书讲得不错，北宋仁宗年间，确有一位宰相叫寇准，是两宋知名的贤臣。至于丁谓嘛……”班布尔善看了马尔赛一眼，不再往下讲了。

鳌拜也不想深究。龚鼎孳以他比寇准，而寇准是北宋名相，这就足够了。正巧，打莽式的五彩缤纷的队伍在乐队的伴奏下，欢舞着来到筵前。他们戴着面具、身上挂着马头马尾的模型，动作矫健有力，乐曲粗犷热烈，宴会的欢庆气氛更浓了！一些半醉的满洲大臣，也挥舞着双手，踢腿摆腰、前弯后仰，嘴里喊着唱着，加入了打莽式的队伍……

太阳靠近西山，地面上的人影拉得长长的了，鳌拜府里的喜宴才散。鳌拜留下了几位最近切的大臣，请他们一同到后花园的流翠亭散心。

宫里和王爷府，大多有专供饮宴的流杯亭，亭中地面开有蜿蜒曲折的细细的水道，流水便可载着酒杯在水道中流走，使得亭中任何位置都能得到酒杯。鳌拜府无权建流杯亭，因为那将逾制，逾制则为大不敬，被指斥为有逆谋的大臣通常都有这条罪名。

那么这个流翠亭是什么呢？

班布尔善、阿思哈在穆里玛和那摩佛的陪同下，随着鳌拜登上了流翠亭，忍不住地拍手叫绝了。亭子四面环绕着一道翠绿色流水，水声泠泠，其中仿佛有细细的花纹。凑近看才能清楚，水原本无比清亮，但水底铺了绿色锦缎，锦缎织着本色花，衬得流水一泓青翠，别具风韵。

“真不枉叫作流翠亭！”班布尔善不住喝彩，“从哪里想来的！”

穆里玛笑道：“除了我家四嫂子，谁有这么灵巧的心思！”大家都知道，他指的是鳌拜最宠爱的四夫人。

阿思哈俯身水上，半天不起，啧啧连声，只是说不出话。

鳌拜很高兴众人的反应，又指着流水的来路让他们看：从花园池塘引向流翠亭的整整一条水渠都铺了绿锦，远望去，像一根长长的翡翠簪。

班布尔善心里暗想，往花园引活水，只除了皇上和亲王，都是逾制。这是不是逾制呢？他嘴上却直赞美。鳌拜反倒是望定班布尔善，认真地说：“这段流水，只在待客的时候才放，也不是从园外引进来的。班中堂，你看这是不是合适，是不是逾制？”

班布尔善连忙笑道：“鳌公说哪里话！”

阿思哈道：“莫说并未逾制，就是逾一点儿，又有什么要紧？鳌公丰功伟绩，于大清可算再造之勋劳，便封个异姓王也不为过！”

班布尔善想一想，说：“倒也是。看太皇太后对鳌公的恩信，未必没有这一天！鳌公的功绩，难道还比不上吴三桂、孔有德！”

穆里玛在旁边双手一叉腰，大大咧咧地说：“没错儿！这回两旗换地，要不是我大哥拿得准、下得狠，索尼就又软啦，什么事也办不成！……你们日后在太皇太后和皇上面前多说几句，让我们瓜尔佳氏也出个把王爷！”他因年前平定湖广的李来亨、郝摇旗，立了大功，正在飞扬的兴头上，说话口气很大。

鳌拜皱着眉头瞅了穆里玛一眼，穆里玛的神色才收敛了一些。

“不扯闲话了，还是讲咱们的正事吧！”鳌拜此言一出，班布尔善和阿思哈都赶忙用眼睛盯住了他。

“用人的事，我早就说过，吏、兵、户、工这四部堂官，非得可靠又能办事不可！可靠又是最最要紧！这回两旗换地，咱可得着教训了。换地的事，原本去年一开春就要办的，就因为苏纳海占着户部尚书，跟咱们作梗，直拖到去年底才算完结！”

阿思哈说：“可不嘛，要不是下决心干掉他，还不定办成办不成呢！全仗鳌公……”

鳌拜看他一眼，他连忙缩住口，静听。

“所以，咱们得时时防备着。这四部中，凡作梗、扎手的都不能留！礼、刑两部无关大局，不妨松活些……这样吧，阿思哈，你仍回吏部掌印，你留的兵部尚书缺就给了噶褚哈吧！”

阿思哈喜形于色，立刻向鳌拜跪安道：“多谢恩赏！”

自康熙元年起，阿思哈一直是吏部掌印满尚书，渐渐成了忠心耿耿的“鳌党”。去年迫于形势的压力和朝野的不满，他不得不离开这班列六部之首的“天官”、“冢宰”的崇高位置，调换到兵部去当尚书。兵部哪有吏部的威风！想想看，吏部职掌全国文职官吏的任免，天下十三省的督、抚、藩、臬、道、府、州、县，都在掌中啊！今天，形势变了，他又回来了！

鳌拜又说：“图必泰这个人倒是忠心耿耿，可以重用。可惜脾气太暴躁，撑不起大场面……这样吧，让他补吏部右侍郎缺，阿思哈也多一个帮手。”

班布尔善笑道：“鳌公想得真周到。还有工部尚书和礼部尚书缺，补给谁合适？”

“礼部就给正红旗副都统觉罗外库，他是红带子，和你们也都投缘儿。工部尚书缺嘛……”鳌拜沉吟着，没有往下说。

阿思哈道：“让马尔赛补了吧！”

班布尔善多少有点诧异：“马尔赛？正白旗的，可靠吗？”

鳌拜瞥了班布尔善一眼：“就因为他是正白旗副都统，重用他才更有意思！不过马尔赛想要的是户部尚书缺，这户部尚书……”鳌拜又把下一句话咽下去了。要满足马尔赛的愿望，他还得花些力气，不大顺畅。

阿思哈小声对班布尔善说：“你还不知道吧，马尔赛早就过来了。他跟苏纳海不对劲。去年苏纳海犯案定罪，好些个内情都是他手下的人探来的……”

班布尔善这才恍然大悟，既佩服鳌拜广罗人才的魄力，又称赞马尔赛识时务的眼光。不过，马尔赛与鳌拜更深一层的关系他就不知道了。而阿思哈知道，因为阿思哈是他们的搭桥人。

原来，马尔赛有个美貌的堂妹，生性豪爽，三年前死了丈夫，寄居在马尔赛家中。马尔赛要她再嫁，她一口咬定要嫁就嫁给当世英雄。马尔赛问这当世英雄是谁？她红着脸半天不言声，最后竟脱口而出地说出了鳌拜的大名！马尔赛又惊又喜。喜的是堂妹将给他搭上一座通向荣华富贵的红粉桥；惊的是鳌拜年过半百，家中又有个尽人皆知的母老虎四夫人。他有言在先地告诉堂妹：那位四夫人极美极悍，因妒忌笞死婢妾乳母无数，以至从她以后鳌拜不曾正式纳妾，堂妹难道不怕自寻死路？堂妹竟说她都不在意，只愿终身守在鳌拜身旁。

阿思哈得知此情，极力怂恿，并自告奋勇地去向鳌拜提亲。鳌拜尽管听的时候毫无表情，还说了几句年貌不相匹配的谦逊话，可是久与鳌拜相处的阿思哈看得出他心里其实很高兴、很得意，对这个女人的出人意料的心愿，很觉得好奇和兴趣。所以阿思哈当下就请鳌拜应下亲事，心里不禁暗暗说：自古英雄皆好色，鳌公也难逃此例！

但是，阿思哈知道的内情也并不透彻。比如，今天的宴席上，马尔赛借着打莽式的热闹当口，又凑到鳌拜身边，低声说：

“恩公，定个日子吧，我好把舍妹送进府来。”

鳌拜想了想，说：“如今这两件大喜事都已办过去，你明后天送来好了。不要过于张扬，免得别人议论。——令妹叫什么名字？也好称呼。”

“她叫玛尔赛。”

“怎么跟你同名？”

马尔赛“嘿嘿”一笑，满脸笑纹皱成一堆，小声嗫嚅着说：“我……我想，这，这不就能使小的贱名……常达于恩公听闻了吗？”

鳌拜心头一动，不禁对这忠心无限的马尔赛既感激又怜悯，停了好一会儿，才说：“日后，你我就是亲戚了，不要这般讲话了……近日京察①，出缺不少，你有没有意思补一个好缺？”

“承恩公厚爱，马尔赛不过旗下一副都统，怎敢痴心妄想部院大臣的高位？”

“不要紧，尽管讲！”

“若恩公不嫌马尔赛驽劣，马尔赛愿往户部补苏纳海之缺，为恩公效力。”

鳌拜当时捻着胡须点点头说：“你去吧，等候吏部委任。”

鳌拜答应了马尔赛，自然要说到做到。可是户部尚书一缺，在苏纳海处绞之后，小皇上提点马希纳补上了。马希纳既是皇上亲点，上任才三个月，鳌拜自然不好就动他。但马希纳自视甚高，不大听鳌拜的招呼，却对汉尚书王宏祚言听计从，倒是鳌拜的心病。户部急需要有可靠的人在那里盯着！但是这马尔赛……

鳌拜终于对班布尔善和阿思哈说：“马尔赛先补工部尚书缺。其他的侍郎缺，你们商量着办，拟好了回我。”

班布尔善说：“已经商量妥了。”他又流利地把议定补缺的人选说了一遍，每个都简要介绍一番，自然都是忠心可靠的人。他的记性、辞令和才干真令人羡慕，说得鳌拜、阿思哈和穆里玛都连连点头。班布尔善最后道：“还有一事，京察、补缺这几项，索大臣会不会……”

鳌拜目光一闪，想了想，说：“不足为虑。我来办吧。”

两天以后，鳌拜府里又办了个不大不小的喜事：一家之主的鳌拜，收纳五夫人。

既不像正式娶亲那么大张旗鼓排场豪华，又不像收房那样简便。办了几十桌喜筵，请了些相知的亲朋好友，吃酒看戏，也着实热闹了一天。可是，连鳌拜自己也没想到，他这位久历沧桑、功高爵显的名将，朝廷里大权在握的辅政大臣，在喜宴将散未散、太阳将落未落之际，心中竟也躁动不安，像三十多年前初婚时一样，急于见到他的新

① 京察：指对京官每三年按一定标准进行一次考核，分别加以奖惩。

娘子了！

这实在是因为这位五夫人太与众不同了。

她要嫁当世英雄，她指认鳌拜是她的意中人，不顾一切地要嫁给他！为了什么？权势？荣华富贵？谁也说不清。但鳌拜坚硬的心却被这古怪的女子打动了。他急于看到这个置一切于不顾而倾慕他的人！鳌拜一生受过多少人的赞美、崇拜和倾慕，他早已无动于衷。可是来自一个年轻貌美女人的痴情，任何男人都不会怒目相向。因为，说到底，即使是一颗如冰如石的心，它的最深处，也还是渴望着温暖、渴望着真实的情爱……所以，鳌拜随着两名手提红灯的侍女，一步步走近他的新房——花园一侧连着游廊的小楼时，心口竟“突突”地跳起来。想当年，即便是力量悬殊的恶战之前，他可从来都是冷静如铁、手指都不抖的。

上了楼，丫鬟撩开新房的珠帘，喜娘战战兢兢地上前向鳌拜跪安道喜，不敢多说一句话，就跟丫鬟们一起下楼去了。

红纱灯，红喜烛，一片红光笼罩着床帐。她坐在床边，头上的红盖头和新房内喜气洋洋的红光互相衬映，越发火热火红了。身上肥大的红缎衫子也掩不住她青春苗条的体态：细细的腰，柔美的小削肩，丰满的胸……

鳌拜忽觉疑惑了：这是一个很年轻的女子，她怎么会有那些想头？也许是她堂兄在说假话以邀宠。那么他将遇到以往常常遇上的惊慌而恐惧的眼睛、紧缩的发抖身体、无穷无尽的令人讨厌的眼泪，甚至还有刺得人耳鼓生痛的尖叫！……想到这里，鳌拜顿时少了兴头，上楼时的神秘感刹那间失去了光彩，心里那快意的颤栗也消失了。他觉得索然无味，随随便便走上前，顺手揭开了她的红盖头。

玛尔赛，慢慢抬起头，慢慢立起身。鳌拜不由得倒退了几步，吃惊地瞪大了眼睛：这娇艳异常、风姿绰约的女子，实在美得叫人惊奇，叫人迷惑。她不是那种姑娘家纯洁的花朵般的美，也不像一般新娘子那样被包围在一团羞怯和恐惧中，这是一个青春焕发的少妇，二十多岁，肌肤如玉，柔美的颈子轻昂着，高高的胸脯起伏着，红润丰满的嘴唇翕动着，燃烧着热望，满含泪光的俊俏眼睛里既有似水的柔情，又有倾慕的狂喜，大胆地注视着他、竭力捕捉他的目光。鳌拜这个杀人不眨眼的英雄，竟像被雷击一般，呆呆地站在那儿，不知所措了。

玛尔赛慢慢走到他面前，猛然屈膝跪倒，挺着腰搂住了他的双腿，仰头望定他，无限宽慰、无限欢喜地说：“巴图鲁，巴图鲁！真是苍天有眼，到底听到了我的祷告，到底把我带到了你的身边。我就是死了，也心满意足、心甘情愿了！……”说着，她把桃花般娇润的面颊紧紧贴在鳌拜的袍子上，笑着，眼泪却滚落下来。

鳌拜说不清心里是什么滋味，连忙把她扶起来，让她重新坐回床边，自己在床前的椅子上坐定，迷惑不解地问：“玛尔赛，你说的什么？我从来没有见过你呀！”

玛尔赛流转的目光在鳌拜脸上盘旋爱抚，除了幼时感受过母亲的类似注视，他再没有经过同样的温暖，一阵震颤从胸间涌过，他极力抑住它。

“巴图鲁，你真不认识我了？”见鳌拜凝神注视、竭力回忆后仍是摇头，她颇有些伤心地笑笑，“是了，你这样的人，胸中大山大海，不会记得芥籽儿一般的玛尔赛……”

“玛尔赛……”

玛尔赛眼睛里出现梦幻般的神色：“还在我头上梳冲天小辫儿的时候，我就知道你！你能征惯战、威武无敌，是我们的巴图鲁，我们满洲的英雄！从五六岁到懂事，爹妈拿我当儿子养，你也就是我心上最崇敬的人！后来我对天发誓，一定要嫁给你，哪怕只跟你过一天呢，也不枉活了这一世！……可惜我生得太晚，到我出嫁的年份，你的儿子侄子都当官领兵了。我们毕竟是世家，父母哪肯让我做偏房，我只好嫁给了别人。我哭、我喊、我向老天求告，全都没有用……偏偏在我出嫁三月回娘家的途中，又遇上了你！”

“哦？什么时候？”

“四年前，正月十八，立春以后下大雪。”

“四年前？什么地方？”

“鼓楼东街。我的马车被孔公主的马车撞着，一起陷进泥潭，不得动弹。正遇你上朝，竟亲自下马，运神力，把我们拔救出来！”

“原来是你！……那会子，你还是个塔拉温珠子啊！”

“塔拉温珠子也要长大的呀！……孔公主不讲理，反倒动手打我，又是你上前替我说话，解了围……”

鳌拜全记起来了。明史案的揭发人吴之荣，就是在这个节骨眼儿出现的，朝廷得以借题发挥，把南蛮子的气焰狠狠打了下去。玛尔赛的在场，莫非也是天意？

“那日回到娘家，我整整哭了一夜，恨老天爷不长眼，晚生我二十年，又让我嫁给我不愿嫁的人！从此心里再也撇你不开……”

“你那丈夫，是……”

“婚后不到半年，他就在湖广战死，我爹娘也在我守寡的三年里先后去世。我一个孀妇，要嫁人就用不着管什么偏房不偏房了！真是绝路逢生啊，老天爷的好心，让我如愿以偿，让我今天见到你、嫁给你，啊！我真是好运哪！……”她小巧的鼻翼翕动着，一阵阵的红潮，使她的面目格外明艳动人。

沉醉使鳌拜觉得心的一角在悄悄地、甜甜地融化。大约是习惯在作祟，他伸出大手，托住了玛尔赛的下颌。往常只需稍稍一用力，新娘就会惊慌失措。而此时，他只轻轻地抚摩着那柔嫩下巴上的小酒窝，说出了一句从来不曾对任何女人说的话：

“你正在妙龄，我可已经年过半百，老了！……”

玛尔赛瞪着泪光闪闪的大眼睛，一眨不眨地凝视着他，如火的目光中，充满了崇敬的狂热、爱恋的渴求和一种无法表述的怜悯。鳌拜一生不曾受过这样的注视，他几乎经受不住了。玛尔赛却闪电般扑过来，鳌拜还没有清醒，她已经紧紧搂住了他的脖子，热情地喊出来：

“不！不！不许你这样说！你永远是我心中的巴图鲁！你就是我的天神！我疼你！我爱你！只要我有一口气，就绝不离开你！……”

鳌拜完全惊呆了，迷醉了。如雨似的喁喁情话，随着一阵阵喷向面颊的热气，在他耳边缠绵地诉说：“哦，你不知道我有多爱你！……爱你这巴图鲁的天神般的身材，爱你的雄鹰一般明亮的眼睛，爱你宽广的前额，爱你的浓眉、你的卷曲的黑胡须！……你为什么不抱着我？抱紧些呀！紧紧的！我的巴图鲁啊！……”玛尔赛哭着、笑着，激动得浑身都在颤抖。

鳌拜眼里，女人从来是战利品，连结发妻子在内。因为她也是被征服的一个部落长的女儿。他经历过的女人，也从来都是奴隶，在他面前或是低头哭泣，或是仰面献媚，她们是他的财产，他可以为所欲为。可是这个玛尔赛，在他心里激起一缕前所未有的柔情，以至于他不能奴视她，不忍粗暴地对她，更舍不得摔她打她咬她。是因为他的铁石心肠被感动了，还是在崇拜自己的人面前必须表现得更崇高呢？

他做了一件对女人从来没有做过的事情：小心翼翼地搂住玛尔赛，仿佛她是一朵容易碰坏的娇弱的花，用右手轻托住她美丽的头，对她那像两汪清潭一般的眼睛凝视片刻，俯下去，在她火热的红唇上印了一个庄重的、长长的吻……

第二天一早，天蒙蒙亮，鳌拜照旧上朝办事。临走吩咐玛尔赛，不要下楼，也不要去拜见其他夫人，待三天后，他将安排她去叩拜祠堂祖宗，与全家人会见。——这可不合纳妾的礼数了，只有正娶才有三朝拜祖宗的规矩。一向以“法祖”为立身之本的鳌拜，竟会做出这样糊涂的事吗？

新婚第三天，鳌拜上朝以后，玛尔赛又睡了一个时辰才起身。用了些茶点，便当窗理云鬓，由婢女们服侍她梳妆。玛尔赛心神宁帖、容态娇慵，弯弯的红唇透露出心满意足的笑，微微眯着的眼睛满含着沉醉，她得到了曾是遥远如梦的幸福。她不顾一切、不怕一切而终于获得的，比她想象中的更甜美。对着镜子里如花似玉的容貌，她的思绪又飞向更远的地方：她要为她心爱的巴图鲁生许多儿子，一个个都是俊美无比、强健无敌的英雄！……

“什么时辰了？日头都上树梢啦！还赖着不起床！”一声吆喝从楼下传过来，尖锐又刺耳。为玛尔赛梳洗的婢女们立时变了颜色，惊恐地互相推诿，谁也不敢出去应声。玛尔赛心里明白了一半，小声问道：“可是四夫人？”

婢女们连连点头，神色像被追捕的小兔子一样可怜。楼下的骂声却一句接一句地泼上来：

“国有国法，家有家规，哪里来的这么个不懂规矩的东西！还不给我滚起来！连上下尊卑的礼数都不知道，难道是野人家的野种？”

玛尔赛咬住嘴唇，不动也不吭声，只低头听着，密密的睫毛在颤抖。婢女们提心吊胆地互相望着，手足无措。一名婢女大着胆子小声跪禀道：

“赛姑娘，请你避一避吧。四夫人厉害得紧，有五位新娘都死在她手里……都是趁着主子上朝，拖出去笞死了事……”

玛尔赛朝四面一望：“避？避到哪儿去？除非跳楼！”

楼梯响了，骂声近了，婢女们慌作一团，玛尔赛仍然一动不动地坐着，眼睛瞪得大大的，盯着那个女魔随时可能出现的楼梯口。

“你这不要脸的浪货，狐狸精！你以为缠住了男人，就敢不把老娘放在眼里？哼，别做你娘的黄粱美梦！老娘在这儿等着你呢！叫你这骚货悔不该进府！……”四夫人嘴里不停地骂着，“噔噔噔”地上了楼。一眼看到高卷的珠帘后面，安坐在那儿的玛尔赛竟是那么艳丽，那么光彩夺目，顿时怒火中烧，凶神恶煞般直扑过去，还对楼下带来的仆妇们大吼着：“都给我上！”

说时迟，那时快，玛尔赛动作迅如闪电，跳到楼梯口看准了抬脚一踢，四夫人一声惊呼，竟倒撞着“咕咕咚咚”滚了下去，摔在楼梯脚下。玛尔赛跟着“噔噔噔”跑下楼来，一屁股坐在四夫人身上，挥拳就打，边打边骂：“你这个泼妇妒妇悍妇，早就听说你干的那些好事！别人怕你，我不怕！我敢嫁到这里来，就敢跟你比试！姑奶奶怕了你，不算满洲格格！敢骂我野种骚货？你才是无知无识的野种！不要脸的骚货！”拳头如雨点，直往四夫人身上砸。四夫人动弹不得，还不肯服软，尖声诅咒着：

“好奴才！好浪货！反了反了！”

“好个煮烂的鸭子——嘴倒硬！敢骂你姑奶奶！”玛尔赛一手揪住四夫人的头发，一手戳着她的额头，义正词严地说，“你听着！我今年才二十二岁，又是满洲世家，家中厚富，用不着仰仗别人。只因为敬仰他是我们满洲的英雄，这才千方百计一心嫁他！可是你这泼悍妇，害得他连个亲生儿子都没有，几乎要绝后了！我今儿个就打死你，我替你偿命，着他另娶，好生儿育女！也为那些死在你手下的新娘乳母和小儿子们报仇！姑奶奶明人不做暗事，今儿就叫你死个明白！”说罢，举起拳头，又狠狠地捶下去。

众人都惊呆了，以至忘记上前拉扯劝解。玛尔赛那一脚一坐一挥拳，叫人一看就知道是有几分功夫的。而主人对玛尔赛非比寻常的态度，也使仆妇们有所顾忌，不敢厚此薄彼。结果，玛尔赛只管痛痛快快地打，四夫人一声接一声地喊叫，起初还硬着嘴骂，后来又大呼救命，全都无效了，就一边“哎哟”一边哀告了：

“哎哟，姑奶奶饶命！……高抬贵手饶了我吧，再也不敢啦！……哎哟，痛死我啦！我发誓再也不敢冒犯姑奶奶……从今以后，任他再娶，娶一千娶一万，我再也不敢胡说八道了，姑奶奶饶命吧！……”

众人见玛尔赛打得重了，四夫人声气越来越低，一口接一口地大喘气儿，便都纷纷跪下求情。

“玛尔赛，放开她吧！”一听是家主人的声音，大家都吃了一惊。只见鳌拜从廊柱后面走出来，身上还穿着上朝公服，体格魁梧、气度威严，亮闪闪的眼睛里分明含着掩饰不住的笑意。他一步一步走到众人面前，玛尔赛也随众一同跪迎。可是鳌拜一把将她搀起来，缓缓地说：

“我都看到了。玛尔赛，真不愧是我们满洲格格，英气逼人、豪爽过人。好！从今以后，你来主持家政吧！”

“不不！”玛尔赛又跪倒，连连辞谢，“我绝不这样犯上的！夫人在上，我情愿服侍夫人。只求和睦，不受人欺，我就很欢喜了！”

鳌拜满意地点点头，吩咐扶四夫人回房，传太医给她调治。而后，便同玛尔赛一起上楼去了。

二

当值了好几天的索额图，今天回宅，第一件事就是去东院正房向父亲请安。近三年，每一入冬，索尼便咳嗽不止、痰壅气喘，总要到开春才能见好。去冬病发得越加厉害，有两个月卧床不起，立春出九后也未见好转。索额图离家进宫时，他还在床上躺着，不知这几天会不会恶化。眼下局面这样错综纷繁，父亲得病，很令索额图心焦。

侍女打开门帘，他一脚跨进正房。房里门窗紧闭，还烧着熏炉，他顿时觉得燠热难耐。再向次间的居室一望，不禁高兴了，他父亲已经穿着便袍、戴着便帽，安坐在屏前的太师椅上，母亲在南窗下的炕桌边吸着水烟，一个丫头在给她捶腿，两个丫头在一旁垂手侍立，家里的一名管事正低头站在屏风一侧，仿佛在听着主人的吩咐。索额图连忙走进次间，单腿跪下请安说：

“阿玛额娘吉祥。”

“哦，老二回来了！”母亲眯着眼睛笑道，“快坐下吧，好说话儿。”

索额图在父亲身边坐下，注视着老人的面容，宽慰地说：“阿玛，你气色好多了。这是从太医院要来的药，专治咳嗽气喘，说老佛爷去冬伤风咳嗽，就是吃这服药吃好的。”他把一个精致的药盒捧给索尼看。索尼接过，就手闻了闻，说：

“生受你了。老佛爷又打发太医来了几遭，我见好多了。这不，都起来了。”

“大哥进宫去了？”索额图问。因为芳儿成了皇后，皇后之父噶布喇就被任命为领侍卫内大臣。

索尼夫人笑道：“你们哥儿俩进宫当值的日子总是错开，成了参宿商宿，总也碰不上面儿！”

管事局促不安地说：“二爷回来了，我就下去吧？”

索尼说：“不用，你那点事儿还怕他知道？今儿召你来，可是要你喝酒。”

管事摸不着头脑，只是不知所措地望着老主人。索额图明白他们是要继续被自己打断的谈话，也就很有兴趣地听下去。

这人是家生奴子，因为聪明能干，对主人很忠心，得到索尼赏识，给他配了妻室，又提拔他做了管事，专管庄子进上来的收益。前些时夫妻反目，吵闹得很厉害。究其原因，却是管事嫌他妻子丑陋，府中一时传为笑谈。索尼夫人和索额图都斥骂过他，他却总是那么一副闷闷不乐的样子，成天无精打采。

索尼这样一位朝廷首辅，难道会关心这种小事？他召这管事来，想必有更重要的差遣。

索尼一招手，婢女从屏风后面端出一个漆盘，盘上放着一个细瓷酒壶、一只精雕细刻的掐丝银杯、一只粗陋不堪的瓦盏。索尼用手指往下点了点，另一名婢女上来执壶酌酒，把银杯瓦盏都斟满，一股浓郁的酒香就在屋中弥漫开来。索尼于是靠在椅背上，很平和地说：

“你喝吧。”

管事连忙跪下，擎杯举盏，喝进了主人下赐给他的不知所为的酒。

索尼目不转睛地注视着管事，问：“酒，好不好？”

“谢主子恩赐，奴才从没喝过这么好的酒。”

“银杯里的酒好呢，还是瓦盏里的酒好？”索尼又问。

管事一愣，连忙答道：“都好，都是一样的，都好！”

索尼侧脸看了看其他人，说：“索额图留下，你们都到对面屋里去。”

索尼夫人闹不清老头子在变什么戏法，又不能在儿子和下人面前违拗他，只得瞪了丈夫一眼，领着三名侍女走开了，屋里便剩下了三个男人。索尼这才面露微笑，看了看索额图，然后对管事说：

“杯有精粗，酒无分别，你既然知道这个，就不要嫌你的妻室丑陋了嘛！……好，你去吧，等你醒悟了这个道理，我赐你一坛美酒！”

管事皱着眉头想了片刻，恍然大悟，向主子叩头道：“奴才明白了！……以后再也不敢胡闹。”

“好。你到库里领一坛梨花白，去吧。”索尼等管事出了门，转向儿子，笑道，“他到底还算个聪明人！”白发苍苍的索尼，须眉舒展开来，眼里露出小小的得意。

对眼前这场喜剧，索额图尽管心事重重，也忍不住暗暗发笑。他甚至想，父亲声称平生不二色，从不纳妾，也无风流韵事，是不是因为早就领悟了“杯有精粗，酒无分别”的道理？这使他更加忍俊不禁。可是看到父亲的神色，又一个不大痛快的念头闪过：父亲是朝廷首相，肩负军国大事、身系天下安危，对这样一件小事如此精细、机智，甚至为此而得意，是不是得体？……当然，索额图绝不敢表现出他的疑惑，倒是恰到好处地赞颂了父亲的仁爱心肠。只是在索尼问起近日朝政时，他才不由自主地面色阴沉下来，低声说：

“阿玛，今天马希纳和对喀纳先后应皇上宣召进宫，他们和我约定下朝后来家探视阿玛。”

刑部尚书对喀纳、新任户部尚书马希纳，都是索尼的门生，两人同时来探病，却有些不寻常。索尼皱起眉头问：“朝中出了什么变故？”

索额图道：“详情我还不大清楚，只听说京察已毕，一大批旗下都统副都统升任六部尚书侍郎……”他其实完全知道详情，只是怕父亲久病初愈，一下子受不了真情的冲击。但不说又不行，只好步步深入，先下雨，后打雷。

索尼果然变了脸色：“这事怎么不跟我商量？谁定的？”

“听说是鳌大臣、遏大臣称圣旨……”

“那苏克萨哈呢？他怎么就不阻止……”索尼提高嗓音脱口嚷了这么两句，就没了下文。父子俩都明知道苏克萨哈树倒猢狲散，在朝中已没了声望，不可能阻止鳌拜行事，他们一时都陷入了沉思。

父子俩想的并不一样。父亲在考虑有没有挽回弥合的余地；儿子却早已看清养虎遗患的后果，决心要督促父亲迈出关键的一步，但又不能冒犯老人，因此颇费斟酌。正好门吏禀告对喀纳、马希纳两位大人来探病，才结束了这阵不大自然的沉默。

两位门生问候了老师的病症后，不等索尼多问，就迫不及待地说起朝中京察这件大事。对喀纳一口气把这次官吏升迁黜革做了详细介绍；马希纳则对鳌拜遏必隆竟敢甩开索尼和苏克萨哈，擅自称旨做这样的重大决定非常愤慨。他们说朝野上下都被鳌拜的行为所震惊，但慑于他的威势，没人敢出头说话。

索尼起初只是一言不发地听着，后来，抚着银须叹道：“便是我出头说话又有什么用？鳌拜执意不听，我又能怎样？终不能跟他争吵动拳吧？现在我既生病在家，他和遏必隆原有权裁定京察大事，只是不该不同我商量就是了。至于称旨，辅政理国自然要声称是圣旨，不然哪里能够辅政？唉！……这次京察保留你们二位，足见鳌大臣还不敢冒犯我，并不那么放肆嘛！”

听了这番几乎是替鳌拜开脱的话，对喀纳和马希纳面面相觑，瞠目不知所对。老师是不是久病之后，把明睿和锐气消磨光了？

索额图忍不住地说：“阿玛，不能这么步步退让啊！抱残守缺，最后连立足之地也会丧失干净！……”

索尼瞪了索额图一眼，严厉地斥责一声：“多口！”

索额图咬着牙，涨红了脸，忍了又忍，终于一下子跪倒在父亲脚下，不顾冒犯尊长的罪过，大声说：“阿玛，你老难道就真的看不见，事情已经逼到头顶了吗？鳌拜一个接一个地收拾了费扬古，收拾了苏纳海，收拾了许多不肯党附他的大臣。眼下情势，苏克萨哈已经垮台，下面就要照着阿玛来了！……”

索尼从毛茸茸的眉毛下重重地看了看儿子，没有作声。但索额图注意到父亲眉间的川字深纹在颤动，知道他被说动了心，便紧接着一口气讲出了要害：“鳌拜结党营私，任人惟亲，明明是背负先帝重托，为臣不忠嘛！”

马希纳连忙附和：“二公子讲得有理，我近日听说，鳌拜要往户部硬塞进他的私人。如今三藩在外，年支钱粮占天下一半还多；又水旱灾荒不断，户部是入不敷出，军饷薪俸支给都很作难。幸有王宏祚这班老于部务的汉员在竭力支撑、惨淡经营。鳌拜的私人若是挤进户部，后果不堪设想。此人居心叵测，老师可不能掉以轻心哪！”

对喀纳也进言道：“外有强藩、内有权奸，这可是国家之大害！老师身为首辅，不能听之任之……”

索尼摇摇头，益发显出龙钟老态，叹道：“多一事不如少一事。我身居首辅，偌大年岁，数十年声望，怎好去与人争论？非但无益，兼而无用，徒然贻笑大方，反被人讥我无气量。唉，朝廷事国家事千头万绪，只要相安无事，便是上上策。况且，鳌拜敢于背着我这样为所欲为，难道不是有恃无恐？……”他看着自己一双瘦削的、骨棱棱的手，仿佛不大经意地说：“长公主下嫁到他家，女儿又指婚郡王，大操大办、大庆大贺，天下的人都沾到了喜气……”

索额图暗暗跺脚，觉得父亲真是老了、糊涂了，斤斤计较于这些小事体！他克制一下自己的情绪，说道：“阿玛不妨细想想，老佛爷与我们家和鳌拜家，到底谁近谁远、谁厚谁薄、谁亲谁疏？阿玛是当今皇后的爷爷，鳌拜是公主的伯公；皇后是天下之母，公主呢？况且还是庶出！还有一层，”索额图眼睛发亮，压低了声音，“以老佛爷这样的女中智星、女中豪杰而言，她就不会欲擒故纵？”

这句近似耳语的话，具有炸雷一样的效果，倾听的三个人都不由得身子往后一闪，或张口，或扬眉，既惊愕又激动。索额图把这个似在意外却在意中的事儿一下子点透，叫他们额头鬓边都渗出一层细细的汗珠，——也可能是屋里太热的缘故。

索尼盯住了自己的儿子。他当然知道索额图的才干和能力，但近日他的见识眼光变得如此锐利、深刻，倒出乎意料。索尼尽量用平淡的口气说：

“你以为怎么办好？”

索额图似乎早就等着父亲这一问，认真地说：“眼下下手虽然为时已晚，但还有救。依儿子看，只有两条路可走。”

“哪两条？”索尼和他的两位门生情不自禁地同声问。

“一条，联通苏克萨哈，重新扩充实力，慢慢把他手里的权势分出去、夺过来。这一着要用慢功，因苏克萨哈元气大伤，恢复不易。但阿玛若肯援之以手，也并不多费力气。总因辅臣位序原本阿玛是首、苏克萨哈第二，名分上已压他一头。孩儿以为这是上策，名正言顺。当初既是鳌拜遏必隆上赶着阿玛联手才把苏克萨哈压垮，现在要破他的法，就得反其道而行之。”

索尼哼了一声，对喀纳看了老师一眼，不大痛快地说：“这不是扶起曹孟德去除掉司马昭吗？”

“不错，”索额图说，“这些年总该看清了，对付苏克萨哈要比对付鳌拜容易。”

大家一时都不说话了。燠热的屋里弥漫着熏炉中飘出的浓郁的沉香味儿，越发叫人喘不过气来。沉默片刻，索尼说：“第二条路呢？”

索额图回答很简单："只有请阿玛领衔，逼迫他们三个认可，奏请皇上亲政！"

索尼倒抽了一口凉气，半晌无语。他的两位门生也静悄悄地不敢作声。还政于君，不论是臣子如何显而易见的大节，也不论如何忠君爱君，实行起来，总免不了一番辛酸苦痛。

马希纳不敢看老师，小声问道："二公子，就没有别的办法了？"

索额图叹了口气，说："不是没有，是行不通。大清国来得不易，我们不能当不肖子孙，做千古罪人啊！……"

索尼大手一挥，厉声道："不用讲了！……容我三思。"

当晚，索尼独自在书房里待了很久，窗纸上清晰地映出他来回走动的身影，传出他忽重忽轻的咳嗽吐痰的声音，直到天明。

索额图一早去请安，见父亲正在烛光下书写奏章。看到儿子，他把笔一搁，说："传管事备好马匹随从，我今天要进宫办事。"

索额图见父亲两颧发红，眼睛布满血丝，便劝道："阿玛歇着，孩儿替你送去。"

"不行。我要鳌拜他们今天就跟我会衔上奏。"

索额图带着三分惊异七分遗憾望着父亲，索尼避开儿子的目光，说：

"我决定了。奏请皇上亲政。"

听得儿子鼻息沉重，知道他不满意，索尼闭了眼睛摇摇头，轻声补了一句：

"总得为儿孙们留条后路吧！"

"熊学士，你听这一处。"玄烨坐在弘德殿的宝座上，指着案上的《水经注》，对侍读学士熊赐履读下去，"惠帝闻蛙鸣，问：'官蛙私蛙？'太子令贾胤对曰：'在官为官蛙，在私为私蛙。'帝曰：'若是官蛙，可给廪。'"玄烨读得笑起来，惊奇地说："竟有这样的痴皇帝！或许他生来呆傻？"

熊赐履侍立在侧，答道："晋惠帝并不呆傻，但久居深宫不知民间事，耽于游乐不理朝政。永兴元年起，关中连年灾荒，生民百不遗一二，臣下禀告惠帝说长安都中乏食，饿死许多人，他竟不懂百姓怎会饿死，反问道：‘何不食肉糜？’……”

玄烨又笑又皱眉，渐渐笑容敛去，只余下深思。

熊赐履继续说：“所以，惠帝即位次年便爆发八王之乱，乱到永兴三年，惠帝被东海王毒杀，再十年，西晋亡，就天下大乱了。可见，为君者君临天下，应知天下事，尤其需要知晓民间疾苦。尧舜禹三代以下，能称有道明君者不过数人。臣寄厚望于陛下。”

玄烨从容答道：“不敢当。日后朕也要学古人读万卷书行万里路，不然，安知天下事？最是江南水乡，文风荟萃、人才繁盛……前日读辛稼轩的《西江月》，只‘稻花香里说丰年，听取蛙声一片’，便令人神往。耳畔仿佛鹊声蝉声蛙声、风声水声树声汇合交融，极有情致。”

熊赐履说：“天籁之声，令人心旷神怡，人家之声，更能察民情、知民意。”

玄烨目光闪动着，很有兴致地说：“愿闻其详。”

熊赐履道：“臣以为，人家要有三声：读书声、孩儿声、纺织声。闻读书声，则圣贤在他口中、在我耳中，不觉神融；闻孩儿声，或泣或笑，自然籁动天鸣，觉后来哀乐情致较此殊远；闻纺织声，则勤俭生涯、一室儿女，觉有豳风七月景象。最可厌者，妇人谇骂声，恶也；饮酒喧呶声，狂也；街巷笑谈声，谲也；妖冶歌唱声，淫也。与其闻此，不若聆犬声于夜静、听鸡声于晨鸣，令人有清旷之思！”

玄烨笑道：“学士之言，真是妙论！天下百姓尽是朕的子民，朕愿日后听遍学士所述之七声。”他笑，是因为一向喜怒不形于色的端庄的熊学士，居然说出这样激烈的话。

熊赐履正色道：“臣以为，天下治，则三声多；天下乱，则四声繁。望陛下思之。”

玄烨也赶紧收回笑脸，庄容点头，道：“学士言之有理。”

这时，御前侍卫索额图来禀告：辅政大臣鳌拜求见皇上。

玄烨立刻回答：“宣他进宫。哦，等一等，索额图。着他们去传，朕有话问你。”

立刻另有侍卫出去宣召，索额图恭敬地躬身候旨。

玄烨问：“奏请朕亲政的折子，仿佛是索尼亲笔？”

索额图答道，确是他阿玛起草，另外三名辅臣次日、又次日会衔签订的。

玄烨道：“朕料想必是如此。此折朕已呈进太皇太后，太皇太后也屡赞索尼忠诚可嘉哩！”

索额图道：“谢老佛爷皇上圣恩。不知皇上几时行亲政大礼？皇上可不要忘了分派奴才御前当值，好见识这千载难逢的大典！”

玄烨含糊道：“此折暂时留中不发。——太皇太后与朕的意思，都想给索尼加授爵位，以褒其忠。”

留中不发？索额图愣了一下。那么近期内皇上没有亲政的意思了？他不敢多问，只得说：“奴才叩谢太皇太后、皇上圣恩。奴才阿玛此折，可算他辅政以来最有见识之举。”

玄烨摆脱了一瞬间的不快，望定索额图：“哦？”

索额图到底在御前当值了好几年，不那么拘谨，想了想，说道：“子不言父过。奴才不是说奴才阿玛的不好，求皇上恕罪。奴才只是说，近些年奴才阿玛年迈多病，于朝廷政事，不免明于细碎而暗于大局……求皇上要心里有数才好。奴才多嘴，皇上恕罪！”

玄烨眼睛里先是惊讶，后来又透露出一片赞赏。不过他什么话也没说，只在默默沉思。熊赐履对满洲话虽然说不好，却听懂了十之八九，也在心里暗暗掂量着。弘德殿内沉静了片刻。这时，鳌拜来了。

为了表示对辅政大臣的尊重，玄烨从宝座站起来迎接，等鳌拜进屋跪安罢，方坐下，并立即赐座辅臣。

鳌拜在坐垫上盘腿坐定，望着玄烨说：“老臣此来，专为户部尚书一事请旨。”

索额图暗暗一惊，难道他已有所觉察，要提前下手？

玄烨道：“卿傅之意，朕不大明白。苏纳海之后，朕不是已经提点马希纳补户部尚书缺了吗？所遗国史院大学士缺，尚无合适人选，所以不曾委任。”

鳌拜说：“老臣的意思，再补一名户部满尚书。”

大约从苏纳海等三大臣处死以后，鳌拜单独陛见时，常常自称老臣而不称奴才了。

玄烨一扬眉："哦？这又为什么？"

鳌拜说："户部职掌天下财赋，最是要紧，田亩、户口、赋役、钱粮等项部务最是浩繁庞杂，常有差错。增补尚书最是急需。"

玄烨不由得降低了声调："卿傅，现今马希纳、王宏祚掌管部务颇为得力，也不见有许多差错……"

鳌拜的声音却提高了："启禀皇上，这户部多是苏纳海的旧人，必须严加防范，免得再出第二个第三个欺君藐上的苏纳海！"

玄烨有些不知所措，无目的地把御案上的书合上又打开，突然问道："户部设两名满尚书，可有先例？"

鳌拜把两手撑在盘着的大腿上，魁梧的身形竟成了一个厚重的方块，几乎是玄烨的三倍。他胸有成竹地说："入关之前，虽有六部，却无尚书名色，或由贝勒理部务、或由承政掌印。顺治元年六部方设尚书。礼、兵、刑、工四部均设满汉尚书，而吏、户两部只设满尚书，并无定员。直至顺治十五年，户部尚书也曾满汉共三员。所以，授两员户部满尚书，并不违制。"

玄烨声气显然弱下来："卿傅荐举何人？"

"正白旗副都统、现任工部尚书马尔赛正当其选！此人精明能干、才识过人，掌户部印，百无一失！"

刚刚举荐了马尔赛，就旁若无人地提出要他掌印！眼里还有谁？玄烨、索额图和熊赐履都一腔愤慨，却又都不敢表现出来。玄烨还不大甘心，还想挣扎一下：

"卿傅，朕记得正白旗马尔赛及光泰、噶达浑三族，是太宗皇帝和先皇帝时不用为侍卫之人……"

鳌拜严正地说："皇上为天下之主、万民之父，应当有容人之量。老臣虽然力主处死苏纳海，却也敢重用正白旗的马尔赛哩！"

玄烨无言答对。

"老臣荐举的奏本，明日送到，请皇上过目，老臣便批转吏部就是。"说罢，鳌拜起身，向玄烨再次跪叩。

玄烨无可奈何地站起来，说道："卿傅请便。"

鳌拜立起，躬身后退到门，出去了。

玄烨竭力克制自己，没有重重地坐下去。他默诵着太皇太后对他有关威仪的教导，才算摆成一副平静从容的样子。只是，弘德殿中深深的沉默却无法改变。

玄烨拿过书，视而不见地翻看一阵，渐渐冷静下来。他凝思片刻，抬起了头：

"索额图，传命秘书院，替朕拟一道谕旨，下部院科道詹事，诏求直言朝廷政事得失！"

"遵旨。"索额图说着，匆匆一跪，立刻去办。

玄烨转向熊赐履："内弘文院职掌之一，是注释古今政事得失。熊学士理当进言。"

熊赐履跪下，沉默了许久，说："臣早有隐衷，如骨鲠在喉。臣将应诏上疏，细论朝政得失。"

玄烨点点头，说："去吧。"他望着熊赐履退出去，心里暗暗称赞。熊赐履是侍读学士，常在御前，尽可对皇上说长道短。但他却从不肯背后讲人的是非，宁愿明疏进言而不怕结怨于人，真是一位刚方耿直的大臣！

直到用过午膳，在书房小憩片刻之后，玄烨心头的不快才渐渐消去。鳌拜毕竟是辅政大臣，终究要请皇上亲政。索尼奏请亲政的折子上，他不也会衔签名了吗？

玄烨到阶下拉了半个时辰的硬弓，舒开了浑身的筋肉，也舒开了心中的闷气。于是他记起，昨天在坤宁宫，正遇皇后的母亲来探望女儿，说今天给女儿送两筐樱桃来的。不知送来没有？玄烨换了件衣服，喝了两口热茶，信步往坤宁宫走去。

坤宁宫东边一半是皇后的住处，西边一半改作祭神的所在，大婚后的一个月中，天天有萨满太太在那里跳神、烹煮祭肉。说实在话，住坤宁宫真没有住东六宫西六宫那些宽敞宁静的宫院舒服。太皇太后曾经允许皇后搬到长春宫或储秀宫去的，可皇后不愿意住偏宫。本来嘛，她是从大清门抬进宫里来的大清皇后，当然要住中宫，不然还叫正宫娘娘吗？

玄烨想着皇后的这些郑重端庄的脾性，敬佩之余，有点说不出的遗憾。她若是随便一些或许更好？……他止住宫门太监的通报，悄悄进了门，站在珠帘外向屋里看，一眼就看到了皇后的身影。

她背门而立，侧面临窗，正对镜梳掠鬓发。身上一件杏黄衫子，薄薄的亮亮的，描画出她略显丰满的腰身；披了一领珍珠披肩，披肩上每五粒珍珠簇一红宝石心为梅花形，光华灿灿，极其华丽；乌云般的黑发绾上头顶堆成云髻，光可鉴人；领口那里露出一截雪白柔嫩的颈子，柔发在两侧妩媚地卷曲着，这很使玄烨动心。他情不自禁地踮着脚，轻轻走到她背后。一抬眼，皇后已从镜子里看到了他，对他嫣然一笑，正要回身，冷不防玄烨从背后猛地搂住了她，贴脸在她颈子上亲那柔媚的小发卷。

皇后涨红了脸，挣出手来又推又扯，拽他的手拽不开、推他的脸推不动，急得直跺脚。偏偏两名太监捧着红樱桃进来，看了一眼，放下果盘慌忙退走。金盘在桌上碰得一响，玄烨才放开她。忙回头时，刚见到两太监急急避走的背影。皇后很生气，又不好说什么，瞪了玄烨一眼，低声说："还笑呢！叫下人看了去，成何体统！"

玄烨笑道："少年夫妻、闺房之乐，人之常情。再说，哪一个大胆敢嚼舌头？"

皇后满脸红晕，气喘吁吁，鬓发蓬乱，眼含娇嗔，玄烨不由得动情，一把将她搂住，贴在她耳边说了一句悄悄话，皇后脸红得更厉害了，竭力挣扎出他的怀抱，后退了好几步，不自禁地嚷出声：

"你疯了？拿我当什么？……"

玄烨不肯放过，又逼近了几步。皇后朝着他"扑通"跪倒，说："臣妾言语无状，求皇上恕罪。但臣妾身为六宫之主，己不正焉能正人？万不能使皇上蒙受荒淫无度之恶名……"

就像有人迎面泼了一杯凉水，玄烨登时暗暗一"哆嗦"，热烘烘的心渐渐冷却下来，脸上也讪讪的不好意思。他慢慢转身走到南窗下，一歪身，坐在炕上，垂头不语。皇后也觉得自己有些过分，连忙亲自端过一金盘红樱桃，送到玄烨面前，说：

“这是家母着人送来的，请皇上尝新。”

红艳艳的樱桃，像一颗颗硕大的红宝珠，极其鲜亮诱人。玄烨拈了几颗送进嘴里，果真甜美无比。他看看皇后那窘迫的样子，不免又觉得可怜，便说：“你也尝尝。”

皇后于是隔着炕桌，与玄烨坐个对面，两人就你两颗我三颗地静静吃樱桃，谁也不说话了。

大约这樱桃实在太好，少年夫妻的别扭也难以持久，不多时，玄烨的目光就频频投向炕桌上那面圆镜。桌上樱桃与镜中樱桃相映成趣，十分受看。皇后笑道：

“皇上对这面镜子怎么如此爱顾？妇人奁中物，实在不值得君王注目的。”

玄烨笑道：“你说话总头头是道、句句在理，叫我无言答对！真不愧是索尼之孙、噶布喇之女、索额图之侄女！”

皇后有些惊异：“皇上此话何意？我家中……”

玄烨摆摆手笑道：“没事，不过赞你家学渊博，我都难你不倒。”他想了想，又添了一句，“我看，索额图才堪大用，将来胜过索尼。”

皇后道：“臣妾祖父也是这样说的。叔父确是可信赖之人，才干极高又极果敢，不似臣妾阿玛那般平庸。”

“是吗？”玄烨目光炯炯，“我近日越发看重他了。”

皇后想了想，转了话题：“近日皇上频召郭罗络贵人，臣妾以为不妨普施君恩，更能得众心……”

玄烨盯着皇后，说：“你不肯留我，还要管这些事？”

皇后脸上又微微泛出桃红，笑道：“那拉贵人，你总不肯宣召。可是老祖宗说过许多次，四位贵人中她最宜男相，皇上应为后嗣着想啊！”

见皇后侃侃而论，辞意正大，神情又那么安详，玄烨不知怎么的，突然心头冒火，他勉强笑道：“你是我的大总管吗？”

皇后奇怪地瞅瞅他，又说：“昨儿我往承乾宫，见佟佳贵人那儿有个新选来的宫女，很是温良贤淑，笑模笑样的。我想拨她到乾清宫侍候，你的意思怎么样？要不要先召她来看看？”

皇后那忠顺而又平淡的词色，仿佛在安排酒席茶点一般，更增加了玄烨的不快，他干脆地说："不要！"随后一扭脸，望着窗下那盆玉石玛瑙石榴盆，说，"我倒想要问问你，你今儿个到底留我不留我？"

皇后见他变了脸色，摸不着头脑，说："昨儿你不是已经在坤宁宫待过了吗？今儿应当宣召……"

"哼，"玄烨冷笑一声，"我今儿个谁也不宣召！我那里还有云妞儿她们哩！"他挑战似的大声说着，脖颈儿也直了、气息也粗了，生气地斜眼瞪着皇后。

皇后倒笑了："你怎么不早说呢？好了好了，算我多嘴。云妞儿她们都是老佛爷亲自挑的，错不了。"

玄烨忍不住了，一下推开炕桌上的樱桃盘，猛然站起来。盘子"哐啷"摔到地下，鲜红的樱桃滚了满炕满地。皇后诧异地扬起细眉，不知所措。玄烨直逼到皇后跟前，盯着她的眼睛狠狠地说：

"你怎么就这样心平气和？你到底在意不在意我这个人？你把我推给这个贵人、那个宫女，你心里就一点儿不难过？"

皇后慌乱地眨着眼睛，面对玄烨的怒火，她不明白，也不理解。呆了半晌，才嗫嚅着说："皇上，你这是怎么啦？……"

"你说呀？你为什么这么不在乎？"

皇后容色平静下来，重又那么端庄贤良，她微笑着说道："没有不在乎。可我是皇后，是六宫之主啊！……"

玄烨"咳！"了一声，转身大踏步地出了坤宁宫。

他心里很难过，什么原因，自己也不能完全说清楚。皇后的态度激怒了他。

在朝廷里，他感到受辅臣的忽视；在内宫，他感到受祖母的忽视，他们是拿他当孩子而不把他放在心上。可皇后，他的妻子，竟也这么忽视他！如果她对他跟别的女人亲近表示一点妒忌、哪怕是一点点不满，他也不会这么难过的。冰月会这样吗？……

玄烨陡然记起那次圣寿节，为他称赞了另一个女孩子头上的花，冰月恼得那个样子，又哭又闹、大发脾气。当时玄烨觉得尴尬生气，可现在回忆起来又多么亲切美好，令人怀恋啊。冰月心里只装着玄烨，珍宝似的，绝不许别人碰一碰；皇后呢？对他玄烨有多少情分？她心里装满了家法宫训！然而，冰月毕竟是去了，永远地去了！

记得冰月出嫁那天，盛装浓抹、天仙也似的，艳丽得惊人。向皇帝皇后这一对兄嫂拜辞的时候，低着头，几乎没有表情，很容易被人认为是羞怯，但玄烨不敢跟她的眼睛相遇。皇后温存地微笑着，祝福妹妹瓜瓞绵绵、白头到老。冰月从浓黑的眼睫毛下面很快地看看玄烨，正遇上玄烨的不安目光，两人很快地闪避开了。但玄烨相信，这一瞬间，他们想起了同一件事情、想起了他们的盟誓……

整个拜辞过程中，冰月没有任何不得体的地方，只是表情平淡，眼睛冷得有如蒙了一层冰霜。最后一拜时，她深深地、深深地看了玄烨一眼，那是怎样的一眼啊！冰月一生经历过的情感，都包含在这令人心悸的一瞥中：幽怨、依恋、凄切、悲愤……很长时间，玄烨一闭上眼，就觉着这双乌黑的瞳仁像钻子一样钻进他的心，把他的心钻得流血，钻成碎片，使他难过得寝食不安。后来，听宫女说，冰月是在拜辞太皇太后就要上轿的时候，突然放声大哭的，哭得如痴如醉，哭得声嘶力竭，跳踊得珠钗绢花都甩脱了，落了一地，引得老祖宗和皇太后也忍不住落了泪。

不论什么时候想起这件事，都像刚刚发生过一样清晰，或许它们将永远栩栩如生地活动在他的记忆中。他很长时间不敢想象下一次见面会是什么情景，就像不敢去碰那刚刚止血的伤口一样。

然而，事实却大出他的预料。八月十八他的生日，万寿节，柔嘉公主与和硕额驸耿聚忠一同进宫祝贺，非常得体、非常有礼地一同向皇兄皇嫂叩拜。这一对夫妻如金童玉女，绝顶美貌惊人、绝顶风流潇洒。冰月看去比实际年龄大，像个十五六岁的贵女；耿聚忠看去比实际年龄小，像位年方弱冠的贵公子，天造地设似的般配，人人称羡不已。玄烨强颜欢笑，和皇后一起接受他们的寿礼和跪拜，心里却是说不出的酸楚，只觉得那个耿聚忠不该这么挺拔、不该这么英俊，眉不该这么黑、口不该这么方，处处不顺眼，怎么看也觉着他配不上冰月。

冰月的模样很文静，眼睛里既没有欢乐，也没有忧愁，唇边挂着一种无法形容的寂寞的微笑。那笑容的后面是什么？玄烨猜不透，只觉得几滴苦泪从嗓子眼儿往心里滴答，并且相信她也一样。

啊，皇后怎么能与冰月相比！……

玄烨在灯下拿着那只绣着小红马的荷包，看着，想着，郁郁不乐，一个人长吁短叹，没有察觉夜已渐深。云妞儿小心地进了书房，给他披上薄薄的江绸披风，低声说：

“皇上，时候不早了，回去歇吧！”

这声音像丝绒那么低柔而且厚，充满女性的动人的温柔。玄烨听到这声音，不知怎么的直想哭，他一把捉住云妞儿的手，哀求似的说：“云妞儿，你别走开！……要不，你跟我一块儿回去，你陪着我……”

云妞儿显然误会了玄烨的意思，竟不自觉地向后缩了缩，小声而又坚决地说：“皇上，我……我不！”

玄烨大觉意外，猛然从茫然的境地中清醒过来，盯住云妞儿：她怎么敢在皇上面前说这个“不”字！

云妞儿局促不安，低下涨得通红通红的脸，用更低的声音，几乎是含着泪说：“我……我有了……”

玄烨没听明白：“什么有了？有什么啦？”

“有了好些日子了，三个多月了……”

头顶“嗡”地巨响，玄烨只觉得有人使大棒子敲了他一下，顿时明白了。他慌乱地双手捏定云妞儿的手，激动得透不过气来，好容易才憋出了这么一句话：

“我……我要做阿玛了？……”

云妞儿羞得抬不起脸，却咬着嘴唇轻轻点了点头，随后在玄烨脚边跪下了。

“哦，老天爷！”玄烨仰天长出一口气，狂喜地喊着，“感谢苍天！感谢神佛保佑！我玄烨有后了！大清有后了！……我就去禀告老祖宗！禀告皇太后！大喜呀！这是大喜事啊！”

云妞儿忙扯住他的衣角，小声说：“皇上，天太晚了……”

玄烨立刻把云妞儿搀起来，快活地说："你起来，快起来，以后别跪啦！宫里的杂事也别干了，好好养着。等你一生下阿哥，我立马封你主位，让你住西六宫去！……"

玄烨极其兴奋，几乎一夜不曾合眼。他将要做父亲了！这真是不可思议得令人发狂！……实在也难怪他，他刚刚度过十三周岁生日嘛。狂喜之余，他突然问自己：如果皇后不是何舍里氏而是冰月，那会怎么样呢？

只是到了此时，他才意识到，对于一个皇帝，对于爱新觉罗家族，何舍里氏这样的皇后才是最需要的。刹那间，他对自己的端庄贤淑的皇后，突然萌生了强烈的感激之情……

三

天气真热，和硕额驸耿聚忠出东华门回府，没有多少路程，觉得里衣都湿透了。他急着要脱换衣服，却不能忽略了礼节，必须先到公主那里照个面。于是便绕过影壁和正殿，由第二进的西配殿前，往公主的寝宫走过去。

站在寝宫月台上的两名太监都连忙跪下给额驸爷叩头。耿聚忠朝寝宫宫门看了一眼：珠帘低垂，毫无声息，隐隐约约可以见到有侍女肃立门内两侧，木雕泥塑般纹丝不动，一缕淡淡的香味，从珠帘内向外飘逸。耿聚忠往前走了两步，停下，有些犹豫地低声问太监：

"公主又在祭祀？"

"是。额驸爷。"

"快完了吧？"

"回爷的话，瓜果香案刚刚摆齐。"

耿聚忠转了转眼珠，又试着往前走了几步。一位嬷嬷，公主的保姆，掀帘出来，赔着笑脸向耿聚忠请安："额驸爷吉祥。公主祭祀先贤，求爷稍候片刻，别惹得公主生气。"

耿聚忠笑道："我不进去，就在外面悄悄看一眼，行不？"

嬷嬷无可奈何地笑了："爷这么说话，奴才哪里敢当。"

耿聚忠轻轻走近西屋窗户，贴着新糊上的银红窗纱往里瞧，果然，她又在祭祀那两位大舜的妃子。

靠西墙的那道围屏正中，悬挂着一幅精美的工笔画，淡淡的色彩，描绘着无尽的滔滔湘水；洒满啼痕的疏疏斑竹之侧，两位仙袂从风、绣带飞扬的女子，满目凄楚地向远方眺望。图画的一角，写着“娥皇女英图”。屏前八仙桌上摆着仙桃、佛手、香橼、饽饽、松饼等五盘祭品；正中一个兽纹三足鼎式香炉里，已经插上了两炷香，袅袅轻烟从香头升起，向高高的殿顶飘散。八仙桌前的蒲团上，手擎线香静静跪在那里的，正是公主；公主膝下盘成一团的，又是她心爱的小雪。

她向二妃礼拜之后，原应插香入炉的，不知为何，却望定娥皇女英，呆呆地一动不动。眼睛发亮了、闪烁了，后来，晶莹的泪珠就沿着脸颊滚落下来。

耿聚忠连忙后退了几步。他最怕见到公主哭泣，初婚的那些日子，真领教够了。转身走到保姆面前，把自己的跟班叫过来，让他们把捧着的拜匣交给她，随后小声说：“嬷嬷，我就不打扰公主的正事儿啦，这就回西跨院儿。公主要不叫我，我可就往后园杏雨轩凉快去了！这天气实在太热！拜匣里是朝廷的抄报，进呈公主就是，拜托了！”他说罢，对保姆讨好地笑笑，走了。

几个月来，他对此已经习惯。当初他独自住到西跨院去时的委屈和羞辱感，现在已完全消失。那时他觉得自己是被撵出来的，如今呢，倒真个是自得其乐呢！

耿聚忠是靖南王的儿子里模样最俊、文才最高、性情最温良的一个，想让他做女婿的豪门贵族可不是少数。好几家已经提到靖南王耿继茂跟前，只等王爷拍板下聘了。结果却是太皇太后指婚、柔嘉公主下嫁，耿家的荣贵登时又提高了许多。同是和硕额驸，耿聚忠娶的是公主，比大哥耿精忠娶郡主身份更高。聚忠又是小儿子，自幼受父母娇宠，他能不分外得意吗？可万万没想到，公主的丈夫不是好当的！

公主天仙般的美貌，使耿聚忠欢喜若狂、心花怒放；可是公主古怪得不近情理的心性，却似一阵寒风，扫尽了他的喜悦，吹落了他的心花。

新婚的那天，所有的典礼仪式，公主都老老实实地遵行了：

喜轿抬进寝宫堂屋，额驸弯弓搭箭对着轿门底部连射三箭后，有人打开轿帘，她红袄红裤红盖头，袅袅婷婷地被搀出轿；

进新房门时，她准确地接过内装五谷杂粮的红绸扎口的宝瓶，在全福太太的搀扶下，毫无磕绊地越过了新房门槛儿上的那个马鞍；

坐帐时，她一动也不动地垂着头，任凭新郎拿秤杆挑下红盖头，任凭新郎从她头上摘去红绒花，插到喜神方向的南窗。随后，两人又在南炕盘腿对坐，喝交杯酒，吃阿什不乌密。按规矩，新郎此后应出新房去陪陪客。

客人多、亲友多，耿聚忠再回新房时，公主的保姆和全福太太说话了：时间太晚，已过子时，是第二天了，按规矩合卺礼必须推迟到第二天夜间。耿聚忠毕竟是汉人，满洲婚礼的规矩懂得不多，于是不敢违背，既然不能在新房内停留，便老老实实地另觅宿处。这宿处就安置在了西跨院正房。

第二天夜晚的合卺礼继续下去。新郎新娘临睡前，又上炕对坐，中间扣着铜盆，两名服侍的全福太太各夹起一个半生不熟的饺子，让新郎新娘各咬一口——这是子孙饽饽，半生取“生子”之意；又各挑起一丝汤面让新郎新娘各吃一口——这是长寿面。窗外的萨满太太不住地喊着谁也听不懂的歌谣。

全福太太们把新人扶到床边坐下，挤满新房的看热闹的亲友们才络绎散走。最后出去的是公主的保姆。眼看她笑模笑样地在公主耳边悄悄说了几句话，又向新人叩了头，起身退出新房，并回手拉住门鼻，要把洞房门关上。耿聚忠不由得心口“突突”乱跳，想入非非。

“精奇妈妈!”尖锐的喊叫一下子止住了保姆关门的动作，耿聚忠听来不啻一声闷雷：她怎么啦？为什么这样惊叫？她要做什么？……保姆也是一愣，连忙走来，安慰地说：“格格还要什么?”

公主一把搂住保姆，“哇”地放声大哭。保姆慌了，抚着公主抽搐的背，不住地劝：“哎哟哟，这是怎么啦？快别哭，快别哭哇，格格的大喜日子，怎么回事儿呢?”她尴尬地看看坐在公主身边发愣的耿聚忠，抱歉地笑道，“格格从小跟着我，夜里从没离开我身边儿过……额驸千万别见怪……格格快别哭啦，叫人听了笑话！”

公主哪里肯听，抬起泪眼，说道：“妈妈你别走，我不让你走！……”说着把头埋进保姆怀里，哭得更凶了。

太皇太后指婚那会儿，耿聚忠隐约听说过公主年龄还小，可他怎么好意思打听？刚才揭盖头时，他很想仔细看看新娘的年貌；但那会儿他被公主出众的美貌惊住了，又心里慌张，没注意她的身量。现在，脱了那些肥大的礼服，又缩在保姆怀中，公主看上去简直是个动人爱怜的小女孩儿，哪里会有十三岁呢？再说，她终究是公主，他耿聚忠终究是臣下。于是他大度地说：

“精奇妈妈，你就听公主的吩咐，留下吧！……”

就这样，合卺之夜，耿聚忠在南窗下的炕上安睡。而公主仍按她在宫里的老习惯，抱着她心爱的白猫小雪，跟她的精奇妈妈一同睡在他们的合婚床上，由精奇妈妈轻轻拍着，哼着满洲的催眠调，把她送入梦乡。

也许公主和额驸的新婚之夜，公主都要这样端端架子，给额驸来一个下马威吧？耿聚忠想错了。合婚后，他们在寝宫同住了一个月，他就在南炕上睡了三十夜。公主根本不许他靠近。当只有他们两人在新房内相对时，公主就旁若无人地自管绣花、读书或闲坐，从不跟额驸搭话，宁可嘟嘟囔囔地和那小白猫交谈。大面子上倒还都过得去：无论是祭灶祭神祭祖，还是叩见父母行双礼、与本家亲戚分大小论辈分行单礼，她都进退有度，谁也挑不出毛病来。大家都夸赞耿聚忠的好福气。

没过多久，夸赞的人就越来越少了。皇家女儿娇贵无比原在意料中，但公主这样生性乖僻，可真把所有的人都吓住了。

从婚后第五天始，公主便开始显露威风了，每餐膳食必定用水牌点写肴馔。许多宫里的菜品名字稀奇古怪，什么巴尔哈肉、什么奶饼敖尔布等等，耿府有几个人知道？有一回她点了饽饽，也就是汉人说的水饺，竟要求一两白面包二十四个，把厨下难为得满头大汗，天天做菜像是受刑。因为公主吃得稍不合适，立刻摔碎碟盘，并一头钻到桌子下面用力一拱，满桌饭菜膳具全都翻在地上。她呢，却掩面大哭，倒像是受了天大的委屈！额驸只好惩罚厨下奴仆，替公主出气。

那天午膳过后，公主看去吃得还满意，额驸很想趁她高兴搭上几句话。不料府里侍女进茶，奉给公主时，稍不小心手指擎着了杯口，公主立时夺过茶杯，摔碎在地，指着侍女骂道："肮脏的东西！你也能奉茶？下去，看家法！"侍女被拉下去，笞了二十。公主却又泪如雨下地哭了一场。

还有她的祭祀，保姆说在宫里就不曾断过。公主崇敬大舜的两个妃子，每月都要上香，逢春秋两祭还要写祭文，十分郑重。在祭祀的日子里，谁要冒犯了她，可是了不得的事，若是下人，就免不了杖责鞭笞。

在寝宫里新人同住的那一个月，天天都要出类似的事情。有些看上去根本不值当：穿过的里衣洗过以后又送回来，用过的手绢忘记扔掉，等等，公主都会哭闹一场。耿聚忠不明白，这么一个如花似玉、看上去那么高贵雍容的少女，内里心性竟如此乖戾！她到底有什么不满意、有什么委屈，要这么借题发挥地闹腾？

正是借题发挥！耿聚忠受了一个月的气恼，终于悟出了公主行为的真谛。

耿聚忠有苦说不出。他不敢违拗公主，又不便向父母兄嫂告状。就是告了状又能怎样？谁敢去向太皇太后和皇上抱怨，说皇家的女儿不懂人事呢？寝宫一月即将结束的时候，耿聚忠决心要向公主挑明了说一说，可是被公主的保姆劝住了。保姆把他拉到一边，悄声对他说：

"额驸爷千万别生气，听奴才几句话，好不好？公主自小儿娇生惯养，先皇帝和董鄂皇后都拿我们格格当心尖儿，太皇太后更是把我们格格宠得什么似的，亲孙女儿都靠后了。我们格格是金人儿，一点儿委屈都受不得。说透话吧，她实在年岁太小，说是十三岁，其实刚过了十二岁的整生日，还是个小塔拉温珠子，用戏本子上的话说，叫作情窦未开，不知道这男女间的事儿。额驸得要有耐心，慢慢儿打动她才行呢，千万不能动粗。她要是恼了，这事可就再没指望了……以额驸的人品才貌，和我们格格正是一对儿。只要慢慢来，我们格格也不是铁石心肠，额驸爷说是不是？等岁数大些个，自然就好了。这样天仙也似的玉人儿，满世界上哪儿找呢？”

保姆的话说得在理，耿聚忠只得收起了他怜香惜玉的心肠，独个儿住到西跨院来了。这样反倒好了，每天夫妻见面的时候，公主也居然降尊屈就地跟他说几句话。虽然不过是客套，总比不说话强得多吧？耿聚忠每每对镜微笑，满怀信心地等待着公主成年、回心转意。

但是，公主难道真是个不懂事的孩子？她后来的那些惊人之举又怎么解释？不然，耿聚忠能这么无怨无尤、相安无事、怡然自得吗？

耿聚忠回到西跨院正房住处，随侍太监赶着给他换了家常衣裳，他又啜了几口清茶，见公主没有召请他，便沿着长长的游廊往后花园的杏雨轩去了。

杏雨轩四面绿窗，两侧和北面净是杏树，现在正是树荫浓密时节，红杏黄杏挂满枝头。轩南一面月台，台上两个长方形石砌花坛，坛内叠石种竹，空灵剔透的太湖石边，还栽了两棵绿莹莹的珍贵的芭蕉。月台下三阶石磴，临一潭清池，池上荷叶田田、莲花亭亭，几尾金红的游鱼在莲梗间穿行游翔。

一进杏雨轩，只觉清风徐来，暑意顿消，他胸中烦闷一时散尽，倒在凉床上，极其舒适地盘算着如何消遣。几名太监穿梭般来来往往，提着食盒抱着酒坛，在杏雨轩中堂安放桌椅。耿聚忠叫住一个太监问了问，知道是公主吩咐的，便笑着重新躺下，不再盘算什么了，只想美美睡一觉，养养精神，好应付公主为他安排的宴乐。

果然，在他舒舒服服地睡了一个时辰之后，太监轻轻把他唤醒，并在他耳边低声说：“额驸爷，纤姑娘她们就要来了。”

耿聚忠笑笑，坐起身，擦洗了脸和手，整理了辫发，就在堂中坐定了。一切都安排得恰到好处。他刚刚呷了一口茶水，杏雨轩的细细竹帘微微一动，两双小巧的白手把它从下往上卷，于是两名穿蓝布衫子梳长辫儿的宫女就全身现露在门前。她们拿玉钩挂住帘子，便分左右站在门外两侧。跟着，四位骨柔气清、面容秀美、衣饰艳丽的女子，各自捧着银盘，鱼贯而入，列成一排向耿聚忠请安。

耿聚忠笑道：“免了吧！今儿个谁下帖子啦，怎么一股脑儿都来了？”

为首的红裙粉衫的女子，叫纤纤，笑着回道：“公主差我们来的，说今儿天热，额驸爷累了，让我们姐妹都来给额驸爷解闷儿。”

耿聚忠点点头道：“让公主费心了。让我瞧瞧你们带了些什么来。”四位姑娘轮番上前，呈上她们的银盘。耿聚忠也就借着看物，把她们一一看过。

她们都是明朝时装：纤纤和白娟穿着交领窄袖衫和长裙佩带，一红一白，很是鲜明；春荑和晕儿穿着长领长袖衫，里面露出鲜红的抹胸，长裙系住细细的腰，都加了一件绣花缀珠的腰裙，一鹅黄一碧绿，更显得活泼。春荑和晕儿各持一盘时果：鲜桃和黄杏；纤纤和白娟的银盘里，则各放了一本线装书，书内有彩线标志着页数。

耿聚忠先翻看了书，压有彩线的地方特意多看了两遍。这是公主亲自标志的。凡史书中有奇事、可读事，她就这样令纤纤她们奉进额驸。至于桃杏也如海棠樱桃一般，凡是时新果品，她都遣纤纤她们奉进。有时公主自己写成新诗，或偶得一二佳句不忍独赏，也遣纤纤她们送额驸吟诵。不过，这样的奉进，通常是由这些女子一人一天轮流送到西跨院或杏雨轩。

这些女子都有特殊才能，如纤纤善筝，白娟善歌，春荑善鉴古玩、善品箫，晕儿善舞、善丹青，一个个又貌美非凡，便替公主尽了伦常的内职。每当其时，耿聚忠无不乐之以酒，酒罢继之以诗，诗成美人起而歌舞。修竹清池、细帘嘉树的杏雨轩，便是一派莺啼弦乱、浅斟低唱、牵衣抱袖、红白低迷的旖旎风光。往往次日清晨起身，尚可见到草头蕉叶之上，尽是墨迹酒痕。

耿聚忠还有什么不快意？对公主的贤淑哪能不感激？

像今天这样，纤纤她们一起来到，表明一会儿公主也要驾临。这样的相聚，一月不过三两回。由于大家都很知趣得体，也总是尽欢而散。

宴席排开了，食盒上桌，酒盅斟满，笑语盈耳，阵阵荷风送香，吹得纤纤她们薄薄的纱衫绸裙飘飘拂拂，体态愈加苗条袅娜。耿聚忠乐得大笑，高举金盅畅饮，满心宽舒。望着那两盘硕大的桃杏，他静静凝思片刻后，一手擎杯一手提笔，写下了一首《长相思》：

“桃花红，杏花红，两样春光便不同，各自逞娇容。　倚东风，笑东风，绿叶青枝共一丛，静爱碧烟笼。”

他把这阕词往白娟桌上一扔，笑道：“唱吧！”

于是纤纤鼓筝、春荑品箫、晕儿鼓着檀板，白娟曼声地反复唱起了这首《长相思》。耿聚忠带着沉醉的表情，倚在榻椅上，微微眯住俊俏的眼，心中好生得意。

从他的祖父第一代靖南王耿仲明，到他的父亲第二代靖南王耿继茂，征战起家，军功卓著，耿家子弟也多以武事胜，哥哥耿精忠更因武艺出众名列头等侍卫。耿家出了耿聚忠这样一个人才，实在难得。他怎能不得意？而他不正是以这一长处，打动了公主的心吗？

大约在搬到西跨院后十天左右，他照例到寝宫去见公主请安行礼时，正遇上公主起身迟了些，梳妆未毕。他看着镜里倩影、镜旁娇容，不觉心头一动，笑道：

“公主，这妆镜颇有意趣，我为它作一铭文如何？”

公主看他一眼，略示惊讶。因为成婚至今，他还从未在公主面前舞文弄墨、一显才思哩，公主也不知道他这“多才”的评语里究竟藏着多大学问。

耿聚忠于是故意摇头晃脑，像才子一般曼声歌吟着：“炼形冶神，莹质良工。当眉写翠，对脸敷红。如珠出匣，似月停空。绮窗绣幌，俱涵影中。”

耿聚忠于是第一次看到了公主淡淡的笑容，从此以后，他们的交谈才有了内容。渐渐地，公主把耿聚忠当作了文友，互相唱和、互相考问，最初的戒备也就日见放松。终于有一天，公主把额驸请到寝宫堂屋小宴，举杯畅饮之际，公主说出了一番令他不胜惊讶的高论：

“我这人天生喜爱艺文，孜孜不倦、日日批注，一向孤独惯了，实在不习闺中谑浪。我想为你置妾数人，既可延续后嗣，又不夺你房闱欢爱。你我夫妻名分在，正可以诗文交往，相敬如宾。”

耿聚忠怎么也不相信，这些话这些念头和这独特的折中手段，会来自这个十三岁的格格！然而她说得从容不迫一本正经，显然是她那小小的心眼儿里早打定的主意，俨然尊贵的女主人！耿聚忠怎敢拒绝？私下里不无欣欣然。

不久，公主拿出六百两黄金，买来了六名花容月貌的美人儿。除了眼前纤纤她们四个，还有两位，名绿丝、碎桃，能骑马、善鼓琴，但使她俩深得公主宠爱的，还是因为她俩特别会种花。无论什么断枝残根，经了她们的手，没有不活的。公主从宫里带出来一盆奄奄待毙的菊花名种“白鹤卧雪”，就由她俩莳弄，不但起死回生，而且欣欣向荣，绿叶都如翠玉片似的坚挺有力，长出许多新芽，今秋定会开出好花。公主特别喜爱这种白菊，要她俩多分盆多栽培，说是要在屋里屋外摆满“白鹤卧雪”。如今正当盛夏，绿丝、碎桃来得不多，总是在为秋天的菊花忙碌吧。

公主给耿聚忠这样的稀世艳福，耿聚忠自然感激不尽，对公主格外恭敬顺从，但暗中并不死心。因为这显然是由于她情窦未开，又生性倜傥而做成的一段风流韵事。等到三五年后，公主会出落得更艳丽，到那时候……

耿聚忠在《长相思》的歌声中，只管胡思乱想，歌声却突然中断了，宫女来报：公主到。纤纤她们立刻放下乐器，随耿聚忠出轩迎候。

满园绿树浓荫、湖石林立，在花木亭台的掩映中，八宝顶盖的紫帷小车隐约晃动着。车轮压在鹅卵石铺就的小径上，“吱吱咯咯”的声音与车顶的银铃声交会着，透过花草树木的芬芳，透过郁郁蓊蓊的绿荫，传向花园的每一个角落。

八宝紫帷车停在杏雨轩前，扶车的绿丝和碎桃上前掠开帷帘，公主像九天玄女庙里的主神，端坐其中。纤纤等四人连忙跪下迎接，耿聚忠也笑着请了安，绿丝和碎桃才将公主扶下小车，一同进了杏雨轩。

公主和额驸坐了主位，六名侍姬三人一席，分左右陪坐。于是弹筝鼓琴，继之以舞，纤纤她们各展长技，赞颂皇家恩德和公主额驸的仁慈。每人献艺毕，一定向公主额驸敬一杯酒，祝家主人康乐长寿。公主微微笑着，每杯酒都轻轻抿一口，随后额驸立即从她手中接过，一饮而尽。

额驸饮罢第六杯酒后，拿酒杯往桌上一顿，笑嘻嘻地指点着侍姬们说：

“好啦，这下该看你们的了！可别又让我这业师丢脸哪！”

侍姬们也笑起来，纷纷由怀里或领中探出一个小小的绣囊，囊中是她们近日所赋诗词。按往常惯例，上寿酒过后，侍姬们要向公主进上她们的近作，而公主呢，就会立刻命人另设一案，案上香炉焚香，她缓缓坐在案边，对侍姬们的文章细加品题，定出先后，优者奖励，末一名罚酒三大盅。诗词中平仄有差、叶韵错误的她都为之改点。但每改一字，辄以巨觥罚额驸。理由很充分：额驸是老于诗词的高手，不为美人更改，想要含糊蒙混、悄悄溜过去了事吗？“我可不念这点香火情，不罚不足以警来日！”每当此时，侍姬们也都凑趣，一起跟着笑嚷道：“公主说得好，该罚该罚！”于是，这便成了规矩，公主一改诗，额驸就得受罚，连饮数觥，直至沉醉，尽欢而散。

所以，耿聚忠看到侍姬们献上诗作，便摆出一副英雄架势，笑道：“公主，酒觥已经备好，在下谨候命。”

公主笑了笑，说：“今儿个，你原本逃不了这顿罚的，偏偏你自己把自己救了。纤纤，你们的锦绣文章暂且收回囊中，下次一并评点。愿意喝酒呢，就坐坐，不想喝出去散散心也成。我有事要跟额驸说。”

侍姬们何等乖巧，都说要出去看荷花数红鱼，相随着出轩去了，只有绿丝、碎桃还在公主身边侍立。耿聚忠心想：这小格格，不知又要闹什么花样！他笑容满面地说：“公主有何见教，在下洗耳恭听！”

公主瞅他一眼，说：“别这么油腔滑调的，我有正经事跟你商量。”

她脸上一副成年人深思熟虑的表情，倒叫耿聚忠微微一愣，看上去真怪严重哩！他只好强打精神，可是酒意慢慢升上来，眼皮发沉，脑袋晕乎乎地很舒服，身子直打晃，嘴里有些含含糊糊地说：“噢，噢，公主请讲……请讲……”

公主说了几句什么，都像是从很远的地方传来的，听不清楚，似乎公主只动嘴唇没出声。耿聚忠便用力地睁开眼睛，笑道："公主，你大声点儿，我听不清……"

公主望着额驸，咬咬嘴唇，又回眼看看桌面，那儿有一盆湃果子的冰水，她就着额驸脑袋下垂的势子，伸手一用劲，把他的头脸按进了冰水里。

耿聚忠"哎哟"一声，灌了一口水，浑身打了个寒战，直起腰来摇摇脑袋，甩开水珠，惊讶地望着公主。公主对绿丝点点头说："给额驸丝帕！"随后笑道，"现在我的声音够大了吧。"

额驸顿时清醒了许多，一面用丝帕擦脸，一面哈哈大笑。也许在用笑声掩盖心中的恼火，那就难说了。

"额驸，你带回的抄报，我看了。皇上下诏求直言，应者多数言之无物。惟有弘文院侍读学士熊赐履所上奏疏最有分量！"公主说着，竟拿出抄报，诵读起来，"'民生困苦孔亟：私派倍于官征，杂项浮于正额。一旦水旱频仍，蠲豁则吏收其实而民受其名，赈济则官增其肥而民重其瘠……'他敢说这样的话，可不是忠臣吗？"

耿聚忠回答得有些迟疑："公主所见不差……熊学士此疏在朝中很是轰动，不过……"

公主不听他的，兴奋地指点着抄报继续说："还有这里，这一段，你听听：'今朝廷之可议者不止一端，择其重且大者言之：一曰政事极其纷更，而国体因之日伤也。国家章程法度不闻略加整顿，而急功喜事之人又从而意为更变，但知趋目前尺寸之利以便其私，而不知无穷之患已潜滋暗伏于其中矣……'"

"公主，别念了。熊学士的疏本，正是这一段得罪人了。"

"此段却正是疏文之精华！"

"公主有所不知，鳌大臣对此疏大不高兴，指问谁是'急功喜事之人'？'无穷之患'又是什么意思？……"

"这还不明白？已禁圈地，此番又圈，不是政事纷更？两旗换地杀三大臣，他不就是急功喜事之人？真是的！心里没有臭疮疤，为什么怕人揭？谁认就是谁！"

"鳌大臣已请皇上以妄言治熊学士之罪哩！"

“当真？”公主双眉一挑，“皇上能依他？”

“倒是，这回皇上是没有准。可熊学士结怨鳌大臣，日后鳌大臣总会找个不是整治他！熊学士这不自找倒霉吗？……图个什么呀！”

公主斜了额驸一眼，不高兴地皱皱眉头，又忍住了。耿聚忠正在整理湿乎乎的衣领，没注意公主的不满。公主又从容地说：

“还有这里。索大臣多次率辅臣请皇上亲政。皇上倒一直没应允。这君臣之间的忠义道德，足以光耀史册了。”

“正是正是。”耿聚忠接口极快，“索大臣奏请皇上亲政，皇上虽然未允，但下诏褒奖索尼忠诚，加授一等公爵，与他原有的一等伯爵一并世袭。这荣宠也是空前的了。”

“是啊，我看抄报上写着，索大臣辞谢爵封，皇上不许。”

“索大臣对皇上的耿耿忠心，实在古今罕有其匹，满朝文武都很敬仰哩。”

“那么，你呢？”公主话锋一转，乌黑的眸子闪着剑一般锋利的寒光，盯住耿聚忠的眼睛，像要把他的心底看穿似的，“你为什么不同索大臣一样，奏请皇上亲政？”

突然的一问，耿聚忠措手不及，不知如何回答。

公主的眉梢扬得高高的，慨然道：“你们耿家，受皇家三世厚恩，郡主、公主联袂下嫁，享尽了人间的富贵荣华，难道你们还不该对皇上忠心耿耿？难道还不如索大臣？”

耿聚忠回过神来，连忙低声下气地说：“公主言重了！我们耿家即便粉身碎骨也难报皇上大恩。只是眼下这件事，很有些为难处。我耿聚忠怎能与首辅索大臣相比？又怎能与鳌大臣相抗衡？……”

“哼，”公主冷笑一声，“惧怕鳌拜的权势吧？”

“不，不！谈不上怕他……可现如今他整垮了苏克萨哈，又趁索尼多病包揽了京察，排除异己安置亲信，已然大权独握了。索大臣奏请皇上亲政，实在也是觉得力不从心、无法节制鳌拜，不得已而为之啊！……”

“你的意思，那鳌拜竟要摄政了？”公主这一问，耿聚忠不得不更加认真。公主的头脑和眼光，实在比她的年龄成熟得多。他小心翼翼地低声说：

“公主不要着急，听我细细分剖。鳌拜虽然权势日增，但人望日减。两旗换地事他偏袒本旗，得罪了正白旗，也吓住了其他各旗，各旗又没分得一点儿好处，对鳌拜难道没有怨言和戒心？京察之事他更做得明目张胆，举朝为之侧目，满汉官员哪能无动于衷？……不过，鳌拜之势力养成并非一日，到了如今的地步，就是要去其羽翼，也要大费手脚呢，何况……”

公主不耐烦听他絮絮叨叨地“分剖”：“别的不必说了，我只问你，你为什么不奏请皇上亲政，给索大臣加一把子力气？”

耿聚忠躲躲闪闪：“我，我不过是个皇亲，并无显职，怎么好上奏呢？况且又势孤力单的……”

“那么吴应熊、尚之信，还有你大哥二哥呢？你们可以联名会衔上奏嘛！……再不然，你们这些王世子、王子们，给各自的父王进言呀！要是平西、平南、靖南三家藩王再加上定南王孔格格一同奏请皇上亲政，朝廷能不理睬？鳌拜敢不答应？”

耿聚忠迟疑着没有回答。他不敢把什么话都端出来。

事实上，耿家兄弟跟吴应熊、尚之信时相往来，朝中这些大事互通消息，早就在一处商讨过了。

前些日子，平西王吴三桂突然上本，以眼病为由，求解云贵两省事务，用心无非表示自己虽然威镇边疆，却没有任何异志野心，也借此试探朝廷对他的态度。不想鳌拜急于揽权，立刻同意吴三桂解任，并明谕两省事务交总督巡抚管、两省文官任免事权仍收回给吏部。这自然使吴、尚、耿三家极不高兴。对势力雄厚的三藩而言，一个小皇帝，总比一批老奸巨猾的辅臣好对付。所以他们倾向于皇上早日亲政是必然的。只是在京的这几位王世子、王子都还没有得到父亲们的明确指示，朝廷中形势变幻莫测，也使他们不敢轻易露出真面目。

公主并不了解额驸的苦衷，见他迟疑着不答话，心里更加着急，说：“还有那么多汉大臣呢？不也可以联名会衔请皇上亲政吗？”

耿聚忠皱着眉头说：“汉大臣谁敢管这样的事！躲都躲不及呢！谁知道日后是什么结果？多嘴多舌杀的流的还少吗？还不学个

乖？……哼，熊学士那样的主儿，显见是书呆子，傻瓜！……”

“啪！”公主抽手给了耿聚忠一个耳光，接着对他那张俊脸愤愤地瞪了好半天，临了，从牙齿缝里挤出了两个无比轻蔑的短句：

“胆小鬼！窝囊废！”

她再不看耿聚忠一眼，昂着头径直走了。

耿聚忠愣了半晌才回过神来，急忙追出轩门看时，暮霭之中，八宝紫帷车摇摇地向远处驰去，车轮车铃声很快就消失了，仿佛溶化在沉沉暮色里。除了两名随身侍奉的太监以外，侍姬们和宫女们也都不见了，想必跟紫帷车一同走了。

耿聚忠摸摸被打的左脸，这可谓结婚以来公主与他的第一次“授受之亲”。他心里又是懊恼又是不安，只得自我解嘲地嘟囔：“这么大的脾气！真是公主娘娘！”

一回眼，发现太监还站在他方才挨打的宴席之旁，想到刚才的那一幕落在他们眼里，脸上更挂不住，便恼怒地喝道：

“还待着干什么？还不快收拾！”

四

已交亥时，寝宫里只有挂得高高的几盏宫灯发出暗淡的光芒，其他桌灯壁灯都已熄灭，仍然闷热难当。床边两个宫女“呼扇呼扇”地打着扇子，院里金蝉拖着长长的声音叫得人更加烦躁。

床上的太皇太后又翻了个身。

坐在南炕桌边打盹的苏麻喇姑立刻惊醒：“老佛爷还没睡？”

太皇太后轻轻一笑：“唉，上岁数的人，心里搁不住事儿。”

“还是天气太闷的过。这些日子热得出奇，准要憋一场大雨……”像是证实苏麻喇姑的推测，远远地响起一阵敲湿鼓似的闷雷声。她接着笑道：“瞧瞧，雷来了。大雨过去，老佛爷就能睡个凉快觉了。”

“老天肯帮忙，雨后一凉爽，明儿上船就舒服多了。”

说话间，雷声越来越近、越来越震人，持续不断的轰鸣，响得屋里人们互相说话都听不清。

狂风骤起，“呜呜”怪叫，门窗“乒乓”乱响，太监宫女们全都惊醒，一窝蜂地跑去关窗户关门。

“啪啦啦”！一声骇人的霹雳，仿佛就炸在寝殿顶上，惊得人们掩耳失色，胆小的宫女吓得互相搂成一团。

“噼噼啪啪”！寝宫顶、窗户外、树叶上，一片撒豆子一样杂乱的声响，越来越密，很快扩展成充塞在天地间、充塞在每个角落和每个人耳鼓中的“哗哗”大雨。这声音虽也宏大无比，人们反倒安心了，静静听着雨声。

太皇太后撑着一肘，从枕上抬起头，语调有几分焦虑：“雨声里怎么‘叮当’乱响？该不是下冰雹吧？”

几个宫女赶紧出门去瞧，片刻间捏着几颗绿豆大小的冰粒儿跑回来。

太皇太后一看，坐了起来：“这还不把荷叶打穿了？”

苏麻喇姑连忙安慰：“老佛爷放心睡吧。冰雹这么小，伤不了荷花荷叶。都说雹打一条线，太液池哪儿就那么巧正可在线儿上呢？就算打穿几片荷叶，不过多几个小眼儿，也不难看……”

“你倒会说。”太皇太后笑笑，重新躺下。看看风停，命宫女打开门窗。一股凉飕飕的水汽冲进来，驱走了闷热和烦躁，而暴雨的“哗哗”声也就越发震耳了。

太皇太后忍不住又坐起来，径自下床、径自走到窗口朝外看。在宫门的淡淡宫灯衬映下，雨水如天空悬下来的一条条粗大的白丝线，毫无停息的意思。她紧蹙着眉头，默默看了片刻，说：

“还是着人去金鳌玉蛛桥边看看，这么大的雨，别把荷花骨朵儿打坏了。”

苏麻喇姑立刻传总管太监差人披了雨布去看。那边太皇太后又添了一句：“要是荷花受不住，得想法子给遮挡遮挡。”

几名太监领了差赶紧去了。太皇太后仍没有睡的意思。苏麻喇姑心里好笑，可是见老太太不安地踱着步子，只好再次劝慰：“老佛爷只管放心，荷花水里生水里长，还能怕下雨吗？夜深了，老佛爷还是早点儿歇着吧！”

太皇太后终于还是等差去的太监回报了“荷花荷叶没事儿”之后，才松了口气，上了床。她觉出苏麻喇姑神情中隐隐的不以为然，躺下时暗暗叹息：自己是不是真的老了？这么琐碎唠叨！……可是，明天的事关乎荷叶荷花，关乎日色天光，关乎风云阴晴，也关乎朝廷大政、皇帝进退，至关紧要，至关紧要！只能成功不能失败，她又怎么能够不念念于心啊！……

太皇太后却无暇顾及，这场夏季暴雨，也使京城的许多王府贵胄之家的女主人彻夜难眠、心绪不安：大雨若是不停，老佛爷召见会不会取消？若不取消，则冒雨见驾就有许多不便，必须早做预备；大雨若能停息，明日少几分炎热，也就少了几分御前失仪的危险，大热天见驾实在不是舒心的事。也不知这位老佛爷老祖宗高了哪门子兴，要这许多福晋命妇们天亮前就进宫，见驾的地点又不在大内，究竟为了什么事情？……

老天爷真肯帮忙，不到四更天，雨就停了。

五更时分，天色刚有些麻麻亮，西苑五龙亭四周仿佛灯会一般，数百盏灯笼将应召入宫的福晋命妇们送进亭中见驾，又送上那只凤头平底的大篷船。

一声“起驾”，数艘小船护卫簇拥着大篷船，慢慢驶离五龙亭，向金鳌玉蛛桥平稳地划去。

天色渐渐透亮，琼华岛上白塔隐隐约约似模糊的剪影，撑船的太监一左一右，动作整齐；除了水声汩汩，大船小船全都静悄悄的没有声音。

当凤头船划进金鳌玉蛛桥东北那一片极其茂盛浓密的荷田时，老佛爷开口了：

“停船。”

船停住了，被四周密密的荷叶荷花包围着。

“好了，我们就在这里静静地等着。”老佛爷语调安闲而沉稳，却掩饰不住那种变戏法的人即将揭底时的神秘和得意。

她应该得意：天气好得不能再好，随着东方发白，整个天空像一整块水洗过的深蓝色宝石，晶莹透明；昨夜令她不安令她焦虑的荷叶荷花毫无损伤，亭亭玉立，陪伴在身旁；宣召进宫的福晋命妇们全都不知所以、莫名其妙。这是最逗她开心的一件。

没人敢问一句等什么。因为老佛爷说了静候，就得静候。

人人都悄悄的，大气都不敢出。西苑各处也不见灯火，仿佛还在沉睡。只有晓风轻轻，拂动着荷叶“沙沙”响；只有几只漂亮的翠鸟“扑棱棱”扑动翅膀飞翔。

“太阳快出来了，”太皇太后抑住自己的兴奋，压低声音说，“你们留神瞧着，看看那些含苞未放的荷箭会怎么样开放！”

船上掠过一片轻轻的嗟吁和叹息：原来太皇太后就为这个把福晋、命妇们天不亮召进宫里来！不过，她们中显然没有一个见识过这种奇景，所以一双双眼睛果然去寻找那些荷叶间躲躲闪闪的蓓蕾。

晨光透出，天色越来越亮，船上的人们彼此看得清衣裳的色彩和精细的花纹了。

晨风似乎停息，微波也消失了，人们都在期待着，不但紧张、专注，甚至有几分神圣庄严。

一束红光骤然射出，人群中不知是谁低低地叫了一声，太阳露头了！随即便听得太皇太后兴奋地用耳语般的声音悄悄说：

“快瞧，快瞧哇！……”

无边的荷田里，千百枝肥大的荷箭在摇曳着、膨胀着，一刻比一刻地开放着。

太阳在上升，露出半边透红透红的笑脸。

那千百株花蕾如同受到鼓舞，向太阳回报美丽的笑，越放越大。

太阳升起来了！圆圆的，不停滚动的大火球，整个天空被它染红了、染紫了。

花蕾开放了！一枝，十枝，百枝，千枝！仿佛在“噼啪”地轻轻炸裂，仿佛在“沙沙”地舒展花瓣。荷花那特有的清香刹那间迎面扑鼻，弥漫在荷田的上下左右东南西北，笼罩了凤头大篷船。荷花越开越大，花香越加浓烈，香浸眉目鬓丝，香染绣领衣襟，人们的呼吸都是香的，直沁心脾！

这些贵妇人，终究不失女子天性，终究忍不住，好几位不约而同地赞叹起来：

“实在太奇太妙啦！”

“香得人醉，香得人晕！”

“这可不就是仙境啦？”

最伶俐的安亲王福晋那拉氏领先向太皇太后谢恩：“谢老祖宗天恩！要不是今儿老祖宗给奴才们开眼，奴才们可是白活一世了！”

福晋命妇们纷纷叩谢，乖巧的话说了一大箩，倒也是真心赞叹。

太皇太后笑眯了眼：“谢什么，这就叫天地造化之功啊！……”

太阳越升越高，光芒四射，渐渐透出炎炎夏日的威焰。但水面上、荷田中，清风习习，吹面生凉，芳香袭人，衣襟映碧，更有船篷遮去日光，清爽有如新秋。

船篷正中，一道雕花乌木围屏环绕着一张宝榻，太皇太后端坐榻上。福晋命妇们围坐在她面前一长列矮桌边。按太皇太后吩咐，小船陆续送上几个冰桶，用来拔瓜果，食盒、果品点心、茶水酒水摆了满桌。几个大盘子里，一芽芽绿皮红瓤黑子西瓜飘出一阵阵冰湃之后的又凉又甜的特殊香味，最是诱人。贵妇们领命不再客气，有的吃西瓜，有的切桃子，有的拣几块精致的宫廷点心品尝，体质弱的不敢吃冰，轻轻呷几口温茶。她们往常也不时被召进宫，在这位慈祥和蔼的太皇太后面前，礼节很周到，却又不是那么拘束。

安亲王福晋笑着说：“老祖宗，我们虽说应召，原也早约好一同来向老祖宗谢恩的，没带像样的谢礼，反倒叨扰你老人家一顿果席，可太没道理啦！”

福晋命妇们纷纷随声附和，笑语盈盈，在水面上格外清晰动听。

今年直隶京畿一带春旱，收成不好，许多旗人家庄子上没有多少进项。太皇太后懿旨拨发宫中节省费用及库存内帑共二十四万两银、十五万匹绢，分赏八旗。其中正白、镶黄两旗因圈换土地，收成更差，酌情多加恩赏。懿旨一下，八旗兵丁无不感激涕零，纷纷谢恩谢赏，向阙跪拜。各旗都统及旗主王公们都上奏赞颂太皇太后的恩德。他们的夫人自然要借应召之便格外表示谢意了。

太皇太后微笑道：“总是自家人，十指连心嘛！谢礼呢，我也不要。你们来陪我说说话儿、逛逛园子、赏赏荷花，我就挺高兴，抵得过谢礼啦！”

那边一位身材苗条、着月白素缎袍的巧嘴福晋连忙说：“我倒想天天进宫来陪着老祖宗呢，可就怕老祖宗瞧不上眼儿：哪儿来这么个又粗又蠢的傻丫头，真讨厌！”

太皇太后笑了：“我倒想天天召你进宫来陪我呢，就怕惠贝勒背后骂我：老太婆当什么法海和尚！”

贵妇们忍不住都笑了，笑得那一身月白的福晋脸儿都红了。老太后说了逗趣儿的话，她们都得笑，不笑便是失礼失敬；但又不能笑得过分，失于张狂，也是失礼失敬。她们熟能生巧，都笑得恰到好处。

一位都统夫人从矮桌另一头大声地说：“老佛爷恩赏银两缎匹，实在是及时雨普救众生，旗下人家，家家户户男女老少都感激皇恩，给老佛爷烧香添寿呢！”

太皇太后笑道：“我太祖以遗甲十三副起兵，首创八旗。统一满洲，进关立国，一赖天地保佑，二赖主上圣明，三赖八旗奋战，才有今日大清一统天下。今后，上承太祖太宗及先皇帝之志，下开一代太平江山，还要靠八旗忠勇哩！”

福晋命妇们争先恐后地纷纷表示：

“主子圣明，奴才一片忠心，至死不变！”

“主子厚恩，奴才们粉身碎骨也要报偿！”

索尼夫人说出的话见识最高：“奴才们都是叨了主子的福分，才有今天的荣华富贵，忠心不二乃是奴才们的本分。有二心的，天地不容！”

“你们是怎么了？起誓赌咒的！”太皇太后笑着说，“今儿个是赏荷，说说话儿尝尝鲜儿，瞧，来了。”

只见一叶轻舟由金鳌玉蛛桥洞下撑出来，两个小太监伏在船帮上洗涤刚刚从湖底挖出的鲜藕。小舟驶近大船，两个小太监头顶银盆，盆中满满的，净是雪白肥圆的嫩藕，向太皇太后跪呈。大船上的宫女接过来，太皇太后又命赏他们一人一盘点心。小太监跪叩谢恩后，小舟如飞划开，不多时就隐没在远处岸边的柳荫中了。

鲜藕在冰水里湃了一阵，便削皮去梗端上了桌。最大的三节藕，有胳膊粗，白如象牙，水淋淋的，看见的无不惊叹。宫女们舍不得拆散它，传给在座的众人。众人传看称赞一番，一致议决献给太皇太后，说是她们实在没那么大的福分，吃了这样的福物，怕当不起，折了寿数。索尼夫人还说：

“太皇太后崇养两朝，护佑两代君王，是天下第一大福人！我们都是跟着沾光的，能看见能摸着就算福气了！”

太皇太后接过这支肥大的藕，也很高兴。见这三节藕形似一支如意，不由得心里一动。这些天她筹思这次宣召的主要用意，直到现在还没找到非常适宜又非常自然的出口处。这藕来得恰逢其时，令她兴奋，但想到身为太皇太后还须这样思前想后，不免又有几分伤感，于是，若有所思地对着它直是看。

福晋命妇们都在品尝新上的冰藕片，脆生生凉津津，嫩如笋尖、甜似蔗霜，赞美声夹着“嚓嚓”的咀嚼声，真是妙不可言。太皇太后望着众人，神色渐渐庄重了：

“我昨晚做了个梦，梦见太祖皇帝亲手赐给我一柄玉如意，许我为厚福之人。我向太祖皇帝叩拜谢恩，太祖皇帝又说：‘朵毛洛虽然年幼，却是英明异常，将来是一代圣君，其福过于乃父乃祖，汝尽心抚育教训为盼。’醒来以后，记忆不清。今见这支藕，形状酷似太祖所赐玉如意，梦中景象竟赫然在目！”

朵毛洛，是曾孙的意思，指的当然就是当今皇帝玄烨。

满洲贵族家最信托梦，太皇太后的梦境就是天上的旨意！众人都连忙向太皇太后跪叩祝贺，这是吉祥佳兆，大清皇上万岁万万岁，大清江山万年万万年！一时间，荷花丛中的游船上，叩拜恭贺之声响彻太液池面，大家的兴致更高了。

“本来呢，索尼他们四位辅臣早就上奏请皇上亲政了。”太皇太后拈着一片鲜藕，似不在意地微笑着说，“我想皇上终究还在冲龄，不到他父亲亲政的年岁，国事繁重，四大臣勤苦劳碌，一时离不得，不如再迟些年……哦，真鲜嫩，真甜！”话题未完，她将藕片放入口中，有滋有味地嚼着、赞叹着，仿佛把后面的话忘记了。其实正借着品味鲜藕注意观察福晋命妇们的反应。

索尼夫人立刻接过话头："老佛爷的知遇之恩，我们子子孙孙都铭记在心。索尼年迈体衰，早就有恳请皇上亲政的意思，只为年来多事，总想综理清楚，好交还皇上一个清静平稳的朝廷。如今，可是正当其时了！……"

"按理说起来，"安王福晋略皱皱眉头，神情颇有点安亲王的韵味，"皇上大婚便是成年，理当亲政的。迟到今日，是老佛爷皇上敬贤谦恭的美意呀！"

一都统夫人笑道："八旗谁不知道咱们皇上英明聪慧仁爱，举世无双？秤砣虽小压千斤，秦甘罗都能十二岁拜相，何况咱满洲的龙子龙孙！"

福晋命妇们纷纷接茬儿：皇上亲政千该万该，天意人意，正当其时。

太皇太后点头笑笑："是啊，有了昨晚这个梦，有了太祖皇帝的御旨，我这心里还真踏实了……"

垂柳依依，轻拂水面，像一带绿色帘栊，掩映着太液池曲折的岸。忽见两团浅蓝色在柳帘中飞快地滚动，直到靠到船头，才站出来，原来是两名奏事太监，急急忙忙上了小舟，急急忙忙向大船飞快地划过来。

太皇太后还拿着大藕端详，说是越看越像梦中的如意；索尼夫人和安王福晋立在太皇太后身边，指看满眼的荷花世界，议论着南蛮子把六月二十四定为荷花生日有没有道理。冷不防两个奏事太监在船头跪定，气喘吁吁地叩头请安，向太皇太后奏报：

"启禀老佛爷，辅政大臣索尼索大人，归天了！"

"啊?!"太皇太后不出声地张了张嘴，手指一哆嗦，大藕失落，掉到她膝上，微微一蹦，摔向地下。身边一个眼疾手快的宫女，急忙一个蹲身伸手，在大藕落地前的一刹那托住了它。这是太皇太后福气命运的象征，万一摔坏，那还了得！

索尼夫人脸色煞白，她不相信自己的耳朵，翕动着无色的嘴唇，对安王福晋喃喃地说："他在讲什么？在讲谁？……"话音未落，她两腿一软，“扑通”一声瘫坐在那里。好半天，终于哭出了声，朝着太皇太后跪倒，流着泪，喊道：“老佛爷！……”

太皇太后很少像现在这样心慌意乱，手脚都控制不住地直哆嗦，只觉得眼前发黑、口干舌燥，一股凉气直往嗓子眼儿里灌，冷汗从发际慢慢渗了出来。事情来得太突然，把她的计划全打乱了，这打击不可谓不重啊！……她用力咬紧牙关，努力平息自己这一阵突发的慌乱。福晋命妇们都吓住了，一个个老老实实地低头坐在自己的座位上，好一会儿，只有风吹荷动的声响。

太皇太后默默地望天，难道天意阻止玄烨亲政？难道天意不佑护爱新觉罗氏的江山社稷？……玄烨即位以来，四辅臣互相牵制，维持着朝政的平衡。索尼一死，平衡打破，从此朝中就要多事了！……看来鳌拜专权已成定局。现在再去扶助苏克萨哈，已来不及了。而且从根本上看，苏克萨哈和鳌拜这两个人，一旦专权，对玄烨的利弊，是没有多大区别的……

太皇太后努力压住失败感带来的沮丧，终于稳定了自己，以平静得令人疑心的声音问：“谁来报丧？”

“回老佛爷，是索尼之子，内大臣噶布喇、一等侍卫索额图。”

“现在何处？”

“苑门外候命。他们请接索尼夫人回宅。”

“传他们来琳光殿。”

太皇太后和索尼夫人一同来到琳光殿时，噶布喇和索额图已在那里等候。见到两位老太太，跪着膝行扑向前来痛哭，娘儿三个哭得气噎胸堵，但还竭力维持着必要的贵族体面，很是端庄肃穆。太皇太后看了，不由得陪着落了几滴酸泪。

噶布喇收住泪，向太皇太后和母亲禀告事发经过：中午索尼下朝回家，好好的，饮茶用膳都与往常一样，膳后午睡，醒来便进书房看书。不到半个时辰，只见他把头一低，就睡着了似的一动不动了。书僮好半天不知主人为什么没动静，看他脸色微微发红，映着白须白发，倒像很有神采。是他口角流出的长长涎水，让僮儿害了怕，急忙叫人来看时，索尼早就没气儿了……

竟是这样的突然死亡，真叫人猝不及防！太皇太后思绪纷纷，一时又有些发慌，但多年风浪行船的磨炼，使她很快摒弃了一切没有用的杂念，拈出几个最要害的问题。她低声问道：

“索大臣身上有无外伤？”

噶布喇一愣。他没注意这个。他是个只管家务田庄的老实人，一向对政事不明不白，此时便茫然不知所对。索额图就立刻接过去回答说：

“回老佛爷，奴才仔细看过，并无外伤。”

“茶水、膳食都干净？”

“回老佛爷，一向是经下人尝过才进呈，都是干净的。”

“在他故去前一两天中，他没有自觉不久于世吗？”太皇太后的眼睛闪闪发光，分明言外有意。索额图琢磨不定，迟疑着不敢回答。

太皇太后沉痛地摇摇头，倚向宝榻靠背，缓缓地说：“索大臣身历太祖、太宗、先皇帝，于今已是四世，一生对皇家忠心耿耿，极其难得。索大臣一去，朝中可以倚仗托赖的老臣就所余甚少了。可叹索大臣一片忠诚，自三月以来，屡屡上奏请皇上亲政。我总想皇上年幼，国事殷繁，还须再倚任数年，所以屡次未允。今日想来，实在有伤索尼忠爱之心了……我想——”她慢慢转过半面，炯炯目光再次盯住索额图，一字一句地轻轻问：

“我想，索尼病故时，一定对此事念念不忘吧？”

噶布喇眼睛里仍是一片茫然。索额图立刻奏道：“正是。奴才阿玛在书房看书时，奴才曾在侧侍候片刻，那时奴才阿玛还向奴才提及此事，说是还要率辅臣和文武百官上奏恳请皇上早日亲政。”

“那么，索大臣必定有遗疏了？”太皇太后的目光更加专注、更加明亮，眸子深处仿佛有两个火点。

索额图略一迟疑，马上接着回奏道：“奴才见到奴才阿玛确有一份疏稿在案上，只是当时尚未写完。等奴才再进书房时，奴才阿玛已经故去，一家人慌作一团，疏稿之事就无心查看了……”

太皇太后暗暗嘘了口气，声调更加亲切了：“索大臣不但是国家砥柱、朝廷首辅，与我皇家还是至亲。葬祭谥恤，必须从厚从优，方能与索尼一生忠义相称……”

当噶布喇兄弟搀扶着他们的母亲叩别出宫之后，太皇太后立刻起驾回大内，同时命奏事太监往乾清宫召请皇上来慈宁宫议事。这一回，她要和孙子好好地说一说。有些话得说透，把自己的意图、计划和对政事的分剖细细告诉他。他已经长大，已经十三岁了！

索尼之死，朝野震动。

他确是一位公忠体国、颇负人望的大臣，更是朝政中举足轻重的平衡力量。满汉大臣也罢，八旗官员也罢，王公贵族也罢，尽管对他的看法各不相同，但都念及他正直无私、全心全意为国操劳的好处，对他的去世无不悲痛。同时，人们都惴惴不安：索尼一死，朝政将发生怎样的变化？瞻前顾后，许多人真是不寒而栗，心头很是沉重。

朝廷恩礼有加，十分隆重。赐给索尼文臣中最高的谥号——文忠，除了按一等公爵规格葬祭抚恤之外，又加赐鞍马两匹、银二千两，并给予王爷规格的礼遇：赐春秋二祭之外，又赐加祭四次。这可是从没有先例的。前年孔四贞为父亲定南王孔有德争赐春秋二祭，还费了许多功夫呢！

索尼卒后第三天，皇上亲自向王公贵族、文武百官批转了索尼的遗疏，再一次嘉奖了索尼的忠诚。

索尼遗疏中写道：“……初，三月中，奴才索尼、苏克萨哈、遏必隆、鳌拜等联名会衔，奏请皇上亲政，皇上留中未发；之后，奴才索尼等屡次陈奏，皇上再三不允。然世祖章皇帝亦于十四岁亲政，今主上年德相符，天下事务总揽裕如。奴才索尼年老且病，不久人世，乃恳切奏请，伏乞皇上鉴奴才一片忠心，早日亲政，奴才便死九泉，也能安心瞑目……”

遗疏在朝中引起的震动，并不亚于索尼病故产生的影响。皇上亲自批转遗疏，用意已很明白：表彰索尼忠诚为表，力争早日亲政为里。那么说，十三岁的少年天子，真的想要登上这个复杂纷繁、厮杀残酷的大舞台了！

朝廷上上下下一时十分紧张，人人瞪大眼睛四面八方地观察，看谁敢冲破严酷的沉静，响应索尼的遗疏。大家心里都清楚，这样做固然可以得到小皇上的赏识，但必定结怨于权臣，小皇上的恩惠好处尚可望不可即，而权臣的威胁却就在眼跟前！那人是动不动就要你掉脑袋的！

索尼宅内设了灵堂。用寸蟒红缎罩遮护严密的棺材，安放在正厅正中。正厅前从月台衔接前廊，搭出一座高大的起脊席棚。月台正中安放灵床灵桌，桌前有亭状景泰蓝长明灯及香炉、烛扦、香筒等五供，饽饽桌供在灵前，下有奠池和拜垫供亲友祭奠。从正堂到大棚，高张素白帷帘，四周挂满了亲友同僚敬送的挽联。大棚左右各站了两排僧人，不住口地念着经卷，为亡者消灾祈福。二门外左侧竖起幡杆，长过丈余的荷叶宝盖头的寸蟒红缎幡在风中飘动，向人们报丧；二门外右侧，称为驱路的八面正黄长方旗插在架上，又备太平杠一份、椅轿一乘，向人们表明死者的身份，杠夫、轿夫昼夜侍候在杠、轿之旁。大门外立着大鼓锣架，金漆上面黑色花纹的鼓帮，是丧事的标志。大门内则是一班由号筒、喇叭、锣等乐器组成的官吹，随着门外鼓声的节奏而吹打，迎送来来往往的吊客。

从早到晚，连续好几天，到此吊唁的满汉大臣络绎不绝。他们黯然神伤而来，在灵前一掬哀痛之泪，恭敬地深深跪拜，赠送祭礼、挽联，向浑身孝装的孝子孝孙婉言安慰，又默然沉思着离去。

索尼宅门前，虽是从未有过的车如流水马如龙，却人声寂静，就连车夫马夫轿夫到了这里，也都低头不语。只有那天上午鳌拜鳌大人来的时候，热闹了一阵。因为同来了许多显赫的大人：大学士班布尔善，尚书阿思哈、马尔赛、噶褚哈等。他们进大门前还在不可一世地说笑着，毫无戚容。只是进门时，鳌大人不高兴地瞪了这些人一眼，他们才收敛了几分，默默跟在鳌大人身后进了灵堂。

人们常听说鳌大人与索大人不大对头，可是今日看来，并非如此。鳌大人在索大人灵前嗟叹徘徊了许久，还亲自赠送了一坛喇嘛经，又拉着孝子噶布喇和索额图的手，说了许多话，神色很是和蔼。离开灵堂前，又频频回首，大有不忍离去的辛酸，使索尼家的目睹者都很感动。

夏日昼长夜短，酉末戌初，天还没有全黑，但吊客已经寥寥。时交戌正，主人送走最后一批客人，便都退回寝处歇息。一天三次家祭，加上无数应酬奠酒跪拜不计其数，把他们累坏了。于是，白天人来人往、忙忙乱乱的灵堂，终于静了下来。僧人们还是敲着木鱼，拖着长长的平板声音念诵着经文，仿佛在为香炉中袅袅升起、慢慢飘散的香烟伴奏；经桌上一列列烛光闪动着，与灵前的长明灯相辉映，惨淡的黄色光芒照不透弥漫在堂上的烟云，灵前变得半明半暗。这声音、这光线，迷迷蒙蒙，使人昏昏欲睡，因此留下来代主人守灵的管事和家仆，都渐渐打盹了。半醒半睡中，管事觉得自己仿佛还在老主子身边，领受那银杯瓦盏两盅酒，倾听他深入浅出的劝谕。如今他宜室宜家，夫妻相得，不都是老主子赐给他的福分吗？……

“索公，索公，你竟去了！……”有人喃喃地说着，一声长叹。管事大惊，连忙睁眼，只见灵前站了一个瘦瘦的穿深蓝色长袍没有戴帽子的男人。他灰暗的脸上满是悲怆，蹙得他额头眼角全是深深的皱纹，叫人辨别不出他的年龄；毫无神采的眼睛，呆滞滞地盯着灵位，神色真令人害怕。若不是他身后跟着的四名从装束看身份不低的随从，管事真要以为这是个神志不清的人了。

“给大人叩头，请大人留名。”管事乖巧地抢上前跪叩，来人却毫不理睬。两名家仆也已惊醒，连忙跪在拜垫之侧，一人执壶一人举盏，斟满酒水，双手奉给来人。来人双手向灵位举献后，将酒倾入奠池内。再举献了二盏、三盏，交还酒盏，恭恭敬敬地凝视着灵位，低声说：

“索公，你竟先去了，你竟先去了……”

他的低语越来越轻，越来越慢，最后淹没在模模糊糊的呜咽之中。当他对着灵位恭恭敬敬三叩首时，有两滴沉重的泪珠从眼角滚下来。

烛焰“啪啦”一声爆了个灯花，周围猛然一亮，管事骤然间认出，这位身着便服的黑瘦吊客，乃是辅政大臣苏克萨哈！他大为吃惊，连忙再请一跪安，口吃吃地说：“奴才眼拙，没认出大人金面！奴才该死！……奴才这就去通禀……”说着如飞跑开。

苏克萨哈苦笑着摸摸面颊。半年来他掉了四十斤肉，老了二十岁年纪，连他自己也快认不得自己了。索尼家这管事的眼力真是最上等的了！

他已树倒猢狲散，失去了最后的地盘，名为辅政大臣，实际上连朝政中最小的事务也没人向他请示，他已成了一件摆设，只有这些把品位尊贵看在眼里的奴仆们才对他还那么毕恭毕敬。东山再起，他没有那样的力量；向鳌拜投降，他不甘心，鳌拜也未必受降；即使他觍颜依附鳌拜，鳌拜已非昔日。只苏克萨哈名列鳌拜之前这一点，就足够成为被除掉的理由，遑论其他！

这些日子以来，全靠索尼保护他。索尼虽然一贯讨厌苏克萨哈，但他是个正直忠诚的人，声望又高，不容忍仗势欺人，每每讲几句公道话，使鳌拜有所忌惮，不敢随心所欲地对待苏克萨哈。如今索尼突然死亡，他失去了最后一道屏障，举目四望，一片孤寂凄凉。他哭索尼，也是哭自己。感戴索尼的为人，感慨自己升沉不定的一生和凶险莫测的前景。

索额图随管事匆匆赶到灵堂，急忙向苏克萨哈跪安请罪："不知苏伯伯驾到，小侄迎接来迟，苏伯伯恕罪！"

苏克萨哈扶起索额图，苦笑道："是我不让门上通禀的，哪能怪贤侄呢！……我正在拜读这些挽联，真是大手笔啊！"

索额图心里惊讶，不敢过分流露，只耸了耸眉尖。

四名辅臣中，惟有索尼精通满蒙汉文字语言。遏必隆和鳌拜全不知汉字，入关久了，能听懂一些汉话，却绝对不屑说的。苏克萨哈正在两者之间，汉话汉字只是粗通。如今却读挽联、赞大手笔，仿佛文字上有很大长进似的。也许这半年闲官当得他长了学问？索额图一向瞧不起苏克萨哈，但面对已经失势的人，总不免觉得可怜；何况他是父辈，还有辅臣的名位，自己还有过扶他一把的设想，人家又是专来吊唁，所以格外殷勤，陪同他在灵堂指看挽联。至于什么时候又起了别的念头，连索额图自己也说不清。

挽联很多，楷、隶、行、草各种字体，长联短联各种内容，或沉痛，或哀伤，或精巧，或简朴，琳琅满目，目不暇给。当然，绝大多数出自汉官之手，能做对联、能泼墨书写的满官，此时还寥若晨星，百无一二。

索额图指着东墙上首一副行草挽联，“苏伯伯请看，这是吏部尚书杜立德所赠。”

能任天下，伊尹似之，治亦进乱亦进；
不以兵车，管仲之力，如其仁胜其仁。

苏克萨哈能看懂杜立德以索尼比伊尹管仲，别的就不大明白了。接着，他又按索额图的指引顺序看了许多挽联。索额图不时讲解一两句，常常点着联文的精髓。

这是左都御史王熙的：

父忠而子果孝；
身贵而后有闻。

这是内弘文院大学士李蔚的：

披帷无术回生，最痛离魂心不死；
掷笔微闻太息，已知有药国难医。

苏克萨哈听着索额图的解释，心想：“‘国难医’？指的什么？国手难医索公之病？国家已得难医之病？……”

这里是内院大学士魏裔介的大笔：

大云不出山，天下苍生饮其泽；
朝露庸非福，世间群盗况如毛。

“大云”，自然是赞颂索公；“朝露”，是什么意思？有所指还是无所指？是不是说，世间盗贼如毛，就是因这非福的“朝露”而起？……苏克萨哈紧张地思索着。

这一笔潇洒飞舞的草书，确是出自礼部尚书龚鼎孳之手：

可为诤友可为诤臣，当此主少国疑，独惜斯人憔悴死；
吾见其人吾闻其语，太息风萧雨晦，更无便坐雅谈时。

苏克萨哈不禁一愣：龚鼎孳是在挽索尼还是在自挽？“主少国疑”，这话说得不是太露骨、太大胆了吗？……不容他多想，索额图又指给他看那副书写得恭恭正正的内国史院侍读学士熊赐履的挽联：

善战不败，善败不亡，疏论廷诤动关至计；
主忧臣辱，主辱臣死，皇天后土式鉴精忠。

苏克萨哈触到“主忧臣辱，主辱臣死”这八个凛凛大字，心里一阵发慌。面对这最高的又是最基本的为臣道德，他内疚不安。索额图目不转睛地注视着苏克萨哈的表情，又把他领到一副挽联下面。这是洒金雪浪纸写就的大幅挽联，一个一个粗豪丰满的尺径颜体大字非常醒目，内容也别具一种质朴风格：

以只身障狂澜，未及成功身先殒；
行百里半九十，完公遗志益知难。

苏克萨哈凑近去看下款，不由得倒退了两步。此联竟是安亲王岳乐所题！他略一沉吟，带着掩饰不住的惊讶口吻说：“难道，王爷他，与索公，有什么计议？……”

索额图盯着苏克萨哈：“苏伯伯，‘主少国疑’，‘主辱臣死’，这些词句用得不是很确切的吗？”

苏克萨哈半晌不作声，低着头，背了手，来回踱了几步，终于抬头，很不自然地笑道：“我也想到一副挽联，哀挽令尊。”

索额图诧异地看着他，猜想他不知从哪里抄来两句应景，口里还是很客气地说：“多谢苏伯伯厚意。”

苏克萨哈道：“我写不好，念给你听吧！只有十二个字：狂歌可以当哭，众醉何必独醒？”说话间，他脸上是一副可怜的、软弱到无可奈何的微笑。

索额图见惯了他以往趾高气扬、目空一切的神态，眼下这个消瘦的老头子，简直是另一个人！他逼进一层：“苏伯伯，你看不出吗？我阿玛一去世，苏伯伯的处境可就……小侄深为伯父忧，那并不是一个能容人的谦谦君子。”

苏克萨哈肩膀轻轻一哆嗦，避开索额图锐利的目光，长叹一声，低低念了一句戏里的唱词：“船到江心补漏迟，晚了……”

索额图眼里终于掩饰不住地透出鄙夷，说：“兔子急了也咬人，难道坐以待毙？”

苏克萨哈眼睛突然一亮，瞪着索额图：“贤侄，你这话是什么意思？你要我……”

“没什么，小侄不过是为苏伯伯着想。”索额图不敢对苏克萨哈深信，很快截住他的话头，“小侄能让苏伯伯怎么样呢？小侄只是想起阿玛常常引用唐太宗的一句话，这话怕也是从蛮子书上摘来的……”

“什么话？”

索额图望定苏克萨哈的瞳仁，缓缓的、低声的，却是一字一句地说道：

“当断不断，反受其乱！”

苏克萨哈似乎打了个寒噤，脸上一片奇怪的畏惧、迟疑乃至茫茫然的神色，使他更显得苍老、可怜。直到索额图送他出了大门，他都没有从这种心境中解脱出来。这让索额图百思不得其解，当年那么飞扬跋扈，又那么精明能干的苏克萨哈，一旦失势，怎么就变成这样的软骨头？简直不堪一击。他对苏克萨哈离去的方向看了许久，认定自己白费了心思，白费了口舌。

索额图分明小看了苏克萨哈的胆量。第二天，苏克萨哈就响应了索尼的遗疏，明疏上奏，恳请皇上亲政，打破了朝廷紧张的僵局，冲开了这严酷的寂静。他只得这样冒险，不然也没有出路。这是他为改变自己命运所做的力所能及的一搏。

苏克萨哈奏请皇上亲政的本章一经公布，鳌拜和遏必隆就被将了一军。遏必隆向来软弱怕事，赶紧跟着奏请亲政。鳌拜不得已，只好也上了请皇上亲政的奏本。

不料，远在桂林掌定南王事的孔四贞格格请亲政的奏本同时到达朝廷。若推算起拟奏的时间，比辅臣们还早了半个月。

跟着，势大权重的三位藩王吴三桂、尚可喜、耿继茂和他们在朝中的儿子们，也一同上奏请皇上亲政。

有了辅臣和四藩的榜样，朝中的三院六部满汉大臣减少了疑虑，联名会衔上奏请皇上亲政。之后，王公贵族、八旗都统副都统也都表示了同样的愿望。

奏请皇上亲政的呼声，就这么一浪推一浪，达到了高潮。

七月初三，皇上下旨曰："朕年尚幼冲，天下事务繁殷，未能料理，欲再俟数年。辅政臣屡行陈奏，朕再三未允。辅臣等奏云：'世祖章皇帝亦于十四岁亲政，今主上年德相符，天下事务总揽裕如。'恳切奏请。朕乃率辅臣往奏太皇太后。太皇太后谕以帝尚幼冲，如尔等俱谢政，天下事何能独理？缓一二年再奏。辅臣等复奏：'主上躬亲万机，臣等仍行佐理。'太皇太后谕允择吉亲政。其吉期，礼部选择以闻。"

由上谕中，人们看到，皇上和太皇太后何等谦逊，辅政大臣又多么忠心耿耿啊！

礼部选择的吉期，是七月初七日。

只有四天准备时间。朝廷上上下下一派紧张的忙碌。

五

第一缕曙光从东方透出，古老的帝都仿佛还在沉睡。而紫禁城内外却已人头攒动，千万人瞩目的亲政大典，即将开始。

天安门外金水桥南，早早地聚集了成百人的听诏队伍，他们都是京师各城备受礼敬的耆老士绅；天安门城楼上，宣诏台和金凤朵云都已设置齐备，奉命宣诏的官员们全套朝服，恭立候命。

由天安门进端门、而午门，如平日三大节和大朝一般，隔不远便有一对武士夹御道而立，很是威严肃穆。

午门外，大辂、玉辂、大马辇小马辇已经一字排开，四匹开路象、四匹驮宝瓶象，正移动着它们柱石般的腿，把小山似的身体乖乖地摆成左右分列的队形。辂与象的旁边肃立着数百名校尉，仿佛山丘脚下排列了整齐的红石块。但是和崇高雄伟的午门相比，大辂与大象，又都如孩子手中的泥老鼠竹风车了。

三千多人组成的大驾卤簿，陈列在太和殿前。在曙色中闪出金光和银光的，是斧、钺、瓜、戟等五百多件金银器具；在晨风中“啪啦啦”发响、五彩缤纷耀得人难睁眼的，是绣着龙凤云霞花卉的伞、盖、扇、旗、纛，天上的彩霞也不能与之比美。这绚丽威武的仪仗，排列得如此整齐，旗、纛、幡、幢随着风势全都向南飞扬，极为壮观。

太和门内东西檐下，陈列着由云锣、方响、管子、仗鼓等乐器组成的丹陛大乐；太和殿的东西檐下陈列着由编钟、编磬、琴、瑟、箫、笙等乐器组成的中和韶乐。教坊司的乐工肃立在侧等候。

顶翎辉煌、朝服鲜明的人流，分作几路，源源不断地流进太和门与太和殿之间的广场。王公及一二品官，由鸿胪官导引从右翼门进到太和殿下，三品以下官由鸿胪官导引从午门的左右掖门进紫禁城后，东班由昭德门、西班由贞度门通过太和门。朝鲜、琉球、荷兰、暹罗、安南等国使臣随西班行止，他们特异的服饰和面貌，给朝会大典增添了异彩。

太和殿高踞于三层白玉崇台之上。和它相比，川流不息、来来往往的所有王公大臣、外国使节、宫中侍卫、太监校尉，成千上万，都像是忙忙碌碌的蚁群！渐渐的，蚁群的运动缓慢了、停止了。他们已各就各位：丹陛之上，亲王、郡王、贝勒、贝子、公等人，按爵位的大小排列就绪；三重白玉阶下的丹墀内，御道东西各摆了两行铜制的品级山，上面刻着由正一品、从一品到正九品、从九品，共十八座，定了丹墀内文武百官的行礼位置。一丝不乱的十八列官员，静静地肃立着，仰望高高的太和殿丹陛。三重丹陛中陈列的十八只铜鼎、两只铜龟、两只铜鹤，吐出袅袅香烟；铜龟铜鹤之侧，日圭、嘉量高高指向天空。

广阔的丹墀、雄伟的金銮宝殿，此刻全都奇迹般地沉默了、寂静了，停止了一切动作和声音，所有的人都肃立着，被隆重的仪仗、静穆的气氛感染，几乎是屏着气息等待着那个庄严时刻的来临……

太和殿、中和殿、保和殿这三大殿之后，乾清门外，两位领侍卫内大臣率着豹尾班执豹尾枪立候，另有侍卫十人、佩刀侍卫十人站在豹尾班身后。礼部满汉两尚书立在乾清门阶下，他们更是大气也不敢出，站得笔直，等候着，等候着……

皇上即位以及每年的元旦、万寿、冬至三大节，都有这样规模极其宏伟的大朝会。可是，今天，人们心情格外不同，格外觉得新鲜。新鲜中或许还掺杂着某种希望、某种兴奋？或者对前景的惴惴不安？……总之，是要开始一个新的时期了！

皇上年幼，对千头万绪的朝政，对这个幅员辽阔、人口众多的大清国有多少治理能力，谁也不清楚。但事实如此，少年天子从今日起，就要亲自处理朝政了！他是仁慈还是凶恶，他是明智还是昏庸？这关系着普天下每一个人的命运啊！谁敢说自己不关心不在乎？

时间过得真慢，鹄立的人们望眼欲穿。好在眼睛转动不会发出声响，也不会招来纠仪御史的非难，众多的目光不由得频频投向重重金顶之中的乾清宫……

“噹——”“噹——”“噹——”

“咚咚——”“咚咚——”“咚咚——”

午门钟鼓楼上，钟鼓齐鸣，巨大的声浪冲击着古老的宫殿，悠长而沉重的余音，颤动着，缭绕着，震撼着每个人的心。乾清宫门“轰隆隆”地打开了，十六个人抬着金圆顶下两层穹盖、四角饰金色行龙，盖檐垂明黄缎绣金立龙重檐的礼舆，庄严而徐缓地走出来了。在这尊贵华美的礼舆后面，内大臣率御前侍卫、乾清门侍卫扈从。

礼舆中的金龙宝座上，坐着穿了全套朝服的康熙皇帝：三重红宝石顶冠，明黄缂丝单金龙袍，石青绣正龙直地褂，金镶珠松石四块瓦圆朝带，青缎皂靴，东珠朝珠，俨然一位尊贵无比、威严无比的天子。

玄烨的心，和着震撼天地的巨大的钟鼓声兴奋地跃动。乾清门大开的那一瞬间，他热血喷涌，心口“突突”地跳得又猛又有力，他的胸怀仿佛也随着乾清门那两扇钉了八十一颗金钉的大门而敞开了！他亲政了！成了名副其实的皇帝了！他要继承祖宗的鸿业、继承父皇的鸿业，实现他自幼立下的志向：效法父皇，使天下乂安，生民乐业，共享太平之福，做一个好皇帝！……

礼部两位尚书恭敬地上前引导御辇，等候在乾清门的领侍卫内大臣及豹尾班、侍卫、带刀侍卫等也加入扈从队伍，直进到保和殿前停下。侍卫分开辇帷，玄烨下辇步入中和殿，在宝座就座暂息。在典礼中将要侍班、导从的执事各官及一直在太和殿后阶恭候的十名前引大臣，同来此见驾行三跪九叩礼，礼毕各自出殿回班肃立。

玄烨在中和殿喝了一杯茶，吃了几块点心，心绪宁静下来，自觉精神振奋，又不失沉毅自信。他把茶盏一放，轻快地站起身来，对天上深深地看着，心里暗暗喊道：“皇阿玛，儿子要顺着你的道上路了！”

扈从官员见皇上起驾，连忙站好队形，礼部两尚书及十名前引大臣前导，四名内大臣及御前侍卫、乾清门侍卫、豹尾班等近百人后扈，步步升上太和殿后阶。

太和殿后二十扇金扉，正中的四扇缓缓打开，金钟玉磬之声扑面盈耳，琴瑟箫笙嘹亮入云，中和韶乐徐缓庄严，铿锵合鸣在丹墀之上、丹陛之前、殿堂之中，迎接至尊至贵的天子登上太和殿——举世无双的乐声，举世无双的太和殿！

玄烨很稳地控制着自己的步履，保持着堂堂正正的姿态，踏着他最喜爱的金编钟那悠远圆润而动听的音韵，一步一步升上九陛宝座，在那个宽五尺、深二尺、通背高四尺多的九龙髹金须弥座大椅上坐定，一双灵活明亮的眼睛，便直视前方了。

从掐丝嵌宝的珐琅制的宝象、甪端、仙鹤、香筒、香炉内，一阵阵檀香气息随着缭绕的云烟，飘散在整个殿堂之中，玄烨觉得自己像受供的仙佛一般，在高高的云端之上。透过云烟，他看得到丹陛、丹墀上下文武济济，成千上万，这都是他的臣子，都是皇家的忠仆，也是他治理天下的刀和笔，他能不能使用得得心应手？能不能去和历代的英明君主争雄？……

导从官们各就各位，中和韶乐停止。銮仪卫官走到中阶之右，高声赞道：

“鸣鞭！——”

阶下一名极其强壮剽悍的校尉，绰起那条胳膊粗的静鞭，猛然一抡，鞭身如同一条大蟒蛇，在空中急速地划了一个复杂的图形，“叭！——”一声又亮又脆、拖得又长的鞭响在人们头顶炸开，就像炸了一个响炮，划过寂静，震悚人心。

“叭！——”

“叭！——”

静鞭三声后，金殿内外玉阶上下一派肃静，一只苍蝇飞过也能听得一清二楚。鸣赞官挺胸凹肚地站出来，用他经过训练的特别浑厚响亮的嗓音大声赞道：

“排班——”

丹陛大乐震耳地响起，云锣和仗鼓敲击得地皮“沙沙”颤抖。随着丹陛大乐冲破寂静，朝贺的人们不约而同地松了口气，总算结束了长时间的侍立。王公百官各就拜位，鸣赞官洪大的声音可以盖过丹陛大乐：

“进！——”

丹陛、丹墀内的王公百官一起进三步。

“跪！——”

丹陛、丹墀内跪倒了黑压压的一片。

“宣诏！——”

宣诏官由左门入太和殿，从殿内诏案上奉诏出中门，至殿檐下，展开诏书，丹陛大乐暂停，他便用他发自丹田的洪声，向丹陛丹墀上下的王公百官、向京师向天下的万千百姓，宣告亲政诏书：

“朕以冲龄嗣登大宝，辅政臣索尼、苏克萨哈、遏必隆、鳌拜谨遵皇考世祖章皇帝遗诏辅理政务，殚心效力，七年于兹。今屡次奏请，朕承太皇太后之命，躬理万机。惟天地祖宗付托至重，海内臣庶望治方殷。朕以凉德夙夜祗惧，天下至大政务至繁，非朕躬所能独理，宣力分猷，仍惟辅政臣、诸王贝勒、内外文武大小各官是赖。务各殚忠尽职，洁己爱民，任劳任怨，不得辞避；天下利弊，必以上闻，朝廷德意，期于下究，庶政举民安，早臻平治。凡我军民，宜仰体朕心，务本兴行，乐业安生，以迓休宁之庆。于戏，政在养民，敢虚天地生成之德？时当亲政，恒念祖宗爱育之心。布告天下，咸使知闻……”

诏书内附有恩赦十七条，宣诏官一一宣读完毕，将诏书送回殿中后，退下。

鸣赞官又赞：“宣表！——”

宣表官入太和殿左门，从表案上奉贺表出殿，三名辅政大臣同至殿檐下，宣表官正中向北跪，辅政大臣分左右跪，宣表官于是朗声宣读贺表，代与会的王公百官、代各省督抚官员、代天下臣民向皇上敬贺，向皇上赞颂。玄烨端坐静听，表情很是严肃。贺表中提到了尧舜禹汤，引起他许多遐想。看着从宝座脚下延伸出丹陛丹墀、直到遥远的太和门间一排排匍匐在地的千官万吏，至尊至贵、天下第一人的感觉从来没有这么强烈过。身为天子，能不能按照自己的志向造就太平盛世，媲美于数千年前的尧舜禹汤呢？……

丹陛大乐再次响起，拉回了玄烨的思绪。王公百官在乐声中向他行三跪九叩礼。之后，引外国使臣就拜位，行三跪九叩礼。礼毕乐止。王、贝勒、贝子、公和大学士鱼贯进殿，排好班次，向皇上跪行叩礼。皇上赐群臣座，并赐奶茶与王公以下、文武官三品以上及外国使臣。受茶者恭恭敬敬坐饮，决不敢失仪。玄烨从宝座下望，环视殿中和丹陛上的官员，一一辨认他们的面貌，努力记在心中。大清国的栋梁、朝廷的支柱，都集中在这方寸之间了。

朝会中王公的班次以爵位高低为序。这些人都是玄烨的叔辈、兄弟辈和子侄辈的亲戚，除了三大节朝会，还有家宴、祭祀等等聚会场合，所以很熟悉。亲王中爵位高、辈分大的，只有安亲王岳乐了。他站在最前面，亲王冠戴朝服，使他看上去更显得心事很重，只低头喝茶，并不抬起他发亮的眼睛。玄烨也不敢和这位伯父的目光相遇，因为他立刻想到了冰月，心头顿时紧巴巴的，很不舒服……

亲王一班里，挨肩而下的，是康亲王杰书、庄亲王博果铎、显亲王富绶和简亲王德塞。他熟识他们，都是他的堂叔堂伯和堂兄。

郡王一班里，有显亲王之弟温郡王猛峨、平郡王罗科铎、安亲王之子勤郡王蕴端、信郡王鄂扎、多罗郡王兰布。玄烨记得平郡王和信郡王出色的骑射、勤郡王过人的文采，也没有忘记近日由贝勒晋升郡王的兰布是辅臣鳌拜的女婿。

贝勒董额、贝勒察尼是豫亲王多铎的儿子，大有父亲勇猛好战的遗风；贝子尚善、贝子傅喇塔也以武功著称。他们都是玄烨的叔辈，较多地保存了祖先尚武善战的风气。至于贝勒杜兰、勒尔锦、齐克新和贝子彰泰等，都是玄烨同辈或下辈王爷，爱好特长已花样百出了。

公爵一班里，有几个最熟识的人：辅国公大学士班布尔善、他的亲伯父辅国公高塞，还有遏必隆、鳌拜这些一等公、二等公，和班布尔善相似，无论以辅政大臣的身份还是以公爵的爵衔，都有资格进太和殿。

玄烨的目光投向另一侧——内三院大学士。这些学问渊博、精明能干的文臣，到底不同于王公武将，行礼就座，甚至接茶饮茶都别是一种文雅姿态，处处流露书卷气，令玄烨感到可亲可敬。他对大学士们印象很深，记得格外清楚：从容不迫、胸有成竹的内秘书院大学士魏裔介；体弱消瘦、常请病假的车克；内国史院大学士苏纳海处死后，只剩巴泰和卫周祚两名汉大学士了。巴泰正直忠诚，卫周祚精明强干。内弘文院三名大学士图海、李蔚、蒋赫德也各有千秋：图海是父皇拔识的才俊，蒋赫德稳健持重，至于李蔚，拜大学士时才三十岁，至今也不过三十七八，极其英敏机警，又深沉多智，喜怒不形于色，玄烨暗中对他最为赏识。

辅臣苏克萨哈也在这里。他可大不如从前了，眼神、行动都有几分痴呆。方才进殿以前，苏克萨哈、遏必隆、鳌拜站在一班，按遗诏定下的顺序行礼。可是进殿之际，玄烨清清楚楚地看到，鳌拜抢在苏克萨哈之前，昂然由殿左门随王公一队进殿；遏必隆略一犹豫，竟跟在鳌拜身后也进了殿。苏克萨哈被甩在丹陛上，孤零零地站立片刻，只得转身往殿右门，走大学士的路线。看他消瘦的面容、沮丧的表情、受鳌拜欺负的可怜相，玄烨不觉对他有几分同情；可是回忆起几年前杀费扬古、掀起汤若望大狱时他飞扬跋扈的气势，玄烨又暗说：自食其果，活该！

玄烨不熟悉的，是六部尚书侍郎以下的各衙门堂官。不过，从奏疏和太皇太后口中，他已经知道了杜立德、王熙、龚鼎孳、王宏祚，以及阿思哈、马尔赛、噶褚哈等人的名字。他决定自明日起，连同各旗都统副都统，分别一一召见，熟悉他们、考察他们，摸清底细，不能有丝毫含糊。还有平西、平南、靖南、定南各藩王和王世子，还有蒙古各旗王公，还有外省督抚以至州府县官，他都要了解熟悉。对这个属于自己的庞大的国家机构，玄烨像一个站在迷宫外的孩子，充满好奇和兴趣，不管多么复杂混乱，他都决心走进每一座殿堂、每一间小屋，察看里面的每一点内容。

巍峨壮丽的迷宫既然属于他，他就要把其中他不喜欢的地方改过来。他已经用十年时间刻苦地读了许多圣贤之书，对治理天下有强烈的爱好，也有一些自己的想法。他很自信，有一股少年人的热情和惊人的求知欲，亲政，给他提供了最好的机会……

受茶的王公大臣、外国使臣坐饮已毕，又都跪行叩礼。銮仪卫官传呼“鸣鞭”的声音再次响起，阶下静鞭三鸣，中和韶乐大作，皇上起驾还宫了。

玄烨端坐礼辇之中，心里还挂念着亲政诏书宣示天下的情景。因为这诏书是他亲自拟定、交内秘书院颁发的。

这份诏书将从太和殿正门，走丹陛中阶、丹墀中道，出太和门正门，直到午门正门外，由大学士交礼部尚书，再交仪制司官，在文武百官的护卫下，放入庄严华贵的龙亭。每一交接都有一跪三叩礼。然后，由八名銮仪卫校尉抬着，前有御仗和乐队导行，后有文武百官扈从，一直送上天安门。

诏书将由礼部尚书在天安门上宣读，文武百官和耆老士绅将跪在金水桥畔听宣。

之后，诏书将放进做成云朵形的盛盘中，这云朵又将由一只做得惟妙惟肖的金凤凰衔着，名为“金凤衔诏”，它将缓缓地由天安门城楼上用细索垂下金水桥头。这不就是九重天外凤凰降瑞祥吗？难怪金水桥头接旨的人群要山呼万岁了！……

诏书还将隆重送至礼部，刻版印刷在吉祥的黄纸上，颁行天下。

天子一言，重于九鼎，是这繁琐隆重仪式的根本意义。玄烨非常想看到那只光华灿烂、五彩缤纷的金凤凰，怎样口衔白云环护的诏书，从黄顶红墙的天安门楼冉冉降下，想出这个绝妙主意的人实在太高明了！可惜，他只有下诏的份儿，他的身份和地位注定了他永远看不到他极想看到的这富有诗意的场面。

退朝后，玄烨几乎没有休息，用了一些茶点，便往乾清门听政。这是他与太皇太后商议了好几次的事情。父皇理政没有固定处所，乾清宫、养心殿居多。玄烨决心要做一个勤政爱民的好皇帝，一眼就选中了乾清门。乾清门是内廷的门户，外臣到此止步。门外有王公大臣及翰林学士值庐，奏事听政都很方便。

乾清门听政自今日始，以后习以为常，成为康熙数十年理政的重要方式之一。

玄烨到达乾清门时，部院奏事官员已经在那里恭候。几十名身着朝衣的一二品官员跪迎着玄烨升上御座，才站起来，分班垂手侍立阶下。辅政大臣苏克萨哈、遏必隆、鳌拜站在诸官上首，见皇上就座，三人顺序沿东阶走上乾清门。快上最后一级石阶了，走在最后的鳌拜突然咳嗽一声，遏必隆迟疑地停了步。鳌拜越过他，伸手向苏克萨哈肩头一拍，苏克萨哈回过头来要发作，一看是鳌拜，不知是意外还是被鳌拜的气势镇住，压住了火，想要装出个笑模样。鳌拜全然不理会，“腾腾腾”几个大步，又一次冲到苏克萨哈前面去了。苏克萨哈眉毛一竖，眼睛闪出愤怒的光芒，瞬息间又强自镇静，努力咽下了这口气，继续前行，但那张瘦脸已涨得通红。遏必隆向鳌、苏两人看了看，眨眨眼，做不出任何表示。

鳌拜由于抢在第一名，便占住了御榻左边上首这个最尊贵的臣位，这在他是理所当然，没有丝毫不安和歉意。苏克萨哈不甘居鳌拜之下，便不顾辅臣序列左立的礼仪，径自站在御榻右边上首，那是记注官的位置。遏必隆稍一犹豫，竟折向东，立到鳌拜的下首去了。这样一来，辅政大臣的序列就完全乱了。乾清门阶上阶下连侍卫加各官员百十多人，一时寂静无声。

玄烨隐隐听到右边传来的极不平衡的喘息声，那是苏克萨哈在拼命控制自己不失态。玄烨也由余光发现，鳌拜像没事人似的，丝毫不动声色，昂首而立，很是轩扬。但那亮闪闪的鹰眼很快地在自己和阶下诸臣身上扫视，使玄烨一下猜着了他的用心：他是在试探今日亲政的皇帝和部院大臣的态度。

面容忠厚的遏必隆，像个打坐念佛的喇嘛，对这一切仿佛没有注意。至于阶下的群臣，是事出意料来不及反应呢，还是被这大大失礼失仪的行为惊呆了呢？一个个垂手低头，木雕泥塑一般。玄烨心里极快地盘算一下，便沉着地像什么也没看见似的，缓缓说道：

“自今日起，朕每日御门听政，部院各衙门政事可于此时面奏。天下至大，政务至繁，非朕躬所能独理，赖辅政诸臣辅佐，谅不至有误。卿傅等以为如何？”

他最后一句是向三名辅政大臣说的，尊称为“卿傅”，很是亲切和蔼。三辅臣连忙躬身谢道“不敢”。

“皇上，这就开始吧！”不等玄烨再说什么，鳌拜便奏道。他面容肃穆，底气充沛，声若洪钟。

玄烨点点头。御前一名侍卫走到阶前传旨道：“奏事官员顺序面圣！”

第一个，是吏部尚书阿思哈。他奏了三件政务：一、云贵川桂四省文武官员，是否全由平西王题补？二、自康熙元年吏部都察院甄别各省督抚后，至今未再考察。眼下京察已毕，是否再次甄别督抚？三、各省地方官拿获逃人原有议叙嘉奖，如今逃人日增、逃风大盛，逃人法应严，捉拿逃人之议叙嘉奖是否应宽？

玄烨一听就明白，这是在给他出难题。他不慌不忙地面向苏克萨哈说：“卿傅以为如何？”

“这……”苏克萨哈一时无法回答，因为吏部向来把持在鳌拜手中，不容他置喙。在他犹豫的一刹那，鳌拜抢过话头：

“启禀皇上，老臣以为，平西王乃开国勋臣，威镇南疆，题补四省文武官员缺，应照准。京察之后甄别督抚顺理成章，自然也该照准。逃人之禁非严不可，地方官拿获逃人，原应嘉奖！”

鳌拜讲话，斩钉截铁，果断明确，没有反驳的余地。玄烨佩服这个毫无文采的武人的魄力，频频点头，心里却在暗暗答对：“一番京察，你将异己全都换成心腹，部院尽成了你的地盘，这回又想借甄别把各省通通收进你掌中吗？未免太贪了！”

苏克萨哈撞出来一句：“皇上初亲大政，熟悉部院京官等尚需时日，各省甄别似应暂缓。”

鳌拜目光如电，狠狠瞪了苏克萨哈一眼。苏克萨哈只装作看不见，神色却不免瑟缩。

玄烨连忙说：“二位卿傅所言各有道理，容朕三思而后行，如何？吏部可具列部院大臣职名，朕将亲加甄别。”

鳌拜和苏克萨哈都飞快地看了玄烨一眼，都在心里掂量：这个小皇上，到底是爱做和事佬儿，还是仍旧不懂事，或者是个小滑头？他们哪里知道，经过太皇太后精心调教的玄烨，绝不会在初次听政时显露锋芒。

跟着来奏事的是户部尚书马尔赛，他奏的是今年直隶、江南、江西、山东、山西、陕西、甘肃、浙江、福建、湖广等省一百六十个州县遭灾免赋，户部岁入将大减，请增市镇商税以补不足。

接下去是兵部尚书噶褚哈，禀告迁海令下之后，台湾郑氏并未因而困窘，不时派遣兵船骚扰沿海，而东南沿海仍有人以“反清复明”为号召，暗通台湾以为内应，请增添水师巡海，捉拿叛党。

工部尚书额赫里奏报黄河淮河连年决口，水患不止，且败坏运河河道，有损漕运。秋汛将临，请增工部治河款项。

礼部尚书外库老老实实地把后半年应进行的祭祀大典说了一遍：

中元节祭永、福、昭、孝四陵；

秋分往西郊月坛祭月；

八月初六祭大社大稷；

八月初九是太宗文皇帝忌辰，祭昭陵；

八月十一是太祖高皇帝忌辰，祭福陵；

八月十二应祭历代帝王、祭城隍之神；

九月二十七是孝慈高皇后忌辰，祭福陵；

冬至节祀天于圜丘，祭永、福、昭、孝四陵；

十月初一享太庙，祭永、福、昭、孝四陵；

十二月二十八，岁暮，祭太庙，祭永、福、昭、孝四陵，祭太岁之神。

此外还有十月初三皇太后圣寿节、十二月十七皇后千秋节等等。其中有些祭祀可以遣官代祭，但一些重大的祭祀，如祭太庙、祭社稷、祀天等项，皇上须亲自行礼。

外库讲得口干舌燥，亏他记得清楚！可鳌拜并不肯轻易放过他，说道：

“礼部尚书不妨把上半年的祭祀大典向皇上仔细禀奏一遍。”

外库哪里敢违，又从头至尾细数一遍。上半年的祭祀大典比下半年几乎多一倍，需要皇上亲自行礼的也更多。从正月初一祭堂子直到七月初一享太庙，礼部尚书的嗓子都说哑了。皇上只是端坐静听，既不见得很有兴趣，也不见表示出疲倦和不耐烦。总是小孩子心性，觉得祭祀大典很好玩吧。

满洲最重祭祀，得天下以后，更把祭祀当作头等大事，是否勤于祭祀是皇帝是否敬天法祖的最重要的表现。而祭祀的内容，则天地日月社稷祖先，先农太岁孔圣关帝真武东狱城隍土地乃至历代帝王都在其中。就是今日亲政大典，也还分遣内秘书院学士数人，告祭狱、镇、海、隍诸神呢！这就怪不得外库奏罢下阶之际，朝服胸背都被汗湿透了。

刑部尚书对喀纳一本正经地面奏一项江南逆书案。这和以往的案件大不相同，那是江南奸民沈天甫等人撰逆诗两卷，诡称为黄尊素等一百七十人作、故明大学士吴甡等六人写序。沈天甫以此书进京向吴甡之子中书吴元莱索诈财物。吴元莱细察其书不是其父手迹，便向巡城御史控告。经几级审理，刑部定案，沈天甫等人应斩首，被诬告者应不问，请皇上裁夺。

玄烨才点了点头，还没开口，鳌拜已在大声斥责了：“刑部一向处事欠妥！这样的大案怎么能草草了事？被诬者不问？为什么不问？无风不起浪，他们就都那么清白？南蛮子最是奸狡，不可被他们哄了！”

对喀纳只管对皇上跪着，并不作声，也不认可。鳌拜无名火起，叱道：“还跪着做什么？下去！重新审过！”

对喀纳再拜而起，循东阶而下。玄烨并无惊奇和不满，只是望望鳌拜阴沉的表情，望望对喀纳忍气吞声的样子，满脸是孩子气的好奇。

大学士班布尔善、都察院左都御史尼满也加入了奏事的行列，列出了许多繁难的政务，要初亲政的小皇帝处理。玄烨只是不置可否，心安理得地让鳌拜裁决，仿佛他是一个谦逊、认真的小学生，正在学习理政。

排炮般的第一轮轰击总算过去了。玄烨心里暗暗嘘了一口气，神色和悦地说：“国家政务之繁难，朕今日方亲身体会，更知多年来卿傅等辅政之辛苦劳碌，朕定要好好酬谢。卿傅等对国事明睿练达，朕十分感佩，有卿傅等佐理政务，朕也放心了。”

听皇上这么说，鳌拜的脸色转霁，他也觉得放心了。苏克萨哈的表情却越来越阴沉，眼睛里满是绝望的凄惶。

玄烨接着说：“今日只听部院掌印官面奏，朕尚感不足。明日朕将再次下诏文武百官，直言朝政得失，以集思广益。卿傅以为如何？”

鳌拜微微一愣，无法反对。苏克萨哈和遏必隆都连连称是。三人一同向皇上拜辞，下阶而去。

鳌拜回府，同班布尔善、阿思哈、马尔赛等议论一番，对第一日御门听政都还满意。皇上脾气好，又柔顺，若不是苏克萨哈作梗，皇上可说是百依百顺了。一个普普通通十三四岁的男孩子，似乎还不如小时候聪明机灵。最后他那一招儿——诏求直言，也是新君即位的例行公事，小皇上自然也得装腔作势一番。大家都觉得轻松，只有班布尔善恨恨地说了句："真不料苏克萨哈日暮途穷，还想借皇上之势东山再起，岂不是做梦！"鳌拜听了没有作声，眼睛却冷森森地闪了闪，颊上筋肉隐隐抽搐了一下。

玄烨回宫，向太皇太后禀告了头一天亲政的过程。太皇太后详细地询问了许多细节，诸如几位辅臣的神色、说话口气、听了皇上降旨以后诸臣的表情等等。玄烨都很具体地回答了出来，这使老人家很高兴。对玄烨得体的言行，她满意，玄烨自己也满意。不过老祖宗还是再次告诫小孙子：惟谨惟慎。

苏克萨哈回到家中，沮丧已极，喝茶吃饭都没有了心思。他的长子内大臣查克旦和族弟前锋统领白尔赫图，已经知道了太和殿行礼时鳌拜的无礼行径，一同来安慰他。可是他除了摇头叹息，竟无话可说。查克旦和白尔赫图再三请求，苏克萨哈才把皇上乾清门听政时自己所受的贬辱讲了一遍。讲到后来，老泪纵横，唏嘘良久，他才绝望地缓缓说道：

"我原指望皇上英敏决断，能借亲政之机，摆平三辅臣的位序。不想皇上不仅年幼，而且平庸，处处向着他，哪有英主的气概？……三院六部，凡要紧的掌印官，都是他的人，哪里还有我苏克萨哈说话的份儿！我与鳌拜结怨已深，此人睚眦必报，外相忠勇，内里极是凶暴，一旦行事，毫无顾忌，绝不会善罢甘休。只怕我……要死无葬身之地了！……"他用手蒙住眼睛，深深陷入太师椅中。……炽热蒸腾的沸水上，那摆头甩尾、拼命挣扎的金红鲤鱼，就在眼前跳动，一丝鲜血，不绝如缕……确实，鳌拜正等着这碗紫玉红丝羹呢！……

查克旦忧心忡忡地说："阿玛，咱家与鳌大臣家毕竟有姻亲之好，他总不至于……下毒手吧？"

苏克萨哈不拿开他的手，连连摇头："开国立朝这许多年了，谁还不清楚？到了紧要节骨眼儿，哪一个不是六亲不认？何况他！"

白尔赫图是一员战将，顺治元年入关，曾在一片石击败李自成手下大将唐通，随豫亲王西克潼关南征江南，又跟郑亲王下湖南，屡建奇功；顺治十五年又随信郡王进征云贵，直至顺治十八年与定西将军爱星阿会师缅甸，擒获南明永历帝，为大清朝立了大功，进一等阿思哈尼番，授前锋统领。他是武人，对朝廷大员之间的钩心斗角搞不大清楚，然而却很气盛，愤愤地说：

“大哥！你是先皇遗诏指定的托孤顾命大臣，位置在他之上，他敢把你怎么样？上殿参他一本！”

苏克萨哈苦笑：“无权无势，那不是自投罗网？”

白尔赫图一跺脚：“我去把他杀了！”

苏克萨哈瞪他一眼，低声喝道：“胡说！”

查克旦小声道：“别说他警卫森严，近不得他身，就是武功骑射，你也不是他的对手……”

白尔赫图急了：“难道大哥就坐等他来收拾？”

苏克萨哈像老年人那样可怜地瘪瘪嘴，叹息着说：“只要不祸及亲族子孙，就是上上乘了！”

“唉！”白尔赫图握紧双拳，用力坐下去，椅子“嘎啦”一声断裂了，气得他一脚把它踢开，一屁股坐在地上。

查克旦沉思许久，说道：“阿玛，我有个主意：不如以退为攻。最坏的结果也不过是阿玛致仕养老，阿玛下台，把他也拖下来！如何？”

苏克萨哈和白尔赫图都望着查克旦，仿佛不懂他的话。

玄烨坐在书房里，闷头读那一摞又一摞奏章。都是朝廷大臣应诏直言所上的奏疏。满臣的少，汉臣的多。满臣所奏多是微言小意，而汉臣却真有几份分量颇重，玄烨反复看了好几遍。

左都御史王熙疏言：“世祖章皇帝精勤图治，诸曹政务皆经详定。数年来有因言官条奏更改者，有因各部院题请更张者，有会议兴革者，则例繁多。官吏奉行，任意轻重。请敕部院诸司详察现行事例，有因变法而滋弊者，悉遵旧制更正……”

玄烨看得明白，这是在呼吁恢复顺治时期的政体，反对辅臣们的“变法滋弊”，“言官条奏”、“部院题请”是陪衬，而“会议兴革”才是他指斥的主要对象。什么会议呢？自然是由辅臣一手操纵着的议政王大臣会议！

奏章里，有陈奏民间之苦的：“民穷之由有四：杂捐私派、棍徒吓诈、官贪而兵横。请严察督抚举劾当否，以息贪风、苏民命。各省藩王、将军、提督有不法害民之事，许督抚纠劾。请饬破除情私，毋更因循，贻误地方……”

奏章里，有请宽逃人法的：“逃人之禁，立法太严，株连穷治，天下嚣然，丧其乐生之心。窃恐下拂人心，上干天和，非寻常政治小小得失而已……”

有陈奏奴婢悲惨命运的：“八旗家丁，每岁以自尽报部者不下二千人。人虽有贵贱，均属赤子。请饬谕八旗，凡蓄仆婢，当时其教诲、足其衣食、恤其劳苦、减其鞭笞，使各得其所……”

玄烨知道，对于圈占民间房地产为旗产，人心极为不满。但鉴于半年前的苏纳海之狱，没人敢冒风险上奏了。

还有两本奏章引起他注意。一是御史田六善请求反坐的，一是礼部郎中周中奇请访求精通天文的博学之士的。

田六善说：“近见奸民捏词诈害，在南方不曰‘通海’，则曰‘逆书’；在北方不曰‘于七贼党’，则曰‘逃人’，谓非此不足以上耸天听，下怖小民。请饬督抚：即于审理情实者据实奏闻，情虚者依律反坐！……”

周中奇说：“近年钦天监编制时宪、观测天象，屡有错舛。上年五月之月食、六月之日食，测算误差甚巨。事关重大，请饬吏、礼二部，请求精通天文博学之士……”

玄烨因此联想到皇阿玛去世后的一系列大狱：从哭庙狱、奏销案、通海案、明史狱，到费扬古、汤若望、苏纳海三大狱，还有逃人、迁海、圈地等项政令，朝廷到底在怎样行政？天下震悚，民心到底如何？得民心者得天下，失民心者失天下，这是玄烨读书十年树立起来的坚定不移的信念，他不由得用这个准则衡量以往的所有国策方略。他看到，父皇是想顺着这条路理国的，而辅臣呢？……

玄烨边看边想，有时候离座在御榻周围踱着步子，细细揣摩那些汉官奏章的内涵，细细思索着这些重大政务之间的关系。

握拳探臂伸腿地做了几个练武姿势，活动四肢、舒展躯体，再使冷水擦一把脸，他又坐到御案后面去，翻开了下一本奏疏。

奏疏不长，玄烨很快就看完了，但他不大相信，又翻过去看了第二遍、第三遍，心里想，这是在玩儿什么花样？

这是太子太保、内大臣苏克萨哈的奏疏：“臣才庸识浅，蒙先皇帝眷遇，拔授内大臣，夙夜悚惧，恐负大恩。值先皇帝上宾之时，惟愿身殉以尽愚悃。不意恭奉遗诏，名列辅臣之中。臣分不获死，以蒙昧余生，勉竭心力，冀图报称。不幸一二年来，身婴重疾，不能始终效力于皇上之前，此臣不可逭之罪也。兹遇皇上躬亲大政，伏祈睿鉴，令臣往守先皇帝陵寝，如线余息，得以生全，则臣仰报皇上豢育之微忱，亦可以稍尽矣……”

苏克萨哈竟要求辞政，去为先皇帝守陵墓！这倒有些出乎意料！

“他是惧鳌拜，还是逼鳌拜？”这问题闪电般从玄烨心头划过，他一动不动地坐在御榻上，低头沉思。

他刚亲政，苏克萨哈就辞政，还说什么“如线余息，得以生全”，不也给他一个难看吗？皇阿玛若当此时会如何处置？如果去禀告老祖宗，她会怎样回答？……鳌拜和苏克萨哈，苏克萨哈和鳌拜……

小太监送上热茶，捧了茶盘要走，玄烨叫住他：

“小禄子，我记得你家在平谷县？”

“是。万岁爷。”小太监毕恭毕敬。

“在山里还是川里？”

“回万岁爷，奴才家在山里。”

“那么，你该见过老虎豹子啦？”

“回万岁爷，山里虎豹狼虫多，夜里全不敢出门，只听得它们嗥，哪敢跟它们照面儿！”

“没见过总听说过。没听说过老虎豹子打架？”

“回万岁爷，奴才就听猎户大哥说老虎跟老虎打，没听说老虎跟豹子打过。”

“老虎跟老虎打？打得凶吗？”

“回万岁爷，猎户大哥说的是……是……”小太监窥视着玄烨的脸色，不敢开口，显然有些忌讳。

“你说吧，不怪罪你。”玄烨辞色很和气。

“回万岁爷，猎户大哥说，春三月里老虎发情，常为争母虎斗得山摇地动。有时候也为争地盘互相咬个半死。奴才记得平日有句俗话儿，说两虎相斗必有一伤，想来不会错。”

“哦。”玄烨一手按着茶盏盖，沉吟着。过一会儿又问：“要是两虎相斗的时候，插进一个人来，会怎么样？”

小太监迷惑不解：“回万岁爷，这人莫非疯了？那还不叫两只虎撕着分吃了？连纽襻儿也会一股脑儿给吞掉！”

玄烨笑了笑，又说：“要是插进来的也是一只虎呢？”

小太监完全摸不着头脑，眨着眼睛呆里呆气地想了一阵，说：“回万岁爷，要是来只母虎，它就会卧在一边，睬也不睬，任那俩咬个毛飞肉烂；要是来的也是公的，那……那奴才也说不清它们谁死谁伤了。”

玄烨点点头：“你去吧。”

小太监赶忙回一声“嗻”，恭恭敬敬退出去了。

玄烨思索片刻，拍了拍手。一名御前侍卫应声进来候命。

玄烨说：“传鳌拜。”

鳌拜进乾清宫之前，正是一肚子气恼，满脸乌云。

以前的奏章，凡汉文的他都不懂，全凭索尼处理，或是大学士、学士们译给他听，多少知道点大意罢了。如今班布尔善当了内秘书院大学士，精明至极，奏章中言外之意、含沙射影之处，全都逃不过他的眼睛，也就躲不过鳌拜的视听。这几天应诏上奏的折子，仿佛串通了一般，全都明里暗里指斥他鳌拜当政这几年的政事。想必是那些汉人蛮子以为皇上亲政，可以乘机露脸，还想倒回到顺治十三四年宽大无边的日子里去，真是做梦！这些家伙就像池塘边的蛤蟆，天黑了，下雨了，一阵子鼓噪，只要扔一块石头，砸起一片水花，马上就老实了，能躲多远躲多远。

使鳌拜真正光火的，是苏克萨哈的奏疏。鳌拜是个明眼人，苏克萨哈这一招儿明明是以退为攻，以自己辞政逼他鳌拜交权！真没想到，苏克萨哈已经奄奄一息，心下还这么恶毒，想闹个鱼死网破、同归于尽的局面！鳌拜真恨透了这个奸恶的家伙！

鳌拜不能辞政，不能交权，皇上还年幼，要是尽着那批汉官文士在皇上耳边胡说乱讲，皇上再着了他们的道儿，满洲人又要吃亏，祖宗的规矩、祖宗的成法又要给扔到不见天日的地方去了，那可是鳌拜无论如何也不能答应的！这些年鳌拜费尽心血建立起来的秩序和权威，就那么轻易地坏在苏克萨哈和一班蛤蟆手中？哼，可笑！拿鳌拜当孱头了！鳌拜心里暗自冷笑。

进了书房，鳌拜抑住心中的恼怒，向皇上跪拜。

皇上亲切地请他起来，指着案上的奏疏说："这奏章卿傅想必看过了？"

"禀皇上，这些蛮子汉官，多是文人习气。皇上看看罢了，不可认真。太祖太宗皇帝常常教训说，前明亡国就因为重用文臣，皇上千万要引以为戒。"

玄烨笑道："那是自然。不过，朕讲的是苏克萨哈的奏章。"

鳌拜浓眉顿时竖起，大声道："苏克萨哈此奏，实在有负先帝，罪该万死！"

玄烨道："卿傅不必如此。尔等三位辅臣，受皇考遗诏，辅朕七年，朕正欲酬谢辅臣勤劳，不意苏克萨哈竟奏请辞政守陵，不知是什么缘故？苏克萨哈奏疏取去，交议政王贝勒大臣会议后回奏。"

玄烨殷切地望着鳌拜。鳌拜正中下怀，接过奏本，没有多说几句话，立刻叩拜退出书房。玄烨望着鳌拜怒气冲冲的背影，暗暗猜测自己这一试探会引起什么样的后果，能不能与自己预料的一样？

六

玄烨心里非常着急，恨不能一步踏进慈宁宫，向无所不知的老祖宗讨计。不过，这两年的"修身养性"，已经练得可以不动声色地始终维持着端庄威重的外表。他还得静静地坐上便辇，耐心地让太监们把他一步步地抬到慈宁宫门外，着急也是没用的。

“老祖宗吉祥！”玄烨走进寝宫西次间，向太皇太后跪安。

太皇太后正在习字，抬头含笑道：“皇帝怎么今儿个来啦？来瞧瞧我这字，见不见起色？”

玄烨只好把冲到嘴边的话止住，走到案前去。案上一条长一尺半、宽三尺的横幅雪浪纸上，写着两行刚劲中糅合着妩媚的柳体大字：

戒骄戒躁
毋怠毋荒

玄烨心中“突”地一跳，仿佛大热天咽下一口冰雪奶乌塔，头脑渐渐冷静下来，笑道：“老祖宗的字，越发好了！赐给孙儿吧，叫他们用心裱好了，挂书房去。”

太皇太后笑道：“那可不行。写着玩儿的，又是修身养气，一举两得。”

“老祖宗，你再写一幅行草吧，一并赐给孙儿！”

太皇太后微笑着，对玄烨凝视片刻，又提起了笔，说：“写便写，给不给你，以后再说。换一张条幅纸来。”

侍候在侧的苏麻喇姑连忙铺好另一张纸，太皇太后饱蘸浓墨，略一思索，落下去运笔如飞。两行水墨淋漓的字迹，真似龙飞凤舞，了无迟滞，大有一泻千里的气概，重重地落在雪白的条幅上：

嗟尔幼志　有以异兮
独立不迁　岂不可喜兮

玄烨目不转瞬地望着，立刻记起这是屈原《橘颂》中的句子，赞美橘树自幼就有殊异于众人的志向，有独立的品格，有不变的胸臆，所以极可尊贵。老祖宗不是在用这两句话激励自己吗？玄烨一时血脉贲张，满腔豪气，喊了一声：“老祖宗！……”

太皇太后把大笔搁在九龙环峰的龙泉瓷笔架上，慈爱的目光抚慰着孙子，伸手接过宫女进上的茶盏，呷了一口，习惯地靠坐在紫檀木雕福寿花纹的圈椅中，轻声说："你像是心里有事，很着急。"

玄烨一听，不由得又急上来，说："老祖宗，你还不知道吧？鳌拜竟将苏克萨哈下了狱！定了二十四项大罪，要凌迟处死！就这么三天之内的时间，他竟然就……"他"咳！"一声，说不下去了。

太皇太后倒很沉着："我已经知道了。昨天议政王会议此事之后，我便听说了。"

玄烨惊异地看看老祖宗，又说："三天前，我确实命鳌拜拿苏克萨哈的奏章交议政王大臣会议具奏。我的意思不过是投石问路，试一试深浅，并没有一点儿要杀苏克萨哈的意思！……"他的个头儿已经不小，可是脸貌还显得稚嫩。此时他眼睛里流露出了不安和沮丧，使他更像一个做错了事的孩子。

"皇帝何至于这样不安？你没有做错什么事情。"太皇太后平静地说。

"啊？"玄烨张了张嘴，不知如何回答。想一想，又说，"老祖宗，我是不明白，我只是让他们会议回奏，怎么就擅自将苏克萨哈下了狱？"

"哦，让苏麻喇姑讲给你听。"

苏麻喇姑于是向皇上禀告详情：

鳌拜拿了苏克萨哈的奏本，在议政王大臣会议时传达皇上的旨意，是这样说的："尔等系受皇考遗诏辅朕七年，朕正欲酬尔等勤劳。兹苏克萨哈奏请守陵，说'如线余息，得以生全'，不知有何逼迫之处？在此何以不得生？守陵何以得生？朕所不解，着议政王大臣会议具奏。"

议政王大臣们接此圣旨，很快就议得回奏："将苏克萨哈及伊子孙并本旗下弟兄俱拿问。"而辅臣们很快就得到了皇上的谕旨："依议。俱着拿问。"

听到这里，玄烨争辩道："我没下这道谕旨！下给议政王大臣的谕旨也没有说那些何以得生、何以不得生的话！鳌拜怎么可以擅自矫旨！”

太皇太后望了望自己修得洁净纤美的手指，说：“辅政七年，哪一道圣旨不是由他们代下？你刚亲政八天，他们还有佐理之权，怎么就不可以自传圣旨？”

玄烨咬住嘴唇，皱起了黑眉。

“苏克萨哈的二十四项大罪呢？拿给我瞧瞧。”太皇太后说。玄烨忙命小太监跪呈折匣。苏麻喇姑接过、打开，奉给太皇太后。她从头看下去。静静的殿堂里，只有翻动折子的细微声响。

太皇太后看罢，放在案上，说：“这二十四项大罪，也并非全然无理。前面数项实属犯上大不敬。说他奏请守陵是不愿归政，只怕也说着了根儿。”

玄烨记得，第一项大罪便是苏克萨哈怨望，奏请守陵是不愿归政；第二项大罪，当年哭送先皇帝梓宫时竟敢乘马；第三项大罪，竟敢用先皇帝陵寝之陵砖砌自家茶房厨房；第四项大罪，皇上射猎嫌弓软而加硬，竟在一旁说“我们此人寡嘴琐碎，自作知识”，诚为大不敬等等。其余都不如这几项来得骇人听闻。玄烨略一迟疑，说道：

“老祖宗，苏克萨哈固然有罪，但罪不至死，更不该判凌迟严刑……”

太皇太后扭头关切地望着他：“你想怎么样呢？”

“罢了他的辅政，在家赋闲，也就可以了。”

“鳌拜难道就此罢休？”

“鳌拜未免太跋扈了！”玄烨眉宇间隐隐露出怒意。

“那么，你最初要鳌拜传旨议政王大臣是什么用意呢？”太皇太后乌黑的眼睛变得更加专注，一眨不眨。

“我想议政王大臣们能议得苏克萨哈是受鳌拜逼迫不得不辞政，鳌拜专横之状自明。这样，两人都罢辅政，只留下一个遏必隆。”

太皇太后点点头：“我说你并未做错。只是墙倒众人推，议政王大臣也难逃此例。鳌拜权倾中外，他们不能不有所顾忌，实在也难怪……不过，苏克萨哈罢辅政已成定局，也算清除一个隐患。”

“老祖宗，你的意思是……”玄烨心里惊异，嘴上不敢说。

"傻孩子，两个都垮办不到，垮一个也是好的。对于你，没有多大区别。"

玄烨明白，如果苏克萨哈得势，其专横跋扈也不下于鳌拜，或许不像鳌拜这么粗鲁、直截了当，但刁滑的笑面虎不是更难对付吗？玄烨只是觉得处死苏克萨哈这样一位辅政大臣，而且使用凌迟的酷刑，太伤朝廷的脸面，会给皇阿玛带来知人不明的昏昧恶名，所以他又说：

"老祖宗圣明，孙儿明白了。可苏克萨哈最好不死……"

太皇太后微微叹了口气："唉，那样自然最好。可是苏克萨哈死不死，恐怕由不得我们了……"

玄烨咬咬牙，眉头皱得更深。是啊，如今鳌拜权势那么大，他又刚亲政，什么都不熟悉，朝廷上下有多少人真心服从？难道能为苏克萨哈跟鳌拜撕破脸皮吗？他沉默不语了。

"你也不必太费神。"太皇太后又微微一笑，"当年太祖太宗皇帝开创江山，杀人如草。因怨望和大不敬而杀却的大臣也不在少数，算不上失德。"

玄烨心里一动，再也说不出什么话了。

"《左传》你早已读过了吧？再读一读《郑伯克段于鄢》，或许能揣摩出几分道理来……"太皇太后意味深长地看着玄烨，笑着这样说。

当晚，玄烨真的打开《左传》，翻出《郑伯克段于鄢》，把熟得可以背下来的文字，又看了几遍，默坐着想了想，叫道："小秦子小赵子过来，听我来给你们讲个故事！……别跪别跪，好好听着就行。"

两名书房随侍小太监赶紧垂手立在炕桌边。

"有一个国君，他的幼弟仗着太后宠爱，总是桀骜不驯、逾制犯上，不但有不臣之心，还想夺位篡国。大臣们屡屡禀告，请国君制止，国君只是不睬。禀得多了，他才淡淡一笑道：'多行不义必自毙，子姑待之。'直到那幼弟明目张胆地起兵造反，国君才发大军一举克之。你们说，这国君如何？说真心话！别敷衍！"

小赵子立刻赞扬："国君真聪明！不，不是聪明，是高明！这就叫不到火候不揭锅嘛！……"

"小秦子，你说呢？"

小秦子低头想了好半天，说："国君明知幼弟所行不义，为什么不早早劝告制止？"

小赵子立刻回答："皇上说得明白，这幼弟是太后的心尖子，国君责备幼弟惹太后不高兴，不就有伤孝道了吗？"

小秦子反驳："那等到最后幼弟造了反又除掉他，就不惹太后伤心、就不伤孝道了？"

小赵子张口结舌："这，那，谁叫他造反呢？自找倒霉嘛！"

小秦子又反驳："这倒霉才不是自找的呢！是国君养成的！有意姑息养奸……"

玄烨暗暗点头：姑息养奸，书房师傅们讲到《郑伯克段于鄢》时，就是这样批评郑伯郑庄公的，说他不该故意养成幼弟段的奸谋，又反手去除掉他。

小秦子又说了一句，叫玄烨心下"咯噔"一跳："照我们老家老人们的话说，这人就叫阴！"

"阴？是什么意思？"

"阴还不懂？阴险、阴毒、阴狠，对你好对你赖都居心难测，还不把人吓死！用这一手对付亲兄弟好朋友，可就算是卑鄙小人啦！"

"胡说！胡说！"小赵子忽然找到有力根据，来了反驳的劲头儿，唾沫星子乱溅，"是那幼弟先有异心，国君才想这法子。要不，干等着挨刀吗？干脆让位给他幼弟好啦！"

小秦子连忙退却："我又不是说的故事里的国君哥儿俩，我是听老人们这么空指着一种人说的……"

"好啦，别争了！"玄烨出面制止，"各有各的理，去吧，弄点热奶茶来。"

小太监们退了出去，书房里只有玄烨一个人了。他又沉浸在思索中。

太皇太后要我从中揣摩什么呢？是不是说，鳌拜恶迹未显，应静待他自毙？或者，放手让鳌拜为所欲为，养成他骄横跋扈之势，待众叛亲离，再一举除之？那么，我就须暂时忍耐，积蓄力量，徐图自强，待机而动……

阴险？卑鄙？

如果别人用这样的手段对付我呢？……真叫人不寒而栗！

确实阴险，确实卑鄙！

然而，江山社稷、朝廷生杀予夺大权，本来就是我的！由他代管而已，管出瘾了，不想归还，不肯归还了！

欺负孤儿寡母，不是更阴险、更卑鄙吗？

从小苦苦读书习武，学得一身治国安邦的大本事，早就安心大展奇才、一舒抱负，让天下人、让祖先、让后代见识见识玄烨！

他却占着原不该他占的位置不让，把理应在位上的皇帝推到一边，捆住手脚不得动弹！

“是可忍孰不可忍！”玄烨嚷出此刻心头浮上的一句古话，声音之大，把自己吓了一跳，赶忙收住。

不停地在书房里踱过来踱过去，不觉东方已露出鱼肚白。

与宫里的重要交谈同时，鳌拜的宅院深处，也议论着同一个话题。

正厅里坐满了鳌党的主要人物。好几根烟杆喷云吐雾，厅上十多支大烛的光亮，都照不透那层空中浮荡的呛人的烟云，加上话题令人烦躁不安，在这初秋的晚风送爽的月夜，他们一个个都感到燠热难当。尽管都身着便装，可是在鳌拜面前谁也不敢过于随便，连帽子都没有摘下。

主位上坐的是鳌拜。他一直皱着浓眉，很少讲话，但听得十分仔细，表情始终严毅，毫无笑容。他的下首坐着他的弟弟巴哈、穆里玛，儿子那摩佛，侄子苏尔玛等人。客位上顺序坐着班布尔善、阿思哈、马尔赛、噶褚哈、图必泰、济世等。这都是朝廷里最有权势的大臣，是大朝廷中真正左右政局的小朝廷。

班布尔善做着极快的手势，他的话也像他的手势一样又快又流畅：“……苏克萨哈的二十四项大罪，是鳌公同我详细议过的，只头几条就足够把他处死！再说，他早已一垮到底，手下没人能为他翻案，有什么后患可虑！”

“自古两雄不能并立，”马尔赛立刻响应说，“苏克萨哈绝不可留！杀他有百利而无一害！”

“未必，”巴哈慢声细语，微微耸了耸眉尖，“苏克萨哈毕竟是顾命大臣，先皇遗诏名列兄长之前，如今杀了他，只怕朝野震动，人心不服。”

也就是鳌拜的亲兄弟敢说这样的话。在座的人听了都有点失色，拿眼睛去看鳌拜。鳌拜只不作声，但严厉地看了巴哈一眼。巴哈默默低了头。穆里玛哼一声，调头向着巴哈道：

“巴哈哥哥，你忒懦弱！是不是也中了蛮子的毒，这么前怕狼后怕虎的！人心服不服顶个屁！咱八旗开进山海关，杀遍中原江南，蛮子哪一个心服了，可咱大清不是照样儿取了天下！不服？他妈的，砍了头他就服了！”

巴哈低声地又嘟囔一句：“皇上刚刚亲政，就……”

一直不出声的鳌拜沉着脸突然反问：“就怎么样？”

巴哈的眼神与鳌拜那亮闪闪的目光一碰，胆怯地躲开了。鳌拜狠狠地说：

“就是要在这时候，来他个下马威！”

众人一震，一起望定鳌拜。

“班中堂方才说了，朝廷里那些蛮子趁着皇上下诏求直言的空子，稀里哗啦说了好多狗屁话，把辅政这些年的国事贬得一钱不值。这是个浪头，还想用蛮子那一套偷换咱满洲人的天下。这可不是小事。就得借杀苏克萨哈给他们颜色看看，非把这个浪头打下去，压个粉碎不可！”

众人神色一凛，纷纷赞美鳌公深谋远虑，拿得准打得狠，不愧满洲智勇双全的英雄。

马尔赛笑嘻嘻地对身边的噶褚哈说：“对对！这下马威最是要紧，别说那些蛮子要吓个屁滚尿流，我看小皇帝也……”

噶褚哈笑道："还用你说！这下马威就是要对这小皇帝威一威哩！"

鳌拜喝道："胡说！你们胆敢讲这些大不敬的话！"

马尔赛和噶褚哈连忙谢罪，发誓以后再不敢胡说。阿思哈却赔着笑问："杀苏克萨哈当然千该万该。可是，皇上能准吗？"

鳌拜胸有成竹地说："皇上年纪虽小，却聪明有见识，自幼就讨厌那个家伙。对咱十分敬待，只管放心。"

他们又商量了一气对苏克萨哈亲族亲信的处置，眼看夜色已深，各自告辞回家。鳌拜叫住马尔赛，说他妹子有事找他。马尔赛就随同鳌拜到玛尔赛的楼上去了。

见哥哥来到，玛尔赛很高兴，摆出茶点款待。三人坐定后，她又问起嫂子和侄儿侄女们安好，从柜里拿出一大包衣料首饰，还有许多细点，要哥哥带回家去。

马尔赛拿起酥饼咬了一口，笑着对妹妹说："小妹，当年仗势欺人的苏克萨哈，这下子可完蛋啦！"

玛尔赛也笑道："正是呢，咱爹娘泉下有知，也该安心瞑目了。"她明媚的眼睛热辣辣地望着鳌拜，毫不遮掩地赞道，"人们只知道称赞爷是第一等巴图鲁、军功天下第一，安知他的见识才具更是出类拔萃呢！"

当着别人，哪怕是马尔赛这个大舅子，鳌拜从不对玛尔赛表示亲昵，他脸上淡淡的，只不过没有平日的严毅而已。听玛尔赛赞美，他扭头回视，触到她热得发烫的目光，心里一荡，忙低头去呷了一口奶茶。

马尔赛立刻响应："正是呢，大清亏得有了鳌公，蛮子才不得染指。鳌公文武全才，定是上天特意降生人间降妖伏魔，护佑太祖太宗皇帝千辛万苦打下的江山……"明知鳌拜善武缺文，硬说是"文武全才"，反正吹牛拍马不花本钱，马尔赛滔滔不绝、天花乱坠，他妹子听得心里十分受用，鳌拜只不作声，仅唇边略略透出一丝笑意。

马尔赛又说："这回扳倒了苏克萨哈，朝廷里就再没有人敢作梗了。鳌公便是一人之下、万万人之上，总管朝廷内外军政大事的第一人啦！”

鳌拜略皱了皱眉，道：“不要胡说！还有诸多王爷在上。”

马尔赛诺诺连声：“那是，那是……不过，王爷虽然尊贵，论权势决然不能与鳌公相比……再者说了，打江山的王爷们早已过世，眼下这些王贝勒贝子公，哪个不是承袭祖荫、吃老爷子的功劳？于我大清又有什么建树？安能跟鳌公相比？凭什么高踞鳌公之上呢？……”他一面说一面不住偷看鳌拜的脸色。鳌拜瞥了马尔赛一眼，神色很是古怪，似喜似怒，叫人摸不准其中的含意。马尔赛决定进一步试探：

“我这话许是说得过头点儿，可是实情。要论鳌公对咱满洲祖宗的勋劳，只怕当今皇上也未必能……”

“嗯？”鳌拜陡然沉了脸，目光森然，瞪着马尔赛。马尔赛吓了一跳，连忙缩住口，尴尬地“嘿嘿”一笑，端起了茶碗，心头怦怦乱跳。这前后，玛尔赛只微笑着听哥哥胡诌，不当回事。见鳌拜真的生气了，连忙又倒了碗热奶茶，轻轻递在鳌拜手中，把玉葱般的小手搭在他肩上，柔媚地笑道：

“我哥哥心直口快没遮拦，别理他，犯不着生他的气。”

鳌拜面色转霁，端起茶碗要喝。可马尔赛不把那层意思说透，总不甘心，便赔着笑脸说：“鳌公有所不知，我这妹子周岁时，有大喇嘛给她推算过，说她有贵妃娘娘之命，那么，奴才我，也有当国舅的一天啦？……”

话未落音，“啪”的一声，鳌拜挥手摔了茶碗，那刻花的银制茶碗登时七歪八扭地变了形。他直跳起来，虬须怒张，目光如电，面孔涨得发紫，一把揪过马尔赛的胸领子，挥手重重地扇了他两耳光！马尔赛顿时嘴角涌出鲜血，脸颊失去知觉，被打得头昏脑涨，吓得浑身哆嗦。鳌拜一字一句，斩钉截铁地说：

“你听着！我们瓜尔佳氏，世代忠良，敢有不臣之心，亲生儿子也立杀不饶！你今儿胆敢说这等大逆不道的话，看我饶得了你！”

说着，鳌拜反手去腰边摸佩刀，偏偏身穿便服，没有任何刀具。他用目光四下寻找，左手仍紧紧揪住马尔赛不放。

马尔赛吓得丧魂失魄，连连用眼睛向妹子求救。可玛尔赛只站在那里，并不动容，没有援之以手的意思。总算他有急智有口才，笑着连声道：

“鳌公，鳌公，你怎的这般性急！要杀奴才也不在这一时半会儿的。奴才实在不过是想试试鳌公的忠心，说了个笑话，唉……何必当真，何必生气呢！……”

“嗯？”鳌拜盯住马尔赛，手上的劲儿减弱了些。

“真的，真的！早听人说鳌公功高不居，对朝廷忠心耿耿，奴才总想试试深浅，这才说了几句不咸不淡的话。不想鳌公之忠果然惊天动地，盖世无双！奴才真是五体投地、千服万服！……就看在我妹子的面上，饶了奴才这一回吧……”

鳌拜左手又一加劲，马尔赛全身几乎僵硬了。只听鳌拜毫不留情地喝道：“马尔赛小子，你听好，再敢胡说八道，我把你脑袋拧下来！”

“是，是！奴才再也不敢了！”

“滚吧！”鳌拜撒手一推，马尔赛一个踉跄，差点儿摔个跟头，连忙立住脚请个跪安，就要退出。鳌拜一眼看到呆立在侧的玛尔赛，心下有点后悔，便又喊了一声：“回来！把你妹子带的东西拿上！”

马尔赛猛地一松弛，顿觉眼花头晕，他强撑住捧起那个包袱，又感叹一句：“今儿个我算明白了，这大清朝廷果然是不可一日无鳌公啊！”

“快滚吧！”鳌拜再喝一声，已不是方才叱咤的口吻了。马尔赛极其识相，赶紧对鳌拜叩了个头，向妹子做个鬼脸，退出去了。直到出了门，才使袖子抹去嘴角血痕，用手轻轻抚摩肿起来的腮帮子。

鳌拜皱着眉头对玛尔赛说：“你这个哥哥真够混蛋，无法无天！不教训教训他，他还得痴心妄想！”

玛尔赛只站在那里，目不转睛地看着鳌拜，不动也不说话。

鳌拜猜想她不高兴又不敢说，便把口气放缓：“这也是为他好。做臣下的心里若存了那点儿念头，还得了吗？天地神灵不容、祖宗不容啊！”

玛尔赛还是不作声，像看一个陌生人似的细细打量他。

鳌拜口气更软了："你……生我的气了？"他眼里的冷酷全消失了，目光十分柔和，与他严肃的面容形成奇怪的对照，慢慢向玛尔赛走去。

玛尔赛一声尖叫，直冲过来，"扑通"一声跪倒在他面前，仰着脸，哽哽咽咽地哭了。

鳌拜连忙扶她起来："你这又是为什么？"

玛尔赛含泪笑着抽抽搭搭好半天，才说道："奴才是心里高兴。奴才果然没有看错，爷不但是当今最大的英雄，还是当今第一个大忠臣！……"说着，就把娇美的脸深深地藏进鳌拜那又宽又厚的胸怀里去了。

鳌拜心头一热，伸臂紧紧地搂住了她。

次日，玄烨听政方毕，鳌拜便随同皇上到了乾清宫上书房，请求皇上批下昨天议政王大臣会议关于凌迟处死苏克萨哈的奏本。

果然，玄烨一口咬定，苏克萨哈虽然有罪，但罪不至死，所以不允所请。这原在鳌拜预料之中，他也已想好了对策，便拿苏克萨哈的二十四项大罪一条一条地陈奏。照他的说法，每一条都是死罪，所以必须凌迟处死并且灭族。

这样，从早到晚，鳌拜喋喋不休，强奏苏克萨哈之罪，定要皇上应允。玄烨只是不肯松口，但又不能得罪这位辅政大臣，只得听他强奏。

眼看着太阳从东边移到西边，又从西边一点一点地向西山靠近，君臣二人还在僵持之中。鳌拜不住地上奏，玄烨半听不听地就是不肯点头。玄烨已用了两次点心、上了好几回奶茶清茶，而鳌拜只被赐给一杯清茶和两块松饼。鳌拜觉得把自己一辈子的耐心全聚在今天使用了，唇焦舌燥、又饿又渴，可那不达目的决不甘休的信心支持着他，他非要这不懂事的小皇帝屈服不可！这小皇帝平日文静听话，今天不知怎么犯了牛脾气，真是个十足的、不知轻重的娃娃！

当太阳的金边贴在青蓝色西山峰头的时候，鳌拜觉着焦躁异常，他的耐心到头了。

他忍着饥渴、忍着气，不知是第十几遍还是第几十遍地问道：“皇上，究竟准奏不准奏？”

玄烨脑袋略略一歪，像个任性的孩子：“朕不准。”

鳌拜再问：“难道苏克萨哈这些罪恶皇上都不认？”

玄烨道：“卿傅，朕已反复说过，苏克萨哈有罪，但罪不至死。罢了他的辅政也就是了，何必做那么绝？”

鳌拜道：“自皇上幼年，老臣就时时谏正，凡事不可心慈手软。此事必须斩草除根，不留后患。如皇上这般行事，岂不是留给他卷土重来的机会？”

玄烨一时不知如何回答。因为太皇太后不是也这样说吗？

“苏克萨哈心怀怨恨，大逆不道。其子查克旦招权纳贿，罪在不赦。倘不明正典刑，只恐怕天下人都要说皇上枉法徇私了！”

一句重话甩过来，玄烨气得涨红了脸：究竟是谁在枉法徇私？知道此刻不能发作，又实在气他不过，只得强压怒火，竭力平静地问：

“卿傅，常言道兔死狐悲，物伤其类。你与苏克萨哈都是先皇帝顾命大臣，为什么定要把他凌迟处死呢？”

鳌拜心火上冲，也在极力控制，愤愤地大声说：“老臣要正国法，也要为君除奸，一片忠诚可告先帝！”

玄烨好半天地瞧着鳌拜，全然是十三岁的男孩子不相信大人说话的神情。鳌拜越加生气，也就越加不屈不挠：“当初先皇帝龙宾上驭，不以老臣为不肖，面嘱老臣须时时教诲陛下。老臣耿耿忠心，无非为着大清江山，为着皇上的天下……”鳌拜说着，竟又滔滔不绝了，什么敬天法祖啦，什么先皇遗诏啦，什么太祖皇帝如何、太宗皇帝又是如何啦，越说越多，总而言之一句话，皇上应当听辅政大臣的话。

玄烨起初还听着，后来东张西望一会儿，竟翻开桌上的一本《通鉴》，自顾自地看起来。

鳌拜一直低头进谏，喉咙又干又痛，嗓子全都哑了。忽听翻书的声音，抬头一看，小皇帝全然不理睬自己的一番苦口婆心，倒翻着一本线装汉文书看得起劲，顿时勃然大怒，一切礼仪忌讳全都抛到了脑后，厉声说：

“好哇！你刚亲政几天，就力拒忠谏，不拿我鳌拜放在眼里了，我，我……”他气得浑身发抖，呼吸不畅，胸口憋闷，眼前发花，想到自己一生为皇上打天下，九死一生，浑身是伤；这些年厉行严政，被人暗中唾骂，还不都是为了他爱新觉罗氏的社稷江山？几十年沥血呕心保他皇家，却被这丁点儿大的小皇帝如此轻慢，直是视若无物！向来极其高傲自负的鳌拜，怎能忍受这样的侮弄！冲动之下，头脑发昏，竟捋起袖子，伸着钵盆大的拳头，向玄烨逼过去，要教训教训这个不懂事的小顽童！

玄烨听到鳌拜声气不对，一抬眼，却见鳌拜像棵魁梧的大树逼了上来，虬须尽张，青筋暴起，通红的眼珠似乎要蹿出火苗子，肤色原本黧黑的面容，因愤怒而涨成青紫色，竟成一副狰狞的凶相，十分吓人。玄烨大惊，高喊一声“哎呀”！从御座上直跳出来，退到御座后的屏风边，心头怦怦乱跳，尽管表面极力镇静，嗓子却在发抖，鼓足勇气喝道：

“鳌大臣，你……”

一句“你要干什么”立刻就要冲口而出，但玄烨立刻意识到，这句斥责似的问话会火上浇油，激化眼前的事端。百念电转之间，他换了另一句平稳妥当得多的话：“你这是怎么啦？”说话间，两只手紧紧扶住御座的靠背，随时准备撒腿飞跑，逃离现场，眼睛仍一眨不眨地盯着鳌拜。

鳌拜一愣，刹那间清醒过来。刚才他只是恼羞成怒，激愤过度，以至一时失去理智，并没有别的意思，被玄烨一问，反倒呆住了。

门外侍卫听得皇上“哎呀”一叫，立即心急如火地冲进书房。皇上要是有什么意外，他们和他们的亲族休想活命！冲在最前面的是索额图和鳌拜的幼弟卓布泰。索额图见状，立刻纵身一跳，插在鳌拜与皇上之间，一手按刀，厉声喊道：

“鳌大臣，请往后站！”

鳌拜连忙后退了几步，又听得自己的弟弟小声嘟囔着：“又犯脾气了……”

鳌拜躬身垂手，分辩道："老臣只不过……"

玄烨飞快地对所有的人扫过一眼，心念飞转，跟着就"哇"的一声，张嘴大哭起来，一面抹眼泪，一面慢慢走回御座，把鳌拜和侍卫们都哭得愣住了，一个个不知所措。

玄烨指着鳌拜，哭着说："你，你……"

鳌拜"扑通"一声双膝跪倒，摘下顶子放在身旁，向皇上连连叩头谢罪，不安地说："老臣武人出身，气性不好，过于粗鲁，惊了皇上，罪该万死，罪该万死！……"话虽如此，他的表情语调并不诚惶诚恐，仍是一团焦虑和急躁，"老臣实在是赤胆忠心为皇上着想，并无恶意啊！……"听玄烨哭声渐低，便又迫不及待地说，"这苏克萨哈……"

玄烨哭声又大了："啊啊……我不管啦！我不管啦！……朕刚刚亲政，就杀辅政大臣，于情于理，哪儿说得过去呀……"

鳌拜的火气又冲上来："大逆不道、奸佞狡诈的家伙，有一个杀一个，绝不可留！"

玄烨畏畏缩缩地看看鳌拜，垂了头，声音小小地说："依卿傅的意思，该怎么办呢？总不好杀人太多吧……"

这是玄烨的真心话。自他长成懂事以来，每向自己的宝座跨进一步，都要付出血的代价，都有人掉脑袋。不是吗？费扬古家族和四侍卫，汤若望和李祖白以及王登联、朱昌祚、苏纳海三大臣……每每深夜辗转难眠，常为此抱憾，心里不无歉疚。如今又是苏克萨哈！他虽自幼不喜欢这个人，但要他下令诛杀辅政大臣，为那累累人头上再加一批，他无论如何不忍心！

鳌拜反倒哈哈笑了，道："什么'仁'啊'宽'啊，蛮子的书也信得的吗？要是太祖太宗皇帝也讲这一套，咱们满洲现在还在长白山黑龙江打猎捕鱼哩！太祖太宗皇帝、开国诸王，哪一个不是杀人如草的英雄！那会子但凡有叛臣逆贼，都要诛九族。老臣进谏多少遍了，皇上你承继祖业，就不能学学祖上的英雄气概？"

玄烨心里忽悠一颤：这分明在嘲骂他是不肖子孙！刹那间，本来就被怒火填满的胸膛几乎炸开！他猛地站起，一把拿住御砚——下一个动作也许是要向鳌拜砸过去，也许是想摔到地上大发脾气——捏得手都在哆嗦。大概是索额图轻声一咳嗽，也可能是皇祖母赐给的那支经天纬地御笔使他骤然冷静下来，仿佛拖着千钧重石走过独木桥，非常费力，非常沉重，他终于松开砚台，拿起了笔，慢慢抬起头，又是一张哭丧脸，含着泪抽抽搭搭地说：

“那，那就依你了……”

御笔在玄烨手中十分沉重，有些下不去。苏克萨哈一家人的性命就悬在这笔尖之上了。但是，势在必行，由不得他了。玄烨一咬牙，落了笔，一行朱字批在奏折之后：

“苏克萨哈、查克旦即赐帛自尽，余如议。”

鳌拜一看御批，脸又沉下来：“他父子身犯二十四项大罪，是大奸大恶大逆，凌迟处死都轻了，怎么能改为赐帛？”

玄烨小声嘟囔：“怎么死还不是个死？人家跟你同僚这许多年，这点儿余情还不肯给呀？……”

鳌拜还想再奏，一看皇上小脸通红，说着又要哭，赶忙哄道：“就依皇上！就依皇上！老臣这就去办！”

鳌拜离宫时，心情极好。小皇帝不只孩子气十足，心肠还这么软，想来日后也会温顺软弱，绝不至于像他父亲那样瞎闹乱干。有鳌拜倾力辅佐，祖宗宏业满洲天下必得长久。那么，今日一番累饿交加头昏眼花的苦谏和劳神伤身的暴怒，也算值得了。

玄烨回宫，满脸乌云，眼睛都发黑了。云妞儿她们服侍皇上更衣盥洗，皇上像个木头人，只下意识地伸胳膊转身子，一句话也没有。奉上奶茶，不喝；奉上冰糖莲子羹，看都不看；奉上冰镇乌梅汤，他端起来一仰脖儿，“咕嘟咕嘟”灌下去。再看他的眼睛，还是那么直直的，仿佛对什么都视而不见。云妞儿她们一个个心里发慌，又都不敢问，只得悄悄地叫小太监传膳。

膳桌渐渐摆满了。云妞儿示意小太监扶皇上入座，又亲手为皇上掖好怀挡。

皇上突然发问，声音又高又刺耳，把众人都吓了一跳：“雪梨石榴，哪里来的？”

桌上果盘里，淡黄雪梨皮薄如纸，如同汪着一嘟噜水；石榴咧开笑嘴，露出晶莹的红宝石似的榴籽，很是诱人。云妞儿连忙说：

“是兰布郡王家敬老佛爷的，老佛爷着人送来……”

“那烤小猪呢？”玄烨的声音还是那么古怪。

一只二尺长的椭圆盘上，躺着两只尺半长的烤得焦黄红亮的小猪，散发着浓重的肉香。云妞儿答道：

“是鳌大臣特意进献皇上的，他们家的烤小猪京师闻名……”

一语未了，“轰隆”一声巨响，玄烨用全力推翻了膳桌。“噼里啪啦”、“叮叮当当”，地上便迸散开一大堆餐具的碎片，菜肴汤饼到处飞溅。皇上暴跳而起，尖声怒骂道：

“混账东西！谁叫你们收他的臭猪！”

就像发了疯，他不顾脏乱，一脚踏进那一堆碎片中，照着烤小猪狠踩狠跺，又扬腿一踢，小猪飞出次间，撞在正间儿盆开得非常娇艳茂盛的大叶秋海棠上。玄烨咬牙切齿地追到正间，扑向门边的御前侍卫，把侍卫吓得“扑通”跪倒。玄烨从他背上一把抽出那二尺来长的“小神锋”，对准秋海棠一阵乱砍，棕色的叶水红的花顿时满屋狂飞。云妞儿、霞妞儿她们赶来一字跪倒，云妞儿哭着劝道：

“求皇上息怒！万一伤了身子，奴才们吃罪不起……求皇上别砍了。这花儿是长公主特意给的，毁了花，岂不要伤长公主的心？……”

玄烨一听，挥刀砍得更凶：长公主是他家媳妇！今天，但凡沾着他一点气息的东西，都使玄烨的愤怒火上浇油。

“天哪，这是怎么啦？”太皇太后的声音使玄烨和众人一愣。她站在门口，对凌乱的正间、次间只扫了一眼，便把目光集注到玄烨脸上。玄烨满头满脸是汗，额上青筋凸起，竖着黑眉瞪着眼睛，面颊抽搐着，大口大口喘粗气，仿佛认不出面前的祖母了。

太皇太后心里一酸，差点儿落泪。她温和地微笑着，对玄烨伸出手：“来，快别生气了，到皇阿奶那儿去吃螃蟹。”

玄烨对祖母呆呆地望了片刻，大叫一声：“老祖宗！”跟着扑过去，搂着祖母号啕大哭，泪如雨下，哭得几乎顺不过气儿。太皇太后轻轻摩挲着孙儿的脖颈，又心疼又感叹地柔声说：

“哭吧，哭吧！好孩子，真难为你了！我都知道了……这会儿你就痛痛快快地哭吧！……”

玄烨靠在祖母温暖的、坚实有力的怀中，痛哭一场，这回是真的哭、真的泪。他的愤懑苦恼、他的被压制得透不过气来的委屈，终于找到了出路……

两天后，玄烨去太皇太后处请安。她问道：“苏克萨哈的事了了吗？”

玄烨回答说：“昨日午时已经行刑。”

“哦，这么快？”

“鳌大臣着急得很。行刑正选在我亲政满十天的日子，真是个下马威！”玄烨的语调中满含怨毒。

沉默片刻，太皇太后回头问苏麻喇姑：“杀了哪些？”

苏麻喇姑看了皇上一眼，低声答道：“苏克萨哈处绞。其长子查克旦处磔。另有六子二侄一孙皆处斩，家产籍没。族弟白尔赫图、额尔德皆处斩……”

太皇太后吃了一惊：“白尔赫图有大功，是勇将，是朝廷有用之才，竟也株连了？”

苏麻喇姑声音更低：“是。菜市口人山人海，哭的骂的乱扔脏物的都有。查克旦确是做过许多坏事……”

太皇太后叹了口气：“苏克萨哈终归还是有罪，死不足惜。白尔赫图可惜了……朝廷上下还安静吧？”

玄烨冷笑着，恨恨地回答：“安静，安静极了！一点儿声息也没有！都被他的下马威镇住了！现下六部三院都赶着去向他禀事奏报，汉官们热闹了一阵，又都噤若寒蝉了。哼，我这个小皇帝不也叫他给降住了吗？”他越说越气，声调不由得提高了，看看又要站起来，触到祖母责备的眼神，他知错地低了头。

太皇太后劝慰道：“审时度势，不可鲁莽，我已对你说过多次。要紧的是你必须不动声色，让他不知虚实，不敢贸然行动。来日方长，慢慢对付吧！”

玄烨犹自愤愤不已：“他真如王莽、曹操一般，专门欺负孤儿寡母。朕却不是孺子婴、汉献帝，可以任他摆布！……”

太皇太后望定他，问：“事已如此，你打算怎么办呢？”

“我？”玄烨眉毛一扬，脸色骤然转为平静，乌黑的眼睛深处亮光闪闪，像是映在深深井底的星光。他略略一顿，胸有成竹地说道：

“头一件，要加恩辅臣。鳌拜、遏必隆辅政七年，大有功于社稷，此次又扳倒了苏克萨哈，为朝廷除了后患。我想，遏必隆于原有一等公外加授一等公；鳌拜于原有二等公外，授为一等公。他们原有的一等公、二等公爵位，由他们长子承袭……”

太皇太后的目光始终不离玄烨，她没料到孙子会说出这样一番话来。

“其次，这回联衔上书奏请亲政的四贞姑姑、平西、平南、靖南各王及王世子等人，也要找个恰当机会加爵封赏，以示国恩……”

太皇太后听着听着，目光由惊异变为赞扬，由赞扬转成感动。不待玄烨说完，她心头一热，眼角发烫，赶忙背过身去，掩饰闪亮的泪光。玄烨连忙停了话头，起身走到祖母身边问道：“老祖宗，你怎么啦？”

太皇太后没有回身，肩头微微抽动，声音也克制不住地有些发抖，但还极力带笑说道：“小鹰长大了！……你这样明白事理，我还有什么不放心？就是你阿玛九泉之下，也该瞑目了。总算我没有白费心血……”声音嘶哑，说不下去，她赶紧咬住嘴唇，抑止将要冲出的呜咽。

“老祖宗……”玄烨连忙拉住了老祖母的手。

“没事，没什么，”太皇太后极力使自己平静，轻轻拍着孙子的手背，笑道，“要知道，人太高兴的时候，也容易落泪的……”

太皇太后为人慈祥温和，但玄烨也从没见过她这样动感情。想想她养育、教导、护佑两代冲龄皇帝，历了多少艰险、经了多少惊涛骇浪，如今又面临着鳌拜这个强大对手的挑战，望着她那露出星星白发的双鬓，玄烨不由得一阵心酸，也潸然泪下了……

第六章

一

皇后去慈宁宫晨省出来，坐上肩舆，唇边还留着微笑，心里还在默默回想着方才太皇太后摘桑叶喂蚕的动作和她如深色丝绒一样温厚柔密的声音。

皇后清晨进慈宁宫时，太皇太后已不在宫中。苏麻喇姑请她到南花园临溪亭南的东房去，说昨天把那儿布置成蚕房，设了监蚕太监和采桑宫女，今天天刚亮，老佛爷就兴冲冲地去看那些蚕宝宝了。

她赶到蚕房，看到了这么一幅景象：在宫女太监簇拥之中，太皇太后坐在蚕筐边上，双手平举着，左手心里托着一条小手指粗的雪白的蚕儿，右手拈着一片碧绿的桑叶喂它，蚕儿蠕动着柔软的身体，晃着脑袋一遍一遍地吃过去，桑叶很快就变小了。

皇后上前跪安："老祖宗吉祥！"

"哦，你找到这儿来了。"太皇太后向皇后微笑点头示意起身，"快来瞧瞧，这蚕儿多会吃，吃得多乖啊！"

皇后脚步迟疑，欲进又退。她虽然处事之谨慎老练、沉着大胆远远超过她的年龄，但生来最怕那些肉乎乎的没有脚的软体虫子。现在那蚕儿的形状和动作，让她身上一阵阵地发麻。她硬憋住气，把一声尖叫堵回嗓子眼儿里。

太皇太后高举左手，让掌心的蚕儿向着光，喜爱地眯眼望着："等它整个儿身子变得雪白透亮，就该吐丝了。一肚子全是丝啊！喏，你也瞧瞧。"说着，把蚕儿往皇后手中放。

皇后浑身哆嗦着伸出手，咬住嘴唇，在蚕儿将落之际，赶紧闭住了眼。可是在那冰凉的软软蚕儿触到掌心时，她再忍不住，猛地尖叫一声，好像落下的是一块火炭，急忙甩掉，几乎出于本能地飞快躲到太皇太后宽阔魁硕的身体后面，十足的吃惊小女孩儿娇模样。

太皇太后先是耸眉惊异，随即就哈哈大笑，笑得十分开心。周围的人也都低头抿嘴悄悄地笑了。

“看你娴静温雅，事事知大体懂道理，竟怕这小小的蚕儿！”太皇太后抹去笑出来的眼泪。皇后红了脸，不好意思地笑着，垂手站到老祖宗椅侧。

“从今往后，你得历练历练，抽空儿多来蚕房看看养蚕，自己也动手喂喂桑叶什么的。”

“老祖宗，我……”

“不是我老太婆故意难为你。养蚕是轩辕黄帝的皇后嫘祖兴起的，我看历代都有天子亲耕、皇后亲蚕以劝天下的大礼，所谓农桑农桑，是国家之本、万民之本，男耕女织嘛。咱们满洲蒙古起自关外，祖先渔猎游牧为生，如今天下一统，农桑才是正道，耕、蚕之礼也得兴起来。你说呢？”

“是，老祖宗。”

“待皇帝年长之后，当行亲耕之礼，设先农坛祭农神；皇后自然要采桑养蚕，行亲蚕礼，设先蚕坛祭嫘祖，为天下万民作则。农桑兴旺，天下自然温饱丰足了……”

后来，老佛爷看定皇后，说：“你早些回去吧，看看皇帝那里有无要事……”她迟疑地打住了话头。

皇后没有注意，只恭敬地禀告说，要到乾西五所去看望大阿哥。

老太后笑了，微微点头。皇后出门之际，听见太皇太后不知对谁在夸赞她：“好孩子，贤惠人啊！……”

肩舆有节奏地轻轻晃动，皇后体味着老祖宗的赞美，心里阵阵温暖。她拿定主意，明日起，天天进蚕房，无论怎么害怕、恶心，也得让那肉乎乎的家伙在手掌里爬！……

皇后要去看望的大阿哥，是去年九月出生的，就要满八个月了。皇后身为后宫之主，自然要拿任何皇子皇女都看作是自己的子女，才能合乎慈孝和顺的妇道。

大阿哥的生母，是太皇太后赐给皇上的使唤丫头云妞儿。生了阿哥，她便进位荣贵人，成了小主，住进了永寿宫。人们这时才知道她的家世姓氏：马佳氏，员外郎盖山之女。云妞儿平步青云，引起多少同伴的羡慕。如今，后宫的眼睛又都盯住了霞妞儿。看她身子一天比一天明显，或许又是一位贵人。

大阿哥出生的时候，皇上刚亲政两个月，忙得不亦乐乎，光是亲自甄别部院大小官吏、引见外省督抚司道府州县各官，就花了好长时间。对每个人皇上都做了评点，以求心中有数。虽然很辛苦，却乐此不疲，津津有味。记得大阿哥出世的消息禀告皇上时，他正在往吏册上注评语，一听此信，登时把笔一扔，高兴得直跳起来，完全忘记了平日的威仪，哈哈笑着大喊大叫：

“啊哈！我有儿子啦！我当阿玛啦！”

那时，他真是坐立不安，兴奋至极，搓着手满屋里乱转，后来突然一挺身子，把胸膛拍得“嘭嘭”响，笑着对皇后说：“有了儿子，男人才真正觉得自家是男子汉大丈夫！如何？”瞧他那得意自豪的样子，真叫人忍俊不禁。要不是皇后提醒，他连去太皇太后和皇太后处致贺的事都忘了呢！他给大阿哥起了个蛮子味十足的小名儿：承瑞。太皇太后和皇太后居然都很满意。

自那以后，皇上再没有那么全心全意地高兴过了。

这八个月里，皇上的举动是颇为奇怪的。上朝听政和颜悦色，对辅臣崇礼有加、言听计从。时不时地，把皇上的威严撇到脑后，露出小孩子家爱玩的本性：今天去打猎，明天要捕鱼，过几日又想起来要往名刹烧香访僧，使两位辅臣颇为头痛。不过，御门听政天天举行，一切祭祀大典，皇上都亲自行礼。顶多说他缺少治国才能，却指不出他有任何失德的地方。

但是皇后很清楚，玄烨心里十分苦闷。回宫以后多半埋头读书习字，沉默寡言，心事重重。原因她也清楚：辅臣专擅，完全剥夺了皇上治理国家的权力。如果皇上是个平庸的人，也就罢了。偏偏他从小就认定他承继祖业是天意，这天下是他的，他一心要当治国理政的英主，怎能忍受当傀儡的处境？何况辅臣擅权本身就包含着某种威胁呢！

皇后叹了口气，又想起昨天晚上皇上来坤宁宫时，精神不大好，说是有点伤风，不知今儿是不是见好了？……夫君那疲倦的面容、忧伤的眼睛，此刻好像就在眼前，皇后一阵心悸，满怀同情和爱怜。

太皇太后刚才说："你早些回去吧，看看皇帝那里有无要事……"有所指吗？是什么事？皇后心里一慌，去乾西五所看大阿哥的事顿时撇到脑后，微不足道了。

"停下！"她对抬辇的小太监们吩咐一声，"去乾清宫！"

皇后在乾清宫前下辇，正遇十几名侍卫顺序而出，见是皇后御驾，一排跪下请安。恍惚间，最后两名侍卫又奔回殿中，大约是忘了什么东西。领队的索额图禀告说："奴才们奉太皇太后和皇上御旨，往文渊阁领取《大学衍义》，颁赐部院诸臣。"

皇后见领队是自己叔父，也就不再多问，点点头，起步就要往前走。索额图又说："启禀皇后娘娘……"皇后停步，回头看看叔父欲言又止，想必是娘家有事，当众不好说，于是吩咐道：

"你去吧！皇上和老祖宗的事要紧。"

皇后走过去了，侍卫们还跪在那里。望着皇后将进乾清宫，众人暗暗着急，却又无可奈何。

皇后跨进宫门槛，两名侍卫一跪一立地迎着她。跪着的原来是佟国维，恭恭敬敬地说："奴才请安，皇后娘娘吉祥。"

另一名侍卫好大胆，见了皇后竟不跪！他站在佟国维身后门扇的阴影里，只能看到他黑黑的胡须和瘦瘦的身段。他竟敢直冲着皇后走过来！不容皇后愤怒地叱出声，他已贴近她身边，低声说："你千万不要声张，等我晚上回来告诉你！"说罢，两名侍卫一起出门，会同队伍匆匆走了。

老天，这是皇上！皇后愣住了。他要干什么？

早些年，皇上扮小太监去观象台看日食测定，那实在是小孩子的好奇心。亲政之前，他又不时穿上侍卫服色，借机往内三院、内务府各处溜达，和那些满蒙汉族的中书、笔帖式、书吏们聊天闲谈，皇后也不以为不妥，还代他隐瞒，不让太皇太后和皇太后知道。可今天，他已经亲政，认识他的官员越来越多，再要出紫禁城往六部衙门赐书，可就太危险了！万一……霎时间皇后心慌意乱，第一个冲动就想追出去把他喊回来；看看赶不上，又想立刻回转慈宁宫禀告太皇太后，派人把他截回宫。但是……皇后耳边又响起他压得很低的声音：

“你千万不要声张，等我晚上回来告诉你！”

他信得过她，不瞒她，她又怎能违逆他的心意呢？借太皇太后去压制他，岂不是更蠢！再说有叔父和舅父伴随，一行侍卫都是对皇上极为忠诚的巴图鲁，六部终究还在紫禁城边上，也许不必那么提心吊胆……

不对。刚才老祖宗说：“看看皇帝那里有无要事。”她像是知道的。不错，一定知道！他们祖孙俩总是这么默契、这么知心知意，我这皇后，反倒像是隔了一层……皇后在乾清宫里站了一会儿，让忽然泛上来的委屈、心酸慢慢消散，然后转身回坤宁宫，立刻传来坤宁宫首领太监，命他带领二十名强壮年轻的太监往文渊阁见索额图，看他是否需要有人帮他们搬书。

玄烨杂在众侍卫中上了文渊阁。其他人在管阁笔帖式带领下搬书的时候，他由索额图和佟国维陪着静立廊下，透过阁上轩窗的竹帘往下看，宽大的院子今天做了考试场，是他十分关注的所在。

院子里数十排桌椅摆得整整齐齐，三百多名赴试者都着了簇新的朝服朝冠，坐下后便把自己带来的笔砚文具小心地放在桌端。他们都是有功名的进士、举人、贡生、监生，熟知朝廷礼仪，一个个毕恭毕敬，咳嗽都不敢出声。

文渊阁正堂檐下的白石月台上，一排铺了蓝呢的桌子，簇拥在许多笔帖式、书吏等办事人员之中，那自然是考官的尊贵座位。坐在正中的是辅政大臣鳌拜，紧挨着他的是大学士班布尔善。内三院大学士图海、李蔚、巴泰、魏裔介也在座，两侧还有礼部尚书外库和兵部尚书龚鼎孳。

敕诰房是内阁的一个重要机构，掌管皇上的敕令，设在紫禁城午门之内。能在敕诰房当差，自是极荣耀极清贵的。现今敕诰房中书人手不够，需要添额。内阁和礼部对此事很重视，于是选文渊阁为考试地点，在进士举人贡生监生中选拔，规模和等级仅次于四年一度开科取士的保和殿文进士殿试、紫光阁武进士校射。人们看到当朝最显贵的辅臣鳌拜和大学士班布尔善主试，更觉得非同小可，无不屏息凝神万分恭敬。

考试时刻已到，礼部满尚书外库、汉尚书郝维纳走出来，向上面主试的鳌拜、班布尔善及各大学士禀告，并请主试和龚部堂当面出题考试。这是礼部为防作弊以拔识真才的一番苦心。龚鼎孳供职兵部，原不应参与此事的，但他是举朝公认才学最高的尚书，礼部特意请他来做考官。

但凡涉及文学，满大臣便要皱眉，何况出这些他们自己也不懂的文绉绉的题目呢？虽说满汉两种文字都考，可是除了班布尔善，满大臣的满文功夫，多半还不如在座的汉大学士。

鳌拜坐在正中，见李蔚、魏裔介、龚鼎孳几个聚在班布尔善身边，满口《大学》《中庸》，动辄之乎者也，早就不耐烦了。而班布尔善居然也《春秋》《左传》地说着他全然不懂的话题，心里更加不快，一挥手，头也不回地皱着眉头说：

“敕诰房中书，哪里用得着这么麻烦！不就要会写字、写得好看吗？何必作文！”

李蔚、魏裔介和龚鼎孳顿时不作声了，互相交换一道眼色。班布尔善也是一愣，随即笑道：“鳌公必有简单易行的考试选取办法！”

这时一名笔帖式送一份题本给班布尔善。他只当是紧急军务，忙打开看了一遍。

鳌拜也不看他，只管问道：“什么事？”

班布尔善笑道：“是云贵总督的题本。因平西王近日平定乌撒作乱，请予嘉奖，还附有平西王在乌撒地方的安民露布。”

“哦，”鳌拜点点头，“正好，叫个笔帖式来读，让这些应试的写在卷子上，谁写得好，取谁。”

班布尔善稍一犹豫，立刻笑道：“好！鳌公的办法果然简而且精。来吧，你送来的就你读吧！”他也随随便便地把附来的露布往送题本的笔帖式手中一塞。那笔帖式做梦也想不到，这么庄重的国家大事会落在他这个无品无级未入流的小吏身上！当着这些国家重臣，他吓得浑身发抖，两腿一软，跪倒在班布尔善脚下。

班布尔善一瞪眼，叱道："跪到前面去！大声读！每句读一遍满语、读一遍汉语！"

笔帖式硬着头皮，从战战兢兢的嗓子眼里逼出一种难听的、变了调的声音：

"露布……大清平西王吴三桂谕……"

真像铁铲刮锅底的声音那么叫人难受，叫人不忍卒听。可是考场上三百多与试者一齐低头提笔书写，李蔚、魏裔介正襟危坐毫无表情，龚鼎孳却掩饰不住地流露出不满，这真是斯文扫地！

露布读了不过三分之一，鳌拜便又一挥手，说："够了！"

班布尔善立刻笑道："够了，够了！收考卷！"

两边执事的书吏立刻下场收卷，这里鳌拜已立起身来，对两旁陪着起立的大学士及尚书们略一点头，便向外走去，班布尔善随他一起离开。他们毫无顾忌的大声交谈，一句句都十分清晰，传入恭立而送的与试人们耳中：

"取三十名，列名上奏，请皇上钦点。"

"是。请皇上点多少名？"

"十五名足够了！"

"是。"

目送鳌拜和班布尔善出了大门，玄烨才看看身边的索额图，眼睛里又透露出忧伤。他轻声说："我们走吧。"

侍卫们捧了书下阁，正遇其他主考出门，便在楼梯边稍候。走在最后的正是学问最高的三位汉大臣主考：魏裔介、李蔚、龚鼎孳。李蔚一向沉默寡言，喜怒不形于色；魏裔介心事很重，只管低头走路沉思默想；龚鼎孳却在忍不住地发议论：

"……内阁中书，品虽不高，但位在枢府、职掌机要、身近天子，最是精华之选，内可升部郎，外转犹不失郡司马。两榜进士盼此推选，望若登天之难，不料今日如此考选！军国大事，直同……"

他把最后一句话咽了下去，叹息着走远了。玄烨完全可以把他这句话补足："军国大事，直同儿戏！"他也忍不住叹了一口气。

侍卫们跨马驰出紫禁城，分成六队去六部颁书。玄烨最关心吏部，便同索额图和另两名侍卫进了吏部衙门。

大堂之后一架紫藤，藤荫覆地几乎有三亩之阔。花事早过，藤萝蔓生，非常茂密，一庭皆绿。吏部门官原要通报，被侍卫们拦住。门官只得恭恭敬敬地领着四位宫里来的贵使去见本部堂官。哪知刚跨进藤荫，便听得一片吵闹声。玄烨盯着门官看了一眼，门官只觉得这个身量不高的黑胡子侍卫目光惊人，心里害怕，连忙赔笑道：

"是本部堂官、副堂官在那里议事。"

"议事？"索额图看看玄烨，又问，"经常这么吵闹？"

"是……呃，呃，不，不经常……有时候喜欢争论……"

原计划索额图进去颁书，玄烨和另两名侍卫留在议事厅外听他们议论。既然如此，玄烨示意索额图把门官打发开，四人一同在议事厅外站定静听。

阿思哈的声音一出来就压倒了别人："好了好了，这件事就依图侍郎的意思去办！不必多说了！……"

玄烨移近门厅，从破损的窗纸中看进去，果然吏部的两尚书四侍郎都在座，阿思哈和杜立德分坐在上首左右，图必泰、常额、冯溥、梁清标，各自坐在尚书的下首，真是个左满右汉，满汉分明！阿思哈不知做了什么决定，图必泰显然很开心，摸着胡子得意地附在另一位满侍郎耳边说悄悄话，两人会心地相视而笑，看看忍不住，就会大笑出声。那边杜立德却皱着眉头，很不愉快；冯溥仰头注视顶棚，一只手轻轻转着桌上的茶盏盖。

"还有一件要事，"阿思哈又说，"鳌公有手谕给兄弟，说是各省督抚威权渐重，恐有不测之变，应请皇上向各省分派满大臣二员，设衙门于督抚所在地，以便监视。我将此意奏上，皇上面谕'此事关系重大，着吏部议妥回奏'。就请诸位议一议吧！"他略一停顿，首先表态说，"天下大事，尽在鳌公胸中。鳌公深谋远虑，正可遥制各省，定能收指臂之效。兄弟以为应该速行……"

这正是玄烨选定私访吏部的主要原因。

他听到阿思哈启奏时暗暗吃惊，看来鳌拜一党不把各省通通抓到手心是绝不罢休了，可皇帝不更是空架子了？玄烨也知道出京放外任是发财之道，官吏梦寐以求；鳌拜设监守大员的办法，定为满官所拥戴，当下不便表态，来个缓兵之计，让吏部议奏。而吏部，玄烨很清楚，是鳌拜势力最强，也最得力的地方。怎样既不得罪鳌拜，又不使他们得计，玄烨很费踌躇。今天特地来此察言观色、细看动静。

不出玄烨所料，满侍郎交口赞同，还不住地称颂鳌公英明，是大清朝安邦定国、文韬武略的栋梁之臣。汉侍郎梁清标迟疑地望了望毫无表情的杜立德，也表示了赞同的意思。玄烨站在窗外，心冷了一半。

冯溥双手一拱，和颜悦色，慢吞吞地准备开口了，阿思哈和图必泰顿时龇牙咧嘴，一副难受的样子。想必冯溥经常说些个不中听的话：

"阿部堂，诸兄，兄弟以为此议不可行……"

图必泰登时双眉一竖，站起来就要争辩。杜立德淡淡地说："且听冯兄讲完。"

阿思哈也向图必泰示意，他只得忍气坐下。却听冯溥有板有眼、胸有成竹地说：

"我想朝廷设官分职，怎可以妄自更改？国家设督抚皆是重臣，如今又不信任，岂不使人人自危？怎能勤于厥职？遣派大臣前往监视，日后，莫不还要再派大臣监视今日所派大臣？若无诚信相孚，必将陈陈相因，成何道理？所以兄弟以为另遣大臣稽查督抚，实在无谓之至！"

图必泰大怒，暴跳而起，瞪着牛眼指定冯溥喝道："你这家伙，竟敢处处作梗，不给你点颜色看看，你也不知道厉害！"说话间纵身一跳，极显出马上功夫深厚，直奔冯溥，一把揪住冯溥的褂子，举拳就要打。阿思哈喝了一声："图必泰！"冯溥也举手支住图必泰的拳头，毫无惧色，直盯着他的眼睛，徐徐说道：

"鸡肋何足饱尊拳！不过你我同为吏部侍郎、朝廷命官，又是公议，怎么就容不得我说话？况且此议之可否，自有皇上圣裁，岂是你我所能自专？你何必拿出这等举动！”

图必泰一时语塞，见阿思哈对自己频使眼色，只得退回原处，愤愤坐下。众人方才拥来相劝，此时也各归位。阿思哈脸上有些讪讪的，图必泰此举实在是欲速不达，输了理。杜立德像什么事也没发生一样，说道：

“阿部堂，就以两议奏上吧！”

“也好，皇上钦定就是。”阿思哈只得这么回答。

玄烨在窗外看得清楚。一直不动声色的杜立德，目光炯炯，始终严密地注视着事态变化。冯溥固然胆气可嘉、镇静忠直，焉知他背后不是杜立德在支撑？……

回宫途中，玄烨骑在马上默默沉思。索额图和佟国维一左一右骑马跟随。佟国维是往户部颁书的，正在低声禀告此行所见：户部两个满尚书，马尔赛尤为跋扈，但其才干和熟悉部务远不及汉尚书王宏祚。马希纳与马尔赛又时有异同，关系极是错综复杂。今天又为洲田和废藩田的处理争论不休，虽然没有挥拳动手，也闹得不欢而散。看马尔赛对王宏祚的脸色极其不善，估计要寻机赶王出户部。末了，佟国维忍不住说了几句刻薄话：

“户部是什么地方？管着普天下户口钱粮呢！多少表册数目！王尚书若给赶走，再找个理得清的人可就难了。马尔赛是什么人？就吃喝玩乐溜须拍马在行，只怕自家的手指头脚指头还数不清哩！”

索额图感慨地说：“唉，咱们满洲官儿，总是用关外那一套来对付国事政务，那怎么行！法祖，法祖虽说不错，也得要因时因势善加变通，方称国体。如果太祖太宗皇帝也一味法祖，大清哪能有今日？总要讲究武功文治。人家汉人的好东西怎么就不能学？……”

玄烨扭头看他一眼，索额图只当话说过了头，连忙解释道：“奴才是说，如今天下一统，皇上富有四海，爱育满蒙汉万民，施政自然也该有别于关外之时……如图必泰今日之所为，实在不成体统。难道是争抢猎物？居然动拳头！中土素称礼仪之邦，没的叫人耻笑！”

玄烨心中一动，不禁想起鳌拜的行为。他那一党的大大小小，举动言语如出一辙。玄烨忍不住笑了笑，低声说：

“索额图，调你出任吏部侍郎，你可敢去？”

索额图一愣，随即说：“怎的不敢！只是皇上身边少人，奴才不放心！”

玄烨又不说话了。他需要多想、深想、细想。他面前是一座大山，挡住了他的路。他怎么办？他能不能越过障碍，走进新的境界？

次日，御门听政时，吏部尚书阿思哈禀告本衙门的其他事务后，说道：“奴才奉皇上谕旨，回衙会议向各省派遣大臣之事……”

“此事不必面奏了。”玄烨立刻打断。他知道阿思哈若是把两议提出来，坐在御案左侧的鳌拜又要跳起来，当着他这皇上的面呵斥冯溥的建议，这样一来，冯溥的主张就要被摒弃。玄烨打定主意，等两议的奏章上来，亲自来个朱批，肯定冯溥的意见。鳌拜对皇上的朱批总还有所顾忌吧？玄烨轻易不做这样的事，以免逼得太紧。但此事太重大，不能让步。他接着把话说得更明确：

“将吏部所议奏上，待朕批复。”

阿思哈退下，兵部尚书噶褚哈上来禀奏：“平西王吴三桂近日有札文到部，因新编许多兵马，知照备案，谨奏圣闻。”

去年吴三桂装模作样，以眼病为由求解云贵两省事务，其实不过是试探朝廷对他的态度，哪里真肯把两省大权交还朝廷？果不其然，朝廷允其所请不到三个月，就有云贵总督卞三元，提督张国柱、李本深合词请平西王仍总管滇黔事务的奏本。朝廷也就顺水推舟，准奏。其实，准也罢、不准也罢，云贵就在吴三桂手中，朝廷焉能置喙？如今吴三桂又添兵马，强藩必有异志，更加是一大威胁。玄烨常常觉得身边的鳌拜和万里之外的吴三桂，像两座不断膨胀的大山，把自己挤压在中间，他们越来越庞大，自己也就越来越危险。而眼下情势，他又没有和他们中的任一个对垒的力量！……玄烨暗暗长叹着，平静地回说道：

“吴三桂乃奇功伟勋之旧臣，添招兵马，想必为强固南疆。着传旨照准！”

玄烨始终避免与辅政大臣冲突，竭力把有异议的事情引到幕后去办理。但是，并不是事事都能避得开。户部尚书王宏祚一上来奏事，鳌拜的脸色就明显地阴沉下来。

因近几年国库始终入不敷出，玄烨命户部议一议改善办法。户部提出节省开支、裁撤兵马、改善赋税等不少建议。其中马尔赛首先提出了查清故明废藩田产、变价出卖的办法。

全国的故明废藩田地，共有十八万六千八百多顷，如果全部作价出卖，加上房产，国家可以得到很大一笔收入。马尔赛的办法颇受鳌拜赞赏，认为是一大功劳，极力向玄烨推崇。玄烨却很谨慎，批示户部查明藩田实情。这件公事就落在户部汉尚书王宏祚的身上。玄烨冷眼看去，王宏祚今天显然是要向皇上禀告察访结果，而这结果显然鳌拜已经知道，并且很不合他的心意。

王宏祚出口便直奔要害："启奏万岁，故明废藩田产，在直隶省的，臣已大致查清。除已圈为旗地的二万余顷外，其余三万余顷并非荒地，均有农人耕种，二十年来尽照民田征粮纳赋。臣料想各省废藩田产也大抵如此。所以，臣以为将此项田产作价卖给耕种之农人，甚为不妥……"

话音未落，鳌拜便冷冷地插问："有什么不妥？前明藩王的田产还不该变价发卖？"见王宏祚不敢回答，鳌拜突然发怒，厉声大喝，"王宏祚！你到底是不是我大清的官儿？为什么不作声！"

这威风凛凛的呵斥，恰如半空一声雷，玄烨惊得一跳，阶上阶下的大臣也都变了颜色，低头不敢正视。王宏祚呆了呆，反倒镇静了：

"鳌大人何必发怒？下官只是依情理而论。既以地易价，又征额赋，双倍负担，岂不重为民累？我皇上仁德爱民，岂能不问？……"

鳌拜冷笑道："军饷拿不出、俸银支不够，要你这户部尚书何用？想不出法子，倒在这里说大话！"

王宏祚的倔劲儿上来了，直着脖子奏道："军饷俸银不足，户部绌于支销，应以节省国用、裁撤无用兵马相济，怎好敲诈百姓？臣惟有一片忠诚，求万岁明鉴。"

鳌拜讥讽地哼一声："汉官就爱动不动表忠，谁知道真假！"

王宏祚倔头倔脑，不管不顾地说：“天知地知君知人知！绝不会当着万岁之面发威以震悚百官！”

鳌拜浓眉一竖，又站起来：“你大胆！……”

遏必隆赶忙拦住：“鳌兄何必跟他一般见识！王宏祚，你还不退下！……班布尔善，取折本请旨。”

王宏祚下阶时并没有认错的表示，鳌拜虽然很生气，但御前呵斥大臣毕竟失礼。理上有亏，也就不好再发作，紧张的空气略略缓和了些。

所谓折本，是皇帝批本时觉得有疑问的奏章题本，折页为记号，取出来御门听政时与辅臣及大学士们商议的。班布尔善立即拿出来，每读一本，玄烨便提出质疑，各大学士根据例则解释并提出几种处理意见，鳌拜选定其中的一种向玄烨推荐，玄烨自然“从谏如流”，纹丝不动地采纳辅臣进言。亲政以来，折本请旨一向循着这定例。

可是今天，玄烨心里很窝火。鳌拜当着他这至尊，竟这样威风凛凛地呵斥部院大臣，哪里还把他这个皇帝放在眼里？这不是公然向皇帝示威恫吓了吗？阶上阶下那么多部院大臣、满汉官员，只有王宏祚这个倔老头儿敢有异同，敢指出他御前失礼的罪过。其他人是被他吓住了，还是熟视无睹？大清毕竟是我爱新觉罗氏的，是太祖太宗皇帝开创的，玄烨毕竟是天子、是君主，你鳌拜功劳再大也是臣子！你竟然跋扈到君臣大礼都不要了吗？玄烨心里怒火升腾，盘算着如何还报，但这一切都被他轻而易举地掩盖在一团略带稚气的认真表情之下。

第四道折本，是革职的漕运总督吴惟华的密疏，请征各州县镇市的房号银，并提出在江南三十余州县划出江边洲田，招民付钱佃种，以充实国库。看得出来，吴惟华是在以此讨好朝廷，为自己复职开路。

不等大学士们援例议论，也不等辅臣表态，玄烨突然抢先说：“吴惟华因贪赃枉法革职，本当闭门思过、痛改前非，却不肯安分守己，又上此密疏，敛财害民！极是可恶！朕意交刑部议罪！”

玄烨几句话简单又有力，声调不高，效果却极强烈，不啻鳌拜方才那一声吼。部院大臣都惊呆了，阶上阶下又是一片寂静，谁都不敢抬头，尤其不敢看鳌拜。实际上，这是从另一个角度表明，皇上在反对鳌拜极力推崇的变价出卖故明废藩田的办法。以洲田招民付钱佃种是“敛财害民”，以废藩田变价出卖，不也是敛财害民吗？鳌拜浓眉下的一双眼睛闪出愤怒的光芒。

玄烨又补充说：“征收房号银，自来无此先例，祖宗也无成法。洲田与废藩田不同，原属百姓，怎可剥夺变卖？朕初亲政，治理国事未能熟谙，断不听此害民之论！……”

此话一出，鳌拜的怒气消了一半，暗想：终究是小孩子，喜欢一个“爱民”的好皇帝名声，原不足怪。只是今天公然自作主张，弄我个措手不及，倒须要好好开导教训他一番……

听政完毕，皇上命赐诸臣奶茶各一碗。诸臣跪饮后叩谢皇恩，皆退阶下，等着跪送皇上回宫。

玄烨对诸臣环视一遍，微笑道：“时过芒种，春麦将熟，明日朕要出城视看农田收成。部院各衙门当有人从行。诸卿可各自回去，略作准备。”

阶下诸臣自然又对皇上赞颂一番。玄烨退回书房略事休息之际，大臣们各自出宫去了，鳌拜和遏必隆却跟脚也进了书房。一见他俩的神色，玄烨便猜出他们的意图，故意笑着问：“卿傅还不回去准备吗？明日出城视麦，要早起哩！”

鳌拜心里直冒火，暗说：这个贪玩儿的小皇帝，想出这些个刁钻古怪的花招儿！什么观麦，还不是在宫里住腻了，想出城散散心！他完全避开出城的事，直截了当地说：“启禀皇上，如今国用实在艰难，请皇上恩准户部马尔赛所奏。”

遏必隆也说：“启禀皇上，故明废藩田产原本不是民地，明亡之后，都应归我朝廷分给皇室王公及旗下。如今既然查明，若不分封，就该变价才是。”

鳌拜又说：“明朝亡国已经二十多年，还存着藩地名色，不正合了那些思念明朝的蛮子们的心意吗？”

玄烨笑道：“藩地名色要尽行革除。至于藩地如何处置，还应细查。生地还是熟地，是否有人耕种，耕种者是否纳粮上税，等等，处置总要合情合理，不好违逆人心。”

遏必隆看看鳌拜的脸色：“闻听人说，藩田多半抛荒十数年，和无主荒地一样。”

鳌拜接着说：“许多废藩田产被蛮子耕种多年，理应交还朝廷！”

玄烨说：“民人种田纳粮，天经地义，无罪无过。朝廷又凭什么夺人之田变价出卖？岂不是形同籍没了吗？”

鳌拜一时语塞，怒色升上眉际，声音也提高了：“皇上怎么只想着那班下贱的蛮子，却不替朝廷想一想呢？要是户部拿不出钱，军饷薪俸全无着落，这朝廷还成个什么朝廷！皇上你……”他想说“你这宝座还能坐得住吗”？到底心有顾忌，没有出口。但玄烨何等聪明，早听出他未尽的意思，心里怒火“腾”地燃起，只得咬紧牙关，半晌不作声。

遏必隆只当他在沉思，又奏道：“奴才以为，鳌大臣之言实在是为江山社稷着想，皇上不可固执。”

好半天，玄烨才把那团怒气硬咽下去，竭力从容地说：“卿傅之言自然是为国为君，容朕细细思索。太宗皇帝圣谕：治生者务在节用，治国者重在土地人民。朕当敬天法祖、勤政爱民，不负卿傅等数年辅政之辛劳。”

鳌拜又逼上一句：“求皇上务必早早批下马尔赛的折子，户部已备好吏员，只待圣谕一下，便先在直隶省开办。”

玄烨心里气极了，只觉身上不知何处在簌簌发抖，很难看地笑了一下，说：“好吧，卿傅稍等两日，视麦归来再批发红本。”见鳌拜、遏必隆跪辞后就要出书房，他又说，“卿傅可往慈宁宫向太皇太后奏明，朕明日一早就要出城视麦，不得前往请安了。”

遏必隆本要应一声，不想鳌拜毫不在意地说道：“皇上自己去奏明就是了。”说完，竟昂然转身出书房走了，遏必隆也赶紧跟了出去。

玄烨耳畔“嗡”的一响，直气得头晕眼花，脸色煞白，手脚冰凉，嘴唇不住地哆嗦。他真想一脚踢翻书桌，把那些砚台水盂茶盘茶碗摔个粉碎，出一出憋得胸口疼痛的这口窝囊气！他赶紧在书房里飞快地兜圈子，好几圈过去了，脚步才渐渐地慢下来，终于停住，双手一拍，一名御前侍卫进来，垂手听命。

玄烨问："费耀色宣来了吗？"

"回万岁爷，已到多时了。"

"叫他进来。"

侍卫出去了好半天，也不见费耀色到来。怎么回事？玄烨等得心急了。

玄烨一天天长大，幼年的知心朋友离他越来越远。冰月出嫁，更给他心头留下无法愈合的伤痕。与他年岁相若的哥哥弟弟、堂兄堂弟，都拿他当至尊，敬而远之；皇后贵人有家法宫规管着，也不敢随心所欲地跟他亲近；至于身边的侍卫太监，更是害怕犯上的罪名，对他百依百顺。这样一来，玄烨在宫里真心实意的好朋友，只剩下了一个，就是养鹰人费耀色。

玄烨自六岁那年认识费耀色以后，八九年来两人时相来往。别人只当皇上承继祖风特别喜爱海东青，其实他们的友情早就超越了对海东青的兴趣。尤其是三年前驾临安亲王庄园，玄烨发现费耀色不仅懂事知礼，而且对民间所知极多，不同于那些出身王公贵族家的侍卫，就像一脉掘之不尽的宝藏，是极有趣味的交往对象；加上幼时的交情，他们便成了极好的朋友。

他今天召费耀色，是跟他商量明儿个出城观麦后，上玉渊潭或九龙山一带近处打猎的事。玄烨有个使海东青捕黄羊的新法子，急等费耀色来说说。正要另差人去召，费耀色进来了，面孔发红、气息不顺地向皇上跪叩请安。玄烨看他神色不对，问他为什么来晚了，出了什么事。费耀色并不隐瞒，一五一十地说了。

费耀色未进书房先遇上了两位辅政大臣。他们一脸愤愤不平，正在说着什么，一见费耀色跪安，问明是应召来见皇上的养鹰人，越发激怒了。鳌拜阴沉沉地看一眼费耀色，对遏必隆道：

"你瞧，我说什么来着！他纯是个贪玩儿的小孩子！"

遏必隆也皱眉道："不像话！国家大事不管不顾，只想着鹰犬游猎，成什么体统！”

费耀色听出他们在说皇上，不由得惊奇地看了他们一眼，惹得遏必隆大怒，喝道：

“你是什么东西，不老实低头跪好，胆敢拿眼睛看我？还有点儿规矩吗？”

鳌拜问得更凶：“皇上召你到书房，我们为什么不知道？你要向皇上禀奏什么事体？为什么不先向辅臣关白？”

费耀色只得说明，应召之事，鹰犬房长官知道。皇上宣召多半为使海东青，又不确知，无法关白。辅臣听了更加恼怒，两人一起把费耀色责骂一通，叫他小心。最后总算骂够了，才大摇大摆地走了。

玄烨听罢，紧皱眉头，沉默不语。后来他说：“我本要你明天随我出城，可是他们也要去的，一旦看见你，记起今天的事，只怕真不肯罢休呢！……明天你就别来了。可是后天呢？大后天呢？他这人最能记仇，再跑到鹰犬房去找你的错呢？……当初倭赫他们被杀，还不是揪住几句话！……”他说不下去了，低着头在御案前踱来踱去，颇费踌躇。幼年时四侍卫被杀的往事，至今想起来还心寒鼻酸。

“皇上别费心了。我不怕，大不了回乡下种田！……”

玄烨一听，愣了一愣，仔细寻思片刻，眼睛倏地发亮了，猛然兴奋起来，说：“我有了个好主意！一举两得，你能躲过这场风波，又还替我办了大事！……这事你去最合适，唉，我前些日子怎么就没想到！……”

玄烨叫费耀色走近，压低嗓音，对他说了很久。费耀色起初吃惊地扬起眉毛，后来脸色越来越严肃，不时庄重地点点头。

二

江南秋色如画。远山含黛，江天寥廓。时令已至霜降，田野依然绿色盈目。

一道清澈的小河，来自西南群山，蜿蜒环曲，绕过一带小丘，在平川上流淌不过半里之遥，便汇入小小的浒江；江水滚滚东下五十里，便是入海口。那里曾是慈溪县产盐最盛的地方，自迁海令出，海盐业断绝，盐户内迁，昔日繁华尽成过眼云烟。

山丘一侧，小河岸边，一处农家院落，茅顶竹篱都掩映在一丛丛青翠如云的竹林之间。门外石板小径曲折上下，通水边，通大路；小径两侧，万竿青竹直拂云天。门前站着四位来客，要拜访主人——

杭郡陆狄初，自称是主人的老友，多年不见，特来相访；

松江府周浦的凌天与悟真和尚，久仰先生大名，远道来拜望；

年纪轻轻、身材挺拔、面貌英俊的费崇儒，说来向先生拜谢救命之恩。

听说主人不在，来客都非等先生回来见面不可。老仆看他们衣衫整洁，态度亲切，没有邪恶习气，便大胆地开了院门，请到家中等候。

陆狄初略一寻思，笑道："且慢。请赐笔墨纸砚，让我在门前题诗一首，主人归来，一看便知。"

来访客人中，常有狂放怪诞文士，老仆早已见怪不怪，很快就端来笔砚，在门边粘好宣纸。陆狄初提笔在手，细心弹去笔尖的脱毛，挥手便写下一绝：

南山松粉未飘花，西湖风轻日脚斜。
身是旧时王谢燕，一年一度到君家。

凌天拍手高声喝彩，悟真和尚和费崇儒也交口称赞。陆狄初得意地笑着逊谢，众人随老仆一同进院。院中花木茂盛，并无深秋意味。阶下数十盆兰草，长叶葳蕤，淡淡的兰花藏在绿叶中，吐出似有若无的高雅的清香，令人心醉。正面一间敞轩，两侧有书房和卧室，小小的廊子连接着左右厢房。最妙在无处不竹：竹榻竹椅竹栏杆，整个廊子都由竹木制成，檐下挂着竹笼，笼里养着叫声宛转如歌的不知名的小鸟；轩内竹架上，竹篮、竹盘、竹碗盛着各种鲜果干腊；小小的竹制琴桌上摆着七弦古琴，长长的竹架上，悬满了箫、笛、阮、琵琶之类的乐器……多别致的住处，多高雅超俗的主人啊！

老仆送上茶，客人们随意闲谈。主人不在，他们又素不相识，谈话时断时续，不怎么起劲。费崇儒对着悟真和尚一拱手，笑道：“请问师父，在哪里打坐？”

悟真和尚连忙还礼：“不敢，小僧在松江府龙珠寺为住持。”

“师父是自幼出家还是半路为僧？”

悟真盯了费崇儒一眼，见他满脸带笑，相貌淳朴，便随口答道：“在下自幼出家。”

“听师父说话，仿佛带几分北音，莫非去过北方？”

悟真一愣，又狠狠盯了那年轻人一眼，不高兴地说：“从来不曾！”

费崇儒赔笑道：“是我听错了，师父莫怪！”

问答间，一缕悠扬的笛声远远地传来，大家侧耳细听，笛声似乎又远去了。陆狄初推开轩后的窗棂，放眼一望，山石平野之间，河水连着湖泊，水塘串着水渠，一派水乡景色，那嘹亮的笛声，自烟波间飞起，在山丘林木中萦绕，越来越近了。老仆在一旁笑道：“这便是我家先生吹笛声了……哦，那就是先生！”

果然，河水从山后绕出，送来了一叶小舟。透过霭霭水汽，一个青衫飘洒、长身玉立的身影隐约可见，一支长笛横在他胸前，长长的流苏随风拂动……

陆狄初笑着：“我们只在院中等候，且不出去，看他还识不识得旧日好友？”

众人会意地笑了，都聚到院门边等候。

船声汩汩，在柴门外竹林边停下，脚步“嗒嗒”，穿过竹径走近。足声猛然停住，门外有人“哦”了一声，接着便吟诵门上的诗句，读到最后，他大叫起来：

“狄初兄！一定是你！再没人写得这一笔如此怪诞的草书！……”

柴门“噼里啪啦”给推得大开，陆健一手提着鱼篓一手握着竹笛，哈哈大笑地喊着“狄初兄！”冲了进来。一眼瞥见三位形貌陌生的人，他一下就站住了，极快地收住大笑，精明的目光飞速地往那三人身上一扫，放下鱼篓长笛，很得体地拱手微笑道：“守仁不知列位光临，实在失礼，快请坐！”他又以“程守仁”自称了。说着，转向陆狄初，抓住他的手笑说，“陆兄久不谋面，少说也有三年，却题什么一年一度到君家，言过其实啊！”

陆狄初笑道：“不过承上句旧时王谢之意而已，何必吹毛求疵？”

陆健伸出一个手指威胁说：“你道我不知你的言外之意？借唐诗旧时王谢堂前燕、飞入寻常百姓家之句，嘲我为寻常百姓耳。如此美意，程某人心领，心领啦！”

陆狄初道：“程兄，精明不减当年哪！”说罢，二人一同拊掌大笑。另三位客人恍然大悟，也赞叹不已地笑了。

落座以后，凌天和悟真和尚先自我介绍，说是早就听说程先生学富五车、才高八斗，精通书史，文采超群，今日特来拜会，以表倾慕之情。陆健连称不敢，又把目光转向坐在末位的费崇儒。费崇儒立起身，“扑通”跪倒，朝着主人连叩了三个响头。陆健吃了一惊，连忙扶住说：

“这位小哥行此大礼，程某人可承受不起。”

费崇儒叫出声来：“恩公，你当真不认识我了？一个月前，在富春江上，你救过我的命啊！……”

“费崇儒！是你！”陆健惊喜地拍打着费崇儒的肩膀，“好，好，太好了！”

众人摸不着头脑，看着他俩只是笑。陆健这才向大家说起事情的经过。

一个月前，陆健雇船游览富春江，黄昏泊舟七里滩。夜半月明如昼，照耀着两岸连绵高山，绝壁如削、危石欲坠、奔竞起伏、千姿万态，而一水中流，净如匹练。面对如此美景，他哪里能够入睡，便安坐船头如坐天半，尽情享受天地造就、独钟神秀的奇山异水。

正因为月光明亮，他清楚地看到一团黑色物体仿佛人形，由上游漂来。他立即命船夫拦截打捞。救上来的是个年轻汉子，胸口尚有一丝温热，费了许多气力，总算把他救活。原来他是京师南货商的儿子，初次出门经商，往金华采购火腿等物，不想回杭州路上遇盗，银钱货物全都被抢，又被一桨搠进江水。他这北方人着水便昏迷，若不是遇到救星，必死无疑。他说在杭州有亲戚，他将到那里去报案，然后回京。此人就是这个费崇儒。

费崇儒听恩人讲完，说："对，就是这么回事！在下是个直性子人，说不出许多好话，一句家乡老理儿却记得清楚：知恩不报，猪狗不如！这点儿心意，恩公务必收下。以后有用得着我费崇儒的地方，上刀山下火海，万死不辞！"

果然北方汉子侠义威猛，说出话来斩钉截铁，叫人听了精神陡振。及至陆健接过那个红布包着的"心意"，打开看时，众人尽都惊住：这是三块摆得整整齐齐的马蹄金，每块重约五十两，闪着黄金特有的柔和的光彩。

陆健立即重新包好，拉过费崇儒的手，放回他掌中。费崇儒像被烫着似的，一下子缩回去，愤愤地说："恩公，你瞧不起我！"

陆健静静答道："施恩图报，非君子所为。"

费崇儒"呼"地跳起，面孔涨得通红，瞪大眼睛，大声说："我这条命是恩公救下的，如今恩公不肯让我报恩，我宁可死也不当猪狗般的小人！"说着，他一手从靴筒里"嗖"地拔出一把明晃晃的匕首，照着自己的胸口就刺。众人大惊，凌天眼疾手快，猛然扳住费崇儒的手；陆狄初则跳到背后，双手搂住费崇儒的腰；悟真和尚吓得脸色煞白，嘴唇哆嗦，一句劝解的话半天说不完："别……别动……别动刀……"

凌天夺下匕首，直眉瞪眼地说："小哥，你好大气性！"

陆狄初放开手，笑道："守仁兄，还是先收下再说吧，不要闹出人命哪！"

陆健叹息着无可奈何地说："真没办法，我收下就是……小哥，早知道你的命这么值钱，我该把你让给别人去救，笃定能让个穷汉发笔大财。"

费崇儒一听他肯收了，立刻笑逐颜开，又趴下朝他叩了个头，笑嘻嘻地说："我爹是京师大富商，有的是钱，这不算啥！日后恩公若肯到京师去，我包你春风得意！"

陆狄初笑道："小哥的脾气真是热诚豪爽，不像个富商之子，倒有点满洲子弟的味道。"

费崇儒神色一凛，旋又笑道："是吗？我跟他们来往不少。满洲子弟也是有好的有赖的……"

凌天鼻子里一哼，很不高兴地说："能有什么好东西！"

"哎，凡事不能一概而论嘛。"费崇儒笑嘻嘻的，像是还要说点什么，凌天一句话就给挡回去了："你家要跟人家做生意，赚大钱，自然要说人家的好话！"说罢对悟真和尚一使眼色，向主人表示要到院中赏花，二人便摇摇摆摆地离轩下阶而去，分明要显示对费崇儒的轻蔑。费崇儒张张嘴，不知所措。陆健觉得不过意，连忙请费崇儒坐下说话。

费崇儒想了想，又说道："恩公，黄金何足道！家父与朝廷许多大官相熟，早就听说朝廷下诏求贤。我想，先生大才，怎的不去做官？叫家父求人举荐，先生日后定能做到尚书大学士什么的，却不是光宗耀祖？当一朝栋梁，也是男子汉的一番大事业哩！"

陆健和陆狄初没承想他会说出这一番话。可是看他满脸热诚，一双眼睛像小孩子一样纯良，不免打消了疑虑。陆狄初笑呵呵地说：

"小哥，如今是满洲人的天下、满洲人的朝廷，我们蛮子哪能站得住脚？别说栋梁了，当那千人踏万人踩的台阶，也是难为得很了。"

陆健指指自己的院落、房屋、花草，说："我这里什么不好？我还有什么不足？"说着，他扬头悠然自得地吟诵道：

"神仙无分，且藏身烟村水村，看白鸥撞破残霞，靠青山界断红尘。清风明月共三人，去住悠悠一片云！"

陆狄初喝彩道："妙！这一阕《玉抱肚》着实妙得紧！"

陆健又和悦地对费崇儒说："给你讲个典故吧！宋朝一名处士叫魏野，隐居不仕，宋真宗屡次诏求，他坚不出山，并对捧诏使者吟了一联，说是：九重丹诏，休叫彩凤衔来；一片野心，已被白云留住。那宋真宗嘉许他人品高，以后便不再召他。程某虽不敢与前辈老先生相比，心境却无二致。你明白了吧？"

费崇儒愣呵呵地望着他俩，不知所措地笑笑，又无可奈何地皱皱眉，后来很真诚地叹道："唉，那不是怪可惜的吗？……"陆健和陆狄初以为他还要再劝，不料他豪爽地一笑，说，“恩公，我真服你！你的人品跟那个宋朝的处士一样高！叫作……叫作林中高士！”

主客都愉快地笑了。这个话头也就没有再提。只是，直到陆健请大家一同品尝他钓来的鲜鱼的时候，凌天和悟真和尚都不肯搭理费崇儒。而且一吃过饭，这两位来自松江府的客人便要求主人陪他们往竹林散步，显然有避人的话要跟主人私下说。陆狄初知趣地留在老友屋里，蛮有兴趣地向费崇儒打听着京师的风俗物产。四十多岁了，他还没有渡过黄河呢。

也就两盏茶的工夫，外面突然腾起一片喧嚷，人喊马嘶，“抓起来！”“往哪儿跑！”吼叫声此起彼伏，小小的院落周围刹那间亮起无数灯笼火把。陆狄初和费崇儒吃了一惊，推窗四望，不知哪里来的人，已经把这儿围了个水泄不通。是强盗还是官兵？来勒索财物还是……屋里的两个人惊异不定，互相看看，发现对方都变了色，神情非常紧张。

老仆跌跌撞撞地冲进来，气急败坏地说：“……是，是官府的人！把先生和两位客人……都抓了起来，用船装走了！……”

他话没说完，十几个如狼似虎的差役一拥而入，巡捕头挥手一喝：“搜！”他们便冲进各个房间乱翻乱找。厨房里发声喊：“在这里！”差役们便都拥往厨房。不一会儿就提出来三条二尺长的鱼。捕头打量一番，点点头，招呼一声：“走吧！”

费崇儒忍不住跳过去，陆狄初一把没拉住，他已拦在捕头面前：“请留步！请问为什么要拿程先生？”

一听这地道的京师腔，捕头由不得一愣：“你是什么人？”

“我是程先生老朋友的儿子，刚从京师来看望他的。”

“从京师来？”捕头摸不清对方的来路，但冲着京师两个字，与其凶暴，毋宁客气一点。他放低声音说，“足下既从京师来，对我们这边的事多半不大清楚。我为你着想，还是不要掺和的好！这程守仁犯了通海大罪！不是玩笑话！”

“哦？”陆狄初倒抽一口凉气，不敢作声。

“什么？”费崇儒瞪大眼睛，口吃吃地问，“那，那和尚和那个，那个客人呢？”

“那是松江府来的咨文里要捉拿的两名要犯，犯大逆的！”捕头一看这年轻人完全被吓呆了，轻蔑地笑笑，领着差役自管走了。

“犯大逆的！”捕头这句话，一下子揭开了费崇儒脑海里由久远岁月织就的那层纱幕，他突然明白了悟真和尚的面貌和口音为什么似曾见闻。九年前，当他还是个孩子的时候，就见过他，只不过那时他是个道人！……

费崇儒，是康熙皇帝给费耀色起的汉人名字。康熙把他升为三等侍卫，命他往南方暗行察访，要紧的是三项：

故明废藩田的变迁；

迁海令的利弊；

隐居民间的贤能人才。

另外，顺便察访各处官吏的贪廉、各地农田的收成、各省驻军扰民的重轻等等。

他的察访区是福建、浙江、江苏，带有证明他钦差身份的绢质圣旨，但只能在万不得已时使用，免得被辅臣抓着把柄。费耀色猜想其他各省，皇上也一定派了同样的亲信。见皇上小小年纪就这么精明有为，他很高兴，察访中也倍加努力，不辞辛劳。

他从京师直奔福建，一月后折回浙江，不想江上遇盗，使他这北方大汉差点儿淹死在富春江。程先生救起他时，他除了贴身的那道圣旨之外，一无所有了。到杭州他用圣旨从知府那里秘密调了一笔现款，选定慈溪为察访重点，他想在这里完成皇上交他的三件要事中的两件：查询迁海实情和访贤。因为他认定救他的程先生是大贤。

可是，谁料到眼前这变故呢？如果程先生牵进那和尚的逆案中——费耀色记得这个谋逆大案的主犯朱三太子——他还能荐这样的贤吗？……

陆狄初也吓呆了。他知道程守仁的真实身份，知道他是从《明史》案中漏网的陆健。他不清楚这次捉拿陆健的原因，是新事还是旧案？若是旧案，任何救援都没有用了。

两人相对无言，各自满腹心事，各有疑忌，不敢轻举妄动。老仆满脸老泪，哀求陆先生和费先生救一救他家主人。

后来，费先生一扬黑眉，说：“放心！我们明天就去探听消息，设法救出恩公！”

在萧塘镇、慈溪县四处奔走探听，忙了四五天，两人总算弄清了内情。

原来萧塘镇一村民偶尔在河沙中拾得海黄鱼数尾，卖给鱼行，鱼行主人之子曾从学于程守仁。多年来海禁森严，禁绝下海捕鱼已久，忽然得到黄鱼，很是珍贵，鱼行主人便令儿子送两尾给程先生。偏偏此事被鱼行主人的仇家看见，便往守镇的王千总处首告，许多人趁机诈索鱼行主人，诈索不遂，便以通海罪告到慈溪县，于是便有那一场大搜大捕。黄鱼是物证，拾鱼村民、收鱼的鱼行主人、得鱼的程守仁和另两名买黄鱼的顾客，总之，凡和黄鱼有关的人，都拿到县衙审问。

这样，两人才松了口气，无非是要钱罢了。费崇儒有的是钱，连他送给恩公的马蹄金也安好无恙。搜查那日，红绫包就放在正轩的书桌上，那些人心全在黄鱼上，竟放过了这笔大财。

陆狄初这个老乡绅，长于应付官司纠纷，带了五十两银子，在县衙走了半天，便垂头丧气地回来了，告诉费崇儒一个坏消息：有关通海案的所有人犯，都在前一天全部提往宁波府去了。

费崇儒目瞪口呆，半晌，说：“这慈溪县令倒是能干得紧，这么快就审过了？”

“什么能干！不知从哪里挖出来的傻瓜！一字不识，居然也能当父母官！”陆狄初摇头叹息，说起他的亲眼所见：

他被让进签押房时，县令正在师爷的指点下签署告示，填上日子盖上印，就好张贴出去了。这天是十七日，师爷教县令画了个“十”字，又告诉他，七字和十字差不多，但竖须右曲而后钩向上。县令提着笔慢慢画下一竖，竟弯向了左边。师爷大约耐心也到头了，生气地说：“错了！该向右弯！”那县令欣赏自己杰作似的，审视良久，突然把告示翻过来，说：“这么张贴出去，七字不就正了吗？”师爷气得说不出话，陆狄初在一旁忍了半天，好不容易才把笑憋住。

“牧民之官如此昏聩贪财，百姓有安生日子过吗？”陆狄初说罢感慨不已。

费崇儒很奇怪：“这样的人，怎么会对通海案格外上紧？”

“他何尝上紧！是宁波新任太守，说是见了县里的呈文，便立刻来提了。”

宁波太守或许是认定这案子有油水可捞。如果症结只在银钱上，倒也不着急了。于是费崇儒和陆狄初一同往宁波营救。

他俩赶到宁波的当天，便打听得次日太守就要提审这件通海案。两人略略收拾一下，第二天一大早就赶往太守衙门听审。在南方，早就听说宁波人厉害，讼风特盛。真是名不虚传，他俩起个大早赶到大堂时，两旁栅栏外已聚了许多观审的百姓，费了大劲才找到一个紧挨栏边的位置。

知府的派头可比知县大多了，呼喝升堂，十分威严。陆狄初怕那年轻人没经过这场面，心存畏惧，转眼瞧他，竟是一副自若神态，全不在意。细想想便也恍然，既是富商之子，身处天子脚下的京师，大世面见得多了，哪儿把小小知府的威风放在心上！陆健终是有福，有这么个年轻人为之奔走，真乃不幸中之大幸也！

费崇儒目不转睛地看着升堂的宁波太守，用察访的眼光审视思索：慈溪知县不用说了，是昏庸无能的一例。这位太守呢？

此人已是中年，相貌还十分俊美，一双眼睛熠熠生光，蓝顶子凉帽、石青绸褂，显得既雅又威。他迫不及待地将此案调来府审，是不是看出其中有诈？或许他是个精明能干的爱民官哩！那不就多了一例良吏清官了吗？……

他忽然觉得身边的陆狄初哆嗦了一下，又听他低低地喊了一声“老天！……”忙扭头看，发现同伴眼睛发直，面容苍白，赶紧拉住陆狄初的手，手也冰凉。

“陆先生，你怎么啦？”费崇儒急急地小声问。

陆狄初也不看他，直是摇手，浑身仍是紧张地直挺挺绷着，眼睛一眨不眨地盯着太守看，用嘴向费崇儒示意，要他静静听审。

不想第一个案子就是慈溪通海案。太守开口向原告问话，只说了两句，这边陆狄初便如断了线的木偶，顿时散了架似的靠在了栅栏上，嘴里喃喃低叹：“完了，完了，竟撞在他手里！……”

费崇儒赶忙扶住陆狄初，陆狄初却伸出手无力地指指公堂：“你听着吧！……”

太守挨个儿询问被告，正问至程守仁。

“程守仁？”太守这一声不像在呼名，却如疑问。

“子民在。”程守仁低头回应。

“程守仁，你……抬起头来。”太守声音很温和，拖得很长，带点不自然的懒洋洋。

程守仁犹豫片刻，断然抬头和太守一照面，太守“哈哈哈哈”地笑起来。这一笑，眼边腮帮都是皱纹，弄得他那张漂亮的面孔难看了许多。笑了一阵，他得意扬扬地说：

“踏破铁鞋无觅处，得来全不费功夫！文康先生，没想到你我在这里相见吧？从康熙二年到如今康熙七年，可整整五年没会过啦！”

陆健低头跪在堂下，决不说话。

“如今你三案俱发，还怕你插翅飞上天去吗？”太守突然面色一冷，严厉地说，“陆健！你听着，通海之罪你逃不脱；《明史》案中你的逆行也一起清账；如今你又交通大逆凌天，意欲拥立朱三太子造反，实属十恶不赦！此案暂停审理，先将一干人犯收监，呈文臬司，再作定夺！”

…………

陆狄初拉了费崇儒，急急忙忙出了府衙，找了个茶馆的雅座坐下。伙计上来送茶摆碟子，陆狄初一言不发，费崇儒惊异不定。三杯茶喝下去，陆狄初才恢复了常色。

“陆先生，这是怎么回事？太守认识恩公？”费崇儒问。

陆狄初叹道：“不料文康命运如此蹇乖，偏偏撞到这个妖孽手中。唉，此番没救了！……这人便是首告《明史》案的吴之荣啊！”

“吴之荣？吴之荣是谁？”费崇儒莫名其妙。

陆狄初便滔滔不绝地说起吴之荣的来历、《明史》案的前前后后，说了一个多时辰。费崇儒的面色越来越阴沉。《明史》案，皇上对他说过，只说辅臣借机杀人，杀给汉人文士看，太过分。不想其中还有这许多冤枉的株连！……

听罢讲述，费崇儒呆了半晌，终于握紧拳头，非常坚定地说："陆先生，程先生对我有救命之恩，我发誓就是丢了性命，也要救程先生出险！若违此誓，有如此盏！"说着他"啪"地把茶盏摔在地上，碎瓷片飞迸而起，四处飞落。他在心里暗叫："皇上，恕奴才之罪，实在是到了万不得已的时候了！"

钱能通神，更能通人。费崇儒被当作太守的客人接待，让进了知府衙门内宅的花厅。

在京师，他到过不少大户人家和高官宅第，无论如何也想不到，一个小小的太守，住宅如此华美！到处是淡红浅绿的纱幄流苏，走廊、门窗、隔断上都点缀着精美的梨木檀木透雕；更没想到这小小的太守衙门，竟如此戒备森严，每重门户都有健壮勇武的家丁守卫，真不亚于京师的王公。

花厅倒布置得十分高雅，一堂梨花木嵌大理石的家具，配上一架同样质地的四扇屏风，四墙上的名人字画、青花瓷盆中盛开的秋菊，真有几分古色古香的意味哩！窗外靴声"橐橐"，费崇儒转身注视，他要好好见识见识这位一手铸成了震动江南、震动天下的《明史》大狱的人！

门前两名健仆分开珠帘，宁波太守走了进来。两人目光一对，心里都"咯噔"一跳，不免都呆了一呆，这才拱手为礼，口中寒暄着推让着，分主客坐下。

在大堂上，因为离得远，费崇儒并未看清太守的容貌。现在面对面了，他才吃了一惊：这张面孔他见过，却怎么也想不起那是在什么时候、什么地点、在什么情况下，他竭力搜寻着记忆，竟忘了说几句应酬话。忽见对方也在凝神地望着自己，不觉有几分尴尬，脸上略略一红，连忙拱手道：

"大人公务繁忙，本不该来打搅，实在有难处，不得不求大人开恩。"

太守仿佛也在发愣，被客人一说，方回过神来，多少有些失态，脸上讪讪的，笑道："不要客气，不要客气。"他又情不自禁地叹了口气，没来由地感慨道，"乍一见老弟，如同在镜中见到二十年前的……唉，老了，老了！"

费崇儒皱皱眉，觉得这叹息好没分寸。自那天听了陆狄初一番讲述，他已恨透了这个以诬陷、讹诈起家的恶人吴之荣，并打定主意要向皇上细细禀告，要狠狠罚处这个贪婪无耻的家伙！可是一见面，吴之荣的英俊轩昂的面貌、很讲人情的风度，加上这文雅潇洒的花厅气氛，又使他迷惑了。听吴之荣问说"兄弟能给老弟帮什么忙"，他没有多想，张口就说明来意：

"大人，陆健陆先生是在下的救命恩人，求大人开恩放他出狱。"

吴之荣吃了一惊：这人莫非神志有毛病？略沉一沉，他说："陆健身犯叛逆大罪，十恶不赦！你竟敢为他讨情？你是他什么人？"说话间，他神色一变，满脸乌云。

"我原先并不认识陆先生……"费崇儒一五一十地讲起陆健救他的经过，最后说，"即使陆先生有罪，我也要报恩。你说吧，要多少钱才肯放他出狱？"

吴之荣瞪大眼睛："你要买他一命？"说罢仰头大笑，半天方止，"老弟，果然是富商之子，动辄称钱。要知道，偷窃行奸之罪，用钱买下不难；这是十恶不赦的叛逆大罪，谁敢行私卖放？况且你出钱买他，能出多少？能抵得过我这黄堂太守的似锦前程吗？"他说着，连连摇头，端起了茶杯，自己心里也有些奇怪，碰到这种大有油水可捞的事情，通常他早就下手了，讹诈他一番，弄一大笔钱到手，再把他也栽进逆案中了事。可是对这个年轻人，不知怎的，竟使不出来。大约他太爱惜自己了，对这个面貌与自己相像的人也留情一二。

看着吴之荣连连摇头、一脸不屑的表情，那只端茶杯的手，小手指高高翘起，形如兰花状，和他的年龄身份不相称得使人发笑。就是这兰花指，拨开费耀色眼中云翳，心头骤然亮过一道闪电，不由得浑身一震：是他？记起来了，是他！

从那年端午节和祖父在山上捕鸟时遇到这个人以后，费耀色就把他的相貌深深地刻在心里：这是他的生身父亲，那忘恩负义、毫无心肝的父亲！那时候他矢口不认费耀色是他儿子，也是这样不住地摇头！……片刻间，费耀色胸中犹如卷起狂暴的旋风，愤慨、伤感、怨毒、哀怜一股脑儿绞缠一起，使他心乱如麻，这样的父亲，一个无情无义、可诅咒的小人！……

吴之荣见客人不作声，微笑道："好了，你回去吧，这种事再也莫提。我不难为你。换了别人，你也得下大狱！"

费耀色沉默了许久，努力平息自己粗重的呼吸，慢慢抬起头，一双漆黑的眼珠盯住吴之荣，冷冷地说：

"这位陆先生，你明明知道他没有罪！"

吴之荣一愣，脸色骤然阴沉下来："你说什么？"

"你为了一己私利，诬陷讹诈，一手造成《明史》大狱，近百人死于非命，上千人远流边疆、家破人亡，江南百姓恨你入骨，你的仇家遍天下！至今你还不思悔过，不多行善以赎罪，老天爷肯饶过你吗？"

费耀色正颜厉色一番话，说得吴之荣毛骨悚然，但他跟着就直跳起来，怒喝道："大胆！放肆！你是什么东西？来人，给我拿下！"

两名健仆纵身而上。可他们哪里是宫中侍卫的对手，费耀色挥拳踢脚，两人已莫名其妙地重重摔在地上爬不起来了。吴之荣大惊，正要呼叫招人来救，费耀色一个箭步蹿到他面前，威胁地低声喝道：

"不许喊！我只要你放出陆先生，对你并无恶意。劝你行善也是为你好！你不认识我了？"

"你？……"吴之荣吓得面色发青，嗓子颤抖得几乎发不出声音。

"哼！"费耀色一声冷笑，"你不记得镶白旗旗下佐领苏尔登了？"

吴之荣一愣，瞪大双眼，不由自主地重复着："苏尔登……"

"你总还记得他的女儿吧？"

吴之荣面色一寒，像木雕一般，完全怔住了。

费耀色却一句接着一句，冰雹似的向吴之荣砸过去："十三年前，端午节，盘山道上，你忘了吗？你那个时候新改的名字叫张汉，你说你不认识我们祖孙俩，你拔腿就跑了，你忘了吗？我是费耀色，这名字，你也忘了吗？”

“你……你……”吴之荣昏头涨脑，说不出心里是什么滋味，也不知道如何应付眼前的局面。怪不得看见他就像看到年轻的自己映在镜中的面影，怪不得对这小伙子抱着说不清的好感和好意。难道人世间果真有父子天性这种东西？……是的，就是他！目光像小豹子一样明亮，带着某种固执的刚强……多少年过去了，往事，不管是受辱还是作恶，都已淡忘，惟一不能忘却的，就是自己曾有过一个儿子。这多半是因为他始终没有生出后代的缘故……今天这个儿子竟找上门来了，却是为陆健而来！吴之荣猛然警觉，乱纷纷的心迅速冷静明晰，他脸上毫无表情，冷冷地说：

“找我做什么？你要什么？”

费耀色盯着这张漂亮又冷酷的脸，想不到他竟这样无动于衷，顿时怒火中烧，只觉得胸口就要炸开。他拼命克制自己，大口大口地吞吐着气息，好容易平静了些，立刻冲出几句惊人的话：

“你听着！你认不认我费耀色，我不在乎！我要你放陆健，自有我的道理！这里，瞧瞧吧！”

费耀色一下子敞开外褂，从贴身衣袋里拿出了那张防水油布包裹好的圣旨，放在桌上，气虎虎地昂头站在桌边。吴之荣一脸狐疑，打开油布，见到黄色的龙纹绢面上的“圣旨”两个字，登时变了脸色，展开一看，上面写着：

> 特命三等侍卫费耀色往福建、浙江、江苏三省公干。沿途督抚提镇、道府州县均予协助，不得有误。

后面是“大清嗣天子之宝”的鲜红大印。

吴之荣连忙把圣旨供在桌上，双膝跪倒，行了三跪九叩礼，这才赔着笑站起来，斥退那两个健仆，像是变了一个人，和蔼可亲地说：

“许多年不见，你长得这么大了，一表人才，好一个堂堂男子汉！在宫里当差啦？真是太好了！……苏尔登他老人家好吗？”

对方这么迅速地换了面孔，费耀色反倒手足无措，想到他毕竟是自己的生身父亲，说话间不觉和缓了许多：“玛法是顺治十六年去世的，随后我就进宫当差了。”

“唉，你不要怪我不肯认你们。当初苏尔登老人家被流放尚阳堡，是朝廷的罪人，我身为朝廷命官，怎好相认？现在好了，总算父子相认、阖家团圆了，真不容易啊！……”吴之荣这番话说得很真诚，泪眼汪汪，使费耀色很感动，不禁问道：

“阿玛又娶额娘了吧？添了人口吗？”

吴之荣叹道：“那年中进士之后，便上任完娶，至今只有一个女儿。我真怕绝了吴门香烟，对不起祖宗。如今寻到你，吴家有后，我也放下一桩心事了！你今年该有二十三岁了，可曾娶亲？订的什么人家？……”说起这些家常话儿，吴之荣完全像个慈爱的父亲，真诚亲切的态度，很快赢得费耀色的好感，暗暗想：他的一生也很不容易，有些事情大概真是不得已啊！……

说话间，吴之荣像是无意地问了一问：“你出京师，没有带鳌大臣的手谕吗？”费耀色摇摇头，继续说着当今皇上如何少年有为、如何英明睿智的话题。于是吴之荣又一次警觉了，他猜到了内情。如果不当机立断，他不但将得罪皇上，也要得罪他赖以平步青云的辅政大臣，而任何一方都不会轻饶他！得罪皇上将来有灾，得罪辅政大臣眼下就有灾！反过来，他若能把这一纸圣旨投给鳌公，让他知道小皇帝在背后搞什么名堂而警觉起来，自己定能更上一层楼！明摆着，他和辅臣鳌拜息息相关，早就拴在一起了。那么，小皇帝、小皇帝派出的费耀色，不管怎么说，都是他的敌人，因为他们要平反《明史》狱！而平反，则意味着自己的杀身大祸！……无数念头在吴之荣心间雷鸣电闪，如历一场风暴，表面上仍在和蔼慈祥地与费耀色交谈。费耀色实在太年轻，看着吴之荣颤抖的双手、鬓边渗出的汗珠，竟然想不到他心里激烈可怕的斗争。

费耀色许愿：只要放出陆健，以后皇上追论《明史》案时，他将为吴之荣将功赎罪担保。吴之荣诚恳地连连点头，说了许多忏悔的话。眼看费耀色露出满意的微笑，他关怀备至地说：“这么半天，你饿了吧，我去叫他们备酒来，为你我父子相会畅饮几杯！”

吴之荣说着，已走到门口，吩咐健仆之一到厨下传两桌酒膳来。他慢慢抬起了手，抬到一半，停住了，颇有些不忍心，这到底是自己的亲骨肉啊！……这么年轻，才二十三岁，还不曾娶亲……他的手果真有些举不动了。

亲信仆人望着他，很是诧异。他从来没见过主人如此优柔寡断。

吴之荣目光一闪，盯住墙上那自己手书的绝句条幅：

十年勤苦事鸡窗，有志青云白玉堂；
会待春风杨柳陌，红楼争看绿衣郎。

是了，是了，想当年，二十四岁的他以此诗向有识人巨眼之称的笑翁吕之悦卜问前程，笑翁答曰：“十年勤苦，仅博红楼一看，当为风流进士。”他果然屡经磨难终成进士。但笑翁之言也并非准定，他不是以百般腾挪、千种心机，几起几伏，又成县令，进而五马高车、黄堂太守了吗？仕途哪有止境，人心也不可知足！……孟德公的至理名言又在胸间闪亮：宁教我负天下人，不教天下人负我！多年来，就是靠了这座右铭的支撑和磨砺，经历了无数的精神意志的搏斗，他终于从泥里水里爬出来，从低贱步入高贵，眼看着前程似锦，今天是怎么啦？哪里来的妇人心性？

……儿子，儿子又怎么样？是他先有不利于我之心，我难道甘就斧钺不成？他既没有父子义，我何必念骨肉情！况且我年未半百，后房不乏佳丽，求个把后嗣又有何难？……吴之荣嘴角下撇，泛出一个嘲讽的微笑，那手猛地抬上去，一左一右，顺当地摸了摸他那形状十分好看的黑眉毛。

仆人会意，口中答一个“是”，闪身往厨下去了。

这两桌酒膳非常丰富，父子俩兴致勃勃地同干了三杯著名的绍兴女儿酒。儿子生长在北方，喝惯了烈酒，觉得这酒不够劲儿，又喝了许多杯方觉畅意。低头夹了几块宁波名菜烧白鲞在嘴里慢慢嚼，心里很愉快，进知府衙门的目的全达到了。扭脸想对父亲表示谢意，倏然触到的竟是一双阴沉可怕的眼睛，叫他打了个寒噤，口吃着说：“阿玛，你，你怎么啦？”

吴之荣表情极是古怪：含泪的眼睛里闪射着恶毒的光芒，眉尖不住耸动，面肌阵阵抽搐，双唇咧开似笑，嘴角却在痛苦地颤抖。他的声音也断断续续，笑中带着呜咽：

“费耀色，与鳌大人作对，绝无好下场！你本不该到江南来，更不该来到宁波。我这人只信此世不信来生，更不信什么轮回报应。你已成后患，我不得不除掉你！不是你死，便是我死！”

费耀色大惊：“阿玛，你疯了吗？刚才说得好好的……阿玛，虎毒还不食子呢！”

“虎子却能伤老虎！”吴之荣眼睛里的残酷压倒了其他，“你只要出了我这府衙，我就没命了，这不是明摆着的事？说什么都晚了，你的酒里放了砒霜！”

“什么？！”费耀色大吼一声，极其愤怒，朝吴之荣冲过去。吴之荣一动不动，恶魔似的大笑，表情有如疯狂。费耀色一转身，举手向天，痛苦万状地高呼：

“天哪，你为什么让我摊上这么个禽兽不如的父亲！我为什么害怕弑父的恶名，不敢把这恶鬼一刀两段！……皇上，奴才不慎落进陷阱，辜负你一片忧国爱民之心了！”

费耀色弹去眼角的两颗滚热的泪珠，转身面向吴之荣，瞪目怒视，仿佛一棵扎根在地底的大树，等待死亡的来临。吴之荣也不退缩，觑眼冷冷地看着费耀色。他的手指在袖中簌簌发抖，只有他自己知道。斟酒的两个亲信仆人脸色惨白，望着这如同一个模子浇铸出来的惊人相像的两张脸直哆嗦，只有瞎子才看不出这是亲生父子。他们为主人干这种事不止一次了，可今天看到主人竟对亲生儿子下手，也吓得心惊胆战。

花厅里静得怕人，窗外的“沙沙”响声就格外清晰，那是一个女人的轻盈的脚步。吴之荣大喝：“谁在那儿？不想要眼珠啦？给我滚开！”

来人不但没有滚开，反倒推开门，分开珠帘，直走进花厅，靠在门边站定了。

说不清她的年龄，也许刚过三十，也许四十出头。穿一件立领窄袖的宽幅花边棉袄，外罩皮里绣桃花湖绉坎肩，长裙刚及脚面，腰系一方围裙，显然是府里做粗活的使女。她的面颊和前额有一片一片红色的伤瘢，嘴角也有两道长长的伤痕，两只眼睛一高一低，模样十分古怪。此时她古怪的眼睛亮灿灿的，甚至有点发绿，直直地盯住了吴之荣。

两个仆人一见她，顿时不自在了。吴之荣也隐约认出是厨下烧火的仆妇，竟敢跑到上房来，胆大包天！他一瞪眼，一个仆人就恶狠狠地吆喝起来："快滚出去！这么没规矩，想挨鞭子啦？"

女人嫣然一笑，那张脸更显得怪诞，娇声浪气地说："你嚷什么呀？昨儿晚上你还光屁股跪在床头求我呢！忘了？"她蓦地脸色一变，咬牙切齿地说，"老娘哪儿也不去！为了今天，老娘等了整整十年了！"

吴之荣心一虚，惊恐地问："你，你说什么？"

"老娘吃尽辛苦受尽罪，咬牙忍痛鲜血淋淋受那江湖郎中一刀一刀的划拉，改容换貌，就为的这一天。到底盼来了，我十年苦楚换来的，哪里肯不来亲眼看看！"

吴之荣顿时凉了半截，张皇地看看两个仆人。

"看什么？"女人毫不留情地说，"除了我这身子，再没别的报仇本钱了！他俩都是老娘的相好姘头儿！可惜总不凑手，等了这么久，才等来了机会！你这毒过虎狼的家伙，替你的儿子吃砒霜吧！"

"啊！"吴之荣脸色惨变，浑身哆嗦。费耀色和两个仆人大出意料，目瞪口呆。

女人恶狠狠地说："总算盼来了今天，我能看你临死的惨样儿，看你挣命、叫唤、打滚儿、蹬腿儿，直到最后咽气儿！啊啊！老娘痛快得要上天啦！"她"嘿嘿嘿嘿"地笑个不住，令人毛骨悚然。

"你，你到底是谁？"吴之荣面颊手指痉挛着，极其恐惧地盯着这个可怕的女人。

"哈哈，你忘了你明媒正娶的老婆粉儿啦？"女人眉毛一竖，一高一低的眼睛喷出怒火。

“啊！——”吴之荣绝望地尖叫，左手按着腹部，右手指着粉儿，豆大的汗珠从脸颊往下滴答，还竭力撑着架子，喝令仆人，“抓，抓住她！打……打死她！”

两仆人迟疑地走近粉儿，粉儿顺手赏了一人一个耳光，骂道：“他妈的，昨天还搂着老娘心肝儿宝贝儿地叫，今天就敢动手？看老娘不把你们的好事抖搂出来，叫你们老婆把你们抓个稀烂！”两人尴尬地互相望望，竟不敢动手。粉儿哈哈大笑，说：“好汉做事好汉当，老娘绝不会逃走叫你们背黑锅！就是打死我，也救不了你们的主子啦，哈哈哈哈！”

吴之荣腹痛如绞，站立不住，倒在躺椅上，居然咬紧牙关不呻吟。

粉儿阴沉沉地看定他，说：“冤有头，债有主，你们谁都不许动，听我说道清楚！吴之荣，张汉，你这狗东西，老娘今儿叫你死个明白！……我爹我娘卖我为娼，那是叫穷逼的，没法子，心里还是疼我；李振邺把我让给你做正妻，是礼数逼的，没法子，心里也还爱我，怕我受苦；可你呢？竟把老婆卖给鞑子为奴，心肠有多歹毒！害得我比娼妓还不如，苦挣苦度，三次做逃人，满脸是烙印！若不是靠当娼妓的那点儿本事，若不是你们男人个个好色的心性，我早死过一百零八回了！……

“偏偏你又在杭州诬陷好人，弄什么《明史》大狱，把我那阿昌也折到里边，给杀了头！……阿昌不过一个刻书匠，满世界除了爹妈，只有他是真心实意疼我爱我的！你，你，你不把我逼到绝路，就不肯罢休吗？好吧！我，我就搭上我这个人、我这条命，报仇！为我自个儿报仇，为阿昌报仇，为叫你害死的那许多冤魂报仇！……

“你肚子疼了吧？你眼前儿发黑了吧？你喘不过气儿了吧？滋味儿好吗？你快躺地下滚哪！翻哪！……”

粉儿越说越兴奋，满脸血红，眼睛雪亮，恶魔似的笑着，“啊——啊——”地大声嘶叫着、跳着，一头黑发披散下来。

吴之荣滚到了地下，号叫起来：“给我水！……给我水呀！……”

两个仆人如梦方醒，就要跑出去喊人；费耀色不忍看吴之荣伸手乱抓、蹬腿乱踢的惨相，就要去倒水。但粉儿断喝一声：“都给我站住！你们俩敢去叫人？那我这主犯可就逃走啦！我去投案自首，就说你俩是从犯！”

两个仆人“哇啦”惊叫，连忙跪下给粉儿叩头，全身匍匐在地，不敢动了。

粉儿又静静地转向费耀色：“别给他喝水。喝了水死得更快！”

费耀色犹豫间，吴之荣叫起来：“费耀色！费耀色，看在父子情分上……给我水……早一刻死，少受一刻罪！哎哟！……”他又剧烈地翻滚、抽搐、哀号。

粉儿的眼里闪着狂喜的光，昂奋地喊：“让咱们最后再亲近亲近！”说着纵身一跃，一头黑发“唰”地甩到背后，她已骑到吴之荣身上，动作之快、力量之大，出人意料。她紧压住对手蹬动的双腿，从腰间抽出粉红色的汗巾把他双手绑住；跟着，翻手撩开他的袍子，另一只手闪电般伸进他裤腰，“哧”的一声响，扯下一块裤裆，随即猛地朝前一跌，全身压住吴之荣，顺手把那块裤裆布用劲塞进他嘴巴，又倏地立起身，专心看定痛苦至极、“呜”“呜”地叫不出声的吴之荣，眼睛瞪得大大的，嘴巴也张得大大的，生怕漏掉一丁点儿他受苦的细节，就像吞下什么美味珍馐似的快意。

吴之荣再没有挣扎的气力了，脸色渐渐变得青紫，大口大口喘气，变成一息奄奄。

粉儿残忍地笑了，“咯咯咯咯”，像猫头鹰的叫声：“你要死啦？人家被你害得千刀万剐而死，比起来你死得不是太痛快了吗？今儿你就替天下那些欺我骗我耍我霸占我的主子们吃我这一刀！”她“嗖”地拔出一把雪亮的短刀，扑上去，照吴之荣胯下用力一挥，吴之荣全身猛地一缩，喉咙里发出一阵非人的尖叫，最后抽搐了几下，断了气，地上慢慢积起一摊血。

粉儿俯身瞪眼看了片刻，心满意足地长长吐了一口气，古怪的脸上浮起愉快的笑容，举起手中短刀刺向自己胸口。费耀色清醒过来，一个箭步蹿过去，攥住了她的手腕。她宁静地望定费耀色，说：“你这又何必！”

费耀色沉着脸：“要留你做活口！”

粉儿笑得更娇媚，也更无力了：“我要是不死，你们三个怎么开脱？明摆着争风吃醋下毒阉割的红火场面儿嘛！留下我不怕咬你们一口？再说，我怎么肯去吃那千刀万剐的苦楚呀？”

费耀色知道，粉儿若判罪，一定是凌迟处死。听她这么一说，也犹豫了。

粉儿又低声地、无限感慨地说：“这些年我一心一意报仇雪恨，打听他，追着他，想尽法子混到他身边儿，吃苦受罪，心甘情愿，活得有劲头儿、有滋味儿。如今大仇已报，再活着也没趣儿了……”她看着费耀色，真诚而又辛酸的眼光，深深地透进费耀色的心，她终于凄然低语，“你是好人，我看得出。你就帮帮我的忙吧！……”

费耀色还没弄明白她的意思，她竟连带着他的手，猛抡了一个半圆，短刀直插进她高高的胸膛，深没至刀柄！那里正有一枝绣得十分艳丽的、犹如含笑女儿面的盛开的桃花……

费耀色大吃一惊，连忙松手时，她连哼都没有哼一声，便倒地死去了。

费耀色沉默许久，然后单腿跪下，对粉儿的遗体行了一礼。至于吴之荣，他再没有看一眼。满洲部族祖传地尊崇母亲。除非父亲是真正的巴图鲁，才能赢得与母亲同等的敬爱。这也能算是父亲，豺狼虎豹都不会伤害自己的孩子！

费耀色一转脸，见到那两个面无人色、抖成一团的仆人。有几处令费耀色迷惑不解的地方，必须问他们。他在主位上大模大样地坐下，点手喊道：

“过来！”

两人惊魂不定，走到近处，双腿一软，“扑通”跪倒。

“你们主人的家眷呢？”

“回老大人的话，主人家眷都在杭州，尚未迁来。”

“家中还有什么人？”

“夫人和三位姨奶奶，夫人身边有位小姐，刚十岁。”

费耀色皱皱眉头：“真不明白，刚才这花厅里又喊又叫又打又闹的，怎么就没个人瞧瞧？”

“回老大人的话，主子对下人厉害得紧，不招谁谁也不敢进屋。有人偷看，就要挖眼睛。再说主子的屋里常常有人‘吱哇’喊叫，大伙儿全听惯了。”

“刚才的毒酒呢？怎么回事？”

“这……”仆人害怕，互相看着不敢回答。

“你们受他指使，我不怪罪。照实说。”

“是。求老大人看那酒壶就明白了。”

壶在这里，两个壶嘴雕成双凤头，壶身画着精巧的折枝花朵，细腻得如同白玉。开盖仔细看，才发现壶中有夹层，互相分隔，各自与一个壶口相通。凤头上一定有记号，外人是不知道的，还以为同壶饮酒而毫不疑心呢！粉儿想必从相好口中探得内情，趁其不备，把毒酒与好酒对调了，这才救了费耀色的命，而让吴之荣作法自毙！

费耀色注视着壶内浑浊的酒浆，想想今天九死一生，险些毁在自己生身父亲手中，天下还有比这更荒唐、更令人心寒齿冷的事吗？他怒火冲天，抓起那漂亮的酒壶狠命一摔，酒壶顿成碎片，残酒溅了一地，棕红色，浓浓的，颇似地上那两片血迹。

费耀色冷冷打量那两个助纣为虐的家伙，问：“我是什么人，知道了吧？”

“是，是！小人知道，小人知道！”

“你们去地方报案吧！”

“小人不敢，小人不敢！”

“什么不敢！再说不敢我拧下你们的脑袋！”费耀色一声怒喝，吓得两人连连叩头称是。“可你们记清楚，敢提到我费耀色一个字，就跟着你们主子去吧！”他对那两人冷笑数声，大踏步地出去了。

第二天，知府被害的消息就在宁波传遍。传说的人都带着暧昧的笑容，低声渲染那个毒死太守后自杀的女人，或者把声音降成耳语，猥亵地斜视着，交换太守被阉割的详情和原因。陆健的官司倒因此搁下了。

可是谁能想到，费耀色和陆狄初再次设法营救的时候，宁波府又出了大事：

罪犯陆健被人劫走了。

三

南苑射猎，是玄烨有限的活动范围内最使他高兴的事。

秋末冬初，晴光万里，霜林萧疏，遍地黄草，骑上奔驰如飞的骏马，搭着角弓羽箭，追击那些养得又肥又壮的梅花鹿、黄羊和野兔，任寒风掠扫着发热的面孔，一箭飞去，直射鹿身，那巨大的猎物立时翻身倒地，滚起一片烟尘。这时，全身心腾起一股兴奋，胜者的喜悦、强者的自豪油然而生，令人心醉！

不过，射猎是习武而不是游猎，军国大事没有一刻去怀。同是十五岁的少年，玄烨比他的父亲克制得多。所以，围追射鹿时他可以尽情驰骋、箭飞不绝，而每晚批阅奏章仍然直至深宵。尽管他喜爱南苑较为自由辽阔的生活，但从不延长驾幸南苑的时间。因为冬至将临，他必须率全体王公文武大臣祀天于圜丘，这是最隆重的祭祀礼。

由南苑回宫，御驾在南城停下了。皇上久闻广安门内善果寺是京师有数的古寺庙，特意临幸拈香。住持须眉皆白，但面相红润，精神矍铄，恭敬地率众僧在山门外跪迎。玄烨谦恭地请住持导行，一同进了善果寺。随从大臣及侍卫等数十人跟着踏进山门，其余浩大的扈从队伍，都在寺外等候。

进到方丈净室，住持向皇上献茶，皇上也向住持介绍了随行大臣：辅政大臣鳌拜，大学士班布尔善、李蔚，内大臣佟国纲、噶布喇，工部尚书王熙。住持合掌向他们一一施礼。玄烨身后的亲随侍卫是佟国维和尚之信，他们的身份自然不能与住持抗礼。但住持白眉下一双仍然年轻的眼睛，却停留在尚之信身上，看得他怪不自在，直想冒火。

玄烨立时注意到了，笑道：“老方丈认识他？”

住持也笑了，说：“老僧眼拙，若没记错，这位当是平南王爷的世子。果然与尚老王爷相像。”

众人都很惊讶，尚之信更是瞪大了眼睛。玄烨笑道：“老方丈想必见过尚可喜。”

住持感慨地说：“那还是顺治三年的事情，二十多年转眼就过去了，岁月催人老啊！……”他话锋一转，“说起来，万岁更像先皇。方才，我真以为先皇又进我山门来烧香了呢！……”

玄烨顿时敛起笑容，神情肃然，轻声说：“老方丈见过我父皇？”

“正是。那时先皇正值英年，与万岁眼下相差无几。陪同先皇的是大学士范文肃公……”

鳌拜站在玄烨身边，瞪了住持一眼。住持虽漠然地装作没看见，但也停口不说了。

范文程是开国文臣，辅佐太宗创业有大功。入关及入关后的一系列安民措施，大多来自他，犹如汉有萧何，受到太宗、顺治、康熙三代皇帝的礼敬。他在康熙五年八月病故，葬礼极其隆重，十三岁的皇上亲自撰写祭文，遣礼部侍郎谕祭，立碑纪绩，谥文肃。皇上又亲笔为其祠堂题了四个大字的匾额：元辅高风。当时轰动朝野，以为是臣下从未有过的特殊恩荣。

鳌拜对此事很不满。一来他始终牢记“明季失国多由偏用文臣”的教训，从来瞧不起文臣，何况是个汉军旗的文臣！二来他隐隐感到，小皇帝是故意做给他看的，后面或许还有太皇太后指使，因此不大痛快。今天这个老和尚平白地旧事重提，鳌拜恨他多口，可毕竟不在朝房，他不便随意发作，却也怒形于色了。

玄烨的目光从鳌拜脸上匆匆扫过，仿佛没有发现他的脸色，仍然追问道：

“是什么时候？”

“顺治十年四月，先皇到御马厂检阅战马并观看多尔衮的甲胄，转道来我善果寺，盘桓了整整一天。那时，范文肃公陪先皇在这方丈室中坐了许久，君臣相得，如鱼似水，谈笑风生，真如萧何、曹参之于汉高祖，诸葛亮之于刘先帝，令人钦敬。至今历历在目，难以忘怀……”

“这么说，老方丈在侧了？”玄烨不胜神往。

“老僧侍候始终，不曾离开半步……喏，那时先皇就坐在万岁这个首位。”

玄烨倏地站立起来，扬眉问道：“当真？”

住持不理会鳌拜的脸色，亲切地说：“万岁请随老僧这边来。”他转身走向一侧的小门，打开门帘。鳌拜气冲冲地往玄烨面前一拦，叫道：

“皇上不可！……”

玄烨朝他一看，眼里的寒光使鳌拜心下蓦地一惊。但玄烨立刻收敛了，轻声说：“卿傅，随朕一同去看看。”说着大步进了小门。鳌拜无奈，跟着内大臣噶布喇、佟国纲一齐跨进门槛。

这间八尺见方的小屋很空旷，只在正北墙边放一张八仙桌，桌前一物，蒙着一块佛门最尊贵的杏黄色细布。住持上前，恭敬地揭开黄布，竟是一张毫无雕饰的红木圈椅。玄烨立刻就明白了，颤声道：“这是……我父皇坐过的？……”

住持庄重地点点头。玄烨几乎是扑过去，跪在椅前叩了三个头。身后的大臣们也都跪下了。玄烨直起身子，双手轻轻地抚摩这极其普通的椅子，心里百感交集。

玄烨六岁失父、八岁丧母，从小没有得到过父母的爱抚，感情上十分孤零；幸而有祖母疼爱，他才没有像许多孤儿一样冷漠、怪僻或者软弱、自卑。在他内心深处，就格外渴求那从未得到过的父母之爱，每一件带有父母遗泽的物件都会使他心情激荡。但是，宫里父皇和母后的一切日常用品，包括宝座、御榻等，都在葬礼中随珍宝一火焚尽，只有丰富的藏书藏画里间或见得到一些遗迹。他知道父亲曾经在顺治十年来过善果寺，今天御驾临幸原本有思亲的意思，可是一旦见到父亲坐过的椅子，这样普通又这样被人珍视，心里真是又惊又喜、感触万端，竟不由得热泪盈眶，嘴里刚念叨了一句“皇阿玛！”那泪珠儿就扑簌簌地直落在椅座上……

回到方丈室，玄烨拭去眼角泪痕，问道：“老方丈，还记得当日先皇帝与范文程都讲了些什么？”

住持捻着佛珠，略一沉吟，说：“讲了许多……”

鳌拜实在忍不住，一步跨上来对玄烨躬身道："皇上，时候不早了，还没有去拈香拜佛，回宫晚了，老佛爷要担心的。"转过身，瞪眼斥那住持，"和尚家，哪有这许多啰唆！一二十年前的话你也记得清？说错一个字，就是欺君之罪！你给我小心！"

住持连忙躬身合掌："不敢不敢。"

玄烨咬住嘴唇，不易觉察地狠狠瞟了鳌拜一眼，不再说什么。一行人由住持导引着，往大殿拈香拜佛。

他们穿过塑着四大天王和护法韦陀巨像的天王殿，走进高耸的大雄宝殿。殿内极其空阔幽深，正中莲台上端坐着三尊两丈高的佛像，那是释迦牟尼佛、药师琉璃佛、阿弥陀佛，殿顶高悬天井龙头，口衔长明灯，两旁十八罗汉，姿态各异栩栩如生。殿中香烟缭绕、灯火暗淡，三大佛庄严慈蔼，低眉垂眼，透过烟云俯视着他们。

鳌拜平日虽然专横，敬佛却很虔诚，当下拈了香在佛前跪拜，起立后把香插进佛前的巨大铜鼎香炉中，便恭敬地站在一旁。

鳌拜抢在皇上之前拈香，内大臣和李蔚、王熙脸上都有不平之色，但因司空见惯，多以皇上礼敬辅臣为解喻，只默不作声。尚之信刚从广东来京入宫侍卫，还没见过这样无礼的举动，登时浓眉一竖、怪眼圆睁，就要跨出行列呵斥，不想只迈得一步，便觉得有只胳膊在他胯边一拦，叫他打了个趔趄！定睛细看，猛吃一惊，拦他的竟是皇上本人！不过他背尚之信而立，根本没转身，看不到他的表情，只是那身姿令人觉出他的成人般的沉着和凝重。

玄烨跟着到佛前拈香。他从住持手中接过九支合成的一束线香，双手捧在胸前，虔诚地仰脸对高高在上的三大佛望了片刻，侧脸问住持：

"朕——当拜不当拜？"

众人一愣，没有料到皇上会提这样的问题，不觉都拿眼睛去看住持。住持捋着白花花的胡须，嘴角露出赞赏的笑意，随后双手合十，清晰地慢慢说道：

"不当拜。"

这回答更出乎意料，鳌拜沉着脸问：

“为什么不当拜？”

住持合十姿势纹丝不变，半合了眼睛，仍然沉静地回答：

“现在佛不拜过去佛。”

一阵沉默。人们表情各异，却都在细细咀嚼这句意味深长的话。鳌拜恼怒地眉毛一立，瞋目就要呵斥，看看老和尚完全闭上眼睛，众人也如参禅一般低头默不作声，略一寻思，竟忍住了。

玄烨心头涌上欢喜的热浪，他占了上风！当然外表不过庄重地微笑颔首而已，把那一束香插进香炉后，到佛座前左侧站定，看内大臣、大学士等依次向佛叩拜上香。

出了大雄宝殿，院中唐槐汉柏清气袭人。东西偏殿各三十间，西偏殿中便是善果寺有名的五百罗汉山。罗汉们高高低低簇簇拥拥，叫人目不暇接，四周还有伽蓝、祖师、观音、地藏四大菩萨殿。东偏殿内则是按照山海经、万鸟图塑成的各种异兽飞禽及蛇蝎五毒等物，煞是壮观。

玄烨命佟国维向随从大臣们宣谕：各自去数各自的罗汉，不必随侍了。他自己则由住持陪同，身边只跟了佟国纲、佟国维、尚之信，迈步踏进西偏殿。他是左脚跨的门槛，住持便由左手的罗汉数起，数到了第十五尊，住持的手哆嗦了，眼睛在黝暗中闪闪发亮，显然涌出了泪水。玄烨奇怪地看着他，佟国纲问：“老和尚，你怎么啦？”

住持的声音有些呜咽：“十五年前……先皇到此数罗汉，数到的也是这一尊！……”

玄烨神色一凛，几个人的目光全都投向这尊了不起的罗汉：圆圆的脸膛笑嘻嘻，无须无发，纯然一副慈面仁心的佛子相貌，双腿盘屈，座下白象，一手执笔，一手托宝瓶，瓶中有刀枪剑戟。

“万岁你生性仁厚好文，太平有象，必为盛世之君。兵刀战事恐是难免，但万岁厚福，总能取胜……”住持喃喃地讲着这尊罗汉预示的祸福朕兆。

“我父皇也是这样的吗？”玄烨突然这么问。

住持轻叹，说：“请万岁细想，果真不错哩！”

玄烨立刻追问：“当年先皇帝数到这尊罗汉，怎么说的？”

“记得先皇笑眯眯地对范文肃公说：朕不能徒具仁厚之貌！穷兵黩武、徒恃军威，而德政不足以上合天心下顺民望，天下焉能大治！”

玄烨呆呆地望着这个年轻的、象征他们父子两代的罗汉，心里翻腾不已。

国家开创之后，长时间民心不足恃、兵力不足恃、钱粮不足恃，顺治九年十年间桂林、衡州战败，定南王孔有德、敬谨亲王尼堪阵亡，使敝势达于极点。当此危机，父皇以十五岁少年之心，能看清“穷兵黩武”的方略不宜于时，采纳范文程的建言，转为“抚剿并举、抚重于剿”的国策，是何等的胆识、何等的英明！

数罗汉的时候，想必是在父皇与范文程已经周密谋划、反复磋商之后了。范文程于社稷有大功！……

而今，国事政务宽严失当，天下嗟怨。安得良臣如范文程，安得握国柄如父皇，玄烨也能同父皇一样，完成一个巨大的转折，使天下乂安，万民早享太平……

在一尊降龙罗汉面前，住持停了脚步。那条青龙耸须抖鬣、张牙舞爪，形状很是凶恶，而骑在龙背的罗汉却是个温文儒雅的老者，头戴浩然巾，双手合十，绦带飘动，一位博学多才、诚挚谦恭的君子。住持说，先皇见到这尊罗汉，立刻对范文肃公笑说，他从中领悟到文教治天下的奥秘，所以“帝王敷治，文教是先；臣子致君，经术为本”，大乱之后，惟有兴文教、崇经术，才能开创太平。必须提倡德治和教化，禁止苛政，禁止嗜杀……

走到一尊高举金环似要砸下的怒目金刚式罗汉脚下，住持仿佛在自言自语：“先皇严惩贪官，颇似这位罗汉。当年大计①天下，被革、降官员达九百余人，还派出监察御史巡视各地，纠举不法不公、蒙蔽专擅、纵兵害民的封疆大吏……记得御史临行先皇都要亲自召见，而御史一经点差，便不许见客，不许收书信，不许沿途官员铺设送

① 大计：全国各省督、抚、藩、臬、道、府、州、县各官吏，每三年进行一次考察，根据优劣，决定其升迁留黜，名为大计。

迎……”

玄烨惊讶地看看住持，老和尚或许真没有感觉到，指着对面的长眉罗汉继续说：“这慈眉善目的长眉尊者，正和这位金环罗汉相对，一文一武、一宽一猛。先皇一统天下，武功文治皆有成就，又为政宽和、满汉并重、爱育万民，实在是一代贤君，不然，焉能入我佛门？至今令人怀想思念不止。先皇是金轮王转世，有大智慧大仁德，故而……”

玄烨一直目不转睛地注视着住持，这时突然问道：“老方丈，你是什么人？”

住持一愣，旋笑道：“皇上天圣聪明，老僧言语有什么不妥之处吗？”

玄烨微微摇头。

“那么，老僧怀念先皇政绩，可也是一片忠心吧？”

玄烨微微点头。

“既然如此，皇上又何必要知道老僧的来历呢？”

玄烨笑了笑，什么也没有说，却也不再往下问。

在鳌拜的催促下，玄烨不得不离善果寺回宫，住持率寺中众僧送出山门。玄烨心里一直热烘烘的，父亲的为政为人，使他热血沸腾，他努力地克制自己，端庄沉着地跨上了马鞍。

大队人马刚刚行至善果寺所在的土地庙斜街胡同口，玄烨一眼看到一面残破的影壁上墨迹淋漓，有字有画。正中，用洒脱的笔墨画了一个和尚，手中提着一个很大的布口袋，鼓鼓囊囊。画左画右都有字迹，看不清楚。最奇怪的是，这个布袋和尚突睛努嘴、相貌严酷，神态竟与鳌拜十分相像。玄烨童心顿起，悄声对身边的佟国维、佟国纲兄弟说：

“舅舅，你们看准墙上的布袋和尚，我再叫你们看一个活的布袋和尚。”

说罢，他突然喊道：“鳌大臣！”

鳌拜正因为善果寺之行心里恼怒，听得皇上叫他，急忙回头。原本莫名其妙的佟国维、佟国纲顿时大吃一惊：鳌拜的面貌、表情、神态，竟与墙上的布袋和尚一模一样！兄弟俩又惊讶又好奇，几乎忍不住要笑出来。玄烨生怕他们失态，连忙说：

“卿傅，那边壁上有字有画，去看一看。”

鳌拜很不耐烦，说：“时候不早了，还是快些赶路回宫吧！”

玄烨笑道：“停一停何妨？”

内大臣噶布喇止住后面的扈从队伍，前面的仪仗也停下来。玄烨催马回到影壁，鳌拜无可奈何，率其他大臣跟着也来了。一看之下，人人脸上变色。

原来布袋和尚的右边，是一首写得龙飞凤舞的七绝：

大千世界浩茫茫　收拾都将一袋藏
毕竟有收还有散　放宽些子又何妨

画的左侧还有几行满文，是这首七绝的译文。明明是在讽刺朝政过于严苛！而且，谁都看得出来，矛头直指辅政大臣鳌拜！墨迹犹新，看似写过不多时，显见是知道圣驾和辅臣要打此经过，故意题在壁上的。

谁这么大胆狂妄？连玄烨在内，大家都非常震惊。鳌拜文字上有限，没有看懂，班布尔善却气得脸色发青，指手画脚地向鳌拜解释。鳌拜顿时大怒，立刻喝道：

“护军营给我留下人马，把画画的人拿了来见我！”

护军营是皇帝的亲兵扈从，怎么能由鳌拜指挥？玄烨不便说话，佟国纲在一旁委婉地说：“鳌公，此事似应召本处巡捕五营办理。”

鳌拜一拍前额：“我也真气糊涂了。班布尔善，你留下办这事！我们且扈从皇上回宫。”

回宫路上，玄烨再没说话。布袋和尚诗画总在他眼前闪动，许多想法把他头脑填得满满的，急于回去向祖母倾吐。

鳌拜回到家中时，阿思哈、马尔赛等心腹大臣已带领各部院奏事官员在门前恭迎了。自苏克萨哈被杀，遏必隆愈加唯唯诺诺，朝廷政事就集中到鳌拜这里，于是便出现了这个以鳌拜为中心的朝廷中的朝廷。一切政事都先在鳌拜家议定，然后奏请皇上批准施行。近来又加扩充，连各部院向皇上启奏的官员也要先到鳌拜家酌商。若鳌拜认为不妥当，他们的本章就将被拦下来，不许上奏。

鳌拜精力过人，虽然今天天不亮就扈从御驾由南苑动身回城，眼下已经日过中天，他却不露一点疲惫之色，立刻着手处理各项事务。

他理事极果断干脆，往往三言两语就把一起要事打发过去。他说，阿思哈记，间或也跟阿思哈、马尔赛、穆里玛商量几句。不到一个时辰，部院奏事官就都领下指示走了，剩下的，是被人们私下称为“鳌党”的那些尚书侍郎、都统副都统们。他们都已发现鳌公不大愉快，便纷纷报喜，说笑话奉承，尽力讨鳌拜欢心。鳌拜没有什么表示，只说大家散了吧，另找日子会聚畅饮。这样大多数“鳌党”也走了，只有阿思哈和马尔赛，加上鳌拜的弟弟穆里玛还留着。他们都是和鳌拜休戚相关的“鳌党”核心人物，此时一个个脸上都显出不安。

穆里玛问：“大哥是不是太累了？早些歇着吧！”

鳌拜摇摇头：“不累。……走吧，到思恩堂去少喝点儿酒。”

阿思哈惊异地望着鳌拜紧皱的眉头：“鳌公，你这是……”

鳌拜哼了一声，说：“等班布尔善回来再细说。”

班布尔善赶到思恩堂时，小宴刚刚摆开。鳌拜居中，左右两桌是穆里玛和阿思哈，再下来便是马尔赛和班布尔善的席位了。各桌上放了酪干、奶卷和乌塔这些乳制品，又各有一个十六拼的格装锡盘，里面分格堆满了炉肉、酱肉、小肚、熏鸡、烧牛羊肉等下酒菜。班布尔善告座以后入席，表情也不大舒坦。鳌拜问：

“怎么着？”

班布尔善摇摇头：“毫无头绪！”

阿思哈等人迫不及待：“出了什么事？”

班布尔善捧起酒盅一饮而尽，把今天善果寺外布袋和尚的诗画说了一遍。马尔赛立时拍着桌子激愤地嚷起来：“这还得了！这样诽谤朝廷，简直就是犯上作乱嘛！真正大逆不道！拿住了碎尸万段！”

穆里玛切齿道："应当把南城各门立即关闭，立即搜拿！一家一家地搜！那五城巡捕是干什么吃的？着我旗下兵丁去搜！"

阿思哈问："为什么只关闭南城呢？"

穆里玛道："这还不懂？这种事，只有蛮子才干得出来！"

班布尔善沉思着说："这倒未必。此人应是精通满汉文字，又精于绘画。那布袋和尚纯是写意，神形果然与鳌公相像，造诣不深者绝难到此地步！……"这些人中只有班布尔善懂得书画，听他这么说，倒都有些作难了。

阿思哈心思到底灵活，说："你的意思，也许是旗下人所为？"

班布尔善皱眉道："怎么不能？王公贵戚子弟，近汉书习汉俗的大有人在！哪里还把祖制祖法放在心上？"

"不过，"阿思哈看看鳌拜的脸色，小心地说，"要到王府贵戚家捕拿，恐怕……"

这事确实关系重大，鳌拜沉着脸，一直不说话。

站在堂门外的管事进来向鳌拜跪禀："五奶奶听说爷今日回府就忙公务，特意亲手烧烤了一味玫瑰鸭子，着人送来了。"

鳌拜神色稍霁，说："难为她这么细心。传上来。"

五名旗装少女各端一只银盘进了思恩堂，上面是烧烤成绛红色、盘成圆圆一团的油光闪亮的肥鸭，飘散出的仿佛杂有鲜花气息的特异香味使人馋涎欲滴。众人不禁笑逐颜开，眼看肥鸭奉到自己面前，纷纷向鳌公称谢。

鳌拜的银盘里是两只肥鸭，香得令人心醉，他不由得心里笑骂着：你个鬼精灵，小心眼子转得比什么都快！看谁敢埋怨你独占老子的情分！

丫鬟禀告说，鸭子肚里填满了火腿丁、香菇丁、笋丁、糯米和鲜玫瑰花瓣儿，所以香得特别，而玫瑰则是在暖房里养出来的……

这是典型的南味烧鸭，厌恶南蛮子的满洲大臣们吃得津津有味，赞不绝口。阿思哈说，他差一点儿把舌头也吞下去了。这道烧鸭冲淡了席间的沉闷，也驱去鳌拜脸上最阴暗的几片乌云。他喝了一盅酒后，慢慢说道：

“要紧的是，这个布袋和尚诗画，皇上亲眼看见了！所以，无论如何也得把那个该死的家伙查清拿获，凌迟示众！不这么着，皇上的心思可就越来越跑得远，越来越不听话了！”

阿思哈忙问：“有什么迹象吗？……皇上年岁还小，我看他对鳌公言听计从，敬如父执一般。前些时王宏祚革职，这些日子达素复职，光泰、噶达浑起用，皇上都了无留难……”

对户部尚书王宏祚不肯附议废藩田变价，鳌拜很生气，马尔赛更是觉得如骨鲠在喉。正好户部一名书办自制假印偷盗库银事发，马尔赛把失察之罪扣在王宏祚头上，奏报朝廷，把王宏祚革了职，皇上倒也没有回护，只着沉默寡言的原礼部尚书黄机转为户部尚书了事。

班布尔善皱眉说：“却是不可大意。熊赐履屡次上书，含沙射影诋毁辅臣，鳌公两次命议处，又要给降二级调开的处分，皇上都为之宽免。还有变卖废藩田的事，皇上也留中不发，至今不置可否……”

变卖废藩田，马尔赛自然最关心、最着急。他抢着说：“正是正是，查明废藩田产、估价变卖的吏员我都已经分派，偏偏皇上不肯批下……以后这么重要的奏章，就不必奏给皇上知道，省得老是拖延！”

鳌拜点点头：“如今皇上年岁渐渐长大，又像先皇帝的样子，读那些蛮子书，跟那些蛮子文人说东讲西，有什么可讲的？蛮子书画最是迷魂汤！再有蛮子文人一煽，那还了得！先皇帝好好一个满洲天子，不就生生地给迷魂汤迷倒了，年纪轻轻的，便升天去了！……咱们提防要早，不然，这些年的心血可就白费了！”

穆里玛用力点头：“大哥说得对！我看皇上还不至于那么糊涂，先皇帝的罪己诏明摆着嘛！再说，他怎么能不听大哥的话呢？三院六部，他不都得靠大哥靠咱们才拨拉得动吗？不听也得听！”

马尔赛眼珠子转了两圈，说：“鳌公，何不试他一试？”

鳌拜粗重的眉毛略略一扬，没作声；其他人都望定马尔赛，异口同声地问：

“怎么试？”

马尔赛侃侃而论：“我想，自先皇帝仙逝以来，军国大事多亏鳌公主持办理，名为辅政，其实是辛辛苦苦替他掌国，他要是忘恩负义，那绝说不过去！我们也决计不答应！……”每次进计献策前，他都要表忠，已成定例，好在鳌拜爱听，大家也都习惯了，常做出赞赏的样子频频点头，希望他早入正题。好容易他才说到他的主意：

“……拣几件皇上最不愿认可的事情，由鳌公当面向他亲口要求，看他如何。像废藩田产变价的事搁置了这么久，大可用来试一试嘛！”

班布尔善皱眉笑道：“你好心机！明明是替自家打算盘！变价的奏本，皇上一直留中不发……”

马尔赛连忙说：“对呀对呀，那是因为我们这些小臣所奏。要是鳌公亲口向皇上去提，皇上买不买鳌公的面子，可就大有文章啦！皇上的心意不就试出来了？……只此一件自然不够，多找两件叫皇上为难的事，才能试出真心！”

穆里玛笑道：“你的鬼花样真不少！怎么想得来！”

鳌拜沉吟片刻，点点头，仿佛成竹在胸，说道：“试一试也好。不过，先得把布袋和尚诗画查个水落石出！”他的虎目顿时闪射出刚毅中含有暴戾的光，“顾忌什么王公国戚？那些忘祖的子弟们早该给点颜色瞧瞧了！真是他们干出来的，活该犯在我手里，绝不宽贷！”

穆里玛振奋地大拍其手，说：“好！好！就该借此机会，从上到下滤他一遍，把后患除它个一干二净！”

马尔赛眉开眼笑：“鳌公英明之至！先搜查过滤，杀杀他们的气焰，长长咱们的威风，再去试皇上，那可就……大功不难成就哇！嘿嘿嘿嘿！”

鳌拜瞪了马尔赛一眼，是嫌他太张狂。马尔赛立刻会意地止笑，就像突然被刀切断了似的，一点声息都不出，悄悄地喝酒、悄悄地笑。

阿思哈想了想，说：“要论蛮子味最足的，当数安亲王。可是安亲王为人威重，辈分又大，只怕……”

鳌拜沉下脸，厉声说：“你以为就只是查拿题诗画画的人吗？先皇遗诏能不能奉行到底，才是我们做大臣的首要机务，懂不懂？”

马尔赛立即出来解释鳌拜的话："阿兄，这还不明摆着？这一两年朝廷里变故层出不穷，这些王爷们、皇亲国戚们心上到底怎么样，不也正好能借此探一探吗？"

"哦，哦，明白了！"阿思哈恍然大悟，露出了笑容。

鳌拜转向班布尔善："班大学士，你是宗室觉罗，对诸王心里最是有数。这回诸王府的追查大事，就交你专办好了。"

"是。"班布尔善明白，交他办这件棘手的事，其实是鳌拜对他的考察，他当然不能犹豫。

阿思哈自告奋勇："鳌公，三院六部就交给我吧！吏部原有清查官员的职守。"

鳌拜突然问："索额图去吏部就任后怎么样？不跋扈吗？"

阿思哈答道："他居官十分安静，从不掣肘，上上下下的人都喜欢他。这也难怪，他出手大方啊！"

鳌拜点点头，没说什么。皇上毕竟少年，哪能那样深谋远虑，派索额图到吏部牵制阿思哈？自己这一番借题发挥或许全是多余！……不过，一想到今天在善果寺皇上看他的那一眼，鳌拜就觉得不安。闪闪目光冰冷如剑，乌黑的瞳仁里是不是含有他只能意会而无法表达的怨愤？这个十五岁少年的瞬间一瞥，竟使他这叱咤风云、权倾朝野的重臣无端地感到心底深处的颤栗。但愿这不过是自己疑心太重。经过与心腹大臣这么议论布置一番，鳌拜心下踏实了许多。

两天之后，便有圣旨批下一道议政王大臣会议的奏本，命在京师全城搜捕布袋和尚诗画的作者，知情不报者与该犯同罪。所有能写满汉文字、能画画的人，不论是王公贵族还是平头百姓，都要书写两份文件，一份写明康熙七年十一月初二这日上午，自己在何处、在做什么事情、有谁为证；另一份应画一布袋和尚，并用满汉文字写出"大千世界浩茫茫"七个字。若有欺瞒作假情事，一旦查明，连同证人一概加重治罪，绝不宽贷！

这一下，整个京城翻了天似的一片混乱，尤其是各衙门，哪里还有心肠办公事儿？人心惶惶，流言乱飞，巡查巡捕白天黑夜满街走，不识字的百姓也不放过，要一个个地去指认图画。诬陷告密者蜂起，扳害仇家者层出不穷，至于讹诈的、趁火打劫的，就无法数计了。连尊贵的王府也没有躲过搜查。

混乱和恐怖延续了整整一个月……

四

北风凛冽，暮色渐合，浓重的阴云低垂在空旷寂寥的原野上。费耀色勒马回望，竟看不到一处村庄、一户人家。寒风打着旋儿在马蹄下掠过，刺得面孔生疼，仰头向天，仿佛已有细细的雪珠落在脸上。手脚已经冻僵了，他还是奋力举鞭向马臀上一抽，那灰花马一声长嘶，又在原野上奔驰了。大路向北延伸，无穷无尽，直通天地相接的远方，仍然看不见房舍和人踪……

都怪他心事重重，一路上对程先生被劫之事反复寻思、反复盘算着下一步救助的办法。也怪他心里着急，因为和皇上约定了年前必须赶回京师，可还有山东、直隶的几处废藩田未看，贪图赶路，过了宿头。谁想几十里路中竟再没有落脚的地方？这样的数九寒天，若到半夜还找不着住处，怕要连人带马冻死荒野了。

又跑了小半个时辰，人困马乏之际，忽见右侧的旷野中闪出星星火光。费耀色大喜，拍马奔去。等他赶到，天已全黑了。面前是一所被人称作野店的简陋客栈。土房几列，外围土墙，大门外高挂一盏风灯。费耀色此行或住官驿，或进城镇客栈，还没住过这样的野店。早就听说这种地方不干不净，多半与响马强盗有瓜葛。但今日情势不得不进，容不得他犹豫。况且他年少气盛，又很机警，借此长长阅历不也很好吗？

费耀色跳下马背，高喊“住店！”大门边的小屋里立刻有两个矮子男人提灯走出来殷勤接住，一个把马牵去马厩，一个替他背着行囊，领他穿过空落的院子，往头排土房正中的大屋走去。门一开，三四名看不清面目的女人，带着一股粗劣的脂粉香，笑语喧哗地迎上来：

“哎哟，你老人家来啦？”

“今天可冷，你老人家快屋里坐吧！”

…………

费耀色心里暗暗惊讶，生平第一次被叫作“老人家”，又忍不住想笑，便问伙计：“这些女子都是你们店里的?”

伙计笑着附在他耳边说：“都是来觅钱的野鸡！我们店主心善，不肯绝她们生路罢了。客人喜欢，听她们唱唱，随意给俩子儿；要是留下过夜，也不过三五吊钱，不值什么……”说话间，众人拥着费耀色进了屋。

屋里却温暖如春。七八张方桌，桌子四面摆了条凳；墙壁上嵌着土灯台，几盏油灯照得屋里半明半暗；屋侧有烧水沏茶的炉灶，火势正旺，映在墙上红光闪闪；灶上水壶里咕嘟咕嘟响着，白气从壶嘴壶盖向外喷冒，五六名装扮妖艳的女子围着炉火取暖，低声嬉笑；方桌边还有四五个客人，各有一个女子陪着说话喝茶，见费耀色进门，都扭头看他两眼，复又回过去调笑，没人理睬他。

伙计把费耀色让到靠近炉灶的一张桌上安顿好，给他上了热茶点心，然后恭敬地哈腰问：“爷要住通炕还是睡单间?晚饭开来桌上还是送到房间?”

“睡单间。晚饭过一会儿再说。”费耀色实在太累，一时吃不下饭。他端茶欲饮之际，突然发现刚才出迎自己的三名土妓都到炉灶边去了，背身而立，似在对同伴耳语，这是什么意思?

他连喝三杯热茶，驱走了寒冷，冻僵的四肢麻麻酥酥地缓过来了，觉得浑身放松，不觉背靠墙壁，轻轻合眼，舒了一口气。袭人的脂粉香逼得他又睁开眼，不胜惊讶：围在炉灶边那七八个女子，都围到他桌边来了，一个个涂脂抹粉，脸颊鲜红，嘴唇血红，穿红着绿，满头绢花。这个手提胡琴，那个怀抱月琴，还有一个敲着牙板，笑嘻嘻地娇声昵语：

“大爷，缓过劲儿来了吧?”

“你老人家点个曲子吧！”

“我们这唱曲儿的，可是百里内再寻不出第二份哟！……”

费耀色板着脸说：“我这人从来不爱听唱曲！”

女人们相视一笑，有两个就退回到炉灶边去了。余下的并不放松，怀抱月琴的女子妖妖娆娆地走近费耀色，手拨月琴“叮咚”一响，笑道：“不听唱曲，听我弹琴可好？”说着她微微侧头，秋波一飞，向炉灶边的同伴递了个眼色。费耀色顿时生疑，便觑了双眼，格外留神。

女人中看去年纪最大的一个站起身，也朝炉灶边一回顾，笑嘻嘻地走上来，把一只手搭在费耀色肩上，说：“你老人家今儿晚上留我好不好？我的被褥是新做的，可干净哩！”

费耀色终于发现，这些女人不管做出什么媚态，对他说什么疯话，进退坐立之际，总要回顾。她们在看谁的眼色呢？

那两名只对他招呼一声就退出竞争的土妓，就倚在炉边闲谈，其中那个周身黑衣、结束轻窄的女子，确实有些与众不同，既不携琴板之类，也没有浓妆，是不是她？

费耀色突然抢过对面女子手中的月琴，好奇地说：“这是什么东西？像个王八盖子！”伸手一拨，“嘣嘣”两响，弦全断了。女人“啊”地叫一声，立刻回顾。费耀色赶忙道歉，并从怀中掏出五钱银子来说：“对不住，我赔我赔……”说着偷眼去看那黑衣女郎。只见她丝毫不动声色，只把一双大眼睛眨了两下，仿佛表示认可，眼珠再游向一侧示意。抱月琴的妓女立刻站起来，收下钱，道谢走开了。费耀色顿时感到一个冷颤顺脊梁掠过。

山东临沂，向来为响马渊薮。听说土妓乞丐之辈多与响马强盗勾连，侦察来往客商囊中金银，指引响马打劫。这黑衣女为诸土妓首领是无疑的了。而她的举止神态中自有一种威严和宁静，眉目间神采照人，不像风尘中人，若非响马之伥，则必是强盗头目！……自己如今落在这荒村野店，无处求援、无法脱险，囊中数百两黄金是为救程先生用的，劫去也就罢了，可再想办法，即便自己这条性命搭上也不足惜，可皇上还等着回报呢！迁海令、废藩田、访贤，加上江南诸省收成、民心、吏治，哪一桩不关系重大？哪一件不急需回禀？……费耀色心急如火，又不敢粗莽行事，一时心头震颤，冷汗如雨。

他又远远看了黑衣妓一眼，闪烁的灯光照着她乌黑的纤眉，眉目间透出一股英气。费耀色猛然醒悟，暗想：黑衣女绝非常人，要想脱险，非她不可！这么一来，他定了心，听四周的土妓七嘴八舌缠了片刻，然后笑着大声说：

“你们以为我是个土老伧吗？也不瞧瞧你们这伙残脂剩粉、粗姿劣首！都给我走开吧！……伙计，请那位黑衣姑娘到我房里来。给我房里上一席头等酒膳！”

土妓们惊讶地笑着，用一种说不出的、带点幸灾乐祸的目光看着费耀色。费耀色全都明白，咬定牙根不动声色，笑眯眯地看那黑衣女子如何表示。但见她嫣然一笑，低头弯腰向费耀色福了一福，说：“多蒙大爷错爱，小女子我这就去抱铺盖。”

小小土屋又矮又窄，但炕炉里火旺，炕桌上酒热肉香。两人坐在桌边对饮，暖烘烘香喷喷，和刚才在寒风中几乎全身冻僵的境地，真是不可同日而语了。只是身体的舒适换来的是内心的紧张。黑衣女子虽然满面笑容地陪费耀色喝酒，但费耀色能感到她冷冰冰的眼睛毫无笑意，唇边也时不时不怀好意地微微翕动。他抑住内心的不安，尽力自然地跟她随着攀谈，讲些苏杭的景致、江南的风物，黑衣女子也搭讪几句，动手把烧鸡和牛肉撕扯开，又为他斟酒，把一只鸡腿递到他手中。她做这些都郑重其事，毫无娼妓的媚态。费耀色不由得说道：

“听姑娘说话，不是山东口音……”

黑衣女子目光一闪，盯住他：“大爷听我是哪里人？”

费耀色道：“听不出。仿佛直隶口音，又有一点儿南音。”

黑衣女惨然一笑：“你听得不错。我原是直隶人，田产都被鞑子圈去，全家南逃，又不得生路；再逃到山东，还是不能落脚，眼见全家贫病交加，活不下去，不得已忍辱含羞做这等下贱营生，实在是……”她低下头，眼圈儿红了。

费耀色也不禁黯然神伤，温言安慰道：“姑娘遭遇，实在叫人难过。以姑娘这等才貌气度，堕入烟花，真是太可惜了！……不过世事沉浮，人生无常，未必就再没有出头之日。”

“唉，堕入风尘，苦命到极处了，哪里还想什么出头不出头！”

“不然！姑娘莫道苦海无边，风尘中自有侠义女子在！”

“哦？”黑衣女子抬头，目光闪闪。

“隋末天下大乱，杨素家妓红拂俊眼识英雄，认定李靖是天下奇才，夜奔客店与他结为夫妻。后来李靖辅佐李世民成就帝业，为大唐开国元勋。姑娘你说这红拂如何？”

黑衣女眉目间升起一股股豪气，大声说：“讲得好！干他一杯！”她举杯一饮而尽。

“南宋安国夫人梁红玉，原也出身娼门，于风尘中得识韩蕲王韩世忠，与订终身之约，资助投军。韩世忠果然战功卓著，夫封王位妻做夫人，夫妻双双保大宋。那梁夫人当年击鼓战金山，杀败金兀术五十万大军！何等气概！何等威风！”

黑衣女子神采飞扬、眉目耸动，大叫道：“好极了！来，同干一杯！”她拿酒杯对费耀色一举，两人一气饮干。

“姑娘，你的才貌资质，难道就不如红拂女、梁红玉吗？”

黑衣女子一愣，旋即放声大笑。她笑得非常狂放，却又丝毫不损她的妩媚。费耀色看得呆住了，一时心旌动摇，几乎忘了自己身处危境。哪知她笑到最后，竟笑出两行清泪，泪珠在烛光映照中亮晶晶的。

“你这是怎么了？”费耀色惊讶地问。

黑衣女子一脸慷慨，摆头甩去泪珠，说：“我不过恨自己生不逢时！”

费耀色心中一震，更加断定此女不是常人，他愈加冷静下来，说：“其实，要论际遇，我比姑娘又能强到哪里去呢？”

女子眼光一转，和颜悦色地问起他的生平。费耀色便不厌其烦地细细说起自己的身世。真真假假、絮絮叨叨地说了许久，黑衣女子听得十分专心，之后问道：“你初次经商便失利，我看你行囊又小又轻，大约赔得差不多了，回去怎么向你养父交代？”

费耀色顿时心里发慌，他感到黑衣女子的眼睛里有一丝掩饰不住的狡黠，是不是她刚才帮他提行囊时已经觉察？他虽然心中念头电转，辞色间却毫不犹豫，说：“行囊虽然轻小，却有我向至亲借来的黄金三百两，是为救我的一位恩人性命的……”他讲起舟行江上遇盗被救的过程以及报恩未成、恩公下落不明的情形。

黑衣女子听得津津有味，纤眉一挑，似要问什么，又忍住了，只赞叹地点点头说：“找不到恩公，你打算怎么办呢？”

“我就用这几百两黄金四处打听，总要得他安好的确信，报他的恩义……”

窗外飒飒有声，两人一同揭开纸帘看，只见大雪弥漫，与微微月光相映，一白无际。女子只着一件黑缎薄棉袄，此时不由得抱住了肩膀。费耀色打开行囊，找出了珍珠羔皮短袄，亲自为她披上。回视桌上，残灯将尽，炉火不温。费耀色添油添火，屋里又亮堂堂热烘烘了。他笑容满面地请她对坐继续饮酒谈心。她惊异地看了费耀色一眼，说：“你有这么多的话要讲吗？”

“难得遇到姑娘这样的人。所谓酒逢知己千杯少嘛！”

女子沉默片刻，嫣然笑道：“你忘了招我来做什么的？”

费耀色正色道：“我不敢自认是君子，但平生从不做乘人之危的缺德事，姑娘你放心好了！”

黑衣女子凝视着他，挪动身体又在他对面坐定，随后对他微微一笑。这一笑包含着感激、赞美和一点敬重，是至今为止的第一次不带冷气和嘲弄的真笑。这甜美又天真的笑，勾起费耀色心头的一丝迷惘，仿佛在梦中见过，细想想，又毫无踪迹可觅。

他们又天南地北地谈论开来，更加亲切友好。窗外鸡叫了，黑衣女照例应当告辞。她脱下皮袄放在炕头，就要拜别。费耀色赠她十两白银，柔声说道：“你家中若有父兄等男子，拿这钱做个小本生意吧，不要再让你来受这苦楚了，好吗？”他随手又拿皮袄给她披上，“大雪后格外寒冷，你这么早出门别冻坏了。一件皮袄不值什么，你穿着也好挡挡风寒，不必介意。”

黑衣女很不过意地说：“承蒙君子怜惜，虚度良宵，受银钱已觉抱歉，哪敢又领赐衣物？”

费耀色郑重地说：“我之所以看重姑娘，实在是气味相投，难得遇到。要是贪图床笫欢爱，岂不是亵渎了姑娘？断然不可！这又有什么可抱歉呢？”

黎明的曙色中，黑衣女一双眼睛亮得惊人，里面分明含着泪水。

她动了动嘴唇，似乎还想说什么，却又咬住，低头拜谢下去，匆匆离开了。望着她的背影消失在雪原上，费耀色不由得叹了口气。他若有所思地坐在炕沿边，觉得她的影子似乎还在屋里晃动。

方才与她相对，心弦绷得很紧，时时注视着她的动作、表情以至眼神的每一点变化，倒把她的容貌忽略了。现在回想起来，她是个很美的女郎呢！那面庞，那轮廓秀丽的嘴，尤其是她那双深沉的乌黑的大眼睛就像深潭的水，不知牵动了费耀色心灵深处的什么，总令他惴惴不安……真可惜，这样一个好女子竟堕入风尘！以后还能再见到她吗？……

费耀色正在胡思乱想，忽然门上几声急促的叩击，又让他吃惊：天色未明，谁来叩门？他拔出靴筒里的匕首，凑近窗户朝外一看，却是黑衣女！连忙开门，她大步进屋，又反手关了门，表情和气度完全成了另一个人，挺胸昂首、满面自得，如同一位高贵的小姐，爽快利落地说：

“实话告诉你吧，我哥哥是响马首领，我也领一帮女子沿途探听消息、侦察财货。我一向守身如玉，起邪心歹意者，尽都手刃以报，从不留情！好在我黑衣黑裤貌不惊人，招我的客人不多，刀下鬼也就没有几个。但像你这样的君子，我还是第一次遇到，不得不报答你。你还要走远路，皮袄理当送还，另有一件宝物相赠。现在大雪刚停，路上还不泥泞，你就踏雪走吧，早早离开这里！”

费耀色又惊又喜，躬身长拜。女郎睬也不睬，转身开门就走。走出三五步，又停下想了想，回过身，借着晨光对费耀色再看一眼，皱着眉头问：“康熙二三年间，你可曾去过浙江？”

突如其来，费耀色很奇怪，忙摇头道：“没有。我这是头一次去南方。”

女郎不再说什么，调头大步而去。看着雪地上她的脚印，费耀色心里一惊：她不是小脚！可她明明是汉人女人呀？……难道是前几年太皇太后明令禁止全国女子缠足之后，重新放开的？

半个时辰后，有个中年人来归还短皮袄，并从怀中掏出一个小布袋交给费耀色，说：“这是我家主人赠给你的，嘱我告诉你拿它戴在马辔头上行路，千万不可遗失。到了杨柳青自会有某镖局来人索取，请付给来人即可。千万不要误事。”

费耀色收下小包，又拿出银子赏来人，来人连忙摆手说：“主人有命，不得受一钱之赐，小的不敢违命。”说罢匆匆走了。

小包里不过是一撮红缨，其中杂着一面杏黄色的三角小旗。他不解其意，暂收怀中。此时天色大明，他算了房钱就要启程。几位客人都劝他再等一时辰，多些人同路，互相也好照应。因为前面这一两百里路最不“干净”。费耀色哪里肯等，叫伙计牵马装行囊，上马前，把那撮红缨三角旗缀在马的前额上。众人相顾愕然。一个老车夫羡慕地说：“大爷哪儿来的这宝贝？真好福气，走遍山东不发愁了！”

费耀色将信将疑，跨马加鞭而去。

跑出不过三十里，迎面来了二十多个骑马带弓箭刀枪的人，他们已擦肩而过，却又回马盘绕一周，盯着红缨小旗看了看，才打马南去了。再前行三十里，又遇到同样情况。于是费耀色不得不相信那老车夫的经验之谈了。

费耀色的目的地是济宁。那里有一大片故明废藩田。在两三天的路程中，每天都要遇到几起带弓箭刀枪的骑马人，每次都安然无恙地通过了。当初南下他走的水路、跟的官船，真不知道商旅行客出门原来竟如此艰难！在客栈歇宿时，他常常抚摩着红缨小旗，想起那位古怪可怕而又可爱的黑衣女郎，虽然自己和她身份悬殊如同天壤，但总忍不住希望以后能够再见到她。若不是她，他囊中那三百两黄金休想保住。

如今，黄金纤毫不少，可费耀色的恩公，改名程守仁的陆健先生，到底在什么地方呢？费耀色是个血性男儿，负救命之恩而未能报答，他无论如何也不能忍受！

一觉醒来，忽见一片阳光直射在自己身上，陆健大吃一惊，不知身在何处。手脚上的铁镣哪里去了？他不是睡在阴暗潮湿、充满恶臭的牢房里的吗？环视四周，是间木制小屋，自己就躺在木榻上，耳边橹声咿呀，莫非在船上？他伸手推开木窗，清凉的风送进一股水汽，举目一望，水流滚滚，映着帆影，两岸正慢慢向后退去。

门帘一掀，一个年轻人进了舱，笑着对他说：“你总算大醉初醒了！昨天我劝你少喝几杯，你不听，看看怎么样？烂醉如泥了吧？明天就要入山东境，坐不成大船了，你不出舱看看？”他一边说一边对陆健使眼色。陆健何等聪明，也立刻笑着答道：

“我只道自家海量，到底年岁不饶人，逞不得英雄了。是贤弟把我扛上船的吧？累你了！”两人同声一笑。舟人送进洗漱温水，陆健披衣而起，盥洗着听同舟人们谈话。看样子都是客商，同行少年跟他们搭话也说得热闹，自我介绍姓金，陆健姓李，两个合伙做布匹生意。谈起生意经，姓金的还真在行呢！

饭后，陆健倚在舷窗，眺望两岸稀稀落落的村舍和冬初荒寂的原野，细细地回想着这些天的事情。对自己竟然获救出狱，总要理出个头绪来。

自那日在公堂见到吴之荣，陆健抱定必死的念头，反倒十分坦然。不知是监狱人满为患，还是故意要折辱他，竟未把他这重犯单独囚禁，却扔进了死牢。

同牢只有一个人，状貌十分凶恶，一头乱蓬蓬的短发，一脸又黑又脏的胡子，高颧骨、大颚骨，黑黑的脸上有许多麻子，浑身虬筋结体，非常强健。狱吏狱卒都怕他。他一瞪眼，狱卒们就赶紧赔笑脸说好话。平日大酒大肉从不间断，多数日子都在醉乡。陆健到来，他非常生气，大骂狱吏不该扰他的清静。但这是太守大人亲口嘱咐的，狱吏怎敢不遵？这囚犯就迁怒于陆健，或骂或嘲，甚至还要动手打他。陆健既不示怯也不发怒，淡然处之，反倒令这囚犯大为叹服，主动和他亲近了。等到他听说陆健原是《明史》案的要犯后，竟钦敬之至，拿陆健当先生一般尊重。

相处久了，彼此无间，陆健这才知道，同牢人就是著名的绰号“飞虎”的山东大盗。陆健虽隐居江南，也听说过他的大名。此人劫盗半天下，在山东、江苏、安徽、浙江数省作案最频，官府久久不能擒获。后有人告密说他母亲在宁波府，于是把老太太拿进监中，扬言要杀头。五日之内，飞虎便亲来宁波自首，换得释放老母。他的死刑要等太守、臬司审毕上奏刑部，经皇上御批方可执行。太守受了飞虎手下人的大笔银子，案子就这么拖了下来。

在这期间，飞虎的党徒常来狱中探望，在牢房里陪他喝酒说笑，狱吏不过问，狱卒还供他差遣买酒买肉。陆健很奇怪，私下问飞虎：

“你和徒弟们来往这么方便，何不越狱逃走？”

飞虎对他眨眨眼皮，笑道：“越狱有什么难？要干得既不露痕迹，又不难为朋友。狱吏狱卒待咱们不错，我要是跑了，他们可得坐监！”

陆健说：“狱吏狱卒好像都很怕你。”

飞虎哈哈地笑了：“他们既怕我手下人杀他满门，又喜欢我给他们白花花的银子。这叫作软硬兼施，他们能不老老实实吗？”

陆健点点头，心里却有几分疑惑：飞虎是个直心肠的粗莽汉子，不像心思这么密这么细的人。

不久，知府吴之荣暴死的消息就传来了，官府上下像炸了窝的蜂巢，乱了好一阵。飞虎在狱中也焦躁不安：这是个逃脱的极好机会，若是错过就可惜了。

那天，飞虎突然面露喜色，对陆健说：“我一向不曾提到救先生出狱，实在是为等人等机会。现下机会来了，就在今晚！”

陆健长叹道：“孑然一身，生亦无聊！你尽管逃吧，不必救我了。”

飞虎诧异地说：“先生发疯了吗？是人谁不想多活几天？”

陆健心灰意懒，只是摇头。

飞虎犹豫片刻，说道：“先生知书达理，有大学问。我是个粗莽汉，可也知道不孝有三，无后为大。先生一家都已死尽，你要是再死了，你们陆家不就……不就绝了后嗣了吗？……不行，我一定要救你出去！”

陆健万不料飞虎会说出这样一番话，什么“不孝有三，无后为大”，什么“绝了后嗣”等等语言，他说来很是别扭。莫非有人在教他？是谁？

当晚，这位姓金的年轻人便来到狱中，和飞虎如同久别重逢，刺刺不休说了许多，一多半陆健全然听不懂，想必是他们行中黑话。飞虎告诉陆健，这是他的弟弟，号“飞燕”，轻功绝伦，救他们出狱，非他不可。

陆健在狱中，常常夜不成寐，这天恶臭的狱中突然飘来一缕异香，仿佛是由风从远方吹送来的，氤氲馥郁，令人心醉。他竟然很快就感到困倦，蒙蒙眬眬中又看到狱卒和各栏中的囚犯也都伸胳膊打哈欠。他意识到有人在做手脚，未及多想已入梦乡了。

一觉醒来，便在船上，又听飞燕说将进山东境内。那么这一觉他睡了多少时间？现在似在运河行船，他是怎样从宁波走到这里来的？……这些谜他解不开，在船上也无法跟飞燕交谈。他已获得自由，逃脱了牢狱和死刑，这却是千真万确的！他尽管已把生死看淡，也在尽力地享受自由的空气和阳光。

进入山东，在一个小镇，飞燕领陆健下了船，有一个人在码头上相迎，走近一看，竟是飞虎！三人重逢很是快活，在镇上一家饭铺饱餐一顿，又买了许多烧饼牛肉卤鸡做干粮。陆健被请上一辆骡车，而飞虎兄弟各骑一马随车而行，加上十多名伴当，一行人上了北去的大路。不多时便离开官道，走下僻径，路过的也都是野店小村。陆健确信飞虎他们无恶意，也不多问，在车中或坐或卧；飞虎兄弟也不时离马上车陪他闲谈。这时他才知道自己和飞虎获救的经过。

原来那天晚上飞燕溜进府衙，先取走太守官印。此时代理太守的护印官乃是府丞，飞燕就把官印扔到府丞夫人的镜奁上，用印压下一纸，上面写着：“劫狱者飞虎也！小心你的狗头！”之后才回狱用闷香迷倒诸人，只把陆健救出，连夜离开宁波。

第二天府丞晨起，见到官印和字纸大为惊惧，又听说陆健被劫，更加惶惑不知所以。正值太守暴死期间，他也暗暗料定吴之荣因诬陷而起《明史》大狱，被天下人唾骂，如今突然死去绝非偶然，心里十分害怕。他既庆幸陆健被劫，免了他一大难题，又疑惑狱中所系并非是真的飞虎。他手下的吏胥及狱吏狱卒等人都得了飞虎的贿赂，极力为飞虎说好话。府丞也就顺水推舟，把飞虎也释放了。陆健他们乘船，飞虎骑马，虽然晚出狱两天，还是在小镇会齐了。

说罢，陆健和飞虎兄弟都哈哈大笑。陆健寻开心地问：“就没送府丞一些贿礼吗？”

“哪能忘了他的好处！一串珍珠就价值百金，况且还有千两白银，怎么也够他吃喝几年的！”飞虎说罢，三人又一同大笑。

这兄弟俩都是不通文墨的豪客，粗莽爽直，一身江湖气。陆健不免暗暗寻思，这样巧妙的同时解脱陆健和飞虎的计策，是他俩筹划的吗？或者，他们还有一个高明的军师？……他还注意到，离舟换车走陆路之际，飞燕从怀里掏出一簇红缨，夹裹着杏黄三角旗，插在骡车的轿顶正中。途中不时遇到三五成群的骑者，明明来意不善，一见小旗便退避了。有时还向飞虎兄弟友好地打个招呼。陆健于是更加确信，飞虎背后还有人。是谁呢？他为什么要救自己呢？

又走了几天，远望十数里外，山峦重叠如屏障，很快走近山脚，山路蜿蜒转入山中。陆健下了骡车换骑了马，飞虎兄弟一前一后，沿着山路引他进山。

山行六七里，山坳间忽见阡陌纵横、茅屋相连，有人从茅屋中迎出，牵了他们的马走开。飞虎兄弟领陆健踏上一条上山的弯弯石径。不久，就远远望见松柏林间露出一带瓦顶屋脊，走近了方见高高的砖墙，两扇朱红大门敞开着，白石台阶上站着一个魁梧的汉子：蓝缎皮袍镶毛边风帽，很有气概的虬须衬托的宽脸上满是笑容，一双眼睛亮如晨星。他拱手高喊道：

“程先生别来无恙！”

陆健吃了一惊！这人的身姿、面貌、声音都似曾相识，到底是谁呢？他努力辨认着、回忆着，如坠五里雾中：“你……你是……”

那人哈哈大笑，得意非凡，几个大步跨下台阶，一把执住陆健的手，说：“不记得慈溪萧镇的大瘟疫了？不记得宋岁寒了？”

“宋大哥！”陆健失声大叫，跟着双臂一张，扑到他宽阔而坚实的胸膛上，两人紧紧相抱，陆健居然掉下了眼泪。五年，整整五年了！多少艰辛和苦难，今天能活着相会，该有多不容易！……陆健哽咽着说不出话，宋岁寒脸上笑着，心头也很激动，不由得眼眶发红了……

大家终于在既宽敞又气派轩朗的正厅坐定了。陆健和宋岁寒还在笑着互相打量。五年的岁月夺去他们很多东西，但朋友间的信赖和情谊却都珍重地保存在各自心头。

飞虎笑着对陆健拱手道："陆先生，我这个假飞虎该下台了。我的真名叫吴小六。宋大哥才是真正的飞虎呢！"

陆健对宋岁寒倒头就拜："宋大哥，你两次救我性命，大恩大德，叫我陆健此生怎么报答啊！……"

宋岁寒连忙扶起，说："快不要这样。自家兄弟，说不上恩德二字！好不容易见了面，得要好好地庆贺庆贺！……来人，备酒宴给陆先生洗尘！"

酒宴就摆在正厅，大家开怀畅饮。席间，陆健才知道，一切都是宋岁寒策划的。吴小六假飞虎之名救出老太太，然后由飞燕假飞虎之名盗官印警告太守，迫使他放出吴小六。虽然发生了太守暴死和解救陆健的两个意外，却使他的计划实现得更加完满了。说到高兴处，四人一起哈哈大笑。吴小六告诉陆健，宋岁寒是他们的大哥，手下有好几百人马，都在山中，另外还与山东、安徽、苏北多处有名的绿林好汉结盟，眼看着势力越来越大了。

陆健有些紧张，问："宋大哥聚集人马，为的杀富济贫吗？"

宋岁寒未及回答，吴小六抢着说："杀富济贫算什么？反清复明才是正理呢！"

陆健暗暗沉吟，他没料到事情如此重大。宋岁寒向吴小六使个眼色，连忙把话题引到别处。

宴罢，小六和飞燕各自回家。宋岁寒和陆健送他们出门，天色已晚，空中飘下雪花。宋岁寒笑道："陆兄，你我多年分手，有许多话要说，不如同榻抵足而眠。"

陆健也笑了："极好！有些事我始终想不清楚，今天正好打破这个闷葫芦！"

两人一夜没有停嘴。陆健终于证实了当年的传说。那驻防参领确实假扮海盗杀进萧镇抢走了容姑姑嫂。宋岁寒潜入营中救人时，正遇上满营大乱，姑嫂二人都已受伤，左冲右突几乎逃不出重围。宋岁寒到得正是时候，仗着黑夜的掩护，也仗着他对这一带地形极熟，一家三口奇迹般地逃出了险境。宋大嫂终因伤重而死，兄妹俩匆匆埋葬了她。容姑假意允亲，在洞房刺死参领之时，并没有人觉察；可她去救嫂子却被满兵发现，险些重陷魔掌。如今嫂子终于没有救成，容姑直哭得死去活来。

兄妹俩历经奋战、悲痛，加上几天几夜的奔波，又累又饿，几乎不能支持。幸亏一位农家老妇人收留了他们。这老妇人就成了他们的义母。后来宋岁寒到山东扩展势力，站住了脚，数次差人接老太太北上，怎奈老人家故土难离，不愿受北地风霜之苦，于是才有为擒拿飞虎而囚禁老太太的故事。

陆健也谈起这些年的经历：先当了三年教书先生。江南素称文风昌盛，大乱大瘟之后，仍然旧习不改，对教书先生很是礼敬，所以那三年并不难过。后来一位代他经管商号的远亲知道了他的下落，每年派人偷偷给他送来商号赢利约一千两银子。他便辞了书馆，在靠山傍水的地方买地筑园，一心做个与世无争的隐士。偏偏几条黄鱼惹出滔天大祸，差点儿把命也搭进去……

听到这里，宋岁寒笑道："我看还要谢谢这两条黄鱼，不然，你我此生怕是再也无缘相会，那可是终身之憾啦！"

两人说一回笑一回，眼看东方发亮，才互相催促着睡觉，各自拥被卧倒。

陆健哪里睡得着！他的心思总在两件事上打圈子：

宋岁寒招兵买马、纵横山东，"反清复明"的意向已然明了。那么他救自己是出于义气还是想拉自己入伙？如果他真的提出此事，答应还是不答应？心下很是踌躇。

宋岁寒为什么不提容姑的近况？嫁人了还是已不在人世？想起这个美丽的小姑娘当时对自己的一片真情，陆健至今感念不已。可也正因为此，他不好意思主动相问。暗夜中又浮现出容姑的一双热烈、真诚、美丽的眼睛，面颊上仿佛又因滴了她的泪水而灼热起来……

陆健大概想不到，同榻的宋岁寒也没睡着，也在为相同的事情反复思索呢！

天色大亮，宋岁寒和陆健洗漱时才发现，一夜大雪，漫山皆白，雪后朝阳，照得山间林木亭台如同琼瑶仙境一般。吃罢早点，宋岁寒便兴致勃勃地拉着陆健往半山亭赏雪。刚刚在亭中坐定，宋岁寒又站起身，倚栏远望，随即招呼陆健，指着山下一片铺向远方的雪原说："看到那一小队人马了吗？"

初升的太阳把雪原染成淡金，有五六个骑手在这淡金色的原野上飞驰，越来越近了。不多时就见他们进了山，峰回路转，忽隐忽现。当他们再次出现时，已经离得很近，可以看清马匹的颜色和骑者身后飞舞的披风了。

宋岁寒笑道："咱们下去吧，看样子是来找我的。"

两人刚到正厅，门外一片呼喊，蹄声"嘚嘚"乱响，眼见一匹桃花马从大门外直奔进院中。骑士一勒丝缰，马儿掀蹄直立，"咴咴"地欢叫了一阵，才踏着碎步停下来。黑衣黑裤黑披风、头上包着黑头巾的骑者跳下马，爱抚地拍拍马颈上的长鬃。

宋岁寒笑着喊道："阿容，怎么这样托大，不来见见客人？你看这是谁？"

黑衣骑士漫不经心地一边摘头巾一边回身，抬头朝陌生的身影只扫了一眼，浑身一震，头巾落在地上，人愣在那里。

宋岁寒又笑道："傻闺女，你到处奔波寻找打听他，现下他当面站着，你怎么不认识啦？"

黑衣女郎慢慢往前走了两步，突然奋起猛跑，冲进正厅，一把揪住陆健的两只手，说道："我可等到你了！……"一语未了，小嘴一撇，"哇"的一声，号啕大哭。

陆健很窘，给一个女孩子当众握着双手，实在不成体统！可是容姑的面貌、容姑的眼泪、容姑的真情深深地打动着他的心，他竟不由自主地抽出一只手轻轻抚摩她哭得颤抖的肩头，柔声安慰道："别哭了……我不是好好的在这儿嘛……"

容姑就势把头靠在陆健胸口上，哭得泪人儿一般抽噎着说："整整五年了！……一点信儿也没有！……你叫我……怎么活！……"

陆健抚着容姑的头发，感念她这一片痴情，也滴下了眼泪。谁都会以为这是一对恩爱夫妻久别重逢，无不露出感动的笑容。宋岁寒转眼去看山中雪景，也在感慨万端地笑着……

过了好半天，容姑平静了，发现自己当众倚在陆健怀中，霎时红了脸，赶快站开。为了掩饰自己的窘迫，便转身生气地问哥哥："你既然早知道他的消息，为什么不告诉我？还叫我到处乱跑？"

宋岁寒笑道："让你得意外之喜，不是更好吗？"

容姑越发磨不开了。宋岁寒转而对陆健说："这就叫天缘凑巧，有缘千里来相会，命里注定的鸳鸯，棒打不散！对吗？"

陆健也红了脸，笑着，无话可说。

宋岁寒看着妹妹，感叹道："容姑对你，实在是一往情深，你别辜负了她才是啊！"

陆健看容姑，正遇上她情意绵长、深如清潭的眼睛，心头顿时涌上一重又一重感激的热浪，喉头哽咽，难以出声，只是连连点头而已。听宋岁寒继续说道："往日她出门探听你的消息，总要一两个月才回来。这次却回来得早，莫非真有心灵感应？"

容姑有点忸怩地说："嗯。在七里铺小店，遇上一个年轻人，亏他为人正直坦诚，又说他……"她脉脉含情地瞥了陆健一眼，"是他的恩公，无故被官府捉拿，又无故被劫得无影无踪……"她说起野店所遇的全部经过。

"哦，那必定是费崇儒了……"陆健点头，讲述了与费崇儒的来往，自然提到被拿捕那天的情况，讲到来访的几个客人，其中有被指为大逆的凌天和悟真和尚。

宋岁寒一听大为惊异，立刻招呼吴小六、飞燕等人一同坐下，请陆健仔细说说这两个特别的人。

"当日，这两人是带了珠宝金银和银印、官照来请我出山辅佐做军师的，因我不肯应，他们也就不曾亮出真相。后来拿到官府，才听说悟真和尚是自称朱三太子的大逆犯。"

宋岁寒急问："你记得悟真和尚的形貌吗？"

"三十二三岁年纪，瘦瘦身材，长脸高鼻细长眼，胆子很小，仿佛眉梢近太阳穴处有一颗黑痣。"

宋岁寒猛地站起来："果然是他！"

陆健惊异地看看他，不料身边的容姑也站了起来，愤愤地说："大哥，你竟然对这家伙还不死心？"

宋岁寒像没听到似的，面露兴奋之色。

容姑更加不满："大哥，那是个白眼狼，得志就伤人！他把咱家、把梦姑姐姐害得多惨哪！"

那边吴小六惊奇地重复一句："梦姑？"

宋岁寒喜色不改，对容姑笑道："这些事你不懂！……小六，你听过这个名字？"

吴小六问："梦姑嫂子是大哥的什么人？……噢，噢，明白了！容姑娘活脱脱就是个小一圈的梦姑嫂子嘛！她必是大哥的妹子、容姑娘的姐姐，对不对？"

容姑直跳起来，忙问："你知道梦姑姐姐的下落？你叫她什么！……嫂子？……"

吴小六哈哈地笑了："梦姑嫂子同春大哥跟我当了几年好邻居，多亏同春哥出手，我母子才逃出了永平府。后来又见过一面，我们直把他夫妻送到临清……算起来，他们的小孩儿也该有两岁了！"

宋岁寒兄妹又惊又喜，容姑忍不住嚷道："大哥，快去找他们！这就去！我去！"

吴小六也笑着拍手道："着！着！早知道跟大哥是一家子，那会儿拉他们一块儿上山来倒好啦！"

柳同春自幼便得人心，每到一处，朋友无数，这样的人，正是宋岁寒起事最需要的，何况又是妹夫！

"同春？可是艺名叫云官、当年梨园三杰之一？"陆健也慢悠悠地插上一句，见那兄妹俩频频点头，他才感慨地说，"在下与他相处时日不多，却交得甚好。他为令妹吃了许多辛苦，真可谓患难夫妻，情深义重了！"

容姑一忽儿向吴小六打听姐姐姐夫的现状，一忽儿又转向陆健询问当年与同春相交的详情，二人哪里招架得住她急如雨点的盘问，只能无可奈何地笑着。

宋岁寒兴奋得如同喝醉了酒，满脸通红，笑道："这真是喜事重重，一起上了门！阿容你也不必问了，咱们略作准备，过三天让小六领我们去临清，把梦姑一家接来！"

"干啥还要等三天？现下即刻就走！我可是一时一刻也等不及的了！"容姑急冲冲地转身就要出厅。

"慢着！"宋岁寒微笑道，"你从小任性，这么大的姑娘了，对自己的事还这么顾此失彼吗？你把陆公子置于何地呢？"

容姑刷地红了脸，羞答答地看了陆健一眼，低头不响了。

宋岁寒"哈哈"笑道："依我说，今日就给你们二位完成花烛、成亲毕姻，三日后同往临清。梦姑见到妹妹妹夫，不是更欢喜吗？陆公子，你意下如何？"

陆健的脸也红了，心口竟"突突"乱跳，见容姑送来的毫不掩饰的期望和爱恋的眼波，顿觉满心甜美滋润，了无难色地深深一揖，说："就依大哥！"

容姑头一低，一道烟似的跑出正厅，惹得厅上的人都笑了。

宋岁寒伸手拉着陆健说："咱们已然是一家至亲，我就不用瞒你了。我并不姓宋。我们姓乔，我叫乔柏年。"

陆健庄重地点点头，他记得，这是十年前曾经天下通缉的名字。

五

"禀王爷，圣驾到！"

门官惊慌失措的一声通报，使岳乐大感意外，连忙问：

"是宫里来人告知接驾吗？"

"不，不不！"门官急得咬字不清，"顶马已到府门了！"

岳乐来不及换上礼服朝冠，一面往外走，一面往身上披石青狐皮袍，戴上本色貂皮缎台冠，大步到大门外迎接。直到他恭敬地把皇上迎进正殿，行了三跪九叩大礼之后，那种恍惚的紧张才渐渐松弛下来。多半是皇上表情和悦亲切，打消了他下意识的恐惧，安了心。

"王伯请坐。"玄烨虽然坐在正位上，口气中满含对长辈的尊敬。岳乐谢恩，在皇上左侧的貂褥坐垫上就座。

玄烨温和地望着岳乐，说道："前些日子听说王伯病倒，朕心不安，想来府中探视。但朝政繁忙，一时不得空，只遣人问候送药。今日奉太皇太后懿旨，特地来慰问王伯病体。太皇太后赐下人参十斤、细点十盒，命王伯好生诊治，早日康复。"说着，他轻轻一点手，二十名太监鱼贯而入，向岳乐颁给赐物。岳乐离座跪倒，感动得声音有些发颤：

"皇上日理万机，以至尊之体亲临奴才家门，已是极大恩典。圣母太皇太后又恩赐人参等物，奴才无德无能，怎敢当此，折杀奴才了！……"

"王伯乃开国勋臣、宗室长辈，又是朝廷砥柱，当得的！不必辞谢了。"玄烨几句话，说得岳乐心头一动，对皇上的来意猜着了几分。他只得连连叩头谢恩。

重新坐定后，玄烨望着岳乐叹道："王伯果然面庞清减了许多，还须好好保养啊！"

岳乐看看眼前的皇上，面部轮廓还是个少年，一双眼睛却成年人一般深沉，隐隐透露着忧郁。这使他格外像他的父亲福临。不是后来那个雄姿英发、才华横溢的皇帝，而是多尔衮摄政时那个阴郁的少年。这发现让岳乐心里不是滋味。可玄烨气度凝重、端庄，胜过当年喜怒无常的福临，又使岳乐感到安慰。他连忙回答说：

"皇上日理万机，已是辛苦非常，奴才微恙，实在不足让皇上挂怀。倒是皇上圣体要好生保养，皇上安宁，天下万民之福啊！"

自玄烨借故跑到岳乐庄园去之后，已过去三年多了。两人再次单独相对，亲切之感如故，彼此早已通过暗暗观察确认对方是自己的同道。只是岁月的流逝、朝政的变迁、君臣的尊卑以及冰月的存在，在他们之间造成隔膜，无法直抒胸怀。而这些必不可少的官样对答，更使他们的倾心交谈产生困难。玄烨决心打破隔膜：

"王伯这次生病因什么而起？隐约听说，班布尔善无礼，冲撞了王伯？"

这是真的。搜捕布袋和尚诗画，闹得京师天翻地覆，家家鸡飞狗跳。只除了皇宫内院，连尊贵的各王府都不能幸免。凡识文断字的，上自王爷下至庶民，都要辨墨迹写具结，简直神鬼不安。更不用说六部三院了，从大学士尚书到笔帖式以至门吏，人人过关。汉官最是查询重点，一次又一次反复查，漏掉一个，问罪长官。班布尔善这次十分卖力气，只把鳌拜的女婿兰布郡王府除外，其余王府一家家过滤。王、贝勒、贝子们或强颜相迎或怒容满面，或亲自接待或儿孙出面，倒是早早晚晚地把他索要的一摞摞本府人的具结都交了出来。班布尔善好不得意！

但是，在信郡王府，他碰了个软钉子。信郡王六岁的儿子——是班布尔善孙子一辈的小世子——以宾主之礼接待了他，奶声奶气地告诉他，阿玛同着两位玛法，贝勒董额和贝勒察尼，都出城冬猎去了，有什么事须等他们回来才能办。

接着，班布尔善在顺承郡王府又碰了个不软不硬的钉子。郡王勒尔锦——按辈分也比他低两辈——喝醉了不能见客，叫他过几日再来。

那日，班布尔善是挟着威势和碰了两个钉子后的气恼来敲安王府大门的。岳乐懒得理他，命王府长史接待。

班布尔善说明来意，要求召集王府上下立刻办理。

王府长史毫不客气地回答说："王爷吩咐下来，从不知道什么布袋和尚！安王府的人个个清白，用不着对墨迹写具结！"

班布尔善"嘿嘿"冷笑，说："这可是关乎朝廷安危，是公事不是私事！我班布尔善不能徇私，王爷还是不要意气用事的好！"

王府长史只是不应。班布尔善于是仗着权势，借口给岳乐哥哥请安，竟闯进王府西跨院的书房，意欲查找书画墨迹。岳乐正在那里习画，见他不顾阻拦擅自强进，立刻大怒，斥骂长史门官：

"混账东西！如此贵人贵客，怎不通报？令老夫便装相见，成何体统！"

班布尔善嬉皮笑脸："王爷说哪里话，小弟再贵，还贵得过王爷你吗？"

岳乐冷冷地说："一登龙门，身价百倍，王爷何贵，焉能望其项背？否则又怎能劳动你的大驾？一家家王府、贝勒贝子府查证过去，真够辛苦！也真亏你下手！”

班布尔善装作听不懂：“同为国事辛劳、为主上分忧，理当的！只求王爷赏小弟个面子，做成朝廷这件大事。”

岳乐不料他脸皮如此之厚，厌恶至极，低头作画，不再理他。他却凑上前，指着岳乐笔下：“哥哥字画果然与那布袋和尚不一样，具结取证又有何妨？”

岳乐登时大怒，回手就给他一耳光，臭骂他一顿，立刻命王府护卫们把他撵出府去，第二天上本参劾班布尔善目无尊长，倚势凌人。

后来，反倒是鳌拜出面做和事佬，命班布尔善登安王府请罪，对各王府的盘查也就停止了。

岳乐想起这些事，叹了口气，回答说：“奴才年岁大了，反而吃不得气！……原以为奴才的本章定被他们扣下，不想皇上还是看到了。”

“哦，不是的。王伯的本章确实被拦截去了。我是从其他途径看到的。”玄烨说着，微微一笑。

岳乐心里一忽悠，暗暗点头。只听皇上又问：“布袋和尚诗画，朕亲眼看见。依王伯推想，出自什么人之手？”

“不管是谁，奴才以为此人有见识、有气概、有胆量，诗画俱皆高明！”

玄烨不料岳乐敢讲得这样直率，看着他又惊又喜，心里盼望他说得再深一些。可他口风一转，又回到班布尔善身上：“班布尔善这家伙，不过当了个大学士，就一心去抱粗腿，把自己姓什么都忘了！哼，哪里配称爱新觉罗氏的子孙！真正有辱祖先！”

玄烨立刻意识到，岳乐现在所说，比布袋和尚的话题含意更深、更重要，立刻逼上一句：“班大学士是王伯堂弟，宗室中才具如他的确实不多。得辅臣赏识重用，他自己恃势而骄，怕也难免。”

岳乐看了皇上一眼后，把目光转向别处，激愤地说：“像他这种人，趋炎附势，忘了自家身份，可不下流吗？帮着外人欺负自家人，可不卑鄙吗？查墨迹写具结，只有他才想得出这些鬼花样！弄得天怒人怨，不要说庶民百姓，就是宗室皇亲，谁不恨之入骨？这几日各府子侄辈来探病的，说起来真是人人咬牙切齿！”

玄烨心里暗暗惊异，岳乐一向沉稳威重，喜怒不形于色，今天这是怎么啦？不过他很快体会到了王伯的一片苦心：这样的话，只有借怒而发才显得自然真实。将来万一被人抓住把柄，还可以用“酒后失言”、“怒迷心窍”之类的托词遮掩一二。这正是王伯独特的聪明之处。玄烨不失时机，立刻又说：

“旗下统领、副统领们，或许看班大学士顺眼。”

这话原本有些不伦不类，但岳乐完全明白它的内含，仍然愤慨地说：“不会！他出任以来，只帮着镶黄旗从正白旗手里夺地，别的旗什么好处也没得。这回查捕，哪一旗也没放过，谁会谢他？倒是皇上和太皇太后不时恤老怜贫，以宫中节省银两周济八旗弟兄，人人感念不已。况且各旗统领副统领，原先均是王府家奴，就有天大的胆儿，谁敢违拗老主子？”

玄烨的黑眼睛闪出光彩，心下更加明亮。太皇太后打发他来探望王伯，绝不是无意之举。他们叔侄谈的是家事，是皇族中一个激起众人厌憎的子弟。另外的人他们毫不涉及，连名字也不曾提到。心照不宣，是有身份的聪明人之间一种十分美妙的默契，这种默契，使两个人心里都很愉快。隔膜更加薄了。

“皇上，自冬至大祭到今日，也不过半个多月，皇上看去又瘦了些。想是政务繁忙，劳累太过吧！”岳乐关切地说罢，见玄烨眼里又透出忧郁，心里暗暗叹息。他能体会龙困浅水，有志难伸的苦楚。自己虽不常上朝，也不议政，但鳌拜的跋扈情状却知道得很清楚。只是他一时摸不清太皇太后的意向，也不了解玄烨到底敢不敢、能不能跟鳌拜较量，所以只能旁敲侧击。

玄烨若有所思地说：“政务繁忙，并不令人苦，苦就苦在……”他一眼发现岳乐专注于自己的目光，心头一动，脸上露出微笑，说，“王伯，如今我听从熊先生所奏，从前翰林院择选博学翰林学士，陪侍左右，朝夕进讲献纳，对圣贤之书、历代政治多所探求，受益不浅，颇有心得。不过用以治国理政，难处却不少。王伯若能参与议政，岂不是好？”

岳乐心里一"咯噔"，定了定神，笑道："鳌大臣、遏大臣受先皇遗诏辅政，又有太皇太后懿旨令其佐理皇上亲政。奴才与辅臣一向不大合得来，皇上是知道的。"

"正是。朕近日处置几件政务，心下有几分踌躇，不知是否得体，要请王伯指点。"

岳乐忙说："奴才实在不敢当。皇上垂问，奴才理当竭诚上达。"

玄烨想了想，说起这两天的几件事情。

追查布袋和尚诗画的事，毫无端倪，倒使俗称南衙门的刑部和俗称北衙门的步军统领衙门塞满了嫌疑犯，整日拷打追逼，一个也坐实不了。连内务府掌审上三旗刑狱的尚方院和宗人府圈禁皇族罪犯的空房，也因此人满为患。这实在太反常，几位看不下去的御史上书朝廷，要求慎刑。

昨天御门听政时，御史的奏章作为折本在御前商议。不待旁人表态，鳌拜已经怒形于色，指斥这些御史心怀叵测、恶语伤人，必须交吏部追论其妄言之罪！鳌拜并要求皇上即发谕旨，从此禁止科道官上疏陈言，免得乱政！

见鳌拜发了脾气，气势汹汹，在场的大学士和六部尚书等官员都不敢作声了。但禁止科道官陈言，其实就等于取消朝廷惟一的监察机构都察院。这样的大事就凭鳌拜一句话就定下？大臣们也不敢轻易赞同。一时间御前静悄悄，谁也不说话。

后来，玄烨辞色谦和地说："卿傅以为御史奏章出言无状，尽可议处该御史就是。一概禁止科道官陈言，恐怕不尽妥当。"

鳌拜鹰眼对玄烨一瞥，怒容不减地粗声说："老臣上了岁数，又愚昧无知，求皇上训诲，怎的不妥啦？"

玄烨笑道："卿傅言重了！朕时时牢记卿傅教诲，仰法太祖太宗皇帝。朕记得都察院之设，在崇德元年太宗皇帝建国号为大清之时。太宗皇帝下谕说：'凡有政事悖谬及贝勒大臣有骄肆侵上、贪酷不法、无礼妄行者，许都察院直言无隐。'……"

鳌拜神色凛然，说："皇上的意思，倒是老臣妄行了？"

玄烨笑道："卿傅多心了。朕不过说祖宗制度成法不可轻动。若禁止科道陈言，只怕难以摘发情弊，反而堵塞言路。"

鳌拜一时语塞，说不出什么反对的道理，只得点点头："就依皇上。"

玄烨细察当时情状，觉得鳌拜别有用心，料想他第二天还要有事。果不其然，次日鳌拜态度分外谦恭，奏上两件要事，请皇上依议。这两件事都曾由部臣提过数次，玄烨实在不愿同意，故而拖着留中不发，始终不给定论。

一是工部尚书人选。原工部尚书因忤了鳌拜被贬，吏部会推济世出任。玄烨不知此人是谁，但断定必是鳌党，因此不肯就批，令吏部再议。现在鳌拜亲自出面极力推荐，玄烨准不准呢？

另一件便是故明废藩田的变价，户部尚书马尔赛数次上奏，玄烨也知道他已派下吏员办理此事并四处放风。若是准了此奏，废藩田上的百姓要倒大霉，所以玄烨一直压着，不说准也不说不准。现在鳌拜以辅政大臣的身份力请此事，玄烨准不准呢？

鳌拜昨天为什么过分发怒？今天又为什么过分谦恭？玄烨不禁格外戒备。从鳌拜不同平日的特别注意观察自己反应的眼睛里，玄烨猜到了他试探自己的用心。想到给他探出真情会造成什么后果，玄烨心头"怦怦"乱跳。眼下既无力与他对垒，只能退避了。

这一切念头闪电般从玄烨心头飞过，他立刻很顺当地说：

"这两件事留中未发，实在是朕思虑不周，投鼠忌器。卿傅多年辅政，所见毕竟老到，对政事得失了然在胸。朕岂有不依之理，着照准！"

鳌拜略愣了一愣，忙说："皇上英明，真是我大清朝廷的福分！"他阴沉的面容豁然开朗，竟不由自主地透出几分得意。看见他这种表情，玄烨更加确信自己的判断。身为天子、大清皇帝，不得不违心地同意自己不愿同意的事，处理自己的国家政事还要这样受制于人，还得不动声色地强露笑容！对一个十五岁的少年来说，是非常困难的。玄烨暗暗握紧拳头，努力压制心头的怒火，借着听大学士李蔚读折本之机，稳定自己的情绪。读完了，玄烨竟没听明白。偏偏这是汉文本，文言虚词很多，鳌拜也没听懂。

玄烨皱皱眉头：“再读一遍。”

李蔚略略犹豫，道：“这是御史俞铎的奏折……”

玄烨立刻想起来了。一月前，这个俞铎上了一本说：“近闻在京诸臣违法遣人往各省官员处，借名问候，索取财物，又干预地方事，挟持请托，颠倒是非，甚为良民之害。有一等游行闲棍讨取官员书札，或雕刻别人图章，投见地方官员，恣行欺诳。此等情弊深可痛恶，乞天语严饬！”

玄烨对这道本章很注意，朱批道：“令指名奏闻。”

俞铎于是再次上奏，词气却没有上次那么尖利了，说：“往年曾见刑部左侍郎石坤遣家中管事往江南等处索取财物，干预地方事。”

玄烨看了此奏，甚不满意，特地传旨召俞铎面奏。此时便问：“俞铎可宣来了？”

李蔚道：“在阶下候旨。”

玄烨道：“着他上前面奏。”

不多时，俞铎已踏上乾清门白玉阶，跪在皇上御座前的咫尺之地。玄烨很温和地说：“俞铎所奏，既关乎国计民生，又关乎吏治。在京诸臣遣人往各省官员处请托索贿，极是可恶。你据实奏来。”

俞铎低头回奏道：“臣闻刑部侍郎石坤，曾遣家中管事往江南等处索取财物……”

玄烨说：“这是康熙五年的事，石坤久经革职，何必再说？当检举现任官员。”

俞铎唯唯诺诺，竟不知所云。

玄烨和悦地安慰说：“俞铎身为御史，稽查各衙门原是职分所在，即使有误，亦不怪罪你。据实奏来。”

俞铎在皇上的再三申问下，仿佛鼓足了勇气，直起腰杆想要补充几句什么。可一眼望见御座左侧前方的貂褥坐垫上，鳌大臣盘腿踞坐，一双鹰眼正一眨不眨地注目自己，眼光中满是威胁。俞铎浑身一哆嗦，顿时被慑住，吓得匍匐在地，默默无言。

玄烨一直注意观察俞铎的表情举动，见此情景，勃然大怒，强压了许久的怒火再制不住，借机爆发了，猛一拍案，大喝：

“俞铎！你好大胆！竟敢欺君慢上！”

俞铎连连叩头，却终于不敢说话。玄烨怒不可遏，脸都气白了，乌黑的眉毛抖动着，恨不得冲下御座，在这张怯懦的丑脸上狠狠甩两个耳光！他咬紧牙关，仅仅使自己没有冲出去，站在宝座上使劲跺脚，指着俞铎喊叫：“你这种胆小鬼，也配在我朝廊上来往！也配穿靴戴帽！滚！给我滚蛋！革职查办！”

自玄烨亲政以来，臣子们从没见他发过这么大的脾气，一时都吓住了。皇上不仅面貌像先皇帝，他身上流的到底还是他父亲的暴烈的血液啊！

鳌拜像劝一个任性的孩子一样，亲切地说：“皇上息怒。不必跟他一般见识，把他交吏部议处也就是了。”

玄烨依然气冲冲地：“不行！非革职为民不可！”

鳌拜道：“皇上昨天还说不可禁止科道官陈言，今天若革斥此人，也有堵塞言路之嫌嘛！”

玄烨心中一凛，没料到他在这儿等着。鳌拜又凑近他低声说：“皇上至尊，威仪要紧，不可小孩子气，惹大臣们笑话！”

玄烨心里一动，看了看鳌拜掩饰不住的得意神色，暗暗有了主意。当下愣了片刻，平息了怒气，不高兴地往御案后重重一坐，说：“就依卿傅，交吏部议处！起去！”

又议论了几个折本，皇上才恢复常态。待奏事大臣一一下阶之后，玄烨笑着对鳌拜说：“卿傅，步军统领出缺了，朕想赏给佟国纲。”

“这……”鳌拜迟疑了。步军统领掌管着京师的警备防卫，既有防守缉捕之责，又有断狱审案之权，兼管巡捕三营马步兵，加上所辖八军步军，共有三万多人，交给并非亲信的佟国纲，怎么舍得呢？

见鳌拜不肯痛快答应，皇上不高兴地说：“佟国纲是朕的舅舅，他要朕补给这个缺。朕要是给不出，太丢脸啦！”

原来是佟国纲伸手要的！这是个肥缺，不怪他眼红。佟国纲这人处事稳妥，鳌拜对他倒也没有恶感，只是有些肉痛：此缺若许给心腹下属拉来的人，少说能到手十万。

见鳌拜还在沉吟，玄烨拉长脸生气了：“卿傅，那济世朕听也不曾听说过，卿傅说让他当工部尚书朕便依你，那还是一品部院大臣呢！朕的舅舅要做个小统领，卿傅都不肯吗？”

这竟像小孩子跟人家交换物事一般了。鳌拜必定在暗暗失笑：别看皇上时时装得威严端庄，却是大人样子小孩儿心肠。不如应了他，若是不妥再换下来又有何难。鳌拜终于欣然同意，毕竟济世当上工部尚书他得的好处更大。

于是，点任佟国纲为步军统领的谕旨当日就发下了。

玄烨委婉而又简略地叙述了事情的经过，并无夸张的意思，最后说：“舅舅算是朕特简的统领，明后两日就该上任。王伯，朕此举可有任人惟亲之嫌？”

岳乐久处朝堂，就是玄烨不细说，也能想象出皇上与辅臣斗智斗力的艰苦。他原先只怕玄烨胸无大志，一心在辅臣羽翼下当一世安乐皇帝。后来发现玄烨年纪虽小，却精明出众，颇有父风，便又担心他不善自处，激起朝中大变故。今天他一讲，甚觉宽慰，又极为感叹，听玄烨这么一问，不由自主地说出一句心里话：

“皇上，与其让他任人惟亲，何如自己任人惟亲！”

玄烨一愣，心下顿时大彻大悟，从正中尊贵的座位上直跳起来，上前握住岳乐的手，极其欢喜地说：“王伯，你讲得太对了！……你早早回朝议政吧！”

皇上拉住岳乐手的一刹那，岳乐已跪倒了：“皇上如此理政，奴才很觉放心。以奴才的身份地位，想来不入议政对皇上更好，更容易着力。皇上细想想自然明白，无须奴才饶舌了。”

玄烨略一寻思，知道他是想站于暗处帮助自己更有利，这也有理。他便放开岳乐的双手，后退几步，笑道：“王伯，早就听说安王府花园风格独具，极富江南情趣。如今正事说完了，王伯该领朕观赏一番了！”

岳乐不敢推辞，说道：“皇上这半天怕是又渴又饿了，传他们送些茶点来，用过之后再去，可好？”

玄烨笑道：“王伯好小气！一桌酒膳都舍不得吗？我知道王伯家厨下烧得天下名菜名汤，就不肯见赐侄儿？”

皇上是开玩笑，岳乐连忙躬身道：“不敢，不敢！”

“王伯，还是先陪侄儿逛园子，然后到园子里最好的处所摆膳，请侄儿尝尝名酒名菜！”

岳乐也笑了：“可惜时值仲冬，林木凋落，少了许多佳趣。奴才领路。”

安王府的花园果真名不虚传。同是亭台楼阁、水榭画廊，这儿的格局布置怎么就看着比别人家秀丽深邃、赏之不足？同样是石径小桥，这儿怎么就格外曲折高下、别致有趣？就连家家园中都有的石山，在这里也特别瘦、透、秀，说不出的空灵蕴藉，别有韵味。玄烨在入园之前还说说笑笑，进了园门，穿过蔷薇架、绕过太湖石，就不再作声了，眼睛里渐渐泛上梦一般沉醉的神色。几名太监轻手轻脚跟在后面，拿着皇上常用物品侍候着；两名王府老太监在前方开路，岳乐走在皇上一侧轻声介绍：

“相传此园是故明某大学士别业，出自江南叠山名家文伯仁之手。先父住进时，后园已废圮残落，赖有府中文士善绘事者打稿重修，十数年经营，方有起色。春夏秋冬，各擅其妙。请皇上一一过目……”

望着花圃红栏、鹅卵石拼成花色图案的小径，半天不作声的玄烨忽然感叹地说：

“王伯，冰月妹子小时候必定常在园中嬉戏的吧？”

岳乐心头忽悠一下，说不出是感动还是惊异。皇上已立后选妃生子，冰月也已下嫁，难为他至今还不忘情于她。

岳乐当下含糊地应了一声，见前面松荫沉绿，十几棵又高又直的古松环绕着精舍三楹，舍前一架藤萝，只有虬曲如龙的藤茎藤根，沁人心腑的松香在藤萝架四周缓缓浮动。岳乐说：“皇上，这里是园中书房。”

玄烨定睛看时，只见檐下挂着一匾，上面四个柳体大字：松萝书房。楹柱上一副对联：

渐不为人识
时还读我书

玄烨笑笑，说："王伯此联极妙。不过，当此多事之秋，只怕既不易静心读书，也难以不为人识吧？"

岳乐多少有些尴尬，也笑了。不料玄烨又说："记得冰月妹子在宫中时，文思极其敏捷，先生出句对诗，她总胜我一筹。我那时百思不得其解。看来必定是她回府探亲之际，在这松萝书房格外受家学家教的熏陶所致了。"

"不敢不敢，"岳乐连忙说，"她的学识，都应感激太皇太后、先皇帝和先端敬皇后的教诲养育之恩……"

一带山坡，长廊环曲而上，半坡上小亭翼然，亭上黑底匾上题三个松绿色草书：枕红亭。长廊两侧小亭前后，密密麻麻，全是略呈红色的树，虽然落叶已尽，但枝干纵横交叉，密树深处不时传出几声鸟鸣，很是幽静，倒也别有一种情趣。再看那亭柱上的楹联：

山鸟似犹啼往事
桃花依旧笑春风

这难道不是在抒写玄烨的心曲？他竟望着这副楹联呆住了。岳乐多年深藏心底的惆怅被玄烨触动，也翻腾上来，胸臆间不知何处奔流着一股辛酸。这副楹联是他集古诗而成，有感于那段不能自已的情愫。这么多年过去了，他以为早已淡忘，谁知道，并非如此……

半晌，玄烨才指着山坡上这一大片林木问："都是桃树？"岳乐答是。想到春天桃花盛开之际，这里必是云蒸霞蔚，"人面桃花相映红"，该有多美，多令人心醉！如今，人面何处？桃花业已落尽了……

观赏夏景的最好处所是望云水榭，楹联也很有情趣，玄烨十分赞赏：

有约白云来唤渡
且邀明月共开樽

可惜湖水结冰，既看不到天光云影共徘徊的一鉴方塘，也不能体会四面荷花三面柳，清风徐来、月明如昼的佳景。

远远望见一座绿窗四面的方轩，走近时听到泠泠水声。轩前十多个绿色大木桶中，桂树依然含绿。一道镶着湖石边沿的溪水曲折而来，清清水流在轩前蓄成小池，又从小池的另一端蜿蜒流去。池水不曾结冰，清澈见底。几条鲜红的游鱼还在水中石边游动，极是安闲。轩前开阔宽敞，白石雕就的莲座花坛显得华贵，石桌石凳安排有致，又令人有清旷之感。当丹桂飘香、中秋月圆之际，这里不是家人赏月欢聚的好地方吗？玄烨抬头一望，只见轩门上一副楹联：

闻木樨香否
知游鱼乐乎

"好！从何处想得来！"玄烨忍不住高声喝彩，"王伯，不料你才分如此之高！何其潇洒清俊啊！"

岳乐迟疑着没作声。却听玄烨又问："此轩为什么名为黛语轩？莫非安王福晋也是一位不栉进士？……"

岳乐不得已地说道："皇上莫笑奴才舐犊情深。实在是冰月撰了这副楹联，奴才方题此轩名为黛语……"他很怕玄烨再问下去，可玄烨却目不转睛地望着楹联，口中颠来倒去地念道："闻木樨香否？知游鱼乐乎？……"他又俯身水池看那红鱼，并不抬头，说道："这里既是秋景，怎么不种些菊花？"

岳乐忙答道："八九月间，这一片都摆菊花的。"

"嗯。"玄烨直起身子，点点头，说，"冰月妹子最喜欢那种叫白鹤卧雪的白菊花。乾清宫里养了许多。明儿个我叫他们送几盆来！"

说罢，他转身离开。

顺着清清溪流，听着淙淙低吟，他俩都无心说话，漫步前行。小溪流入湖水，他们也走上曲桥。曲桥七折，石板红栏，左右两望，湖面结了薄冰，更加透亮，可以一眼看到湖底，柔柔袅袅的水草间，细长的小鱼儿追逐嬉戏，自由活泼的情态令人羡慕。

何处飘来似有若无、不可捉摸的暗香？玄烨深深吸了一口，笑道："好香的梅花！想是已近冬馆了？"

岳乐也轻松地笑了："正是，过桥便到。"

桥头连着泊船平台，登上数阶，一座玲珑精巧的小院出现在眼前。玉砌雕栏回护着院落，也回护着两株古梅，一红一白，正在盛开。花虽不繁却很精神，红梅宛如胭脂染就，嫣然含笑；白梅恰似白玉妆成，皎洁无双。走近了并无气息，离远了倒有阵阵清香袭来。古梅身后，奇石叠成小山，玲珑剔透；山石间几竿修竹绿叶青枝，为这万木凋零的冬天点缀出一团生机。

"疏影暗香馆，"玄烨仰头读匾额，道，"好一所梅花院落！水、月、梅、竹、石，都占全了！正是当令佳处！"

岳乐道："酒膳就摆在馆中，请皇上赏脸。"

玄烨一笑而入，迎面一副楹联扑进眼帘：

竹外疏花冷香飞上诗句
梅边吹笛此地宜有词仙

虽然也对仗工整，不免刻板，远逊黛语轩楹联的空灵蕴藉，那简直匪夷所思！这断然不是冰月所为。玄烨道："倒是眼前风光。不过下联落空了。"

岳乐对一名本府太监使个眼色，太监便低头走开。当岳乐陪着皇上各坐一席，先饮热茶时，一缕嘹亮的笛声远远飞来，透过梅花，透过轩窗，随着阵阵梅花香，直送到他们耳边。玄烨望着岳乐，快活地点点头，细心听了片刻，叹道：

"这一曲《瀛州古调》吹得真好！高昂处鹤唳长空，低回时雨打梨花，真是绝调绝技！宫里乐师未必有这样的造诣。王伯，这笛师果真是曲中高手啊！……定是王伯传笛师演曲，以足下联，对吗？”

岳乐一面点头称是，一面谢皇上夸奖，一面又暗暗惊异：本府的笛师从来没有这么高的技艺，难道不是笛师所奏？……

太监们提着食盒，川流不息地从厨下向疏影暗香馆送菜送汤送酒，在门口就由御前太监接过。王府也同宫中一样，每道菜肴要经试餐银牌和尝菜太监试过断定无毒无害，才能上桌。这在普通人家，会被客人看作无礼，但在这里却是当然如此完全应该。

先敬上万岁爷的是一冷盆，叫作龙凤呈祥。盆中金龙彩凤绕日飞腾，极其生动华美。玄烨夹了一片龙鳞尝尝，却是火腿裹着鸡丝做的；龙睛凤眼和凤尾的三眼花心嵌着亮闪闪的红宝珠，竟是七颗糖渍樱桃！不但外形精巧，味道也各处不同，全不似宫中御膳房的千菜一味。

上来四碟下酒菜：蝴蝶海参、银花香菇、南味杂烩、凤尾明虾。这分明是一只红翅带眼的大蝴蝶，那分明是一朵由绿叶紫杆扶托起来的大白牡丹！最是那南味杂烩叫玄烨奇怪，是什么食品能集中这么多颜色，又这样鲜美？他忍不住询问王伯。

岳乐告诉他，这九样都是南味中的上品：海参黑亮、鲍鱼嫩白、鱼唇粉红、火腿鲜红、鸽蛋青白、香菌深棕、鲜蘑淡黄，象牙色的是冬笋和鸡脯。排在一个碟中，深浅相隔，确实好看。江南历来富庶，菜肴传世积千余年，自然非同寻常。

说话间，太监捧上酒坛，当面打开泥封，顿时酒香满屋。岳乐说：“这便是有名的绍兴女儿酒，皇上想必尝过。”

玄烨饮了一杯后，笑道：“酒气很足，到口却淡。”

岳乐笑道：“南人禀性文弱，不禁火酒之刚烈。”

玄烨道：“如这女儿酒，便饮十盅百盅也不得醉的。”

由于菜肴香浓，很合口味，片刻间玄烨已三杯下肚，叔侄二人边吃边谈，不像在宫里吃饭，静悄悄的没人敢出声，玄烨很觉心情欢洽。

菜肴又流水般地上席了：

四盘鱼肴：松鼠黄鱼、醋椒鳜鱼、糖醋鲫鱼、红烧鲤鱼；

四盅海鲜：牡丹虾仁、松子鱼米、白汁鱼唇、干焙鱼翅；

四品南味烧烤：叉烧酥方、脆皮烧鹅、七星葫芦鸭、八珍叫化鸡。

玄烨对这些菜名又感到了兴趣："王伯，这烧烤鸭形似葫芦，叫葫芦鸭就罢了，为什么还要加七星二字？"

岳乐道："皇上只需打开闷葫芦，便知端的。那葫芦中还有切成小粒的七样美味，宛如星星一般。"

"当真？"玄烨打开尝了尝，果然鲜美异常，问道，"是哪七样呢？"

"奴才记不太清，大约有鱼肚、精肉、鲍鱼、火腿、冬菇、鸭胗、莲子几种吧。"

"那么八珍叫化鸡肚中也装了八种美味吗？"

"八珍似乎是八种养生的补药，诸如人参、黄芪、枸杞子、茯苓、肉桂、当归之类。想是烧烤时喷过八珍所浸的酒。"

玄烨叹道："只吃这一项，便有这许多花样！匪夷所思，真真是匪夷所思！……南味菜品果然无双，酒却平常。"

不知玄烨是否有激将的意思，岳乐却沉不住气了，命人取出一个亮光光的陶制小酒坛，说："皇上，这酒是江南一老僧所赠，名梨花春。已存二十年，泥封如故，不信皇上可亲自验看。但坛中所存之酒已不及坛之一半。这便是酒客求之不得的'坛高三尺酒一尺，去尽酒魂存酒魄'。奴才业已饮罢一坛，色香俱美，但万不可多饮。奴才酒量可算洪大，也只敢饮两杯，多则必醉……"

听他这么一说，玄烨大为好奇。一杯饮下，只觉芳香透脑，杯底胶饧，他从没有喝过这样浓厚的好酒，忍不住要求王伯再给他喝一杯。岳乐无论如何不敢答应，说是将此坛酒进奉，现下皇上却不宜再饮，小半杯也不行。皇上醉倒，不是闹着玩的！

玄烨哪里肯信。可是待冬瓜盅、鱼肚汤、银耳粥、三鲜烩等汤菜上桌的时候，他便觉得四肢酥软、双眼微饧，一种极舒服的腾云驾雾的沉醉感透过全身，他根本不想动弹了。岳乐不料玄烨酒量如此之窄，也觉得自己过于孟浪，连忙命御前太监搀皇上进馆中寝处歇息，自己转身去布置府内外的防卫。万一有个闪失，可就是灭族大祸啊！

玄烨躺在软榻上，只觉得自己正向一个甜蜜的深渊慢慢坠落下去，身心都非常舒放。在朝廷中有鳌拜在侧，他那芒刺在背的痛苦，此刻早撇到九霄云外去了。在他即将入睡的当口，隐隐听到窗外王伯和一个女人在说。哦，是安王福晋，虽然声音很低微，还是有几句飘进他耳中：

“……执意要见，怎么好阻拦？”细柔的问话自然出自福晋。

“总是不妥当。再劝一劝……”

“那脾气跟你一样，劝得转的吗？况且自家骨肉……”

“你呀！……唉！……”

玄烨听不明白，也无力弄明白了，因为他已经睡着了。

不知酣睡了多久，玄烨恍然觉得脸上仿佛移来一片阳光，暖暖的，身边似乎有人在轻声叹息，还有一样温软的小东西轻轻摸着他的手背，痒酥酥热乎乎。他努力一挣，醒了。方睁眼便愣住，猛然跃起，坐在床上仔细一认，可不是冰月吗？正痴痴地望着他呢！玄烨心头一热，嗓子眼儿哽咽起来，一把捏住冰月的手：

“月妹妹，真是你吗？……我不是在做梦吧？”

“三哥哥！……”冰月极力忍住就要涌出的泪水，赶紧咬住小小的哆嗦的嘴唇不敢答话，生怕一出声就会号啕大哭。

玄烨可管不住自己了，张开双臂，一下子就把冰月搂在怀里，亲着她的柔发，声音颤抖得几乎不能成句：“我，我可……我可想死你啦！……”

冰月不再忍了，把脸埋进他的怀中，泪如雨下，只哭得整个身子都在发抖，玄烨也不由自主地跟着流下了眼泪。小雪仰着头，一双多情的深蓝色圆眼睛望着它的主人们，受感应似的轻声喵呜，有如悲伤地长声叹息。

泪水有时可以洗去心上的哀痛，哭了一阵，两人才觉得轻松了些。

玄烨看冰月，更加出落得风韵超逸，眉青发黑，衬映着白净到几乎透明的肤色、盈盈如秋水般的俊目，她真是美到不能再美，美得使玄烨倍觉伤感。

冰月看玄烨，虽然个子高了、身体壮了，眉目间刚劲内敛、英气扑人，比过去多了许多威严，可是那双柔和明亮的漆黑的眸子，情意绵绵，还是她的三哥哥……

还有小雪，仍然那么一身洁白，眼睛仍然像梦一样深蓝神秘，仍然那么温顺亲热地紧贴在主人身畔，寸步不离。

“月妹妹，你怎么在这里？坐守的太监呢？”

“父王有病，回来请安的。坐守的太监谁不认识柔嘉公主？我把他们都打发出去了。”冰月脸上含笑，声调却是苦涩的，“我不许他们来打搅咱们。三哥哥你不记得了？咱们在慈宁宫一处读书一起玩儿的时候，不也这样的吗？”

“月妹妹……”玄烨感动地捏住冰月的手不放，轻轻抚摩。

“这些日子我读了许多书，也想了许多事，有的想得通，有的想不通。你刚才跟我父王说的那些话，我都听到了。我心里早就害怕、早就为你担心了……”

在冰月面前，玄烨从来是无所顾忌地说真话：“我心里也害怕呀！他们实在是人多势大！万一他真有司马昭之心……月妹妹，小时候我那么敬他爱他感激他，他还救过我；可现在一见到他，就像芒刺在背，浑身不自在！”

冰月反过来握住玄烨的手，安慰说：“我细细想过，只要老祖宗在，他不敢把你怎么样。可他这个人专擅恣肆，我倒是出宫以后才知道的。真干了不少坏事哩！三哥哥，你要想当好皇帝，当英主，非得推开他不可！”

玄烨像小时候那样，拿冰月柔软的小手掌在自己面颊上轻轻拍着，沉思着说：“这个我早想过。只是他于国家有大功，总想着他能改恶从善，也好全始全终。”

“那就要看三哥哥的本事了。依我看，怕是难改……不过，今天听了你跟父王说的话，我放心了好多。只要他总拿三哥哥当小孩子家，就不会在意你、防备你、害你了……”

玄烨眼睛骤然一亮："冰月，你说什么？再说一遍！"

冰月认真地说："可不嘛，你就总是做出一副小孩子气性，别摆出明君英主的样子，别叫他摸去你的底细，总觉着你听话、不碍他的事，他自然一时就不生异心啦！"

"哦，月妹妹，你真聪明！真聪明！"玄烨高兴得放开冰月的手，拍起了巴掌。不想馆外太监听到掌声以为在召唤，赶紧进来两名躬身说：

"万岁爷吩咐，公主格格吩咐。"

玄烨好久没有这么畅快舒心了，兴头突然被打断，大不高兴，沉下脸斥骂道："谁让你们进来的？滚出去！谁再敢来打搅砸断他的腿！"

太监吓得脸都白了，诺诺连声地赶忙退出去。

玄烨转眼凝视冰月，怜惜地说："月妹妹，你瘦多了，脸色也不好，生病了吗？"

冰月凄然一笑，并不回答，反倒问："老祖宗可安康？皇太后、太妃们都好吗？"

"都好，你放心。"

"皇后可好？各宫妃嫔贵人，还有小皇子，都好吗？"

"唉！"玄烨叹道，"你哪天进宫给老祖宗请安，再一个个地问吧，咱们好不容易聚一回，只说咱俩的体己话还说不过来呢，管那么多！"

冰月抿嘴一笑，欲言又止，脸上泛出淡淡的红晕，微微低了头。那一种羞怯娇爱的女孩儿情态，使玄烨心中爱极，又拉着她的手笑道："月妹妹，自你走了，我在宫里一个知心的好朋友都没有了，说话都找不着人，无味得很……"

冰月撇撇嘴，全不相信，伸出小小的食指，在桃花瓣似的腮帮上划着羞他。玄烨一把捏住那个手指头，攥在自己手心里，说："我知道你羞我什么，可我真的一点儿没骗你！皇后呀，佟家姐姐呀，还有那些贵人，她们对我好，都是不得已，谁像你这么真心知我爱我呢！……调换过来说你就明白了。耿额驸也不敢对你不好吧？可他比得上我真心吗?"

冰月脸上飞起一片红云，缩回手，痴痴地望着玄烨，乌黑晶莹的大眼睛里游动着泪光。玄烨心里刀剜似的阵痛，仰天叹道：

"老天，老天！偏偏这般作恶，把你我生成堂兄妹！不然……"

冰月的脸色骤然雪一样白，咬着的嘴唇都失去了颜色，她终于小声地说："三哥哥，我要告诉你一件事！……"她深深叹息一声，又低下头去，"唉，说也无益。"

"你说呀，好妹妹，告诉我嘛，到底是什么事?"

"我告诉你，可再别对旁人说……我，我并不是我阿玛的亲生女儿！……"

"啊?!"玄烨大吃一惊。

"阿玛的亲生女儿落草就死了。阿玛重阳登高，在山上拾到了我，就……"冰月的泪水在眼眶里直打转，羞耻得抬不起头来。老天爷，一位尊贵的公主，原来竟是个私孩子！

"你怎么知道的?"

"阿玛和额娘说悄悄话，被我偷偷地听到了……"

"啊呀！要是早知道，我说什么也不许你出宫啊!"玄烨愣了半天，一捶脑袋，懊丧至极，"老祖宗又那么疼你！……"

冰月的眼泪终于搁不住，扑簌簌地滚落下来："老祖宗她……她是知道的，但是她也不能，也不肯的……"

"为什么?"玄烨脱口一问，随即自答道，"可不嘛，若将此事公之于众，王伯将得大罪，你也会给撵走；若不公布，你我仍是堂兄妹，名分上我也不能娶你……"

冰月点点头，抹着眼泪说："我知道老祖宗还有一层心事，害怕你对我像先皇帝对端敬皇后那样……"

"那有什么不好!"玄烨刚冲出这么一句，便缩口不说了。他学得的道理中，这样就是不好！而他自认对冰月的情分，一点也不低于先皇帝对端敬皇后。一时间心绪激荡，只觉四肢手脚乃至嘴唇都在控制不住地颤抖，竟说不成话。

冰月玉容惨淡，满怀哀伤，啜泣着说："三哥哥，我今天一定要来见你，就为要看看你，告诉你这件事。咱们缘分浅，是老天爷故意作弄人。我知道你总是想我，以后就别想了，只当我已经不在了……”她说不下去，声音淹没在呜咽中，双手掩面，盈盈地站起身就走。玄烨一把扯住，急得连连说：

“你别走！你别走哇！……人家那么想你，好不容易见你一面，你……当年咱们就白好啦？”

冰月长叹一声，又坐下。两人脸对脸，手拉手，心里都有说不尽的爱和愁。冰月发恨道：“当年我要是不进宫、不认识你，也就干净了！”

一句话打开了闸门，情爱的怒涛呼啸着汹涌奔腾而来，把两个小人儿淹没了！两人几乎同时张开双臂，紧紧地搂抱在一起，泪水夺眶而出，流泉般滚落。玄烨的泪珠滴在冰月脸上，冰月的泪洇湿了玄烨的胸膛。玄烨泪眼迷离地看着怀中的泪人儿，极度的爱怜攫住了他的心，忍不住低下头，用力贴住了那不住颤抖的珊瑚般的小嘴，他立刻感到了回应，顿时情火如沸，浑身燃烧起来……

当年他们在慈宁宫中青梅竹马、两小无猜，虽然又是起誓赌咒又是斗气，实在还是孩子气十足，情窦未开。可是今天……

或许是受了氤氲缠绵之气的感染，屋里两盆含苞的水仙骤然开放了！碧玉叶白玉花一同摇曳着，吐出浓烈的芳香；那边两株枝干虬曲的古梅，疏枝上几朵清丽的花儿微微颤动，羞红了脸，笑红了脸，静悄悄地飘散着香气，直送向榻上那一对销魂荡魄的情侣。他们已经忘记了身外的一切，进入了他们的极乐世界。这个世界只属于这两个自幼就互相爱慕互为知己的孩子，这个世界只剩下他们两人——又是一人，是最自然、最完全、最充分的结合。

了却相思债，这在传奇文章、戏台演曲中被无数支笔无数张嘴写旧了唱滥了的套话，原来竟如此贴切、如此新鲜，堪为绝唱！

甜蜜中带有苦涩，就不会甜得发腻；苦涩完全浸入甜蜜之中，可就变得清奇无比；两者的特殊糅合，使这段恋情超出一切世俗的情爱而深入心底、沁入骨髓……

旁观的只有那只白绣球花一般的小雪。这灵性的小猫静静地蜷卧在杏黄色绣榻的一角，微微合着双眼，似乎沉醉在芳香中，只有长长的白髭须，随着甜美的摇晃在轻轻地颤动……

幸福和痛苦，都会使人忘却时光……他们终于重新面对面地坐起。

玄烨双手捧定冰月秀丽的脸庞，感动得嗓音发抖："你，你……下嫁一年多了，你竟然一直没有破身！你……"他说不下去了，用一个急剧的动作，把冰月猛地揽在怀中，搂得那么紧，仿佛要让她和自己合成一个人。一股热泪，顺着他紧贴着冰月的面庞之间潸潸而下，不知是谁的，玄烨的？冰月的？抑或是他们两人的？

冰月满脸红晕，满脸羞怯而又沉醉的笑容，但泪水还在流，声音仍是哽哽咽咽："为你守身，我死也情愿！……我总算没有违负当年的盟誓。好哥哥，我这一辈子都不负你！"

玄烨泫然泪下，道："可是我……我负了你啊！……"

冰月低低地叹息道："有什么办法呢？你是皇帝啊！……我一辈子都不怪你！不管怎么样，都不怪你！"

…………

六

精巧的宣德炉上插着线香，蓝灰色香烟直直升起尺余高后袅袅飘散，旁边摊放着一部《妙法莲华经》。太皇太后原本坐在这里半合着双眼看经书，轻敲木鱼念经，寝宫西次间原是一派慈和吉祥宁静。

是那位急匆匆赶来的公主府使者破坏了美妙的气氛。使者退出后，屋里仍是悄然无声，空气像凝固了一般沉重，太监宫女们都拼命低头看地看自己的脚尖，谁都不敢也不忍抬脸看太皇太后一眼。

太宗皇帝名下有十五位公主，只有皇四女、皇五女和皇七女是太皇太后亲生。前年皇七女固伦端献长公主病逝；去年皇四女固伦雍穆长公主之夫、科尔沁亲王弼尔塔哈尔去世，公主守寡；今天来报信的是老佛爷最喜爱的皇五女固伦淑慧长公主府的使者，报告额驸巴林辅国公色布腾去世，公主又成了未亡人！

太皇太后默默无语，一动不动地端坐着，似在用双肩顶抗着什么，但却低垂着眼帘。

苏麻喇姑用托盘进上参汤和一颗药丸：“老佛爷请用参汤，这是御医新进的驻颜养心丸，可用参汤送下。”

太皇太后接过药丸，寻常膳食般慢慢咀嚼，又喝下参汤，静默片刻，问：

“皇帝回来了？”

苏麻喇姑答道：“还没有。”

“他姑姑的事先别告诉他。”太皇太后说着，双手撑着椅子扶手站起来，挥退跟从的太监宫女，独自慢慢走回东梢间的寝处，坐在妆台前，长长地叹了口气，缓缓吩咐道，“苏麻喇姑，开梨花木箱，取我那金胎珐琅首饰盒来。”

“老佛爷……”

“取来。”

苏麻喇姑不敢违拗，进储物间倒柜翻箱，从老佛爷陪嫁的古旧梨花木箱深处，取出了那只宝贵的首饰盒。

太皇太后对首饰盒呆看半晌，轻轻打开，拉出了上面的四个小抽屉，小心地并排摆在妆台上，又把每个抽屉里的络丝金盒一一揭开。抽屉的黑丝绒垫底上，散放着一颗颗小牙齿和更细小的月牙形指甲，络丝金盒里装着乌黑柔软的胎发。太皇太后的手触到这些胎发和孩子们的小东西，就簌簌地颤抖不止，眼睛顿时蒙上一层晶莹的泪……

轻轻抚摩着金盒里的胎发，她轻轻地说：“这是福临的……他一生下来就是一头黑鬈发，黑眼睛睁得大大的，不像他的姐姐们眼睛都闭着……满月剃头，胎发又软又细，不料长大却是暴烈性子，唉！……”

她又拈起第三个抽屉里的一枚小牙：“阿图这孩子，妹妹都换牙了，她的门牙还是只动不落，后来在门槛上绊一跤，才把门牙摔脱，还流了血，吓得哭了一场……”

她像是自语，又像是对苏麻喇姑说，是忆起年轻母亲的满足和自豪吗？她嘴角竟现出一丝微笑，但这笑意随即消失。她叹息着说：“我四个儿女，二死二寡。雅图去年丧夫，好在嫁回我娘家，不会受亏待。阿图最懂事，我也最疼她，偏她运蹇，两次丧夫……是命太硬还是命太贵，额驸竟承受不起？……”

雅图是皇四女的小名，生于天聪三年，嫁给了庄太后哥哥吴克善的儿子，是姑表亲。阿图就是今天来报丧的皇五女淑慧公主，生于天聪六年，十二岁下嫁喀尔喀蒙古额驸索尔哈，不到三年夫亡，再嫁巴林辅国公色布腾，十九年后，如今又守寡。

“老佛爷的意思，她们守还是不守？”

“为什么要守？她姐儿俩既是嫁回蒙古，自应从咱们蒙古习俗，理当再嫁。寡妇不是好当的，空房不是好守的……”太皇太后声音越来越轻，越来越慢，越来越苦涩，“孤寂能把你逼疯，不是常人可以忍受啊！……”

苏麻喇姑不敢作声，听太皇太后半晌无言，悄悄瞥了一眼：老佛爷正对着妆台的明镜出神，面前又多了两只小抽屉。一只抽屉里红丝绒垫上放着一双莹碧无瑕、匀称光洁如无痕秋水的玉镯；另一只抽屉里的蓝丝绒垫上竟是一块镂金嵌玉镶边的椭圆形象牙小像——一个眉清目秀、无冠无袍、一领蓝衫的翩翩美少年！只有苏麻喇姑知道，这一双玉镯，是她的女主人十二岁做新娘，洞房花烛夜，当时身为皇子大贝勒的太宗皇帝亲自为之佩戴的定情信物；至于那象牙小像，苏麻喇姑还是头一次觑着，显见是顺治初年的摄政王、女主人的小叔子多尔衮……

冷不防女主人对着镜中倩影轻声悄语，有如梦中：

“还记得当年吗？不敢说倾城倾国，也称得俏丽无双！无论后宫大宴还是皇族会亲，只要你丽影一现身，便是明月出山，群星顿时暗淡，多少恩宠、关爱、崇敬、倾慕投向你，百鸟朝凤啊！……那时，你曾想到今日吗？至尊至贵、至高无上的孤老太婆！……”她的语调中满是伤感和无可奈何的嘲弄。

“老佛爷何曾孤单！”苏麻喇姑笑着轻声劝解。

太皇太后回头看看她，苦笑，说：“你不明白。你以为尊者贵者很快意？有快意的时候，但历来也有曲高和寡一说。尊者贵者从来少知己少友伴。岁月流逝，老人去了，同辈去了，如今子女晚辈也一个个去了，连有本事跟你作对的人也都去了，更不要说当年的倾慕者们了……”她摇着头，脸上和眼睛里一片寂寞冷清。看贴身侍女不以为然地微笑，她又说：

“比方许多好骑手去登一座极高极难上的大山，起初你追我赶，或是相助，或是相争，一窝蜂地竞赛，都想第一个登上峰顶。山高路长，荆棘丛生，或是马力不济，或是骑术不佳，有人落后，有人回头，有人半途掉进山涧，总之，登得越高，同行的人越少。最后，只剩你孤零零一个人，既没有友伴，也没了对手，站在山巅，高是极高的了，可是举目四望，一片空寂，一派苍凉……”

老太后声音有些嘶哑，似乎含得有泪，略晃了晃头，振作一下，勉强笑道：

“方才念经念到一句，真也想问问：我是谁？谁是我？……这么多年没有人叫，自己都快忘记我的名字叫布木布泰了。”

“老佛爷的名讳，谁敢上口？罪过大啦！”

老佛爷又叹了口气。

“还是咱们蒙古草原，”苏麻喇姑笑道，“把这些看得透看得淡，男女为伴，天经地义，没有许多讲究。”

“如今入主中原，一统天下，不能不从汉俗，免招物议，损及皇家体面。……你呢，苏麻喇姑？这四十年不出嫁、不碰男人，也过得来。”女主人话说得真诚和蔼，毫无调笑的意思。

苏麻喇姑幼年在草原上惨遭几个男人的蹂躏，一生对此事深恶痛绝：“老佛爷，奴才能陪老佛爷进宫，躲开那些狼心狗肺的臭男人，真是一辈子的大福分！”

太皇太后出神地看着自己的老女仆，悲悯的泪光在眼睛里闪动，怜惜地说：“你啊，还是未经人事，不知其中妙处。这虽是你此生一憾，倒也省却许多烦恼。我如今老了，总算熬过去了……”她忽然皱皱眉，自觉说得过于忘情，用一声长叹抹去了后面的话，把抽屉小心地一一放回首饰箱，示意苏麻喇姑收回原处，便重新坐回到西次间的香炉边，拿起了木鱼槌。

她念经颇不同常人，但见唇动不听有声，只用木鱼的清脆音响控制着心经的节律。

奏事太监走来禀报：奏本送到。

木鱼敲击没有停，太皇太后简单地说：“没心肠看它。明儿再来。”

奏事太监求救似的看看苏麻喇姑，连忙说明此奏本很要紧。

太皇太后仍半合着眼看经敲木鱼，说：“搁着吧。”

苏麻喇姑接奏折时，从奏事太监目光里看出事关重大，就禀告一声先拆了封，一看之下，果然变了脸色：

“老佛爷快瞧瞧吧，兰布，就是鳌拜的女婿，上奏请封，要承袭敬谨亲王爵位，议政王大臣会议已准下了！”

“什么？”太皇太后双目陡睁，射出两道闪亮的精光，“来得这么快？……你在鳌府的人不是说昨儿个才议及此事的吗？”

“是昨儿鳌拜的弟媳妇卓布泰夫人请她家萨满太太带来的口信儿，说是还要从长计议呢。”

“那就是说，已经迫不及待了！”太皇太后扔下木鱼槌，蓦地起立，浑身顿时生发出振奋的勃勃生气，大步在房间里走来走去，一双炯炯有神的眼睛犀利地左右闪动，使她脸上表情顿时变得威严、英睿。

她此刻感到的是乌云压顶的威胁！兰布挟鳌拜之势请封，不能不准；但一旦册封，兰布便是玄烨下一辈子侄中惟一的亲王，在玄烨无嗣的情况下，他就可能是承嗣继位的第一名皇储！

这里面不就包藏着弑君夺位的祸心？

如若兰布嗣位，这大清江山还能姓爱新觉罗吗？

何等阴险！多么可怕！

苏麻喇姑想必悟出其中厉害，脸色都变了，期期艾艾地问：

“老佛爷，这，这可怎么办？”

太皇太后走得更快，大步流星，袍子“唰唰”响。苏麻喇姑的眼睛追着她，不一会儿就酸痛起来。

太皇太后突然停住，说：

“兰布请封，拟准。并封福全为和硕裕亲王，参与议政！”

苏麻喇姑长长地嘘了一口气：好一个太皇太后！把玄烨的亲哥哥封和硕亲王，而且是议政王，压住兰布一头，真个是兵来将挡、水来土掩！上等对策！她不由得露出笑容：“老佛爷老谋深算，无人能比！等皇上回来……”

太皇太后微微一笑：“先别说明，只给他看奏本。咱们瞧瞧他怎么处置，有多大长进！”

院里一阵脚步响，太监大声禀告：“万岁爷驾到！”

靴声“橐橐”，玄烨大步走进来。

“老祖宗吉祥！”

“回来了。”

“代安王请老祖宗安。”

“好，起来，坐下。岳乐一家都好？”

“王伯安好。”

接下来竟是片刻静默。太皇太后神色怡和，正在等待玄烨禀告此行的结果，见他只不作声，有些意外。闪眼瞧过去，小皇帝脸上红扑扑的，神情很不安宁，黑眼睛忽闪忽闪地不知在想什么。

“安王请你喝酒了？”太皇太后笑着问。

“哦，是。”玄烨仿佛惊醒，赔笑道，“喝了一杯梨花春，真是我此生喝到的最好的酒啦！……”

“还是先说说岳乐肯不肯回朝议政。”

玄烨怔了一怔，好像没听懂，好半晌才回味过来：“哦，这事孙儿对他说了……”他这才把安亲王那些至关紧要的话一一说明。

太皇太后微微点头。岳乐宁愿站在暗处的态度，如她所料。入不入议政无足轻重，要紧的是已与朝中辈分和威望最高的安亲王互通声气了，值得庆幸。只是小皇帝今天怎么有些魂不守舍？

“刚才你说喝了什么酒？这名儿有点耳熟。”

“是梨花春，江南名酒。孙儿怕真要沉醉三日了！”

梨花春！太皇太后心里忽悠一闪，猛记起十多年前的一次圣寿节家宴。她的儿子顺治皇帝福临借题发挥，就借这江南梨花春，以酒喻人，去试探当时还是他弟媳的董鄂氏，沟通了二人的情愫，引来了无穷后患！

居然，梨花春又来了，殃及她的孙子、大清嗣天子玄烨！太皇太后眼睛倏地一亮，完全摆脱了这半日精神迷茫的苍凉心境，两道精气充足的目光直射玄烨。她看到了什么！

沉醉的红晕迟迟不肯退去的面容；含着柔情、留着倦意的水汪汪的双眸；被无法掩饰的欢乐牵动着的微微颤动的嘴唇；还有似曾见过的、眉目间那出人意料的几分妩媚……

她是看见过！她记得清清楚楚！

当年她的儿子福临第一次与董鄂氏偷情欢会之后，就是这么一副样子！

她的心缩紧了，指尖发凉了，黑黑的眉毛鹰翅般扬起来了。然而，她很快稳住了心绪，平静地说：

“你在安王府，见到了冰月。”

这不带疑问的问话，问得玄烨脸通红，眼睛望着别处，低声应了个“是”。但他很快扭过头，鼓足勇气直视着祖母的眼睛，声音在发抖：

“老祖宗，她下嫁一年多了，可她，她至今还是璞玉浑金，不曾破身……”

太皇太后黑眉急剧地一耸：“你怎么知道？”

玄烨答非所问：“她，她这都是为了我……”

“我是问，你怎么知道？”

“她，她给了我！她是我的人了！”玄烨不顾一切，带着一股从未有过的、赖以支撑自己的傲然之气，几乎喊起来。

好长时间，老太后如凝固一般，不言不语，一动不动，巨大的失意笼罩了她。花许多心思去防范、去阻止，以她这天下最尊贵的太皇太后所竭尽的努力，撞在这一双小儿女的痴情上，竟粉碎了！

可是，孩子们不也很苦吗？可怜的冰月！竟执著如此！……

沉默许久，似乎能听到香烟袅然升空的窣窣响。

“唉，傻孩子！……”老太太嘴角轻轻一抽动，终于落泪了，“都是傻孩子，傻孩子啊！……”

玄烨就势“咕咚”跪倒：“老祖宗，成全了吧！把月妹妹接回来，求求你！”

太皇太后扯过襟边的绢巾，抹去泪，叹道：“怎么可以呢？耿家怎么办？安王怎么办？皇后怎么办？”

玄烨似乎早就想好了，脱口便出：“另嫁一个公主郡主给耿聚忠，就说冰月是安王福晋娘家侄女过继来的，立两个皇后分东西宫，史书上有先例！……”

“冰月要做皇后？”太皇太后一眼看定玄烨。

“不，是我要立她做皇后！”

太皇太后又是叹息摇头：“唉，我自己养大的女孩儿，还能不知道？论起品貌才具，她做个皇后还能不够格？可惜生不逢时，有这份儿命没这份儿运哪！……”

玄烨迷惑不解地仰望着祖母此刻格外显得久历沧桑的眼睛。

“你是聪明孩子，怎么会不明白？

“耿聚忠能忘却夺妻之恨吗？靖南王没有受辱之愤吗？加上平西王吴家、平南王尚家，三藩不会因此同仇敌忾，对朝廷怨望吗？别忘了，他们可不是咱满洲人哪！

“祖宗有制度，乱宗族血亲者死罪。你表姑尼堪福晋就因为冒女仆之女为己女，事发被处死，难道能让如今朝廷位分最高、最有人望、于你父子两代最忠诚的安亲王因此而得罪受死？若不问罪何以服众，何以对祖先？

“天无二日，国无二君，后宫何尝不如此？况且皇后是索尼孙女，何舍里氏族及正黄旗能心服吗？索大臣身历四朝，门生故旧满朝野，人心能平吗？”

说至此，老太太歇了口气，扶起玄烨，揽在身旁，抚着他的肩头，用满是忧虑的目光望定他，做了个总结的综述，无意间传达出了她为政大半生经验中的精华：

“孩子，天地人间，最要紧的是均衡。天地和，万物生；人际和，致太平。朝野内外、满汉之间、八旗上下，乃至君臣、官民、各宗各派各党各门，务必有恰到好处的势均力敌。为君者之要，就在眼观全局，时时洞察失衡，及时消除，抑强扶弱，恢复均衡，使之各得其所，方能致天下太平，是为大治。

“可你为冰月而出的这三个法子，哪一个都将促成失衡！天下至大，国事甚繁，往往牵一发而动全身，激出难以想象的变乱，后果不堪问啊！

“为大清江山永固，为天下万民太平，这事不能准。你可明白？”

“老祖宗，求求你！……”玄烨又跪下，不再振振有词，只是抱着祖母双膝哀告。

“不成。”太皇太后疲倦地摇摇头，声气依然和蔼，语意却越加强硬，“我不能眼看你再走你父皇的老路。你是皇帝，至尊至贵，责任至重至高。今日有两本奏折极是要紧，你快去看来，如何批复，尽快回我。你去吧！”

她轻轻推开玄烨抱着她双膝的手，叹口气，眼睛回到经书上，说：“苏麻喇姑，领他去吧。那两个折子在次间条案上，笔架旁边。”

她不再回头。听得衣裳“窸窣”、脚步“橐橐”，知道玄烨随苏麻喇姑走了。

“老祖宗！……”门口传来玄烨惨惨凄凄、含着泪水的一声，想必他在止步回望，再次哀求吁请。太皇太后咬紧牙关，硬着心肠不回头，闭上眼睛，又举起了木鱼槌。

接下的两天，乾清宫里，皇帝不吃不喝，不批本不听政不临朝，不是睡觉就是读唐诗宋词；慈宁宫里，太皇太后不闻不问不理不睬，照常日一样，不是习字看书便是礼佛念经。皇后妃嫔们不知出了什么事，来往于两宫之间请安问好，全都不得要领，不知所措。最心慌意乱的要算知道内情的苏麻喇姑，明知不会有结果，还是一天几趟两头跑、两边劝，不如此她就不得心安。

第三天一大早，苏麻喇姑又要跑乾清宫，正在梳头的太皇太后发话了：

“你真爱瞎忙！活了大半辈子，什么事没经过，还这么瞎操心，总没长进！”

苏麻喇姑笑道："奴才是操心的命，那小祖宗不吃不喝的，饿坏身子可怎么好？"

"他会饿饭绝水？还不是做给我瞧！乾清宫里里外外，太监宫女，再加上皇后贵人，他还少了同党帮他不成？那个猴儿精的真挨饿，我倒不信了！"

苏麻喇姑笑道："老佛爷说的是。"

"上回天算案御前大审不许他去，不也这么闹腾了一阵？过去了也就好了。他总归是个聪明孩子，凡事心里有数，一时发蒙终究会醒悟，不像他父亲……"太皇太后声音微微一颤，止住不说了。

苏麻喇姑连忙把话岔开："今儿的参汤用的高丽新近贡来的老山参，待会儿老佛爷尝尝可合口味……"见外间一名宫女露了露头，她打住话音走了出去。

慈宁宫总管太监急匆匆地进来，向太皇太后请安罢，又急匆匆地禀道：

"老佛爷，皇上传旨，要往边外狩猎行围！"

"哦？"太皇太后对镜整了整鬓边的珠花，"多咱？"

"今儿早起皇上召乾清宫侍卫传下圣旨，三日后起程，辅臣及王贝勒贝子亲贵大臣随行。"

"知道了。去吧。"

总管太监刚走，苏麻喇姑又回来，脸上一团焦虑，将一信函呈交太皇太后。

老太太镇静地拆着函封："怎么得来的？"

"皇上交给他的看妈送信，看妈不敢瞒过老佛爷，就送我手上来了。"

冰月吾妻：

在天愿为比翼鸟，在地愿作连理枝。心已定，情不移，不求同生求同死。三日后边外狩猎，便可随安王同往，待机相聚。万种情怀难以尽述，匆匆书此数字，慰心报知。

…………

太皇太后把信装入函封，投进折匣锁定，平平的黑眉突然扬起峰峦，平稳的声音里不难辨出威严的决心和当机立断的刚劲：

“传舆，去乾清宫！”

“你不能去边外狩猎行围，我不准。”太皇太后毫不含糊地望着小皇帝。他手执一卷唐诗，低头站在炕边。这是乾清宫西暖阁明间书房。

苏麻喇姑随在太皇太后身边，从没见过玄烨这种执拗不驯的身姿和表情，祖孙之间从未有过的紧张气氛令她极其不安，却又不敢表示出一点偏向。

玄烨扭开脸，半晌冒出一句：“我已经亲政了！”

太皇太后不动声色地顶回去：“我是你的祖母！只要我活着，就要对你抚育教诲！”见玄烨低下了头，她继续加压：

“你不能娶冰月进宫。借边外行猎约冰月私会，更错！”

玄烨猛抬头，又惊又怒：“怎么？……”

“你给她的信，我收起来了。”太皇太后极其冷静，又毫不留情。

玄烨惊愕之余，涌上一片绝望，愤慨使他不顾一切，突然激烈地大叫起来：

“我！我算什么天子！什么皇帝！朝廷大事我做不得主，后宫里家事我做不得主，连我自己爱恨好恶，行坐寝食都做不得主，样样都捏在老祖宗你的手心儿里！……老祖宗，你就一点儿都不心疼我这孙子，不心疼冰月这孙女儿？”

“三阿哥！”苏麻喇姑赶紧劝解，“怎么能这样说呢？老佛爷不疼你怎么选你继位登基？不疼冰月怎么册封她公主？老佛爷一心为你好，为大清江山社稷着想啊！”

玄烨慢慢地笑起来，笑得很怪，很难看：“老祖宗，孙子明白了，你最心疼的最爱的，还是大清江山社稷，不是我玄烨，更没有冰月的份儿！……这皇帝，我不当了还不成吗？要不，我也出家当和尚，还不成？”

太皇太后心中一阵绞痛，迫得她不得不闭眼忍过。

他说他“也出家当和尚”！真是有其父必有其子！儿子的暴烈任性，终究还是遗传到了孙子的身上。平日不显山不露水，一旦爆发，往事重演，又是这么难以控制难以收拾！是前世的冤孽吗？这令人心碎的折磨就没有尽头了吗？……

不！

玄烨毕竟不是福临。

太皇太后也不是当年的太后。

重新睁开的眼睛，明净沉着，并不提高声音加重语气，却一句句坚冷如铁石：

“你真叫我痛心失望。算我这十五年白费了心血！出家当和尚，要断绝七情六欲，难道能娶冰月？废帝降位仍是闲散皇族，也不能夺额驸之妻，娶同宗姐妹！”

望着渐渐垂下头去的玄烨，她声音更加冷酷：“要挟，没有用！不比你父皇当年，独子一个。如今你不当皇帝，还有福全，还有长宁，眼睛盯着宝座的人还少吗？兰布！兰布是不是一个？”

已被太皇太后的威势压得直盯着自己脚尖的玄烨，蓦然一惊：“兰布？哪一个兰布？”

太皇太后站起来，大步走到御案前，随手一翻，找到那本奏折，语调严厉了：

“我命你看的折子，你竟不看！兰布仗着岳父的势力上奏请封，要承袭敬谨亲王爵位！议政王大臣会议已准，就等你皇上的旨意了！人家这么凶这么厉害的一招，专冲着你刺过来，你倒不放在心上，在这要命的节骨眼儿，偏闹着当和尚！你！……”

眼看就要发作，她却又平静下来，叫苏麻喇姑给自己披好披风戴好风帽，慢慢踱向殿门，玄烨垂手低头跟送。她立住脚，回头盯住孙子的眼睛，一字一句地说：

“给你半个月，仔细想想。要江山就不要美人；不要江山，美人还是得不到！若要玩儿出殉情之类的愚蠢把戏，便是我爱新觉罗氏的耻辱！就算我这祖母白认了你这孙子！好了，是非轻重你自己权衡。

传舆回宫。”

自此日起，朝廷不断有奏本劝谏皇上，不宜边外狩猎。劝谏最力者，是皇上的汉文师傅熊赐履。

不久，因皇上偶感风寒，需调治静养，朝会及听政暂停，朝政仍由辅臣代为综理。

卧听萧萧雪打窗，原是极富诗意的境界。何况室内笼着温暖的熏炉、飘着安神的沉速香，躺在温香软暖的锦衾貂褥间，静听窗外簌簌竹叶在风中微语，佛塔角铃在风中“叮当”。寺院的特殊宁静，更使这一切染上仙风佛意而超脱于红尘之外。

身处此境的玄烨，却没有得到一丝一毫的安宁。

这是祖孙间激烈龃龉的结果。他当天就被秘密地护送到西山皇家鹿苑之侧的碧云寺。

寺外禁卫林立，格外森严；寺内却虫蚁不惊，浑若无事。

是给予清境，使他脱离尘事的干扰，“仔细想想”，还是要他尝尝当和尚的滋味？也许二者兼而有之？

到达碧云寺已经入夜，玄烨被安排在佛殿西侧一处幽静高雅的禅房，随行太监服侍他用膳、洗漱、就寝毕，全都退出，好让万岁爷安眠。

多半日鞍马劳顿，清幽的山林气息，万籁俱寂的境界，玄烨却不能分辨自己是醒是睡，不能分辨身处清凉世界还是烈火地狱，不能分辨是过去是现在是未来……

放弃冰月？

放弃皇位？

人生难得一知己，怎么能放弃冰月！

那一双俊美无比的，直透入玄烨心底的乌黑明亮的眼睛！那一张无比亲切的殷红又多情的嘴唇！那软香温玉般的柔美躯体饱含着对玄烨的热望和依恋……这都像是他的身体他的心的一部分，割舍了去，他就会流血，会痛得死去活来。

如今，他已是过来人。男女间的那件事，有情和无情完全不同、情深和情浅大不一样，而和冰月，却超出所有这一切，是神、形、韵的完全融和，恨不能团成片片飞花一时散尽，恨不能死在登仙的一刹那！天上人间，哪里还有这样的欢乐？每一忆及，无论何时何地，都会如眼下一般，情热如沸，腔子里甜蜜得似在嗞嗞作响，沉醉得阵阵眩晕，心头时不时地隐隐疼痛，疼得透不过气，又疼得那样舒服！

老天爷为他造就了冰月，老天爷为冰月造就了他，他和冰月，怎么能离分！

回到了夏天？

五岁的他和四岁的她不肯午睡，偷偷跑到花园扑蜻蜓。他站定撒尿，她看着奇怪：

“三哥哥，你为什么站着尿尿不蹲下？看尿湿裤子！”

“拉屁屁才蹲，尿尿就得站。提着小雀雀湿不了裤子。”

“我尿尿就要蹲着。”

“你不会提小雀雀？”

“怎么提？”

“我教你。你看，就这样。”

“哎呀，我怎么没有小雀雀？”

“不信！我瞧瞧看。哎呀，真没有！怎么回事呢？”

“这小雀雀摸着这么软，真好玩儿！我的是不是藏起来了？”

“我再瞧瞧。还是没有哇？……对了，我是阿哥，你是格格，男孩儿和女孩儿是不是就这不一样啊？……”

玄烨心头滚上一重热浪，眼里涌出泪水，不出声地笑着，翻了个身。

又长大了两岁。她像所有小女孩儿一样爱玩过家家，小碟小碗小箸小匙摆满一桌，两个泥娃娃，佩弓箭的是儿子，戴花的是女儿。她是额娘，他自然给派作阿玛，一家四口喝酒吃菜分月饼，赏月观灯庆团圆。

从小到大，两人好得如同一人，从不互相隐瞒。

他即位后，祖母大病初愈，不也是两人同在老祖宗膝下承欢？祖母问他，打算怎样当这皇帝？他是怎么回答的？

“孙儿惟愿天下乂安，生民乐业，共享太平之福。”

她眼睛里第一次出现的尊敬、仰慕、爱戴的笑脸给他多少快乐和得意！

当时祖母说什么来着？

“留给你的是一副重担。若不能自强不息，若不肯深思得众得国之道，那，这大清天下……”

受命于危难之际，不是男子汉的英雄本色吗？他何尝一日忘记过自己的志向、自己的责任？

四岁那年，他问：“我为什么不能做皇帝？”

五岁在沙河行宫较射，当着父皇和亲王大臣，他理直气壮地宣称：“愿效法父皇，勤政爱民，致天下国泰民安！”

即位以来，苦读诗书史籍，勤练骑射，孜孜不倦地探求治国的根本，汲取历代兴亡的教训，为的就是实现自幼的志愿。

想要有所作为，说起来冠冕堂皇，骨子里，他真喜欢治理国事、听政批本，乐此不疲，觉得其乐无穷。谁能猜到，其中饱含着他的喜怒哀乐呢？

天算案、圈地案，他一定要看到自己日后御批的后果！

吏治、文治，他一定要来一次翻天覆地的激浊扬清！

三藩、治河、漕运，他一定要运用智慧和毅力解决之！

还有迫在眉睫的权臣专擅，如泰山压顶。每想到此，他就如搏战前的斗士、临出击的鹰鹫，浑身是劲，紧张又兴奋！他喜欢这紧张，爱好这兴奋！

冰月最知道他，最支持他，所以他引为知己！

可是为了他的志向，又必须舍弃冰月！

这是个什么怪圈？怎么就转不清楚，转不出去？

冰月下嫁前数日，他曾去道喜。未进屋就呆住了。宫婢在为她梳头，她头发太长，只得高高站在榻上，浓密柔细乌黑的秀发，如黑色瀑布，直拖到地面，光可鉴人；又似黑丝绢黑闪缎，那俏丽、那柔媚，令他心醉复又心酸。想到再不能两小无猜、青梅竹马，想到抚摩这一片乌云的将是另一只男人的手，嫉妒和痛苦咬啮着他的心。他转身而去，回宫叹息到夜半更深。

可是朝政呢？鳌拜步步逼近，兰布封亲王，他的势力已侵入皇室宗族。弃皇位而去吧，福全糊涂，长宁又小，难道眼看着老祖宗无依无靠、孤身奋战？……

迷乱、茫然，胸臆间气血上涌，四处乱窜。

头晕心烦，神志昏昏，浑身燥热，如受地狱烈火的炙烤，像离水的鱼一样，张大了嘴拼命喘气，自觉着被折磨得就要狂喊，就要发疯了！……

“镗！——”

静夜中何来一声巨响？玄烨倏然一惊，仿佛打了个寒战，顿时觉得自己从头到脚完全被包容在这声响和它无尽的、嘹亮的嗡嗡余音之中。

十分好听的袅袅余音轻柔地飞向远方，飞向山间，飞向天际。玄烨凝神地倾听它最终消失、又归于寂静之际，又来了第二声：

“镗！——”

玄烨恍然而悟：这是寺院的钟声，一百零八响。

深夜寂寂，钟声阵阵，徐缓、庄严、宏大、悠长，聆听着、聆听着，他迷乱的神思渐渐安定，胸中涌动跳荡着的气血渐渐平伏，纠缠成乱麻一团的思绪，似被这钟声一根根一条条轻轻扯开带走，他心里渐渐透亮、渐渐清楚，乃至空明了……

他慢慢坐起，轻轻穿衣着袍，披上连风帽的貂皮风衣，从熟睡的太监身边悄悄走过去，出了门。

天空漆黑一团，雪已经停了，寒冷而清新的空气似含有梅花和松脂的芳香，吸一口如饮冰酪，一身清爽。地面积雪泛出的白光，足以引路，他追寻着钟声，从侧门进了正院的西廊，在廊柱边站住了脚。

大殿的长明灯光，如一幅幅、一束束扯得笔直的黄纱，从窗口从门洞投向大殿月台，投向院中雪地。殿角蹲兽仰望夜空，那里似隐似现地闪烁着一颗蓝色的小星。“嘎吱”一声刺耳的门轴响，有人出去，脚步声、衣裳窸窣声、小便溅地声，又是衣服脚步响、门响，随后归于寂静。

两次钟响之间，隐隐可以听到鼾声，几句模糊不清的梦呓，不是僧舍的僧人，就是随来的护卫。他们都在沉睡，一切都在沉睡，醒着的只有他和钟声，还有天空的那颗星。

宁静，沉静，寂静，深深的，深深的……

第三十六响钟声之后，他登上月台，走进佛殿。

佛殿内空无一人。

地面排列着整整齐齐百十个蒲团，满殿悬挂着无数条幡、佛幛、佛灯，在暗淡的光线里更显得繁多拥挤，以至看不清两侧十八罗汉的形态。

他仰望，佛宁静庄严，高坐莲台之上，一手安放胸前，一手伸出，拇指与中指相接，似在指教似在抚慰。佛前长明灯辉映着香花宝烛，自下照上去，佛身竟如真人一般有肉色有光泽，似有气血在肌肤下流动；半睁半合的佛眼也如解人意，那样慈祥，那样亲切，那样智慧，那样通达，从上方静静地注视着他，一直透进他的心底，仿佛阴冷的地窖射进了一束温暖的太阳光。他骤然受到巨大的感召，获得心灵的慰藉，竟不由自主地跪倒在佛前的蒲团上。双手合十，双目轻合，心神空明，静静领受佛光的洗浴。

“小施主，我来教你礼佛。”

玄烨睁眼，昏暗中，只见一个慈眉善目的老和尚站在面前，很平静地向他演示拜佛的礼仪：立，眼望我佛，合十默拜；跪，叩，双手翻掌向天；再翻回，起，再叩，三叩；起立，合十默拜。

玄烨不由自主地跟着做了一遍，老和尚满意地连连点头。

此刻玄烨才发现，一百零八钟已敲完，现在是佛殿内的小钟在鸣响，许多披袈裟的和尚已经就位准备做早课，而自己身后这一侧，也跪了一些信佛的护卫太监。只是由于殿内灯光太暗，又香烟缭绕，彼此分不清面目。

念经，像是在唱一首悠长平稳的安魂曲，清越的撞钟、清脆的碰铃、深沉的大鼓小鼓、余音袅袅的磬，适时加入，使平稳中不时荡出活泼的涟漪。

置身其间的玄烨，心气完全归于平和宁静，一连串的佛事，为他解除了爱欲情感的缠绕，还给他智慧，为他造就了极其自然的自省境界。

他生来这个世界，就为的继承祖宗宏业，当一代英明之君。这也是他自幼立下的志愿，难道能儿女情长英雄气短，就此放弃和葬送他的宏图大业？

虽然人生难得一知己，但人生得为一代君主的机缘不是更难得？

他要的是既做皇帝又得到冰月。冰月能帮他做好皇帝。

可是两者不可兼得之际，他何取何弃？

弃冰月，他将心碎，永生难补此憾，终身再无真情爱；

弃皇位，他能庸庸碌碌过一世吗？再不坐朝受贺，再不御门听政，再没人对他山呼万岁，再不是至尊至贵至高无上，他还能活得下去吗？须牢记圣祖母教训：自己肩负着的，是祖先基业、社稷江山、亿万黎庶！

孰重孰轻？

此刻想想老祖宗的责骂，句句有理、句句真情啊！

老祖宗说："盯着皇位的人还少吗？兰布是不是一个？"

为什么是兰布？……对！不只是鳌拜的势力侵入皇室宗族，是兰布晋升为玄烨下一辈皇族中的惟一亲王！只要玄烨死或退位，他们就会坚持祖宗父子相承的制度，把兰布推上皇位！下一步，便是篡皇权、夺帝位、覆宗庙的大灾难！……

怪不得老祖宗发急，怪不得老祖宗极力制止我出边狩猎，真是太危险了！……老祖宗，你真是明见万里，孙儿永世感戴不尽啊！

…………

佛事已近尾声。住持和尚率领大众擎香念经、绕佛行走三圈。玄烨也在队伍中随行，只觉耳聪目明，心静神清，四体舒适，步履轻松。

归位后，又三跪叩拜毕，早课结束。

那位慈眉善目的老和尚再一次走到玄烨身边，对他，也对他身后许多礼佛的施主们非常安详仁慈地轻轻挥手，说：

"你们都解脱了！都解脱了！去吧。"

玄烨确实有全身心的解脱感。出佛殿下月台轻松得仿佛没有抬脚动腿，仿佛在轻飘飘地飞。

月台下，出人意料地看见一方池塘，几片干枯的莲叶浮在清水上。

玄烨俯身下望，水中天空仍然漆黑，在自己模糊不清的面影一侧，竟印着半轮皎洁的月亮！静静的，明亮的，轮廓非常清晰，沉静得令人心志一片澄澈。

玄烨心里微微一哆嗦。

冰月，已成为过去。佛家讲缘法，或许他俩就是缘悭缘浅？他要把她当作永远珍爱的瑰宝，藏在心的最深处，把自己所有的真情实爱都交给她，不分一星儿给任何别的女人。他只能这样回报冰月的情分了……

一个念头忽又尖锥样偷偷硬钻进他心间：我还小，冰月还小，老祖宗年过半百，还能管我们一辈子？日后那么长的路，谁敢说再没有机会了呢？……

玄烨直起腰身，又朝大雄宝殿里的如来佛看了一眼，那一点念头勾起来的心跳脸红和血热再一次渐渐平息冷却，佛爷的相貌叫他想起善果寺长老和那句令他凛然自警的话：

"现在佛不拜过去佛。"

他以佛况我，天下人不也以佛期我？

如来佛讲爱一切众生，讲舍己行善，解普天下众生苦难；

现在佛也要解普天下臣民的苦难！

"呦呦——"一声高昂的鹿鸣骤然响起，仿佛在群山中振荡，引起阵阵回声。那是御鹿苑的雄鹿，在兴奋地迎接着一个新的黎明。

天亮了。

数名急使驰马从西郊返回大内。他们奉命禀告太皇太后，皇上病愈已大安，出边狩猎行围作罢，明日回宫，后日清晨上朝并御门听政。

七

费耀色勒马停在村口。马儿喷着白气，不时用蹄子刨着地上厚厚的积雪。费耀色抬头打量着这个三四十户人家的小村。一个老人指点着告诉他，这一片方圆十里左右，是前明临清王的藩田。临清王是个小王，藩田有限，如今留在这片地面的只有四个村子，其中最小的便是眼前这个东辛庄。

整个庄子仿佛都埋进了尺余厚的积雪，低矮的房檐差不多和积雪相接了，像一所所土笼子。土墙纵横，掩不住家家户户院落的简陋和贫苦。冬日的太阳容色惨白，在雾腾腾的云中忽隐忽现，刚刚过午，村里连一点声息都没有。隐隐几声鸡鸣狗吠，也像是从很远的地方传来，而面前却是没人居住的死寂世界。

费耀色心头发寒，转眼看到侧面一道影壁，壁上告示的红色大印，在这一片白色世界中分外夺目。他上前细看，正是县太爷为变价发卖废藩田产事出的通告，要求来年春天以前将价银交纳清楚，否则不许耕种。费耀色暗暗吃惊，他已访察过的数处废藩田，只有变价的传闻而无实信，也已招得人们骂不绝口。不料，朝廷居然采纳了变价发卖的恶主意，又要害多少人家破逃亡了！是不是皇上终究拗不过辅臣？

身后有踏雪的声响。费耀色回头，见一妇人挑着一对空桶来村口打水。费耀色正想饮马，便跳下马鞍，牵马走到井台边。

“大嫂，借我水桶用一用。”

妇人看他一眼，把桶递给他，并不说话。

费耀色摇着辘轳，先替妇人把另一桶倒满，又摇一桶倒进井台边的石槽，最后摇上第三桶，提到妇人身边，说：“大嫂，多谢你了。”

见这年轻人这么勤快有礼，妇人不由得低声说一句“谢谢你啦”！说话之际，微微一笑，蹲下身子，挑起水桶就走。

费耀色心头如同飘过一层轻雾，这低低的一声分明是京师口音，她又一双天足，莫非是个逃人？可她的笑容却似曾相识，在什么地方见过呢？费耀色愣在井台边。眼看妇人挑着水趄进小巷，那背影的姿态实在好看，像是在水上飘动一般，这，他好像也见过，不过在很久很久以前了。他连忙向前冲了几步，“大嫂”两个字还没出口，小巷里一个男子跑出来迎着妇人，喊道：

“哎呀，梦姑，谁叫你去担水啊！这不叫人笑话我吗？”

这人费耀色却认得准，登时一蹦好高，冲过去大喊道：

“同春哥！梦姑嫂子！你们怎么在这儿啊！”

“费耀色！”同春又惊又喜，一把抓住了费耀色的手。

“费耀色？”梦姑打量着这个年轻汉子，极力寻找当年马兰村那个小鞑子的影子，哪里能够找到！

“你怎么会跑到这儿来的呢？快进家暖和暖和！”同春热情地邀请，又从梦姑手里夺过扁担挑着水，费耀色牵着马，三人一同走进同春家的院子。

两口子为招待远道的客人，忙了好一阵儿，总算热汤热水地把费耀色安顿在温暖的炕头坐定了。三间小屋，泥墙草顶，家具也很简陋，但收拾得干干净净，整整齐齐。炕上叠摞的被褥鲜艳清洁，绣花枕头的花样新颖美丽，破旧的躺柜上，苫了一块精心刺绣着梅竹松岁寒三友图的柜帘，不但遮了丑，还给屋里平添了几分雅气。不用说，那必是梦姑的手艺。

梦姑在灶边“哗唧哗唧”地炒着花生，阵阵新花生的香气直往里屋飘。同春笑道：“嗳，你快点儿吧！弄上来，我们哥儿俩喝几盅。你也来。”

梦姑在堂屋里笑答道：“别急呀，不生不煳才好下酒，还得给你们炒俩鸡蛋哩！”

费耀色羡慕地说：“同春哥，你真好福气！别人再吃得好穿得好住得好，这，可怎么也没法儿跟你比呀！”

同春满面春风地隔着门帘对梦姑的背影那样地看了一眼，那是无法形容的热恋中的情人的目光，压低声音，但叫梦姑可以听得到地说：“要不然我干吗跑南走北地死追着人家呢？”

梦姑一掀帘子，把一只盛满炒花生的竹编小笸往炕桌上一顿，再从柜里抓出几把大红枣，随后娇嗔地白了丈夫一眼，小声埋怨道：

“说话没轻没重的，不怕费耀色笑话！”

费耀色凑趣道：“嫂子，我眼红还眼红不过来呢！”

同春边倒酒边说：“从小一块儿的小兄弟，怕什么！”

梦姑“哼”了一声，忍不住笑了。转身要出去炒鸡蛋，同春拉住，三人一同喝了头盅酒，才放她去了。

“兄弟，你不是在宫里当差吗？怎么跑山东来了？”

“宫里差我到南边办事。这不，要回京师，路过这儿，偏巧就碰上嫂子啦！合着我跟同春哥梦姑嫂子就是有缘分儿！”

“宫里差你？……该不是皇上吧？”

“哪儿能呢！皇上那么高，我哪儿够得着！”

同春拿酒盅在手里转了个圈儿，放下，问道：“上回，咱们在京师见面的时候，你说皇上文武全才、仁德爱民，最重民间疾苦，只要亲政，百姓就有好日子过了。这不，去年皇上亲政的诏书就贴出来了，我们这儿，唉！……”

费耀色忙问：“是为废藩田产变价出卖的事儿吗？”

“你怎么知道？”

“唉，我北上这一路，处处听到风声。今儿个又在村口看到了县太爷的告示。”

同春愤慨起来：“这明明是借题搜刮小民！不知哪个奸臣想出来的坏招儿！皇上若是爱民如子，断然不能应允！可告示上说得清楚：奉皇上圣谕！”

费耀色一时无言答对。

同春对窗外示意说：“瞧见吗？今冬多大的雪！‘麦盖三层被，枕着馒头睡’，明年原本是多好的收成！村里最穷的人家明年都有盼头。这告示一出，哼，多少家又得走了，跟逃荒一个样！”

费耀色问：“田亩开价多少？”

“上田五两一亩，中田二两一亩，下田也得一两五。要想养活家口、完足钱粮，怎么也得十亩中田或是五亩上田。二十五两银子啊！还有房钱呢，院钱呢，上下打点的费用呢？怎么也要刮你五十两！你看我们东辛庄这个样子，谁家拿得出这么大一笔钱！叫人怎么活？”

半晌，两人都不说话了。梦姑送上一盘炒鸡蛋，让费耀色快吃，自己靠躺柜坐着，看他俩喝闷酒，轻声问道：

“听人说南方地好收成多，地价也便宜。费兄弟从南方来，可是真的？”

费耀色叹道：“话虽不假，可江南的钱粮，要比山东河北多十倍哩！杂税杂赋多如牛毛，你们千万别去。”

同春夫妇对视一眼，神色间十分失望。

“同春哥，梦姑嫂子，你们别着急。兄弟我在宫里当差，官俸赏银不少，又是光棍儿独个儿，帮衬你们五十两银子，还拿得出来……”

同春脸色阴沉下来，眼睛顿时闪出不信任的神情，冷冷地说：“那倒不必。五十两银子我们不缺！你能帮我们东辛庄几十户家家五十两银子吗？”

费耀色差点儿脱口而出，说“能”！可不是嘛，他身上还有几百两金子哩。

“同春！”梦姑责备地瞥了丈夫一眼，转脸对费耀色抱歉地笑道，“他从小好强，你是知道的，不要见怪啊！”

费耀色笑着说：“同春哥别生气，怪我不好，小看了哥哥嫂子，兄弟给你们赔礼！不过，依兄弟看，这废藩田产变价的事儿还难说呢！”

“为什么？”同春夫妻惊讶地异口同声。

“同春哥说得不错，朝中是有奸臣。这变价的事儿就是他们兴起来的！五月里提过一回，皇上说这累民，不准行。我离开京师的时候，那伙奸党又提，皇上还是不准。这告示莫不是在假传圣旨？我也弄不清。可皇上不准，千真万确，绝不骗你！”

“皇上既然知道是奸臣，为什么不处置他？”梦姑问。

费耀色叹道：“这就是皇上的难处了。”

同春和梦姑惊诧地互相一对视：皇上还会有难处？

费耀色笑着转了话题：“我说半天啦，你们还没讲怎么来到山东呢。”

同春“嘿嘿”一声冷笑：“说起来，还是那个奸臣给害的！……”

他说起当年黄、白两旗圈换土地的往事。他们夫妻流亡南下途中，遇到邻居吴小六，那母子俩感激同春的拔救之恩，竭力帮助同春两口儿在临清东辛庄落了脚，老太太又服侍梦姑坐月子。孩子才过了满月，吴小六母子竟不辞而别，再也打听不着他们的音信。

正说话间，院子外有人高喊："柳同春在家吗？"

同春应了一声，对费耀色点点头："你坐着再喝，我去瞧瞧。"

同春刚出去一会儿，就听得外面又喊又叫，还有尖脆清亮的女人声音。梦姑和费耀色互相望望，不知出了什么事，又不见同春回来，两人起身一同往外就走，去看个究竟。刚到堂屋，一个女子直冲进来，猛地停在梦姑面前，两人一齐愣住。

费耀色大吃一惊，连忙退回里屋，吓得心头"怦怦"乱跳：那女子虽然换了一身鲜艳的茜红袄裤，外面还披着一领镶貂毛边的漂亮风雪大氅，可他一眼就认出了，这是那个野店里的黑衣妓！

"姐！——"来人大叫着，扑上来搂住梦姑，放声大哭！梦姑抚摩着妹妹的头发、肩膀，只喊出两个字："容姑——"再不得出声，眼泪"扑嗒扑嗒"直掉，姐妹俩哭成一团。

费耀色这一惊不亚于方才。怎么，她是容姑？是他从小最要好的伴侣，是他少年时代隐约地、害羞地悄悄喜爱的那个小姑娘？她曾是那么天真活泼、坦白直率，简直是春天的化身！……她就是容姑？容姑变成了她？这太可怕了！……费耀色浑身发凉，却又忍不住地由门帘缝向外张望、打量。

同春笑嘻嘻地陪着乔柏年、陆健一同走进来，梦姑扑上去，悲喜交集地喊道："大哥！……"跟着就要跪下去。

乔柏年连忙扶住，眼圈儿红了，笑道："快别这样！难得咱们兄妹重新相会，只要再找到咱妈，就能合家团圆了……"他的声音哽咽，说不下去了。两个妹妹又一同哭了起来。兄妹三人能够活着见面，真是天大的福分，为什么单单缺了母亲？十年了，毫无音信，母亲是否还在人世？

这时，陆健上前，文质彬彬地对梦姑一揖，说："久闻大名，今日才得晤面，不胜荣幸之至。在下陆健，浙江杭郡人氏，我……我该怎么称呼你呢？可是叫大姨？”

容姑“扑哧”笑出声，众人也觉得有趣，梦姑却茫然失措。里屋的费耀色不免又是一惊：这不是恩公吗？怎么跟容姑他们在一起呢？……

容姑白了陆健一眼：“书呆子！叫大姨叫姐姐都行！”她搂着梦姑的肩膀，爽朗中终究带着几分羞涩，“姐，他是……是你妹夫！”

众人哈哈大笑。费耀色心头一酸，说不清是什么滋味，同时又惊醒了西屋里的另一个人，他抗议似的哇哇哭叫开来。

“啊！”容姑惊喜地跳脚，“小侄子！”她立刻随梦姑跑进西屋，抢先打炕上抱起那个胖胖的、黑眉大眼的娃娃。娃娃睁眼看了她一会儿，突然笑了。容姑心花怒放，刚叫道：“哎呀，他认识我！冲我笑啦！”孩子却一歪身，伸出两只胖得露出小窝窝的手，向梦姑喊道：“妈妈！”直拱到妈妈怀里，才安生下来。气得容姑在他小屁股上轻轻一拍，说：“就知道要妈！”

梦姑笑道：“等你有了孩儿，他也只认得你呀！”

容姑脸一红，推着梦姑娘儿俩出了西屋。孩子睁着水灵灵的大眼睛，望着一屋子陌生人，由梦姑抱着，一一见过长辈，乖巧地把两只藕芽似的小胖手合在胸前作揖，跟着妈妈喊着：“大舅！”“小姨！”“姨夫！”最后纵身扑过去搂住爹爹的脖子，不肯放手了。

只除了陆健，都没尝过当长辈的滋味，心里都有说不出的高兴。随手从怀里掏出些小锞子、戒指、镯子等做见面礼。一时欢声笑语几乎要把这茅屋顶子掀了去。

乔柏年大声说：“今儿可不能没酒！为咱们一家团聚，为这个小乖乖，咱们痛饮几杯！”他指指随身带来的酒和食品，“看看，我早就预备下啦！”

众人拍手叫好。同春猛地想起一件事，笑道：“只顾高兴，把另一个客人给忘了。”

梦姑也“啊”了一声，连忙朝东屋走去。

同春挤挤眼说：“别忙。梦姑，咱们别说，让大哥和三妹猜一猜认一认，看看他是谁？”

费耀色在东屋里心绪缭乱，十分不安。许多往事一齐涌上心间，他实在不愿意出去和他们见面。但是梦姑进来请他，他只得硬着头皮，挺着胸脯走了出来。

容姑先吃了一惊，睁大眼睛，说："你？……"

乔柏年疑惑地望着他，摇摇头，他不记得他了。

陆健却很高兴，说："啊，真所谓天下之大，无奇不有，人生何处不相逢啊！……"

费耀色直趋陆健，跪下叩头，说："恩公，你总算脱了这一场弥天大祸、牢狱之灾，在下也就放心了！"陆健连忙扶起。

容姑急问道："那天在野店，你……"

费耀色低头，不敢看她的眼睛。

乔柏年恍然大悟："这么说，容姑讲的店中仁人君子，就是这位小哥？"

容姑点头。陆健更加高兴，拍了拍费耀色的肩膀。

同春夫妻不明白他们在说什么。容姑便把野店相遇的事说了一遍。同春笑道："这位小哥坐怀不乱，果然难得。不过，他却不是一位过路客商。再往早些日子想想，容姑、梦姑和我，还有大哥，都认识他，在永平府马兰村……"

容姑凝视着费耀色的眼睛忽然眨动了几下，说："难道你是费……"

陆健接口说："不错，他叫费崇儒。"

"不！不是！"容姑喊起来，"你是费耀色！费耀色？"

"费耀色？"乔柏年浓眉一竖，"哪一个费耀色？"

同春笑道："大哥忘了？马兰村苏尔登的孙子费耀色啊！"

"小鞑子！"乔柏年大怒，抽出腰刀"唰"地就向费耀色迎头砍去！费耀色大惊，闪身抓起凳子一挡，"当"的一声，刀刃直入凳腿。乔柏年拔刀又砍。费耀色再次挡住，喊道："乔大哥！我们到院子里去比画，别伤着孩子和她姐妹！"说着纵身一跳，冲出堂屋，在院中站定。

事出意外，大家都惊呆了。容姑和同春回过神，赶紧一边一个抱住了乔柏年的胳膊。同春着急地说："大哥，你这是为什么呀！"

乔柏年眼睛血红，粗声说："你们难道都忘了？不是苏尔登，我们乔家会弄到家破人亡的地步？老天爷把他送上门，是让我报仇，我饶不了他！"

容姑忽然冷冷地说："大哥，好汉不杀手无寸铁之人。这可是你常常对我们讲的！"

乔柏年一愣，默默地把手中钢刀向门外一扔，说："小鞑子，接住！"

费耀色接了刀，轻轻放在脚边，说："乔大哥，我不跟你拼！你也不该找我报仇！"

乔柏年"嗖"地从护腿中拔出另一把短刀，吼道："你说什么？"

"我说，当年的告密者是王用修，你明明知道。你跟我爷爷一样，各为其主，谁又能怪谁？小时候你总给我们讲忠义故事，你忠义就对，我爷爷忠义就错啦？"

乔柏年怔住，无言答对。

同春一闪身，站在费耀色与乔柏年之间，说："大哥，出事那年，费耀色还是个十二岁的孩子，懂个啥？再说，他于我有救命之恩，看我薄面，饶过了吧！"

"救命之恩？"乔柏年觉得奇怪。同春便滔滔不绝地讲起当年他和同秋二人被巡捕捉拿，靠费耀色祖孙之力得释的情由，并且说："要不是他那年腊月进城买物，告诉我梦姑的苦境，我也许此生也不会再回永平寻梦姑的了。他其实是我夫妻的媒人。"

梦姑也说："大哥，当年若不是他悄悄告诉我容姑未死、被放出宫的消息，我也就寻死去了。大哥，你若杀了他，我夫妻还有脸活在人世吗？"

乔柏年手里的刀眼看着举不上去了。

容姑念及儿时的情谊和那一夜的感受，上前一把夺过哥哥手里的短刀，说："大哥，冤家宜解不宜结。费耀色是你看着他跟我们一起长大的，你就真下得了手？……"

乔柏年又瞪起了眼睛："你们都糊涂！他是鞑子，就不能轻饶！"

费耀色惨然一笑：“鞑子？我其实是半个蛮子、半个鞑子。说起来，是汉人的种！”

“什么？”众人都很惊奇。陆健对今天的事情这么恩恩怨怨、奇奇怪怪，非常有兴趣，当下便说：“何必站在院子里？怪冷的！回屋里去坐着说！”

桌上菜肴酒盏业已摆好，陆健张罗着要大家入席。在这些人中，他离纠葛最远，最适宜出面调停，所以不顾乔柏年满面怒容，把费耀色安置在桌子下首、自己和梦姑之间，并解嘲地说：“就是杀头，也还得有一餐祭酒祭饭嘛！”

费耀色于是说起自己的身世，说起宁波太守府那惊心动魄的一幕，众人全都听呆了。陆健身历其事，知道不是虚构。同春梦姑更加嗟叹，比别人多一重哀思。同春不由得看看梦姑，彼此明白，此刻两人都想到粉儿。同春叹道：

“粉儿一个烟花女子，竟如此烈性，真正难得！……”

乔柏年暗自沉吟，原来吴之荣就是张汉，就是费耀色的生身父亲。自己同张汉原有一面之交的，虽然讨厌他的为人，却也没料到他后来掀起那么一场大狱、心肠又那么狠毒！……

陆健感触最深。早年江南十世家狱，起自汉人讦告，皇上平反；近年明史狱，是汉人诬陷，满臣加刑。他从中想到了很多。人们静默许久之后，他才和同春交换了个眼色，缓缓说道：“看来，汉人中有忠义之士，有大恶之人；满人中也不乏忠义之士，也有大恶之人。仅以满汉种族区分是非曲直善恶，似乎并不妥当啊！……”

乔柏年冷笑道：“照你这么说，难道我们汉家锦绣江山该让那鞑子来坐了？”

陆健连忙向内兄一拱手：“大哥，我不是那个意思。夫天下至大，惟有道者居之。当今无道、荼毒万民，自应图之倾之，以奉有道。大哥一片忠义之心恢复朱明，朱家子孙若是有道，倒也不错；若是无道，也去奉他吗？”

乔柏年大怒，一拍桌子：“陆公子，你竟敢如此无君无父！”

小孩儿吓了一跳，张嘴“哇”地哭出声，梦姑连忙抱进西屋，小声地哄着。

陆健一怔，苦笑着摇摇头，不说话，自顾喝酒，容姑不满地瞪了哥哥一眼。乔柏年也觉得自己有点过分，但这里又不是陈述拉旗起事的场合，即使把话挑明了，这些书呆子、蠢丫头也不一定弄得懂，眼珠一转，又盯住了费耀色，说：

“你既在宫里当差，为什么事跑到江南来？采买货物？东西在哪里？”

大约是受了陆健的启发，费耀色突然一横心，说：“我并非来采买货物，实在是南行察访！一查迁海，二查藩田，三访贤。此外，察访贪官污吏、农田收成、民间疾苦。”

“谁许你察访？为什么察访？”乔柏年暗暗吃惊，不动声色地追问。

“总是辅臣为政严苛累民，上司奉了皇上圣命，差我等察访，足见皇上将整饬朝纲！”

乔柏年冷笑：“这些年，何曾见有仁政！鬼话骗人！”

费耀色争辩道：“这些年辅臣执政，何人不知？”

乔柏年瞪着费耀色：“有何为证？”

费耀色从贴身内衣中取出他的奏报草稿，上面记着费耀色沿途察访的实情。最是迁海害民、废藩田变价累民和一串贪官污吏的姓名，令大家心里感动，不住点头。

乔柏年猛地起立，绕着桌边大步踱了几个来回，突然停步，对着费耀色，举手指门说：“你走！我放你回京师，去告诉你们那当官的，告诉那鞑子皇帝，有人不信他这一套！”

费耀色一扬眉毛，也站了起来：“这用不着我说，他们早知道。早就听他讲过，一旦朝政在握，必以仁德治国，那时人心思定，逆者必顺，天下万民必能共享太平！”

乔柏年吼道：“滚！快给我滚！”

费耀色略露遗憾地看了看乔柏年，慢慢收起他的奏报草稿，叹道：“你我之间的恩恩怨怨，就不能一笔勾销吗？……”

座中各人自有感触，但身为尊长的乔柏年盛气而立，大家也就不好多所表示。费耀色到东屋取出他的搭袋，向家主人同春夫妇躬身一拜：“同春哥，梦姑嫂子，我告辞了。”

夫妻俩一起点头，低声说道：“兄弟走好。”

费耀色又转向陆健跪了下去：“先生救命大恩，容日后报答。先生与容姑娘新婚之喜，在下以此略表心意。”他从袋中取出那个红绫包，复又笑道，“恩公可还记得？这一包，原在你山村时就奉送了的，幸好没被县里差役抢了去……”

陆健感动地点点头，接过了红绫包。

费耀色再向众人一揖：“后会有期！”他转身大步出去了，跟着便听得马蹄声响。容姑咬住嘴唇，看了丈夫一眼，又瞪了哥哥一眼，不管不顾地朝外跑，费耀色已牵马出了大门。

“费耀色，你别生我大哥的气！……”容姑赶上去抱歉地说。

费耀色心里难过，望着阴霾的天空，忍泪笑道：“形势使然，我为什么生气？……要是天下的人永远不再有贫富贵贱、这个族那个门，都一样，那该多好！……”

容姑看他强自欢笑的样子，又说出这等话，心里也不是滋味，低声地说：“你是好人，我知道……”

费耀色凝视着容姑的眼睛，伤心地叹了口气：“总算又见到了你，可惜太晚了！”

容姑心口一热，低下了头。

费耀色跨上马背，眼睛望着苍茫的远方，说：“外面怪冷的，你快回去吧！”他一咬牙，朝马身抽了一鞭，那马蹽开四蹄，飞一般地跑开了，不多时便成了一个黑点，最后，消失在白茫茫的雪原中。容姑轻轻叹息着，转身回屋。

屋里空气很沉闷，正在议论今后的行止。乔柏年要两位妹夫一同上山聚义，同春低头沉思，梦姑抱着孩子坐在那里喂饭。陆健望着酒杯，只不作声。见容姑进门，乔柏年道：“容姑快劝劝你姐夫姐姐，待在这穷地方种田跟牛屁股，有什么出息！一道上山，共图大事！”

容姑毫不客气地说：“大哥，我们还是那句话，要是还请那恶人回来当什么主子，我不但不劝姐姐入伙，我们也要下山了！”

乔柏年喝道："容姑大胆！全无上下尊卑了吗？"

梦姑一惊，眼睛里陡然透出恐惧："容姑，你说什么？谁？谁来做主子？"

容姑横了大哥一眼，说："姐姐，大哥到处寻访，又要把那恶人找回来，辅佐他哩！"

梦姑登时脸色惨白，声音发抖："大哥，他，他还在？……"

乔柏年沉着脸不作声。容姑嘴快，一口气说出来："陆公子见过那恶人，一点儿不错，就是他！现今不做道士，做起了和尚，叫什么悟真，已经给拿到松江府了。大哥算计着要劫他出来，号召举事哩！"

梦姑眼前一黑，身子摇晃着就要倒。同春一步蹿上一手扶住她，一手把差点儿摔下地的孩子接住。孩子吓坏了，瞪着惊恐的大眼睛，愣了片刻，大哭起来。同春大口大口地喘着气，好半天才冷静下来，说：

"大哥，你想怎么处置我们一家三口？"

乔柏年昂然而立，目光闪闪，满腔豪气地说："生为大明人，死为大明鬼！故主既在人世，我乔柏年哪怕肝脑涂地，绝不变心！"

同春冷冷地看着内兄好一会儿，突然爆发了："大明对我柳同春有什么恩情？要我把三口人身家性命都贴给他？那个朱三太子差点儿把梦姑折磨死，我们为什么还要拿他当主子？谁不乐生恶死？好不容易死里逃生，又要我们再进火坑？大哥别见怪，我不去！梦姑是我老婆，我也不许她去！"

乔柏年一跺脚，狠狠地说："你们这些人！就计较小恩小怨，一点儿不懂得大信大义！"

同春笑笑："平头小百姓，无非求个温饱太平，只能从身受恩怨分辨好歹，所谓将心换心嘛。大哥要做大事业，自然要去讲大信大义。我们不能跟大哥相比了。"

乔柏年叹道："如今世道不平，民心愤恨，举义旗复朱明，还的是我大汉天下，有什么不明白？一旦功成，开国元勋，子子孙孙富贵荣华，这大事业还不值得一干？"

沉默片刻，陆健轻声道：“天下大势已然改观，大乱之后，人心思定。除非大灾大荒，以至民无所食铤而走险，则此事难成啊！……”

乔柏年虬须四张，发亮的眼睛如同烈火，挨个儿打量屋里的这些人。这些人都受不住他的注视，低下了头，但仍是谁也不说话。乔柏年突然一仰头，哈哈大笑，声震屋顶。笑够了，收住，见众人惊异地望着自己，便满面笑容地说：

“我原也想过，三太子若来，同春夫妇不好相处，只不过想接你们去山里盘桓几日。天气冷，孩子又小，看来还是不勉强为好。这里五百两银子留给你们，算是补送一份妆奁。另有十两金子，是给外甥的见面礼。”

礼品一一放在桌上。同春看了看梦姑，见她脸色恢复过来，略觉放心；梦姑触到同春的目光，向他肩头靠得更紧了。

乔柏年又转向陆健，笑道：“公子乃文人，绿林中只可暂居，不能久留。这些年我各地奔波为容姑择婿，可叹这丫头当年一见钟情，一心都在你的身上。只道人海茫茫，再无盼头，谁想于缧绁中得到，真所谓天从人愿，也完了我一桩心事。不过陆公子留在此处，官府未必肯罢休。我在南洋爪哇岛上买有商号，明日使人送你们出海漂洋，那商号就算容姑妆奁。梦姑容姑各有所归，我也就一无牵挂了！”

乔柏年突然这样一个大转弯，全出众人意料。陆健暗暗想：龙之为物，能大能小、能幽能明、能短能长、能屈能伸，欲上则凌云，欲沉则伏泉，变化万端，不可捉摸。这位妻兄倒有几分飞龙气概！或许真的能够成就一番事业？……不过龙从云虎从风，时势已去，便是神龙也有困在沙滩的时候啊！……

告别之时，姐妹俩又搂着哭了一场，这一别，不知何年何月才得相见？

陆健握着同春的手，低声说：“一旦朝政改变，《明史》狱解，我们就立刻回来。父母之邦，怎能忍心相弃……”

乔柏年站在门前笑眯眯地大声说：“东南西北，高山大洋，人生何处不相逢！走吧！”

第七章

一

康熙八年元旦，天气晴和，虽然檐冰垂挂，处处积雪，但人们隐隐感到有春意从细微处透出。

紫禁城午门外，王公大臣穿了簇新的朝服，聚集在各自的朝房中，等候礼部官员导引。元旦庆贺大典即将开始。

阙左门北三间朝房，是皇族近支王公的聚集之所。他们相互都是亲戚，而满族人家对亲情尤为看重，所以今天朝会气氛倒很轻松。辈分大的王公，如安亲王岳乐，贝勒董额、察尼，贝子尚善、傅喇塔等人，都坐在炕上，或吸烟或喝茶，不时支着炕桌问候交谈。其余的亲王、郡王、贝勒、贝子、公们，或在桌边闲聊，或在窗下聚谈，也有坐在炕边促膝谈心。一年伊始，无不和颜悦色，大讲吉祥喜庆的祝辞。

只有一人遭到众人冷落：他往人堆儿里凑，人们便迅速散开，令他讨个没趣儿；他找人说笑，人家本来的笑脸一闪即没，敷衍几句便躲开；他向亲族中长辈请安，长辈王爷们都爱答不理地“呃呃”几声，算是受了礼，弄得他又羞又恼，却说不出什么来。朝房中他的本房兄弟叔侄寥寥无几，大多羞缩不肯出头，他就更加落了单。此人就是敬谨亲王兰布，鳌拜的女婿。

兰布的曾祖父褚英，是太祖皇帝的长子，因罪处死；祖父尼堪却是开国的一员大将，极是能征善战，顺治六年进封亲王；父亲尼思哈袭了亲王爵，后被先皇帝降为贝勒。兰布承袭的乃是贝勒爵位。康熙即位，说是追念尼堪以亲王阵亡，进兰布为郡王，同时便娶了鳌拜的女儿。去冬，皇上养病的那几天里，又准了他晋封敬谨亲王的奏本，成为第五代皇族里惟一的亲王！这样快的王爵升迁从无先例！既无战功又无才具，谁不说他靠的老丈人？兰布心里愤恨，却又无可奈何，因为他自己也知道，事实如此。

兰布四顾，人家都不瞧他。忽见贝勒杜兰独个儿坐在炕边吸烟，知道他素来孤僻，便凑上去和他搭讪。

“杜兰叔大安！元旦吉祥！”

杜兰点点头：“你也大安。”

“等了这么大工夫了，庆贺大典怎么还不开始呢？”

“不知道。”

“今年咱们还是先跟皇上去慈宁宫，给老祖宗行礼吧？”

“那是。”

“老祖宗不知会赐咱们瞧什么新鲜玩意儿……”

问答之间，朝房中间的大门打开，大学士班布尔善在前，吏部尚书阿思哈、礼部尚书布颜随后，昂然而入，依次站定，满面笑容，神气活现地说：

“鳌大臣向各位王爷请安来了！”

兰布连忙离开杜兰，转向中门。其他人为了表示对辅政大臣的礼敬，也纷纷站起来，惟有杜兰坐着不动。

鳌拜缓缓迈进门槛，兵部尚书噶褚哈、户部尚书马尔赛随后。众人不由得眼前一亮，心下一惊：鳌拜那天青色四爪正蟒方补出风貂褂的下面，竟穿了一件杏黄色的蟒袍！黄色，无论正黄明黄杏黄，是皇家独占的颜色，尤其黄色蟒袍，绝非寻常所可妄用。鳌拜竟然敢做，竟然敢穿？众人暗暗吃惊，却没有人敢有所表示。

鳌拜破天荒地满面春风，微微弯腰，垂下右手，做了个打千请安的姿势，说道：“奴才给诸位爷们儿请安啦！”

“好说，好说！”“不敢当！”屋里一片含糊的逊谢。鳌拜锐利的目光把所有的王公扫视一遍，触到他眼睛的人都连忙躲闪开了。鳌拜眉宇间泛出一股得意。

忽然他浓眉一蹙，盯住这长长火炕的最北头，那里竟有人独自躺在那里，洋洋不睬。鳌拜向班布尔善使个眼色，班布尔善转身一看，脸都黑了，立刻走过去。兰布跟着岳父的视线看到，是杜兰不知何时竟然躺倒，便也随着班布尔善去助威。

“哦，是杜兰贝勒。”班布尔善虽然不过公爵，却高着杜兰一辈，况且正是时兴要人，说话绝不那么和悦，“鳌大臣来向诸王请安，你怎么还躺卧不起？”

杜兰是礼亲王代善的孙子。代善一族世代显赫，子孙茂盛，在皇族中势力最大。多年的黄、白两旗明争暗斗，他们红旗始终不介入，冷静地作壁上观。鳌拜掌权后，红旗没有得到任何好处，对鳌拜的专横跋扈也就越来越不满。杜兰一向托大，去年搜寻布袋和尚诗画时，他就把来人骂个狗血喷头；今天鳌拜这种目空一切的样子落在他眼里，干脆躺倒不看不睬。听班布尔善一问，他慢慢坐起来，说：

“我肚子疼，歪了一会儿，不成吗？又不是皇上驾到，干吗这么大惊小怪！”

班布尔善一时语塞。确实，论起尊卑来，皇家子孙都是主子，臣下再显赫，也是奴才。奴才请安，从没有主子还礼这一说，凭什么要起身？

兰布立刻跟上来：“你刚才跟我说话还好好儿的，怎么就肚子疼啦？分明在作伪使诈！”

杜兰气不打一处来，瞪眼回击：“跟你什么相干？狗仗人势！”

兰布大怒，直跳脚：“杜兰大胆！竟敢藐视本王！……”

杜兰冷笑：“你也算个亲王？别看咱杜兰不过是个贝勒，低着你两级，可咱这贝勒是皇上赐的、祖宗留的、军功挣的，一不拽女人的裤脚边儿，二不靠丈人的舌头尖儿……”

他们互相争执的时候，朝房里没有其他声音，众人都静静听着。大家心里痛快，可又都为杜兰担心，怕他闯下大祸。“丈人的舌头尖儿”的话一出口，鳌拜忍不住了，大喝道：“胡说！……”几个大步跨到杜兰面前。杜兰依然摆着一副主子的派头，不低头，还轻蔑地扫了他一眼。

一瞬间，鳌拜意识到自己的一声大喝已经错了尊卑之分，可是众目睽睽，又在这样一个特殊的场合下，他绝不能后退，一步都不行！鳌拜沉住气，盯住杜兰满不在乎的面孔，用深沉的丹田气送出震慑人心的浑厚声音：“我鳌拜奉先皇帝遗诏辅政，你敢不服吗？”

杜兰不由得手指一哆嗦，却没有回答。

“太皇太后懿旨，命鳌拜等佐理政务，你敢心怀不满吗？你哪里是对敬谨亲王不敬、对奴才发狠，说到头，还不是对先皇帝、对太皇太后、对当今皇上不敬！”

杜兰一惊，瞠目道：“你，你竟敢……”

鳌拜不再理睬杜兰，转身招呼阿思哈和布颜：“吏部尚书和礼部尚书正好都在，你们立时议一议杜兰贝勒罪情！”

阿思哈和布颜多少都有些作难：这儿到底是王公皇室的朝房！可是见鳌拜狠狠地瞪过来一眼，顿时气壮，小声议了片刻，阿思哈说：

“杜兰口出狂言，实为大不敬。应交宗人府治罪！”

杜兰冷笑：“你还想一手遮天不成？我要叩阍告状！……”

鳌拜冷冷地说：“你尽管去。不过今天的元旦庆贺大典，你就不必参与了，请回府候参！”

这是辅政大臣的特权，鳌拜不轻易使用，但用就要用在点子上。今天，可算正当其时了。

杜兰还想辩驳，却听他的堂兄、康亲王杰书喝了一声：“杜兰！还不回府反省！”他一扭头，正遇上杰书的目光，满含着担忧和歉意，又带着长兄的强制。杜兰一低头，在寂静中步出朝房。

礼部官员来请众人往太和殿行礼，这才打破了朝房中紧张的寂静。这寂静令鳌拜心中得意，因为这是他权威的最确实的明证。进来时那昙花一现的笑容早已消失，鳌拜此时表情虽然保持着和悦，但极其威重而且神足气沛，嗓音洪亮：“王爷，贝勒贝子爷，请吧！”说毕，班布尔善、阿思哈、布颜前导，马尔赛、噶褚哈后扈，他径自首先出门，向午门的左门走去了。

王公们瞠目相视，默默无言。因为他们中间除了敬谨亲王，谁知道还有没有“鳌党”？毕竟像杜兰那样硬干的人，还是太少。

慈宁宫里里外外，一派新正年节喜气。王公大臣、文武百官在皇帝的亲自率领之下，向太皇太后行元旦庆贺礼。正殿中太皇太后宝座之前，皇上率亲王、郡王、贝勒、贝子、公等跪叩致贺；正殿外月台上，部院大臣匍匐行礼；三品以上的文武百官在慈宁宫月台下的院中跪拜；三品以下各官，自慈宁门一直排出慈祥门外。中和韶乐高奏着，鸣赞官一声递一声地指挥着，由正殿到月台到庭院到宫门以至宫门之外，上千名彩衣朝服的官员组成庞大的庆贺队伍，同跪拜同叩头同起身，真个是中华大国、礼仪之邦，煞是壮观！

宝座上受礼的老妇人，头戴三重红宝石九凤冠、身穿绣金龙袍，外加石青色绣匹龙褂，项下一百零八颗东珠穿就的朝珠，耳垂三孔三坠的金耳饰，面容红润丰满，眼角细密的皱纹掩不住她明睿的灵活目光，端庄的神态，慈祥的表情，自有一种威严和高贵的气度，令人敬仰。

太皇太后今年元旦格外高兴。受礼之后，赏观庆隆舞。皇帝和王公大臣们一齐谢恩。皇帝立在太皇太后宝座的左侧稍前，鳌拜与遏必隆随在皇帝的下首，安亲王立在太皇太后宝座右侧，比皇上的位置稍远些，其他王公随在安亲王之后。月台上的大臣分立两侧，空出地方让庆隆舞队上场。

太皇太后向岳乐问了几句家常话，又回过头来对鳌拜说："鳌大臣，遏大臣，又是一年过去了，你们佐理政务不易，辛苦了。"

两位辅臣连忙躬身答道："奴才不敢当。"

鳌拜和站在他前面的玄烨，服饰打扮几乎是一样的。玄烨穿着明黄缂丝面狐皮绣金龙袍，鳌拜穿着杏黄色九蟒四爪朝袍；玄烨龙袍外罩一件石青直地褂，鳌拜蟒袍外罩一件天青方补貂皮褂；玄烨项下一挂东珠朝珠，鳌拜项下一挂玛瑙朝珠，居然色泽与东珠相似。所不同的只在帽子上：玄烨戴了一顶黑貂皮沿缎台朝冠，冠顶缀一颗大东珠；鳌拜戴着黑狐皮沿缎台朝冠，冠顶缀一颗核桃大的红绒结。太皇太后看着，暗暗吃惊。只听玄烨在一旁笑道：

"二位辅臣着实勤劳国事，若不是太皇太后令鳌大臣、遏大臣佐理政务，儿臣真要手忙脚乱，不知所措呢！"

两位辅臣又转向皇上躬身道："奴才不敢当。"

太皇太后看玄烨神态自若，毫无异常，暗暗点头。这时太监们奉上奶茶，庆隆舞队随着欢快热烈的乐曲，或脚踩高跷，身挂马头马尾，或涂花脸戴面具披野兽皮，跳上场来。大家一起喝茶观赏。骑马人和野兽跳跃着你来我往，忽儿人追兽，忽儿兽反扑，几个回合过去，人在马背弯弓一射，野兽应弦倒地而毙，皆大欢喜。众人按照满洲习俗同声欢呼。

接着上场的是一对对布库，他们那特殊的剃得铁青的头皮和脑后盘着的小跤辫儿在月台上一出现，王公大臣文武百官中便有许多人情不自禁地大声喝彩。

布库之戏，就是摔跤，从关外到关内，从民间到宫廷，极为盛行。八旗将校士卒必须通晓摔跤，王公贵族也都喜爱摔跤术。子弟们相聚，饮宴骑射之余，常常摔跤角力，赌彩头以为乐事。太皇太后赏看的布库戏，自然是最优等的了。而在今天的特殊场合，布库们当然也格外卖力。月台之上，精彩的场面层出不穷：

这一对张着双臂，两手虚握成拳，全神贯注地盯着对方，回旋腾跃地"跳黄瓜架"，都不轻易出手，都在紧张地窥伺对方破绽，寻觅战机；

那一对中一方忽然伺隙猛进，不料对方早有防备，运劲一抵，防个正着，进攻被遏阻，成了相对峙的紧张局面；

第三对已经扭成了一团，其中一个突然来了个鹞子翻身，垫步侧击，以为势在必胜；但对手更高明，扭肩一闪，竟如狡兔似的倏然脱身避开；

第四对的双方看上去强弱悬殊，大布库健壮魁梧，熊腰虎背；小布库精悍瘦小，灵动自如。如果角力，小布库绝非对手。但他尽量避免斗力，仗着身手矫健，虚虚实实，明明暗暗，忽而声东击西，在对手肩上猛击两拳；忽而虎伏猿进，专攻对方吃力的下三路，弄得大布库穷于对付。蓦然间形势一变，大布库搂住了小布库的腰，脚下使了个极其纯熟的大绊子。小布库脚一离地，眼看要仰面摔倒，不料他突然出手，左手拉胁右手拍胸，一声大喝，如有千斤气力喷出，大布库身子一歪，“扑通”倒地。小布库顺劲一跳，反而立起身来，双手叉腰，稳稳地站住了。

“好！”打雷也似的喝彩，轰响在慈宁宫庭院中。太监立刻端盘子过来，赏给胜者一大碗酒，一盘烧羊肉。

玄烨看得极为高兴，不住地对两位辅臣说着喊着，并不等也不听他们回答：

“瞧这布库手上功夫多棒！准练过铁砂掌！”

“瞧他站得多稳当，就像钢铸的一般！”

“啊呀，这小布库真叫高手，懂得以柔克刚，所以才能化险为夷呀！……”

见皇上此时露出的男孩子本性，鳌拜觉得可笑，又很高兴，同时也有些疑惑：自己今天精心打扮，皇上竟然一点儿没注意！不然他怎么全不在乎呢？终归还是小孩子，想不到许多。那么太皇太后也不动声色，毫不提及，又为什么？自然还是因为朝廷离我不得，不敢多说什么！……鳌拜想着，快意在心头慢慢膨胀开来，有些眩晕了。

玄烨急切地对祖母说：“老祖宗，这一对儿布库就赏我吧！我那儿的布库不成，摔起来一点儿不好看！”

“皇阿奶的东西总是好的，对不对？”太皇太后调侃地笑道，“你想要哪一对儿？”

玄烨指定那一大一小：“就要这一对儿！”

太皇太后沉吟着，可以看出是在故意逗皇帝。玄烨却真急了，连声央告：“老祖宗，求求啦！给我吧！……要不，我拿东西换还不成吗？”

太皇太后扬一扬依然纤长乌黑的眉毛：“拿什么换呢？”

“一对儿会说话的翡翠小鹦哥！”

太皇太后忍不住笑道：“好吧好吧，给你就是！……明儿个把鹦哥着人送来。”

玄烨应了一声，迟了片刻又说：“老祖宗，要是一对红脚画眉子，换不换？”

岳乐、遏必隆都忍不住笑了，连鳌拜唇边也露出笑意。这小皇上在祖母身边，不知有多么顽皮惫赖呢！

…………

元旦这一日，是皇帝最忙的一天。从半夜子正一刻起身之后，拜佛、祭祖、烧香、叩头、祀堂子，给太皇太后、皇太后行庆祝礼，受臣子们的数次朝贺，受内宫后妃们朝贺，乾清宫设大宴；直到下午酉初以后，整整十个时辰，几乎不得喘息。但玄烨在寝宫只歇了片刻，竟又往慈宁宫来了。

慈宁宫里灯烛明亮。太皇太后坐在正间的宝座上，微微合着眼，似在养神。玄烨对太皇太后左右的人一摇手，轻手轻脚地进了门，在祖母身边悄悄站了一小会儿。苏麻喇姑在侧，向玄烨努嘴示意，让他到东次间去。玄烨便踮着脚跟轻轻走过去。

东次间的炕桌上摆了一席极精致的酒膳，里面有一碟玄烨最爱吃的芥末鸭掌，晶黄透亮，芳香无比，其他酒肴也都色香味俱佳。玄烨不禁赞叹地“啊！”了一声，跟着就听到祖母带笑的语音：

“馋了吧？我料到今天大宴上没有几味菜合你的口。”

“这是给我预备的？”玄烨开心地问。

“还用问！我猜到你要来。快吃吧！”太皇太后说着，已经走进东次间，倚坐在炕头的座上。眼看玄烨吃得又香又甜，她比自己吃还觉得愉快。去冬那一场龃龉已烟消云散，祖孙俩谁也不再提起，仿佛没有发生过一样。实际上，双方心里都因为在那件事上伤害了对方而竭力弥补，相互间的感情反而更亲切更融洽了。

屋内温暖如春，酒香菜美，老祖母目光慈爱，玄烨不由得心欢意惬，一边吃着，一边絮絮叨叨地向老祖母讲起今日典礼中那些错了礼数、出了毛病的许多趣事。正说得高兴，一眼瞥见地上有东西在动，玄烨开心地叫起来：

“老祖宗快看！你那大鱼缸里的螃蟹爬出来了！”

“哦，”太皇太后不在意地说，“八成儿是水浅下去了。别理它，只管吃你的。”

“咦，螃蟹背上有字哩！”玄烨一奇怪，嚷得更有劲儿，跳下炕就去抓。那螃蟹见人近身，扁圆的身体一挺，两把大夹子一竖，气势汹汹，怪吓人的！玄烨却不怕它，伸手到它背后，一下就掐住了它的硬壳。拿起来一看，背上竟有两个朱色汉字——鳌拜。

“老祖宗！看！”玄烨大叫，举着螃蟹到太皇太后面前。太皇太后也愣了一下，祖孙俩目光一碰，一时忍不住，都笑了起来。玄烨笑了好半天才止住。这用意很明白，直指辅政大臣鳌拜横行无忌。或许还有这个意思：看你横行几时？

玄烨想了想：“这是谁干的呢？”

太皇太后道：“今儿来过慈宁宫的人可太多了，哪儿找得出来？此人总是好心，提醒咱们。他既不肯出头，也就不用找了。你这会子还到慈宁宫来，不就为着这事儿吗？”她向那螃蟹点点头。

在这之前，玄烨是一个老祖母的小孙子，不折不扣的十四五岁少年；太皇太后这一句话，魔幻般地抹去了他眼睛神态上一切少年人的特点，顿时变得庄重沉着，黑眉也皱了起来，说道：

“今儿我一看见他，就猜着他的用心了！他既要试探王公大臣、满朝文武，又要试探我和老祖宗。好哇，你就来试吧，我才不会上当！我偏偏没看见，偏偏待你格外和气，叫你以为我怕你、我服你，这还不成吗？……”说到这里，玄烨咬牙切齿，愤怒得脸涨红了，眼睛也红了，自尊心忍受着巨大伤害。

“你这样最好。”太皇太后连忙安慰，“我一看他那个样子，直怕你沉不住气哩。能做到这个地步，也真难为你了，我也放心。——可惜杜兰撞到他的网上，恐怕要吃点儿苦头了。”

“这事老祖宗已经知道了？”玄烨犹自愤然，“瞧他跋扈到了什么地步！拿王爷贝勒都不放在眼里！他的意思，要我革去杜兰的爵位，羁禁在家，还要撤去所属吏员呢！……哼，杀鸡给猴看，真要一手遮天了！可惜宗室里只有一个杜兰，不然……”

“不说话的未见得就是心服！我看……”太皇太后慢慢睁大了眼睛，非常明亮有神，直盯着玄烨说：

“是时候了！”

玄烨直跳起来，一把搀住老祖母的双臂：“真的？真可以动手了？”

“不是就动手，是着手准备。”太皇太后毫不激动，沉着地说，“今天上午布库之戏，你没有得到什么启示吗？”

玄烨目光闪闪，好像成竹在胸，朗声答道：“制胜之道，在于攻其弱点。必须因势而动，虚虚实实、明明暗暗。”

“你以为他的弱点在哪里？”

“天算案！”玄烨毫不迟疑，“汤玛法无故冤死的天算案！无论人心还是天心，他都输理！而且这几年杨光先为钦天监监正，闹得人仰马翻，可历书年年出错儿，不应天象，不应天时，早就怨声载道了！辅臣也不得不下诏征求精通天文贤士。汤玛法的徒弟南怀仁应诏，去年腊月上奏，弹劾杨光先、吴明煊制历错舛，种种差误。我想就得抓住这件事做文章！”

“好！”太皇太后脱口而出。看着孙子成长得如此明睿英俊，她心情激荡，不由得仰望上苍，仿佛在告慰儿子、丈夫和公公的在天之灵，刹那间泪水涌了上来，她强自抑止，继续说道：

“此事关系重大，稍一大意，后果不堪设想，定会酿成大乱！此人已养成很大势力，党羽极多，耳目灵便，他本人又是个身经百战的宿将，力大无比，所以必须谨慎而又谨慎。来，我们还是到花园含清斋去坐一会儿吧，细细地合计合计……”

元旦之夜，处处灯光笑语，宫里也显得热闹，不像平日那么死气沉沉。慈宁宫门口的两个守门小太监闲得无聊，提着灯在阶前掷骰子，忽然觉得有人在一旁观战，两人兴头正高，一同激将：“看个什么劲儿？有种的来下注哇！”来人不应声，他们奇怪地回头一看，登时吓得跪倒阶前，因为那是一群宫女太监簇拥着的两位裹着绣金龙披风的主子，正是当今最尊贵的太皇太后和皇上！

小太监们赶紧叩头请罪。太皇太后却笑起来：“别叩啦，小心把头磕破。元旦节令，原准你们乐一乐，用不着这么拘礼。”说着竟随手把骰子拢在手里，递给玄烨说，“来，你也掷一把。”

玄烨一笑，拿六枚骰子合在两手掌中摇了摇，顺手掷下。骰子滚动撒开，太监们一起喝彩，嚷了起来：

“皇上掷了个顺花儿！”

果然，六只骰子，只只不同，一、二、三、四、五、六，六种点儿全啦！宫中惯例，掷顺花最是吉祥之兆。

太皇太后异常欣喜，说：“好兆头！上上大吉！”她又对夜空默默地看了一会儿。

“老祖宗，你在看什么？”

“我在许愿。”太皇太后小声地回答。

“许什么愿？”问话也压低了嗓音。

“如果这把顺花吉兆成真，顺顺当当过关，”回答有如耳语，“那今后每年新正，专铸金银钱各千枚，赐赏给这些掷骰子的小赌鬼儿！”

“好！好！”玄烨大笑着响应，“就起名叫娘娘钱！好不好？”

自正月十三到正月十七，是灯节。其中十四到十六，朝服三天，庆贺上元佳节。其时，真所谓冠盖蹁跹，绣衣络绎，城市张灯，金吾不禁。

索额图虽然调任吏部侍郎，与原来侍卫处的朋友们来往依然频繁，和佟国维尤称莫逆，推心置腹无话不谈。年前就约好，正月十六一同去逛灯市。因为十六的灯最多、人最多、月最亮、花最繁。而且佟府就在灯市口附近，要看灯，不是十分方便吗？

索额图这几日吃各处宴席，吃得一肚子油水，正经饭也吃不下去，随意塞了几块点心，喝碗奶茶，离家不过酉时。他想想离得又不算远，便带了两个仆从，骑了马出鼓楼南大街，进地安门，由皇城里北池子出东安门，慢慢往灯市口溜达。

皇城里家家户户都挂出了花灯。一些衙门官署也无例外，红红绿绿，密如繁星，十分好看。街市上的孩童们提着狮灯象灯羚羊灯，前推旋转的橄榄灯、就地滚动的绣球灯，又喊又叫又笑，一队队从索额图身边跑过。仆从们一个劲儿地催主子快走，说是走得晚了路要不通的，索额图还不深信。一出东安门，索额图不由得叫了声苦，要想走到灯市口，天知道要花多大气力！

首先劈头而来的，是如雷的哄闹声：秧歌锣鼓敲个不住，踏歌摇铃无休无止，丝竹箫管、唢呐竹笛响成一片，腰鼓花鼓羯鼓太平鼓此呼彼应，这里喊那里叫男的唱女的笑，喧嚣得令人头晕。其中还夹杂着一阵又一阵的鞭炮的“噼噼啪啪”、二踢脚的“乒乓”巨响。索额图放眼往前看，灯棚十里，映着月色，把街市照得如同白昼，半边天都泛出了红光，到处人山人海，万头攒动。索额图迟疑片刻，咬咬牙，投身扑进人和灯的海洋。

街市两边，悬挂的各色彩灯令人眼花缭乱：走马灯、盘香灯、莲花灯、荷叶灯、花篮灯、盆景灯、龙灯凤灯鳌鱼灯，还有迎风转动的太极镜光灯、飞轮八卦灯，五光十色，恍如仙境。一些大的商号门前，各色灯堆成灯山，气概更是不凡：三阳开泰、五子登科、八仙过海、十面埋伏等等，引得游客停步观赏。索额图尽管有事，也免不了东张张西望望，两名仆从更是指手画脚、兴高采烈。

一路上，挨挨挤挤，笙歌沸天，香车宝马，玉佩金貂。看灯的人，上至贵戚王孙、下至平民仆役，不约而同地都集中到京师几个最繁华的悬灯胜处。索额图走的路线，正是从东安门到东四牌楼内城东边的灯节中心。

这边搭戏台，敲打着南十番；那边对台演着传奇故事，高歌着河清海晏。前面有一帮杂耍，翻筋斗、竖蜻蜓、叠罗汉、变戏法；后面又跟着一群半大小子鞭陀螺、踢石球、放空竹、跑竹马。索额图主仆三人，一路数不清遇上了多少百戏舞队：舞龙灯耍狮子的刚过去，又来一队玩九曲黄河灯的；才拐过路口，高跷秧歌又唱又跳地穿街而来，扮着一套一套的小戏：唐僧取经、观音送子、张君瑞与崔莺莺、潘必正与陈妙常等等。秧歌队还未停歇，又一路大头和尚打着十不闲、敲着八角鼓，载歌载舞地从人群中穿过……

月亮升高了。都说十六的月亮比十五的更亮更圆，真有点道理。灯市和填满街衢的游人，映着明月倍显精神。索额图这时发现，游人中的年轻女子，并不像前几日那样穿红着绿，多半一身月白色衫子，被月光一照，格外娇媚。他奇怪地问：

“这些女子难道是一家子姐妹？怎么穿一样的衣裳？”

仆从想笑又不敢笑，连忙答道：“爷不知道京师风俗，正月十六晚上，是女人们走桥的日子。这些年轻的，多半还要往正阳门去摸钉呢！走桥摸钉，兴穿葱白绫衫米色绫衫，号称夜光衣。”

“走桥摸钉？是什么意思？”索额图仍不明白。

仆从忍笑对他解释。京师妇人结伴行游街市，前面一人燃香开路，叫作走百病，走一趟，百病消；遇到有桥的地方，就三五相扶而过，叫作“度厄”，度过今年就不再有厄。总称为走桥。年轻妇人多半要走到正阳门中门洞乘夜摸门钉，据说心诚而摸，今年可生男孩儿……

索额图不禁笑了：“怪事儿真不少！”

四周忽然欢声雷动，只见亮光一闪，空中开出了万树银花，“噼噼啪啪”的鞭炮声响彻云天。原来，几处富户门前的烟火花炮棚子开始放花了。游人都停步仰头观看，索额图他们想要前进，已不能举步，而烟火花炮又绚烂夺目，火树银花不足以比喻，也吸引着他们的目光。只得等放完一过，游人走动了，他们才能跟着走。

就这样，看一处，走一段，停停走走，挤到灯市口时，简直就没有了出路。佟府门前的花灯鳌山已经遥遥在望，可是要挤过人群走到近前，不出两身大汗怕是办不到。

这里是灯市的中心，灯棚数十架，气势浩大；各店肆高悬五色灯球，如珠串如霞标；而铙鼓歌吹之声，更是如雷如霆，游人互相说话的声音都听不清。灯市东口和西口，各有一架高达十丈的巨型烟火架，把万千游人紧紧地吸引在那里，不得动弹。

两边像是在竞赛。西口这边的不用说是佟府，他们家年年在这儿放花。东口那边，难道是鳌拜家吗？索额图记得，鳌拜新近搬了家，不知看中了哪一处园子，好像就在这一片儿。

这两家放花就是怪，西边不放，东边也不放；西边放上去一种花，东边一定也放，而且一定盖过西边，总是压着西边一头。这不，已是本夜第二过了。斗牌斗蟋蟀斗鸡斗鹌鹑，今夜竟有斗放花！一时间灯市口一条街挤得水泄不通，游人争看，大饱眼福。

西边放了一个灯笼锦，照得数丈以内一派红光；东边跟着飞上一支月明帘，如同空中又升上一轮明月，把四周照得雪亮。

西边点燃了架上的水浇莲，火花飞速转动，如同开了数十朵金花；东边立刻把线穿牡丹烧着，顿时烟火架上开出了五颜六色斗大的牡丹。

西边气不过，“唰”的一声，一座葡萄架放上夜空，紫色的星光密密闪动，仿佛垂下一串串成熟的葡萄；东边毫不放松，随着向天空放了一副珍珠帘，那变幻不定的色彩四方流荡，实在令人惊叹。

西边飞出滴滴金，也叫叠落金钱，漫天金球雨点般下坠；东边却斜射十几只千丈菊，长长的金丝亮得叫人睁不开眼！

…………

每放出一种花，千万人便同声欢呼，这声势、这气氛，真像身处山摇地动之中。眼看着西边的烟火不如东边，游人纷纷向东边流动。几句议论传到索额图耳际：

“年年灯市，佟皇亲家烟火盒子最棒，今年怎么栽啦？”

“打对台的是鳌大人，懂不懂？”

“哦哦。是鳌大人……”

“打十四起就较上劲儿啦。前儿赛炮，昨儿赛灯，今儿个赛花儿，佟府都输了。人家拿升高三级浪响炮，赢了他的双响震天雷；拿冰灯水晶灯胜了他的彩灯纱灯羊角灯。今儿个，你也瞅见了。走！过去就近瞧瞧！”

“那，我不去了！”

“嘿，你这个人！看烟火嘛，还管他什么忠啊奸的！走吧……”

人群向东边流走了一部分，西边才疏通了许多。索额图主仆三人得以穿过人丛，踏进佟府的大门。

不料佟氏兄弟就在大门内临时搭起的观灯楼下坐着。佟国维脸气得通红，伸拳捋袖地要亲自出去再买大花盒子来放，非要压倒东边，出一口气不可！佟国纲倒不怎么在意，以长兄的身份，不准他出府。索额图到来，正好消弭了兄弟俩的争执。

佟国维大骂鳌拜老东西欺人太甚，一五一十地把这三天斗赛的事告诉索额图，并说：“我们并没有跟他斗赛的意思，他偏偏压上头来欺人！他妈的！这口气怎么忍得下去？这老混蛋也太目中无人啦！”

佟国纲皱眉道："花灯烟火，算什么大事，也值得动肝火？皇上平日怎么教导你来？气量这么小，能托给你大事吗？"口气间，颇有步军统领领兵大员的威严。

佟国维一愣，冷静了一点，说："我是恨那老混蛋过于嚣张，气焰太逼人！"

索额图笑道："忘了皇上说的啦？月盈则亏，水满则溢。这不正是他盈满的朕兆？"

佟国维想了想，顿时拍手笑道："索兄说得好！索兄说得好！小弟敬你一大杯！"

三人一同开怀大笑，上了楼，在铺着厚厚地毯的小屋里盘腿而坐，一面饮酒谈笑，一面观赏灯市一条街上的花灯烟火游人，惬意非常。

"元旦朝贺日，鳌拜的穿戴行为，你们都知道了吧？"索额图突然问一句，佟氏兄弟脸色立刻沉下来。佟国纲点点头，心事重重地说：

"鳌拜居心叵测，皇上不可不防！"

佟国维愤然道："要照我的性子，一道圣旨，赐帛！"

"哪有那么容易！"索额图说，"不过，我也不大明白，皇上为什么还不动手……"

佟国纲又皱起眉头："皇上何等英明，你我哪能预料！……索兄，你在吏部，侍郎官儿做得如何？"

索额图笑道："还是皇上说的话：驭将之道，无非置腹推心、恩礼优渥，使之感激奋发而已。吏部虽然是阿思哈所掌，这些日子以来，也增加了许多感激奋发之辈！佟兄想必同感？"

佟国纲笑而不答。佟国维却说："正是正是。皇上的话真是至理名言！不但我大哥，就是我那边也是一样！……"

正说得有劲，索额图的一名仆从随佟府管事急急忙忙赶上楼来跪禀道：

"府里派了专人来寻爷，要爷立刻回府！"

"什么事？"

"来了两位乾清宫的公公，说皇上有旨，召爷进宫弈棋。"

索额图松了口气。可是眼珠一转，便意识到事情绝不这么简单。他立刻向佟家兄弟告辞。那兄弟俩一直把他送出大门，眼看他消失在无穷无尽的欢闹喧嚣的人丛之中。

上元佳节的最后一夜，还远远没有结束呢……

节后开印，朝廷政务日日如流水般进行。不久，索额图上奏，以力不从心为由，自请解除吏部侍郎职，要求仍在皇上左右效力。于是，皇上准奏，命他仍为一等侍卫，在御前侍候。

二

"先皇帝曾经训示：国家肇造鸿业，以授时定历为急务。天算历法，关系重大。南怀仁劾奏钦天监监正杨光先、监副吴明煊推算历日种种错误一事，朕已下旨着议政王贝勒大臣九卿科道会同确议具奏。今日诸卿当面，就此事议一议。"

这一番话，是端坐在宝座上的玄烨郑重宣布的。他的目光依次扫过乾清门阶前和阶上的近百名王公大臣。这其实是他亲政以来规模最大的一次御前会议。他的目光回到近处，先看了看右侧的遏必隆，又看了看左侧的鳌拜，特意和蔼地添了一句：

"卿傅以为如何？"

遏必隆连忙深深地一弓腰，表示毫无异议。鳌拜并不改变他盘腿昂然而坐的姿态，先是一愣，睁大了眼，随后垂下眼帘，表情有些无可奈何。

历法的事，礼部官员向他埋怨了不止一次了，他也觉得头痛。

杨光先就任钦天监正以来，历法推算屡屡不应，年年错舛。又要什么宜阳金门山竹管、上党羊头山秬黍等古怪东西来候气，闹得人仰马翻。好不容易把这些物件凑齐了，这位监正又说此候气法是一千二百年前北齐所用，其法已经失传，历法仍是推算不准，为此，他以年迈体衰为由要求致仕还乡。鳌拜心里已疑惑他其实对历法茫然无知，是个骗子，嘴里无论如何不能说就是了。

去年年末，杨光先制出了今年即康熙八年历，鳌拜依惯例批发，传送天下为准则。不料今年杨光先上奏自劾检举，说是推算康熙八年闰十二月错误。这不是明明往支持他的鳌拜脸上抹黑嘛！然而天象历法是朝廷大事，鳌拜也不敢干犯天怒，只能同意小皇帝的决定，立即敕谕天下停用康熙八年历。虽引起朝野一片哗然，他也只能听之任之了。

其实，鳌拜私心里不仅恨杨光先不争气，也担心历法错误给江山社稷带来灾祸，遭到天谴。玄烨提出会议此事，他实在也说不出反对的道理，便只简单地回答一句：

“但凭圣意裁夺。”

玄烨心里暗暗一喜：鳌拜可从来没有这么驯从过。看来这一着是击中了要害！

康亲王杰书上前一步，跪在御前，代表参与会议的议政王贝勒大臣、九卿科道各官复奏道：“禀皇上，南怀仁所奏杨光先、吴明烜推算历日差错甚多。如算得康熙八年的闰十二月，应是康熙九年正月；又如算得康熙八年一年中两春分、两秋分等等。只是历法精微，天算高深，奴才等学识疏浅，遽难定义。应差大臣同南怀仁、杨光先、吴明烜等测验，以便议定一确切无误之推算法则。”

一说测验，在场的人不约而同地回忆起三年半以前那次惊心动魄的日食测定，汤若望被公认为最正确，杨光先、吴明烜则丢尽了脸。可是最后，仍然是正确的汤若望差点儿千刀万剐，丢脸的杨光先倒成了英雄！

“测验？”鳌拜本能地反对这种方法，“眼下既无日食又无月食，测验又麻烦难懂。有没有别的法子？”

玄烨朝向鳌拜：“卿傅，且听听杨光先、吴明烜、南怀仁有没有合适的法子。”

御前侍从学士把皇上的意思宣布了。杨光先和吴明烜还没想出对策，南怀仁已应诏上阶回奏了。他恭恭敬敬地跪在御前，非常谦逊地说：

“回回历、大统历、时宪历三派测算法确实完全不同。不进行实地测验，不能确定哪种方法可靠，也就难以区分优劣。臣想到一个测验方法，简便易行，立见功效。”

南怀仁卷曲的胡须头发、高耸的鼻梁、深深的眼窝，都使玄烨回忆起那位可亲可敬的汤玛法——在东方人的眼中，西方人的面貌总是大同小异的，回忆起深深铭刻在他心头的那次日食观测，回忆起那苍苍白发、“哗啷啷”的铁镣声，这就是祖母的救命恩人、父亲的师傅、自己得以继位的关键人物啊！……玄烨心潮澎湃，几乎难以自制。但这只是一瞬间，他很快就定了神，垂示道：

“将你的测验方法据实奏来。”

“启禀皇上，只需随便立一长竿于日光之下，令三派天算家分别预算正午时分投在地上的影子长度，到了正午再实测，把结果与预算相比较，就不难看出谁优谁劣了。”

玄烨频频点头，问道：“二位卿傅以为如何？”

鳌拜、遏必隆躬身称是，实则他们也不懂得。

“议政王贝勒大臣及九卿科道各官有没有异议？”玄烨又问。这些官员们一起躬身回答：“此法甚妥。”

“那么，礼部与钦天监呢？杨光先、吴明煊以为如何？”

在这种情势之下，这些人也不得不躬身回答表示赞同。之后，杨光先突然挺身出列，跪在阶前，出人意料地大声道：

“启禀万岁爷！这南怀仁与汤若望乃是一路，他们的基督教乃是妖道魔教，汤若望曾害死了先皇帝、端敬皇后、贞妃和荣亲王，绝不可信他们的鬼话！……”

他故技重演，喋喋不休，越嚷越响，声音越尖。阶上阶下的王公百官听着他像刮锅底的嗓门儿，见他如此不顾身份、不看场合，不知趣到了不知天高地厚的地步，都感到说不出的讨厌。玄烨脸一沉，眉目间露出一股怒气。他咬咬牙，皱紧眉头，没有马上发作，却扭过头去看鳌拜。

鳌拜当然能感到皇上的注视和目光里疑问夹着揶揄的含义，仿佛在说：这就是辅政大臣重用的钦天监正吗？他觉得丢脸，杨光先这样不识时务太叫他难堪了！鳌拜登时虎着脸，呵斥道：

“杨光先！还不退下！皇上面前胡乱唠叨什么！”

杨光先一愣，看见鳌拜鹰眼中恼怒的亮光，忙叩头谢罪，下阶后恭立一旁。

玄烨神态恢复了平静，说："既然众卿都无异议，朕意就在乾清门外竖起竹竿，竿长一丈。你们三家现在就当着朕各自预先计算，算出正午时刻的影子有多长。到午正时分再测竿影的实长，与各家算出的结果相比较。"

辅政大臣、王公百官一时都静悄悄的。他们中间许多人刚才并没有听懂南怀仁的测验方法，玄烨这么一重复，熟练得如同行家，不由得他们不暗自惊异。玄烨闪目扫过自己的这些大臣，一个一个地点出一些名字来：

"着图海、李蔚、多诺、吴格塞、布颜、明珠、黄机、郝维纳、王熙、索额图、科尔科代、董安国、曹申吉、王清、叶穆济、吴国龙、李宗孔、王白高、田六善、徐越等二十员同往测验。去吧！"

三张矮桌连同上面的笔墨纸砚，被抬到乾清门外数丈远的地方排成品字，令三位天算家各坐一张进行计算。老对头，新冤家，又碰上了！三人入座前，面对面地互相望了一眼。南怀仁深蓝色的眼珠里蕴藏着怒火和坚强的自信，脸上却不动声色；杨光先枯瘦的面孔每一道皱纹里都盛满了鄙夷、刻毒和仇恨；吴明煊急忙躲避开两人的情绪强烈的目光，连头也扭到一边去了，满脸的无可奈何。他着实有些心虚。

被皇上差点的二十名大臣，分别围着三张桌子，看他们计算。稍远处的空地里，几名侍卫在摆弄尺子和竹竿，准备着正午时刻把它直立在日光下。稳坐乾清门的皇上，像是把这些人忘了，继续和辅臣商讨处理着其他政事。奏事官员一个接一个上阶奏事，皇上注意听着，不时向鳌拜问上几句。鳌拜有时回答得驴唇不对马嘴，皇上也不见怪。

大学士图海和李蔚、多诺三人带着三位天算家和三个计算结果上阶向皇上禀告。玄烨接过，看了一遍，交给李蔚，说："读给众人听。"

李蔚遵旨宣布："回回历吴明煊算得影长应为一丈一尺七寸二

分；大统历杨光先算得影长应为一丈二尺九寸；时宪历南怀仁算得影长应为一丈一尺九寸五分。三位有异议吗？”

杨光先、吴明煊、南怀仁一起回答无异议。玄烨点点头，说：“下阶等候。”他又调头去处理理藩院关于蒙古察哈尔亲王阿布鼐多年不来京师朝请的事。他问得很详细，听得很注意，又不时地皱着眉头沉思，或与鳌拜、遏必隆商议，天算测验似乎又给扔到脑后去了。

理藩院尚书正在细细禀告，玄烨抬头看了看太阳，抬手止住理藩院尚书的话头，从怀中掏出一只金壳金链的洋表瞅了一眼，回脸对图海、李蔚、多诺说：“午正将到，立刻立竿测影长。”

三名大学士下阶，侍卫们立竿测影，二十名大臣一起围上观看。连测三遍，大臣们验看无误，立刻向皇上禀告：

日影长度是一丈一尺九寸八分。

南怀仁预算之数仅比实测数短三分；

吴明煊预算之数比实测数短了二寸六分；

杨光先预算之数比实测数竟长出九寸二分。

事情明摆着：南怀仁胜利了，时宪历的测算法优于大统历和回回历！

对于三年前经历过日食实测的官员们来说，这个结果早在预料之中。所以当皇上微笑地问起：“众卿以为如何？”他们一个个都称赞南怀仁算学精深，非他人可比。碍于鳌拜的面子，没有人敢出言肯定时宪历。

玄烨于是逼问一句：“时宪历是最优的了？”

吴明煊迫不得已，低头奏道：“臣只知天文，不知历法。”

杨光先气势毫不衰减，大声奏道：“臣不知历法，惟知历理！”

玄烨眉毛一扬：不知历法，竟敢混入钦天监供职主事！但他还未想好恰如其分的问话和应该使用的语调，下面杨光先的嗓子却又突然拔高上去：“禀万岁爷！老臣鞠躬尽瘁，死而后已，只为阻止西洋妖术！那全然是不可信的妖术！用洋人历法，必定亡国败家！先皇帝、先端敬皇后……”

玄烨大怒，喝道：“谁问你来？身为监正，文过饰非，怎么不知进退到这种地步!”

大臣们极少见小皇帝发怒，鳌拜也觉得尴尬。杨光先连忙叩头退下以后，御前气氛仍然相当紧张。玄烨勉强压下怒火，转向鳌拜：“卿傅，依你看呢?”

鳌拜原本讨厌杨光先无礼，可玄烨一怒，他倒要维护杨光先了。这到底是他鳌拜一手支持和提拔的人嘛！打狗还得看主人呢！于是他朝着玄烨，如平日那样表情严肃地说：“皇上，洋人素来精于算术，只凭测算竿影长短，怕不足以判定历法的优劣是非吧！……”

玄烨一想，确实轻率了些，再说鳌拜的面子也需要敷衍一二，便笑道：“卿傅说的是。”他回头对大臣们说，“鳌大臣所言甚是有理。朕意遣图海等二十员大臣会同钦天监满监正马祜，详细测验今年雨水、惊蛰、春分三节气，太阴及火木二星躔度。分别验看三种历法预算，最后定出是非优劣。”

大臣们躬身领命，心里无不暗暗惊异着小皇帝的博学。

从这一天起，钦天监的测验便又牵动了整个朝廷上下的心，吸引了京师许多人的注意。

二月的春风，拂面不寒，头顶的蓝天晴得发亮，阳光暖暖的，晒得人很舒坦。护从的小伙子们敞开了衣襟，呢檐的红缨帽也戴不住了，直推到后脑勺儿，露出剃得青光油亮的大脑门儿。只在鳌大人出朝时，他们才赶紧整顿衣帽，老老实实地列队跟随，大气也不敢出。他们看到，主子脸上有一团乌云。这时候惹了他可要倒大霉，少说挨上二百鞭，弄不好要掉脑袋!

他阴沉沉地骑马回家，对春意盎然的气息毫无感觉，倒是心头袭来一阵阵寒意。鳌拜一直在回想着今天皇上御门听政的经过。

三派历法的推算结果，经了钦天监一个多月的实测验证，不论雨水惊蛰春分的节气，还是太阴及火木二星躔度，都是时宪历最准确。奉旨同往测验的图海等二十员大臣，盘问钦天监满监正马祜和所有属官，究竟哪一种历法适用，这几位满洲官员很直率地说：原来以为大统历优于时宪历，经这三年验证，还是南怀仁的西洋历法——时宪历法上合天象。

这结果原在意料中。这一个多月里，每过一个节气，人们就翘首而望，打听钦天监的一次实测情况，随后便轰动上好几天，四处传告议论，表现出少有的热心和痛快。人们虽不敢当着鳌拜的面多说什么，可鳌拜也非傻瓜，哪能感觉不出人们借此隐隐发泄出的对他的敌意呢？

今天，奉旨测验的图海等二十名大臣向皇上报告了测验的最后结果。议政王贝勒大臣会议又推康亲王杰书奏告皇上，请将康熙九年历交南怀仁推算。这是鳌拜在议政会议上同意了的——既然错了，改过来就是。时宪历确实优于其他历法，就用它也没什么要紧。可是谁想到皇上偏偏揪住这个题目追问个没完，把旧账一股脑儿翻了出来，面色很是严厉：

“四年前杨光先弹劾汤若望，议政王大臣会议为什么以杨光先为是、以汤若望为非？时宪历是西洋新法，为什么当日议停、今日又议复？其故安在？”

事情明摆着，若只论历法优劣，当初测验日食就已经分出高下了。而停新法、非汤若望，原因并不在历法，议政王大臣们也不该负主要责任。只是眼下谁敢当着和尚骂秃子？当着鳌拜的面，谁敢说出当日的真情？

议政王大臣们诚惶诚恐，奏了一通“新法上合天象”的话，至于杨光先和汤若望谁是谁非，便含糊回避过去了。

皇上倒也没有再问。可是议政王大臣们下阶去后，他转向鳌拜，皱着眉头笑道：“卿傅你看，朕问他们的话，他们都不肯一一回答，是昏昏懦懦、言不及义呢，还是瞻前顾后、文过饰非呢？”

鳌拜一向不喜欢听皇上说那么多南蛮子的成语，他也听不大懂。但今天这两句他却听懂了，不由得心里一抖，莫非是冲着自己来的？

再想不到，皇上又笑了，像是跟鳌拜串通好了似的挤挤眼儿，小声说：“卿傅，逮个机会瞅个空儿，咱们俩收拾收拾这帮唯唯诺诺的大老官儿！”

瞧，又露出了小孩儿脾气儿，顽皮嘴脸儿！你能拿他怎么办？

所以，鳌拜在马上总是心神不定，皇上的三张脸儿——严厉的、皱着眉头笑的、像小孩儿一样挤眼儿串通的——在眼前交替出现。他以为自己早对皇上摸透了，可突然觉得有时又一点把握也没有了。

鳌拜在前院和正房都没有停留，急急忙忙赶到后花园楼上。玛尔赛的脾气很怪，虽然主持家政，却不肯搬到前面去，分派处理家务在楼下，住处仍然是当初她嫁来时的新房。

一走进玛尔赛的住处，鳌拜就发现不对劲：梳妆台前为什么这样纷乱？首饰和绢花到处扔，梳头匣子还开着，香粉撒得妆台上好像泼了一层霜雪，地下还有摔碎的胭脂瓷盒和断成几截的骨梳。

她出什么事了？鳌拜觉得心一下子缩紧了，慌得厉害，控制不住地大喊着，嗓子竟有些发抖："玛尔赛！玛尔赛！……"

立刻有仆妇进来跪下禀告："五夫人娘家来人报信，说是舅老爷不行了，要五夫人快回去瞧瞧！"

鳌拜吃了一惊。这半个月马尔赛告假在家，他以为是受了风寒，一向又过得荒唐，静养些日子自会好的。怎么突然加重了？由于玛尔赛的缘故，鳌拜早把马尔赛倚为心腹，言听计从，以前的几位同党诸如阿思哈、噶褚哈、班布尔善、图必泰等，反而靠后了。所以得此消息，鳌拜无暇多想，立刻转身下楼吩咐备马，往户部尚书马尔赛府中探视。想到马尔赛兄妹感情极好，万一当哥哥的有个闪失，妹妹一定会悲痛之极。她会怎样哭泣、拒食、消瘦啊！……为此，鳌拜一路都在暗暗叹气。

熟门熟路，鳌拜不用家人通报，直接走进马尔赛养病的西跨院芷兰书屋。院里两棵高高的梧桐已抽出翠绿的嫩叶，把整个小院罩在清幽的淡绿色的柔光中。绿叶深处，不知什么鸟儿在啁啾，动听的鸣叫更衬出四周的宁谧，使鳌拜怀疑，马尔赛是不是真的在这里养病？

鳌拜从月门穿过钻山廊子，停了片刻，这古怪的沉静倒让他心里不安了。正要举步，很近的地方有人叹了口气，随后弱声弱气、满腔哀怨地说了一句话，完全不像是马尔赛，可又确实就是马尔赛，他的语调使鳌拜一愣，止步不前：

"你，难道一点儿也不顾念旧日的情分？"

全然是一个濒死的人在绝望地请求着什么。但他的话无人回答。

“我知道，你恨我在身边放了那么许多女人。可我怎么能不这样呢？我是一品尚书，哪能没有一品尚书的派头？再说，对男人你还有什么不明白？多少人都可以跟许多的女人胡调，而心上一点儿不动情。我心上从来就只有你一个啊！……”

对方仍然一言不发。

鳌拜想起马尔赛内宠极多的荒唐生活，料想他又在故技重演。连病中都不忘好色贪花，真太不知道养生了！鳌拜暗暗一笑，转身要走，心里突然起了个疑惑：玛尔赛不是来探病的吗？她在哪里？难道……

马尔赛又说话了，声调更加绝望低沉：“我眼看活不了几日，妹子就不肯见谅？”

女子的声音一出，鳌拜顿时一哆嗦，这是他的玛尔赛！

“你的情意，我记住了。但我也绝不肯负他！”

马尔赛呆了半晌，声调格外伤心：“这么说，毕竟弄假成真了。”

“不错！”玛尔赛好像站起身，在屋里来回走了几步，接着说，“他从来就是我心目中的英雄，现今，我更是真心实意地敬他爱他疼他惜他！跟他比，你可真是个奴才坯子！哪像个男子汉？为了报仇，拿自己心爱的女人送礼！我！……我如今瞧不起你，一点儿也瞧不起你啦！”

鳌拜惊异地扬起粗黑的眉毛：怎么，他们不是兄妹？

好半晌，马尔赛再次开口：“除了他，又有谁能给我们报仇呢？他不仅除掉了我们的仇人，还带给我们家族荣华富贵，连故去的父母祖先都受到了荣封……”

玛尔赛又伤心又气愤地一口接过去：“所以，我宁可喜爱他，忘掉你！”说罢，她哭了。

马尔赛长叹一声，说：“我没法儿怪你，也绝不怪你。他为九王报了仇、为爹妈报了仇，我就是九泉之下也感激不尽。我最珍爱的就是你，我应该把自家最珍爱的宝物献给恩人，以表感激之情。我……我至死不悔！我们满洲勇士若是为女人而后悔，会被今人后代看作孬种，耻笑几辈子！”

玛尔赛几声抽泣以后，没了声息。

“眼见我活不长了，有几句要紧的话，求你千万转告他……”

鳌拜一脚踏了进去。精美玲珑的书室内，并没有多少书籍，但家具摆设非常精美。一架紫檀木雕花大床上，撑着绣了四季花卉的浅红罗纱帐，帐钩高挂，倚床而坐的是病容满面的马尔赛。他身边的床沿上，玛尔赛倚在他胸前哭泣，眼睛又红又肿。他的双手无力地揽着玛尔赛的腰，不住地叹气、落泪。

“不用转告，当面对我说！”鳌拜低声一喝，把那两个搂抱哭泣的人吓了一跳，顿时魂飞天外，闪电般分开了。马尔赛脸色惨白，仿佛立刻就要昏死过去；而玛尔赛满面血红，好像要涨破脸皮一般。

想到以往玛尔赛回娘家一住好几天，不知给自己头上戴了多少顶绿帽子，鳌拜怒火中烧，恨不得一脚踢死她！想到这对假兄妹一唱一和地欺骗他，一个混到户部尚书的高位，一个主持了他家的内政，鳌拜更是咬牙切齿，想在眨眼之间把两人的脑袋削下来挂出去示众！可是看到玛尔赛娇怯痛苦的样子，想到她平日的恩爱，尤其她刚才那番一心向着自己的掏心窝子话，鳌拜又下不了手。更没料到，玛尔赛竟克制了最初的恐惧，盈盈地走过来，“扑通”跪倒在鳌拜脚下，珠泪滚滚地说：

“奴才无状，冒犯了主子，求主子立即赐死！只是求主子不要把赐死奴才的因由泄露出去，以免主子丢脸。再有，家中事务还须交代，最是主子的四季衣帽袍靴、主子喜爱的酒烟菜肴、主子常用的珍宝朝珠，一定要亲口交代清楚，不然，奴才便是死了，也放心不下的……”

鳌拜胸中的怒气，已随着玛尔赛的一句句交代而一点点减弱了。如果他真的杀了玛尔赛，今后的日子可怎么过？……鳌拜不理玛尔赛，大步走到南窗下的长炕上，那里有坐垫、扶手，是主人的尊贵座位。鳌拜一屁股坐上去，盘起两腿，表情冷酷地问：

“到底是怎么回事？给我老实招出来！”

马尔赛惊得手脚冰凉、浑身哆嗦，哪里还说得出话来！玛尔赛此时完全镇静了，说起了辛酸的往事。

马尔赛的父亲，是睿亲王多尔衮的亲信护卫。顺治八年，由于苏克萨哈的诬陷，这位生前威严无比的摄政王在死后大受贬辱，以谋逆大罪削爵撤庙，他的下属被各旗瓜分。马尔赛的父亲正好被分给了因功高升的苏克萨哈。老头儿始终忠于多尔衮，也就格外痛恨苏克萨哈，有此便利，更是日夜谋算着为多尔衮报仇。苏克萨哈何等精细，早就发现老头儿心怀叵测，终于找个借口、问个罪名，把老头儿夫妻俩流放到宁古塔极寒冷荒苦的北地。老两口到那里不过一年便双双死去，说是病死，其实是自杀。

马尔赛把仇恨强咽下肚，换一副笑脸奉承苏克萨哈。那老狐狸却一直不敢对他完全放心。玛尔赛的父亲早在入关时候就阵亡在江南，母亲便带着女儿做了马尔赛父亲的侧室。当宁古塔传来老夫妻双双亡故的消息，留在京师的这位侧室也就一病不起，把女儿托付给马尔赛，咽下了最后一口气。偏偏正白旗都统看中了马尔赛的人品，要把女儿嫁他，央了苏克萨哈为媒。马尔赛为了日后的报仇大事，一口应承，娶了妻子，嫁了妹子，终于爬上了正白旗副都统的地位。

后来玛尔赛的丈夫死了，又回到娘家依靠兄嫂孀居度日。她和马尔赛原非血亲，自小青梅竹马，是天生的一对，偏偏命乖运蹇，弄到这种结果。兄妹重逢，感情激荡在所难免。马尔赛的妻妾啧有烦言，也不能阻断他们自幼积累起来的真情。

鳌拜压垮苏克萨哈，马尔赛出了大力，二十四项大罪中许多条都是由他出首、由他作证的。随后，马尔赛受到鳌拜重用，青云直上，他感恩不尽，于是才攀了这门近亲。玛尔赛嫁了鳌拜之后，一颗心就全在鳌拜身上了，从来不曾有异志。就是马尔赛，对鳌拜也是忠心耿耿、终生感戴……

鳌拜沉着脸听完玛尔赛有条不紊、有情有理的叙述，表情并无改变，对马尔赛瞪着鹰眼说："你有什么要紧话？讲！"

马尔赛战战兢兢，几乎说不成句："求……求主子赏给奴才……一个谥号……"

鳌拜重重地"哼"了一声，说："还有呢？"

"奴才以为……近日朝中情势仿佛有……有变，请主子千万小心，好自为之……”

鳌拜沉思片刻，无所表示，又问一句：“还有吗？”

马尔赛上气不接下气：“班布尔善身为宗室……主子要留神，不可深信他……阿思哈私心太重，不可重用……玛尔赛真心爱主，求主子赦她的罪……还有，还有……”

“还有什么？”鳌拜不耐烦地喝了一声。

“……主子权威声望天下无双，何不自谋大业？……”

“住口！”鳌拜大怒，跳到马尔赛床前，不顾他病体沉重羸弱，抬手就给了他一记响亮的耳光！玛尔赛尖叫一声，扑过来跪下抱住他的双脚，马尔赛则又惊又怕地昏了过去。“你这该死的东西！竟敢说这等大逆的话！……”鳌拜须发尽张，面孔涨得血紫，眼睛冒出骇人的凶暴的光，像一对虎目，注视着面前要撕碎的猎物。

大约是马尔赛的死相使他怒火渐渐平息，他大口地吐了一口气，一把将玛尔赛拉起来，拦腰搂住，挟在肋下，像提什么东西似的提着她就往书室门口走。玛尔赛并不喊叫，只是轻声地说：“我的爷，这叫别人见了，不笑话吗？”

鳌拜略一迟疑，放下玛尔赛，又回头看了一眼，见马尔赛微微地蠕动，知道他已清醒，便转回身，威严而阴沉地说：

“前头那三句话我都记住了。你放心地死吧！”

那个病恹恹的躯体，忽然颤抖了，抖得帐钩敲在床架上“叮当”作响。玛尔赛猛地扑过去，哀痛地哭喊着：“哥！……”

鳌拜大步上前，拽起玛尔赛，转身便出了房门。

马尔赛死了。鳌拜好几天没有上朝。他的心情很复杂：恨其夺爱，又感其忠心；佩服他义气，又瞧不起他攀附；看到哭得像个泪人儿一样的玛尔赛，又觉得马尔赛太可怜……但是，令鳌拜昼夜不安的，却是由这一对兄妹情人的故事启发出的一种思索：既然有这样不顾一切地向苏克萨哈复仇的人，难道就没有同样等待着他鳌拜的复仇者？追查布袋和尚诗画毫无结果，不了了之；可是那个作画写诗的人是确实存在的！

马尔赛兄妹投靠鳌拜向苏克萨哈复仇，那么那个人也会投靠什么人向鳌拜复仇！投靠谁呢？还有谁比他鳌拜更强呢？除非是皇上！

想到此处，鳌拜猛一惊，记起马尔赛临终遗言："近日朝中情势仿佛有变！"他是什么意思？变在哪里？鳌拜定下神反复想了又想，决定次日上朝，见机而行。

果不其然，次日他在议政堂听了遏必隆和下属报告这几天的朝中政事，登时心头冒火，转身就进宫，要求皇上接见。太监哪敢怠慢，立刻奏请，皇上也毫不迟延，立刻传见。

鳌拜昂昂地走到上书房，还离得老远，就听得书房里一声又一声的叫喊：

"行了，别跳黄瓜架啦！"

"使勾子！"

"出别子！"

这是皇上在嚷，嚷的全是摔跤的行话。鳌拜知道皇上自元旦从太皇太后那里要来两名布库以来，对相扑就入了迷，专门从太监中挑了二十多个身强力壮的小子，跟着那两个布库当小布库，看他们摔跤、练功，就连鳌拜和遏必隆去奏事，小布库也不回避。鳌拜不止一次看到，小布库摔得鼻青脸肿、怪模怪样，逗得皇上哈哈大笑……

鳌拜走进书房，皇上像是根本没看见他，正在兴高采烈地比比画画，为一对对相扑的小布库大声出招儿：

"出右手！快出右手！进腰拿他的肘儿！……"

鳌拜近前跪拜："老臣给皇上请安，皇上吉祥！"

玄烨转过兴奋的脸，看了鳌拜一眼："哦，你来了。赐座吧！……哎呀，真笨！叫你拿他的胳膊肘弯儿！……"他的心思显然全不在什么大臣、什么朝政大事上，说了归齐还是个爱摔跤好斗架的小小子儿！鳌拜沉甸甸的心不觉轻松了许多，马尔赛真是杞人忧天！

"皇上，老臣有要紧事禀奏。"鳌拜大声说，要压倒小布库摔跤呼喊的角斗声，又要提请皇上注意。

"嗯？"玄烨又回头，脸上分明是一股扫兴的表情，不过在勉强地掩饰着，说，"卿傅有事尽管奏来。……你们到门外去练吧！"

皇上一声吩咐，小布库们跳起身，出了书房。立刻，他们"嘿"

“嗬”的喊声又从窗口传了进来。玄烨听得笑起来，就要跟到窗口去看。鳌拜用力清了清喉咙，使他突然意识到自己贪玩得不像一个端庄威严的万岁爷，赶忙敛神，咳嗽两声，说：

“卿傅奏来。”

“启禀皇上，户部尚书马尔赛病故，求皇上赐谥。”

“哦，此事部议赐谥的奏文朕已看过，部拟恪、忠、勤、敏四个字供选，朕已批回奏本。马尔赛供职时间不长，亦无显功，赐谥似乎不必。”

鳌拜仿佛没有听懂皇上的话似的，不动声色地说道：“老臣以为赐谥忠恪二字正合适，马尔赛泉下有知，必定叩谢皇上大恩！”

玄烨呆了片刻，眼睛望着窗外扑跌的小布库们，微微笑道：“既是卿傅要给他谥号，那么就由卿傅去恩赐好了，不必问朕。”

鳌拜一听皇上话中有刺，抬头却见玄烨一副笑脸，便也就不在意，又奏上第二件：“启禀皇上，通州知州欧阳世逢等官革职，吏部兵部及直隶督抚等已然知罪，求皇上开恩，免予处分。”

玄烨一听，顿时皱紧黑眉，不高兴地瞥了鳌拜一眼，说：“当时卿傅也在场，朕将他们革职，难道不对？”

二月上旬，皇上巡行近畿，在通州驻跸，召见当地官员。知州欧阳世逢庸劣无才；州同李正杰连自己的名字都写不出来；驻通州副将唐文跃，步射骑射，十箭只中一箭。玄烨登时大怒，立刻将三人革职！回京后，又下谕说：

“文官有抚循百姓、绥理地方之责，武官有训练士卒、防守地方之责，必得其人，乃可胜任。朕巡行近畿，见通州知州欧阳世逢、州同李正杰庸劣无才，副将唐文跃不娴武事，俱着革职。吏、兵二部及各省督抚所属文武官员内，有庸劣无才、不能胜任者，应不时察参，以副朕倚任之意。乃吏、兵二部及直隶督抚不将欧阳世逢等官早行参奏，理当议处。”

随皇上在通州时，鳌拜亲眼看见那三名官员着实不成样子，觉得皇上处置得对、处置得坚决。可是回到京师，才知道这三人都是从阿思哈和噶褚哈的门路走上去的。去年一串碧莹莹的翡翠念珠和一万两白银送到家中，就是这一注交易所得。鳌拜顿时觉得亏了他的两位亲信。所以，当他们将被议处而求他宽恕、求他在皇上面前说好话时，他就一口答应下来。此时便对玄烨说了许多吏、兵两部事务繁多、难免疏忽，既已将庸劣者革职，便足以杀一儆百了等等。

玄烨半晌不响，后来说："既然卿傅说情，吏、兵二部宽宥一次就是。"随后又笑眯眯地说，"卿傅有旨，朕焉敢违抗呢？"

鳌拜鹰眼中陡然射出一道寒光，沉声道："老臣一片忠诚，实在是为大清、为皇上……"

玄烨笑道："罢了罢了，你不必往下说了。朕都知道了，说句笑话嘛！"

"皇上怎么可以说玩笑话！"鳌拜一本正经地又教训了一通。玄烨半听半不听，一会儿翻翻案头的书，一会儿又举目向窗外小布库遥望。鳌拜心头恼怒，连着奏上第三件事，这是使他最不痛快的事：

"启禀皇上，老臣几日不上朝，皇上怎么就自食其言，把废藩田产变价的事儿给全改了？"

玄烨心不在焉地"啊"了一声，眼睛望着窗外，忽然高兴地指着说："哎呀，卿傅快看，我的小布库又把大布库扳倒啦！……卿傅不是也精于相扑的吗？好不好教我的小布库两手呢？……"

鳌拜气极了，声色俱厉地喝道："皇上！老臣在奏事！"

玄烨诧异地回头看看鳌拜，鳌拜也觉得有点难为情，和缓了口气进谏道："皇上至尊至贵，统理天下事，不能总这么小孩子脾气。叫臣子们知道了，成什么体统！"

玄烨叹了口气，道："你刚才说什么来着？"

鳌拜忍气答道："说废藩田变价的事！"

"那件事嘛，"玄烨好像刚想起来，"不错，朕已将它蠲了！"

"为什么？"鳌拜压住一肚子怒火，问。

"卿傅想啊，既征了额赋，又以地变价取银，百姓出双份钱粮，不是重为民累吗？所以朕决意免了变价，撤回差去办理此事的户部官员，将现在未变价田地交与各省督抚，分给原种田之人，令其耕种，照常征粮，以副朕爱养民生之意呀！……"

玄烨的声调透着得意，一定认为自己干了一件大好事。这小祖宗，一下子就把要到手的数百万两银子化为灰烟！鳌拜心疼不过，越加愤怒："皇上，你竟乘户部尚书马尔赛病故之机，瞒着老臣，将这么一件大事，轻易改变！……"

玄烨眉毛一竖，乌黑的眼睛里突然闪出一道雪亮的光芒："卿傅这算什么话？马尔赛故去、卿傅不上朝，朕就不能处理朝政了吗？只听说奴才瞒主子是不忠，没听说过主子还得事事跟奴才商议，否则就有错呢！"

一句话噎得鳌拜张口结舌、作声不得，面孔涨成猪肝色。玄烨收敛了突发的威严，和悦地说："卿傅，先贤早有训教，得人心者得天下，失人心者失天下。若不爱养万民，若无一副仁厚慈蔼心肠，天下未必能稳得住哟！"

鳌拜愤愤地说："那全是南蛮子的迷魂汤！老臣从来不信！咱们大清的天下就靠征杀得来的！打进关来，东扫西荡，南征北战，不是放手砍杀、屠城烧镇地把那些蛮子杀怕了，他们哪肯臣服？哪有今日的大清？"

玄烨叹道："就因为那时候杀得太多，如今才要施仁政以补救，挽回人心。不然，满洲人有多少？汉人又有多少？十个、二十个汉人打一个满洲人，大清国还能稳住吗？真要叫人家轰走了！"

鳌拜大吃一惊，怎么也想不到小皇帝会有这等古怪的念头！呆了半晌，他叫道："皇上，你莫非中了邪？大清皇帝哪能说这种话！"

玄烨平静地、像成年人一样认真地说："卿傅，汉人天下已经历了两千多年、数十个朝代，治国为政有许多高明方略，我们焉能不学？一位当代大儒写了一部《明夷待访录》，固然有许多言词过分激烈，却也讲出一些值得深思的道理。朕以为，有句话他说得对：为君者应不以一己之利为利，而使天下受其利；不以一己之害为害，而使天下释其害。若能如此，何患太平不至！朕当身体力行。"

鳌拜虽不能句句听懂，大意却是明白的，不觉脸上阴云重重，越来越难看，猛地立起身，愤然道："皇上一味崇儒亲汉，拿南蛮子的胡言乱语当作至理！老臣实在为皇上担忧，为大清担忧！"

玄烨目光一闪，敏感到自己说多了，便道：“卿傅担的什么忧？”

“先皇遗诏，纪纲法度、用人行政都应仰法太祖太宗皇帝，不可近汉制、习汉俗。如今皇上已入歧途，老臣受先皇帝的顾命之恩，不得不向皇上进谏……”

玄烨皱眉道：“彼一时此一时也，岂可相提并论？如今正位中原，是大一统之君，子民所习所尚，朕焉能不知不晓？卿傅怎的这般见识不广呢？真该平心静气地思忖思忖才是！”

鳌拜听皇上忽然教训起自己来，顿时火冒三丈，几乎跳起来：“怎么？说老臣见识不广？皇上尽可把老臣的意思交付议政王贝勒大臣会议，倘有错处，老臣愿伏斧钺以谢皇上！”说着，一步跨到玄烨御座前，做出一副引颈受戮的姿态，满面怒容使他看去十分凶恶，高昂的头又表现出十足的跋扈。

玄烨再也压不住心头怒火，把手中茶盏往御案上一顿，站起来，口气也强硬起来：

“这又不是什么大不了的事儿，也值得这么拼死拼活？朕平日待你如何尊崇礼敬，你待朕却日加凌辱。朕倒想问你，可对得起先皇，可对得起太祖太宗皇帝？”

鳌拜一愣，没想到玄烨敢如此顶撞，他怎能咽下这口气！当下瞪着眼睛粗声说：“皇上拒纳忠言，妄斥先帝顾命重臣，老臣实不敢再供职左右，惟有痛哭于先皇帝及太祖太宗皇帝陵寝！”说罢，对着玄烨一个跪拜，转身大踏步出了上书房。

玄烨气得脸色煞白。呆坐了好半天，才把小布库召进书房相扑为戏。在他们的呼喝摔打中，他渐渐恢复了常态。

次日，鳌拜上本告病，不肯上朝了。

三

门前月台上，摆着几盆西府海棠，树干有胳膊粗细，正在开花，一团团一簇簇，云蒸霞蔚。繁盛的深红浅红的花朵拥挤不开，把枝干坠得往下垂落，仿佛一串串美丽的璎珞。鳌拜正烦躁地在花下踱步，艳丽的花朵、清淡的花香、嗡嗡嘤嘤的蜂来蝶往，引不起他半点情绪，他连眼珠都不曾向海棠转过去。

称病不朝，在这独门小院里静养，已经十天了。阿思哈、班布尔善等心腹大臣，每天来通报朝中情况。皇上并没有惊慌失措，朝廷政事有条不紊。皇上照样每日天不亮就起身，早早往乾清门御门听政。遏必隆样样都依着皇上：

废藩田产变价已完全蠲除，领差往各省的部员全部撤回；

杨光先、吴明煊被革职，而西洋人南怀仁被授为钦天监监副；

被马尔赛想尽办法逼迫去职的原户部尚书王宏祚，以“系皇考简用之人、效力年久”为由，起照原职补用；

最大的一件事，是皇上三日前亲临太学祭孔、讲书经，在朝野上下引起极大震动！

这一切也极大地震动了鳌拜！他真是有苦说不出。早知道这个小皇帝竟然这样胡作非为，他无论如何不会称病告假，无论如何也要阻止他的这些倒行逆施！……现在，他可真成骑虎难下了。

再有，皇上至今不肯亲临探病，也使鳌拜感到尴尬，这尴尬随着时间的延续，渐渐变成了愤怒。皇帝亲临府第探病，是一般人想都不敢想的极大恩典，除了辈分高的亲王，还没有人享受过这么大的荣耀。可是，鳌拜是谁？早年，鳌拜为救皇上臂骨折伤，皇上还领了太皇太后懿旨亲临鳌府探视。那时他对鳌拜何等钦佩敬爱！说实在话，皇上对他鳌拜，难道不该像阿斗敬重诸葛亮一样？鳌拜难道不也是一位“相父”？

皇上若终于驾临，还则罢了；若他就是不来，那就十有八九心怀叵测了！他想干什么？他能怎么样？……想到玄烨的小孩子脾性和贪玩的劲头儿，鳌拜摇摇头。他才十五岁，懂得什么！可是想到上一次的争论，鳌拜又觉得皇上并不那么简单，不那么好对付！……要是由着皇上的性子，放了手让他干，将会怎样？

鳌拜仿佛看到自己告老在家赋闲，成了个无人理睬、更无人奉承的古怪老头儿。或者更糟，由于皇上震怒，一道谕旨，籍没流放，像马尔赛的父母那样，死在遥远的宁古塔……鳌拜不由得浑身一哆嗦，握紧了双拳。他强迫自己继续想下去：

那时候，朝廷上又将重文轻武，部院等要害衙门的掌印官都被蛮子夺去，满洲人辛辛苦苦流血流汗打下的天下，到头来还是双手捧给汉人！

那时候，天下百姓又要崇尚儒雅，一个个宽袍大袖、礼节繁缛、文弱不堪、手无缚鸡之力。一旦北边蒙古、西边西藏乘虚而入，还不是束手就擒？百年宏业必将土崩瓦解！甚至朱明余孽也会起来造反复明！那是什么景象啊！

或许鳌拜的宅院田庄奴仆，将会分给朝中那些口是心非、面善心黑的汉大臣？也许，鳌拜起解时看热闹拍手叫好的，就是当年跪在他马前，被他像割草刈麦般杀掉的南蛮子的后代？……自太祖时代起便奋战至今、军功累累的辅政大臣鳌拜，难道就要落得个这样屈辱的下场？……

鳌拜越想越气，怒火烧得胸口发胀。偏偏走过树下，一簇海棠花钩住了他的帽子，差点儿闹了个顶子落地！鳌拜狠狠咒骂一句，生气地朝树盆踹一脚，想把它移开去。这一脚，使红艳艳的花朵儿雨点般簌簌乱落，刹那间地面就铺了红毡毯似的一层，树身也在剧烈地摇摆。在鳌拜眼里，却像是什么人笑得前俯后仰。笑什么？笑他！笑他！

鳌拜骤然爆发了，大吼一声，发狂似的举拳用力朝树身一砸，“喀嚓”巨响，树齐腰断了，带着红云般的树冠可怜地倒垂下来，“呼”地栽倒在地，震颤不已。鳌拜并不解气，又对着树下的大木盆狠狠踢一脚，木盆飞起好高，从空中划了一道弧线，直跌下月台，“扑通”、“哗啦”摔得粉碎，泥土散了，树根残乱，木盆成了碎片片。

“王八羔子蛋！让你们再笑话老子！”鳌拜发着狠，冲进正房他的住处，一路“乒乒乓乓”，把经过他手边的东西一样一样全都摔到地上：瓷瓶、陶罐、香炉、茶具……

冲进正间，冲进卧室，迎面却有个状貌凶恶的魁梧汉子，怒冲冲地朝他直撞过来！鳌拜一愣，对方也猛地一停，刹那间他清醒过来，他面前是卧室内的大穿衣镜，那个凶神恶煞般的汉子，就是他自己！

鳌拜望着自己的面貌、身形，呆呆地站了片刻，若有所思。忽然他脸色有些发白，眼睛不安地眨动。他养病的这个小院，家里的人，除了玛尔赛非召不得入内的，但他还是小心地朝四面望望，走去把正门关好，把卧室的帘子放下。然后他打开衣柜，拿出元旦上朝时穿过的那件杏黄色绣金蟒袍和那顶红绒结的朝帽；又开了柜里一个皮匣子上的锁头，从小首饰盒中取出一颗桂圆大的东珠，换下帽顶的红绒结；再揭开珍宝匣盖，那里面躺着一串东珠穿就的一百零八颗朝珠，每一粒都如黄豆大，又圆又整齐，闪射着珍珠特有的柔和而美丽的宝光。

鳌拜穿袍戴帽挂朝珠，心里极是忐忑，手指不住地颤抖，好几次都差点儿把朝珠掉到地上，还没有穿戴整齐，冷汗便把里衣湿透了。

鳌拜克制着从未有过的恐惧，一步比一步缓慢、迟疑，但终于走到穿衣镜前。镜子里这个一身帝王装束而又脸色惨白、满头冷汗、嘴唇颤抖、目光畏缩的汉子，难道就是他鳌拜吗？他并不是第一次照镜子，也不是头一回打量自己，他当真这么丑陋委琐？额上的皱纹怎么这样深？面颊的筋肉怎么这样难看？两道浓眉怎么像扫帚似的不成模样？……那个气概轩昂、刚勇无敌的勇士鳌拜到哪里去了？

鳌拜身历四朝。太祖皇帝、太宗皇帝、世祖皇帝，一个个从他记忆中走出来，仿佛也在镜中，也穿着这一套帝王冠袍对他望着。不知为什么，他们自有一种威严端重的气概，自有两道安详自信的坚定目光！就连眼下这个小皇帝，有时也会突然显示出一种说不出的、令人敬畏的气质。难道这就是人们所说的帝王之相？……

鳌拜凝视着自己的影像，半天不动弹，心头古怪地感到绝望的悲哀，长叹一声，轻轻地自言自语：

“毕竟不像，没有这么大的福分哪！……”

他动手去摘项下的朝珠。冷不防背后有人低低地惊呼了一声：“啊呀！……”

鳌拜手一哆嗦，朝珠扯断，珍珠颗颗落地，“噼啪”乱响。鳌拜又惊又怒，纵身一跳，猛虎扑食般攫住帘后惊呼的人，右手从靴筒里“嗖”地拔出一把明晃晃的尖刀，举手就刺。那人吓得“扑通”跪倒，双手搂住了他的腿，浑身颤抖地小声说：

“奴才该死！……奴才该死！……”

是玛尔赛。鳌拜举刀的手下不去，可也不肯放下。他咬牙切齿地低声吼道：“该死的东西！”左手一推，玛尔赛一个踉跄，“扑通”摔倒在卧室正中，膝盖和胳膊肘摔得生疼，腰部重重地撞上古老沉重的桌腿，痛得她揪心，忍不住哀叫出声。可是一触到鳌拜疯狂而暴戾的眼神，她不禁一激灵，打了个冷颤，头脑顿时清醒，连忙忍着浑身剧烈的疼痛，直起腰、挺起胸、昂起头。她乌黑的秀发如黑缎丝帘，披在肩头胸前，惨白的脸上没有一点血色，更显得弯弯的眉毛漆黑，乌亮的眼睛像两朵黑色火焰。此刻的玛尔赛无比俊美，俊美中甚至含有女神似的尊严。

鳌拜眼中从没见过这样的玛尔赛，不由得暗暗倒抽一口凉气。但他立刻大步赶上，一脚踏住玛尔赛的小腿肚子，右手仍然持着尖刀，对准玛尔赛的胸脯，望定她秀丽的侧影，恶狠狠地说：

“玛尔赛，你知罪吗？”

玛尔赛毫无惧色，并不扭头，却一把扯开了绸袍的胸襟，用她雪白的胸脯对准寒光闪闪的刀尖，视死如归地说：

“奴才该死！奴才的眼睛看了不该看见的事！求主子立刻下手。死在主子手里，奴才心甘情愿！……”

鳌拜心里一阵迷乱，不由得魂飞神醉。他连忙敛住气息，收回神思，好半天才放下举刀的手，说：“好吧，我今天破个例，听你说几句话再让你死！可是你得给我说实话！……你说吧，你刚才看见了什么？……”说话间，他一把揪住她的头发，迫使她面对自己，一双阴沉、暴戾、闪着吓人威光的眼睛，一眨不眨地盯住玛尔赛。

任何人面对这样一双眼睛都会发抖，玛尔赛也一样。不过她知道，此刻她的生死，就悬在自己的舌头尖，只要说出一句不合鳌拜心意的话，鳌拜就会像捏死一只苍蝇一样把她处死！她是不是应该回答：什么都没看见，什么也不记得了，一辈子也不会想起有过今天？……他能够满意吗？他会放心吗？他肯饶过玛尔赛吗？

玛尔赛果断地摇摇头，仿佛摇去心中的杂念，一口气说出来：

“奴才看见一位满洲最了不起的巴图鲁，穿戴着最不合身儿的衣帽！”

鳌拜的浓眉惊讶地高高扬起，抓住她头发的手立刻松开，追问道：

“为什么不合身儿？”

“因为他是大忠臣。因为他不姓爱新觉罗。”

鳌拜长长地嘘了一口气，踏在她腿上的穿着沉重朝靴的脚也收回来了，眼睛里的杀气顿时消了大半，说：“你想他穿戴什么最合身儿？”

“他秉承先帝遗诏，摄政辅政，天下共尊。否则，八旗将合力而攻，他一生英名将付流水……”

鳌拜突然笑了。像所有生性冷峻严酷、很少有笑容的人那样，笑得冷涩生硬，但却是真正地笑了：“玛尔赛，你对我真是忠心耿耿！你想的和我想的一样。”他就手扶起了宠姬，又添了一句，“如果你说谎，讲你什么也没看见，我的刀早就进去了！”他抹了抹尖刀的刀刃，把它小心地插进靴筒。

玛尔赛心里翻腾着极复杂的感情。面前这个男人，真叫她又恨又爱又怕又怜，一眼瞅见他鬓边的星星白发，说不出满腔的难受滋味，委屈万分，眼圈儿一红，差点儿掉泪。但玛尔赛是个聪明人，知道生死攸关，不是撒娇的时候，便拼命咬住嘴唇，把即将夺眶而出的热泪使劲咽下肚，直憋得胸口一阵阵疼痛，一阵阵发闷，几乎晕过去。

“来，把头发绾上、衣裳扣好，咱们坐着说话。”鳌拜先在南炕盘腿坐下，等玛尔赛在他面前坐定以后，才捻着坚硬的胡须，长叹一声，说，“玛尔赛，依你看，我是不是老了，不中用了？”

他的桀骜消失殆尽，第一次变得忧伤。这和他的形貌极不相称，仿佛熊罴长了一双兔子眼，叫人看了很不舒服。玛尔赛轻声问：“主子有什么难处？奴才愿为主子分忧解愁。”

鳌拜一伸胳膊，像挽一棵纤弱的灯芯草似的，把玛尔赛揽坐在自己怀中，心绪烦乱地说：“我哪里会有异心呢？……实在是当今这个孩子不听话，凡事自作知识。唉，我怕他又要走他父亲的老路，弄得天下大乱，满洲人人怨愤！况且，这人越来越不把我放在眼里，今年开门就翻出那个汤若望的天算案！按说这几年杨光先那个老东西也不争气，该踢开，可这到底是我经管的案子，就不留一点情分？……弄得我在朝野大丢脸面！嘿！……”他愤愤一拳砸在自己的大腿上，向玛尔赛细细讲起今年以来的种种不顺心。末了，他问：“玛尔赛，天下只有你一个是真心对我好，你说说，我该怎么办？”

题目太重大了，问得玛尔赛头昏目眩、心惊胆战。但在经历了刚才那样的惊吓以后，这已经不足以搅乱她的神智，白亮的小牙齿咬着红润的嘴唇，凝思片刻，说：

“他对你到底有没有歹意？”

“这可怎么说呢？平日纯是一团孩子气。不过，有时候又有些味道不对、眼神古怪。前几天公然教训我，倒是头一回。这些天生病在家，他天天遣太医来诊视送药，对其他大臣从没有这般尽心……可是，这么多天了，也不见他亲临探病！……”

这一席数次转折的话，令玛尔赛揣摩了半天，终于点头说：“这就是了。若他肯御驾亲临，便有致歉的意思，你自应竭尽忠诚，辅佐他成人。如果他不来……”

鳌拜皱紧眉头，定定地望住玛尔赛。不料玛尔赛目光一闪，嫣然一笑，贴在他耳边小声地说：“爷，曹孟德不是英雄吗？伊尹不是圣人吗？”

鳌拜浑身猛地一哆嗦，眼睛里“刷”地闪出一道雪亮的光芒。当初为女婿兰布进封亲王时心头那一缕隐秘的念头，此刻蓦然展开，明亮如火！不是吗？曹操胁迫献帝迁都许昌，伊尹放逐乱商汤国法的国主太甲，曹操得以“挟天子以令诸侯”，伊尹得以维护商汤旧制旧法。英雄、贤人万古留名啊！何况他手头现备着个言听计从、倚丈人如泰山的敬谨亲王兰布！……

鳌拜目光冷静了，沉吟片刻，道：“说得对！英雄也好，贤臣也罢，总不能容忍败家子！另扶一个最是上策。……只要听话，遵先皇遗诏就好。”

玛尔赛不由好奇地问一句：“那么主子拿这一个怎么办呢？”

鳌拜脸一沉，冷冷地说：“这是你能问的事吗？多嘴！”

他的喜怒无常，玛尔赛已经见惯，平日闺房之中他都是这样阴晴难测，何况这样的大事？她只能缄默不语。

院门外一名管事叩云板禀告：班大学士请见，已在大门外下马。

鳌拜吩咐请到小院来相见。玛尔赛连忙跳起身替鳌拜更衣，捡起满地散落的东珠，便急忙退了出去。班布尔善跟脚进了小院。管事打开一重重门帘，班布尔善一直进了卧室。

"鳌公，请做准备，午后皇上将御驾亲临，探病问候。"班布尔善边说边擦汗。

"皇上真的要来？"鳌拜追问，"臣下怎么敢当！"

"是皇上差我来说知你的。皇上还嘱咐，御驾到时，鳌公不必拘礼铺张，安心静养为是。"

"皇恩浩荡，鳌拜粉身难报！……"鳌拜嘴里说着惯常的例话，心神一时没着没落，十分恍惚。

班布尔善看他魂不守舍的样子，觉得奇怪，只当他真的病了，连忙说："鳌公气色着实不好，还是早早躺上床等候圣驾吧，兄弟这就进宫复命。"

见鳌拜没有话说，班布尔善施礼告辞，倒退几步便转身走开。刚走到卧室门口，忽听鳌拜叫道：

"班布尔善！"

班布尔善赶忙回头，走到炕前，等鳌拜吩咐。鳌拜却面无表情，呆呆地说："午后，你陪圣驾一同来吗？"

"是。兄弟一定来。"

"好。去吧。"鳌拜仍然呆着脸，挥了挥手。

班布尔善出卧室、出正房，刚跨出门槛，听得里面鳌拜又在叫：

"班布尔善！"

他不免感到惊异，却仍是十分顺从地回到鳌拜身边："鳌公，还有什么吩咐？"

鳌拜倏然改变，仿佛揭去了刚才的木呆呆的面具，眼睛比刀子还锐利，细细地从头到脚地审视着班布尔善。班布尔善此时只觉得自己的皮肉似乎被这目光剥刮得一干二净，冰凉的冷气直透骨髓。他不由得打了个寒噤，口吃着说："鳌公，你，你……"

"班布尔善，你一向说你对我忠心耿耿，到死不变，可是？"

"鳌公！"班布尔善慷慨地昂起了头，"你至今还信不过我？我已经多少次对天发誓，若有三心二意，天地不容，夺算凶诛！"

"好。去吧。记住你的话！"鳌拜一点头，目光移开了。

班布尔善疑惑着，又不敢多问，匆匆走了，心里还在细细推敲鳌公的古怪举动。

鳌拜召来兄弟子侄，布置接驾事务后，遣开众人，单独留下穆里玛、塞本得父子。

这父子俩等了半天，不见鳌拜开口，抬头一望，都有些吃惊：鳌拜眼睛血红，闪着暴戾的、几乎是疯狂的光，但容色又十分憔悴苍老，两者的不谐调，犹如一个垂死的老乞丐手拿着一把宝刀。

"伯父！请示下……"塞本得拱手提醒。

"好。你们听好！"鳌拜深深吸了口气，下了决心，"皇上对我已有猜忌疑虑之心，今日探病，祸福难料。此人若不是我鳌拜尽心尽力扶持辅佐，哪有今天？就是大清江山，若不是我鳌拜，若不是咱们一家流血拼杀做顶梁柱，也没有今天！他若不仁不义，难道我束手就擒？"

塞本得吓得上牙打下牙，说不出话。穆里玛瞪了儿子一眼，骂道："孬种！"转脸向着鳌拜，"大哥，你尽管吩咐！"

"召集家将，备好甲胄马匹弓箭刀枪，全力提防。一旦有变，立刻出手，必须叫他出不得府门半步！"

穆里玛领命："大哥尽管放心！"

"塞本得立即去与镶黄旗图必泰、正黄旗阿南达等相知都统副都统说明，各领亲信兵马待命，一旦有变，也好接应！"

"遵命！"

穆里玛父子俩匆匆离去，小院卧室里只有鳌拜一个人了。

周围一片肃静，心中百念丛生。鳌拜在卧室里来回走动着，像一只铁笼里的猛虎。最后，他拔出了靴筒里的尖刀，凝视了许久许久，刀光映着目光，目光凝着刀光，都那么寒光闪闪，又亮又冷，杀气逼人……

未正二刻，御驾亲临鳌拜宅门，几百名护军亲兵把门前宽阔的空场子填得满满当当。御前侍卫开路，豹尾班随后，拥着玄烨在大门前停辇。陪同皇上的内大臣噶布喇、噶都、巴尔泰、大学士班布尔善以及佟国维、索额图等头等侍卫先下了马，鳌拜的三个兄弟巴哈、卓布泰、穆里玛领着那摩佛、苏尔马等子侄辈在大门外跪接。

穆里玛叩拜道："鳌拜有病不能起身，特命奴才等代接圣驾，皇上吉祥！"

玄烨下辇，穆里玛在前引路，侍卫和内大臣前呼后拥，不多时便走进鳌拜静养的小院。玄烨在廊子里停了步，对着蓊郁清幽的庭院、娇艳含笑的海棠静静地看了看，微微一笑，对穆里玛说："多清静！养病就要在这样的地方才好！"说着迈步跨进了门槛。

鳌拜满面病容，躺在床上，看上去十分虚弱。见玄烨进来，便揭开锦被挣扎着跪倒在床上，叩头道："老臣贱病，怎敢累皇上圣驾亲临！未能远迎，罪该万死！"

玄烨笑容满面地说："卿傅快躺下吧，不必拘礼。"说着，他坦然在鳌拜床头的椅子上落座。索额图、佟国维、费耀色、和托、尚之信等御前侍卫环侍左右，穆里玛陪同班布尔善和内大臣佟国纲、噶都、巴尔泰等侍立在床的另一头。

"卿傅果然容色不佳，"玄烨仔细看看鳌拜，"这几日太医回禀都说卿傅大有起色，看来并非如此，太医也是庸医！"

鳌拜脸色灰败，勉强答道："老臣近日确实见好了……"

玄烨道："卿傅数日不在朝，朕如少了臂膀，着实有些吃力。朝中事务，实在少卿傅不得呢！"

鳌拜脸上忽地涌上红潮，又忽地变得煞白，不住用眼角打量周围情势，心中暗暗盘算：门外门口想必站满了侍卫，噶布喇拳术精奇，巴尔泰是满洲有名的力士，穆里玛可不是他们两人的对手；班布尔善是个书生，不中用；而自己呢？能不能招架住佟国维、索额图等五个御前侍卫呢？隐隐约约，皇上的话在耳边浮动，是什么意思？"朝中事务，实在少卿傅不得呢！"这不就是来致歉意的吗？……鳌拜斜眼对床头褥角扫了几回，下不了决心，嘴里含糊应道：

“皇上恩典，老臣粉身碎骨不得报答……”

“费耀色，把药品赐给鳌大臣。”玄烨对费耀色一点头。费耀色上前一步，捧出两个精致的紫檀木匣子，打开来给鳌拜看。一盒是一对非常齐整的新鲜鹿茸，一盒中装着一支雪白的、极像人形的重逾半斤的人参。鳌拜从来没见过这样大、这样珍贵的参，一时心里感动，又趴在枕上向玄烨叩头谢恩。玄烨笑道：

“卿傅于朝廷有大功，些许微物何足挂齿，不能酬卿傅辛劳之万一啊！”

鳌拜恭接两盒赐药，转交给穆里玛收起。穆里玛正想退下，玄烨叫住他：“穆里玛，朕近日正有件要事委你去办。”

穆里玛连忙跪下：“皇上吩咐。”

“清明节在即，朕要遣大臣往祭永陵、福陵、昭陵、孝陵。讨此要差的大臣甚多，终不及你去妥当。你意如何？”

穆里玛大喜，连连叩头：“奴才谢皇上恩典！”

在京师做官当都统，虽然尊贵威风，实利却极少。“要想肥得快，时时谋外差。”往奉天祭陵，穆里玛便是钦差，一来一往，户部支放祭费，沿途迎送馈赠，可比在京供职那点子收入丰厚数十倍！况且他是鳌拜的兄弟，更得锦上添花！穆里玛喜形于色，嘴都合不拢了。

鳌拜心里的犹豫一点也遮掩不住，显得那么心神不定、惴惴不安。费耀色一进屋就不错眼神地暗暗盯住了他。见他不住地从眼角偷觑褥边，一只手也有意无意地总向那个地方摸索，要不就放在褥上，指尖却不时轻轻颤抖，费耀色立刻断定，那儿，锦褥底下，定有名堂！

那边穆里玛叩谢方罢，费耀色瞥见鳌拜脸色突变，一股暴戾残酷突然从眉目间涌出，面孔霎时铁青，他老筋暴起的右手，像一条阴险的多头毒蛇，慢慢地、坚决地向那处要害地方伸过去，伸过去……

费耀色一个箭步冲上前，正挡在鳌拜与皇上之间，猛地一掀，锦褥揭开，一柄抽出半截的带鞘短刀赫然在目！刀锋如同映着日月，闪着凛冽的寒光！

满屋子人一下子都惊住了，另四名御前侍卫同时冲向前！那边佟国纲和巴尔泰一起拔出了腰刀！穆里玛目瞪口呆，班布尔善浑身哆嗦。鳌拜面如死灰、战战兢兢，不敢抬头，但一双醋钵大的拳头紧紧握住，骨节“咔吧”作响，浓眉在剧烈地耸动。刹那间，这一切都映入玄烨眼中，趁着众人惊呆的一瞬，他动作比谁都快，闪电一般把那柄宝刀连刀带鞘夺在手中，“唰”的一声，抽刀出鞘！

顿时，屋内静得没了声音，只有重浊的呼吸在此起彼伏，只要有一星儿火点儿，立刻就会引起大爆炸！炸毁的不只是鳌拜或皇上，也不只是京师直隶，刚刚安定下来的大清帝国又要混乱，刚刚从战乱中存活下来的万民，又将跌入战乱的火坑！……

玄烨此时惊人地冷静、清醒，他谁都不看，全神贯注于这柄锐利无比又华贵耀眼的短刀。伸手试了试刀刃，又翻来覆去地欣赏着刀鞘，那上面用米珠和红蓝宝石绿翡翠镶嵌成美丽的福寿花纹，精美珍贵，价值连城。他赞叹不已：

“卿傅，这把短刀可真是无价之宝哇！祖上传下来的吧？”

鳌拜心里一阵迷糊，口里含混地咕哝说：“嗯，正是……”

玄烨明净澄澈的眸子回视索额图他们一眼，说：“你们也来开开眼界，可曾见过这样的好刀？”

索额图他们几个御前侍卫只得退了回去，互相交换了几遍目光，又来观赏这把了不起的短刀。索额图很快明白了玄烨的用心，凑趣道：“禀皇上，这刀天下无双！”

穆里玛强笑着，结结巴巴地说：“这刀，刀，确是祖上遗下的……宝刀。我大哥他，他……早就有意……拿它敬献给皇上，怕皇上不赏脸，今天……”

鳌拜脸色渐渐恢复正常，接着顿首道：“皇上恩典，天高地厚，奴才们献上家传宝刀，求皇上赏脸，奴才阖家老小感激不尽！”

玄烨笑道：“朕可是爱刀如命的，卿傅真的肯献，朕可就真的带走了，卿傅可不要心疼啊？”

鳌拜、穆里玛连连说：“奴才不敢！奴才不敢！”

气氛眼看着和缓下来，不料直性子的内大臣巴尔泰却厉声喝道：“禀皇上！带刀见君，不能无罪！”

一句话，众人脸上又变了颜色！鳌拜和穆里玛红头涨脑，欲辩无词；侍卫们又都虎视眈眈，松下来的弦忽地又绷紧了。

玄烨一挥手，笑道：“刀不离身，是咱们满洲人的勇武习俗，有什么可怪的？况且卿傅原有贡献宝刀的美意，更是情理之中嘛！不要胡乱猜疑。”

随后，玄烨没事儿人似的，和鳌拜商议察哈尔蒙古亲王阿布鼐无藩臣礼的事情。鳌拜慢慢定下心，出了几个主意，提议派内大臣往察哈尔蒙古审理此事。玄烨让他提人选，他提了三名：遏必隆、佟国纲、噶布喇，请皇上点定。

玄烨想了想，说：“佟国纲乃汉军旗人，往察哈尔不妥；遏必隆是辅政大臣，朝中政事他怎可离开？……”

穆里玛在旁边插了一嘴：“大哥，差巴哈去吧！”

“巴哈？……”鳌拜皱皱眉头，没接茬儿。

玄烨却如茅塞顿开的样子，高兴地说：“正是哩，我怎么把巴哈忘了呢？巴哈既是内大臣，又是皇亲，还是卿傅的兄弟，到了察哈尔定能压住阵脚。你看如何？”

“就依皇上。”鳌拜只得点头。

又议了几件事，玄烨站起身：“卿傅多多保重，安心静养，朕随时差人来问候，有要事自会命班布尔善来与卿傅商议。朕去了。”

鳌拜忙跪在床头叩送圣驾。脚步声、说笑声、衣袍窸窣声、刀剑铿锵声，像一团沉重的黄云，从卧室里飘出去，飘远了。小庭院里恢复了寂静。

鳌拜猛地摊开手脚往床上一躺，顿时觉得四肢软绵，想动一动手指头都没有力气，从里到外，好几层衣裳都被冷汗湿透，也懒得叫人来换。但他的头脑很清楚，今天经历的每一幕都能清晰地重演。他仔细想过一遍后，大惑不解：他已布置了家将、联络了心腹亲信，足以对付随驾护卫的几百人马，要紧关头，自己为什么软了，下不去手了？莫非感念他幼时对自己的那段依恋敬佩之情？……这小皇帝究竟是孩子气盛，还是心机深沉？……他毕竟只有十五岁，小模小样儿的！他对我鳌拜依然信赖敬重，丝毫不疑！只要他听话，又何必费手费脚地再把兰布推上去？……

此刻，鳌拜发现，自己深心里，其实还是很疼爱这个“忘年交”的小友的……

已是深夜，九衢寂静。猛然一阵凌乱细碎的马蹄声从金鳌玉蝀桥上掠过，一小队人马，趁着朦胧的月色，急匆匆地向紫禁城驰去。一道道街禁栅栏为他们迅速打开，毫无阻滞，因为前面领路的一位太监腰里别着刻了金龙的圣旨牌。

领路太监是翊坤宫马总管，他方才往辅政大臣、太师遏必隆家中传太皇太后懿旨：因遏必隆之女、翊坤宫昭妃钮祜禄氏病危，宣遏必隆夫妇立即进宫探视。遏必隆夫妇登时慌了，又急又痛，立刻上马。遏必隆夫人一向出门是坐轿的，此时也顾不得了，一路上不住地向马总管打听女儿的病况，马总管言语支吾不肯明说，大约是怕当妈的吃不消。遏必隆夫人无奈，只有拼命抽打坐下骏马跑得飞快，使那些镇日走马练射的护卫们都追得气喘吁吁。

在西华门下了马，宫里有人提了翊坤宫的灯笼来接，遏府的护卫家将都被留在西华门外，遏必隆夫妇随着接引太监往北而行。淡淡的月色，把九重宫阙涂染得琼楼玉宇一般，既雄伟又神秘。他们惦记着女儿的安危，无心多看，只觉得脚下的路长得令人心焦，一会儿过石桥，一会儿走石径，穿一道门，又一道门，早就弄不清东南西北了。最后，来到一座三扇大红门的白玉台阶上。遏必隆猛地发现门边那一双黝黯而又神采飞扬的青铜麒麟，心里蓦然一惊：这不是慈宁宫门吗？

不容遏必隆多想，夫妻俩已被引进西偏殿。殿内宫灯辉煌，台烛明亮，太监宫女一排排地垂手侍立，宝座上一位便装贵妇正在灯下看书，不是太皇太后又是谁？

遏必隆夫妇连忙跪拜请安。太皇太后微微点头，苏麻喇姑上前对遏必隆夫人轻轻说道：“随我来。”遏必隆夫人连忙站起来跟着她缓缓走进北边的次间里去了。

太皇太后说："赐座。"

太监们捧出绣墩，遏必隆称谢坐定。

太皇太后又说："下去。"

太监宫女们鱼贯而出，宽阔的大殿中，只剩下太皇太后和遏必隆了。遏必隆心头惴惴不安，他觉出气氛异常，可又不知底里，更不敢开口发问。

"遏必隆，翊坤宫昭妃不过偶感风寒，没有大病，你不必担心。"太皇太后的声音和悦又安详，遏必隆心里更加慌张：昭妃没有重病，那么深夜宣召入宫可就非同小可了！……听老佛爷口气并无恶意，遏必隆连忙答道："奴才不敢。"

太皇太后的语调更柔和了："去了君臣礼数，咱们是亲家，你不必这么拘谨。"

"是，是。"

"论起亲戚之情，恐怕满朝里没有人比你们钮祜禄氏跟皇家更亲，对吧？"

"是，是。"

"你的父亲宏毅公额亦都，先后娶了我们皇家的两位格格，一位是太祖皇帝的族妹，一位便是你的母亲，我的小姑子和硕公主。太祖皇帝的四公主下嫁你八哥图尔格，五公主下嫁你二哥达启；你的亲姐姐又跟我称姐妹，嫁了太宗皇帝为元妃；如今咱们又攀了亲。要说世代姻亲，可真一点儿不虚啊！"

"是，是！"遏必隆第三次同样地回答，心里纳闷儿，半夜三更召他入宫，就为了说这个？

太皇太后赞叹地说："镶黄旗钮祜禄氏一族，对大清，对皇家忠心耿耿、忠勇忘身。你们家老四、老五、老七、老十五都在从征中战死，老六彻尔格、老八图尔格、老十伊尔登、老十一超哈尔，还有你最幼的老十六遏必隆，都是开疆拓土、有始有终的战将功臣。最难忘宏毅公额亦都公忠体国，第二子达启恃宠而骄，遇诸皇子无礼，宏毅公竟覆被抽刃、亲手斩除！大义灭亲，为国深忧，何人能及！……"

“奴才祖孙父子兄弟，受皇家厚恩，荣宠无比，世世代代，没齿不忘。惟以忠心，仰答天恩。”遏必隆郑重回答。

“我知你不会有异心，所以连夜召你来，事先通个消息。”

遏必隆大惊。“异心”二字，向来是自称忠臣的人最忌讳、最害怕的，他立刻下位跪倒，连忙叩头说：“奴才一片忠心可以对天！如有二意，雷殛毙命！”

“唉，何必下这样的狠咒呢！”太皇太后的语调渐渐透出严峻，“要是有人意图谋害皇上呢？”

“奴才立刻拿了他来千刀万剐！”

“要是此人势力比你大呢？”

遏必隆脸色刷地煞白，但仍然坚决地说：“奴才拼了老命不要，保皇除逆！”

太皇太后微笑着点点头，从案头拿起一把短刀交给他：“你看看，认识吗？”

遏必隆无须细看，华丽的珠宝纹饰他太熟悉了！刹那间，他脸上一点血色也没有了：“难道是鳌公？……”

“什么鳌公！是个罪大恶极谋逆之人！”太皇太后愤然说着，轻轻一击掌，门外太监领进一名年轻的一品武官。遏必隆定睛一看，正是他十哥伊尔登的儿子、内大臣噶都。

噶都跪拜请安后，太皇太后道：“噶都，将你今日陪皇上探视鳌拜的详情说给你叔父听。”

噶都满脸激愤，滔滔不绝地讲了一遍，惊得遏必隆出了一身冷汗。他还没来得及表态，太皇太后又拍拍手，北次间的门开了，苏麻喇姑领着遏必隆的夫人和女儿走了出来。母女俩都眼睛通红，一起跪倒在太皇太后面前。遏必隆夫人呜咽着说：

“老佛爷只管吩咐，要我们全家做什么都行，只要保住皇上安泰，死也情愿！”

昭妃望着父亲，期望地喊了一声：“阿玛！……”

遏必隆连忙跪倒：“老佛爷，遏必隆为保皇上，万死不辞！”

太皇太后微微笑了：“我知道你们家世代忠良。只是遏必隆生性软弱，这些年多被鳌拜挟制，不能解脱，或许对他有几分畏惧，所以特地宣召进宫，晓以君臣大义，实在也顾念你的身家性命和女儿终身。其实我要你做的，并不需要死，也不必去拼，但要多受些委屈……”

遏必隆难得有如此坚决的口吻：“死都不怕，委屈还有什么受不得的？老祖宗尽管放心！”

“好。此事关系重大，鳌拜权倾朝野、耳目众多，必须格外谨慎。遏夫人就不必回去了，留在翊坤宫与昭妃同住，遏必隆回府去也好说明今晚宣召情由……”

遏必隆心下一怔：这固然可以向外证实昭妃病危的消息，可也在宫里留下了一对人质！……他哪里敢把这想法透露在脸上，慌忙转向另一件他最关心的事：

“老佛爷，皇上英睿机智沉着，实在是圣明天子啊！圣明天子百灵呵护！”

“承你夸奖。”太皇太后笑得很舒泰，十足像个爱听人赞美自家孙子的得意的老祖母，“此后的事，如何准备如何办，他会细细跟你商议。”

“皇上现在哪里？皇上可安好？”遏必隆紧接着问。

“哦，他来了！”太皇太后一双笑眼投向南次间，那儿珠帘一挑，一位身穿绣金龙袍、腰系玉带、头戴红绒结便帽的少年天子，神气完足、双目炯炯、器宇轩昂，从容不迫地走出来。遏必隆一家四口不由得一起跪倒，叩头请安道：

“皇上吉祥！”

玄烨看看祖母，又望望遏必隆一家，和悦地说：“起来吧。遏大臣随我往乾清宫，再仔细推敲推敲。”停了片刻，他半感慨半顽皮地看看人们额头上的汗珠，说：

“想想也好笑，今天，连朕在内，不知有多少人惊出一身冷汗哪！”

四

“老爷你推窗瞧瞧！”老仆喃喃地说，显然很惊奇。

龚鼎孳放下书，顺手推开舱窗，一股新鲜清凉的风，带着盎然的春意，带着滋润的水汽冲了进来。太阳照着粼粼波面，反射出的强光照进舱房，晃得他睁不开眼睛。但他还是看清楚了，高高的运河堤岸上，生机蓬勃的柳树青翠一片，犹如两道绿墙，树下络绎不绝地站着许多百姓，男女老少，人人手中擎香，缭绕的烟云被轻风吹散，香味直扑进舱里来了。还不时听得有细乐吹打夹杂其间。

龚鼎孳暗暗沉吟：自己一路北上，为了免去官场迎送的繁琐，一直待在船上，大镇大市不拜客，小村小港才下去散散心。船上又去了所有威风凛凛的衔牌仪从，完全像一只普通客船，不曾惊动任何人。这些夹河焚香的百姓不可能是来迎接自己的。那么他们在等什么人？是哪个青天大老爷，受到百姓这样的爱戴？……

岸上焚香等候的人真多！向前看、向后望，人群和柳丛相始终，都看不到尽头。仔细观察，发现人们都向北方翘首远望。来人会是谁呢？

一片欢呼声中，锣鼓声响、细乐悠扬，扶老携幼的两岸百姓跪倒了，高举着线香。站在船头的龚鼎孳看到，一只大型官船远远地迎面驶来，船头船尾仪从如云，舷左舷右插了十多块衔名牌和回避肃静牌，舱门口一左一右悬了两只巨大的红纱灯，灯上几个扁平的黑字：钦差大臣、户部尚书王。龚鼎孳心里奇怪：难道会是王宏祚？他不是已被革职了吗？……

“孝升！是你吗？怎么现在才回来？”官船上竟传来王宏祚沙哑的喊声，“喂，船停一停！”

两船相并，搭好跳板，龚鼎孳上了王宏祚船，两人在船头握手言欢、互道温寒。王宏祚翎顶补服，龚鼎孳便帽青衫，但都是一派文人气度，很是儒雅潇洒。

他们两人都是前明崇祯三年的举人。龚鼎孳后来中了进士，入都察院为给事中；王宏祚却因强习掌故、精于算术的特长，直接由知州迁户部郎中，成为户部中精明能干、清楚事理的年轻官员。顺治初，二人又都降清。龚鼎孳数年沉浮，王宏祚却因熟悉部务，一直在户部供职。两人殊途同归，都升到了六部尚书的高位。由于境遇相同、心思相近，两人最是莫逆。但他们是汉官，朝廷又最忌官员们结党营私，所以在京师他们来往不算密切，只不过私心里一直相互引为知己。如今在这里相遇，自是喜出望外。

龚鼎孳请假送顾夫人灵柩回祖坟安葬，离京已三个多月了，许多朝中大事只能从邸抄上知道个大概，极希望了解内情。见了王宏祚，哪里肯轻易放过？王宏祚告诉龚鼎孳，自己是奉旨往直隶省撤废藩田变价差，还田于民的。

“哦！”龚鼎孳恍然大悟，指着两岸张乐焚香夹河十数里迎接的百姓们说，“他们是在迎候你？”

王宏祚叹道：“正是呢！皇上还田于民，此举真一大德政！我出京后刚办理了两处废藩田事务，风声便传开了。之后，不论我走到哪里，百姓们都这样焚香跪道相迎！其实，我们做臣子的办事而已，还是皇上英明啊！……今日到临清，将旧临清王藩田藩产办妥，便要回京复旨。孝升何不再延误几天，随我临清一行？事后结伴回京，岂不是好？”

龚鼎孳假期未满，原想到杨柳青、天津盘桓几日的，此时便欣然同意。于是两条大船一前一后，向南往临清驶去。

晚饭已开在临清钦差行辕的花厅里了。两个老朋友一杯又一杯地对酌，很是欢洽。斜阳透过窗棂照着他们：一样的蓝衫、一样花白的双鬓、一样布满皱纹的眼角，两人都留着唇髭。只是龚鼎孳显得消瘦，而且容色发暗，不能与白白胖胖的王宏祚相比。王宏祚看了老友一眼，叹道：

“孝升，你此番回乡，憔悴潘郎，见老了啦！”

龚鼎孳端着酒杯，怅然道：“江湖十年老尽少年心！何况已沉浮三十载？横波一去，我已死了一半。所余一半，只想做几件积德的事，以补前愆，以了余生……”他一口气喝干了杯中酒。

“孝升何颓唐如此？以兄之高才，遇汲汲求贤之英主，正可一展昔日抱负嘛！”

“唉，老了！”

“不然！门前流水尚能西，休将白发唱黄鸡。如今皇上励精图治，今年以来屡有举措。先就拈出天算案，罢杨光先、任南怀仁；巡视京畿，革斥贪官污吏无能之辈；如今又撤废藩田变价之议，还田于民。当初天算案起，你不是还替汤若望暗中使力的吗？如今时势转换，你反倒气馁了？”

“皇上聪明天纵，自不待言；这些举措也颇得人心。不过，只革斥杨光先，为何不为汤若望平反？只将废藩田分给原种之人，为何不严禁圈地圈田？再说，这都是趁他告病在家不上朝之机才敢动作，可见……唉，也不知皇上是碍着他的面子，还是畏惧他的势力。总而言之，皇上终究还是少帝，年少啊！……”

王宏祚默然。他在皇上与辅臣之间做了一回直接的筹码。鳌党把他打倒，皇上将他扶起，除了死心塌地跟定皇上，他没有第二条路，不像龚鼎孳有犹豫和选择的余地。他想了想，说：“孝升所虑不无道理。弟以为皇上虽幼，却极是成算在胸。汤若望平反想来不远，圈地之禁皇上也早有意。前年因黄、白两旗圈换土地，致使各处田庄人心浮动、逃人剧增，米粮几乎无收；去年又春旱秋涝，八旗尽靠漕粮度日。两年歉收，满洲人家对圈地也觉沮丧。若不是鳌大臣阻奏，圈地之禁早就下了。”

“如何？有此人作梗，能成何事？……看来恢复先皇帝制度，只有等到此人归天之日了！……”

前院传来一片喧哗。王宏祚立命老仆去看。他回来禀告说，有一名士人闯辕门告状，被军士阻拦，正在争吵。因为王宏祚有过吩咐，手下人都不敢随意动棍动鞭，只把他推来推去，他却执意不肯离开。

王宏祚放下酒杯：“孝升，我们去见识见识，是个什么样的士子！”

门前诸仆从见主人竟亲自来了，连忙闪开，并参差不齐地喝道：“大人出来了！还不上前跪拜！”

那人果然文士打扮，一领蓝灰色长衫，头顶黑缎瓜皮帽，颏下疏疏的长须已经灰白，说他士子未免抬爱了，因为看面貌他不比王宏祚、龚鼎孳年轻。不过此人腰板直身架适中，最是一双眼睛顾盼有神，毫无老年的迟滞。这双眼睛轮流在两位官员身上停留片刻，便很快上前，深深一揖之后，跪拜下去，口中称道：

“小民给王大人、龚大人叩头请安！”

众人惊异不已。一来此人的礼节颇怪：见面一揖，是江南士人的习俗；而他这请安叩头，又是地道的满洲礼儿！二来，他竟能一见面就呼出二位大人的姓氏！

王宏祚打量着他，缓缓说：“本部堂乃钦差办事，不理民词，有什么诉状，可往地方有司投递。”

那人拱手道：“王大人受命办理还田事务，救活直隶百姓无数，当得沿途百姓焚香迎接、欢声雷动。小民所诉，正是废藩田变价之事，不找王大人又去找谁？”

王宏祚沉吟片刻，说：“你有诉状吗？”

“这有何难！请赐给笔砚纸张，小民可以立就！”

龚鼎孳一向对不得志文人深怀恻隐之心，当下命人取来纸笔。那人接过就要写状。

“且慢。”龚鼎孳略一抬手，“我看你文士装束，外相倒好，不知内才如何，愿意当面一试吗？”

那人笑道：“久闻龚大人负士林之望，汲引英俊如不及。今日亲见，果然不虚。学生愿领教，请大人出题。”

龚鼎孳微微点头，捻着胡须略一沉吟，道：“去秋在京师，我写了半首咏雁诗，一直不得佳句完篇。且看你的文才，能不能续得完满。”说罢，他背手吟道：

“只只衔芦背晓霜，昼随鸳鸯立寒塘。”

那人在两名仆从张着的宣纸上听写这两句。王宏祚和龚鼎孳眼随他笔端运走如飞，好潇洒的草书！写完“寒塘”二字，笔头略停，跟着如行云流水接了下去：

“晚来渔棹惊飞去，书破遥天字一行。”

“好！”龚鼎孳喝彩，“多半年来，我搜尽诗肠皆不得，你却举重若轻、一气呵成！负才如此，岂可使不成名耶？懋自，你看如何？”

王宏祚也叹赏再三，说：“难得难得，诗书双绝！……姓氏籍贯可赐教否？”

“小民住在京师，姓吕名之悦……”

“笑翁！”龚鼎孳又惊又喜，几乎不相信自己的眼睛，“你我曾有数面之缘啊！这些年下来，竟认不出了！真所谓老眼昏花呀！”

“难得龚大人还记得小民！拔救之恩，终生难忘！”

“那么，你便是京师书画装裱行家，人称笑翁的名士吕先生了？”王宏祚也注目吕之悦，不胜惊奇。

“不敢当，叫二位大人笑话。”吕之悦逊谢不已。他自己当然知道，他不但是有名的字画裱糊行主人，还以篆书和青绿山水著名于时。因为近年下笔少，他的字画在京师还很贵重哩。

王宏祚笑道：“你也不必写诉状了，且说说缘由吧。”

吕之悦正色道：“二位大人想必早已知道，前明临清王田产分散于临清镇四方。如今一半在直隶，一半在山东？”

王宏祚点点头。

“如今大人奉旨出行，将户部原派往直隶省各处办理废藩田变价的官员尽撤，又把田地归还原种农人。直隶百姓自然感激不尽，而山东百姓望眼欲穿哪！……”

王宏祚面有难色：“下官奉旨，只办理直隶境内之事，山东嘛……”

吕之悦道：“大人，同是前明临清王藩产，只因尺寸之隔，顿成天渊之别，山东百姓困苦就不过问了？况且户部派往山东的吏员，在那里暴虐百姓，强迫人家变价买田，无钱买田之家意欲逃荒他乡，竟被户部吏员拿了去下狱！如此办理，岂不要激出变乱？”

王宏祚吃惊道：“有这等事？在什么地方？”

“临清以南十数里。小民到此访友，正遇户部官员威逼，以致民怨沸腾。直隶还田的消息传到彼处，百姓更加怨愤。大人公忠体国，务必前往平息事端，安定民心为要。”

王宏祚皱着眉头，半天没有作声。龚鼎孳见他这样，也猜到他的难处，轻轻叹了口气。

吕之悦一双明睿的眼睛对二位大人打量一番，冷冷地笑了，双手一拱，微微弓腰，说：“小民无状，不识时务，搅扰了大人的清兴。直隶百姓有福，山东百姓同为大清臣民，偏偏灾星不退，可奈其何！小民告辞，恕罪恕罪！”一甩袖子，说走就走，果然一派清高不羁的名士风！

王宏祚一抬手：“请留步！且慢走。今日天晚，赶不到了。明晨一同前往，如何？”

吕之悦一笑：“王大人，龚大人，毕竟名不虚传！好！小人明日五更来辕门相候，领路启程。明日正是大人下属给百姓期限的最后一天！”说罢躬身一拜，回身走了。

王、龚二人望着吕之悦的背影，半天不说话。龚鼎孳后来低声问：“懋自，你当真要去管闲事？”

王宏祚沉下脸，点点头：“不得不管！”

“好吧！”龚鼎孳下了决心，“舍命陪君子！我也同去！”

王宏祚露出笑容，但没有改变他闷闷不乐的神情。

二人一同回到花厅，待周围侍奉的仆从都不在眼跟前之时，龚鼎孳拿出吕之悦手书的咏雁诗，小声说：“懋自，你仔细看看这首诗，这笔字！”

王宏祚拿到灯下细细看了两遍，忽然惊诧地说：“你是说？……不错，果真不错！”

龚鼎孳不觉伸出大拇指：“有见识！有胆量！当世文人罕有其匹！”

东辛庄村口，气氛紧张已极，甲兵林立、战马如墙，把村民紧紧围在中央。高高的土台上，摆了几张桌子、摊着几本册簿，正中坐着一位面孔严厉、身坯强健的满大人。土台下跪着三个昨夜逃走的村民，一个个遍体鞭痕，像被捕获的猎物一般紧紧捆作一团。村民们挤成一堆，低着头，顽强地沉默着。

县吏站在土台上，扯着他难听的公鸭嗓，不知是第五遍还是第七遍地喊叫着：

“大人已经格外开恩，给你们五天期限去各自筹款买地。现在上来缴银画押！银不足或无银的一律开欠据，两年还清。谁想赖账、想逃走，这三个小子就是样儿！大清太平世界，哪里容得任意逃亡！……上来画押！上来画押呀！”

村民们无人响应。

“你们不要听信那些谣言，什么还田于民，全是假的！天下没有那么便宜的事儿！这前明废藩田产，乃是朝廷的产业，是满洲流血拼命挣来的，想白种？没门儿！”

“我们可年年缴纳钱粮的！”有人小声地反驳。

“可这地是朝廷的，你花钱了吗？”县吏怒冲冲地提高嗓门儿，回头讨好地看看满大人，再面向村民时已换上一副凶相，“你们这些下贱的蛮子，敬酒不吃吃罚酒，不给点儿颜色不知道厉害！来人！一个一个往上拖！”

同春也站在村民中。他原先是准备忍痛纳价买地的。直隶省还田于民的风声传来，他和几位情况相同的邻里议定，且等一等再说。不料官府竟来了这么一手，死活要钱，连另寻生路都不许，这使他非常愤慨！眼见差役冲进人群来拖人，他实在忍不住，大声说道：

“买卖花生瓜子儿还要讲个公道自愿呢，何况买卖土地房产的大事？你说这房地是官家的，要卖，咱们买不起。不想买，还硬要人买吗？天下哪有这个理儿！”

“就是嘛！我们不买还不行吗？”许多人附和，有的大声喊，有的小声嘀咕。

高台正中的满大人一直沉着脸注视着村民，此时一拍桌子，指定同春，大喝道：

“妖言惑众！给我拿了！”

县里的差役和满大人的随从旗兵，由四面冲进人群。村民却挤挤挨挨，故意绊手绊脚，不让他们靠近同春。满大人看得冒火，叫道：“要造反哪！你们这些蛮子！忘了二十年前吃过的苦头啦？不顺从，就让你们再尝尝！弓箭手！上！”

一名骁骑校手拿一面三角旗朝四方连挥三下，围在远处的骑兵们一阵呐喊，向村民们合围逼近，从身上解下强弓，探手往箭壶中取出了长箭。冲进村民中的差役和旗兵纷纷要退出去。

同春急中生智，发声喊：“拖住他们，别放他们走掉！”

村民恍然大悟，立刻五人扯住一个官兵、三人围住一名差役，紧紧按定抱住，谁也不得脱身。这样一来，骑兵也就不敢轻易放箭了。偏偏这当口，村子里沸天震地，哭哭啼啼、又喊又叫地冲出一群老弱妇孺。梦姑抱着孩子跑在最前头，身边跟着小莹川，他们尖声叫着：“要死死在一起！……”

同春一看，急得直跺脚，大喝道：“你给我回去！全回去！你们都疯啦！……”

梦姑真像是疯了，那一群母亲妻子和儿女也都像是疯了，直扑过来，要和亲人同死同生。满大人那里又是挥手一喝：“都给我拿下！”

骑兵们立刻驰马阻拦捉拿，人群登时大乱，哭喊惨叫，声震四野！被围的村民眼看着妻儿被鞭笞、被扭打，眼看着鲜红的血从他们额头嘴角流下来，全都悲愤得大喊大叫。同春心中念头一闪：真不如当初跟了乔柏年造反上山！就这一条命，怎么死也是死，拼了！……

“嘡嘡嘡嘡！”村外一片锣声，敲得如急风一般，大路上一队人马裹着黄尘向东辛庄飞奔而来。官兵和村民刹那间静下来，一起扭头注视。

黄尘散开，急急奔来的，是钦差大臣的仪仗：顶马、清道、旗枪八骑、金黄棍二骑、圆金青扇二骑、回避牌四面、肃静牌四面、满文汉文衔名牌各两面，上写“钦差大臣户部尚书王”。一柄杏黄伞下，骑在通体红紫璎珞的五花青骢马背上的，正是身穿二品官服的王宏祚。龚鼎孳身着便服，与吕之悦一左一右骑马跟随其后。停马村口，都跑得有些气喘。但一见这里剑拔弩张、犬牙交错的形势，再看看土台上暴跳如雷的满大人，他们顿时明白了七八分，连忙下马。

一行人走近土台，满大人不情愿地下台来迎接钦差，王宏祚心里顿时犯了嘀咕。原来此人是户部满郎中巴图，职位虽在尚书侍郎之下，按本朝制度，汉官比满官低二品，所以满郎中与汉尚书同品，这位巴图又怎么肯把王宏祚这个革过职的汉尚书放在眼里？何况巴图是鳌拜、马尔赛的心腹，马尔赛死后，他是候补继任者之一。他肯下台相迎，无非看在“钦差”两个字的份儿上。

“巴大人，还没有回京吗？”王宏祚笑着说，话里有话。

“差使没完，怎么能回去？你没看见这些刁民蛮子抗命犯上吗？”巴图满眼凶光，一举一动都竭力模仿着他的大靠山。

“这些百姓胆敢冒犯巴大人，真是罪该万死！”王宏祚皱着眉头向人群扫了一眼。

巴图毕竟性子直，听王宏祚这么一说，心里高兴，立刻介绍：“可不是！叫他们买田，他们偏不买；叫他们在欠据上画押，他们一个也不画，倒想逃走！鳌大人马大人早有旨意，一个也不准逃！逃走者全按逃人处置，绝不宽容！”

王宏祚和他周围的人都听得悚然失惊，不由得瞠目相视。王宏祚沉了一沉，试探着笑道：“皇上已有明谕，直隶省废藩田地，全都给予原种之人，停止变价……”

巴图不耐烦地一挥手：“这里是山东，不是直隶！”

王宏祚进一步说：“皇上有旨，户部所差办理废藩田变价事宜的吏员全都撤回。巴大人你？……”

巴图眉毛一竖：“鳌大人没有让我走，我就不走！”

王宏祚勉强笑着，放低声音：“皇上的圣旨，巴大人不肯听吗？……”

巴图一急一窘，脸皮涨得赤红，眼睛瞪成一对铜铃，发火道：“你少拿这大话来压老子！谁不知道皇上还是个孩子，凡事要听鳌大人做主！……”

“巴大人，你这话说得可出格了！”龚鼎孳往前走了一步，义正词严地说。巴图方才根本就不曾看他一眼，突见朝廷的兵部尚书站出来说话，倒也吓了一跳。龚鼎孳乘机对王宏祚说：“还是让差役兵丁先放了妇孺，村民们也会放开旗兵，然后问问百姓，到底是怎么回事。”

其实事情已经很清楚，龚鼎孳不过借此缓和紧张气氛而已。吕之悦指着人群中的柳同春说：“大人，那个穿紫布长衫的便是我朋友，最明事理，一问他便知底细……”

巴图直跳起来：“他是煽惑百姓抗命的反叛，绝不能轻饶！你们这帮汉员跑这儿来，到底安的什么心？”

王宏祚脸一沉：“巴大人，你说话要有分寸！本部堂乃朝廷钦差，你违抗圣命、为非作歹，如今又血口喷人，你眼里还有朝廷，还有皇上吗？”

巴图气得哇哇直叫：“我不跟你们这些蛮子斗口啰唆！鳌大人亲口应许可开杀戒，就拿他们都砍了头也没什么大不了的！来人！把全庄子的男女老少都给我拿了！……王宏祚，龚鼎孳！有种跟我去见鳌大人！”

王宏祚也火了：“见就见，什么大不了？更得去见皇上！”

巴图跳起三尺高，刹那间一片混乱：巴图一手揪住王宏祚的前襟，一手抓着龚鼎孳的胳膊，口口声声回京找鳌大人评理；巴图的侍从冲进人群去抢他们的同伴；王宏祚、龚鼎孳的仆从又要从八旗骑兵手下解救老弱妇孺，争夺、喊叫，这里哭那里骂，黄尘飞腾，马嘶人闹，喧嚣声直传出几里远，真不知如何收场了。

一名在村外守望的满丁跌跌撞撞地跑来，跪在巴图面前，气喘吁吁地喊道：

“大人！不好啦！咱们给包围啦！”

“啊？”巴图又惊又恼，“什么人？”

“骑兵！都是骑兵！成百上千哪！……”

巴图展眼远望，脸色大变。王宏祚与龚鼎孳也惊诧不已。东辛庄四周，全副武装的满洲骑兵，穿梭般来往，把庄子围了个水泄不通！看那旗号，部分是钦差的护军，多数竟是最精锐的前锋营骑队！

众人惊愕中，粗壮的牛角号、长号阵阵吹响，数十人大声喝唱：

“王——爷——驾——到！——”

人们立刻匍匐跪倒，头都不敢抬。一阵杂乱的马蹄响，十来骑骏马在村口停下，没有仪仗、不设顶马，但在曲柄绣龙杏黄伞下，那位一身戎装、威风凛凛、目光似电的人，不正是朝中最尊贵的安亲王岳乐吗？

权威就是权威，东辛庄村口犬牙交错的复杂形势立时解开：百姓一拨儿，王宏祚龚鼎孳他们一拨儿，巴图及县吏们又一拨儿，各归各位。岳乐三言两语就问明了缘由，随后面不改色、神情威严地宣布：

“皇上圣旨，各省废藩田产，均照直隶省办理，免其易价，改入民户，给予原种之人令其耕种，称为‘更名田’，从今以后，全照普通民田征粮！”

岳乐停了停。周围一片寂静，所有的人都瞪大眼睛，不知是真还是梦。良久，一村民突然喊道：“吾皇万岁！——”

四处欢声跟着一起爆发，百姓们高叫着“万岁万万岁！”全都跪在尘埃中不住地叩头谢恩。

“至于易价银两，”岳乐继续说，“未征者一概免征；已征收在库者，准许抵次年及二三年正赋！”

百姓们又是一片欢呼！人群中年岁最大的耆老，拄着拐杖，哆里哆嗦地说：“圣明天子在位，是小百姓的福气。咱们一村人可有活路啦！……”说着，他又费力地埋下那白发苍苍的脑袋，不住叩头。

同春直起腰，拱着手朗声说：“皇上圣明，这一道圣旨救活天下百姓无数！小民等感激不尽，要为皇上烧香添寿，求王爷恩准！”

兴奋的村民们跟着嚷成一片：

“对呀，王爷开恩，容我们回去烧香来！”

“烧香添福添寿哇！”

“大清天子万寿无疆！……”

岳乐已认出同春和他身边的梦姑，微微一笑，点点头，又转向县吏，指着方才翻看过的册簿说：“你立刻将这些册簿改造，写明各人名下‘更名田’亩数，拿鱼鳞册对照，填上各田主姓名及应纳钱粮数，一会儿与田主当面对证无误，签字画押，再将更名田划分详情造册上报。明白了？”

县吏从没见过王爷的威风，这时更吓得浑身发抖，只会连连叩头。村民的欢呼声更高了。岳乐这才面向百姓，霁颜道：“百姓们知恩图报，心意可嘉。只管去办吧，但不要忘了来更名田册上画押！”

村民们喜盈盈地你喊我叫、扶老携幼，很快就各自散开。片刻间，便听得村子里鞭炮“噼啪”乱响，唢呐、锣鼓随着阵阵笑声飞向四方，家家户户大开门窗，一缕缕香烟飘散而出，在小巷里、在村头汇合，在绿树间萦绕，不多时，香雾便笼罩了东辛庄，似乎给这平原上的小小村落平添了几分仙气。

岳乐还坐在土台的正位上处置后事。他严厉地盯着巴图，说：“巴图身为部院大臣，竟敢违抗圣旨、藐视皇上；又不听皇上训诫，借机勒索、生事害民，其罪难容！来人！押回济南，暂且囚禁候参！”

巴图脸色惨白，一道道汗水流下来，但心里不服，叩头道：“王爷开恩容禀！奴才所为，皆是鳌大人亲口……”

“嗯？”岳乐盯他一眼，目光亮得怕人，带着一股在这位儒雅的王爷身上不常见的虎威，周围的人都被慑住，巴图不敢再出声，低头随护卫出村而去。

岳乐笑着转向王宏祚、龚鼎孳：“二位大人快快请起，受惊了。”

王宏祚拭去脸上的汗珠，笑道：“王爷来得正好，不然真不知要闹出什么乱子！”

龚鼎孳也说：“这巴图仗势胡为，要不是王爷驾到，还真拿他没办法哩！”

岳乐道：“这倒亏了王大人的亲随，他看势头不对，溜回临清来搬救兵。我也是刚到临清，闻讯赶来，实在是想到巴图不服管的。”

王宏祚道：“王爷领了圣命南下吗？”

“正是。”岳乐庄重地点点头，“皇上决意革旧图新，以仁政治天下。岳乐奉旨南下，一往绍兴代主祭大禹陵，二往扬州修史可法生祠，三往东岳代主祭泰岱。沿途办理两件要事，一是改各省废藩田为更名田；二是展宽海界，使四省濒海之民自由出界，及时开垦，给予牛种，蠲其租赋……”

王宏祚和龚鼎孳老于官场应酬，轻易不动真情的，可是听了岳乐的话，竟都呆住。王宏祚说了一句：“皇上他……”便语音哽咽，再不能出声。龚鼎孳的眼圈都红了，好半天才说：“皇上如此爱民，是大清之福、是天下之福啊！……”

吕之悦走上来，深深一揖：“王爷！得民心者得天下，确非虚话。百姓得以休养生息，太平盛世也就不远了！”

岳乐一见是他，爽快地笑起来：“我说在京师几次差人找你不着，原来你跑这里来了！”

王宏祚颇有些惊奇：“原来王爷认识吕先生？”

岳乐笑道：“何止认识！不过这笑翁如同孙猴子，十多年来云里去雾里来，藏头藏尾的，难得找到他呢！”把众人说得笑起来。

“嘭！”

“嘣！”

如雷震耳，东辛庄的各个角落又响起了大炮仗，鞭炮声更如密密的炒豆儿，锣鼓唢呐之中又夹进阵阵细乐，更加欢乐动听。人们擎着香烛，络绎不绝地走出家门，又向村口集中去画押。他们都换上了过年节才穿的新衣裳，妇女们戴了红喜花，小孩儿脸上点了胭脂抹了粉，一团团喜气，一片片笑声……

岳乐他们走下土台，立在一边，观看这一派欢乐景象。岳乐感叹道：“皇上圣明，一道御旨，竟使这穷乡僻壤顿时改观，如遇节庆一般啦！”

龚鼎孳道：“真所谓欢声雷动！”

吕之悦说：“王爷若是把皇上旨意带往江南、带往四方，普天下都要过节，都会欢声雷动啊！”

岳乐感慨万分，频频点头。此刻他才懂得了“天下归心”这四个字的分量！

同春和梦姑手里擎着青烟缭绕的线香，身畔随着一手擎香一手牵着个小男孩儿的莹川。小男孩儿手中也持着短短的红烛，不过为了小心没有点燃。四口人来到岳乐和王、龚等人面前，深深跪拜下去。同春感激地说：

“皇上是救星，王爷是救星。要不然，我们这一庄子人今天是没命了！……”

岳乐命他们站起来说话，不由得将这一家人重新打量了一番。

同春和梦姑都是靠三十岁的人了。同春的面貌更加冷静成熟，眼角和额头的皱纹掩不住他眉宇间的英气，而透过眉骨、双颧和下巴那有棱见角的刚硬线条，当年梨园三杰之一的云官的俊俏依稀可辨。梦姑却全然不同，岳乐几乎认她不出了。以前那个消瘦得只剩一双眼睛的又黑又怪的阿丑，如今竟成了一位面色鲜艳、体态丰满、容貌秀丽的少妇。她明亮宁静的眼睛里，幸福和满足几乎要溢出来。触到这双眼睛，岳乐心里一动，往事历历又在眼前，顿时一股惆怅升起，说不出心里什么滋味，很不自在。他勉强笑道："真所谓绿树成荫子满枝，孩儿都这么大了！……"

梦姑对身边的莹川轻轻一推，莹川领着小男孩儿向前走了几步，跪在岳乐面前叩头道："给王爷请安！"那小男孩儿也乖巧地跪下，口齿不清地用脆生生的童声学舌。岳乐借机哈哈大笑，一下子把小男孩儿抱了起来。这孩子又胖又黑，黑得非常有趣，就像来朝进贡的暹罗、越南人一样，黑得均匀、好看，嘴唇鲜红、牙齿雪白，最是一双乌溜溜的眼睛，非常灵活，不仅眼睫毛很长，而且眼梢眉梢都向鬓角扫上去，成为一般人所说的"吊梢眼"，最为梨园弟子所看重。这小黑孩儿哪里懂得什么高低尊卑，被安亲王举在空中，照样高兴得又喊又叫、手脚乱跳。岳乐大笑道：

"好小子！又黑又俊！莫非又是一个梨园英杰！"

同春脸上掠过一道阴影，笑了笑，说："还是务农为本。"

岳乐点点头："好！这是正道。"他把孩子交还莹川，莹川才敢抬头去接。岳乐不免又是一愣："你！你是……"

莹川朝站在岳乐身后的吕之悦顽皮地一笑，对岳乐小声说："王爷伯伯，你不认识我，我可知道你呢！"

岳乐恍然道："哦，你是笑翁的女儿莹川！……长得这么大了！……"他还想说跟冰月出奇地相像，但没说出口，心里却越发感慨。看小黑孩儿亲昵地搂住莹川，他又奇怪地问："你怎么跟同春一家在一起呢？"

吕之悦笑道："莹川是梦姑的干女儿呀！……当年离开他们，莹川得了一场大病。今春又为思念干妈而病倒。这不，一见到梦姑，她的病也就好了。"

“哦，莹川竟如此多情!”岳乐不知是慨叹还是取笑，说了这么一句便沉默了。他想到他的冰月，这些日子来郁郁寡欢，日见消瘦，眼下连精神都有些恍惚痴呆，是不是也由于这种天性中的思亲所致?是不是也该像吕之悦一样通达，让冰月见见梦姑，让女儿获得慰藉?能出现莹川病愈一样的奇迹也说不定哩!……

这边，龚鼎孳忍不住问同春：“丁酉年你是不是在京师?可认识当年一位赴试举子叫张汉的?”

同春对他细细看了一番，失惊道：“哎呀，龚老先生!没想到是你老!小的眼拙，老先生恕罪!”

龚鼎孳叹道：“十二年过去，你大了，我老了，难怪不敢认!……张汉呢?到处钻营，终于做官了吗?”

同春沉默片刻，讲起张汉的故事，怎么从吴之荣变成张汉又变成吴之荣的，从科场案到《明史》案，一直到去年被杀，滔滔不绝地说了很久。岳乐、王宏祚、龚鼎孳和吕之悦都默默地听着。同春讲完，仍是一片沉默。后来岳乐摇头叹道：

“唉，这些年哪!……”

吕之悦不禁愤然：“奸臣当道，如苍生何?”

又沉默片刻，岳乐突然倾侧身体靠近吕之悦，悄声笑道：“布袋和尚确是这般口吻!说得好!放松些子又何妨!”

吕之悦愕然不语，岳乐笑开了：“你呀!七十二变也瞒不过我这双眼!好好!大手笔!大胆量!”

吕之悦也笑了。其他人没有听清他们说的什么，但看这情景也暗自纳罕：原来吕之悦还有这样硬的靠山呢!

即使在临清，即使在省亲途中，柔嘉公主也是自己单独住着一个精致的小院，而把额驸客气地打发到别馆与那些美人儿同处。近来她消瘦忧郁，寝食不安，一天说不了三句话，终日沉默地看书习画，焚香弹琴。若在途中，她就在自己船上长久地倚栏独立，凝眸远望。这就怪不得岳乐为自己的女儿担忧了。

“冰月!”

听到父亲的声音，冰月抛开书卷，抬起苍白的脸，站起迎接。父亲兴冲冲的样子，使她多少有些惊奇。

“父王，什么事情，你这样高兴？”

“冰月，你看阿玛给你带来什么人！”岳乐笑着朝门口一指，侍女已打起帘子，一位丰姿绰约、满脸温静善良的美丽妇人走了进来。

冰月的心猛然怦怦跳起来。这是一张经常在她梦中出现的面容。自小起，这温暖慈爱的笑容就笼罩在她的头顶，当她不安，当她恐惧，当她经受病痛折磨的时候，只要这笑容出现，她就能躲进一个极其温馨的爱的怀抱，她就觉得一切可怕可厌的搅扰都退去；只要能投入这怀抱，她就能安心，天塌下来也不可怕了！……后来，冰月失去了这笑容和怀抱，却永远怀念、永远向往，对冰月而言，她永远这样美丽、年轻、温暖，却又永远似一个遥远的、云端里的梦！

梦，竟成真了？

冰月大叫一声，冲过去，一下子扑在梦姑怀里，差点儿把正要向公主跪拜的梦姑撞倒。冰月刹那间觉得软弱至极，竟“呜呜”地哭起来，嘴里还喃喃地喊着：

“嬷嬷！我的嬷嬷！”

梦姑也不由自主地紧紧搂着这位华丽尊贵的少女，泪如泉涌。

一个农家妇人和一位皇家公主抱头痛哭，天下哪有这样的事！屋里的侍女太监们看得目瞪口呆。谁知，还有更令他们惊异的奇迹呢：眼睁睁地看着他们的主子，穿了蛮子姑娘的绣袄花裙、梳着蛮子姑娘的牡丹堆云髻，袅袅婷婷地从门外走进来，与他们那位华贵的主子相对而立，他们真是连气也喘不过来了！

那蛮子姑娘轻轻跪下去，黄鹂般清脆的声音也跟公主相似：“民女吕莹川给公主娘娘叩头！公主娘娘福体安康！”

冰月从梦姑怀里抬起头，跟莹川打了个照面，两人同时惊住，都不由自主地吐出一个字：“你！……”

怎么能不惊心？她们仿佛在梦中看到了自己，仿佛对着镜子里自己的面影，两滴水并蒂莲似的，一模一样啊！

梦姑蒙住了，她一手搂着一个，看看冰月，又看看莹川，怔怔地、小声地挤出两个字："你！……你！……"

岳乐完全证实了他要证实的一切，正要有所表示，只听梦姑低低地喊了一声："天哪！……"她紧紧地搂住怀里的两个女孩儿，心痛欲绝，眼前一黑，竟晕了过去。

"嬷嬷！嬷嬷！"

"娘！娘啊！"

两个女孩儿慌了，手足无措，只会喊个不住。岳乐连忙命人扶梦姑到侧屋花厅解救。莹川白着一张脸，急惶惶地跟着去了。屋里只剩下岳乐和冰月这父女俩，好半天不作声，各自默默低着头。后来，岳乐不敢抬眼，低声地说："冰月，我原想……"

冰月抬头，面色如冰雪一般惨白而晶莹，眼睛里闪动着月亮那样寒冷的光芒，她凄切切地喊了一声："阿玛！"跟着扑进岳乐怀中，放声大哭！

她哭得非常伤心、非常悲痛，泪水不断地涌出来，像无尽的寒泉，把岳乐胸前湿了一大片。岳乐也满眼是泪，终于有一颗滴到冰月的颈边……父女俩都是绝顶聪明的人，这一哭，彼此心里都已雪亮。他们哭，因为内情是如此可悲可怜可痛可泣，因为他们虽然由此得到了许多许多，却也失去了更多更多！……

当冰月终于止住哭泣时，父女俩默默地长时间互相注视，说了许多不能说出的话。岳乐深深地叹了口气，移开了目光，听得女儿在耳边轻声说：

"阿玛，请把她俩带走吧，我永远也不要再看见她们了！……请你重重地赏赐她们。一会儿我也要收拾一些金珠服用之物送过去……"

岳乐点点头，又觉得眼前模糊一片，咽喉那里出气不畅。他在东辛庄决定带梦姑和莹川来见冰月时，预想过种种后果。现在，不是一个最好的结局吗？冰月，这深明事理、顾全大局的好女儿啊！……

一名王府扈从急匆匆地在门外禀告：两位宫中侍卫带着圣谕来见安亲王，说是紧急召安王回京！

岳乐吃了一惊，连忙到前厅去了。

冰月也十分惊异，顿觉坐立不安。想起与玄烨分手时他说的那些话，心头便如小鹿乱撞。

冰月最后一次见到玄烨，是今年三月十八万寿节的宫中家宴。宴后照例是喜庆节目，他俩避开众人，重回慈宁宫花园他们从小玩在一处的地方欢聚。到了应该分别的时候了，他们却紧紧搂在一起，谁也舍不得离开。冰月嘤嘤啜泣，玄烨也眼圈儿红了又红。冰月问起后约，玄烨却半晌没作声，之后长叹着说了一番让她至今记忆犹新的奇特的话。如今，那字字句句又在冰月耳边响起：

"没承想我竟如此地离你不得，每一相会便十数日心绪不宁、情怀缭乱！……便又盘算着下次团聚，挖空心思地设法谋划，心神全乱了！……我是不该这样的呀！一场恶斗迫在眉睫，我，我是努尔哈赤的子孙哪！……好妹子，你离开我，离得远远儿的，我就安心了。半年以后你再回来。如果我胜了，就接你进宫痛饮庆贺酒；如果我败了……好妹子，你就到我坟上祭我一祭，把你的泪洒到我头上，我便是死了，心里也是快活的！……"

那以后，只过了半个月，就有谕旨下到府里，准柔嘉公主暨额驸耿聚忠往福建省亲。冰月进宫去拜辞之时都没有见到玄烨，老祖宗说他幸太学祭孔老夫子去了……

此刻，冰月眼前又出现了玄烨的面影：苍白的脸，飞扬的黑眉，深邃的眼睛里燃着两团灼人的火，燃烧着慷慨和悲壮，仿佛是一位将赴死战、有去无回的英雄！……为什么要紧急召阿玛回京？他出了什么事？开始了决战？……胜了？败了？……

岳乐终于回来了，表情很沉重。冰月越发慌了，忙问："阿玛，怎么啦？"

岳乐摇摇头："不清楚。只是命我星夜回京。"

"那更名田、展界、祭祀这些大事呢？"冰月更加着急。

"上谕暂停。"

"啊?！……"冰月变了脸色，嗓音发抖了，"阿玛，我……还要去福建吗？……女儿随阿玛一道回京吧！"

"不！你一定要去福建省亲！"

岳乐的声调使冰月不敢违拗，泪光盈盈，忧心忡忡，哀求地望着父亲。

岳乐竭力把口气放得和缓："你的嬷嬷和那姑娘都已安排妥帖，你就不必牵挂了。我皇命在身，立即就走，不能耽搁。你一路平安吧！"

安亲王匆匆离去之后，公主忽然大发脾气，把所有的丫头太监全撵出上房，只留下她最心爱的白猫，又"嘭嘭啪啪"地把门窗一一紧闭。下人们只得站在院中廊下小心侍候。一顿饭工夫过去了，谁也不敢吭声。

窗口门缝中，突然传出铿铿锵锵的七弦琴声，不过和平日优雅徐缓的古琴曲大不相同，曲中如有风暴雷雨，极其高昂壮烈。只有一名公主的贴身侍女听得明白，这叫《烈风雷雨操》，是端敬皇后留下的琴谱，公主只在出宫之前弹过，只跟皇上一起弹过。

五

初夏的夜，带着它特有的温馨和宁谧，降临了。

每年到了这个时节，宫里的人便在香海中浮沉。茉莉、晚香玉和夜来香这"三白"又盛开了。花事最盛的地方是慈宁宫。殿内殿外、廊下道边，上千盆"三白"点缀着红墙黄瓦，走进宫门就如步入芳香无比的梦一样美丽的世界。那就怪不得皇上皇后每天都来向老佛爷请安，常常皇后都回宫了，皇上还赖着不走。今天又是这样。

皇后拜辞回宫之际，显得十分疲惫困倦。她走后，太皇太后问玄烨："近日皇后身上不好？"

玄烨想了想，说："倒也不见有头疼脑热，就是爱犯困。睡不醒，吃饭不香，早起呕酸水儿……"

太皇太后高兴地说："傻孩子，她八成儿是有喜啦！"

"啊？"玄烨一愣，心事重重的表情被喜气冲淡，"真的吗？"

老祖宗感慨地笑着直点头："好了，这就更好了。要是生个阿哥，你就有了嫡子！皇室人丁兴旺，是天地护佑啊！"

玄烨霍地站起来，心情激荡地喊叫道："老祖宗！现下我更是一无所惧了！”

“坐下，坐下。”太皇太后细声慢语地安抚着玄烨，“凡事要沉住气。周密、精细，想深想透了，自然不会怯场。”

玄烨点点头，冷静下来。祖孙俩喁喁细语，讲起几个新来的太监在宫里迷路的笑话，阵阵细碎的笑声随着花香透出帘栊，向寝殿内外飘散……

月亮升起不多会儿，慈宁宫总管太监来禀告说几家皇亲赶着来送夏至节的礼品，都在西华门外候旨。太皇太后笑盈盈地看看玄烨，吩咐道：“一个个领进来。”

第一家是安亲王。王府的总管太监向太皇太后和皇上跪叩请安后，命小太监抬上敬奉的礼品：两株栽在青花大瓷缸中的石榴树，树上花开正盛，浓绿油亮的树叶衬托得簇簇花朵像燃烧的火焰一般耀眼；两丛栽在粉彩金花瓷盆里的美人蕉，花大如斗，朱红色的花瓣在翠玉般的碧叶簇拥中无比娇艳，送出一团团喜气；两只口径三尺的白瓷鱼缸，翡翠似的茸茸水草间，十多尾金红色的鱼儿摆动着纱裙翩翩游动……

太皇太后笑道：“这三红真可与三白媲美了！一派喜气，真红火。皇帝喜欢吧？”

玄烨连连点头：“太好看了！”

康亲王府的太监抬上来五格大红漆的食盒。打开来看，第一格，是一双点了红的焦黄香脆的烤鹅，又大又肥，就像两只烤猪。第二格，十只绛红色的烤鸭，顺序排列，油光闪亮，又整齐又好看。第三格又是一双烤鹅，不过点的是蓝花。第四格又是十只烤鸭！看得玄烨非常兴奋，叫道：“老祖宗，一个两鹅十鸭！又一个两鹅十鸭！杰书真能干！”

太皇太后满意地点点头。只有祖孙俩明白，这意味着两红旗十参领、两蓝旗十参领都可以完全信赖！两白旗自然不用担心，至于天子自将的两黄旗，历来不会背叛皇上！

警卫京师、管理内城外城及驻守九门的步军统领、国舅佟国纲送来的礼品简单明了：一大盒精致的龙须贡面——这是京师夏至节吃冷淘面习俗的必备物，所谓都门美品，天下无双；另外一盒盒盖方开，香味已冲出来，那是一只躺在青豌豆、嫩玉米、绿蒜苗、扁豆角之间的肥美喷香的烤全羊！

一见烤全羊，太皇太后和皇上互相一望，便都那么眉开眼笑，使得侍候在侧的宫女太监都暗暗纳罕：总是好些日子没进羊肉菜品了，要不老佛爷这么高兴！他们怎能猜到，这是佟国纲在向太皇太后和皇上禀告，他已完全准备妥当！

遏必隆进上的是时鲜果盒。桃盒里盛着硕大的麦熟桃、鹰嘴桃、纯白的银桃、纯红的五节香、绿皮红点的秫秸叶、红绿相间的缸儿桃，还有扁圆的蟠桃、又大又白的肃宁桃、粉红色的香气浓郁的深州桃。杏盒里盛着驰名南北的香白杏、八达杏、麦黄杏、海棠红杏。李盒一开，浓香扑来，玉黄李、玫瑰李、麝香李、梅李，像硕大的珠宝一样诱人！累累果实，象征着瓜熟蒂落、水到渠成。

礼品一一收下，送礼使者领了赏也都出宫了。太皇太后让苏麻喇姑把桌案上的几份奏折收入折匣，交玄烨的随从太监带去，然后笑道：

“南怀仁到底是有学识的，不但善知天文，也善于审时度势。他能看准节骨眼儿上疏请为汤玛法平反，够聪明！你回去再推敲推敲。他们毕竟是外洋人，处置总要谨慎妥当才好。”

“是。”玄烨躬身回答。

太皇太后又深深地望了玄烨一眼，慈爱地说：“你去吧，好好歇息，养精蓄锐。放心，只要防住疏漏和意外，无论才智还是机敏，他都算不得你的对手了！”

玄烨心头“怦怦”跳，问：“是吗？真是这样吗？老祖宗你什么时候看出来的？”

太皇太后和悦地笑笑：“如果当初恭悫公主下嫁、他的女儿指配兰布之后，他能够自谦自抑，而不像他后来那样扬扬得意、恣横专擅，那他就真是一个难以对付的劲敌了！虽说多行不义必自毙，但不义行得如此之快如此之多，毫无顾忌，此人无才略、无城府则可想而知……”她的眼睛里又一次透出寂寞和孤独的冷光，似乎因为对手太弱而感到索然无味。但她很快抹去了这一丝悲凉，语重心长地叮嘱小孙子：

“主少国疑，向为历代朝廷一忌。你身为幼主，立威信、揽人望在此一举。小心谨慎周密，则必胜。还记得元宵节你掷的一把顺花吗？”

玄烨胸口起伏不止，却在竭力抑制着，向祖母拜辞。太皇太后扶起他，握住他的两只手，眼睛一眨不眨地盯住玄烨，轻声说：

“去吧，是时候了。”

玄烨觉得祖母的手心温暖柔软，但最后紧紧一握又非常有力，仿佛要把她那深厚无比的力量和智慧，通过这一握注入他身上！她的手很快放开了，但这股柔韧绵长的热力，使玄烨的心搏动得更加强劲，有力地撞击着胸膛。他深情地向老祖母膝前一跪安，说道：

“放心！”

星月交辉，玉宇无尘。

慈宁宫花园之南的武英殿，是宫里树木花草最繁盛的殿院，崇脊飞檐、高树短丛都被涂抹上一层银色而变得玲珑剔透，仿佛琼楼仙境。因太和殿、乾清宫大修，玄烨移住这里，这里的警戒自然就格外森严。费耀色在殿前值夜，不安地瞅着书房。皇上从慈宁宫回来，吃罢点心便进了书房。夜已经这么深了，书房的灯还亮着。

玄烨夜读的习惯已近十年，原不足怪，可是今晚皇上并没有读书。从殿前可以清楚地看到书房纸窗上那孤独的人影。

影子就没有静止过，忽而大，忽而小，忽而清晰，忽而模糊。一会儿是整个身子完整的全形，能够看得出皇上头戴便帽、身着便袍、腰里系着宽宽的玉板带；一会儿却又是半个身子的侧影：细挑身段、高耸的鼻梁和微微前伸的下巴……可以想见，皇上正背着手在书房里来回踱步，陷入了深深的沉思。

半个时辰过去了，又是半个时辰。月亮升得很高，月亮悬在头顶了，书房里的灯还亮着，窗上的影子还在不住地移动、改变。

费耀色不敢去打扰皇上，但见他深夜不眠也觉得心焦。值夜的侍卫们在殿外轻轻走动巡视，互相遇着时都看看书房，又交换一道忧虑的目光，然后再轻轻走开。

书房门“呀”的一响，在静夜中非常清晰。费耀色连忙走过来，只见皇上全身已沐浴在银白色的月光之中了。

“费耀色，你在这儿？”皇上的声音不高，听去平静而轻松。

“皇上早早歇着吧，明儿个……”

“我正在想明儿个的事儿。已经细细滤过三遍，看来没有什么疏漏。总要万无一失才好！”月光慷慨地洒上玄烨的面庞，一双眼睛熠熠发光，显得比白天更加年少，英气扑人。

费耀色用力点头，激动地小声说：“皇上必胜！”

玄烨笑了：“我倒想得睡不着觉了，出来走走。……今夜当值的侍卫换班了吗？”

“没有。他们心里都有数，要求值到明天午后。”

“不用他们求准，明天午时以前，没有朕的特旨，当值的侍卫谁也不许出宫，免得万一泄露。……哦，费耀色，你再把去年冬天南下的故事讲几个来听，好不好？讲讲江南的风土人情，吃什么，穿什么，喜欢什么，有哪些跟咱们不一样的节庆？……”

于是，像对一个好奇的少年，又基本维持对皇上的敬意，费耀色低声细语，娓娓动听。于是，梦姑、容姑、同春、陆健以及吴之荣和粉儿的故事，又一次在玄烨眼前展开了。他们轻声地闲谈了半个时辰，费耀色送皇上进寝殿，东方已隐隐约约透出鱼肚白。

太阳探出红喷喷的笑脸，照亮了万里无云的晴空。鳌拜对晴好的清晨毫无感应，他心里正不痛快，打算今天要好好教训教训这个不懂事的小皇帝。他约同遏必隆一道进了午门，便直接出熙和门、奔武英殿去见皇上。

五天以前，鳌拜病体痊愈，恢复正常辅政。皇上对他仍然敬重，他在皇上面前也不失昔日威信。部院大臣中他的亲信们仍然炙手可热、惟鳌拜之命是从，控制着整个朝廷。令鳌拜生气的，是南怀仁的奏折。此人真是得寸进尺，竟敢要求为汤若望平反昭雪！而皇上竟然把这奏本留为折本，将交议政王大臣会议！这不是对辅臣的不敬又是什么？天算的事，已经让辅臣丢够了脸，还不够吗？

昨天鳌拜与遏必隆商议，遏必隆也觉得愤慨不平。两人讲定今天赶在御门听政之前一同求见皇上。皇上答应了，命宣召太监领他们来武英殿书房。

太监在前面引路，鳌拜与遏必隆一前一后随行。鳌拜心里本瞧不上遏必隆，懒得搭他的话茬儿，一心想着一件家事：今天一大早玛尔赛就喊头痛，说是胸口发闷、浑身不舒服，要鳌拜留在家陪她，不要上朝。鳌拜哪能因私废公、因小失大！安慰了许久，他才脱开玛尔赛的纠缠，应宣召进武英殿，已经晚半个时辰了。让皇上等候大臣，怎么说也于理有亏。

耳畔水声泠泠，那是御沟里的水在流，一座青白石面、汉白玉栏杆的单孔石券桥迎接着他们。桥头四蹲兽是形似狮子而顶生一角的怪物，前爪用力地支撑着栏杆，一双石雕的眼睛就像活的一样始终盯着过桥的人。鳌拜不禁皱了眉头，想起这座雕刻精美的桥的种种传说：两条石雕行龙曾经半夜消失不见，清晨再现时一身湿雨潮雾；但凡后妃过桥，都须先用黄布袋将中间那只左手舞瓢、右手提裙的栩栩如生的石猴密密套牢，以防它惊驾得罪……四周极其安静，无声无息，走在这桥上，不知怎的有些令人心悸。只听遏必隆慢悠悠地问那太监：

“这桥，不是叫作什么……什么断魂桥吗？”

鳌拜不高兴地抢过话头：“你糊涂了？什么断魂桥！这桥叫断虹桥！”

“哦，我当真糊涂了！”遏必隆抱歉地笑着。说话间，已然过了桥。

桥北地广数亩，古槐成林，一棵棵树身粗大、姿态苍老，三人不能合抱，树下幽阴，长满绿苔。清晨的阳光透射过来，可以看到一条条光柱和地面上细碎的光斑。这里是宫中有名的十八槐，也属紫禁城一景。此处更是沉静，鸟啼声都听不到，只在粗大的树干缝隙间，能见到几个侍卫在慢慢巡游。

沿御沟折向南，打武英殿侧门进去，太监引导着他们走进前殿西庑的书房。

一进书房门，眼前便是鳌拜极其熟识的场面：小皇帝端坐在御书桌后，桌上摞着高高的线装书，面前摊开一本木版汉字书。可皇上他也并不看书，而在聚精会神地注视着屋里一对对摔得难解难分的大小布库和太监，兴奋得满脸放光。辅政大臣进门他也只漫不经心地看了一眼，竟忘了像平日那样起立招呼。

鳌拜心里更加恼怒，昂然直奔御前。这时背后"吱呀"一响，鳌拜略略侧脸，用余光看到书房的两扇门关了。些微不安之后，他就把这点情理之外的细节撇在了脑后，不管不顾地气冲冲地往御案前一立，大声说：

"皇上，老臣恭请圣安！"

他看到小皇帝奇怪地瞪大了眼睛，直直地望定了他，他被这双眼睛里的惊异和威严弄得有点心神不安，才勉强地跪下去，叩头道：

"皇上吉祥，老臣……"

话未落音，鳌拜觉得身边蓦地起了风暴，一股巨大的力量，顺着他叩头的势子，从背后猛然压下来，两只胳膊和手同时被许多有力的手紧紧抓住按牢，手腕扭得极痛，几乎折断。他来不及思索，大吼一声，仿佛平地起了个霹雳，全身筋肉猛一收缩之后，拼命一挣，耳边一片惊叫，眼看着几个小布库狠狠地摔出几丈远。鳌拜浑身骤然轻松，就要跳起，一瞬间，他觉得太阳穴受到重重一击，顿时头昏眼花，摇晃着倒下了……

书房大门关闭的一刹那，埋伏在两庑的百名侍卫便守住了四面门窗，鳌拜那一声大吼犹如一道号令，侍卫们一跃而起，打开门窗就要冲进去，但已无须他们动手了。力大无穷的满洲第一勇士，当朝最有权势的辅政大臣鳌拜，已被绳索铁链紧紧捆绑，就像一头陷入罗网的黑豹！

发现被缚，他曾经有过一次短暂而激烈的挣扎，伴随着一声长长的、无法形容的号叫，那是惨厉的、绝望的、饱含着屈辱的愤怒的长号。之后，他不再作声，漠然、冷静地保持着高傲和尊贵。他永远不会知道，大概也不屑于知道，那致命的、打在太阳穴的一拳，来自他多年的同僚，另一位辅政大臣遏必隆。

他始终昂着头，冷漠的眼睛视而不见地望着数十丈远的地面。只在被押出之际，鳌拜停步回身，遇上了小皇帝的目光。一相交便粘住了，两人都顽强地不肯收回。两双眼睛里的神情都极为复杂：惊诧、愤怒、痛心，而后终于绝望，直至平静；欢快、兴奋、得意，不免带着遗憾感慨乃至不安……

对视刹那间，多少往事从两道目光中流过！

骨折的手臂，神骏的小红马，精心模拟的虬须……

三大臣的绝命，苏克萨哈的赐帛，嵌满珠玉珍宝的寒光闪闪的短刀……

他们原本可以是互相钦敬、互相扶持的忘年交，他们都想强固满洲、兴盛国家，使大清江山社稷长治久安，为什么没有成为周公旦与周成王？为什么没有成为诸葛亮与刘后主？因为不可避免、不可抗拒的原因，他们终于由友而化为敌！……

书房门大开，皇上步履平稳地走出来。他乌黑的眼睛闪闪发光，表情可以算得从容镇定，只是脸色仍然发白，唇边留着齿印，胸口还在微微起伏，可知这场短兵相接的搏战何等紧张。他的身后是威风凛凛的大小布库，虽然有的腿折手残、头脸上血迹斑斑，一个个仍旧挺胸凹肚精神非常。他们后面，便是由布库们连搀带拖的两位辅政大臣鳌拜和遏必隆，铁链缠身，脚下铁镣“哗啦”。遏必隆低头垂眼，鳌拜扬头闭目。他们被押往东华门内务府暂时囚禁。

皇上走到阳光中来了！索额图、佟国维、费耀色等人率着百名侍卫环绕皇上，跪倒欢呼：

“万岁！万万岁！”

皇上移步到武英殿前丹陛之上，更多的侍卫、太监，从后殿、从两庑奔了出来，跪在丹陛之下，同声欢呼：

“万岁！万岁！万万岁！”

玄烨只觉得脉管偾张，浑身的血“呼呼”奔流，兴奋和狂喜把他的心都填满了，他恨不得立刻蹦跳、立刻大喊大叫大笑！他终于自己割断了捆绑全身的绳索，他终于搬掉了面前这块碍路的大石头，他终于能做一个名副其实的天子了！他勉强抑制着解脱的欢快，不跳起来，却极为兴奋地大踏步从白玉栏杆的御道上，一直冲向宫门，他要立刻告诉老祖宗，他胜了！

他走得飞快，“嗖嗖”的风声从耳边掠过。索额图、佟国维、费耀色等人跑着碎步紧跟紧追，几乎追他不上。

宫门“轰隆隆”大开，片刻沉寂之后，忽然响起震撼屋宇的整齐的欢呼：

“万岁！万岁！万万岁！”

玄烨一愣，这才发现，武英殿的白玉石阶上、阶下御河的三座石桥上、环绕着宫殿的御道上，整整齐齐地跪满了侍卫，密密层层不下五百人。他们的同声欢呼，可不是惊天动地吗？玄烨兴奋达于极点，一把将费耀色背的劲弓拿过来，由箭壶中抽出三支长箭，“嗖嗖嗖”向远方天际连射三箭！箭尾的白色羽毛，像三颗雪白的小流星，欢快地飞出去，倏然间消失在碧蓝的天空，融化了。

玄烨放下弓箭，扭头一看，阶下跪着的是头等侍卫和托，便问道：

“不是命你们护卫慈宁宫吗？”

和托叩头道：“老佛爷只留下了十名侍卫，其余全都打发到武英殿来听皇上差遣。奉老佛爷懿旨在殿外埋伏，叫防意外之变……”

玄烨心头一热：“哦，老祖宗！……”真的，有老祖宗这样布置，鳌拜他就是个神怪，也休想脱身！费耀色轻轻地、只让玄烨一人听到，感慨地说：“老佛爷周密精细，深谋远虑，真正无懈可击！”

玄烨脑子里登时如划过一道电闪似的，骤然一亮，发现了自己的疏漏，情绪立刻冷静下来。他略一沉吟，表情重新变得威严而从容，说：

“索额图，你立刻率内务府有关吏员驰往步军统领衙门，协助舅舅佟国纲办理一应事务！”

索额图庄重地一跪安，立刻下阶而去，不多时便听得数十匹马蹄声响，很快移出西华门。玄烨知道，佟国纲已经派兵将鳌党要人宅第包围，索额图一到，便都束手就擒了。

"佟国维，你率侍卫队，立召议政王贝勒大臣来武英殿议事！"

佟国维领命。又是一片马蹄声飞出紫禁城。

"好，起驾慈宁宫！"玄烨一声吩咐，御前太监、御前侍卫们立刻排好队列，前呼后拥地护卫着皇帝，过御河桥，又过断虹桥，向北去慈宁宫。其余侍卫一律原地待命，不许单独行动，更不准出宫门一步。

御驾刚刚走进慈祥门，玄烨已遥遥望见慈宁宫门前太监和宫女、侍卫整整齐齐地八字排开，如有所待。玄烨向前又走了十数步，便听得慈宁门里不大的一声传旨，两列太皇太后的亲随侍女有如二龙分水，鱼贯而出，分列东西站定。后面，一个他从小就那么熟识的尊贵而又端庄的身影，缓缓移动，走下玉阶，在阶前站定。这位身历四朝，养育了两代皇帝，扶持他们冲龄登基，而又稳定了大清天下的孝庄太皇太后，竟然亲自出宫门外迎接得胜的玄烨！

无论离得多远，她那温厚的、光彩照人的微笑都闪烁在玄烨面前；她的深邃的眼睛里那海一样的智慧和力量总是使玄烨奋发，使玄烨勇往直前！玄烨此时心头腾起巨大的热浪，再也忍不住，好像生了翅膀，如飞地奔到祖母面前，一下子跪倒了，嘴唇颤抖、热泪横流，千言万语竟一个字也说不出，只哽哽咽咽地笑着喊了一声：

"老祖宗！……"

太皇太后把他扶起来，上上下下地打量着他，就像许多日子不见似的，脸上的每条皱纹都埋藏着无限感慨，都抒写着无限欢喜。她轻声地笑道：

"好孩子，真的长大了。我总算放心了！……"

满眶的亮晶晶的泪水到底没能止住，还是顺着她的眼角、面颊滚落下来……

玄烨搀着祖母的胳膊，感激、兴奋和自豪在胸臆间冲荡着，就要喷发而出。他极力抑住，把它们化成了这样一句话："老祖宗，我这就命户部宝泉局特铸金银铜制娘娘钱各一千枚！……"

太皇太后愕然："为什么？"

玄烨一笑："老祖宗忘了？要还愿哟！"

太皇太后由衷地笑了，满面春风，轻轻地拍了拍玄烨的手背：“好！好!”

第二天，惊人的消息像烈火一样传遍京师：辅政大臣鳌拜、遏必隆拿问了！鳌党的大大小小头目班布尔善、阿思哈、噶褚哈、济世、图必泰、迈音达等一网打尽，鳌拜的兄弟穆里玛、巴哈也从外地出差处拿回京师问罪，鳌拜的子侄通通下了狱。以康亲王杰书领衔的议政王大臣们，将遵旨勘问这一特大案件。

仿佛开春的第一声春雷震动了大地，这消息震动了京师内外、朝廷上下。负担沉重的大地终于喘了一口气，满天乌云终于散开，露出了青天。京师百姓欣喜若狂，人人奔走相告，一时间酒楼满、戏班忙。恰遇夏至节令，各处庙会突然兴起，人们借此过节庆贺：开路、中幡、杠箱、官儿、五虎棍、跨鼓、花钹、高跷、秧歌、十不闲、耍坛子、耍狮子之类，到处扮演，随地演唱。整个京师花团锦簇、鼓乐震天，热闹了好些日子。南城更是繁华兴盛，有感而发的喜庆比上元佳节更动人。

外省宁静如常，毫无动乱迹象。朝野人士这才明白，上年十二月为什么皇上一下子任命了三位新总督，以麻勒吉督两江、甘文焜督云贵、范文程之子范承谟督浙江，替换了鳌拜的亲信。鳌拜被拿追究罪行，又供出莫洛、白清额、阿塔等地方督抚是其党羽，皇上为此特下圣谕，以“受事以来颇有政绩”为由，一概“从宽免罪，仍留原任”。所以，波澜不惊，就把一桩震动中外的大事处置了。这胸怀、这魄力、这眼光实在不同凡响，那些在心底里始终把皇上看作小孩子的满汉大臣们，不由得肃然起敬，进而敬中生畏了。

五月底，经皇上亲自审理定罪，问得鳌拜罪款三十，遏必隆罪款十二，班布尔善罪款二十一，其余党羽也各有十款、十二款不等。最后，玄烨亲自拟了一道谕旨结案：

鳌拜以勋旧大臣受恩深重，皇考遗诏辅佐政务，理宜精白乃心，尽忠图报，不意结党专权，紊乱国政，纷更成宪，罔上行私。朕久已悉知，尚望其改行从善，克保功名，以全始终。乃近观其罪恶日多，命诸王大臣公同究审，俱已得实，以所犯重大，拟以正法。本当依拟处分，但念鳌拜在累朝效力年久，且皇考曾经倚任，朕不忍加诛，姑从宽革职籍没，仍行拘禁。遏必隆知鳌拜树党乱政，不豫行纠劾，故坐之罪。今念其为皇考顾命大臣，且勋臣子，其咎止于因循瞻顾，未尝躬负重愆，特为宽宥，仍以公爵宿卫内廷。那摩佛亦免死，革职拘禁。其弟巴哈宿卫淳谨、卓布泰有军功，免从坐。宗室班布尔善绞，阿思哈、噶褚哈、穆里玛、图必泰、讷莫、塞本得俱立斩。余各从轻治罪……

鳌拜一党彻底垮了，连他的女婿，那不可一世梦想嗣位的敬谨亲王兰布，也连降四级，成了镇国公。受够欺压的人们可该出气了！

后面的事情，顺理成章，一件件陆续进行：

六月十一日，圣旨下到兵部："昭雪苏克萨哈案，将此案所革官员俱行查明议奏。"

六月十七日，圣旨下到户部："朕缵承祖宗丕基，乂安天下，抚育群生，满汉军民原无异视，务俾各得其所，乃惬朕心。比年以来，复将民间房地圈给旗下，以致生民失业、衣食无资、流离困苦，深为可悯。自今以后，圈占民间房地，永行停止！其今年所已圈者，悉令给还民间，尔部速行晓谕，昭朕嘉惠生民至意。至于旗人，无地亦难资生，应否以古北口等边外空地拨给耕种，其令议政王贝勒大臣确议以闻。"

六月二十三日，下谕：凡投充旗下之人，入旗之后倚恃旗下告讦提解、牵累平民，一概严加禁止，不许受理。以逃人诬告者，严反坐之律！

七月十一日，下谕：昭雪苏纳海、朱昌祚、王登联案。

一道又一道的圣旨，在京师内外、朝廷上下激起一浪高过一浪的热潮。到了年底，平反汤若望狱，把这热潮又推上更高峰。

十一月十六日，一个隆重的仪式在汤若望墓前举行。新任礼部尚书龚鼎孳代表皇上主持祭礼，礼部官员、钦天监官员及汤若望的生前好友都参加了这个庄严的祭祀。皇上特赐祭银五百二十五两，谕令在汤若望墓前宣布昭雪平反，恢复他生前所有职衔。

还有一项隆重节目——在墓前竖起一座汉白玉石碑，上面刻写着皇上亲自为汤若望撰写的祭文：

> 皇帝谕祭原任通政司通政使、加二级又加一级、掌钦天监印务事、故汤若望之灵曰：鞠躬尽瘁，臣子之芳踪；恤死报勤，国家之盛典。尔汤若望，来自西域，晓习天文，特畀象历之司，爰锡通微教师之号。遽尔长逝，朕用悼焉。特加恩恤，遣官致祭。呜呼，聿垂不朽之荣，庶享匪躬之报。尔有所知，尚克歆享。
>
> 时大清康熙八年十一月十六日

龚鼎孳亲自在汤若望墓前宣读祭文，声音不免颤抖，人群中也有呜咽抽泣与之响应。哀乐起奏，参加祭礼的人们顺序到祭桌前跪拜。

不知何时，哀乐竟被更宏大、更壮阔的鼓乐歌吹所淹没。等龚鼎孳和礼部钦天监官员醒悟过来时，圣驾已临近了。人们惊讶得透不过气来，官员们则慌慌张张地赶上去接驾。于是众人都向两边回避、跪迎。无数仪仗开路，伞、扇耀眼，斧、钺夺目。侍卫们前导后拥，拱卫着两位最尊贵的祭客：孝庄太皇太后和当今天子康熙皇帝。

玄烨轻轻扶着祖母，祖孙俩表情都很庄重肃穆。他们缓步前行，在汤若望墓前立住了。他们身后，随同而来的再入议政的安亲王岳乐、康亲王杰书、平郡王罗科铎、贝勒尚善以及部院大臣等，都静静地默哀，向逝者致意。他们谁都没有说话，但谁都在心里向这位汤玛法诉说着他们心底最深的感慨，回想起他们和这位博学的西洋老先生交往的遥远的往事。从为时最久的太皇太后，到只见过一面的玄烨，或许都在思索人生的路多么曲折多变，要想驾驭它，又是多么艰难……

腊月十二日，皇后诞生了一位皇子。这位嫡子被命名为承祜，天下披红挂彩以示庆贺。京师百姓竟悬灯放爆竹，人人称庆，说这是上天保佑皇上，后继有人，江山永固。因为皇上清除鳌拜不过半年，却做了许多顺天心顺民心的大事，国家长治久安、岁稔人丰是指日可待的了。人们都说，当今皇上已经完全承继了老皇爷顺治的衣钵，敬天法祖、勤政爱民，真正是第二个顺治皇帝啦！

尾　声

到了康熙十年，四海宁静，国事平稳，风调雨顺，人心安定。皇帝以寰宇一统，亲奉太皇太后、皇太后往谒太祖、太宗皇帝的福陵、昭陵，行告成礼。九月初三，大驾启銮，出德胜门，向东北方向缓进。

九月初九，重阳佳节。

当绿茸茸的屏障似的峰峦中起伏蜿蜒的长城出现在远方时，玄烨不由得精神一振。绿色关山的背景上，那脊吻高耸、飞檐展翅的雄伟城楼越来越近，城楼檐下的字迹越来越清楚，玄烨浑身的血液流动得越来越快。近了，又近了，白底黑字，字迹似乎凸了出来，雄浑苍劲，四海驰名——

天下第一关

这就是山海关！

玄烨从来不曾离开过京师京畿。第一次远巡，第一次看到祖先鏖战取胜、终于跨出辽东小天地、迈开统一天下的决定一步的地方，他心跳如鼓、热血沸腾！

重阳登高日，他要做一次特殊的、永志不忘的登高。

大队车驾继续缓慢向东，今天预定在姜女庙驻跸。玄烨领了一队侍卫，策马飞奔，沿着长而平缓的引墙，直奔关上。守关官兵早已沿途跪接，众星拱月一般，把骑着火红的赤龙马的皇帝，簇拥上了城楼。

玄烨耐着性子接受官员们的进谒跪拜，又仔细地询问了守备状况，随后便出城楼，在那块“天下第一关”的横匾下立住了。

晴空万里，秋风送爽，西斜的太阳照耀着山川，远山近树都极其清晰，空气如水晶般透明。迎着阵阵劲爽的风，玄烨举目四望，心旷神怡。东南望渤海，烟波浩渺，云水苍茫，气象万千；西北看燕山，长城如巨龙盘绕在群山之间，雄伟的城堞，巍峨的城堡，烽火台高接青天，无比壮观！玄烨深深吸进一口含着海风和山风的空气，全身心地沉浸在一片豪情之中，深邃的目光投向遥远的天地之间。

他在想什么？

清除鳌拜以后，他没有止步，并不想只当第二个顺治皇帝。

康熙九年正月，公布了全国各省实施“更名田”的谕令，把十六万六千八百多顷前明废藩的肥沃土地，分给原耕种的佃户，成为向国家交纳钱粮的普通民地，数量上已超过入关初八旗圈占的土地。一时大江南北、黄河上下腾起一片欢声。

三月，皇上又下令改变官制，将汉官品级与满官划一，从此消除了同是内院大学士，满人一品而汉人五品的怪现象，在汉人官吏儒生士子中引起极大冲击。

八月，谕命将内三院恢复为内阁，设殿阁大学士；恢复翰林院等文职衙门。到十月份这项变革完成时，内阁和部院衙门都已人才济济，充实了一大批有真才实学的贤臣。他们是：保和殿大学士索额图、魏裔介、李蔚、杜立德、图海；文华殿大学士对喀纳、冯溥；翰林院掌院学士熊赐履；都察院左都御史明珠；还有黄机、米思翰、龚鼎孳、王宏祚、王熙等六部尚书。

十月，谕令礼部，要效法古帝王，尚德缓刑、弘敷教化，亲自拟定了训迪劝导的十六条颁发天下：

> 敦孝悌以重人伦；笃宗族以昭雍睦；和乡党以息争讼；重农桑以足衣食；尚节俭以惜财用；隆学校以端士习；黜异端以崇正学；讲法律以儆愚顽；明礼让以厚风俗；务本业以定明志；训子弟以禁非为；息诬告以全良善；诫窝逃以免株连；完钱粮以省催科；联保甲以弭盗贼；解仇忿以重身命。

这便是贯穿有清二百多年、作为道德最高准则的《圣谕十六条》。一代又一代的君主奉为经典，朝廷把它作为官书大量印发，大力宣讲。

与此同时，玄烨身体力行，谕令礼部，即日开始举行经筵日讲大典，把讲求圣贤之道，作为皇帝的必修课。

十一月，谕令大计天下各官，要求严肃吏治，清除一切贪酷、软疲、不谨、浮躁、才力不及和年老有疾的官员。

年轻的皇帝锐气方盛，全身心地投入到他自幼喜爱和向往的治国大业之中。

他已经完成了他幼年的志向，做了这个广袤无际的庞大帝国的主人，结束了一代摄政，成了真正的手握生杀予夺大权的国君。

他满足了吗？

他可以安心地当一个太平皇帝了吗？

修造太和殿乾清宫告成，玄烨由武英殿移居乾清宫之日，他命人在乾清宫正殿上悬挂起一块巨匾，上面是他亲自临摹他父亲手笔的四个大字：正大光明。这块匾从此成为乾清宫的象征。后世皇帝最重要的传位密诏，就放在这块正大光明匾的后面。

玄烨又按自己的心意布置了他日常起居的坐室，摒除了华丽珍奇的珠宝饰物，家具摆设素雅简朴，处处是书是文具。坐炕正中的颜面，是他亲笔所写的两个大字：敬天。左右两联，也是他自撰自书："以爱己之心爱人，以责人之心责己"。他把自己经常地放置在这样的环境气氛中。

他又亲自书写了眼下政务的三件要事，贴之木板，悬挂在宫中梁柱上，时时提醒，夙夜廑念在胸，思谋善策以治。这三件大事便是：三藩、治河和漕运。

所以，他不能也无法满足，他还远远当不成太平皇帝，面前的路并不好走。三藩日益强大、日益跋扈，是朝廷面临的一大威胁，使他日夜忧虑；而黄河清、吏治清更是他自幼立下的志向。这次他东巡谒陵，虽然有许许多多正大光明的名义和理由，但很重要的又不便公之于众的一条，是他和圣祖母心里都很清楚的，那就是巩固后防，巩固与蒙古四十九旗的亲密联系。这样，一旦三藩有变，就不至于有后顾之忧了。

他上有太皇太后、皇太后的疼爱，下有二子一女，后继有人。后宫有年轻美丽、堪称坤范淑典的皇后，又有钮祜禄氏、佟佳氏、那拉氏、郭络罗氏等温柔美貌的妃嫔和许多贵人，内廷家事也是十分美满。钮祜禄氏的父亲遏必隆在同鳌拜一起受了严厉处分、供出一切内情之后，完成了使命，很快被赦免。三年后，皇后病逝，钮祜禄氏便继位为皇后。这是后话了。

不过，即使这次东巡，他也没有忘记把那个绣着小红马的荷包戴在身上。这是他心底永久无法弥补的缺憾。

冰月省亲回京以后，和他见过几次，但事随时迁，他成了一统大皇帝，又要做万民的典范，便不能再和她亲近了，何况柔嘉公主还联系着三藩之一的耿聚忠！……冰月更瘦了，脸上似乎只余下一双忧郁的大眼睛，见到玄烨时勉强一笑，笑得他心酸。她全都明白，毫无怨言。玄烨对她怎能不更加感念？

他的政敌鳌拜正在拘禁中苟延残喘。免其死罪，为玄烨赢得了仁厚之君的赞誉。部院每日遣人送来的本章，玄烨都在驻跸地连夜批阅，绝不积压。昨日刑部的一道奏折，说鳌拜的五夫人冒死上诉，要求陪同年老体弱的鳌拜一处拘禁，以求同生同死，尽妇道之责。他批准了。下笔时，他突然想到，如果这次恶斗战败的是他，有没有人也能为他做出玛尔赛这样的壮烈举动？如果有，那只能是冰月了！……

风更大了，吹得关上成排的旌旗“呼啦啦”地响。玄烨的目光射向更加辽远的地方。

东北望，越过重重叠叠的青山，他仿佛看到白山黑水那祖宗发祥的宝地，埋葬着一代又一代先人的躯体，焕发着勇武奋发的强大力量；西南望，透过层层白云，他仿佛看到中原无边无际的山川，数千年岁月，孕育生息，造就了无比灿烂的文明和繁荣，其博大精深足以融会一切。

他的根、他的骨来自长白山麓黑龙江源头；他的精神和血肉中又汲入并融进了神州大地的神秀。

他，不就是这融合的象征？

玄烨豪情似火，跃上赤龙，立马关上，劲风吹拂着他的袍襟，粗大的马尾马鬃在风中翻飞。他扬鞭一挥，赤龙迈开有力的步子沿着城堞飞奔。他要奔上高高的长城，他要继续他已经开始的大业，他要像历代有名的英主那样武功文治横绝一代，他要实现他七岁登基时的诺言：

“惟愿天下乂安，生民乐业，共享太平之福！”

十七岁的康熙皇帝玄烨，告别了他的少年时代。

1984 年 5 月初稿
1986 年 5 月二稿
1990 年 4 月三稿
1991 年 4 月四稿
1992 年 3 月五稿

后　记

《暮鼓晨钟——少年康熙》的书稿终于完成了，我不由松了口气。

八年前，《少年天子》初稿完成的时候，原分两卷，上卷《高处不胜寒》，下卷《青山遮不住》。上卷写顺治皇帝，下卷写康熙皇帝初政，父子两代少年天子。遵从出版社意见，先着力修改《高处不胜寒》，《青山遮不住》就放下了。

1986年，上卷在《长篇小说》期刊上发表，出版社召开了作品讨论会，会上评论界的朋友提出：《高处不胜寒》本身已经是一个相当完整的作品，建议独立成书，就以《少年天子》作书名，少年康熙的事，以后再说。我觉得很有道理，就接受了。这样，长篇历史小说《少年天子》就先问世了。

作为姊妹篇的《暮鼓晨钟——少年康熙》，却迟到了六年。

因为我有了新的想法。

当初，完成《星星草》的创作后，我作为人民大学清史研究所的研究人员，很自然地把目光投向波澜激荡的清代历史。于是，写康熙皇帝成了我的心愿。随着不断地收集、整理、阅读、研究史料，我越来越感到这题材的强大吸引力，也越来越意识到没有宏大的规模就不足以表现它。我甚至担心，倾我一生之力，是否能够完成。

因为，要表现的虽然是康熙皇帝这个人，实际上要写的却是整整一个时代。

是明末清初的那个时代。

是有清一代。

是中国封建社会历史上的第三个黄金时代。

是中国延续了三千年的封建君主制时代。

大题目，难题目。任重而道远。

不管是不是“不自量力”，既然着手，就干下去，不复顾及后果了。因为我实在很喜欢写历史小说、很想写康熙。

所以，在完成《少年天子》以后，没有立刻接下去写少年康熙，而是转向了在历史时序上比《少年天子》早二十多年的、反映明末清初社会动荡的《倾城倾国》，并有意识地从《少年天子》向前作了延伸，使《倾城倾国》的时间和人物与《少年天子》有了某些衔接。

现在，《暮鼓晨钟——少年康熙》出书，就可以同以上两部并称为长篇系列历史小说的前三部。

按历史时序，它们是：《倾城倾国》《少年天子》《暮鼓晨钟——少年康熙》。

长篇系列的总题目，曾想用《康熙皇帝》《康熙大帝》等等。但这书名已经很多，小说、回忆录、电视剧都采用过，再说，它也容易限制作品的发挥。斟酌再三，我选择了一个较有亮色的书名——《百年辉煌》。

“百年”，从《倾城倾国》的大明崇祯年，到大清康熙末年，整整一个世纪。

“辉煌”的意义，可以有不同的理解。

固然，康熙皇帝玄烨是中国历史上为数不多的有作为的皇帝之一，是位成功的政治家、伟大的君主，他的一生用“辉煌”来形容，也许并不过分。

接触了大量的史料之后，才懂得“苦难深重的中华民族”这句话的含义。除了春秋战国、三国、五胡十六国、五代十国这些显而易见的数十年、数百年的大战乱，除了秦、汉、唐、宋、元、明、清等大一统时改朝换代之际的动乱，就是各朝各代自身的内战、边患也是数不胜数的。但凡战火燃起，首先跌入水深火热中的，就是平头百姓、芸芸众生。残暴是那种时代的特征。

就以明末清初的那场大动乱来说，清军、明军、农民军都公开地肆行暴虐、杀戮抢劫，在他们争夺天下的战争中，多少小民家破人亡。尤其是他们杀过来杀过去的那些拉锯战区，情况就更惨。

广东新会被围之初，城门将闭，乡下求入城避难者数百人，县令不许，守城军头目说："这是围城紧急时的十日粮啊!"便开门纳之。城围八个月，粮草尽后，将士果然杀人以食，所食近万人。有一家数口被食者，事定后遇守者于道，遽跪拜不已，守者怪而诘之，答曰："我父母妻子俱葬公腹中，家无坟墓，清明节近矣，得不望公一拜乎?"

一旦城破，胜利者的大屠杀就更加残暴，《扬州十日记》真实地记载了八十万扬州平民死于屠城的令人触目惊心的经历。幸存者每每感叹"小民不如草"、祈愿"宁作太平犬，不为乱世人"，实在是很可以理解、很应该同情的了。

由此可以推想历代的战乱，绝不在这以下。曹孟德《蒿里行》里所描述的"白骨露于野，千里无鸡鸣，生民百遗一"的情景，着实"念之断人肠"!

而康熙，加上雍正、乾隆，他们祖孙三代皇帝，以"敬天法祖、勤政爱民"为座右铭，医治战争浩劫遗留下来的创伤，努力实现中国传统文化长期提倡和颂扬的仁政，给中国平民百姓带来了近一个半世纪的和平与繁荣。这可算得一件"辉煌"吧?

下面，我想引用柏杨先生在《中国人史纲》中的一段话：

> 站在当时的民族感情上，由汉人组成的明王朝的覆亡，使人悲痛。但站在中国历史的高峰回顾鸟瞰，我们庆幸它的覆亡。明王朝本世纪（十七）的疆域已萎缩到三百余万方公里，而仍继续不断萎缩，内政的改革根本无望，只有越变越坏。如果拖下去，拖到十九世纪，跟东侵的西洋列强相遇，我们可以肯定地说，中国会被瓜分，中国人会成为另一个丧失国土的犹太民族，而且因为没有犹太人那种强烈的宗教感情作为向心力的缘故，将永远不能复国。至少，注意一点，二十世纪清王朝一再割地之后（总共割掉了一百五十余万方公里），中国仍有一千一百四十万方公里，比明王朝要大三倍，使中国具有翻身的凭借。

我认为，这是康熙的另一件“辉煌”。

当然，完成这辉煌事业的不只是康熙一个人。他继承了其父顺治皇帝乃至其祖父皇太极、其曾祖父努尔哈赤的雄心壮志和创业精神，又为其子雍正、其孙乾隆奠定了国基，铺平了道路。何况，完成这大一统富国强兵事业的不只是皇帝，也不只是王公大臣官吏将士，即便是站在对立面的三藩、台湾郑氏、准噶尔蒙古噶尔丹等等，也是参与者，他们共同创造了历史，创造了辉煌。

但，谁能否认在那个封建君主时代，康熙作为大清皇帝所具有的决定性的作用呢？

有人定义英雄是人类社会中活动的天才，而军事政治的天才，则透过外表之身体之动作、意志之感召力与鼓舞力，使得“凤不及栖，龙不暇伏，谷无幽兰，岭无停菊，风行草偃，当者披靡”，以显其生命的光彩与风姿。他们是“天地灵气自然之流露，恒可遇而不可求”。

我以为，康熙同样具有慑人的光彩和豁达大度的机敏。

但由于封建社会的禁锢，很难从史料里看到至高无上的皇帝作为一个活生生的人的真实面目，很难了解他们的音容笑貌，性格爱好。因此，还原并进一步挖掘这样一个皇帝的性情、心理、道德观念、性格魅力等等，就成为一件极具吸引力的事情。于是，我也就陷了进去，难以自拔了。

清代发展到乾隆初年，到达黄金时代的顶峰，最为强大和繁荣。那确是一种辉煌。那是在前辈苦心经营的基础上发展起来的辉煌。比较之下，我更赞叹无中生有、从艰难困苦中开创新局面的辉煌。也就是说，奋斗的成果固然令人赞美，而奋斗本身则更为辉煌。把系列的总标题名为《百年辉煌》，用意在此。

康熙一生的事业，如果罗列起来，又是一大篇，就不必赘述了。但我将沿着康熙走过的路，继续写下去：平定三藩、治河南巡、三次亲征，直至他的晚年。我不能确定还要写多少，只要还能写，我会很努力的。

说了这么许多，也不知有没有把意思说清楚。虽为后记，其实又是序言，我自己找来的紧箍帽，从此就戴定了。

命也如此，又何憾焉！

凌　力

1992 年 11 月

图书在版编目（CIP）数据

暮鼓晨钟：少年康熙 / 凌力著. — 北京：北京十月文艺出版社，2021.4

ISBN 978-7-5302-2124-2

Ⅰ. ①暮… Ⅱ. ①凌… Ⅲ. ①长篇历史小说—中国—当代 Ⅳ. ① I247.5

中国版本图书馆 CIP 数据核字（2021）第 038043 号

暮鼓晨钟
MUGUCHENZHONG
凌　力　著

出　　版　北 京 出 版 集 团
　　　　　北京十月文艺出版社
地　　址　北京北三环中路 6 号
邮　　编　100120
网　　址　www.bph.com.cn
发　　行　新经典发行有限公司
　　　　　电话 010-68423599
经　　销　新华书店
印　　刷　北京盛通印刷股份有限公司
版　　次　2021 年 4 月第 1 版
　　　　　2022 年 7 月第 2 次印刷
开　　本　880 毫米 ×1230 毫米　1/32
印　　张　22.5
字　　数　648 千字
书　　号　ISBN 978-7-5302-2124-2
定　　价　99.00 元
质量监督电话　010-58572393
如有印装质量问题，由本社负责调换。